中國文學史新講

（下）
修訂版

王國瓔　著

目次

第六編
散體古文發展之高峰
——唐宋古文的盛行及其後續

第一章
緒　說

　　此處所謂「散體古文」，乃是就作品展現的體式風貌，且與「駢文」相對的「散文」而言，或簡稱「古文」，當屬作者寫作時採用的一種「文體」，也是中國文學在詩歌之外的一大支葉。雖然散體古文這種文體，有先秦歷史著述與諸子論著為源頭，繼而有司馬遷《史記》疏宕從容之文筆為典範，卻是經過一段相當蜿蜒曲折的途徑，方於唐宋時期臻至成熟，並發展至高峰，且從此普遍通行於金元明清文壇。唐宋古文的盛行，當然與中唐的韓愈(768-824)、柳宗元(773-819)諸人，以及北宋的歐陽修(1007-1072)、蘇軾(1037-1101)等作家，先後對古文的提倡與實踐密切相關。經過唐、宋兩度鼓吹的「古文運動」，加上文壇上其他文人士子的響應，紛紛創作出各類以散體行文為主幹的文章，包括論說、遊記、傳記、序跋、書札、哀祭、寓言……等。影響所及，無論單篇短章或專書著述，散體古文遂發展成一種一直沿用至「五四運動」前夕的通行文體。惟不容忽略的則是，散體古文在唐宋時期的耀眼成就，乃是經過一番頗為漫長的發展演變歷程，方能臻至。

　　正如本書第一編相關章節中的介紹，先秦時期的歷史著述與諸子論著，各有其撰寫之實用目的與學術傳統，不過其散體行文的風格，在敘述人物事件與表達理論觀點諸方面，則分別為後世的文章，諸如敘事寫人或說理議論之文，奠定了基礎。爰及兩漢，除了官方認可的歷史著述如司馬遷《史記》、班固《漢書》等之外，各種類型的單篇雜體文章，開始以成熟的姿態出現，包括章表書奏、碑銘哀誄等具實用性質的，有韻或無韻之作。然而，也就是自漢魏以後，基於作者對文章的修辭藝術與行文表現方

面審美趣味的逐漸增濃,乃至作品本身的風格體式,發生了「由散趨駢」的變化痕跡。簡言之,亦即其行文由散行單句,進而愈來愈傾向講究駢辭偶句的運用。這種「散體古文駢化」的現象,有其形成的必然因素,也是終於促成唐代文人士子登高呼籲,提倡「恢復」古文的重要背景。

一、散體古文的駢化

散體古文原是先秦著述行文的常態,其所以產生「駢化」現象,則明顯流露作者對文章修辭藝術的日益重視,以及審美趣味的增濃。倘若就其促使散文駢化的緣由背景來觀察,值得注意的有以下幾點:

首先,散文所以走向駢化,顯然與漢語文字本身的特質,以及漢文語法的寬鬆靈活有關。蓋漢字特有的,一字一音的單音節之結構,加上漢文語法的靈活,辭語通常並不刻板定位,隨機性強,在文句中可以靈活轉換位置,因此很容易形成具有平衡對稱之美的駢辭偶句,也不難在音韻上達成抑揚頓挫、和諧悅耳的效果。其次,受兩漢以來辭賦作者往往鋪采摘文、崇尚麗辭、講究排偶的影響,文章中駢辭偶句的經營,可以成為表現個人辭章才智的媒介,刻意駢化的作品相應增加。再者,自文學「自覺」的魏晉時代始,在日益重視文學審美趣味的環境中,於文辭和音律上追求平衡對稱之美以愉悅耳目的風氣,已勢不可當。爰及唯美文風鼎盛的南朝,又在心慕文學的王公貴族以及重視文化素養的世家大族主掌文壇之下,為文不但以駢儷文辭為尚,更且以展現才學的隸事相高,乃至文章中的用典隸事,亦成為作者表現其博覽群書、有文化素養的標誌。

當然,在競相追求駢儷美文的風尚中,於文章內涵題旨的表現,儒家一再強調的文學之政教倫理實用功能,難免會受到干擾,甚至出現趨於薄弱的傾向。這就造成主張文學當以宣揚儒家政治道德理念為依歸的「有心之士」的困擾:倘若作者專注於文章在體制形式與文辭方面娛悅耳目之「美」,在思想理念方面的傳達,相形之下,效果往往會減弱,誰還會注意文章在題旨內涵中的政教倫理訴求?於是,遂出現文章題旨內涵與風格體式均須「復古」的呼籲,而且自隋初至中唐,未嘗中斷。這可說是文學

史上第一次大規模的「復古」聲浪，同時也涉及散文史上「駢文」與「古文」之間，既彼此對立，又相互影響的消長現象。

二、「駢文」與「古文」

「駢文」的名稱，其實出現甚晚。即使在駢儷文風極盛的南朝時期，也只是稱「今文」或「今體」(梁簡文帝〈與湘東王論文書〉)，不過是指「時下流行」的新興文體而已。甚至鼓吹古文的韓愈，也還僅是指當時的駢儷之文爲「時文」或「俗下文字」(〈與馮宿論文書〉)。此外，由於南朝文人開始在句式上多用四字句和六字句的交替出現；此後柳宗元又嘗概括形容大凡以四六字句爲主的文章是「駢四儷六，錦心繡口」(〈乞巧文〉)；繼而晚唐李商隱又標名自己的駢文集爲《樊南四六》；爰及宋代，舉凡一切官府文書，如章表制誥等，已多用四六體，並且四六句的格式更爲嚴密，更趨定型化；乃至宋人往往通稱當世的駢儷之文爲「四六文」。「駢文」最終成爲一種文體的固定名稱，實產生於清代，諸如李兆洛(嘉慶年間[1796-1820]進士)《駢體文鈔》、王先謙(1843-1927)《駢文類苑》等選本的刊行，均特別以駢文爲輯集對象，「駢文」之名遂從此沿用至今。

按，所謂「駢」，乃是取兩馬並駕齊驅之意。典型的駢文，通常包括幾項主要特點：

首先，在辭句上特別講求平行對稱之美，故而文辭與句型的排偶對仗，即是駢文最基本的要素。其次，駢文不僅在辭句上重視對偶，還進一步要求字句的音韻協調，平仄相對，以臻至悅耳的效果。再者，駢文作者通常又特別講究典故的使用與麗藻的裝飾，以展現其辭章的才智。因此，駢文可說是魏晉南朝以來，文章高度文人化、典雅化、唯美化的成品。

此外，至於「古文」的名稱，其實是在韓愈的文章中(諸如〈題歐陽生哀辭後〉、〈與馮宿論文書〉)，方正式提出。韓愈所稱「古文」，乃是指那些與魏晉南朝以來流行文壇的「駢儷之文」相對立的先秦兩漢通行的散體古文。值得注意的是，與駢文相對照之下，「古文」最明顯的特

點，包括：

首先，行文主要是散行單句，因而句型長短參差，不受排偶和音韻的束縛。其次，筆意自在，無須爲了炫耀作者辭章的才智，在藻飾與典故方面刻意加工著墨。換言之，用散體古文寫作，可以不拘格套，自由抒寫，隨意揮灑。也就是這種筆墨的「自由」，與駢文比照之下，古文往往可以比駢文顯得較爲自然生動，明白流暢，除了抒寫情懷，或描述景物之外，甚至更適於寫人、敍事、說理、議論。對於意欲宣揚政治主張或道德理念者而言，古文自然是比較適用的文體。再者，古文與駢文除了在體式與辭句上展現駢、散的區分之外，在文章風格情韻上，整體視之，亦各有其特點。按，古文通常比較重視文章的「氣勢」，駢文則一般比較講究文章的「氣韻」；古文力求明白流暢、樸實無華，駢文則往往追求含蓄雋永、典雅華麗。當然，不容忽略的是，在那些才情與辭采兼備的作家筆下，無論古文、駢文，均可達到既有氣勢，亦富氣韻的境地。

儘管駢文的撰寫，自魏晉以來，在重視美文的作者筆下，始終未嘗消歇，甚至亦不乏佳篇，還是不免引起中唐倡導「古文運動」者的不滿。

三、中唐「古文運動」

所謂「運動」，自然是一個頗爲現代的名稱與概念。當今一般文學史所稱「古文運動」，乃是指中唐時期，尤其是貞元(785-805)、元和(806-820)、長慶(821-824)年間文壇之大事。雖然此次「運動」爲時不過三四十來年光景，爰及晚唐時期，則由於唯美文風之「復辟」，駢儷之文又再領風騷，散體古文遂暫時失去其在文壇的主導地位。不過，中唐古文運動對後世文章撰寫的影響，則既深且遠。

不容忽略的是，中唐古文運動的發生，實際上並非一場單純針對「文章」撰寫而啓的「文學運動」。主要乃是源自韓愈、柳宗元等文人士子，在仕宦生涯中對當時朝政的不滿、希望重振儒術並改革文風的雙重呼籲中推動起來的。韓、柳諸人首先意圖「重振」與「改革」者，還是當時朝廷上下的「政風」，其次才是有礙宣揚儒術的「文風」，亦即魏晉以來仍然

流行唐代文壇的駢儷文風。不過，倘若回顧散體古文的發展過程，率先公然表示反對駢儷文風之浮豔者，並非韓、柳諸人，而是肇始於北周以及隋朝君臣的「文體革新」主張，此後一直綿延至中唐，未嘗中斷，方促成韓、柳等呼籲改革文風的古文運動。

中唐這次改革文風「運動」的源始，一方面當然是出自於在文體上對魏晉以來過分重視辭藻形式華美的駢文，表示不滿，另一方面則由於在政治上撐著儒家推崇政教倫理，以「道」自任的旗幟，提出「文道合一」或「文以明道」之類的要求。其實，自隋朝統一南北之後，在政治社會環境的改變中，一些儒家傳統取向的官宦文人，意圖恢復文學之政治教化實用功能，就已經開始提出文章須「復古」的主張。爰及中唐，又在韓愈和柳宗元諸人的鼓吹提倡與相繼實踐之下，先秦兩漢的「散體古文」，遂受到前所未有的推崇，「古文」之撰寫，亦臻至盛況。由於這些提倡古文的中唐作家，均有相似的主張和共同的宗旨，並且通過理論宣傳，創作實踐，再加上他們在文壇或政壇的地位，以及廣泛的交遊與師承關係，可以相互支援，彼此響應，遂形成一股文壇潮流，終於臻至散體古文創作的高峰。這就是一般文學史所稱的，在韓愈、柳宗元諸人倡導之下的「古文運動」。以後宋人周敦頤（1017-1073）提出「文以載道」之說，則精要的點出中唐文壇「古文運動」的宗旨特徵。

當然，中唐文壇「古文運動」之風潮，並非一蹴而至，乃是經過幾代文人相繼「努力」的成果。其間經過隋初以來，對於文章須肩負宣揚儒家政教倫理功能的呼籲，以及在駢文繼續風行不已的過程中，針對文章文體既復古又革新的提倡與實踐，方能形成氣候。

因此，在中國散體古文發展史上，駢文在唐前之興起與流行，對於主張文體革新，提倡恢復古文者之啟發與刺激，不容忽略。故而於下面章節中，試先以唐前駢文之興盛，作為唐代文體革新與古文發展的歷史背景。

第二章
唐前駢文的興盛

　　回顧唐前駢文興起與盛行的歷史過程，大約初起於東漢，成形於魏晉，鼎盛於南朝，且一直綿延至隋唐，餘風尙熾。按，駢文之所以能成爲文學史上文章之一體，並且歷久不衰，其首要原因，猶如前面章節所指出，乃是基於漢字一字一音的特質，頗易於造成語句音節整齊，便於屬對，乃至在形、音、義三方面，均不難達到整齊對偶的行文。加上作者撰文之際的修辭意識與審美意趣，整齊對偶的行文，其實很早就已經零星出現在先秦歷史著述與諸子論著中[1]。魏晉以後文壇上駢文之興盛，乃屬不可抗拒的撰文趨勢。就看秦漢時期的一些單篇議論文章或公文上書，諸如李斯(前284?-前208)〈諫逐客書〉、賈誼(前200-前168)〈過秦論〉、鄒陽(?-前129)〈獄中上梁孝王書〉等，雖然通篇行文還是以散體句式爲主幹，卻已經明顯展示駢散相間、駢儷色彩增濃的傾向，甚至偶爾還出現對偶句排比鋪陳而下的現象。

　　試舉李斯〈諫逐客書〉中的一段爲例：

　　　　今陛下致崑山之玉，有隨、和之寶，垂明月之珠，服太阿之劍，
　　　　乘纖離之馬，建翠鳳之旗，樹靈鼉之鼓。此數寶者，秦不生焉，
　　　　而陛下說之，何也？必秦國之所生然後可，則是夜光之璧，不飾
　　　　朝廷；犀、象之器，不爲玩好；鄭、衛之女，不充後宮；而駿良

1　褚斌杰論「駢體文」，即以先秦《左傳》、《戰國策》、《國語》等歷史著述，
　　以及《老子》、《論語》、《孟子》、《荀子》、《韓非子》等諸子論述之引文
　　爲例，說明對偶作爲一種「修辭手法，早在先秦時代就已經被運用」。見褚著
　　《中國古代文體概論》增訂本(北京：北京大學出版社，1990)，頁147-150。

　　駃騠，不實外廄；江南金錫不爲用，西蜀丹青不爲采。……

　　李斯(前284?-前208)乃楚國上蔡(今河南)人，曾從學於荀況，於戰國末期入秦，之後助秦王嬴政策畫兼併六國之計。秦始皇一統天下後，李斯曾高居丞相之位，定郡縣之制，並決定統一文字，變籀文(大篆)爲小篆，其影響既深且遠。不過，秦二世繼位後，在宮廷政治的激烈鬥爭中，則被宦官趙高誣陷獲罪，最後的結局竟然是腰斬咸陽。上引〈諫逐客書〉乃是李斯身爲丞相之際上書秦王的奏章。一發端即點出上書之背景緣由，以及爲臣者忠言諫主的立場態度：「臣聞吏議逐客，竊以爲過矣！」全文宗旨是從「跨海內，制諸侯」一統天下的戰略高度，敦請秦王不要聽從朝中一些王公貴族的意見，驅除他國投奔來秦、可以爲秦效力的人才。此處單就其文章的體式風格視之，令人矚目的，則是上舉引文中「致崑山之玉，有隨和之寶，垂明月之珠，服太阿之劍，乘纖離之馬，建翠鳳之旗，樹靈鼉之鼓」七句的行文。每句字數相同，句型結構也一致，排比鋪陳而下，其間又不避虛詞，乃至駢散相間，故而顯得既有駢體之氣韻委婉，又具散體的氣勢充沛。另外自「夜光之璧，不飾朝廷」以下諸句，亦如是。明顯展示作者對於排偶修辭藝術的重視，這正是駢儷之文興起的徵兆。

　　當然，西漢文壇基本上仍然是以散體古文占優勢。就如司馬遷《史記》之文，即是唐宋作家心目中「古文」的典範。其他的單篇作品，包括一些著名的個人書信，諸如司馬遷〈報任安書〉、楊惲(?-前53)〈報孫會宗書〉、劉向(前77-前6)〈誡子歆書〉、馬援(前14-49)〈誡兄子嚴、敦書〉等，散行單句仍然占有主幹地位，駢儷句式在全篇中還只是間或的點綴而已。可是到了東漢，在辭賦盛行、講求駢辭儷句的影響之下，文風漸趨綺靡，作者開始自覺的習用排比對偶的修辭藝術，行文也就朝整齊對稱與綺麗華靡的方向轉變，逐漸顯露「散文駢化」的痕跡，乃至影響所及，即使東漢史家班固的一些單篇文章，如〈典引〉、〈奏記東平王蒼〉等，其中駢辭偶句所占的比例已明顯增加。同時基於文辭之美的修飾受到兩漢當政者的欣賞，文人士子憑辭章之才智入仕的機會增多，遂造成文章逐漸「文人化」、「典雅化」，出現排比對偶或引經據典以修辭達意的普遍現象。

　　試節錄漢魏之際的蔡邕(132-192)，為追念東漢末年太學生領袖郭泰所作〈郭有道碑〉為例：

　　　　先生諱泰，字林宗，太原界休人也。……先生誕膺天衷，聰睿明
　　　　哲，孝友溫恭，仁篤柔惠。夫其器量弘深，姿度廣大，浩浩焉，
　　　　汪汪焉，奧乎不可測已。若乃砥節厲行，直道正辭，貞固足以幹
　　　　事，隱括足以矯時；遂考覽六經，探綜圖緯，周流華夏，遊集帝
　　　　學，收文武之將墜，拯微言之未絕；於是纓緌之徒，紳佩之士，
　　　　望形表而景附，聆嘉聲而嚮和者，猶百川之歸巨海，鱗介之宗龜
　　　　龍也。……

　　蔡邕字伯喈，陳留(今屬河南)人，雖曾官至左中郎將，惟身居亂世，仕途坎坷，屢遭讒害，最後竟然死於獄中。蔡邕在文學史上乃是以擅長碑記之文著稱，其〈郭有道碑〉即堪稱代表作。全文風格典雅，結構井然，所述郭泰事跡，平實委婉，行文疏暢流轉，惟值得注意的是，其中不時出現的偶辭儷句，整齊勻稱，實開啓了魏晉以後駢儷文章的先聲。也就是這種散文逐漸駢化的趨勢，遂導致魏晉以後，駢儷之文終於形成唐前文壇一種流行的重要文體。

第一節　魏晉駢文的成體

　　魏晉文人普遍自覺的創作意識，促使文學作品，無論詩賦文章，均在尚辭好藻風氣中迅速「文人化」、「典雅化」。也就是在魏晉作家偏愛典雅的時代風習之下，駢辭偶句、音韻諧美、隸事繁富的駢文，開始以日趨成熟的姿態出現。建安文人作品則在駢文體式推向成熟的過程中，扮演了承先啓後的重要角色。

　　首先，駢辭偶句的使用範圍趨於廣泛，由書牘、碑誄、哀祭等表達「私人」之間情懷意念之文體，開始朝向章表、檄詔等官方的「公文」中迅速擴展。其次，由於曹魏作家「文學自覺」的創作意識，乃至文章中之造語更為精密華美，句式更為工整流麗，而且音韻的和諧與典故的運用，

均更爲明顯。再者，由於建安文人不但好藻，同時也尙情，遂令文章的辭采與情韻兼美，可以寫得情文並茂。尤其令當今學界重視的是，一些私人之間的信札，諸如曹丕(187-226)〈與吳質書〉、曹植(192-232)〈與楊德祖書〉、應璩(190-252)〈與侍郎曹長思書〉之類的書牘文，其中駢辭偶句的繁密運用，增添了文章形式之美，但卻並未妨礙作者個人感情的流露與懷抱的抒發。甚至對於涉及官方章表、檄詔等的陳述，或個人思想理念的表達，似亦未曾構成干擾。例如曹植〈求自試表〉、曹丕〈典論論文〉、韋曜〈博弈論〉、李康〈命運論〉，即是明證。

試錄曹植〈求自試表〉首段爲例：

> 臣植言：臣聞士之生世，入則事父，出則事君，事父尙於榮親，事君貴於興國。故慈父不能愛無益之子，仁君不能蓄無用之臣。夫論德而授官者，成功之君也；量能而受爵者，畢命之臣也。故君無虛授，臣無虛受，虛授謂之謬舉，虛受謂之尸祿，《詩》之「素餐」所由作也。昔二虢不辭兩國之任，其德厚也；旦、奭不讓燕、魯枝封，其功大也。今臣蒙國重恩，三世於今矣。正值陛下升平之際，沐浴聖澤，潛潤德教，可謂厚幸矣。而位竊東藩，爵在上列，身被輕暖，口厭百味，目極華靡，耳倦絲竹者，爵重祿厚之所致也。退念古之受爵祿者，有異於此，皆以功勳濟國，輔主惠民。今臣無德可述，無功可紀，若此終年，無益國朝，將掛風人「彼己」之譏。是以上慚玄晃，俯愧朱紱。

曹植雖貴爲丞相曹操之子，且受封陳王之尊，不過在宮廷政爭中卻始終懷才不遇，加上曹植本身爲人又不知韜光隱晦，往往揚才露己，乃至曹丕、曹叡父子相繼稱帝之後，仍然備受猜忌，最後鬱鬱而終。其〈求自試表〉乃是一篇以人臣之身上疏曹丕之子明帝曹叡的表文，當屬「官方公文」。文中一再申訴自己對明帝曹叡如何忠誠，雖然「爵重祿厚」，享受榮華富貴，卻因「無德可述，無功可紀，若此終年，無益國朝」，深感愧疚。全文宗旨主要是寄望明帝能任用自己，遂可以有所用於朝廷，或許還能夠「以功勳濟國，輔主惠民」。全文慷慨多氣，又不失典雅婉轉，惟值

得注意的是，文中駢辭偶句絡繹間起，典故運用繁富頻仍，已經有明顯「駢化」的傾向。以曹植的豐沛才情，文章的駕馭技巧，遂令此表文讀來但覺文氣流暢，文脈自然，作者既激昂又焦慮的心情，流蕩其間。倘若純就文章本身的表現視之，當屬駢文成體的過程中，一篇由散趨駢的佳例。劉勰《文心雕龍·章表》對曹植的章表文，即推崇備至，認為：「陳思之表，獨冠群才，觀其體瞻而律調，辭清而志顯，應物制巧，隨變生趣，執轡有餘，故能緩急應節矣。」

當然，建安時期文章體式風貌的主要傾向，仍然是散中帶駢，駢散相間，並以其慷慨多氣的時代風格，構成個別作家文章之感染力。駢文真正形成一種具有自身特色的「文體」，還是在西晉文人筆下方臻至。

綜觀現存西晉文章，雖然在體式上尚未出現通篇皆駢體之作，不過，大多數的西晉文人，在有意為美文的創作意識中，無論私人記述或官方章表，均已經明顯展現對於美辭儷句之偏好。著名者諸如：陸機(261-303)〈豪士賦序〉、〈弔魏武帝文〉、〈與趙王倫薦戴淵疏〉，潘岳(247-300)〈楊荊州誄〉、〈哀永逝文〉，庾亮〈讓中書表〉，以及干寶(317年前後在世)〈晉武帝革命論〉等，均以行文中多駢辭偶句見稱，並且出現，駢偶句式業已超過全篇句數一半以上的現象。

然而，不容忽略的是：首先，在西晉現存各類文章中，駢辭偶句已經不單單是作為一種修辭手法，而且已經成為整篇文章在內涵上組織結構的一部分。其次，隸事用典也不只是引證或舉例來說明內容宗旨而已，典故本身的意義，就是作者意欲表達的內容。

試節錄陸機〈豪士賦序〉為例：

夫立德之基有常，而建功之路不一。何則？循心以為量者存乎我，因物以成物者存乎彼。存乎我者，隆殺止乎其域；繫乎物者，豐約唯所遭遇。落葉俟微風以隕，而風之力蓋寡；孟嘗遭雍門以泣，而琴之感以末。何者？欲隕枝葉無所假烈風，將墜之泣不足繁哀響也。是故苟時啟於天，理盡於民，庸夫可以濟聖賢之功，斗筲可以定烈士之業。故曰：「才不半古，而功已備之。」蓋

得之於時勢也。

歷觀古今，徼一時之功，而居伊、周之位者有矣。夫我之自我，
智士猶嬰其累；物之相物，昆蟲皆有此情。……

且乎政由甯氏，忠臣所爲慷慨；祭則寡人，人主所不久堪。是以
君奭鞅鞅，不悅公旦之舉；高平師師，側目博陸之勢。而成王不
遺嫌吝余懷，宣帝若負芒刺在背，非其然者歟？……

上引陸機此序文，雖然行文中偶爾夾雜一些散句，惟在整體風格上，
與漢魏文章相比照，已經明顯展示其句式更爲整飭，音律更加諧美，典故
亦更爲繁密。值得注意的是：首先，全文除了一些關連詞或語助詞之點綴
外，已大多採用對偶句式，而且行文中的對偶句，從四言、五言、六言，
到九言句，各種樣式均有。其次，倘若整體視之，其間對偶句中，四字句
與六字句已經明顯增多。諸如：「存乎我者，隆殺止乎其域；繫乎物者，
豐約唯所遭遇……。」以及「政由甯氏，忠臣所爲慷慨；祭則寡人，人主
所不久堪」等，均已是相當工整的四六句式。再者，則是文中典故運用的
繁密。尤其是第三段，從「政由甯氏」，到「宣帝若負芒刺在背」，幾乎
句句用典。這些典故，並非引爲比喻或對照，其故實本身即是文章論述的
重點。

或許因爲周旋於權貴身邊的西晉文人，多屬心懷功名者，而所處的現
實政治環境，又往往需要依附權貴方能自顯或自保，乃至出現有意逞辭露
才，重視個人文章辭采之表現。也就是在這些西晉文人筆下，駢文的基本
要素，已經遍及官方文件及私人作品，而且往往展現造語精緻，音韻和
諧，辭采華美，用典繁富的特色。換言之，大凡駢文成體的主要特徵，在
西晉文人筆下已基本俱備。不過，此後偏安江左的東晉，在文章撰寫上則
顯然有不同的表現。

東晉在中國思想史上，乃是玄學鼎盛的時代，影響所及，無論詩歌或
文章，均頗受莊老玄風之影響，作者重視的，往往是莊老玄思的闡明，或
個人對恬澹虛靜的玄遠之境的企慕。詩壇風行的，主要是以闡明玄理玄趣
爲宗旨的玄言詩，比較不在意作品的文采和情韻。當然，猶如前面章節所

論，詩歌中以描述日常田居生活、抒發隱居情懷爲宗旨的陶淵明，則是少數的例外。惟就文章之整體表現而言，東晉文人顯然不若西晉文人那樣重視辭采。倘若綜覽現存東晉文章，見稱於文學史之名篇佳作，諸如王羲之（321-379）〈蘭亭集序〉，或陶淵明〈五柳先生傳〉、〈桃花源記〉等的抒情寫景、述懷敘事之作，似乎並無意追隨西晉文人特別講求駢儷的步調，仍然遙承漢魏遺風，以樸實流暢的散體行文爲主，其間的駢辭偶句，不過是間或的點綴而已。

儘管如此，駢文在東晉並非沒有留下繼續「發展」的痕跡，只是通常集中於官方應用文的領域。諸如：孫綽（314-371）〈諫移都洛陽疏〉、溫嶠（288-329）〈讓中山監表〉、桓溫（312-373）〈薦譙元彥表〉等人臣上書之公文，即是明顯以駢儷爲行文主體的例子。

駢文體式之正式成熟，以及駢文於文壇的風行與繁榮，實際上出現於貴遊文學鼎盛的南朝，其中當然還包括南人北上，對北朝文壇產生的影響。

第二節　南朝駢文的風行

南朝乃是中國文學史上貴遊文學臻至鼎盛、唯美文風通行朝野的時期。大凡身居此時期且見稱於文學史的作者，除了少數的例外，多屬擁有政治權勢的王公貴族，或在政治上雖依附朝廷，並無實權，不過在文化上則可以帶領風騷的世家大族子弟。一般詩文作品流露的主要是，作者優雅的學養風度，以及其對聲色耳目遊娛興致的審美趣味。無論在文學觀念或創作實踐方面，均明確顯示，南朝文學作品已經無須作爲政教倫理的依附，可以獨立於儒學經學傳統要求之外，乃至除了詠物詩與宮體詩的盛行，亦重視展現耳目視聽審美趣味的駢文之書寫，並且成爲文壇相當普遍的現象。這時的文章，無論爲官方或爲個人所寫，表現的普遍特色通常是：對偶精緻，辭藻華麗，聲律諧美，用事繁密；而且顯示晉宋以來逐漸流行的四六基本句式已經形成。

　　駢儷之文實可謂是南朝文章之正宗，是朝野上下大多數作者撰文之際選擇的一種主要的「體式」。其中包括：帝王詔令、朝廷文告，或臣下之章表奏摺，乃至文人士子之間日常交往應酬生活中的書札序論、碑銘哀祭等。幾乎無論公私領域，已經多採用駢體。影響所及，即使屬於文學批評理論的專書，著名者如劉勰(465?-520?)的《文心雕龍》，在駢儷文風吹拂之下，全書基本上就是以駢文體式撰寫。此外，又如在蕭統(501-531)主導下編選輯錄的《昭明文選》，其選文標準，亦以「綜緝辭采，錯比文華」(〈文選序〉)為主要尺度。據南朝作家抒情述懷寫景方面的表現，以及文學批評理論者或作品選家的好尚，在在展示駢文風行之難以抑止，不容忽視。這顯然與文學觀念的改變，密切相關。

　　南朝文人士子對於文學作品本身即具有自己特有的本質，可以「獨立」於政教倫理之外的認知，乃是在文學觀念上一大突破。或許可以再引蕭綱(503-551)〈誡當陽公大心書〉中幾句名言為證：

　　　　立身之道，與文章異。立身先須謹重，文章且須放蕩。

　　所言即明確點出，文章無須臣服於儒家政教倫理立身之道的束縛，可以自由之身，盡情書寫發揮。換言之，大凡屬於個人日常生活的經驗感受，包括人生際遇的感懷，家人親情的流露，遊覽之際對自然山水風景的審美趣味等，均可以成為作品關注的焦點。在這樣通達的文學主張與文壇環境背景之下，自然名家輩出，名作迭見，留下不少情文並茂之佳篇。包括後世論者所謂的「徐庾體」，以徐陵和庾信的駢儷文章作為駢文成熟的標誌[2]。南朝的駢儷文章，不乏至今仍然備受稱道者，諸如劉宋時期顏延之(384-456)〈陶徵士誄並序〉、鮑照(414?-466)〈登大雷岸與妹書〉，齊梁時期孔稚珪(447-501)〈北山移文〉、陶弘景(452-536)〈答謝中書書〉、丘遲(464-508)〈與陳伯之書〉、吳均(469-520)〈與宋元思書〉、徐陵(507-583)〈玉臺新詠序〉，以及庾信(513-581)中年後滯留北朝所寫

2　有關「徐庾體」特色之討論，詳見鍾濤，《六朝駢文形式及其文化意蘊》(北京：東方出版社，1997)，頁99-115。

〈哀江南賦序〉等，均屬膾炙人口的駢文代表作品。

　　且先舉丘遲〈與陳伯之書〉中最後兩段爲例：

　　　　暮春三月，江南草長，雜花生樹，群鶯亂飛。見故國之旗鼓，感
　　　　平生於疇日撫弦登陴，豈不愴恨！所以廉公之思趙將，吳子之泣
　　　　西河，人之情也，將軍獨無情哉！想早勵良規，自求多福。

　　　　當今皇帝盛明，天下安樂。白環西獻，楛矢東來；夜郎滇池，解
　　　　辮請職；朝鮮昌海，蹶角受化。唯北狄野心，倔強沙漠塞之間，
　　　　欲延歲月之命耳。中軍臨川殿下，明德茂親，總茲戎重，弔民洛
　　　　汭，伐罪秦中。若遂不改，方思僕言。聊布往懷，君其詳之。丘
　　　　遲頓首。

　　丘遲字希范，吳興烏程(今浙江)人，初仕齊，後入梁。上舉〈與陳伯
之書〉，實屬「公文」性質，卻寫得不僅辭美、情深，而且理足、義正。
按，陳伯之於齊末嘗爲江州刺史，齊亡之後降梁，梁武帝仍舊容其保留江
州刺史的名分與權位。不過，梁天監元年(502)，陳伯之或許因爲聽信離
間者之辭，起兵反梁，惟因戰敗，隨即率部轉而投降北魏。梁武帝於是令
臨川王蕭宏領兵北伐，陳伯之則率軍據壽陽城以相對抗。就在兩軍對峙的
僵持境況中，是時丘遲正好在蕭梁軍中任記室，受命寫了這封著名的「勸
降書」。次年春天，陳伯之就在大軍壓境之下，終於擁兵八千投降，重新
歸順蕭梁王朝。丘遲這封〈與陳伯之書〉，就其體式而言，全文乃是以駢
辭偶句爲主要構成部分，不但音韻諧美，且不時引喻典故以明義。對「叛
將」陳伯之，既動之以情，復曉之以理，又嚇之以威。就看上舉兩段引
文，顯然已是以四六句式爲主，其中對江南美景的描寫，鄉關之思的呼
喚，朝廷威信的強調，可謂情理交融，剛柔相濟。至於此書對陳伯之的投
降，是否真有影響，則不得而知。惟其文言之有物，情理兼備，雖用駢
體，卻顯得行文流暢易曉，且絲毫不流於浮豔，即使視其爲南朝文章抒情
說理的典範之一，亦當之無愧。

　　試再摘錄庾信〈哀江南賦序〉前二段爲例：

　　　　粵以戊辰之年，建亥之月，大盜移國，金陵瓦解。余乃竄身荒

谷，公私塗炭。華陽奔命，有去無歸。……信年始二毛，即逢喪
亂；藐是流離，至於暮齒。〈燕歌〉遠別，悲不自勝；楚老相
逢，泣將何及。畏南山之雨，忽踐秦庭；讓東海之濱，遂餐周
粟……。日暮途遠，人間何事！將軍一去，大樹飄零；壯士不
還，寒風蕭瑟。荊璧睨柱，受連城而見欺；載書橫階，捧珠盤而
不定。……申包胥之頓地，碎之以首；蔡威公之淚盡，加之以
血。鈞臺移柳，非玉美之可望；華亭鶴唳，豈河橋之可聞……。

一般文學史均將庾信歸類於「北朝作家」。主要因為庾信滯留北朝期
間，嘗仕西魏，最終又逝於北周。其實庾信早年曾仕於梁朝，於梁元帝
(在位：552-555)時期奉命出使西魏，卻值西魏滅梁(557)，梁元帝又遜位
於陳，遂導致庾信已無國可歸，只得滯留北方。其間雖曾改仕西魏，不
過，西魏亡後又無所歸屬，於是乃改仕北周，直至謝世。像這樣身經幾度
亡國的坎坷遭遇，實乃身逢亂世者的最大不幸。按，庾信之自南入北，滯
留不歸，乃是身不由己也。上引其〈哀江南賦序〉文中，主要就是自敘個
人一生仕宦生涯中飄泊流離的經歷，特別是蕭梁亡國之後，成為北地羈臣
的經驗與感受，包括內心的痛苦不安，以及對世事興衰之沉重哀嘆。就文
章本身風格視之，則是一篇典型的駢儷文章，篇中除了句式駢偶整齊悅
目、音韻和諧悅耳之外，還幾乎句句隸事用典。惟因作者真情實感之流
露，且隸事用典又頗精巧貼切，故而顯得儷而不靡，哀而能壯，文意曲折
細膩，引人入勝。

不容忽略的是，在駢文鼎盛的南朝，散體文章其實並未絕跡。除了魏
晉以來一些站在「史家」立場敘述志怪故事的筆記，諸如《幽明錄》、
《續齊諧記》以外，還有史論，包括正史中的傳記、論說，或地理調查之
類的學術著述，仍然以散體古文為行文主體。當然，一般史傳或論說之
文，或許受司馬遷《史記》與班固《漢書》等正史行文之影響，乃至主要
還是以散體古文敘述歷史，論說事理，似已成為大凡史家遵循的傳統。不
過，倘若抽出其中一些「贊論序述」等個別篇章視之，則亦不乏可以視為
頗具駢儷辭采的佳篇。例如范曄(398-445)《後漢書》中之〈宦者傳

論〉、〈逸民傳論〉等，即收錄於重視「綜緝辭采，錯比文華」的《昭明文選》，歸類為具有辭采美文的「史論」文章之代表。

此外，還有一些歸類於「北朝」文章家的著述亦值得注意。除了由南入北的顏之推(531-591?)所撰《顏氏家訓》之外，還有身居北魏的酈道元(?-527)的《水經注》，以及楊衒之(北魏永安至武定五年間[528-547]為官)的《洛陽伽藍記》。這三部重要著作，行文均是以散體古文為主體，駢辭偶句不過是偶爾點綴其間而已。或許可以作為北朝文章比起南朝文章，較為樸實無華的見證，亦是唐宋散體古文的前驅。尤其不容忽略的是，在《水經注》與《洛陽伽藍記》兩部著作中，有關都邑城鎮奇聞軼事的敘述，或自然山川狀貌形態之描寫，對唐宋以後遊記文章與山水小品，所產生的深遠影響。

當然，並非所有撰寫於南北朝時期的駢儷文章，均能達到情文並茂的境地。或許基於文章本身的駢儷「形式」，乃是駢文之所以成體的核心要素，如果作者對於辭藻、音韻、典故諸形式之美特別講究，卻又嫌才力不足，則很可能會導致「質不勝文」的「缺憾」。換言之，倘若作者專注於辭句之駢儷，音韻之諧美，典故之博引，過分著意於文章形式之美，乃至忽略內容意涵之實質表達，即可能導致徒具美麗辭章的外表，內容上往往顯得文意薄弱，甚或主題失焦的現象。雖然這應該是作者個人學力與才情的問題，而非駢文本身形式的問題，不過，由於先秦兩漢以來，強調儒家政教倫理的實用文學觀念，始終未嘗消歇，文章僅僅提供耳目所及的審美愉悅，畢竟是次要的，不足為取的，甚至必須揚棄的。因此，特別講究對偶、聲韻、辭藻、用典等修辭藝術的駢儷之文，即使以其審美趣味，在魏晉以後的文壇曾經風行不輟，卻仍然難免成為有心之士批評指摘的對象。隋唐時期君臣上下為革新文體，相繼提出文章復古之主張，實導源於此。

第三章
文章復古的主張

　　在中國文學史上，公然倡導「文章復古」，且成為中唐古文運動鋪路的先驅者，或許當首推隋文帝楊堅(在位：581-604)及其大臣李諤；其次是隋末文人王通(584-618)；再次則是一些活躍於初唐文壇的文人，包括著名的「初唐四傑」，以及陳子昂(661-702)諸人；繼而則是盛唐後期作家如元結(719-772)等。值得注意的是，這些隋唐文人士子，對於南朝以來，文學作品偏向崇尚形式的駢辭儷句，乃至內涵上忽略政教倫理的不滿或批評，實際上始終並未脫離漢代以來的儒家學者，特別強調文學須反映政治道德之實用功能觀點的藩籬。

　　隋唐之際文章復古的倡導，雖然是一些文人士子意圖「阻礙」駢儷之文的發展，以恢復文章政教倫理實用價值的一場「運動」，不過，從文學史發展的大趨勢觀察，卻也可視為，南朝以來文學總算可以獨立自主於政教倫理之外的一次「挫折」。當然，就散體古文的發展而言，隋唐士人的文章復古呼籲中，導致對「散體古文」之推崇，對於後世的敘事與說理文章，還是造成「有益」的影響。

　　有關隋唐士人先後提出文章復古之主張，其實可以從隋唐之前就已經出現的，對於「駢辭儷句」的排斥，以及「文以載道」的鼓吹，這兩方面來觀察。

第一節　駢辭儷句的排斥

　　最早公然排斥駢辭儷句之文，提倡文章復古者，其實是北周朝尊為太

祖文帝的宇文泰，身居北魏之際即已興發的主張。根據《周書・蘇綽傳》，宇文泰宏才大略，「性好儒術」，政治上一心要「革易時政，務弘強國富民之道」，對於文章撰寫方面則反對華靡之風：「自有晉之季，文章競爲浮華，遂成風俗。太祖欲革其弊，因魏帝祭廟，群臣畢至，乃命綽爲〈大誥〉。奏行之。……自是之後，文筆皆因此體。」當然，宇文泰意圖依《尙書》古奧的文體來規範當世，以便「復古並革新」的要求，難免矯枉過正，顯然並無多大成效。由於魏末周初，有大批南方文人，包括駢文大家王褒、庾信等，入北羈旅長安，在文壇上造成不小影響，加上宇文氏家族自身亦華化日深，乃至駢儷之文又廣爲流行於朝野，即使宇文泰特別要求依《尙書》古奧文體的朝廷公牘文，也難以遏止駢儷之風。繼而四十年後，隋文帝楊堅，以重實尙樸爲立國之本，對魏晉以來仍然流行的駢儷文風，亦深爲不滿。就如本書於前編論述隋詩的章節中已提及，文帝於開皇四年(584)曾下詔：「普照天下，公私文翰，並宜實錄。」要求文章無論公私，均當去除浮華，講求實用。甚至於同年九月，「泗州刺史司馬幼之文表華豔，付所司治罪」(《隋書・李諤傳》)。不過，隋文帝雖然「發號施令，咸去浮華」，以行政命令來改革文風，意圖一夕之間摒除文壇數百年的風尙積習，「然時俗辭藻，猶多淫麗」(《隋書・文學傳論》)，顯然並未達到預期的效果。其實，爲了配合隋文帝改革文風的朝廷措施，大臣李諤還特別曾上書請正文體，痛斥魏晉以來駢儷文風對推崇政教倫理之危害。

試再引李諤〈上高祖革文華書〉中抨擊齊梁文風之一段：

> 江左齊梁，其弊彌甚，貴賤賢愚，唯務吟詠。遂復理存異，尋虛逐微，競一韻之奇，爭一字之巧。連篇累牘，不出月露之形，積案盈箱，唯是風雲之狀。時俗以此爲高，朝廷據茲擢士……。

隋文帝的詔令，以及李諤的上書，今天看來雖顯得「無理」，然而卻不容忽視。其不但爲初唐詩壇意欲擺脫齊梁「浮豔」詩風彈出預響，同時亦可視爲中唐文壇鼓吹「古文運動」之前奏曲。不過，倘若單就李諤本身〈上高祖革文華書〉的行文風貌視之，其中不時浮現的駢偶成分，即頗爲

明顯，由此足見駢儷之文的生命力，以及駢文風尚之難以抗拒。此後唐太宗，於武德元年(618)亦嘗發布〈誡表疏不實詔〉，或許也以為，可以通過行政命令來改革初唐的綺麗文風，其結果同樣也無以遏止駢儷文章之風行。

其實，文壇流行的時代風尚，往往多屬文人群力累集的自然結果，單靠居上位者排斥魏晉以來長期風行的駢辭儷句，即使下達行政命令以遏止，其效果不彰，乃屬意料中事。無論文體之「革新」，或文章之「復古」，尚有待提筆寫作的文人士子諸君自身之「覺醒」，非但要從理論方面不斷鼓吹，而且還需在寫作方面相繼實踐，方能逐漸形成氣候。惟不容忽略的是，這些為革新文體而鼓吹的復古理論，終於受到文壇的重視，並形成時代風尚，顯然與歷來尊崇的儒家道統觀念的提倡密切相關。

第二節　文以載道的鼓吹

儒家特別重視政教倫理的文學觀，實際上自先秦以來，尤其經過漢室的儒術獨尊，加上漢儒說詩之宣揚，就不絕如縷，影響可謂既深且遠。即使在文學自覺的曹魏時期，即使在文學可以獨立於經史之外、駢儷文章盛行之際的南朝，亦未嘗消歇，只不過是暫時退居次位而已。這正是排斥駢辭儷句之餘，觸發中唐文人鼓吹「文以載道」的主要背景。

有關中唐古文運動的「文以載道」之鼓吹，實可回溯到南北朝時期一些文人士子對於文章須宗經述聖的實用主張。例如劉勰(465?-520?)，雖然以駢儷之文著述《文心雕龍》，卻並未忽略文學須彰顯儒家之經典聖道，乃至提出「道沿聖以垂文，聖因文而明道」(〈原道〉)，以及「論文必徵於聖，窺聖必宗於經」(〈徵聖〉)之類的明道宗經觀點。此外，由梁入北的顏之推(531-591?)，集歷來家訓之大成所撰的《顏氏家訓》，其於「文章」篇，甚至認為：「文章原出五經。」此後隋初李諤，於前舉〈上高祖革文華書〉中，要求「擇先王之令典，行大道於茲世」，亦屬同樣的尊經重道立場。繼而隋末的王通(584-618)，亦以排斥異端、復興儒學的

正統派自居，於其《中說》中，即大力批判魏晉以來徒重外貌形式之美的
綺靡文風，主張文章須切於「王道」，並宣稱「言文而不及理，是天下無
文也，王道從何而興乎？吾所以憂也」(《中說・王道》篇)；且進一步要
求，文章內容須「志乎道」，因此行文明白暢達乃屬必要，故云：「古之
文也約以達，今之文也繁以塞。」(《中說・事君》篇)

　　自梁朝劉勰至隋末王通，在文章理論上，各家所言均明顯表露「文以
載道」的傾向。他們宣稱的這些偏向儒家強調實用價值的文學主張，或可
視爲以後韓愈諸人鼓吹「文道合一」的先聲。不過，正當駢文盛行，文風
難以遏止之際，個別文人的零星主張與呼籲，即使經由朝廷的規範，仍然
難以形成文壇的聲勢氣候。散體古文終於盛行於中唐文壇，且從此成爲文
章的主流，實有待初唐以來的文人士子自身，以其群體之勢的相繼鼓吹與
實踐。

第四章
唐代古文的發展

　　散體古文之所以能盛行於唐代文壇，或可先以南朝以來，駢文與古文之間的相互協調與彼此消長作為背景，以便掌握其發展演變的大概脈絡。

第一節　南朝駢儷的餘緒——初唐

　　隋文帝雖然意圖效法西魏北周之際的宇文泰，有心「改革」文風，可惜同樣效果並不彰。其後隋煬帝楊廣（在位：604-618），則因頗醉心於江南文物之旖旎風雅與繁盛華美，無論其時的詩壇或文壇，均重新恢復到齊梁時期的綺麗餘風。爰及李唐立國之後，一代英主唐太宗李世民（在位：626-649），雖亦嘗表示對駢儷文風之不滿，甚至頒布〈誡表疏不實詔〉，亦無濟於事。何況唐太宗自己，寫起詩來，也不脫駢儷纖靡之風，時下文人更是競相效法。

　　其實，初唐一百年間，不但詩歌繼承南朝齊梁餘緒，文章方面的駢儷文風也一直蔓延，歷久不衰。即使文學史上所稱「初唐四傑」，曾分別表示對當下文壇沿襲南朝綺麗文風之不滿，例如：王勃（650-675）嘗慨嘆「天下之文，靡不壞矣」（〈上吏部裴侍郎啓〉）；楊炯（650-?）也批評當時文章乃是「骨氣都盡，剛健不聞」（〈王勃集序〉）。可是，初唐四傑實際上均屬駢文能手，乃至出現理論主張與創作實踐並不相契合的矛盾情況。就看文學史上最膾炙人口的初唐文章，諸如王勃的〈滕王閣序〉、駱賓王（640-684?）的〈代徐敬業討武曌檄〉等，就是用精緻的駢儷之文撰寫。

試先以王勃著名的〈滕王閣序〉最後一段爲例：

> 勃三尺微命，一介書生。無路請纓，等終軍之弱冠；有懷投筆，
> 慕宗悫之長風。舍簪笏於百齡，奉晨昏於萬里。非謝家之寶樹，
> 接孟氏之芳鄰。他日趨庭，叨陪鯉對；今日捧袂，喜托龍門。楊
> 意不逢，撫凌雲而自惜；鍾期既遇，奏流水以何慚。嗚呼！勝地
> 不常，勝宴難再。蘭亭已矣，梓澤丘墟。臨別贈言，幸承恩於偉
> 餞；登高作賦，是所望於群公。敢竭鄙懷，恭疏短引。一言均
> 賦，四韻俱成。請灑潘江，各傾陸海云爾。

上引王勃此文，就文體而言，可謂辭藻華美，用典繁多，顯然是繼承
南朝駢文體式之餘風，而且又在初唐詩賦均已經逐漸律化的環境背景之
下，其行文中流露音律之諧美，更勝於前人。不過，時代環境畢竟不同
了，倘若就其文章的題材內涵視之，已明顯有所拓展，情味也顯得清新，
意境且更爲開闊。全文顯示的是，唐代的文章，即使用駢儷之文撰寫，也
已經改變了一般南朝文章「談人主者，以宮室苑囿爲雄；敘名流者，以沉
酗驕奢爲達」（王勃〈上吏部裴侍郎啓〉）的面貌，展現了新的時代風格。
此處單就〈滕王閣序〉中傳誦千古之名句「落霞與孤鶩齊飛，秋水共長天
一色」視之，原本是化用庾信〈三月三日華林園馬射賦〉中的對句「落花
與芝蓋齊飛，楊柳共春旗一色」，卻已明顯展現，初唐文章在內涵意境上
已趨向恢弘浩闊的時代色調。惟上舉王勃之文，雖然意境浩闊明朗，畢竟
還是流露初唐與南朝在駢文體式諸要素上之延續，而且有追求形式美的傾
向。不過，爰及陳子昂，情況則開始產生了明顯的變化。

陳子昂曾提出恢復「風雅比興」和「漢魏風骨」（〈修竹篇序〉）的主
張，雖然其言主要乃是針對詩歌創作而發，卻已經明顯涉及文學作品在內
涵情境上亦須復古與革新的要求。何況現存陳子昂的一些對策、疏奏等官
方公文，以及個人批評朝政的政論文章，實際上已頗爲接近疏宕樸實的散
體古文，或許可視爲盛唐一般應用文體由駢轉散之前奏。試錄其〈上蜀川
安危事三條〉中之一小段爲例：

> 蜀中諸州百姓所以逃亡者，實緣官人貪暴，不奉國法，典吏遊

容，因此侵漁剝奪即深。人不堪命，百姓失業，因即逃亡。凶險之徒，聚爲劫賊。今國家若不清官人，雖殺獲賊，終無益。

上引文字中，對蜀中諸州平民百姓失業、逃亡的同情與憐憫，對「官人貪暴，不奉國法」的不滿與指責，充分流露一介儒生對社會民生的由衷關懷，這正是中唐韓愈諸人，爲改革時政而提出文章當須復古的先兆。惟就其文章本身的風格視之，無論其中關懷民生疾苦的內涵主旨，以及散行單句爲主的風貌特色，均已經顯示，脫離駢辭偶句的束縛，可以自由揮灑示意的古文風格。根據《新唐書》陳子昂本傳的觀察：「唐興，文章承徐、庾餘風，天下祖尚，子昂始變雅正。」陳子昂在唐代文章「始變雅正」的先驅地位，不容忽視，正猶如韓愈於其〈薦士詩〉中所稱揚的：「國朝文章盛，子昂始高蹈。」

第二節　由駢至散的過渡——盛唐

初唐自四傑與陳子昂諸人之後，至玄宗(在位：712-756)朝，文壇風氣才眞正開始有明顯的變化。這時期首先出現了文學史上號稱「燕、許大手筆」的張說(667-730)與蘇頲(670-727)。按，由於張說曾經朝廷封燕國公，蘇頲則曾封許國公，故共稱「燕、許」。其實張說、蘇頲二氏所擅長的文章，主要還是具實用目的的朝廷制誥，或人臣章表等公牘文，二人對唐代散體古文發展的「功勞」，就在於將南朝以來多以駢文書寫公文的習慣，轉爲駢散相間，行文趨向舒展自然，且隱約流露一分宏大渾厚的氣勢。或許由於張說與蘇頲在政治地位上雖居高位，在文學史上卻並非影響發展的「大家」，因此通常視爲唐代文章由駢至散過渡階段的先例而已。

惟不容忽略的是，盛唐的文章，整體視之，實際上仍然居於由駢至散的過渡階段。張說、蘇頲之外，諸如詩文大家王維(701-761)、李白(701-762)，以及古文的積極倡導者李華(715-766)諸人，均以他們散體爲主的文章中，夾雜著駢辭偶句之美，備受稱道。

試先引李白膾炙人口的〈春夜宴從弟桃花園序〉爲例：

夫天地者，萬物之逆旅；光陰者，百代之過客。而浮生若夢，爲
歡幾何？古人秉燭夜遊，良有以也。況陽春召我以煙景，大塊假
我以文章。會桃花之芳園，序天倫之樂事。群季俊秀，皆爲惠
連；吾人歌詠，獨慚康樂。幽賞未已，高談轉清。開瓊筵以坐
花，飛羽觴而醉月。不有佳詠，何伸雅懷？如詩不成，罰依金谷
酒數。

李白此序文，充分展現盛唐文章「小品化」的痕跡；文中所云言簡情
深，眞可謂是文章中之「絕句」。倘若就文學沿襲與文化傳承上觀察，顯
然是有意遙承晉人石崇(249-300)〈金谷集序〉與王羲之(321-379)〈蘭亭
集序〉之作。惟就文體本身風格視之，則明顯展示由駢至散的過渡。其間
四六句式之頻繁，音韻之和諧，以及典故之運用，均不離駢文的基本要
求。不過，文中既不避「之」、「者」、「也」諸虛詞，又夾雜三言、八
言長短不等的句式，因而予人以宛如散體古文的印象；加上行文中語氣間
流露的浩闊恢弘氣勢，不單單是李白個人文章風格的展現，同時也流露出
具有「盛唐氣象」的時代風貌。全文可謂是以散文的風格寫駢文，既保留
駢文講求排比鋪張、句式整鍊的特點，又煥發出散體古文明白曉暢的氣
象，遂令備受傳統形式「拘束」的駢文，得到進一步的「解放」。

再舉王維〈山中與裴迪秀才書〉爲例：

近臘月下，景氣和暢，故山殊可過。足下方溫經，猥不敢相煩，
輒便往山中，憩感配寺，與山僧飯訖而去。北涉玄灞，清月映
郭，夜登華子岡，水淪漣，與月上下。寒山遠火，明滅林外；深
巷寒犬，吠聲如豹；村墟夜舂，復與疏鐘相間。此時獨坐，僮僕
靜默，多思曩昔攜手賦詩，步仄逕，臨清流也。當待春中，草木
蔓發，春山可望，輕鯈出水，白鷗矯翼，露濕青皋，麥隴朝雊，
斯之不遠，儻能從我遊乎？非子天機清妙者，豈能以此不急之務
相邀？然是中有深趣矣！無忽，因馱黃蘗人往，不一。山中人王
維白。

此文不過是一封寄給好友裴迪的簡短書札，署名「山中人王維」。主

要敘寫其目前隱居藍田輞川，幽居山中的歲月：平日僅與山僧來往，享受自然美景的優閒生活與見聞，進而邀約裴迪，於明春同遊山中勝景，如此而已。惟文中所敘輞川周遭景色，繪聲繪色，動靜相間，無論其描述的是山中的寒冬夜冷，或早春生趣，或對過去曾經與裴迪「曩昔攜手賦詩」美好情境的懷思，筆墨間均充滿詩情畫意，幽趣無窮。值得注意的是，全文不用典故，直接寫景抒情，雖以四字句爲行文主體，卻並不拘於駢文四六句的格式，其中夾雜著二言至十言，句式參差，且不避「之乎者矣」諸虛詞，乃至語氣流暢自然，已明顯展示盛唐文章由駢入散的傾向。

　　盛唐文章由駢轉散的過渡現象，不僅流露於個人抒情寫景述懷之章，同時亦表現在一些說理議論的作品中。李華的名篇〈弔古戰場文〉，即可視爲代表。試錄其中第一及第三段爲例：

> 浩浩乎平沙無垠，敻不見人；河水縈帶，群山糾紛；黯兮慘悴，風悲日曛；蓬斷草枯，凜若霜晨；鳥飛不下，獸鋌亡群。亭長告余曰：「此古戰場也。嘗覆三軍，往往鬼哭，天陰則聞。」傷心哉！秦歟漢歟？將近代歟？……吾想夫北風振漠，胡兵伺便，主將驕敵，期門受戰。野豎旄旗，川回組練；法重心駭，威尊命賤；利鏃穿骨，驚沙入面；主客相搏，山川震眩；聲折江河，勢崩雷電。至若窮陰凝閉，凜冽海隅，積雪沒脛，堅冰在須；鷙鳥休巢，征馬踟躕；繒纊無溫，墮指裂膚。當此苦寒，天假強胡，憑陵殺氣，以相剪屠。徑截輜重，橫攻士卒；都尉新降，將軍復沒；尸塡巨港之岸，血滿長城之窟；無貴無賤，同爲枯骨，可勝言哉！鼓衰兮力盡，矢竭兮弦絕，白刃交兮寶刀折，兩軍蹙兮生死決。降矣哉，終身夷狄；戰矣哉，暴骨沙礫。鳥無聲兮山寂寂，夜正長兮風淅淅，魂魄結兮天沉沉，鬼神聚兮雲冪冪。日光寒兮草短，月色苦兮霜白，傷心慘目，有如是耶！……

　　李華此文主要乃是針對當時朝廷拓邊政策的政軍環境而發，具有向朝廷建議的實用目的。文中論述戰爭之殘酷，提出「守在四夷」的主張，並建議朝廷應當宣文教，施仁義，行王道，以與世居邊境的其他各族群和睦

相處。全文洋洋灑灑，儘管其鋪陳似賦，卻無堆砌之病。句式則以四字句為主，偶爾雜以六字句或七字句，其中第三段為強調其抒情意味，還插入一系列帶「兮」字的騷體句式。此外，筆下的對偶並不嚴格，往往駢散相間，而且用典很少，語言亦顯得流暢易曉。整體視之，全文可謂華實相半，且情文並茂。就其文體風格觀察，已與初唐時期重視駢辭偶句的文章相異，明顯展露駢文趨向散文化的過渡現象。

其實，對中唐古文的興盛具有直接先導地位者，首當推身處盛唐末期的元結(719-772)。按，如前面章節所述，元結以其為友人編錄的《篋中集》在唐代詩史上留名，不過元結在散文史上由駢轉散的歷史地位，可能更為重要。其現存文章，除了著名的寫景散文〈右溪記〉，或許可視為柳宗元山水遊記之先聲；其他章表狀書諸公文，加上序論頌銘等表現文人交遊往來之作，業已展現文筆清雅、不事華藻的散體古文色調，並且不時流露個人的情懷意念。例如〈讓容州表〉一文，乃因朝廷要調遣元結至容州（今廣西容縣）的政令，惟因其時元結老母多病，需要奉養，不擬遠行，只好懇求辭讓新職。閱讀全文，實覺其與西晉李密(223-289?)的名篇〈陳情表〉，內容頗相近似。其中委婉道出，忠君與事親之難以兩全，故而只得懇求辭讓新職，最為動人。試看其中表達心曲之一段：

> 臣欲扶持板輿，南之合浦，則老母氣力，艱於遠行；臣欲奮不顧家，則母子之情，禽畜猶有；臣欲久辭老母，則又汙辱名教；臣欲便不之官，又恐稽違詔命；在臣肝腸，如煎如灼。

單就其句式視之，其中夾雜四五六言，行文顯得自然流暢，加上文意中流露的情懷，乃屬個人一己之親情，遂將原屬公文的「表」文，個人化、抒情化了。此外，元結尚有〈丐論〉、〈化虎論〉、〈惡圓〉諸篇雜文，對韓愈、柳宗元的說理議論之類的政治社會諷刺之作，亦可謂是先驅。清人章學誠(1738-1901)於〈元次山集書後〉即指出：「人謂六朝綺靡，昌黎始回八代之衰；不知五十年前，早有河南元氏為古學於舉世不為之日也。」

元結之外，還有蕭穎士(717-768?)、獨孤及(725-777)等以文章留名

者，均在恢復古道的旗幟下，提倡並寫作散體古文，對中唐古文運動的興起，亦各有貢獻。如蕭穎士於〈贈韋司業書〉中即云：「僕平生屬文，格不近俗，凡所擬議，必希古文。魏晉以還，未嘗留意，又況區區咫尺之判，曷足牽丈夫壯志哉！」獨孤及於〈趙郡李公中集序〉亦云：「自典謨缺，雅頌寢，世道陵夷，文亦下衰，故作者往往先文字後比興。其風流蕩而不返，乃至有飾其詞而遺其意者，則潤色愈工，其實愈喪。……」這些出自文壇著名文人士子的呼聲，雖然已經指出唐代散體古文發展的方向，不過，唐代古文之風行，仍有待一批中唐文人在復古意識的潮流中，對恢復先秦兩漢「古文」的提倡與實踐。

第三節　散體古文的風行——中唐

散體古文之所以能風行於中唐文壇，一方面反映文學觀念與文學品味的變化，乃至引起對魏晉以來特別重視形式美的駢文之排斥，惟更重要的則是，在政治現況以及文化背景的觸發之下，有心之士趁此對文章體式既復古又革新之倡導與實踐。其中最具影響力者，自然非韓愈莫屬，其次則是柳宗元。

一、文起八代之衰——韓愈

韓愈為一代文宗，中唐古文運動的領袖，自唐以降，已屬公論，後人對其倡導古文的歷史地位，評價之崇高，歷來罕匹；其中最有代表性，且影響最為深遠者，當推蘇軾(1037-1101)，也是首先提出韓愈「文起八代之衰」的功勳者。

試看蘇軾於〈潮州韓文公廟碑〉所云：

> 自東漢以來，道喪文弊，異端並起，歷唐正(貞)觀、開元之盛，輔以房、杜、姚、宋而不能救。獨韓文公起布衣，談笑而麾之，天下靡然從公，復歸於正，蓋三百年矣。文起八代之衰，而道濟天下之溺，忠犯人主之怒，而勇奪三軍之帥。此豈非參天地、關

　　　盛衰，浩然而獨存者乎？

　　此處所稱「八代」，包括東漢、魏、晉、宋、齊、梁、陳、隋，正是
駢儷之文由興起到風行的時代，其間雖也陸續出現一些革新文體的呼籲，
惟效果不彰。即使此後初、盛唐時期的文章已顯示駢文趨向散化的現象，
畢竟未能成爲氣候。直到韓愈在理論和實踐上成爲總攬全局的統帥，加上
其他文人士子的響應，散體古文才能成爲文壇的主流。而「文起八代之
衰」亦成爲韓愈在文學史上領導中唐古文運動的「標誌」。

（一）理論的提出

　　韓愈提倡恢復先秦兩漢古文的理論，不但涉及文章本身之創作原則，
同時亦展示其「文學觀」，在中國文學批評理論方面，實具重要意義。大
致可歸納爲下列幾項重點：

1. 文以明道——文章宗旨

　　所謂「文以明道」，即是韓愈倡導古文的宗旨，其中「文」與「道」
的關係，則是其古文理論的核心。這其實與中唐時代政局的日趨衰敗密切
相關。

　　由於中唐時期正逢大唐王朝由盛逐漸轉衰之際，其時朝野在思想信仰
上佛老盛行，政壇上則是宦官專權，朋黨互爭，藩鎮割據，加以邊疆外族
多次入侵。身處這樣的局面，大凡有識之士均充分意識到政治改革的必
要。向來以道自任的韓愈，遂將恢復古道，攘斥異端，視爲振興唐室、安
定政局、撫平社會的當務之急。在其〈原道〉一文中即指出，其所推崇的
「道」，乃是以儒家提倡的「仁義」爲重點。認爲結合聖人之道與先王之
教，方可以維護君臣、父子、師友、賓主、昆弟、夫婦等人倫關係的社會
秩序。因此，闡釋並推崇儒家思想學說，恢復儒家的正統地位，即是其
「明道」的宗旨。對文人士大夫而言，最有效的途徑，就是「文以明
道」，亦即以先秦兩漢的散體古文形式作爲媒體，藉此來宣揚鼓吹儒家之
古道，或許可以臻至「文道合一」的境地。至於文以明道該如何達成呢？
韓愈則提出幾項有關作者本身的道德修養以及創作態度的意見。

2. 氣盛言宜——作者修養

　　根據韓愈〈答李翊書〉所云，「文道合一」之首要條件，就是作家本身的個人道德修養。其所謂「氣盛言宜」。主要是針對作者與作品的關係而發，亦即「爲人」的道德修養與「爲文」的創作表現問題。如其認爲：「氣盛則言之短長與聲之高下者皆宜，」即涉及作者的道德修養與文章的表現兩者之間的密切關係。按，韓愈所謂「氣盛言宜」之「氣」，既指作者個人的氣質品德、精神風貌、道德修養，亦指作品流露之文氣、氣勢、格調。所謂「言」，則包括作品的語言、文辭、內涵。爲進一步說明作家修養與文章創作關係的重要，韓愈於〈答李翊書〉中，特別宣稱自己乃是「非三代兩漢之書不敢觀，非聖人之志不敢存，處若忘，儼乎其若思，茫乎其若迷」；而且「行之乎仁義之途，遊之乎《詩》、《書》之源，無迷其途，無絕其源」。如此，方能臻至「氣盛言宜」的境地。換言之，作者爲文，首先必須養氣，而養氣，則有賴個人的道德修養，大凡有道德修養者，則氣盛，氣盛則文宜，其文章必得其「宜」。

　　不過，一般文人士子作家，在生命歷程中偏偏多懷才不遇，所面對的，往往是一個並非個人能夠掌握或控制的政治環境。即使如此，韓愈認爲，還是可以通過其內心的不平，轉而寫出令讀者受益無窮的作品。

3. 不平則鳴──創作緣起

　　韓愈於〈送孟東野序〉一文中，對於作者之所以執筆爲文，提出「大凡物不得其平則鳴」的觀點。認爲自周公、孔子、孟軻、荀卿、墨翟、管仲諸先賢，乃至後輩的一般文人士大夫，所以藉筆墨以說理抒情述懷，均緣起於作者之「不平則鳴」。換言之，由於心有所感，情懷激盪，不能平靜，有話要說，乃至訴諸筆墨，形諸簡冊。又在「不平則鳴」的論述中，特別重視那些「自鳴不幸」者，亦即大凡因遭受政治生涯的挫折，而心感懷才不遇之士，諸如屈原、司馬遷等，如何悲憤怨懟，故而提筆爲文，以「自鳴不幸」。其實，韓愈所謂「不平則鳴」的創作觀，正好點出，傳統中國文學作品的現世色彩與自傳意味。尤其是詩歌散文的創作，很少憑空創造，亦少純出虛構，大多與作者所處的政治社會環境，或所經歷之個人身世遭遇相關，因此，在中國文學的研究領域，作品的詩文繫年或作者的

年譜編撰，會成為學者研究個別作家作品的重要資料。

　　既然文章創作是出於作者「不平則鳴」而起，在表情達意之際，自然應該注意作品在語言文辭方面的革新。

4. 陳言務去與文從字順——語言革新

　　文章語言的革新，亦是韓愈倡導古文的重要內容。就此大概可以分為兩方面：首先，是「惟陳言之務去」（〈答李翊書〉）。主張為文務去陳腔濫調，也就是在文辭方面要求「必出於己，不蹈襲前人一言一句」（〈南陽樊紹述墓誌銘〉）。換言之，大凡為文須辭必己出，求新奇，貴獨創。對於古人的著作，即使是經典之作，也只須「師其意，不師其辭」（〈答劉正夫書〉）。其次，則是要求「文從字順各識職」（〈南陽樊紹述墓誌銘〉）。亦即在「陳言務去」的基礎上，達到行文流暢通順，語言平易自然。這不僅是「革新」魏晉以來文章的駢儷凝重，同時亦是先秦兩漢散文「復古」的呼籲。

　　值得注意的是，韓愈又嘗於〈題歐陽生哀辭後〉中明言：「愈之為古文，豈獨取其句讀不類於今者邪？思古人而不得見，學古道則欲兼通其辭；通其辭者，本志乎古道者也。」明確表示，其提倡古文，主要乃是基於「志乎古道」而已，因此，其為文但求合乎古道，卻並無直接反對駢文的言論。

(二)古文的實踐

　　韓愈「志乎古道」的「復古」主張，實際上在恢復儒家正統思想方面的貢獻並不大；不過，其在古文的提倡與創作方面，則可視為中國散體古文發展史上的巨星，影響既深且遠。按，韓愈留存下來的文章，約計三百餘篇，無論內容之豐富，體式之多樣，均前所未有，或可以代表唐代散體古文的最高成就，同時亦是古文文體的集大成者。茲就《昌黎先生集》現存文章，大略分為論說雜文、書牘贈序、碑誌祭文三類，綜觀其古文之實踐成就。

1. 論說雜文

　　韓愈現存的「論說雜文」，主要包括單純說理議論之文，以及藉讀書

札記，或雜感小品以表達某種思想理念者，往往多以政治社會的關懷爲筆墨重點。這類文章，其實在先秦諸子論著中早已開其端，且成就斐然。不過，漢魏時期，以單篇論文格式出現者，或當以賈誼（前200-前168）〈過秦論〉、晁錯（前200-前154）〈論貴粟疏〉爲現存最早之例。其後，儘管駢文盛行，說理議論爲宗旨之文從未消歇。韓愈的論說文中，最能顯示其氣勢雄健的風格特點者，當屬〈原道〉、〈原毀〉、〈師說〉諸說理議論之文，以及一些雜感小品，如〈雜說〉其四（世有伯樂，然後有千里馬……）等。這些文章，予以讀者的普遍印象是，作者侃侃而言，理直氣盛，多能有的放矢、針對時弊大聲呼籲，並加以批評論證。

試錄其著名的〈師說〉首二段爲例：

古之學者必有師。師者，所以傳道授業解惑也。人非生而知之者，孰能無惑？惑而不從師，其爲惑也，終不解矣。生乎吾前，其聞道也，固先乎吾，吾從而師之；生乎吾後，其聞道也，亦先乎吾，吾從而師之。吾師道也，夫庸知其年之先後生於吾乎？是故無貴無賤，無長無少，道之所存，師之所存也。

嗟乎！師道之不傳也久矣，欲人之無惑也難矣。古之聖人，其出人也遠矣，猶且從師而問焉；今之眾人，其下聖人也亦遠矣，而恥學於師。是故聖益聖，愚益愚。聖人之所以爲聖，愚人之所以爲愚，其皆出於此乎？

韓愈此文乃是針對當時社會「師道之不傳也久矣」，有感而發。其中將爲師者的任務，歸結爲「傳道、授業、解惑」三項，歷來均引爲名言。尤其是「道之所存，師之所存」，或「弟子不必不如師，師不必賢於弟子」，諸如此類開明先進的觀點，至今仍然可以視爲警語。行文方面雖不免頻頻運用對比和排偶，但句式上又富於長短錯綜的變化，乃至語意流暢，氣勢迎人。當然，倘若單純從作品的文學審美趣味視之，像上舉〈師說〉，以及〈原道〉、〈原毀〉諸類說理議論的文章，或許不夠「美」，但是，由於其言理直而氣壯，往往流露作者剛直的人格情性與憤世的激情態度，遂增添了幾分文學意味。何況對一般傳統讀者而言，文章之所以

「動人」，不但因其文辭章句令人讚賞，更重要的是，其中內涵主旨在觀念上的「正確性」，引人入勝，引起共鳴。由於傳統中國文學的作者或讀者，往往與儒家傳統的政教倫理難以割捨，乃至含有道德教化意味的文章，自有其魅力。這也是當今研究文學史者，不能將先秦以來說理議論之文排除在「文學」之外的主要原因。

2. 書牘贈序

所謂「書牘贈序」，主要包括私人書札和贈序文，均屬文人日常生活中彼此交遊往來的應用文，各有其特定的讀者對象，與創作場合，通常具實用目的，乃至內涵筆意也因作者與特定讀者之間關係的親疏遠近而各有差異。按，書牘文即現今所稱的書函信札，應該是最具作者與特定讀者之間「私情」色調者，因此涉及的內容，廣泛多樣，只要是願意吐露並寄望和對方有所交流者，幾乎可以無所不包，無所不談，甚至可以敘事、說理、言情兼備。韓愈的書牘文，除了一些應酬性的往來信件之外，亦有不少歷來公認的佳篇。或在私誼方面，寫得情摯意深，動人心神，或則乘此機會借題發揮，說理議論，提出觀點主張。

試看韓愈寫給孟郊(751-814)的〈與孟東野書〉發端一段：

> 與足下別久矣！以吾心之思足下，知足下懸懸於吾也。各以事牽，不可合并，其於人，非足下之為見，而日與之處，足下知吾心樂否也。吾言之而聽者誰歟？吾唱之而和者誰歟？言無聽也，唱無和也，獨行而無徒也，是非無所與同也，足下知吾心樂否也！……

一起筆，即向孟郊吐露知己之感，以及久別相思的寂寞情懷，其行文動人，抒情意味亦濃，充分流露與孟郊二人之間的私人情誼。但是，在訴說私情之後，卻筆鋒一轉，立即順此進入說理議論，發揮其著名的「不平則鳴」命題。其實，韓愈與友人的書信，除了敘私情之外，往往喜歡論說事理，乃至與其他論說雜文近似。就如其著名的〈答李翊書〉，即是一篇以「論文」為主旨的書信，是回答後學李翊的請教而寫。書中韓愈以自己的寫作經驗，向李翊提出「氣」與「言」的關係，亦即作者的道德修養與

文學創作的關係，並侃侃而談其「復古」的主張。這樣的文章，在體式上屬於書信體，內容上實則與說理議論之文無異。

　　唐代以前，以「序」名篇的作品，多用以記述宴飲盛會。其來源，或與文人雅集臨觴賦詩有關，如王羲之〈蘭亭集序〉；或作爲書序或詩文之序跋，屬於介紹或評述一部著作；或是交代一篇詩文緣起的文字，如陶淵明〈飲酒詩二十首序〉。惟爰及唐代，除了宴飲盛會之序，以及詩文著述之序外，大凡友朋同僚之間的惜別贈言，作文贈行之文也通稱爲「序」，此即本文所稱的「贈序」。其實，贈序乃是流行唐代文壇的一種文體，初盛唐以來，已經形成大致的定格。一般在內涵上多敘友誼，訴離情，寫風景，或加上一些推崇讚許、祝福勉勵對方之辭，有如臨別贈言。如王勃〈滕王閣序〉、李白〈早春於江夏送蔡十還家雲夢序〉等，即是初盛唐贈序文的典型例子。不過，古文家韓愈的贈序文，卻往往不落前人窠臼，不但形式靈活多變，還擴大了贈序文的內容。除了敘友誼、道別情之外，還述主張，議時事，詠懷抱，勸德行，而且大都具有濃厚的個人色彩，流露內心不平之意，展現其理直氣盛之才。就如著名的〈送孟東野序〉，即以「大凡物不得其平則鳴」發端，論說時代環境與文學創作的關係，實際上是一篇發揮自己文學見解的論文，只是在篇末方點出勸勉送別之意：「東野之役於江南也，有若不釋然者，故吾道其命於天者以解之。」其實借題發揮個人觀察政治社會的理論見解，是韓愈贈序文的個人特色。

　　試看韓愈〈送李愿歸盤谷序〉中，對時下趨炎附勢者的嘲諷：

　　　　伺候於公卿之門，奔走於形勢之途。足將進而趑趄，口將言而囁嚅。處穢汙而不羞，觸刑辟而誅戮。僥倖於萬一，老死而後生者，其於爲人賢不肖何如也？

　　引文所云，可謂筆意俏皮辛辣，行文鏗鏘流利，頗能表達因看不慣官場醜惡風氣的憤懣之情。爲了突出「大丈夫不遇於時者」的高潔，全文主要乃是用鋪敘和對比的句法，描繪奢侈荒淫的達官貴人，還有奔走鑽營的勢力小人之嘴臉，茲以襯托守志不辱、安貧樂道的山林隱士。蘇東坡即嘗讚賞此文云：「歐陽文忠公嘗謂，晉無文章，惟陶淵明〈歸去來〉一篇而

已；余謂唐無文章，惟韓退之〈送李愿歸盤谷〉一篇而已。」（〈東坡題跋〉）

3. 碑銘哀祭

此處所謂「碑銘哀祭」諸文，實包括墓誌銘與哀祭文。在韓愈文集中分量頗重，顯示其與當世文人士子同僚之間，交遊往來的廣泛。按，墓誌銘主要是記述死者生前事跡，兼訴作者對死者的悼念、稱頌之情，唐文中最富盛名的，或屬韓愈的〈柳子厚墓誌銘〉。其中既記述柳宗元一生行跡，讚揚其才華，推崇其政績與品德，以及文學方面諸成就，同時對於柳宗元不幸罹禍遭貶的坎坷生涯，充滿同情與不平。全文可謂熔敘述、議論、抒情於一爐，宛如一篇「柳子厚評傳」，頗有傳記文學的意味。當然，現存韓愈悼念亡者的文章中，最為動人的名篇，還是為祭奠亡侄而寫的〈祭十二郎文〉。文中結合家庭的生活瑣事與個人的宦海浮沉，抒發對亡侄的深切悼念，明顯展現應用文體已經抒情意味化的現象。試引其最後一段如下：

> 嗚呼！汝病吾不知時，汝歿吾不知日。生不能相養以共居，歿不能撫汝以盡哀；斂不憑其棺，窆不臨其穴。吾行負神明，而使汝夭，不孝不慈，而不得與汝相養以生，相守以死。一在天之涯，一在地之角；生而影不與吾形相依，死而魂不與吾夢相接。吾實為之，其又何尤！彼蒼者天，曷其有極！自今以往，吾其無意於人世矣！當求數頃之田於伊、潁之上，以待餘年，教吾子與汝子，幸其成；長吾女與汝女，待其嫁，如此而已。嗚呼！言有窮而情不可終，汝其可知也耶？其不可知也耶？嗚呼哀哉！尚饗。

按，韓愈三歲喪父母，乃是由兄嫂扶養成人。與十二郎從小生活在一起，雖名為叔侄，實情同手足。引文所敘與十二郎之生離死別，悽惻哀婉，扣人心弦。蓋全文主要是回顧自己與十二郎從小相依為命的身世，以及因侄子不幸早夭所引起的人生無常的悲傷，流露的是家人之間的「親情」，自然不同於文士同僚之間一般應酬性的哀祭文。倘若追溯前例，則或許與陶淵明的〈祭從弟敬遠文〉與〈祭程氏妹文〉頗有相承襲之跡，強

調的主要是祭者與亡者之間的親愛眞情，並無一般祭文恭維頌美亡者道德功業的舊套。不過，漢魏以來的祭文，包括陶淵明之作，大多用整齊的四言韻語或駢文撰寫，惟韓愈此文，則明顯用散體古文，可謂突破傳統格式，已化駢爲散，其中雖仍然不乏駢辭偶句的點綴，整體視之，其句式之參差錯落，行文之流暢自然，已是唐代散體古文的典範。

　　韓愈的文章，不但繼承先秦兩漢散體古文的流暢自然，同時亦吸取辭賦和駢文的排比對仗，而且在文辭方面，多用增強語氣的虛辭，既善於借用古代辭語，亦能吸收當代口語，往往還獨創一些醒目的新辭彙。有的甚至已經成爲歷來普遍使用的成語，諸如：「俯首貼耳」、「搖尾乞憐」、「垂頭喪氣」、「落井下石」等……。當然，韓愈在力求文章的革新中，有時難免會爲了炫耀自己的才華或博學，而會使用一些令人費解、頗爲生澀艱難的字辭。這實際上與他在詩歌創作中，刻意講求險奇怪誕一樣，乃是有意要求「辭必己出」的結果。總而言之，韓愈的文章，既展現文體的革新，亦是其「復古」主張的實踐，可謂是唐代散體古文發展臻至高峰的標誌。

　　當然，不容忽略的是，倘若沒有其他同好文人的共同熱心參與，互相呼應，則文學史上中唐的「古文運動」，不可能成軍。其中與韓愈並肩鼓吹，且另有開拓，亦影響深遠者，首當推以山水遊記小品見稱於文學史的柳宗元。

二、山水小品之宗——柳宗元

(一)理論的呼應

　　柳宗元在文學史中的地位，實不亞於韓愈。其在唐代詩壇，是以摹寫自然山水的寫景詩見稱，屬於自然詩派「王孟韋柳」之一員；在散體古文發展史上，又與韓愈並稱「韓柳」。其實，柳宗元在唐代文壇，對於文體、文風的改革理論方面，意見與韓愈的主張基本相同，尤其是推崇恢復儒家古道的觀點，明顯與韓愈相呼應。如其嘗提出：「文者以明道」（〈答韋中立論師道書〉），認爲傳播儒家之道乃是文章寫作的主要使命；

又強調「聖人之言,期以明道」(〈報崔黯秀才論爲文書〉);同時亦和韓愈一樣,以宣揚聖人之道爲己任。再如其言及文章撰寫的一些原則:「引筆行墨,快意累累,意近便。止」以及「立言狀物,未嘗求過人⋯⋯」(〈復杜溫夫書〉)等,均與韓愈所云「惟陳言之務去」,要求辭句「必出於己,不蹈襲前人一言一句」諸意見相仿。不過,基於各自的才情,以及生活遭遇,韓柳二人,在古文寫作方面的表現,實際上乃是各有千秋。

(二)古文的實踐

韓愈是在文章中以散代駢的行文體制上,影響巨大;柳宗元則在寫景抒情散文的發展上,貢獻匪淺。倘若單純從今天讀者對文學作品的「文學審美」角度視之,柳宗元甚至有超越韓愈之處。據現存《柳河東集》,柳宗元的散文有四百多篇,其中記述登臨山水、觀覽風景的山水遊記,對後世山水遊記散文之影響,最爲深遠。除此之外,柳文中的一些寓言小品,或人物傳記之文,亦有所創新。

1. 山水遊記

按,山水遊記,乃是一種專門記遊的文章,筆墨重點通常以模山範水,亦即描寫作者目擊耳聞之山水勝景、自然風光爲題材,從而記述個人遊覽觀景的經驗感受爲宗旨。山水遊記之所以能夠在中國散文史上,成爲一種具有獨特性質的文學類型,可謂始自柳宗元。當然,寫景記遊之文,實源起於兩晉南北朝時期。不過,前人的寫景記遊,或是附於一首山水詩的序言,如東晉釋慧遠〈廬山諸道人遊石門詩序〉;或是書札信函中的一部分,諸如劉宋鮑照〈登大雷岸與妹書〉、南齊陶宏景〈答謝中書書〉、梁代吳均〈與宋元思書〉等即是。另外,有的記錄觀覽經驗或描述山水風景形貌者,不過是作者某部學術著作中的章節片段,就如北魏酈道元(?-527)的地理著述《水經注》,其中對巫峽或孟門山等狀貌形態的描述。這些前代作品,雖然已經展現對自然山水狀貌形態的細膩描述,且流露作者的賞愛情懷,截錄下來或可視爲山水小品,但是,畢竟並非獨立成篇之作,亦非以記錄個人山水遊覽之經驗感受爲其創作主旨。直至盛唐後期元結,如〈右溪記〉一文,其中既無意介紹地方風土人情,亦不抒發悲

歡離合，只是記述道州(今湖南道縣)城郊右側一條小溪的秀麗景色，故而現今學界一般視爲，乃是文學史中山水記遊文的開山之作，也是以後柳宗元山水遊記的先聲。

柳宗元現存的山水遊記，大多寫於被貶爲永州司馬的十年期間。猶如謝靈運當初在永嘉，將其心中鬱結發洩於山水的遊覽中，柳宗元在永州奇麗山水之間流連徘徊，尋幽探勝，主要也是爲了排遣心中的鬱結。因此在其山水遊記裡，除了描寫眼前山水狀貌聲色之美，還往往寄寓著個人身世遭遇的感慨，乃至熔寫景與抒情於一爐，成爲唐宋以後，山水遊記的典範。綜觀柳宗元現存之遊記作品，最著名的代表作，或許當推〈永州八記〉，其中包括八篇成組的山水小品：〈始得西山宴遊記〉、〈鈷鉧潭記〉、〈鈷鉧潭西小丘記〉、〈至小丘西小石潭記〉、〈袁家渴記〉、〈石渠記〉、〈石澗記〉、〈小石城山記〉，分別作於元和四年至七年期間(809-812)，亦即柳宗元受貶謫於永州期間。每篇均各有其山水風景之特點，且互相連續，宛如一卷山水畫長軸。

試先錄〈小石潭記〉(亦稱〈至小丘西小石潭記〉)爲例：

> 從小丘西行百二十步，隔篁竹，聞水聲，如鳴珮環，心樂之。伐竹取道，下見小潭，水尤清洌。全石以爲底，近岸卷石底以出，爲坻、爲嶼、爲嵁、爲巖。青樹翠蔓，蒙絡搖綴，參差披拂。
>
> 潭中魚可百許頭，皆若空遊無所依。日光下澈，影布石上，怡然不動；俶爾遠逝，往來翕忽，似與遊者相樂。
>
> 潭西南而望，斗折蛇行，明滅可見。其岸勢犬牙差互，不可知其源。坐潭上，四面竹樹環合，寂寥無人，淒神寒骨，悄愴幽邃。以其境過清，不可久居，乃記之而去。
>
> 同遊者：吳武陵，龔古，余弟宗玄。隸而從者，崔氏二小生：曰恕己，曰奉壹。

顯然是一篇極爲優美的寫景小品。全文筆墨重點主要是描繪耳目所及小石潭水流的明淨澄澈，水聲之淙淙，如珮環之鳴響，以及潭中游魚彷彿與人同樂的意趣。最後彷彿遙接當初石崇(249-300)〈金谷園集序〉、王

羲之（321-379）〈蘭亭集序〉的傳統，記錄同遊者之姓名，爲同遊者留下生命的痕跡。文中雖然並不明言作者的感慨，但從小石潭周遭的寂寥無人，以及幽邃淒清的境界裡，似乎隱約浮現著遊覽者的孤寂情懷。

再舉其第八記〈小石城山記〉爲例：

> 自西山道口徑北，踰黃茅嶺而下，有二道：其一西出，尋之無所得；其一少北而東，不過四十丈，土斷而川分，有積石橫當其垠。其上爲睥睨粱欐之形，其旁出堡塢，有若門焉。窺之正黑，投以小石，洞然有水聲，其響之激越，良久乃已。環之可上，望甚遠。無土壤而生嘉樹美箭，益奇而堅。其疏數偃仰，類智者所施設也。

> 噫！吾疑造物者之有無久矣。及是，愈以爲誠有。又怪其不爲之於中州，而列是夷狄，更千百年不得一售其伎，是固勞而無用！神者儻不宜如是，則其果無乎？或曰：「以慰夫賢而辱於此者。」或曰：「其氣之靈，不爲偉人，而獨爲是物，故楚之南，少人而多石。」是二者，余未信之。

前段主要描寫西山附近一處之勝景：包括積石崢嶸，形狀宛如石造城堡，內有幽深潭水，無土壤卻有嘉樹美竹之盛。何況其中有美竹疏密相間，俯仰有緻，彷彿「智者所施設也」。從而引發後段的感慨：懷疑造物者之有無。按，疑其有，則爲何不施設於中原勝地，卻被棄置於如此偏遠無用之地！也就是在對於小石城山之「列是夷州，更千百年不得一售其伎」的痛惜中，作者已將視野由外觀轉爲內省，委婉寄寓，自己空有才能，卻遭貶受逐，冷落荒州，乃至不得施展抱負的深切慨嘆。就全文視之，可謂筆意蕭疏，惟情懷抑鬱，乃是山水記遊與抒情述懷之合成體，猶如明代茅坤（1512-1601）對此文的觀察：「藉石之瑰瑋，以吐胸中之氣。」（《唐宋八大家文鈔·柳柳州文鈔》卷七）

柳宗元的山水遊記，以其峭拔峻潔的筆觸，爲中唐散體古文增添了文學的審美趣味，同時塗上了個人的抒情色調。此外，其寓言小品亦不容忽視。

2. 寓言小品

　　柳宗元的寓言小品，可謂是中國寓言文學正式臻至成熟的標誌。猶如本書第一編中相關章節所述，先秦古籍中的寓言故事，大多作爲說理或議論中的比喻，是整部著述中個別篇章的一個情節片段，甚至在一個篇章中，可以連續運用幾個寓言故事，作爲宣揚某種理念與論點的比喻。不過，爰及唐代文人筆下，寓言故事則出現寓言文體開始走向獨立成篇的傾向。諸如李華〈材之大小〉、姚崇〈冰壺誡〉、元結〈惡圓〉等，均屬藉寓言以立譬取喻，表達作者對現實社會人生的關切和批評。但是，這些在盛唐文人筆下，不過還是偶一爲之的零星之作。直至柳宗元，在前人的基礎上，以小品散文的形式，多量創作寓言小品故事，終於展示，寓言也可以成爲一種獨立的文體。

　　柳宗元筆下的寓言小品，其撰寫主要是以諷刺當時社會敗壞或政治黑暗現象爲宗旨，而且多以動物爲題材。其中最受文學史家矚目的即是〈三戒〉，由三篇寓言組成，既有共同的主題相貫穿，又各有側重，且亦可各自獨立成篇。試看〈三戒〉正文之前有作者小序，說明創作意圖：

　　　　吾恆惡世之人不知推己之本，而乘物以逞，或依勢以干非其類，
　　　　出技以怒強，竊時以肆暴，然卒迫於禍。有客談麋、驢、鼠三
　　　　物，似其事，作〈三戒〉。

　　小序清楚說明，乃是藉麋鹿、驢子、老鼠三種動物的形象以警戒「世之人」。其中所稱「依勢以干非其類」，指「臨江之麋」；「出技以怒強」，指「黔之驢」；而「竊時以肆暴」，則指「永某氏之鼠」。這些動物品類雖不同，在面對現實狀況的言行表現上，卻均有相似的毛病，故而合成一組。姑舉錄〈黔之驢〉爲例：

　　　　黔無驢，有好事者船載以入。至則無可用，放之山下。虎見之，
　　　　龐然大物也，以爲神，蔽林間窺之。稍出近之，憖憖然莫相知。
　　　　他日驢一鳴，虎大駭，遠遁，以爲且噬己也，甚恐。然往來視
　　　　之，覺無異能者。益習其聲，又近出前後，終不敢搏。稍近，益
　　　　狎，蕩倚衝冒，驢不勝怒，蹄之。虎因喜，計之曰：「技止此

耳！」因跳踉大㘎，斷其喉，盡其肉，乃去。噫！形之龐也類有
德，聲之宏也類有能，向不出其技，虎雖猛，疑畏卒不敢取，今
若是焉，悲夫！

引文中敘述的驢子，其實毫無本領，又缺乏自知之明，卻偏偏要裝作
有本領的樣子，但憑其軀體龐大，聲音洪亮嚇唬人而已。可是，當驢子
「出技以怒強」，與顯然更為強大的對手老虎稍一較量，立即顯出其本領
不如的原形，乃至遭到覆滅的結局。全文言短意賅，具有警世意味，充分
展示中國寓言故事的諷刺意味，以及特別重視「教誨」的實用特質。就文
章本身的體式而言，則是通篇散體，其行文之自然流暢與先秦散文類似。
除此之外，由文中演化而來的「龐然大物」、「黔驢技窮」諸辭語，至今
仍是一般口頭或書面運用的成語。

柳宗元的寓言小品，其共同特色是，體式短小，意涵警策，多針對中
唐的政治社會現況而發，警戒教訓意味濃厚。又因其往往意在言外，理在
文中，遂能引人深思回味，故而頗得歷代文評者之稱許。除此之外，柳宗
元筆下的人物傳記，亦在唐代散體古文發展上占一席重要地位。

3. 雜體傳記

漢魏以來，基於文人士子個體意識的自覺，對個人生命意義的重視，
抒發己情己懷之詩歌相應增多。同時，亦影響到對於個別人物生命經驗歷
程之重視，乃至出現不少以「非官方」立場，為個別人物立傳的單篇傳
記。甚至還有作者模仿正史，將社會角色相類的人物歸類立傳的「類
傳」，諸如《名士傳》、《高士傳》等。這些依個人的生平事跡而撰寫的
傳記作品，雖然在形式體制上，大多仿效史傳體，惟名目繁多，其中就包
括為個別人物撰寫的單篇傳記，以及依自我的言行志節、人格情性而撰成
的自傳。乃至一些敘述個別人物生平事跡之行狀、墓誌銘、哀誄文等，亦
相應興起。而且往往由於作者「非官方」立場的自由，遂出現並無統一的
體式，甚至史實與傳聞趣事相雜的現象。當今研究中國傳記文學之學者，

在重視文學審美趣味的標準下，均將之攬括在人物傳記文學之範疇[1]。故而本書此處姑且以「雜體傳記」概稱之，或簡稱「雜傳」。

記述各類人物生平事跡與傳聞故事的雜體傳記，實起於兩漢。如無名氏〈東方朔別傳〉、劉向《列女傳》之類傳，即是有名的例子。惟魏晉以後，文人個體意識增強，對個人的生活遭遇與人格情性產生濃厚興趣，加上隨之而起的品評人物之風氣盛行，遂帶動了史傳以外的人物傳記之寫作，乃至各種類型的傳記數量大增。有關魏晉時期著名歷史人物的單篇傳記，如〈曹瞞傳〉、〈嵇康別傳〉即是；還有自述生活與志趣的自傳，如陶淵明〈五柳先生傳〉，則是時人皆以為「實錄」的自傳。也有將所撰人物傳記依其類別而匯集成書者，諸如袁宏《名士傳》、皇甫謐《高士傳》、慧皎《高僧傳》等。這些人物傳記，在行文格式上，無疑均頗受司馬遷《史記》中人物「列傳」的影響，但是所取材料來源，則無須受官方資料的局限，其結果往往是，實錄加上傳聞佚事者居多。不過，也正由於文中增添的傳聞佚事，反而增強了這些雜傳的文學性質與趣味。

繼魏晉以來，唐代的人物雜傳，類型繁多，即使包括以歷史上某某知名人士為標目之傳記，惟因作者往往藉此以寄懷的創作目的，乃至於實際內容上，則多屬難以證實的傳聞趣事，有的甚至可以視為以虛構想像為主的「傳奇」故事。值得注意的是，像「雜體傳記」這類既依據部分事實，又採取相關傳聞，且兼具作者本人寄託其某種寓意的人物傳記，雖然頗令嚴格的文體分類造成困擾，實際上則顯示，中國文學作品通常虛實相雜、亦虛亦實之審美特質。在文學史上，一般均將唐代作家敘述歷史人物或當代人物之社會傳聞趣事為筆墨重點者，歸類於「道聽塗說」的「小說」（詳後）。至於涉及個別人物生平事跡之記錄，加上作者情懷之寄寓者，則歸類於寄託作者寓意的「散文」。不過，兩者之間，在韓愈筆下，則已經出現相互混雜，難以區隔之勢。就如韓愈〈太學生何蕃傳〉一文，以

1　如陳蘭村主編的《中國傳記文學發展史》（北京：語文出版社，1999），即將韓愈、柳宗元所撰人物行狀、墓誌銘諸文，視為傳記文學。

「傳」名篇，乃是一篇以生平實錄為主的人物傳記。然而，其膾炙人口的
〈毛穎傳〉，同樣也是以「傳」名篇，在筆墨行文上，即使模仿《史記》
列傳的人物傳記，惟在內涵情境上，一般則視之為是一篇以虛構為主體的
「傳奇」小說。

　　與韓愈共同倡導「古文運動」的柳宗元，在雜體傳記的寫作方面，則
有不同的表現。按，柳宗元所撰寫的人物傳記，最引人矚目的，就是遙承
司馬遷的《史記》，為身居社會底層者立傳的膽識。按，司馬遷不僅為那
些在歷史上足以影響政局，或身居上層社會者立傳，也讓居於社會下層的
人物，諸如遊俠、刺客、卜者、商人等，均得以出現在歷史舞臺，進入傳
記的行列。柳宗元除了為清廉正直的官吏或懷才不遇的文士立傳之外，還
把筆墨伸向廣闊的社會，為當代一些市井細民，包括務工業農者立傳，乃
至擴大了傳記文學中傳主人物的類型。當然，在這方面，韓愈或許具有開
風氣之功，其〈圬者王承福傳〉，就是為一個身處社會底層的泥瓦匠立
傳，但僅此一篇而已。而柳宗元則進一步創作了一系列身居社會底層小人
物的傳記。諸如：〈宋清傳〉，寫一向與人為善的藥材商人宋清；〈童區
寄傳〉，寫機智勇敢的僮奴童區寄；〈梓人傳〉，寫技藝精練的工匠楊
潛；〈種樹郭橐駝傳〉，寫精通種樹園藝者郭橐駝；〈捕蛇者說〉，寫為
抵償賦稅而捕蛇者蔣氏；〈河間傳〉，則寫一個善良婦女的不幸與墮落
等。值得注意的是，這些傳主，並非影響世局的英雄豪傑，亦非以仕進為
業的文人士子，而是屬於社會地位卑微的小人物。通過他們各自不同的身
世遭遇，展現一般庶民百姓的善良品德和智慧才能，並藉此表達對政治敗
壞或社會腐化的不滿和感慨。即使其中暗含某種道德勸誡意識，在散體古
文的發展上，無疑豐富了漢魏以來傳記文學的人物類型，為中國傳記文學
開拓了內涵與視野。

　　試摘錄柳宗元〈種樹郭橐駝傳〉為例：

　　　　郭橐駝者，不知始何名。病僂，隆然伏行，有類橐駝者，故鄉人
　　　　號之「駝」。

　　　　駝聞之曰：「甚善，名我固當。」因捨其名，亦自謂「橐駝」

云。其鄉曰豐樂鄉，在長安西。駝業種樹，凡長安豪富人為觀遊
及賣果者，皆爭迎取養。視駝所種樹，或移徙，無不活；且碩茂
早實以蕃。他植者雖窺伺效慕，莫能如也。

有問之，對曰：「駝非能使木壽且孳也，能順木之天，以致其性
焉爾。凡植木之性：其本欲舒，其培欲平，其土欲故，其築欲
密。既然已，勿動勿慮，去不復顧。其蒔也若子，其置也若棄，
則其天者全，而其性得矣。故吾不害其長而已，非有能碩茂之
也；不抑耗其實而已，非有能早而蕃之也。……」

此傳乃是以流暢自然的散文寫出。就其內涵視之，或可分為四個段
落：首段立傳，介紹傳主郭橐駝的外貌、特長，及其行事如何機智、幽默
的人格特質，並稱揚郭橐駝的種樹技藝；二、三段則通過問者與橐駝之間
的問對，由種樹「順木之天以致其性」的要訣，引出「養民」的道理，進
而批評官府擾民與傷民的不是；末段則以問者聽聞郭橐駝一席談話之後的
領悟，正式點題，將「養樹」與「養民」聯繫起來：

問者曰：「嘻！不亦善乎！吾問養樹，得養人術。」傳其事以為官
戒。

其實，柳宗元的人物傳記大都是藉「傳」立「說」，亦即寓說理於傳
記中，或寄諷諭於行文間。像這類的傳記文章，顯然蘊含著中唐文人在
「古文運動」中，要求政治社會改革的呼籲，以及作者「文以明道」的意
圖。同時也展現，傳統中國傳記文學，與儒家政教倫理的密切關係，並且
有文史哲混然結合的傾向。

當然，柳宗元為身居社會底層的人物立傳，可說是為漢魏以來雜體傳
記發展過程中，開闢了新方向，為中國傳記文學注入了新境界、新活力；
惟不容忽略的是，也正由於柳宗元與韓愈一樣，藉傳立說，往往會把傳記
的重心放在其個人的說理議論上，即使文章中增添了一些具有文學審美趣
味的傳聞軼事，還是難免予人以宛如一篇篇「政論性傳記文」之印象。不
過，就在韓柳呼籲「復古」的同時，另外還有一批中唐文人，在散體古文
創作方面，展現出不同的風格，乃至為唐代散文增添了異彩。白居易與劉

禹錫當可為此期的代表。

三、暢曉平易之文——白居易、劉禹錫

　　與韓愈、柳宗元大約同時代的作家中，白居易(772-846)和劉禹錫(772-842)的文章，猶如二人的詩作，明顯展現暢曉平易的時代風格。由於韓愈在文章撰寫面，力主「陳言之務去」，乃至有時會刻意自造新辭，甚至陷入「奇崛」之境，遂令這類文章顯得艱澀難懂。此時期之白居易與劉禹錫二人，則另闢蹊徑，以不同於韓愈的道德文章，且有異於柳宗元的孤淒韻調，撰寫古文。兩派作者之文章風格雖異，卻同樣可視為中唐古文運動成就的標誌。

　　淺近通俗原是白居易詩歌的一般特色，其文章同樣亦以平易近人見稱。試看其著名的〈醉吟先生傳〉：

> 醉吟先生者，忘其姓字鄉里官爵，忽忽不知吾為誰也。宦遊三十載，將老，退居洛下。所居有池五六畝，竹數千竿，喬木數十株，臺榭舟橋俱體而微，先生安焉。家雖貧，不至寒餒，年雖老，未及者。性嗜酒，耽琴淫詩。……

　　此文顯然是有意模仿陶淵明的〈五柳先生傳〉，同樣以第三人稱角度敘述，惟無論寫景抒情述懷，處處以自我為焦點，可歸類為傳記文學。撫讀之際，但覺行文蕭散自然，平易近人，且內涵意境清雅風趣，與韓愈、柳宗元所寫之傳記，每好藉文立說，或藉題發揮，說理議論，顯然有很大的區別。

　　再看於元和十年(815)白居易貶為江州司馬時所寫的〈廬山草堂記〉，其中廬山風景的描寫，與柳宗元被貶於永州時所撰之山水遊記，頗有近似之處：

> 匡廬奇秀，甲天下山。山北峰曰香爐峰，峰北寺曰遺愛寺，介峰、寺間，其境勝絕，又甲廬山。元和十一年秋，太原人白樂天見而愛之，若遠行客過故鄉，戀戀不能去；因面峰腋寺，作為草堂。……

　　但是，白居易此文雖記述廬山風景之奇秀，其旨趣除了表達對廬山的
賞愛，更重要的是，藉此抒寫其安命樂天之志。主要是通過廬山勝景的描
繪，觸發「太原人白樂天見而愛之，若遠行客過故鄉，戀戀不能去」，決
定建一草堂在此安居。繼而雖敍述自己如何「一旦蹇剝，來佐江郡」的受
貶經歷，卻順此決定終將「左手引妻子，右手抱琴書，終老於斯，以成就
我平生之志」的意願。值得注意的是，同樣是以遭貶謫之身觀覽風景，惟
心境態度，與柳宗元儼然有別，文章風格自然也大異其趣。白居易這類平
易近人，且流露人生智慧的作品，實爲以後歐陽修平易自然、蘇東坡揮灑
自如的散文風格開出先路。

　　白居易在唐代詩壇，與元稹等人掀起「新樂府運動」，意欲藉詩歌來
批評社會，改革時政，可謂與韓愈、柳宗元提倡「古文運動」的宗旨旗鼓
相當。如其一系列的「新樂府詩」，即明顯含有對政治社會現況的不滿與
諷諭，不過，在文章撰寫方面，白居易則明顯有別於韓柳，展現其個人抒
情言志之文學特質。

　　另外，與柳宗元交誼深厚的劉禹錫，嘗爲含恨而逝的柳宗元編文集並
作序，在文學主張上，亦重視「文氣」，認爲「氣爲幹，文爲枝」，與韓
柳強調作者的道德人品修養，並無差別。但是，其文章的撰寫，重視的則
是暢曉平易，甚至碑銘之作，亦展現其個人風格。劉禹錫最膾炙人口的作
品，當屬〈陋室銘〉無疑：

　　　　山不在高，有仙則名；水不在深，有龍則靈。斯是陋室，惟吾德
　　　　馨。苔痕上階綠，草色入簾青。談笑有鴻儒，往來無白丁。可以
　　　　調素琴，閱金經。無絲竹之亂耳，無案牘之勞形。南陽諸葛廬，
　　　　西蜀子雲亭。孔子云：「何陋之有？」

　　全文僅八十一字，「斯是陋室，惟吾德馨」即其立意所在，強調的
是，居處環境簡陋並不重要，重要的是其居住主人的道德情操與人格修
養，可令陋室生輝。此文實際上旨在說理，卻並一般無說理文的沉重枯
燥。就文體而言，雖屬刻於陋室上的「銘」文，其間行文暢曉平易，不受
銘文傳統格式的局限。按，東漢以來的銘文，多以四言韻語爲通格，而本

文卻夾雜五言六言，句式參差錯落，顯得流暢自然。其中所用「南陽諸葛廬」、「西蜀子雲亭」的典故，以及孔子引言，均明白易曉；另外，全文雖對仗工整，卻因不避虛詞，故而顯得瀟灑自如，且音調鏗鏘，一韻到底，又富詩意。整體視之，可稱為散化的駢文，或駢化的散文，也是中唐文章中駢散融合的結晶。

第四節　散體古文的式微——韓柳之後

以韓愈、柳宗元等為代表的中唐文人，在恢復先秦兩漢古文之提倡與實踐中，建立了散體古文在文學史上的地位；但是，古文若要普遍成為唐宋以後大凡說理、議論、敘事、寫景、抒情的主要文體，還須經歷一段迂迴的路程。

儘管散體古文在中唐時期已成為文壇主流，而且出自韓愈門下的李翱（772-841）、皇甫湜（777?-835?）諸人，在韓柳身後，仍然為宣揚儒家學說，繼續以散體古文寫作；不過，作為一種在復古聲浪中建立的「新文體」，散體古文並未從此昌盛不絕，卻在晚唐文壇，遭受到駢文復甦的「挫折」。

由於重視美辭儷句的駢文，自魏晉六朝以來，以其優美典雅的形式，具有一定的生命力，乃至在唐代文壇，其影響，始終未嘗消歇，上舉劉禹錫〈陋室銘〉中駢散之融合，即是一例。其實駢儷文章的撰寫，自初唐以來從未中斷轉向，尤其在章表奏啟等具實用性質的公牘文中，駢文仍然占有絕對的優勢。例如，曾經為宰相的陸贄（754-805），就以其駢體章奏為當代所稱。即使古文運動的主將韓愈和柳宗元，雖然主張改革文風，倡導散體古文，實際上並未「反對駢文」，而且為文之際，還經常受駢文修辭藝術的影響。例如韓愈的〈進學解〉，基本上就是一篇駢儷色彩相當濃厚的文章，其中一些句式的排比對偶，以及音韻的諧美，均符合駢文的要求。柳宗元的一些章表奏啟等公文，更多含有駢文色調，就如其〈賀裴桂州啟〉一文，清人孫梅於《四六叢話》中即認為，乃是「使駢體、古文，

合爲一家」者。

在散體古文盛行的中唐文壇，駢文的一些美學特徵，實際上已經融入古文的行文中。試看清人袁枚(1716-1797)於其〈答友人論文第一書〉中，對韓柳之文的評語：

> 韓柳琢句，時有六朝餘習，皆宋人之所不屑爲也。惟其不屑爲，
> 亦復不能爲。而「古文」之道終焉。

所言雖主要是對「宋人」爲文之不滿，惟其明確指出，韓柳的古文，乃是集六朝以來文章之餘習，進而有所革新之作。則六朝駢文「琢句」之「餘習」，當然也難免融入二人的古文創作中。

不容忽略的是，魏晉以來的駢文與古文之間，始終存在著彼此既相對立，亦互有摻合的錯綜複雜關係。韓柳等人對古文的提倡與實踐，雖然導致駢文失去其在文壇獨尊的地位，但是，中唐之後，散體古文創作的式微，又令駢文有重新占據文壇主流的機會。當然，古文的式微，除了駢文本身的頑強生命力之外，也與中唐以後的政治現實環境，以及文人審美品味的改變，密切相關。

晚唐七、八十年間，宦官專權，朋黨紛爭，加上藩鎮跋扈，導致皇室大權旁落，李唐王朝江河日下。隨著李唐王朝中興之夢的幻滅，政壇上，要求政治革新，以及重整儒術的聲音，日益微弱，乃至中唐時期伴隨著要求政治改革的文體革新之呼籲，亦逐漸消聲。文壇上，當初韓愈、柳宗元諸人熱心倡導的古文，已成爲強弩之末。當然，在這期間，還是出現一些致力於古文的創作者，留下一些表現作者關懷政治現實的用世之心，指摘時弊的諷刺小品。諸如皮日休(834?-883?)〈原謗〉、陸龜蒙(?-881?)〈野廟碑〉、羅隱(833-909)〈辨害〉等，即是著名的例子。不過，這些後輩作家，往往以延續韓柳之餘緒爲己任，或以模仿韓柳說理議論風格爲文章宗旨，乃至在唐代古文發展史上，創新之處並不多。更重要的是，晚唐文人在文學審美品味方面的改變，多偏愛辭藻形式之美，文風逐趨向綺靡，不但促進晚唐唯美詩歌的風行，並且爲駢文的復甦，提供有利的環境條件。中唐文壇散體古文的熱潮，遂暫時讓位於駢儷之文。

第五節 駢儷文章的復甦——晚唐文壇

由於散體古文的式微，乃至自隋朝及唐初即不斷受排擠的駢文，在晚唐文壇則明顯展現復甦之勢，不但作者雲起，而且作品亦多。駢儷之文的復甦，甚至取代了散體古文，重新成為文壇的主流。

晚唐以駢儷之文見稱的作家中，李商隱(813?-858?)的成就最高，此外，溫庭筠(812-870)與段成式(800?-863)亦是駢文能手。由於三人均排行十六，時人遂稱他們的駢儷風格作品為「三十六體」。

根據《舊唐書・文苑傳・李商隱傳》，李商隱其實早年主要「為古文，不喜偶對」，及至其從師於令狐楚之後，才學會「今體章奏」，並且青出於藍而勝於藍，成為晚唐時期成就最高的駢文作家。李商隱對於自己的駢儷文章亦十分珍視，嘗自編文集《樊南四六》甲乙集各二十卷，收文八百餘篇，可惜後來大多散佚。現存李商隱文集[2]，其中章表、書啓、哀祭諸文，多屬四六駢文體，展現駢體文章從一般的駢文已經衍為四六文，形式上當然更為精緻。其共同特色，除了句式上以四字句六字句為主幹外，實與李商隱詩歌的藝術風格相彷彿，諸如辭采穠麗，對偶精工，音韻諧美，而且典故繁密。在晚唐文壇，四六駢文幾無人能出其右，影響所及，遠至宋初的「西崑體」，即是奉李商隱以為之宗。

試先節錄其〈為濮陽公陳情表〉為例：

> 有志四方，不掃一室。奉隨武之家事，無愧陳辭；慕鄧傅之門風，不傷清議。屬者每憂不試，深恥因謀。自薦之書，朝投象魏；殊常之澤，暮降芸香。其後契闊星霜，羈離戎旅。從軍王粲，徒感所知；掌檄陳琳，亦常交辟。呂元膺東周保釐之日，李師古天平判渙之時，潛入其徒，盈於留邸。……

---

2 按，李商隱自編的《樊南四六》甲乙集各二十卷共四十卷，久已散佚，後人輯成的《李義山文集》除詩歌外，文章方面尚存章表、狀啓、序書、箴傳、哀祭、碑銘、辭賦、雜文等，約共一百餘篇而已。

　　此「陳情表」，顯然屬公牘文，以四六的整齊句式展開，而且幾乎一句一典故，雖頗能顯示作者之博識才學，惟因典故之繁富堆砌，乃至顯得語意頓挫艱澀，不易立即理解。當然，李商隱駢文的魅力，並不在於上舉這類純粹論公務、顯學識而寫的應用文，而是那些有關個人的私情者。就如其爲悼祭死去已五年的四歲小姪女所寫〈祭小姪女寄寄文〉，最爲當今論李商隱文章者所經常引述稱道，甚至認爲是李商隱駢文的「壓卷之作」[3]。其實，李商隱的文章，無論爲私情或爲公務，倘若其中涉及個人的切身經驗感受，即使屬官方公文，亦頗有動人之處。

　　再舉其〈上河東公啓〉爲例：

　　商隱啓：兩日前於張評事處伏睹手筆，兼評事傳旨意，於樂籍中
　　賜一人以備紉補。

　　某悼傷以來，光陰未幾。梧桐半死，才有述哀；靈光獨存，且兼
　　多病。眷言息胤，不暇提攜。或小於叔夜之男，或幼於伯喈之
　　女。檢庾信荀娘之啓，常有酸辛；詠陶潛通子之詩，每嗟飄泊。
　　所賴因依德宇，馳驟府庭；方思効命旌旄，不敢載懷鄉土。錦茵
　　象榻，石館金臺，入則陪奉光塵，出則揣摩鉛鈍。兼之早歲，志
　　在玄門；及到此都，更敦凤契。自安衰薄，微得端倪。至於南國
　　妖姬。叢臺妙妓，雖有涉於篇什，實不接於風流。

　　況張懿仙本自無雙，曾來獨立；既從上將，又托英僚。汲縣勒
　　銘，方依崔瑗；漢庭曳履，猶憶鄭崇。寧復河裡飛星，雲間墮
　　月，窺西家之宋玉，恨東舍之王昌？誠出恩私，非所宜稱。伏惟
　　克從至願，賜寢前言。使國人盡保展禽，酒肆不疑阮籍，則恩優
　　之理，何以加焉？干冒尊嚴，伏用惶灼。謹啓

　　此文乃屬書啓文，亦即下屬向上司啓奏的公文。是李商隱喪偶之後，

3　書閣，《駢文史論》（北京：人民文學出版社，1986），即慨云：「後世學習駢文和欣賞駢文的人，幾乎都只讀其表、狀、書、啓等用典繁密造語縟麗的大文……而對此情深意切的千古妙文卻略而不一顧，罕有踵而效之者，真可怪嘆！」（頁476）

時身在梓州幕中，爲謝絕府主柳仲郢意欲爲其續弦而作，是一篇兼及公私生活與感情的好文章。首段點出上此書啓的緣由：於張評事處「伏睹手筆」，又聽張評事口「傳旨意」，要從州府所蓄官妓中，挑選一人賜給甫喪偶的李商隱，以便照顧日常生活起居。二、三段則分別從自身喪偶的悲痛，對兒女的牽掛，以及個人「方思效命旌旄」，且「志在玄門」的大公無私意願。四段言及張懿仙作爲官妓，原有所歡，自己不應掠美奪人所愛，故而婉拒柳仲郢的厚意。文中除了形式上保持四六駢體之外，內涵上則私情與公務兩相兼顧。行文雖展現四六駢文在形式上之駢儷，且多用典故以示意，惟在內涵情境上，個人述懷情調淒婉深沉，措辭清雅俊逸，乃是既具實用宗旨，又含審美趣味之佳篇。

李商隱的四六風格駢文，一向受到後世文論者的稱許。如元人白珽於其《湛淵靜語》，即稱李商隱「能拔足流俗，自成一家」。清人孫梅於其《四六叢話》，亦認爲：「惟樊南甲乙則今體之金繩，章奏之玉律也。」按，這當然因爲李商隱駢儷文章的影響，波及宋初文壇。乃至韓愈與柳宗元等，爲改革文風提倡的古文運動，尚須延至北宋中葉，方能正式完成。以下章節的筆墨重點，將從唐代古文之後續發展角度，論述宋代古文如何在沿襲唐人作品中展現其創新，以及唐宋之後，散體古文如何在文壇展現其地位的鞏固。

第五章
宋代古文的復興

　　經過唐末的大亂，五代十國的紛爭，北宋統一建國之後，百廢待舉，幾代皇帝均輕武尚文，並且實施一系列對知識階層的懷柔政策，其中包括：優遇文人學者，善待諸國降臣，擴大科舉和官額，且廣立學校，培植人才，提高文官的俸祿和地位，並集中人力，大規模整理編纂各種經典古籍……。這些有利於文化建設的措施，均有助於宋代文藝的發展。此處尤其值得注意的即是，為散體古文的復興，提供了良好的孕育環境。當然，古文在宋代的復興，不但尚需假以時日，同時還得靠幾位關鍵作家的出現，方能臻至。何況宋初文壇，仍然蕩漾在晚唐綺麗文風的餘波裡。

第一節　晚唐文風的餘波——宋初文壇

　　活躍於北宋初期的文人，大多是從晚唐，或後周、南唐、後蜀過來的遺老遺少，這些跨越朝代更替的作家，儘管經歷了朝代的興衰，政權的轉移，寫詩作文，還是難免沿襲其前朝餘風，尤其是晚唐文壇偏向綺麗輕靡的風尚。最著名的例子，當推楊億(974-1020)、劉筠(970-1030)、錢惟演(977-1034)等館閣文臣。諸人既工於詩，亦擅四六駢文，在詩文創作上均專宗李商隱，乃至形成流行於宋初文壇的「西崑體」，其文風綿延三十多年。

　　按，「西崑體」雖然是以楊億為首等館閣文臣相互交遊往來唱和的詩集《西崑酬唱集》而得名，惟就文章的書寫而言，則亦因多沿襲李商隱的四六駢文，追求遣辭造句之駢儷與徵典用事之精巧，故一般亦籠統歸為

「西崑體」。由於楊、劉諸人的文學修養高，又身居朝廷館閣文臣要職，且時常爲眞宗草書詔令，其中的劉筠，還數次主持科舉考試，影響所及，科場上的文章也競相以駢儷的「時文」爲尙。關於四六駢文在宋初之風行，據洪邁(1123-1202)《容齋三筆》卷八「四六名對」條的觀察：

> 四六駢儷，於文章家至淺，然上自朝廷命令詔冊，下而縉紳之間，箋、書、祝、疏，無所不用。

其實，宋初已經出現批評「四六駢儷」的聲音。如柳開(947-1000)與王禹偁(954-1001)，就曾先後呼籲，爲學必宗經，以恢復儒家的道統，爲文則當須效法韓柳古文，以文明道……。不過，理論主張與創作實踐，有時不一定能完全契合。即使文章在內容上強調的是政教倫理，文體風格上，仍然難以完全擺脫晚唐以來講求駢辭儷句文風的影響。茲引王禹偁的〈待漏院記〉第二、三段爲例：

> 朝廷自國初因舊制，設宰臣待漏院於丹鳳門之右，示勤政也。至若北闕向曙，東方未明，相君啓行，煌煌火城。相君至止，噦噦鸞聲。金門未辟，玉漏猶滴。撤蓋下車，於焉以息。
>
> 待漏之際，相君其有思乎？其或兆民未安，思所泰之；四夷未附，思所來之；兵革未息，何以彌之；田疇多蕪，何以辟之；賢人在野，我將進之；佞臣立朝，我將斥之；六氣不和，災眚薦至，願避位以禳之；五刑未措，欺詐日生，請修德以釐之。憂心忡忡，待旦而入。九門既啓，四聰甚邇。相君言焉，時君納焉。皇風於是乎清夷，蒼生以之而富庶。若然，總百官，食萬錢，非幸也。宜也。

朝廷沿襲舊制，設置「宰臣待漏院」的用意，乃是爲提醒宰相要「勤政」，王禹偁即藉此，向身爲宰相者提出規箴。全文義正辭嚴，是一篇具有濃厚政治道德意味之作。惟就文體視之，特點乃是駢散相因並用，顯得錯落有致。行文多數是四言句，間或用六言，又多用「之」字作句尾，以加強語氣。句與句之間往往形成對仗，如引文前段中「北闕向曙」與「東方未明」，「煌煌火城」與「噦噦鸞聲」，「金門未辟」與「玉漏猶滴」

等，不但辭類相對，平仄也相對，讀起來但覺抑揚頓挫，聲調諧美。王禹偁此文，顯然還是在晚唐西崑派駢儷文章之餘風中蕩漾。

柳開與王禹偁相繼去世後，西崑派的四六駢儷之文繼續風行文壇，其後雖然還有穆修(979-1032)、石介(1005-1045)等，亦反對「時文」之駢儷習尚，穆修甚且在「楊億、劉筠尚聲偶之辭，天下學者靡然從之」的情況下，「獨以古文稱」(《宋史・文苑傳・穆修傳》)。然而，文壇的風尚，文學的審美趣味，乃是經過長期的培養而成，不可能一旦有人表示不滿，立即有所改變。何況宋初這些反對駢儷習尚的文人，或因政治社會地位不夠高，呼應者少，加以在創作上也難以與楊億、劉筠等館閣文臣為首的西崑派相抗衡，影響畢竟有限，乃至未能「扭轉」晚唐以來流行文壇的駢儷文風。再者，宋初的政治社會，基本上平安無事，尚無「改革」的急迫需求。一直要到范仲淹(989-1052)主持「慶曆新政」，於天聖三年(1025)提出種種改革時弊的方案，同時針對時下文章之「弊」，向仁宗建議「敦諭詞臣，興復古道……以救斯文之薄而厚其風化」(〈奏上時務書〉)，形勢才開始有所改變。為配合范仲淹改革文風的建議，仁宗嘗分別於天聖七年(1029)、明道二年(1033)、慶曆四年(1044)，三次下詔申誡浮文，指出「文章所宗，必以理實為要」，「務明先王之道」。遂為宋代古文的復興，掀開了序幕。

第二節　古文復興的序幕——范仲淹

范仲淹以其政治社會地位，以及創作實踐的表現，可謂是宋代古文的復興掀開序幕的關鍵人物。其著名的〈岳陽樓記〉，即是一篇以散體古文即景抒情述懷的佳篇，其中所云對身為文人士大夫的知識分子，當須憂國憂民的期許，至今仍然動人。試節錄其文之首尾三段如下：

> 慶曆四年(1044)春，滕子京謫守巴陵郡。越明年，政通人和，百廢俱興。乃重修岳陽樓，增其舊制，刻唐賢、今人詩賦於其上。屬余作文以記之。

予觀夫巴陵勝狀，在洞庭一湖：銜遠山，吞長江，浩浩湯湯，橫
無際涯；朝暉夕陰，氣象萬千。此則岳陽樓之大觀也。前人之述
備矣。然則北通巫峽，南極瀟湘，遷客騷人，多會於此，覽物之
情，得無異乎？

⋯⋯

嗟夫！予嘗求古仁人之心，或異二者之為。何哉？不以物喜，不
以己悲；居廟堂之高，則憂其民；處江湖之遠，則憂其君。是進
亦憂，退亦憂。然則何時而樂耶？其必曰：先天下之憂而憂，後
天下之樂而樂乎！噫！微斯人，吾誰與歸？

時六年(1046)九月十五日

首段開章明義，說明撰寫此文之緣起，同時扣題。按，唐人以亭臺樓
閣為「記」之文章，一般多以「物」為關懷中心，故而多客觀描寫景物之
狀貌聲色，並記述經過原委，整體上主要以耳目所及之景觀為筆墨重點。
爰及宋人，則往往以「人」的主體意識為構思前提，乃至個人的經驗感受
或觀點立場，成為「某某記」的筆墨重點。如上引〈岳陽樓記〉，全文主
要是從實際或想像中登樓之「人」，如何觸景而生情起筆，並藉洞庭湖壯
闊優美的景色，抒發情懷，傳達自己在慶曆五年(1045)新政失敗後，被罷
去參知政事，繼而離京，出撫河東、陝西時的經驗感受。文中雖不乏岳陽
樓周遭風景的描寫，惟筆墨重點乃在於「人」的經驗感受，而不在重修後
岳陽樓的規模風采。倘若從文體風格或內涵情境兩方面視之，可謂是韓愈
古文中以天下為己任的回響，也是柳宗元山水寫景小品的重溫。亦即通過
山水風景的描寫，來抒發感慨，表達議論，反映一個身為士大夫的知識分
子，憂國憂民的心聲。惟值得注意的是，其間沒有韓愈及其門下或後學為
文之際，選辭用語的奇崛艱澀，也不像柳宗元的永州山水遊記那樣，往往
沉浸在幽冷孤清的情調裡。范仲淹的〈岳陽樓記〉，實際上已經展現一般
宋代文章行文流暢平易的風格，以及宋人寫詩作文喜歡發表議論的習尚，
同時亦流露普遍揚棄悲哀的人生態度。范仲淹雖然並未列於所謂「唐宋八
大家」的行列，其對宋代散體古文復興的先導之功，實不容忽視。

第三節　古文風格的確立

　　古文風格在宋代的確立，實可視爲中國散體古文的最終定型。實際上，從唐到宋，散體古文的風格，發生了由「奇崛」到「平易」的轉變，惟其如此，古文在文壇的正統地位，方能從此得以確立。這種風格轉變的成功，實有賴於宋代文壇古文寫作的普遍，尤其是歐陽修（1007-1072）與蘇軾（1037-1101）兩位大師級作家的登場，居功匪淺。按，歐、蘇二人，在響應范仲淹的政治革新與文章復古的呼籲中，與蘇洵（1009-1066）、蘇轍（1039-1112）、王安石（1021-1086）、曾鞏（1019-1083）等散體古文大家，共同掀起文章的復古與革新風潮，此即一般文學史所稱，繼中唐「古文運動」之後而掀起的「新古文運動」，並且與韓愈、柳宗元共稱爲「唐宋八大家」。有趣的是，這前後兩次的古文運動，均起於對駢儷文風的不滿，以及駢文華而不實或將不利於傳播儒家政教倫理的焦慮。再度說明，傳統中國文學範圍的雜而不純，以及政教倫理色彩濃厚的特質，似乎難以擺脫。當然，即使在散體古文的發展演變過程中，宋代古文風格的確立，亦展現「幸虧」並未完全受制於政教倫理的束縛，乃至在時局環境或個人經歷的影響之下，出現不少具有個人風格特色的佳作。

　　由於歐陽修與蘇軾諸人，在繼承前人的古文寫作之際，經驗更爲豐富，表現更爲成熟，何況二人無論在政壇或文壇的地位，甚至高於唐代的韓愈、柳宗元，以及宋初的柳開、王禹偁、穆修諸人。加上朝廷官方對改革文風的支持，再配合理學的興起，以及普遍接納通俗文學的養分，終於使古文重新成爲文壇的主流，並且建立其既有所繼承，亦不乏創新的宋代古文本身之風格特色。其中包括：在行文上，平易自然，揮灑自如，或慷慨悲愴，情深意婉；在內涵上，則議論、敘事、抒情、寫景可以熔於一爐。雖然講究辭藻、聲律、用典的駢文，始終有人繼續在寫，而且也時有佳篇，甚至歐、蘇諸人在應付科舉策論之試，或上疏政論之際，亦可以是駢文能手，惟自歐、蘇掀起的「新古文運動」爲始，散體古文在文壇的正

宗地位，從此屹立不倒，即使筆墨中夾以駢辭偶句，也不過是行文優雅的點綴，或強調語氣，加深文意的修辭技巧而已。散體古文在宋代文壇的主流地位，一旦確立之後，一直通過金元明清文壇，綿延至20世紀初，經胡適等人掀起的五四運動，才讓位於白話文。

值得注意的是，歐陽修與蘇軾不但是宋代文章文體革新的倡導者，也是古文之文風轉變的主導者。且各自以其文學主張、人格特質，以及才情學養，創作出令後輩作者不斷追隨模範，並令讀者讚賞不已的作品。二人在中國散體古文發展史上地位之崇高，是罕見的。此外，不容忽略的則是，身處南北宋易代之際的李清照，雖非散文大家，惟其現存的少數意婉情長的文章，當可視為明清文人寫尋常家居生活，親人情緣之作，鋪上先路。還有南宋初期的陸游，以及南宋末年面對國家敗亡的民族英雄文天祥，也各以其不凡的文學才情、生活經驗與人格特質，留下不少慷慨悲愴、動人心魂之作。以下即試就諸人的文章風格特色，分類概述其對宋代古文風格確立的貢獻。

一、平易自然──歐陽修

歐陽修在北宋政壇，是范仲淹「慶曆新政」的積極支持者，不過，於慶曆新政失敗後，則屢遭貶斥，在其宦海浮沉四十餘年間，則始終以「風節自持」、忠貞敢言見稱，無論其人品或官品，均為世人所敬重。在中國文學史上，歐陽修乃是一代文宗，北宋文壇的領袖，也是「新古文運動」的主導者。茲因仰慕韓愈的道德文章，歐陽修曾致力於韓愈文集的收集、校訂、刊刻，並繼承韓愈「文以明道」的主張，強調道是文的核心。不過，歐陽修在為文的表現理論方面，則進一步更理會道與文的區別，遂提出文道並重、道先文後的觀點(分見〈答吳充秀才書〉、〈與樂秀才書〉)。不過，值得注意的是，歐陽修為改革時下華而不實的駢儷文風，雖然主張「宗韓」，卻並不囿於韓。或許基於對「傳道效果」的認知，主張文章當令「其道易知而可法，其言易明而可行」(〈答張秀才第二書〉)，故而著意發展韓愈「文從字順」的觀點，並揚棄韓愈及其後學文

章的奇崛與艱澀。總而言之，歐陽修的文章，無論說理議論、敘事述懷、抒情寫景，在繼承中唐古文的基礎上，更注意行文的自然流暢，以及內容既切近實用，又與作者情懷意念的融會，於是建立了一種將說理敘事抒情融於一體，且行文平易自然而又婉曲多姿的文章風格，遂開啟了宋代散體古文雖繼承韓、柳，卻也自成一家的新局面。

　　除了兼工詩詞和文章之外，歐陽修一生著作豐富，橫跨文史領域。如其曾與宋祁(998-1061)合修《新唐書》，自己又撰寫《新五代史》，加上其平日論詩的雜記隨筆文集《六一詩話》，則開創了中國「詩話」這種特殊的文體。由於歐陽修德高望重，且喜識拔人才，獎掖後進，「唐宋八大家」中宋代的五家：蘇洵、蘇軾、蘇轍、曾鞏、王安石，均曾受其推薦或鼓勵，且皆與歐陽修或師或友。也就是這種師承或友朋的親密關係，遂共同形成一個揚棄四六駢文、復興散體古文的創作隊伍，以平易自然、流暢通曉之文，取代了雕琢浮豔或奇崛艱澀之章，促成中國散體古文之定型。這在中國散體古文發展史上，乃是一件關鍵大事。且看蘇軾〈六一居士集敘〉中，對歐陽修在古文復興方面的推崇：

　　　　愈之後三百餘年後得歐陽子，其學推韓愈、孟子以達於孔子，著
　　　　禮樂仁義之實以合於大道。其言簡而明，信而通，引物連類，折
　　　　之於至理，以服人心。故天下翕而師尊之。……自歐陽子出，天
　　　　下爭自濯磨，以通經學古為高，以救時行道為賢，以犯顏納諫為
　　　　忠。至嘉祐末，號稱「多士」。歐陽子之功為多。

　　上引蘇軾所云，當然主要還是針對歐陽修講求實用的道德文章而言。惟就歐陽修現存文章視之，大致可分為兩類：一類是具實用目的的論說文，包括政論、史論和文論；另一類則屬隨筆小品，包括寫景、抒情、敘事、記人之作。倘若純就文學史較重視文學審美趣味的角度視之，最令人後世讀者激賞，且影響深遠者，還是第二類中，以敘事、寫景為主，描述所見所聞，抒發個人經驗感受的「記敘文」。

　　試以歐陽修在范仲淹「慶曆新政」失敗之後，被貶為滁州刺史時期所寫的〈醉翁亭記〉為例：

環滁皆山也。其西南諸峰，林壑尤美。望之蔚然而深秀者，琅邪也。山行六七里，漸聞水聲潺潺，而瀉出於兩峰之間者，釀泉也。峰回路轉，有亭翼然臨於泉上者，醉翁亭也。作亭者誰？山之僧智仙也。名之者誰？太守自謂也。太守與客來飲於此，飲少輒醉，而年又最高，故自號曰醉翁也。

醉翁之意不在酒，在乎山水之間也。山水之樂，得之心而寓於酒也。

若夫日出而林霏開，雲歸而巖穴暝，晦明變化者，山間之朝暮也。野芳發而幽香，佳木秀而繁陰，風霜高潔，水落而石出者，山間之四時也。朝而往，暮而歸，四時之景不同，而樂亦無窮也。

至於負者歌於途，行者休於樹，前者呼，後者應，傴僂提攜，往來而不絕者，滁人遊也。臨溪而漁，溪深而魚肥；釀泉爲酒，泉香而酒洌；山肴野蔌，雜然而前陳者，太守宴也。宴酣之樂，非絲非竹，射者中，弈者勝，觥籌交錯，起坐而喧嘩者，眾賓歡也。蒼顏白髮，頹然乎其間者，太守醉也。

已而夕陽在山，人影散亂，太守歸而賓客從也。樹林陰翳，鳴聲上下，遊人去而禽鳥樂也。然而禽鳥知山林之樂，而不知人之樂；人知從太守遊而樂，而不知太守之樂其樂也。醉能同其樂，醒能述以爲文者，太守也。太守謂誰？盧陵歐陽修也。

這時歐陽修雖身爲貶謫之臣，卻避開悲哀的訴求，亦無自傷的流露，全文筆墨重點，不單單是描寫滁州琅邪山的四季朝暮景色，更重要的是，抒發個人身在醉翁亭上宴飲遊賞的經驗與感受，並將其政治的挫折，人生的失意，消解融化在娛情山水以及與友朋同樂的生活情趣裡。文中以「醉翁之意不在酒，在乎山水之間也」，傳達作者與友朋同醉之樂，共賞山水美景的娛悅心情，同時流露一分曠達的胸襟，以及開闊明朗的人生態度。不但爲其後蘇軾每每抒發其曠達逍遙人生態度的文章，開出先路，也是許多宋代文人普遍追求的生命境界。就文體本身視之，全文採用似散似駢的

句式，又迭用二十一個虛詞「也」，八個「者」字，形成古文與駢文句法交錯的靈活運用，加上辭語簡潔通俗，遂令行文顯得平易自然，流暢自在，疏朗而有韻致。已明顯展示，宋代古文與中唐古文風格之相異。

在歐陽修的倡導與實踐之下，平易簡潔，自然流暢的文章風格，幾乎成為宋代散體古文的共同特點，影響所及，遠至明清兩代。如明代歸有光文章的明白而率真，清代桐城派文章的雅潔而有義法，倘若追根溯源，均與歐陽修的文章風格一脈相承(詳後)。歐陽修不但是北宋文壇之領袖，也是影響宋代以後古文發展方向的關鍵人物。

當然，宋代散體古文能夠形成其自成一家的風格，並且為古文風格之確立，奠上基礎，尚有賴蘇軾的傑出表現。

二、揮灑自如──蘇軾

歐陽修確立了宋代散體古文平易自然的風格，蘇軾則以其不凡的才情，揮灑自如的筆墨，擺脫四六駢文在形式上的種種束縛，登上了宋代古文的高峰，可謂是唐宋兩代古文運動的完成者。在文學史上，蘇軾與其父蘇洵、弟蘇轍，同列於「唐宋八大家」之中，一門三傑，號稱「三蘇」，自北宋以來，即傳為文壇佳話。三蘇均才氣橫溢，在文章方面，亦各展特長，如蘇洵以縱放豪健的文風見稱於當世，蘇轍則以汪洋淡泊為其主要韻調。當然，父子三人中，還是以蘇軾的文才最高，成就最巨，已屬歷代公論。

蘇軾在文學史上乃是一位全才，無論詩詞、文章，均表現傑出，且影響深遠。蘇軾與其弟蘇轍為同榜進士，其應試文章之雄辯滔滔，揮灑自如，即深受主考官歐陽修的賞識。不過，蘇軾在政治上雖亦主張改革弊政，卻與王安石政見不合。按，王安石乃是繼范仲淹之後力主政治革新、實施變法者，蘇軾對其改革方針則持反對立場，曾經兩次向神宗上萬言書，非議新法之弊端，可惜無效，於是乃自請出任地方官。其實，在北宋新舊黨派的不斷政爭中，文人士大夫均難免受害：王安石被迫離職，蘇軾則屢遭貶斥，甚至遠謫至海南島的儋州，最後客死於遇赦北還途中。蘇軾一生雖仕途坎坷，屢經挫折，然而文名彰顯，而且始終創作不輟，又基於

其坦蕩的胸襟懷抱，豁達的人生態度，以及不凡的才華，遂形成其文章豪邁雄渾、流暢自然、揮灑自如的風格。

值得注意的是，蘇軾雖然推崇韓愈「文起八代之衰，道濟天下之溺」（〈潮州韓文公廟碑〉），並且讚美歐陽修「學推韓愈孟子，以達於孔氏，著禮樂仁義之實，以合於大道」（《六一居士集·序》），可是在文章的寫作理論上，卻並不囿於一般唐宋古文運動者所推崇的儒家孔孟之「道」。蘇軾更重視的是，文學作品創作本身之「道」，亦即文學本質的藝術特徵，故而主張行文須以「辭達」為首要。其所讚賞的文章，當是「大略如行雲流水，初無定質；但常行於所當行，常止於所不可不止。文理自然，姿態橫生」（〈答謝民師書〉）。此外，蘇軾又精於書法，善於繪畫，嘗從繪畫的角度提出，文宜「神似」，在構思上須「成竹於胸」，下筆前，要觀察客觀事物，了然於心，方能做到「心手相應」的境地（〈文與可簣簹谷偃竹記〉）。對於他自己的文章，蘇軾則頗為自負。試看其〈文說〉中對自己文章風格的評述：

> 吾文如萬斛泉源，不擇地而出。在平地，滔滔汩汩，雖一日千里無難。及其與山石曲折，隨物賦形而不可知也。所可知者，常行於所當行，常止於不可不止，如是而已矣。其他，雖吾亦不能知也。

的確，蘇軾之文，因其才思敏捷，才氣縱橫，寫來往往如泉水之奔瀉，滔滔汩汩，且亦能根據需要，隨物賦形，曲盡其妙。無論政論、史論、遊記、碑傳，甚至書簡序跋之類的隨筆小品，均能揮灑自如，宛如行雲流水，當行則行，當止則止，一切彷彿出於自然流暢，而又能適可而止，絕無繁冗拖沓之病。

綜觀蘇軾現存各類的文章，其中有關政論和史論之篇，似乎深受《戰國策》、《孟子》、《莊子》諸先秦文章風格的影響，而且多具實用目的，每每關涉朝政的改革。就如其〈教戰守策〉，即是一篇切中時弊的政論，乃因見北宋王朝重文輕武，又與西遼以及西夏對立，指出「當今生民之患」，實「在於知安而不知危，能逸而不能勞」，「今不為之計，其後

將有所不可救者」。遂建議仁宗朝廷應該教民習武，加強軍事教育和訓
練，以便隨時準備應付外患。全文所言頗有汪洋恣肆，議論縱橫的特點。
另外，在史論方面，如〈六國論〉、〈留侯論〉、〈賈誼論〉等，均屬爲
世傳誦的名篇。主要是論古證今，或論過去朝代的盛衰治亂，或論歷史人
物的是非功過，以傳達自己對政治社會以及個別人物歷史地位的觀點。兩
類文章中，多展現其議論說理文之特色：包括博採史事，行文明快，氣勢
雄渾，且夾敘夾議，雄辯滔滔，筆力縱橫，揮灑自如。

　　當然，蘇軾文章中最膾炙人口，且深具文學審美趣味，又最能體現其
個人之才情風韻者，還是那些具有深厚人文精神的記敘文。亦即顯示作者
學識見解與生活情趣的敘事、寫景和抒情意趣者，包括日常生活中記敘亭
臺樓閣、描述山水風景、追懷故友情誼之文。其中記亭臺樓閣者，如〈超
然臺記〉、〈喜雨亭記〉、〈放鶴亭記〉等；記山水遊覽者，如記遊兼調
查狀況的〈石鐘山記〉，以及隨筆小品，如〈承天寺夜遊〉等，均屬傳頌
不絕的佳篇；還有追懷故友情誼之作，如〈文與可篔簹谷偃竹記〉、〈墨
君堂記〉；以及雖以賦名篇，歷來讀者多視之爲抒情寫景散文的〈赤壁
賦〉與〈後赤壁賦〉。

　　試先引〈石鐘山記〉首段爲例：

　　　　《水經》云：「彭蠡之口有石鐘山焉。」酈元以爲下臨深潭，微
　　　　風鼓浪，水石相搏，聲如洪鐘。是說也，人常疑之。今以鐘磬置
　　　　水中，雖大風浪不能鳴也，而況石乎！至唐李渤始訪其遺蹤，得
　　　　雙石於潭上，扣而聆之，南聲函胡，北音清越，枹止響騰，餘韻
　　　　徐歇。自以爲得之矣。然是說也，余猶疑之。石之鏗然有聲者，
　　　　所在皆是也，而此獨以鐘名，何哉？

　　石鐘山位於今江西湖口縣鄱陽湖東岸。關於「石鐘山」名稱的來歷，
說法不一。蘇軾此文，顯然是以酈道元《水經注》針對石鐘山的地理調查
發端，對前人關於石鐘山地名的解釋表示懷疑，決定親往實地考察，找出
石鐘山命名的眞正來由，並從中悟出「事不目見耳聞，而臆斷其有無」的
失誤，明顯展現宋人爲文好議論說理的特色。但是，眞正令後世讀者欣賞

的，並非其中說理議論之「明確」，而是文中第二段敘述親臨石鐘山之經驗與感受，以及對其景色狀貌聲色的細緻觀察與描繪：

> 元豐七年(1084)六月丁丑，余自齊安舟行適臨汝，而長子邁將赴饒之德興尉，送之至湖口，因得觀所謂《石鐘》者。寺僧使小童持斧，於亂石間擇其一二扣之，硿硿然；余固笑而不信也。至其夜，月明，獨與邁乘小舟，至絕壁下。大石側立千尺，如猛獸奇鬼，森然欲搏人；而山上棲鶻，聞人聲亦驚起，磔磔雲霄間；又有若老人咳且笑於山谷中者，或曰：「此鸛鶴也。」余方心動欲還，而大聲發於水上，噌吰如鐘不絕，舟人大恐。徐而察之，則山下皆石穴罅，不知其淺深，微波入焉，涵澹澎湃而為此也。舟回至兩山間，將入港口，有大石當中流，可坐百人，空中而多竅，與風水相吞吐，有窾坎鏜鞳之聲。與向之噌吰者相應，如樂作焉。因笑謂邁曰：「汝識之乎？噌吰者，周景王之無射也；窾坎鏜鞳者，魏莊子之歌鐘也。古之人不余欺也。」

此段對石鐘山景觀的描述，與柳宗元的山水遊記頗有類似之處。不過，整體而言，文中夾敘夾議，不但流露宋人善敘述好議論的特色，亦因將幽深奇絕的景色描寫，與有關石鐘山命名緣由的敘事與議論熔於一爐，乃至為原屬知識性的文章，增添了的文學性質與審美趣味。

此外，在蘇軾現存文章中還有一些收錄於《東坡志林》筆記集中的書簡、序跋、札記、雜說之類的短文，一般稱為「筆記小品」或「隨筆小品」，也占有相當重要的分量。這些小品，主要是一些日常生活的瑣屑記錄，或敘友誼、抒襟懷，或寫風景、悟哲理，或談文藝、論學術，或評歷史、述人物。往往語言簡練明快，行文輕鬆活潑，瀟灑自在，最能顯示蘇軾為文揮灑自如的風格特色。這些宛如隨筆揮灑的筆記小品，為後世論者評為筆記中的「傑作」、「文家之樂境」，影響既深且遠。如明代王聖俞選輯《蘇長公小品》即嘗云：「文至東坡，真是不須作文，只隨時記錄便是文。」又如明代袁宏道為首的「公安派」，舉起「獨抒性靈」的旗幟，反對擬古不化，實際上乃是受蘇軾《東坡志林》中隨筆小品的影響。明代

「竟陵派」小品文，以及明末張岱的《陶庵夢憶》等，也是模仿蘇軾在《東坡志林》的風格。就如張岱的名篇〈湖心亭看雪〉，與蘇軾〈記承天寺夜遊〉，機抒旨趣何其相似。

試先看東坡的〈記承天寺夜遊〉：

> 元豐六年(1083)十月十二日，夜，解衣欲睡，月色入戶，欣然起行。念無與爲樂者，遂至承天寺，尋張懷民。懷民亦未寢，相與步於中庭。庭下如積水空明，水中藻、荇交橫，蓋竹柏影也。何夜無月，何處無竹柏，但少閒人如吾兩人耳。

全文言簡意賅，行文如流水行雲，揮灑自如，僅寥寥幾筆，遂將貶謫生涯中，造訪承天寺片刻間的審美感受與人生哲理的領悟傳達出來。像這樣含蘊詩意的隨筆小品，正是晚明「性靈小品」的先驅。

再看張岱(1597-1679?)〈湖心亭看雪〉：

> 崇禎五年(1632)十二月，余住西湖。大雪三日，湖中人、鳥聲俱絕。是日更定矣，挐一小舟，擁毳衣爐火，獨往湖心亭看雪。霧淞沆碭，天與雲與山與水，上下一白。湖上影子，惟長堤一痕，湖心亭一點，與余舟一芥，舟中人兩三粒而已。到亭上，有兩人鋪氈對坐，一童子燒酒，爐正沸，見余大喜，曰：「湖中焉得更有此人！」拉余同飲。余強飲三大白而別。問其姓氏，是金陵人，客此。乃下船，舟子喃喃曰：「莫說相公癡，更有癡似相公者。」

倘若從兩篇小品之簡短而有味視之，機抒旨趣均相類似，明顯展示其前後的承傳關係。但是，蘇軾畢竟處於時局尚稱平穩的北宋中葉，〈記承天寺夜遊〉文中並無張岱〈湖心亭看雪〉流露的、屬於末世人生的飄泊感傷。這不僅與作者所處時代相關，同時也是作者人格情性與文章風格的個別特色。明代散體古文的文人化、個性化(詳後)，實萌生於蘇軾的筆記小品。

蘇軾在文學史上乃是有多方面成就的大家，惟單純從其散體古文的造詣視之，不僅與歐陽修等共同確立了宋代古文明白流暢、平易自然的風

格，更重要的是，以其創作實踐，證明散體古文可以不受任何既定程式的束縛，可以自由揮灑。蘇軾反對的就是，「程式文字，千人一律」(〈答王庠序〉)，重視的則是，以隨意之筆，平易之言，臻至「辭達」而已。儘管自中唐以來，在古文的發展演變過程中，始終與儒家推崇的政教倫理實用目的相糾葛，但是在蘇軾筆下，似乎隨時可以將其從政教倫理束縛中解放出來，獨立自主，不拘格套，隨筆抒情述懷、寫景敘事，當然還包括說理議論，真可謂「還古文以自由」。這不僅為蘇門後學所追隨模仿者，也為宋室南渡以後的古文作品，乃至金元明清的古文創作鋪上寬廣的創作道路，提供更多自由揮灑的空間。

三、慷慨悲愴──陸游、文天祥

北宋之亡於金，南宋之亡於元，對文壇的影響，既深且遠。值得注意的是，那些深受時代巨變影響之下撰寫的文章，在內涵情調上更為抒情化與個人化的表現，為宋代古文開拓了新境。一些身處北宋或南宋覆亡之際，經歷過生命滄桑與生活巨變的作者，將個人的命運與家國的破亡聯繫起來，寫出許多慷慨悲愴、動人心魂的文章，擴大了古文的敘事與抒情功能。以下分別舉陸游(1125-1210)〈跋傅給事帖〉、文天祥(1236-1283)〈指南錄後序〉為例。

試先看陸游的〈跋傅給事帖〉：

> 紹興初，某甫成童。親見當時士大夫相與言及國事，或裂眥嚼齒，或流涕痛哭。人人自期以殺身翊戴王室，雖醜裔方張，視之蔑如也。卒能使虜消沮退縮，自遣行人請盟。
>
> 會秦丞相檜用事，掠以為功，變恢復為和戎，非復諸公初意矣。志士仁人，抱憤入地者，可勝數哉！今觀傅給事與呂尚書遺帖，死者可作，吾誰與歸！
>
> 嘉定二年(1209)七月癸丑，
陸某謹識

傅給事即傅崧卿，一生主張抗金，收復中原失地，惟身處主和派當權

之際，顯然不可能得意於當朝。陸游此文乃是多年後見到傳給事遺帖所寫的跋文。惜傳崧卿遺帖今已失傳，陸游的跋文寫於嘉定二年，時已八十四高齡，其中對自己「甫成童」時，「親見士大夫相與言及國事，或裂眥嚼齒，或流涕痛哭」的回憶，以及丞相秦檜「變恢復爲和戎」的憾恨，語意慷慨，情含悲愴。短短一篇跋文，乃是將童年的回憶和當前的時局融爲一體，其中流露的，對「國事」的由衷關懷，以及對「志士仁人，抱憤入地者」的無限悲慨，爲宋代散文增添了時局的憂患分量。

再看文天祥爲其自編詩集《指南錄》所撰後序一文之摘錄：

德祐二年(1276)正月十九日，予除右丞相兼樞密使，都督諸路軍馬。時北兵已迫修門外，戰、守、遷皆不及施。縉紳大夫士萃於左丞相府，莫知計所出。會使轍交馳，北邀當國者相見；眾謂予一行可以紓禍。國事至此，予不得愛身；意北亦尚可以口舌動也。初，奉使往來，無留北者，予更欲一覘北，歸而求救國之策。於是辭相印不拜，翌日，以資政殿學士行。

初至北營，抗辭慷慨，上下頗驚動，北亦未敢遽輕吾國。不幸呂師孟構惡於前，賈余慶獻諂於後，予羈縻不得還，國事遂不可收拾。……不得已，變姓名，詭蹤跡，草行露宿，日與北騎相出沒於長淮間。窮餓無聊，追購又急，天高地迥，號呼靡及。已而得舟避渚洲，出北海，然後渡揚子江，入蘇州陽，輾轉四明、天台，以至永嘉。……

嗚呼！予之生也幸，而幸生也何所爲？求乎爲人臣，主辱臣死有餘僇；所求乎爲子，以父母之遺體行殆而死，有餘責。將請罪於君，君不許；請罪於母，母不許。……所謂誓不與賊俱生，所謂鞠躬盡力，死而後已，亦義也。嗟夫！若予者，將無往而不得死所矣。向也使予委骨於草莽，予雖浩然無所愧怍，然微以自文於君親，君親其謂予何！誠不自意，返吾衣冠，重見日月，使旦夕得正丘首，復何憾哉！復何憾哉！

是年夏午，改元景炎(1276-1277)，盧陵文天祥自序其詩，名

曰：《指南錄》。

此文寫於宋端宗景炎元年(1276)五月，文天祥甫自永嘉(今浙江溫州)抵達三山(今福建福州)之時。雖屬自己詩集之序，猶如當初司馬遷的《史記·太史公序》，也是一篇自敘文。主要記述自己曾經如何辭相赴北出使蒙元，繼而又如何脫險南歸的經歷與感受。當時的情勢是：蒙元軍大舉南侵，已進迫臨安城外，南宋王朝面臨覆滅危機，正陷於「戰、守、遷，皆不及施」之窘迫境況。恭帝遂派文天祥出使元營，企圖與蒙古軍議和，孰料文天祥卻被元將伯顏軟禁扣留，就在其「羈縻不得還」之際，恭帝卻已率領百官降元，「國事遂不可收拾」。幸好文天祥被押解至京口(今江蘇鎮江)時，得機脫逃。並於逃歸途中「變姓名，詭蹤跡，草行露宿」，歷盡種種艱辛困境，數次瀕臨被抓被殺的驚險，輾轉流徙，總算安抵永嘉，見到繼恭帝位之端宗。全文以敘事爲主，夾雜抒情說理，且文字平易流暢，敘述細膩婉轉，筆觸慷慨悲愴。其動人之處，就在於文中流露的，崇高的大我無私之情，是忠臣義士身處亂世、心懷朝廷的經驗感受。

文天祥逝世後十五年，謝翱(1249-1295)以南宋遺民之身，作〈登西臺慟哭記〉一文，記述其於至元二十七年(1290)，登上浙江富春江畔的嚴子陵釣臺，北望哭祭文天祥的經過。同樣以敘事爲主，不過其間風雲雨雪、荒臺竹石的描寫，淒哀悲涼，「若相助以悲者」。行文間既有柳宗元山水小品的筆意，亦委婉流露故國之思與亡國之痛。

惟不容忽略的是，宋代散體古文，除了將視野外投，關心仕宦生涯、情懷朝廷安危或國家局勢之外，還有個人日常家居生活的關懷。可以在文學史上少數難得受重視的女性作家李清照之文爲例證。

四、情深意婉——李清照

身處北宋敗亡，匆忙隨王室南奔的李清照(1084-1151?)，是南宋以後的文章開拓境界者。試摘錄李清照〈金石錄後序〉中兩段對過去家居生活的追憶：

余建中辛巳(1101)，始歸趙氏。時先君作禮部員外郎，丞相時作

吏部侍郎，侯年二十一，在太學作學生。趙、李寒族，素貧儉，
每朔望謁告出，質衣取半千錢，步入相國寺，市碑文果實歸，相
對展玩咀嚼，自謂葛天氏之民也。……
後屏居鄉里十年，仰取俯拾，衣食有餘。連守兩郡，竭其俸入，
以事鉛槧。每獲一書，即同共勘校，整集簽題。得書、畫、彝、
鼎，亦摩玩舒卷，指摘疵病，夜盡一燭爲率。故能紙札精緻，字
畫完整，冠諸收書家。余性偶強記，每飯罷，坐歸來堂，烹茶，
指堆積書史，言某事在某書某卷，第幾頁第幾行，以中否角勝
負，爲飲茶先後。中即舉杯大笑，至茶傾覆懷中，反不得飲而
起，甘心老是鄉矣。故雖處憂患困窮，而志不屈。……
至靖康丙午歲(1126)，侯守淄川，聞金人犯京師，四顧茫然，盈
箱溢篋，且戀戀，且悵悵，知其必不爲己物矣。建炎丁未(1127)
春三月，奔太夫人喪南來，既長物不能盡載，乃先去書之重大印
本者，又去畫之多幅者，又去古器之無款識者，後又去書之監本
者，畫之平常者，器之重大者。凡屢減去，尚載書十五車。至東
海，連艫渡淮，又渡江至建康。青州故第尚鎖書冊什物，用屋十
餘間，期明年春再具舟載之。十二月，金人陷青州，凡所謂十餘
屋者，已皆爲煨燼矣。……

　　李清照是少有的受到一般文學史重視的女性作家，這當然主要還是以
其婉約詞篇在詞史上的關鍵角色見稱(詳後)。不過，在中國散體古文風格
確立的過程中，李清照的地位，實亦不容忽視。在其現存少數文章裡，除
了那篇具有詞學批評意義的〈詞論〉之外，最引人矚目的，就是晚年流落
江南時期，題於紹興二年(1132)爲亡夫趙明誠遺著《金石錄》一書所寫的
後序(跋)文。值得注意的是，此文在風格與內涵上，與歷來寫在書前書後
或詩文前後的一般序跋文，已有很大的出入，同時可以看出散體古文在
歐、蘇之後，平易自然與揮灑自如風格的延續，以及內涵情境上，對個人
日常生活經驗與感受的重視。

　　首先，除了發端一段介紹《金石錄》該書之作者、卷數、內容大要，

符合一般書序跋文的傳統要求之外，全文實際上乃是自敘經歷，自抒情懷，並詳細記錄年月時序，宛如一篇意欲為有生之年留下痕跡的自敘傳，追述個人生命點滴的回憶錄。其追述的主要內涵是，當初與趙明誠婚後的歲月，如何由甜蜜美滿，轉而因遭逢時亂，面對生離死別，過去幫助趙明誠收集一生的書畫古器，或不得已委棄「散為雲煙」，或遭賊人「穴壁負去」，乃至「巋然獨存者，乃十去其七八」。也就是在經歷國破家亡夫喪之痛後，顛沛流離的孀居生涯中，孤苦無依之際，「今日忽閱此書，如見故人」，怎能不慷慨悲愴。李清照回憶中的日常家庭夫妻生活，在時亂中的變化，以及其內心深處的感受，乃是此後序文的筆墨重點。

其次，文中不惜筆墨於瑣屑細節處著意描述敘寫，尤其值得重視者：包括有關趙明誠生前收集古玩書畫的執著癡迷，或為人妻者的李清照自己，如何在夫妻的情愛中，享受二人日常生活瑣屑細節的歡愉。遂令整篇後序文煥發出濃厚的生活氣息，洋溢著親切的人間情味。就如上舉引文，第一段中追述趙明誠還是太學生時，如何在「貧儉」中，「質衣取半千錢，步入相國寺」，購得「碑文果實歸」。於是夫妻二人「相對展玩」碑文，同時一起「咀嚼」果實，此情此景，遂油然而生「自謂是葛天氏之民」的幸福感。第二段中，則記述趙明誠任官職之後，生活優裕了，有經濟能力收集書畫古玩了，遂「每獲一書，即同共勘校，整集簽題」，夫妻二人每飯罷，在歸來堂書齋烹茶消閒，以猜中書史中「某事在某書某卷，第幾頁第幾行」角勝負，「為飲茶先後」……遂「甘心老是鄉矣！」如此既風趣優雅又尋常瑣屑的夫妻關係與日常家居生活的記錄，在中國文學史中尚屬前所未有。

再看此後序文最末一段中之結束語：

> 嗚呼！余自少陸機作賦之二年，至過蘧瑗知非之兩歲，三十四年之間，憂患得失，何其多也！然有有必有無，有聚必有散，乃理之常。人亡弓，人得之，又胡足道！所以區區記其終始者，意欲為後世好古博雅者之戒云。

由於其間流露的，對於趙明誠一生癡迷於金石書畫的收集，到頭來一

場空的憾恨，彷彿是遵循一般文章，最後往往須提出道德教訓的習慣，遂頗受傳統論者的稱許。可是，就全文仔細體味之，作者李清照對於過去歲月無限緬懷與眷戀的語氣，以及在晚年孤苦伶仃孀居生活中，早知如此何必當初的委屈與埋怨之情，隱隱流露其間。遂為整篇後序文，增添了在慷慨悲愴中，婉轉示意的情味意境。這在宋代以前自敘文中亦屬罕見。

　　或許因為李清照留存下來的文章不多，乃至並未視為文學史上的文章大家。不過，就其〈金石錄後序〉敘事抒情述懷的表現，為向來以實用為目的，或有關政治教化，或抒發文人士大夫出處進退為宗旨的散體古文，展現了朝多方面發展的潛能。尤其值得注意的是，此後序文中追述日常家居生活，自敘個人經歷，自訴一己衷腸的風格與態度，對後世的古文創作，包括敘述日常家庭生活或夫妻之間的情愛，實均有開拓之功。此後明清時期的古文，有關家庭日常生活或個人私己的情懷意念，也會成為作者創作的筆墨重點。就如明代歸有光(1506-1571)記述其家居生活的〈項脊軒記〉，清代沈復(1763-1808?)《浮生六記》中記述夫妻情深的〈閨房記樂〉，即是著名的例子(詳後)。

　　另外還有不少宋代作家，也留下了一些隨筆札記之類的著述，或因其作者文壇聲望，不如歐陽修與蘇軾諸人，或以其著述偏向學術討論與史料收集的價值，乃至很少獲得一般文學史的注意。可是這些隨筆札記，畢竟為明白流暢、平易自然為宗的宋代散文，增添了不容忽略的陣容，因此以下特闢一小節論述。

第四節　筆記小品的風行

　　隨筆札記之類的文字，一般統稱「筆記」。儘管文人的隨筆札記多屬累集成篇，輯錄成書，惟因筆記所錄往往針對某人、某事、某物，或某景逐條而記，主題單純，筆墨集中，篇幅短小，多則數百字，少則數十，甚至十數字，故視為散文中之「筆記小品」。筆記小品的文體特色是：長短不拘，文筆簡潔，形式靈活自由，內容方面亦隨筆札記，舉凡讀書心得、

生活瑣事、世俗民情、風景名勝、朝政掌故、典章制度、歷史傳說、官場八卦、名人軼事等,幾乎無所不包。這些「筆記小品」,均屬作者將個人生活見聞中的殘叢瑣記,發展成為一種文章體式,其中大多出於親身經歷或個人知識見解,有的甚至經過仔細考察,小心求證,當然也難免有源自輾轉的道聽塗說者。既然只是作者的「隨筆札記」,則無須在行文上刻意雕琢,鋪設辭采,亦無須在章法結構上講求嚴謹,因此,平易自然,明白流暢,隨意即興,遂成為一般筆記小品的文體風格。筆記小品的風行,乃是宋代文壇古文風格確立之下的成果。

一、體式形成

文人筆記小品在中國文學史上能形成為一種「文類」,實際上濫觴於魏晉,繼而發展於李唐,其體式則形成於兩宋文壇。由於魏晉筆記內容龐雜,包括有關各類神仙鬼怪的「志怪」故事,以及涉及真實人物言行事件的「志人」故事,文學史一般均將之歸類於「筆記小說」之流,亦即唐人傳奇小說之前身(詳後)。諸如張華(232-300)《博物志》、干寶(317年前後在世)《搜神記》、葛洪(250?-330?)《西京雜記》、劉義慶(403-444)《世說新語》等,即是有名的例子。爰及唐代,文人圈流行創作傳奇故事,具有虛構性質的「小說」體式正式形成,遂與那些將作者個人的見聞隨筆札記成文者,在文類上已屬不同的類型。現存唐人筆記中,諸如封演(天寶742-755年末進士)《封氏聞見記》、劉肅(活躍於元和806-820年間)《大唐新語》、范攄(活躍於僖宗874-879年時)《雲溪友議》、王定保(唐末光化三年[900]進士)《唐摭言》等,均屬作者隨筆札記生活見聞而輯集成書的名著,並非出自虛構或想像而創作的小說故事。不過,由於資料欠缺,宋代以前的筆記小品與筆記小說,就當時的作者或讀者而言,是否已經意識到兩類作品乃屬不同文類,則難以確知。依現存兩宋時期的文人筆記觀察,大都屬輯集作者本人耳聞目睹的「實錄」,或有關歷史人物事件的「補遺」,其中有關怪異神奇的成分銳減,與虛構成章的筆記小說,已分道揚鑣。展示的是,宋人筆記的作者,主要是站在為個人見聞留下紀

錄，或爲歷史人物事件補充材料的立場而記述，往往具有實用目的，對讀者而言，則其間之史料價值與文學趣味可以兼備。「筆記小品」遂成爲一種具有自身特色的獨立文體，其風行於文壇，乃是宋代古文風格確立之下的必然現象。

二、撰述成風

現存宋人的筆記，名目繁多，名著亦可觀，而且展現其體式已爲明清時期的筆記小品，奠定了傳統。諸如蘇軾《東坡志林》、陸游《老學庵筆記》、洪邁(1123-1202)《容齋隨筆》、羅大經(寶慶二年[1226]進士《鶴林玉露》、周密(1232-1298)《武林舊事》等，即是深受矚目的個人筆記著作代表。

惟值得注意的是，宋人的筆記，儘管在內容上頗爲繁雜，卻已經出現不少圍繞同類或相近題材而撰寫的著述，展示宋代文人筆記，無論作者撰寫或編者輯集，已經顯露有意「分類專題化」的現象。例如北宋歐陽修的《歸田錄》，主要記錄朝廷軼事與文人士大夫之言行；范鎮的《東齋記事》，則追述其身爲館閣侍從時期經歷的交遊與言談，以及聽聞的民間俚俗傳說；宋敏求的《春明退朝錄》，多記述宋代朝政的各類典章制度；司馬光(1019-1086)的《涑水紀聞》，則雜記北宋前期政壇的人物事件；沈括(1030-1094)的《夢溪筆談》，主要是說明解釋有關天文地理等科技，以及社會人文諸方面的知識；李廌(1059-1109)的《師友談記》，則以蘇軾門下師友之間的交遊與言論，爲筆墨重點。爰及南宋，文人筆記更是方興未艾，而且內容範圍更爲廣泛。其中仍然以根據題材或內容歸類輯集者最令人矚目。如孟元老《東京夢華錄》(序於紹興丁卯1148年)，追述北宋都市生活與社會舊聞；耐得翁《都城紀勝》(序於1247年)、吳自牧《夢粱錄》(序於甲戌年[1274或1334])、周密(1232-1298?)《武林舊事》等，則主要是記述汴京或臨安等地的都市生活與風俗人情；岳珂(1173-1240)《桯史》，乃是以記述南宋時期的朝政得失和文人言行，爲筆墨重點；洪邁(1123-1202)《容齋隨筆》、王應麟(1223-1296)《困學紀聞》，則是著

名的讀書筆記，內容涉及語、文、史、哲多方面的學術知識與理論見解。

這些經輯集的宋人筆記，在行文風格上，可謂是歐陽修的平易自然、蘇軾的揮灑自如風格的繼承，雖然偶爾亦不避俗言俚語；在結構章法上，一般均篇幅短小，鬆散無拘，既有首尾完整成章者，亦有片段零星數語的記述；在題材內涵上，除了一般文人士大夫所關注的朝政得失與仕宦生涯，更有不少是介紹世俗民間的生活習俗，提供當代文化生活的資訊，同時亦頗具文學審美趣味者。

試先以周密《武林舊事》中所錄〈觀潮〉一則為例：

> 浙江之潮，天下之偉觀也。自既望以至十八日為最盛。方其遠出海門，儀如銀線；既而漸近，則玉城雪嶺，際天而來，大聲如雷霆，震撼激射，吞天沃日，勢極雄豪。楊誠齋詩云「海湧銀為郭，江橫玉繫腰」者是也。

> 每歲，京尹出浙江亭，教閱水軍。艨艟數百，分列兩岸，既而盡奔騰分合五陣之勢，並有乘騎、弄旗、標槍、舞刀於水面者，如履平地。倏爾黃煙四起，人物略不相睹，水爆轟震，聲如崩山；煙消波靜，則一舸無跡，僅有敵船為火所焚，隨波而逝。

> 吳兒善泅數百，皆披髮紋身，手持十幅大彩旗，爭先鼓勇，泝迎而上，出沒於鯨波萬仞中，騰身百變，而旗尾略不霑濕，以此誇能。而豪民貴宦，爭賞銀彩。

> 江干上下十餘里間，珠翠羅綺溢目，車馬塞途。飲食百物，皆倍窮常時，而僦賃看幕，雖席地不容閒也。

> 禁中例觀潮於天開圖畫，高臺下瞰，如在指掌。都民遙瞻黃傘雉扇於九宵之上，真若簫臺蓬島也。

周密此則文字主要是記述錢塘觀潮的盛況，包括個人的經驗感受，以及周遭情況的觀察。首段所述錢塘潮的壯觀，與本書第二編章節中論及枚乘(?-前140)〈七發〉中的觀潮一段，頗有近似之處。不過，枚乘所言，筆墨鋪張揚屬，旨含勸誡諷諭，周密此文，則筆觸從容自在，且旨在客觀記錄觀潮的見聞而已。再者，除了首段乃是錢塘潮湧偉觀的描述之外，二

段以下的筆墨重點，則在於相關風俗民情的記錄。包括水軍表演、吳兒弄潮、士民爭觀、車馬塞途，以及在一般都市民眾眼中，對於皇室貴族觀潮時可以「高臺下瞰，如在指掌」的羨慕。全文並無明確的「主題」，行文也不講究結構組織，只是隨筆札記，但是卻因爲涉及個人經驗、錢塘景觀、地方風俗民情，以及社會階層貴賤不同現況的描述，不僅爲宋代歷史與文化生活提供史料，或許同時還流露對於過去安樂日子的懷思。

再看羅大經《鶴林玉露》中所記「無官御史」：

> 太學，古語云：「有髮頭陀寺，無官御史臺。」言其清苦而鯁亮也。嘉定間(1208-1224)余在太學，聞長上同舍言：「乾、淳間(1165-1189)，齋舍質素，飲器止陶瓦，棟宇無設飾。近時諸齋，亭、榭、簾、幕，競爲靡麗，每一會飲，黃白錯落，非陀頭寺比矣。國有大事，鯁論間發，言侍從之所不敢言，攻臺諫之所不敢攻。由昔迄今，偉節相望。近世以來，非無直言，或陽爲矯激，或陰爲附麗，亦未能純然如古之眞御史矣。」
> 余謂必甘清苦如老頭陀，乃能攄鯁亮如眞御史。

引文首段藉古語有云，點出「太學」向來應該展現「清苦而鯁亮」的品德。繼而發出感嘆：以作者在太學期間，聞「長上同舍」者之言，對於具有稱號「無官御史」的當今太學生，待遇優厚、生活舒適之餘，卻不再「言侍從之所不敢言，攻臺諫之所不敢攻」，而變爲「或陽爲矯激，或陰爲附麗」矣。就文章的體式而言，的確是隨筆札記，不但篇幅短小，主題單純，筆墨集中，並且爲南宋朝政以及有關太學生之生活與行爲態度的變化，在感嘆中同時提供了研究的史料。當然，倘若就作品的文學審美趣味視之，或許不一定能獲得欣賞稱美，卻與一般唐宋的隨筆札記個人見聞的文章相若，是散文史不能忽略的一環，而且元代以後，乃至明清文人筆記大量湧現，實肇始於此。

三、詩話興起

宋代筆記的風行，不但爲散體古文增強了陣容，同時還有額外的收

穫。由於宋人隨筆札記的撰寫或輯集，已經出現有意「分類專題化」的現象，遂促使「詩話」這一特殊文類的成形。單就兩宋的詩話，流傳或部分流傳下來，且已輯集或有遺文而尚待輯集者，就有一百三四十種之多，其盛況可觀[1]。

按，所謂「詩話」，乃是作者在閱讀經驗中所記，一種隨筆漫談歷代詩壇遺聞軼事、品評詩人及其作品的著作。由於作者採取隨筆札記的形式撰寫，因此詩話的整體風格特點是：行文平易自然，語意明白流暢，筆調輕鬆自在，結構則鬆散無拘。詩話的一般體制，主要是分若干小「則」來記事、評人或品詩。往往每則一事一人，而且各自獨立成文，乃至則與則之間，不一定有內容或結構的聯繫，也不刻意講求周密的論證或考定。然而，就是在這些像是信手拈來、隨筆發揮的詩話中，不時浮現意味雋永，見解精闢之處，不但成為中國文學批評理論史家研究的重要資料，也可視為散體古文已發展至體式自由不拘的標誌。

其實宋人詩話的成形與興起，最初主要是文人士大夫茶餘酒後論詩評詩的閒談紀錄，目的不過是為閒談留言而已。歐陽修於其《六一詩話》卷首小序，就已標示其撰寫輯集「詩話」的宗旨：

居士退居汝陰，而集以資閒談也。

其後司馬光(1019-1086)《溫公續詩話》亦於其首卷小序中云：

《詩話》尚有遺者，歐陽公文章名聲雖不可及，然記事一也，故
敢續書之。

按，《詩話》乃歐陽修原著之名稱，故司馬光名其著述為《續詩話》。序中所謂「記事一也」，不僅點出詩話與筆記的同宗關係，同時也概括宋人詩話的基本性質：亦即以「記事」資「閒談」，寓詩歌理論見解於「閒談」、「記事」之中，如此而已。這也正好點出「詩話」這一特殊文類，乃屬隨筆札記的共同特色。

1　有關中國詩話的源起與發展狀況，詳見劉德重、張寅彭，《詩話概說》(北京：中華書局，1990)；蔡鎮楚，《詩話學》(長沙：湖南教育出版社，1990)。

當然，早在宋代之前，已經出現品評詩人及其相關作品的著作，著名者諸如鍾嶸(468-518?)的《詩品》、皎然(活躍於大曆：766-799、貞元：785-804年間)的《詩式》、司空圖(837-908)的《二十四詩品》等，均列為中國詩歌理論批評史不容忽略的著作。不過，以隨筆札記或「閒談」的形式出現，並且以「詩話」為其著述標名者，則始自北宋歐陽修的《六一詩話》，一般均視之為「詩話」專著正式誕生的標誌。其後，司馬光《溫公續詩話》、劉攽(1022-1088)《中山詩話》、陳師道(1053-1101)《後山詩話》、周紫芝(1081-?)《竹坡詩話》、呂本中(1084-1145)《紫薇詩話》、楊萬里(1127-1206)《誠齋詩話》、許顗《彥周詩話》(成書於建炎二年[1128])、嚴羽(1197?-1241?)《滄浪詩話》……等，均屬宋代詩話的名著，是研究中國詩歌批評理論史的必讀書目。

試先舉歐陽修《六一詩話》中之一則為例：

> 陳舍人從易，當時文方盛之際，獨以醇儒古學見稱，其詩多類白樂天。蓋自楊(億)、劉(筠)唱和，《西崑集》行，後進學者爭效之，風雅一變，謂「西崑體」。由是唐賢諸詩集幾廢而不行。陳公時偶得杜集舊本，文多脫誤，至〈送蔡都尉〉詩云「身輕一鳥」，其下脫一字。陳公因與數客各用一字補之：或云「疾」，或云「落」，或云「起」，或云「下」，莫能定。其後得一善本，乃是「身輕一鳥過」。陳公嘆服，以為雖一字，諸君亦不能到也。

引文中稱許北宋初期的陳從易(字簡夫)，在「時文方盛之際，獨以醇儒古學見稱，其詩多類白樂天」；接著對於特別重視辭藻華美駢麗的時文「西崑體」之風行，表示不滿；繼而又對杜甫詩作遣詞用字之精巧，則極為嘆服，並引用陳公之言，「以為雖一字，諸君亦不能到也」，證明今人實不如唐人。儘管此則文字以「陳從易」或「陳公」的故事貫穿首尾，流露的則顯然是歐陽修個人對詩作的品評態度。就文章的體式視之，可謂結構鬆散不拘，行文隨意自在，語言明白流暢，宛如「閒談」的簡略筆錄。

再看許顗《彥周詩話》中之一則：

陶彭澤詩，顏、謝、潘、陸皆不及者，以其平昔所行之事，賦之
於詩，無一點愧辭，所以能爾。

所言對「陶彭澤詩」所以超越「顏、謝、潘、陸」諸人，就在於陶詩
的日常生活氣息與人間情味。文中雖無進一步的分析論述，但是已充分展
示其觀察之明晰，見解之精闢。儘管此則詩話不過數語，並不構成有首有
尾的「文章」，惟就其行文視之，平易流暢，彷彿信手拈來，隨筆發揮，
這亦正可作爲散體古文風格確立的見證。

詩話的興起，從此爲明清時期的詩話樣式與風格，奠定了傳統。惟不
容忽略的則是，宋代詩話著述在散體古文方面平易流暢，明白如話，隨筆
發揮的表現，不但是筆記小品風行的額外收穫，亦爲古文地位的鞏固，掀
開序幕。

第六章
古文地位的鞏固——金元明清散體古文

　　古文與駢文之間的消長，經唐宋文人先後倡導的「古文運動」，爰及宋代基本上已經成爲定局。儘管駢文並未銷聲匿跡，仍然始終有人在繼續創作，惟自唐宋以後，無論作者是有意成章或隨意揮筆，散體古文已成爲文壇的主流，則是不爭之實。從此其地位之鞏固，則可由金、元、明、清時期的作者，如何以宗唐宗宋或復古相呼應，同時以散體古文的撰寫爲常態，覽其大概。

　　當然，自北宋與南宋相繼亡國以後，處於中國專制帝王時代最後階段的金、元、明、清四朝，其中就有三個朝代是由少數民族建立的「征服王朝」，其間對於整個中國政治社會及文化生活諸方面的衝擊震盪，可謂既深且遠。惟不容忽略的是，這些少數民族卻在漢族文化土壤的招徠孕育中，對於漢文化之「優勢」，則始終居於仰慕臣服的態度。影響所及，正如前面章節所述，在政治制度與文化政策方面，雖然僅作選擇性的接受，畢竟還是依循漢制；甚至在詩文的創作方面，即使出身少數民族的作家，亦和漢族作家一樣，多欽慕前朝，緬懷過去，回顧傳統。何況無論詩歌或文章，在唐宋時期已經發展至高峰，很難跳脫出唐宋詩文的藩籬，也不易取得突破性的進展。就如文章的撰寫，金元明清作家也大多接續唐宋散體古文的風格體式，乃至由唐宋文人提倡並確立的散體古文，始終成爲金元明清作家頻頻回首顧盼、紛紛追隨模仿的對象，遂鞏固了散體古文在中國文學史上的地位，成爲通行朝野的文體，一直到民國初年，受西方文化衝擊下的「五四運動」，提倡「白話」的呼聲中，古文方勉強卸下其歷來肩負議論說理、敘事描述、抒情寫志的歷史重任。

第一節 金元古文的宗唐宗宋

金、元二朝在文學史上，乃是通俗文學充分發展與興盛的時期，諸如民間諸宮調的傳唱，還有散曲、雜劇的崛起，以及白話小說從市井到士林的逐漸流行，均可以爲證(詳後)。不過，一向由文人士大夫主筆的文章撰寫，即使駢儷之文仍然受到少數個別作家的眷顧，散體古文已經穩然是文壇的主流。金、元時期的文人士子，爲文之際往往以懷舊的心情與仰慕的態度，回顧唐宋古文的傳統，並以師法唐宋名家，諸如韓、柳、歐、蘇等爲依歸。因此，倘若就「發展」的角度觀察金、元文章的整體表現，當然不如具有開拓性質的唐宋古文那樣光輝燦爛。此外，又由於金、元文人以散體古文撰寫文章已是相當普遍的現象，幾乎是文壇常態，乃至罕見十分耀眼的古文大家，令人特別矚目的名篇佳作亦不多。但是在中國散體古文發展史上，仍然顯示各自的時代風貌，並且在金、元作者紛紛宗唐宗宋的提倡與實踐中，爲散體古文地位的鞏固，分別扮演了承先啓後的角色。

一、金代散體古文的發展──金文的宗唐宗宋

散體古文經過唐宋前後兩度「古文運動」的鼓吹與實踐，展現了各自的時代風貌，影響所及，金代文壇遂出現「宗唐」與「宗宋」兩種呼聲與創作傾向。惟不容忽略的是，金朝占領了北方領土，與南宋政權的長期對峙，加上中原文化的北移，地域的差異等環境背景，對金代文壇以及散體古文風格形成的影響。

首先，是作家群之身分地位與政治生態的變化顯著。主導金代文壇的作者，從金初的「借才異代」，到「國朝文派」，最後則是「流落異代」者。換言之，文壇領袖由南方「北移」的作者，至金中葉以後，轉而爲在金人統治的北方土壤成長的「本土」作者，繼而是金亡前後經歷戰亂並流落異代的遺民作者。作者身分與所處政治局勢環境的變遷，自然會影響文章的風格。

其次，則是散體古文的體式，在金代文人士子筆下的普遍化。按，現存金代文章中表現的視野，論述的主題，或流露的情懷，雖因作者個人經歷，以及宗唐或宗宋「主張」的不同，各有所側重或偏好；不過，唐宋以來提倡的散體古文，已是絕大多數文人士子為文之際所採用的體式，即使偶爾亦有講究造語新奇駢儷之處，惟整體視之，樸實自然，平易暢曉，則是金代散體古文的基本風貌。當然，金初的北移作者，所推崇緬懷的，自然是其頻頻回顧的故國文章，因此多以「宗宋」為依歸。但是，孕育成長於金朝土壤的「本土」作家，則不一定。例如王若虛(1176-1243)主張「宗宋」，認為：「散文至宋人始是真文字。」又特別推崇蘇軾，稱其是「雄文大手」、「文中龍也」(《滹南遺老集‧文辨》)。可是，與王若虛同時參與纂修《宣宗實錄》的雷希顏(雷淵，1148-1231)，則「為文章常法韓昌黎」，乃至造成「二公數體不同，多紛爭，蓋王平日好平淡紀實，雷尚奇峭造語也」(劉祁《歸潛志》)。

其實散體古文由唐至宋的發展，自有其連續性，而金文的宗唐或宗宋，不過出於個別作家的主張與偏好，因此在金代文壇上顯示的重要意涵則是，散體古文自唐宋以來地位的鞏固。即使在女真族人統治的「征服王朝」，亦以唐宋文人倡導的散體古文風格為依歸，仍然是中國文學史的一個重要環節。以下試以先後不同時期的金朝作家之代表作品為例，或可概覽金代散體古文在宗唐宗宋的文壇風氣中發展之大略狀況。

(一)異代文風的延續——金初文壇

自金太祖完顏阿骨打立國(1115)，到海陵朝(1149-1152)數十年間，是金代散體古文發展的第一個時期，亦即前面章節論及金代詩歌發展之際，嘗引清人莊仲方所謂「借才異代」時期。此時期主掌文壇且以文章聞名的作家，實際上均是由宋入金者，包括宇文虛中(1079-1146)、蔡松年(1107-1159)、高士談(?-1146)、吳激(1093年以前-1142)諸人。由於這些作家個人的文章風格，在入金之前已經形成，乃至展現的仍然是前朝異代文風的延續。不過，由於其特殊的由南入北的個人經歷，揮之不去的飄泊流離心情，加上對金王朝之歸屬心與認同感的徬徨與徘徊，流露的往往

是，去國懷鄉的悲哀憾恨，或胸懷隱逸的高情遠韻，在文章的內涵情境上，實與這些作家抒情述懷的詩歌頗爲相若。

試舉蔡松年〈水龍吟〉詞前小序爲例：

> 乙丑(1145)八月，得告上都，行李滯留，寄食於江壖村舍。晚雨新晴，江月炯然，秋濤有聲，如萬松哀鳴於澗壑。時去中秋不數日，方遑遑於道路，宦遊飄泊，節物如馳。此生餘幾春秋，而所樂以酬身者乃如此。謀生之拙，可不哀邪！幸終焉之有圖，坐歸歟之不早，慨焉興感，無以爲懷，因作長短句詩，極道蕭閒退居之樂，歌以自寬，亦已自警。

蔡松年字伯監，號蕭閒，祖籍餘杭，長於汴京。北宋宣和(1119-1125)末，即隨其父蔡靖降金，之後一直頗受金廷重用，甚至官至尚書右丞，加儀同三司，封衛國公。《金史·文藝傳》即指蔡松年乃是以文學見稱於金代的士人之中，「爵位之最重者」。雖然蔡松年在文學創作上主要以其「詞」見稱(詳後)，可是在其所塡詞作之前，往往有話要說，於是多提供一段交代背景，說明原委，表露心跡的小序，在文學史上一般歸類於「序跋」類，遂令其在金代散體古文史上亦擁有一席不容忽視的地位。就如上引〈水龍吟〉詞前小序，寫於熙宗皇統五年(1145)，時蔡松年正從金初的都城上京(今黑龍江阿城南白城)告假，途中嘗滯留松花江畔，序文即言其「寄食於江壖村舍」之際的經驗感受。文中無論景色的描寫，心情的抒發，皆明白流暢，而且其間流露的情懷，諸如：自嘆「遑遑於道路」的奔波，自許「終焉之有圖，坐歸歟之不早」的意願，以及「蕭閒退居之樂」的寄望諸語。乍看之下，與蘇軾、歐陽修一些寫景抒懷文章中的高情遠韻，頗爲近似。不過，仔細品味，卻沒有蘇、歐的瀟灑與自在。這或許與蔡松年乃是由「異代」入仕金朝的身世與經歷有關。

蔡松年在金朝雖然官運亨通，地位顯赫，卻並未因此令其胸懷欣慰或自滿，亦未令其心安理得，似乎反而增添了苦惱，乃至經常反覆思索個人的出處進退，不時吐露對於自己由宋仕金生涯的無奈與喟嘆。儘管蔡松年並未留下宗唐或宗宋的觀點意見，單就上引序文視之，已明顯展示，金代

初期「借才異代」文章的一些特徵，包括：筆觸閒散自然，隨意揮灑；行文平易暢曉，明白流利；內涵情境方面，則是對北宋之抒情寫景散文意趣的繼承，同時隱隱流露金初由異代入仕者心緒的無奈與不安。

　　當然，在金朝立國之初的「借才異代」時期，一般作者爲文之際，追隨前賢，沿襲唐宋，乃屬意料中事。惟爰及「國朝文派」時期，亦即於金朝統治的北方領土上孕育出的「本土」作家作品中，卻仍然繼續以唐宋古文爲楷模。不過，這些在金朝土壤成長的作家，人生經驗與生活環境畢竟已經不同了，乃至他們筆下的散體古文，在風格特色上，還是有些變化，雖然其變化頗爲有限。

(二)本土作家的興起──國朝文壇

　　自金世宗大定(1161-1189)、明昌(1190-1196)到宣宗貞祐二年(1214)，亦即金室南渡之前的數十年間，乃是金朝政權的昇平盛世。成長於金王朝統治的「本土」作家興起，可謂是金代散體古文發展的第二個階段，亦可視爲「國朝文派」發揚光大時期。根據元好問〈內相文獻楊公神道碑銘〉一文，對此昇平時期的社會與文化狀況之觀察：「金朝大定以還，文治既洽，教育亦至，名士之舊，與鄉里之彥，率由科舉之選。父兄之淵源，師友之講習，義理益明，利祿益輕，一變五代遼季衰陋之俗。」的確，當時著名的文學之士，多屬科舉出身，而且人才濟濟，名流輩出。諸如蔡松年之子蔡珪(?-1174)，就是金朝進士(天德三年[1151]進士及第)，並以文章見稱於世，其時著名寺觀的金石文字多出自其筆，可惜與乃父一樣，文集亦已失傳。繼蔡珪之後主盟文壇者，則是黨懷英(1134-1211)，乃大定十年(1170)進士，官至翰林學士承旨，亦以文章之名見稱於時。除了蔡、黨二人之外，又據張金吾(1787-1829)所編金代文章總集《金文最》，還有稱爲「大定、明昌文苑之冠」的王寂(1128-1194)，以及文采風流的王庭筠(1151-1202)，同樣均是進士出身，亦以文章顯稱於世。

　　誠如前面論及金詩發展的章節中已指出，這些成長於北方土壤，生活在金朝盛世的「本土」作家，與前輩「借才異代」作家最大的不同，就是

在政治意識上已經認同金朝的政權，身分認同上則以金國的人臣自居。其衷心關懷的，已非前朝異代，而是當前的政治社會現況，或當政者的德行政績。在他們筆墨下，經世致用、說理議論之作增加，寫景抒情之作則減少，而且現存的文章多屬碑記銘誌等具實用宗旨的應用文字。

試節錄王庭筠〈涿州重修蜀先主廟碑〉爲例：

> 仁者未必成功，成功者未必仁。……仁者之心，不以其身其家而以天下，故天下之人亦相與謳歌戴仰，願以爲君。雖生無成功，天下之人莫不嘆息，至後世猶喜稱道。精爽在天，能推其仁心，用之不已，施之不竭。呼吸而雨雲，咄嗟而風霆，咫尺萬里，朝夕千載，此理之自然，無足怪者。先主仁人也，當陽之役，不以身而以民；永安之命，不以家而以賢。雖不能如其言，要之其心如是而已。……

王庭筠字子端，號黃華，遼東熊岳人，大定十六年(1176)進士，以後官至翰林修撰。王庭筠爲人文采風流，照映一時，元好問即嘗稱其乃「門閥人品，器識才藝，一時名卿士大夫少有出其右者」(〈王黃華墓碑〉)。按，王庭筠原著有文集四十卷，惜已失傳。上引碑文並非爲追念時人所寫，而是爲「重修蜀先主廟」而撰，文中主要是盛讚蜀漢先主劉備的仁政德化，「雖生無成功」，令人嘆息，不過「至後世猶喜稱道」，語意間似乎流蕩著藉古鑑今之意。元代郝經(1223-1275)即對王庭筠此文推崇備至，甚至認爲「漢魏以來無此作」(〈書黃華涿郡先主廟碑陰〉)。就文章體式視之，此碑文顯然是標準的散體古文，而且辭雄筆健，議論風生，侃侃而談，頗有當初韓愈說理議論文章之遺風。

這些屬於「國朝文派」前期的本土作家，雖有幸身逢金朝承平盛世的繁榮，惟後期作家，則隨著金廷國勢的漸弱，開始憂患世局的紛亂，甚至目睹蒙古大軍的迫境，繼而又經歷金廷的倉皇南渡，接著還面臨國之將亡的命運。於是，紛紛將個人對政局安危、社會變遷的關注，或身處亂世者當如何操守的思索，寄之於文。這種因身逢時亂，對社會變遷，政局衰危現況衷心憂慮，乃至心有所感，有話要說，而付諸筆墨者日增，遂導致南

渡之後文風之隆盛。

(三)南渡文風的隆盛——南渡文壇

　　貞祐二年(1214)金室南渡，至天興三年(1234)金朝滅亡，前後二十年間，是金代散體古文發展的第三個時期，也是金代文風的隆盛時期。按，金廷是在蒙古大軍壓迫之下，由中都(今北京)南遷汴京(今開封)，接著黃河以北的城池相繼陷於蒙古軍之手，從此內外交困，整個金朝政權遂面臨危急存亡關頭。惟此時的文壇，與北宋將亡之際的情況相若，國勢雖日衰，文風卻隆盛。值得注意的是，此時期的文章作者，衷心關懷的往往是時局與世風，惟文人既無扭轉時局的能力，亦無主導軍事政策的權力，只好靠寫文章提出批評建議，表達個人觀點意見，如此而已。乃至出現多以儒家立場，紛紛為文說理議論之作，或意在勸誡當朝，以圖「挽救」時局，或旨在告誡世人，以圖「改善」社會風氣。這些書生之見，雖難以挽救時局，亦無益於社會風氣，卻為金室南渡文壇文風之隆盛，立下不可忽視的功勞，同時亦造成後世以為金文多以推崇儒術為宗旨的印象。

　　根據清人張金吾《金文最·序》的觀察：「南渡以後，趙、楊諸公迭主文盟，文風蒸蒸日上。」其所稱趙秉文(1159-1232)、楊雲翼(1170-1228)二人，其實在金室南渡以前就已名重士林，只是南渡後更是名望益高，先後成為文壇盟主，並帶領了南渡之後文風的隆盛。

　　試以趙秉文〈適安堂記〉節錄為例：

> ……君子素其位而行，不願乎其外。素富貴，行乎富貴；素貧賤，行乎貧賤；素患難，行乎患難。君子無入而不自得焉。古之君子，不以外傷內，視貧富貴賤、死生禍福，皆外物也。隨所遇而安之，無私焉。譬如水，上之則為雨露霜雪，下之則為江河井泉，激之斯為波，瀦之斯為淵。千變萬化，因物以賦形。及其至也，推而放之東海而準，推而放之南、西、北海而準，故君子有取焉。斯不亦無適而不安乎。……

　　趙秉文字周臣，號閑閑，磁州滏陽(今河北磁縣)人，大定二十五年(1185)進士，累官至翰林侍讀學士，拜禮部尚書。趙秉文一生主要活動於

蒙古崛起、金室衰微時期，在倡導和推動金代後期文風之轉變致力頗殷。史稱其爲「金室巨擘，其文墨論議以及政事皆有足傳」（《金史・趙秉文傳》）。按，趙秉文爲文，並宗唐宋，往往以韓愈、歐陽修自任。其現存文章，在題材內容上，多出於經義名理之學，展現濃厚的儒家色彩；形式上，並不刻意於辭句的雕琢，重視的是說理議論之達意；行文上，則不以繩墨自拘，顯得從容自在。根據元好問所撰〈閑閑公墓銘〉，即嘗稱趙秉文「文出於義理之學，故長於辨析」。上引〈適安堂記〉，就其標目，當屬「記敘文」，可是在內涵上強調的則是，雖逢世亂，君子當保持其氣節操守，說理論析之意圖顯著。惟行文風格上，則既有歐陽修的平易暢曉，亦有韓昌黎的說理好辯。或許可以證明，唐宋散體古文，即使各有其時代特徵，惟在既宗唐亦宗宋的金代文人筆下，已經有調合的趨勢。

　　值得注意的是，就在既宗唐亦宗宋的金代古文作者中，另外還出現主張「返古」，師法先秦之文的聲音，代表人物即是李純甫(1177-1223)。根據金末元初劉祁(1203-1250)所撰《歸潛志》的觀察，李純甫「初爲詞賦學，後讀《左氏春秋》，大愛之，遂更爲經義學。始冠，擢高第，名聲譁然。爲文法莊周、左氏，故其辭雄奇簡古，後進宗之，文風由此一變」。可惜李純甫的文章大多佚失不傳。姑節錄其〈棲霞縣建廟學碑〉文中之一段爲例，或可示其散體古文之特色：

> 儒者之言與方士之說，不兩立久矣，請以近譬。諸君嘗見夫海乎？汪洋澄渟，浩無涯矣。際空如碧，白波不興。魚龍鴻洞，不水其水。此儒者之所謂日用而不知者。隱然而風雷震，劃然而蛟龍鳴，非不硡轟可喜，大抵索隱行怪，君子不爲。彼方士之所慕，吾儒之所羞也。

　　上引文字，主要是論述儒者之言與方士之說的不同。按，儒者與方士兩類人物在秦漢之際即曾經「棋逢敵手」，各自爲爭取當政者的心儀或信賴，紛紛以其理論學說意圖說服當政者的採納，結果當然是「儒者之言」占上風。文中分別以大海的平靜與洶湧狀況作比喻，以區別儒、道學說的特色，並以「彼方士之所慕，吾儒之所羞也」，清楚表明其宗儒的立場。

就文章本身的風格視之，其文以譬爲論，的確頗有仿效莊子文章的意味，同時其間如「魚龍鴻洞，不水其水」諸語，造語奇崛，而且行文雄健，理直氣壯，又帶有韓愈文章的氣勢，加上以議論爲筆墨重點，又類似宋人好說理議論的風習。儘管李純甫在理論上主張爲文須師法先秦，其筆墨下展示的則是，散體古文由先秦之發軔至唐宋之成熟，已經可以融爲一體。這當然也可視爲是散體古文地位鞏固的標誌。

(四)流落異代的卒章——金亡前後

天興三年(1234)，蒙古聯合南宋滅了金朝；至元八年(1271)，元世祖忽必烈定國號爲元，建立元朝。從金朝滅亡至元朝建號這三十餘年間，身逢世變，遭遇時難，乃至流落異代的金朝士人，大約選擇兩條不同的人生道路：其一，接受推薦、徵召，出仕蒙元，以助蒙古統治者採行漢法，建立綱紀條教，可以楊奐(1186-1255)、劉祁(1203-1250)等爲代表。其二，以遺民之身從此遠離政壇，避開仕宦，隱逸以終，可以王若虛(1176-1243)、元好問(1190-1257)、李俊民(1176-1260)等爲代表。這些因金朝敗亡而流落異代的文人士子，選擇的人生道路雖然有所不同，惟多繼續致力於個人的著述，其中當然包括詩文的創作，遂爲金代的文學，劃下圓滿的句點。詩歌方面的表現，已如前面相關章節所述，散文方面的成就，其實更爲豐碩。

以下茲就金亡後，入仕元朝或隱逸以終者的文章，各舉一例，即使其文乃寫於金亡之前夕，亦可窺見金代散體古文的卒章表現。

試先看劉祁〈歸潛堂記〉：

> 閒嘗自念，幸生而爲儒，忝學聖人之道。其平昔所志，修身治國平天下，窮理盡性至於命，進則以斯道濟當時，退則以斯道覺後世。今當壯歲，遭此大變，更賴先人之靈，得返鄉里。幸而有居已自容，將默卷靜學，以休息其心力。況世路方艱，未可爲進取謀，因榜其堂曰「歸潛」，且以張橫渠東西二銘書諸壁。……蓋君子之道以時卷舒，得其時而不進爲固，失其時而強進爲狂。且先顧其內之所有何如，亦不在夫外也。吾平生苦學，豈將徒老

焉！顧自鬻自求，賢者所恥；加之新罹蹇難，始欲自脩；且將掃
吾先祖丘墓。果其後日爲所用，亦安肯不致吾君、澤吾民？如或
不然，雖終生潛可也。《易》曰：「龍德而隱，遯世無悶。」傳
曰：「君子若鳳，治則見，亂則隱。」吾雖非聖賢，亦安敢不學
乎？若非知吾之志者也。

劉祁字京叔，號神川遯士，渾源(今山西渾源)人，金亡後曾參加蒙古
的儒士考試，繼而被選任爲山西東路考試官。蒙古兵圍攻汴京時，與元好
問等人曾同時遭受圍城之困，此後飄泊流離，幾經周折，始得北還鄉里。
由於親身歷經了這場兵革戰亂，而且有感於「昔所與交遊，皆一代偉人，
今雖物故，其言論談笑，想之猶在目，且其所聞所見，可以勸解規鑑者，
不可使湮沒無傳」，於是開始撰寫《歸潛志》，旨在爲「異時作史，抑或
有取焉」(《歸潛志・序》)。按，劉祁的《歸潛志》，在體例上或許可以
歸類於個人的「筆記」，但是卻以其內容，成爲研究金史的珍貴文獻，也
是研究金代文學的重要資料。劉祁文章採用的文體，從本章各節間或所引
《歸潛志》之言論中，即清楚展示其明白暢曉的散體古文風格。上引〈歸
潛堂記〉一文，收錄於《歸潛志》卷十四。主要是說明其「幸生而爲儒，
羨學聖人之道」的人生態度，文中所謂「君子之道以時卷舒」，並進一步
引《周易》傳「治則見，亂則隱」云云，或許可以作爲金亡之後的遺賢，
包括劉祁自己，何以選擇入仕蒙古朝的理論根據。就文章本身而言，當屬
佳作，即使其意在說理論事，但是劉祁個人的抒情述懷則流蕩其間，乃至
無論內涵情境，行文語氣，均顯得懇切動人，流暢自然，遂爲整篇文章增
添了文學韻味。

再看元好問〈送秦中諸人引〉一文，姑錄其全，作爲金代古文的完
結篇：

關中風土完厚，人質直而尚義，風聲習氣，歌謠慷慨，且有秦漢
之舊。至於山川之勝，遊觀之富，天下莫與爲比。故有四方之志
者，多樂居焉。
予年二十許時，侍先人官略陽，以秋試留長安中八九月。時紈綺

未除，沉涵酒間，知有遊觀之美而不暇也。

長大來，與秦人遊益多，知秦中事益熟，每聞談周、漢都邑，及藍田鄠杜間風物，則喜色津津然動於顏間。

二三君多秦人，與予遊，道相合而意相得也。常約近南山，尋一牛田，營五畝之宅，如舉子結夏課時，聚書深讀，時時釀酒為具，從賓客遊，伸眉高談，脫屣世事，覽山川之勝概，考前世之遺跡，庶幾乎不負古人者。

然予以家在嵩前，暑途千里，不若二三君之便於歸也。清秋揚鞭，先我就道，矯首西望，長吁青雲。今夫世俗愜意事，如美食大官，高貲華屋，皆眾人所必爭，而造物者之所甚靳，有不可得者。若夫閒居之樂，淡乎其無味，漠乎其無所得，蓋自放於方之外者之所貪，人何所爭，而造物者亦何靳耶？行矣諸君，明年春風，待我於輞川之上矣。

上引文章標目所稱「引」，實與「序」同義，乃是一篇送別友人赴秦的「贈序文」。按，贈序文原屬一般文人士子之間交往過從的應酬文章。元好問此序筆墨清俊，行文自然流暢，轉承有致，且內涵意趣高古，不僅毫無應酬之語的痕跡，甚至超越一般臨別贈序文之尋常格局：諸如描繪當前送別之際的景色，訴說居人如何依依不捨，繼而贈言行子以慰勉祝福等。值得注意的是，文中對「關中風土完厚，人質直而尚義」美好風物人情的稱羨；惟因自己「家在嵩前，暑途千里，不若二三君之便於歸」，只得「矯首西望，長吁青雲」的遺憾；以及對當下「美食大官，高貲華屋」之流的不滿；還有最後對「明年春風，待我於輞川之上」的期盼……；已經含蘊其最終將辭別宦途，隱居以肆志的心聲。全文表面上寫秦中風物，寫與諸友人的交往過從，實際上則是筆筆寫自我，處處流露個人的情懷意念。這不僅是贈序文個人抒情化的表現，也是金代散體古文將議論、敘事、抒情、述懷熔於一爐的代表作。

按，元好問除了詩歌造詣不凡之外，亦是金代文章之集大成者，乃至一般視為有金一代文學最高成就的標誌，也是金亡之後，流落異代遺民文

學的代表。根據明人李瀚《元遺山先生文集・序》，稱其「自幼學至於壯
且老，自平居無事至於流移奔波，無一念一時而不在於文，故能出入於漢
魏晉唐之間，儼然以文雄一國」。由於元好問在金代文壇的崇高地位，北
渡以後，四方碑板銘志盡趨其門，因而其現存文章中頗多碑板銘志之作。
惟值得注意的是，元好問留下的這類碑志文，即使有些是應他人要求而
寫，卻並非均屬應酬文章，而大多是有心為前賢在歷史上留下痕跡之作；
不僅具史料與學術價值，亦展現作者記敘人物與事件之文才。其實，除贈
序與碑志文之外，元好問還有不少雜記、論說、書牘、序跋之類的文字，
亦頗能展現其文章「出入於漢魏晉唐之間」的集大成風格，包括筆墨清簡
自然，行文平易暢曉，揮灑自如，且旨趣含蓄委婉，引人深思。

　　金代散體古文，就是在這些金亡前後流落異代的文人士子筆墨中，寫
下了卒章，而金代作者宗唐宗宋以及返古的主張，亦為元代散體古文的發
展引導先路。

二、元代散體古文的發展──元文的宗唐宗宋

　　金、元二朝均屬少數民族在漢族世代生活地區建立的「征服王朝」，
惟女真族建立的金朝，僅占領了北部江山，蒙古族建立的元朝，則統一了
全中國。從此南北交通暢行無阻，南北文化交流融會，對元代的文學創作
自然產生一定程度的影響。元朝在中國文學史上一般視為雜劇、散曲、小
說諸通俗文學發展的高峰時期，也是民間藝人以及一些流落市井的文人士
子各自施展文藝才華的時期(詳後)。不過，元代一般士人，與金代士人相
同，並未忽略詩歌與文章等「雅文學」的創作。整體視之，元代散體古文
的成就，雖不如其詩歌之可觀，卻也並不像明人王世貞(1526-1590)於
《藝苑巵言》中所斷言的「元無文」，仍然是中國散體古文史上不可或缺
的一頁。據現存資料，元人以散體古文撰述的著作，除了元初的鄧牧
(1247-1306)《伯牙琴》，元末明初的陶宗儀(生卒年不詳，僅知其卒於永
樂[1403-1424]初，年八十餘)《南村輟耕錄》等引人矚目的筆記之外，其
間還有大量的元人文集傳世，加上散見於各家文集中的許多單篇作品，包

括碑銘、章表、記序、書牘、題跋、題畫等，可謂類型多樣，風格亦殊。這些雖不乏前人作品之依循，卻也是觀察元代散體古文發展概況的重要資料。

概覽現存元代的散體古文，展示的主要有以下幾項時代特徵：

首先，就元代散體古文本身的整體成就而言，誠如元末楊維楨(1296-1370)《玩齋集‧序》所云：「本朝古文，殊遜前代。」換言之，元文之耀眼程度遠不如唐宋。這或許由於在元廷刻意保障蒙古與色目族人的用人政策之下，原本有才學的漢族士人，出人頭地的機會銳減有關，乃至在文壇上稱得上是文章大家者很少，名篇佳作亦不多。按，唐宋時期的文人士子，或憑家世出身，或以科舉及第，即不乏進入仕途，甚至登居高位的機會；即使由女真族統治的金朝，亦如此。可是，在元朝統一天下之後，延祐二年(1315)恢復科舉取士之前，原來屬於社會菁英階層的漢族文士儒生，地位陡降，為謀取生計，有的甚至淪為市井的書會才人，將其才華投注於通俗文學與表演藝術之創作。正因為大多數漢族文士儒生社會地位之低落，即使曾撰寫文章，亦難免多所流失。這也是造成元代文章大家少見，能夠耀眼於散文史的作品不多之主要緣由。

其次，就現存的元代各類文章視之，經世致用之文，則是元代文壇之主流。綜觀散見於元人諸家文集的文章，就題材內容而言，有關經義經術之文頗豐碩，而抒情寫景之作則相對減少，乃至令當今文學史家重視的，亦即具有文學審美意味的古文作品並不多。這或許與元廷刻意推崇儒家道學，提倡經術的政策有關。按，《元史》就沒有「文苑傳」，而是將文章名家均歸於「儒學傳」。據宋濂(1310-1381)等編修的《元史‧儒學傳》：「前代史傳，皆以儒學之士，分而為二；以經藝專門者為儒林，以文章名家為文苑。然儒之為學一也，六經者斯道之所在，而文則所以載夫道者也。」這雖然代表由元入明的宋濂諸人的文學觀念，卻也正好說明，元代文章家多屬「儒學之士」，故而有關儒家經義，強調文以載道，文為道用，成為元代文章在內容上的普遍基調。根據《元史‧選舉(一)》所載，元仁宗皇慶二年(1313)，為重開科舉考試以取士，中書省奏曰：「夫

取士之法，經學實修己治人之道，詞賦乃摘章繪句之學。自隋唐以來，取人專尚詞賦，故士習浮華。今臣等所擬，將律、賦省題小義皆不用，專立德行明經科。」又據程鉅夫(1249-1318)為元仁宗所撰的〈科舉詔〉：「舉人宜以德行為首，試藝則以經術為先，詞章次之。浮華過實，朕所不取。」在朝廷「重經術，輕詞章」科舉政策的規畫設定之下，當然會影響到元代文壇的風習，以致經世致用、記事明道之文成為文壇主流，抒發情性之詩賦詞章較為少見，乃屬必然之勢。

再者，就一般元代文章的文辭風格觀察，樸實無華乃是其時代特徵。或許由於朝廷取士特別強調以「經術為先，詞章次之」，遂影響及至一般元代文章，均顯得比較樸實平易，明白暢曉，甚至出現通俗淺顯、不避口語的現象。這當然不僅是由於仁宗嘗御旨：「浮華過實，朕所不取。」亦可能受到同時流行於民間與士林的通俗文學語言之影響。乃至「不矜浮藻，惟務直述」，成為元代散體古文的普遍風貌。

綜觀元代近百年的古文創作，或可分為前後三個期段，以總覽其發展概況。不過，值得注意的是，其間雖然因個別作家對於為文的主張與實踐之不同，遂展示各自文章的風格取向，惟整體視之，元代文章之並宗唐宋，以及對漢魏，甚至先秦古文的追慕，實際上與金代文壇的表現相若。這正好可以展示，源自先秦的散體古文，自唐宋以來地位的趨於鞏固。

(一)出入韓歐，遙追漢魏──中統、至元文壇

元世祖忽必烈在朝的中統(1260-1263)、至元(1264-1294)三十多年間，一般視為是元代散體古文發展的初期階段。此時期見稱於世的古文作者，主要包括劉因(1249-1293)、王惲(1227-1304)、鄧牧(1247-1306)、戴表元(1244-1310)、姚燧(1238-1313)、盧摯(1235?-1300)、趙孟頫(1254-1322)諸人。值得注意的是，這些元初作者，多屬金朝或南宋的遺民，故而亦可歸類於「借才異代」者。由於他們大多均親身經歷過長期的戰亂，目睹金、宋的敗亡，故發言為詩，抒情述懷，已如前面相關章節所述，往往以感嘆身世、追憶前朝，或懷念故土為筆墨重點。惟在文章風格方面，則無論記序碑傳，則多因襲唐宋古文，以表情達意為主，鮮少刻意雕琢，

故而顯得樸素自然，平易流暢。此外，又因受金代文壇宗唐宗宋或返古觀點的影響，各家遂在不同程度上亦展現類似的傾向。例如王惲、劉因等為文，即主張繼承金代宗宋的傳統，姚燧則既宗唐亦宗宋，並遙追漢魏。

試錄姚燧〈太華眞隱褚君傳〉中兩段文字為例：

> 雲臺，華岳也，為山蓋奇，上方又天下之絕險。自趾望之，石壁切雲霄，峻峭正矗。非恃鐵絙，不得緣墜上下。又不知鐵絙成於何代何時，意者古能險之聖也。將至其顚，下臨壑谷，深數里，盲煙幕翳其中，非神完氣勁，鮮不視眩而魂震。

> 谷南直，中方入行二里許，深林奇石，泉濺濺鳴。其下墍地盈畝，構室延衺不足尋丈，環蒔佳花美箭。人之來者，始則愛其蕭爽，不自知置身塵埃之外，居不晨昏，既以欠身弛然，而思去矣。

姚燧字端甫，號牧庵，河南洛陽人，為一代名儒，官至翰林學士承旨，知制誥，兼修國史，有《牧庵文集》存世。據《元史・姚燧傳》，稱其「為文宏肆該洽，豪而不宕，剛而不厲，樁容盛大，有西漢風……」。概觀姚燧現存文章，實多屬碑銘詔誥等應用文。姚燧嘗自謂，其「冠首時未嘗學文，……年二十四始取韓文讀之」（〈送暢肅政純甫序〉），表示其學文是從韓愈之文開始，雖然姚燧文章也有學歐陽修之處。就上引〈太華眞隱褚君傳〉視之，乃屬傳記文體，或許可視為遙承司馬遷《史記》中人物列傳，以及漢魏人物雜傳之作。其筆墨重點是記敘一位「棄儒業道」的全眞教道士褚志通，在隱居華山的生活，如何艱困清苦，卻仍然能怡然自得。就文章本身視之，全文宗旨顯然主要是為全眞教道士褚志通「立傳」，不過，行文間雖然極力推崇褚志通能安貧樂道的德行操守，如何在困境中自得其樂，隱約含有說教的意圖，卻並無文以載道的明顯說教痕跡。尤其是上引兩段文字，宛如單純寫景之文，筆墨重點是寫華山形狀之險峻與牛心谷風貌之奇觀。展現在讀者面前的則是，一個優游山林逍遙自在者，所選擇的生活環境與人生最終的歸宿。其中既有柳宗元山水遊記的審美意趣，亦有韓愈文筆之剛勁氣勢，同時還流露歐陽修文章的平易暢曉

風格，實可視爲西漢史傳以及唐宋敘事寫景兼說理的散體古文之承傳。當然，爰及元代統治的盛世，加上科舉取士制度的恢復，元人文章的風格難免會因時而有所變化。

(二)盛世文章，和平雅正──延祐前後文壇

元代文章於此段時期，大略可以仁宗延祐(1314-1323)年間的文壇爲主軸，其間亦可涵蓋之前的成宗大德(1297-1307)、武宗至大(1308-1311)、仁宗皇慶(1312-1313)，以及之後的英宗至治(1321-1323)、泰定帝泰定(1324-1327)與文宗天曆(1328-1329)、至順(1330-1332)時期。這三十多年間，儘管皇帝即位之輪替迅速，卻屬蒙元立足中原以來，政權統治趨於平穩鞏固，是散體古文發展的第二期段，也是元代文章明顯展現其「國朝文派」特色之時。活躍於此期的文章家，大多成長或成熟於蒙元政權統治之下，包括袁桷(1266-1327)、吳澄(1294-1331)、吳萊(1297-1340)、柳貫(1270-1342)、虞集(1272-1348)、歐陽玄(1283-1357)、黃溍(1277-1357)、馬祖常(1279-1338)等。當然，不容忽略的是，元廷於仁宗延祐二年(1315)，決定恢復科舉取士，「以德行爲首」、「以經術爲先」的政策，對元代一般文章風格所造成的影響。

其實延祐之世前後，儘管皇室多變，惟就元朝整體的政治局勢視之，可謂政壇穩定，時代承平，社會經濟生活蓬勃，一般史家均視爲是元朝的盛世，這時期文人士子的詩文創作，自然不同於動亂方結束的元初。正如《四庫全書總目提要》所言：「大德、延祐間，爲元治極盛之際，故其著作宏富，氣象光昌，蔚爲承平雅頌之聲。」按，此「元治極盛之際」於詩壇流行的，猶如前面章節所述，乃是由館閣文臣主導的「雅正之音」。至於文壇盛行的，根據元末陳基(1314-1370)的觀察，則多屬「厲金石以激和平之音，肆雕琢以洩忠厚之樸」(〈孟待制文集序〉)。在這段時期內，以文章見稱於世的作家並不少，或可以虞集爲代表。

試節錄虞集〈尙志齋說〉一文爲例：

> 亦嘗觀於射乎？正鵠者，射者之所志也。於是良爾弓，直爾矢，養爾氣，蓄爾力，正爾身，守爾法而臨之。挽必圓，視必審，發

必決，求中乎正鵠而已矣。正鵠之不立，則無專一之趣向，則雖
有善器強力，茫茫然將安所施哉？況乎弛焉以嬉，嫚焉以發，初
無定的，亦不期於必中者。其君子絕之，不與爲偶，以其無志
也。善爲學者，苟知此說，其亦可以少警矣。

夫學者之欲至於聖賢，猶射者之求中夫正鵠也。不以聖賢爲準的
而學者，是不立正鵠而射也。志無定向，則氾濫茫洋，無所底
止，其不爲妄人者幾希！此立志之最先者也。……昔人有言曰：
「有志者，事竟成。」又曰：「用志不分，乃凝於神。」此之謂
也。

　　虞集字伯生，號道園，世稱邵庵先生，崇仁(今江西)人。大德(1297-
1307)初，因朝中大臣之薦，授大都路儒學教授，以後則累遷翰林直學
士，兼國子祭酒，文壇上尊爲一代宗師。據歐陽玄(1283-1357)〈雍虞公
文集序〉，稱其「一時宗廟朝廷之典冊，公卿大夫之碑版，咸出公手，粹
然自成一家之言」。上引〈尙志齋說〉，自然並非虞集最得時譽的典冊碑
版之作，不過是一篇給弟子的贈言，論述書齋「尙志齋」之取名，藉此以
說理言志的文章。值得注意的是，此文一發端即點出射者與箭靶之間的必
然互動關係，繼而以射者「射鵠」之前的種種修養與努力爲譬，表明其所
尙當是「聖賢之志」。全文立意清晰，用辭不失典雅端正，態度亦雍容不
迫，是元代盛世文章流露「雅正之音」的典型，亦是唐宋兩度「古文運
動」以來，文章宗旨特別講求儒家以文明道的繼承。當然，就虞集〈尙志
齋說〉文章本身風格視之，辭句上雖然並無刻意雕琢的痕跡，惟其行文中
隱然流露的，侃侃說理論道的氣勢，則頗有韓愈文章之餘響，而其間平易
暢曉的筆墨，則又展示宋代文章如歐陽修輩之遺音。

(三)秦漢唐宋，調和融會──元末文壇

　　元統(1333-1334)、至元(1335-1340)、至正(1341-1368)，皆是元朝末
代皇帝惠宗(順帝)的年號，這三十多年間，是元朝政權逐步走向衰亡的時
期，也是元代散體古文發展的最後階段。

　　活動於元朝這時期的一般文士儒生，身處政局衰敗與社會紛亂的環

境，難免展現個人面對生存環境或生命意義的選擇。有人因爲對世事紛擾的厭倦，或爲保命全身，多有各自覓求隱居避世者，乃至著名於政壇上的文學之士日減。儘管如此，此段時期仍然有一些以散體古文作品見稱的作家，其中包括：李孝光（1285-1350）、許有壬（1287-1364）、蘇天爵（1294-1352）、楊維楨（1296-1370）、貢師泰（1298-1362）、陳基（1314-1370）、戴良（1317-1383）等。惟值得注意的是，就在這些出現於元末文壇的作者中，回顧元代文章發展演變「史」的文章內，其間已經流露總覽元文發展演變的意識。

茲引陳基〈孟待制文集序〉文中之一段爲例：

> 國朝之文凡三變。中統、至元以來，風氣開闢，車書混同，名家作者與時更始，其文如雲行雨施，芃霈萬物，充然有餘也。延祐初，繼禪之君己右，文學士大夫涵煦乎承平，歌舞乎雍熙，出其所長，與世馳騁，黼黻皇猷，鋪張人文，號稱古今之盛，然屬金石以激和平之音，肆雕琢以洩忠厚之樸，而峭刻森嚴，殆未亦以淺近窺也。天曆之際，作者中興，上探《詩》、《書》、《禮》、《樂》之源，下泳秦漢唐宋之瀾，擺脫凡近，憲章往哲，緝熙典墳，照熠日月，登歌清廟，氣凌〈騷〉、〈雅〉，由是和平知音大振，忠厚之樸復還。

陳基字敬初，台州臨海（今浙江）人，受業於黃溍之門，有《夷白齋稿》文集傳世。據戴良爲陳基文集所寫之序文，即推崇陳基爲文之「雍容紆餘」、「馳騁操縱」，並且繼承宋代文章的平實流暢。就上段引文所述，雖然尚未涉及至順（1330-1332）以後的文壇風習，畢竟已經充分展現作者對元代文章調和融會秦漢唐宋散體古文發展的認知，或可視爲元人論元文發展的代表。此外，就其文章本身的體式風格觀察，亦儼然是自秦漢以來，樸實無華，明白暢曉的散體古文之典型。

惟不容忽略的是，元人對元代文學作品的回顧與總覽之際，還有一些「非」官宦士人，亦即主要以在野之士的身分立場於散體古文之表現。其中尤其以深受當今學界稱道的《錄鬼簿》作者鍾嗣成之〈錄鬼簿自序〉一

文，最令人矚目。其文在體制上，乃屬「書序文」，可是在內涵情境上，不但爲元代通俗文學的代言，亦爲元代散體古文煥發出具有「雅俗並重」的時代光輝。

（四）雅俗並重──鍾嗣成〈錄鬼簿自序〉

鍾嗣成（1275?-1345年以後）〈錄鬼簿自序〉，實可視爲元代文章之奇葩，頗能代表元代社會多元文化並存共榮、「雅俗並重」的時代特色。其文不但在內涵宗旨上明確反映，元代文人士子對儒家經術或聖賢之道，並非眾口一聲心悅臣服，對流行市井的通俗文學之價值與貢獻，則具有欣賞推崇的特識，同時在文章本身的風格體式上，亦可作爲元代文章既宗唐宗宋，且調和融會先秦漢魏散體古文風格的標誌。姑錄其全文如下：

> 賢愚壽夭，死生禍福之理，固兼乎氣數而言，聖賢未嘗不論也。蓋陰陽之屈伸，即人鬼之生死。人而知乎生死之道，順受其正，又豈有嚴牆桎梏之厄哉！雖然，人之生斯世也，但知以已死者爲鬼，而未知未死者亦鬼也。酒甕飯囊，或醉或夢，塊然泥土者，則其人雖生，與已死之鬼何異？此曹又未暇論也。其或稍知義理，口發善言，而於學問之道，甘於自棄，臨終之後，漠然無聞，則又不若塊然之鬼之爲愈也。
>
> 余嘗見未死之鬼弔已死之鬼，未之思也，特一間耳。獨不知天地開闢，互古迄今，自有不死之鬼在。何則？聖賢之君臣，忠孝之士子，小善大功，著在方冊者，日月炳煌，山川流峙，及乎千萬劫無窮已，是則雖鬼而不鬼者也。今因暇日，緬懷故人，門地卑微，職位不振，高才博藝，俱有可錄。歲月彌久，湮沒無聞，遂傳其本末，弔以樂章。復以前乎此者，敍其姓名，述其所作，冀乎初學之士，刻意詞章，使冰寒於水，青勝於藍，則亦幸矣。名之曰《錄鬼簿》。
>
> 嗟乎！余亦鬼也。使已死未死之鬼，得以傳遠，余又何幸哉！若夫高尚之士，性理之學，以爲得罪於聖門者，吾黨且啖蛤蜊，別與知味者道。

　　至順元年(1330)龍集庚午月建甲申二十二日辛未，古汴鍾繼先自
序。

　　鍾嗣成字繼先，號醜齋，古汴(今河南開封)人，嘗累試進士不第，乃
至長期僑居杭州，以布衣終身。其一生多與民間戲曲藝人交往，亦曾作雜
劇多種，惜均已亡佚。鍾氏於至順元年即完成《錄鬼簿》一書，其時當屬
館閣文臣主掌文壇之際。可是鍾嗣成卻以布衣之身，清楚表明其對文學作
品截然不同的觀點與品味。按，《錄鬼簿》主要是爲元代戲曲作家「敘其
姓名，述其所作」，包括記錄作家姓名、籍貫、遭遇，以及作品目錄，亦
兼評論之語；爲元代戲曲史的研究，以及傳統戲曲的理論批評，留下珍貴
的資料[1]。全書文字簡潔，記錄扼要，風格體式上猶如按作者姓名逐條隨
筆札記，並非首尾完整的文章。惟上引〈錄鬼簿自序〉，則是一篇散體古
文之佳作代表。其於作者之撰述宗旨、謀篇立意，以及文筆風格方面的表
現，均有值得注意之處：

　　首先，全文撰述宗旨明確，是一篇典型的書序文。率先明言其撰寫
《錄鬼簿》一書，乃是因「緬懷故人」，爲那些從事通俗戲曲創作，而且
「門地卑微，職位不振，高才博藝，俱有可錄」者，留下歷史紀錄，以免
「歲月彌久，湮沒無聞」，或可彰顯其生前貢獻。如此表明其爲通俗戲曲
作家留名而撰寫《錄鬼簿》的宗旨，實與特別講求政教倫理之儒家傳統分
道揚鑣。

　　其次，謀篇立意新巧，語含詼諧幽默。作者筆墨始終圍繞著書名「錄
鬼簿」的「鬼」字作文章，並刻意點出「人之生斯世也，但知已死者爲
鬼，而未知未死者亦鬼也」；且認爲歷代著名的忠臣孝子，留名青史者，
乃是「雖鬼而不鬼者也」；至於那些「酒囊飯囊，或醉或夢，塊然泥土
者」，則「與已死之鬼何異」！甚至還自我調侃「余亦鬼也」。其實，詼
諧風趣偶爾也曾浮現在前人筆記裡，此後通俗文學諸如元雜劇與散曲，亦

1　有關鍾嗣成《錄鬼簿》之成書，及其在戲曲史上的貢獻，見浦漢明，《新校錄鬼
　簿正續編》(成都：巴蜀書社，1996)〈前言〉部分(頁7-30)。

不乏詼諧風趣的點綴。可是詼諧風趣卻一直是傳統詩文作品較爲罕見的素質，而鍾氏此文，卻將詼諧風趣納入原來屬於正統「雅文學」的書序文章裡，在散體古文史上顯然有另闢蹊徑之功。

再者，序文中公然宣示個人對於難登大雅之堂的通俗文學之珍視與偏愛。雖然客氣地對那些「高尚之士，性理之學」者表示歉意，其立場或許會「得罪於聖門」，卻仍然傲然宣稱「吾黨且啖蛤蜊，別與知味者道」！換言之，其所嗜好者與聖門大異其趣，語意間明確表示，自己對通俗文學諸如戲曲的品味與特識，實遠高於那些只顧重視聖門道德文章者。這樣的立場態度，顯然是一般官宦文人或館閣文臣難以想像的，甚至不敢流露的。

上舉鍾嗣成的〈錄鬼簿自序〉一文，其中無關儒家經義，亦無經世濟民之實用宗旨，顯然與元代文壇一般文士儒生的文章旨意大相異趣，但卻是一篇最足以代表元代多元社會與文學創作傾向通俗大眾的代表。其間不但流露作者文章的才華與文學觀念的新穎，同時展現其個人的智慧與風趣。尤其值得注意的是，其文在元代散體古文的發展上的重要意義：首先，充分顯示散體古文自先秦漢魏乃至唐宋以來，在內涵意境與文筆風格方面的調和融會；其次，作者以布衣之身，無須受朝廷官方政策的束縛，乃至有撰文發表不同理念的自由意志，可以站在與傳統儒家政教倫理觀念截然相異的角度，宣稱個人的不同立場與觀點。再者，筆墨語氣無須遵循爲文須符合儒家要求「端莊雅正」的傳統，可以既詼諧風趣，又理直氣壯，梗慨有聲，且平易近人，明白流暢。這亦正是自唐宋以來散體古文在元代文壇地位鞏固的標誌，也是調和融會先秦漢魏唐宋古文體式傳統的示範，並且將陸續延續到明清二朝的文壇。

第二節　明清古文的耀眼夕輝

明(1368-1643)清(1644-1911)二朝，總共爲時五百多年，是傳統中國專制帝王制度統治的最後兩個朝代。在文學史上，無論詩歌、文章、戲

曲、小說,均是經過長期孕育茁長與發展演變之後,逐步走向總結成果之期。單就散體古文之發展視之,雖然明與清分別屬於由漢、滿不同民族主掌統治大權的兩個朝代,其作者對撰寫文章的態度,基本上與前代文人無異,多頻頻回顧過去傳統,緬懷漢魏唐宋。不過,時代環境畢竟不同了,明清二朝之文章,即使其間存有繼承關係,還是各自展現其時代特色。宏觀而言,最引人矚目的現象即是:明代文章,多文人之文,主要以逐漸文人化、個性化為其發展的總趨勢;清代文章,則多學者之文,明顯呈現其學者化、學術化的發展傾向。當然,自唐宋金元以來,歷代的文章家,身兼文人與學者多矣,兩者之間其實並無衝突,只不過是對為文之主張與下筆之習好,各有不同側重而已。明清二朝的文章,不但展示其作者在文人或學者雙重身分之間的擺盪與調合,同時亦正好顯現,散體古文在明清文人與學者共同提筆為文之下的耀眼夕輝,乃至直到20世紀初,亦即受西方文化衝擊之前,散體古文在傳統中國的文壇上,一直保持其屹立不倒的鞏固地位。

一、明代古文的發展──文人化、個性化

　　明朝在中國歷史上乃是一個君主極權專制的王朝,不過,文壇上卻出現文學思潮蓬勃,創作風格數變,且名家迭起等令人矚目的現象。當然,綜觀其發展的總趨勢,明朝的文學思潮與創作風格,主要還是浮游於唐宋以來的「復古」聲浪之中。雖然明人文章基本上繼承前代文章的餘緒,然而其表現的文人化、個性化之日益顯著,則是明代散體古文的時代特色。惟不容忽略的是,明朝亦是推翻蒙古族「征服王朝」、重建漢族統一江山的朝代,經過元末連年戰亂之後,朝廷休養生息的政治措施與箝制言論的文化政策之並行,對明代文章風格自然形成一定程度的影響。

　　按,明太祖朱元璋(在位:1368-1398)滅元立明之後,在政治制度方面,大抵均沿襲唐宋之舊,文化政策方面,則崇尚儒學。不過,為鞏固皇權,穩定政局,則以獨攬軍政大權為手段,建立比過去朝代更為專制的中央極權制度。當然,為安撫知識階層之人心,明初朝廷一方面還是採取懷

柔政策，以籠絡前朝遺臣；可是另一方面則又實行高壓手段，不但殺戮功
臣，排除異己，且對文人士子多心懷猜忌，屢興文字獄，遂令生存於明初
的文人士子戒慎恐懼，俯首緘默，乃至爲文則盡量不公然涉及對朝政的批
評。加上明廷因有意提倡理學，將程、朱之學奉爲官學，並於憲宗成化
(1465-1487)後制定考試制度，專取四書五經爲命題範圍，以敷衍經義傳
注的「八股文」取士[2]。明廷這些文化政策與措施，以箝制或規範文人士
子的言論思想爲宗旨，對明代散體古文本身在內涵情境方面的發展與演
變，產生深遠的影響。

　　首先，文人士子出於對朝廷的畏懼或屈服，乃至往往謹慎地在詩文的
創作中表示對朝廷政策的應和或時代昇平的恭維。其次，也就是在應和與
恭維之聲中，卻出現了因不滿文壇一片雍容富貴、形勢大好的逢迎風氣，
進而引起一些文人士子在文學理論與創作方面展露出某種程度的反彈，於
是出現提倡復古、擬古，繼而又推崇獨抒性靈、主張文學個性化的呼籲，
促成明代文學思潮的蓬勃，詩文創作流派迭起，名家輩出，助長了詩文創
作的隆盛。有關明代詩歌之發展概況，已如前面相關章節所述，此處則分
別以先後三個期段的文壇風習爲觀察重點，或可大略展示明代散體古文發
展演變之大勢。

(一)謹慎平穩的筆墨——明初文壇

　　自洪武(1368-1398)經永樂(1403-1424)至成化(1465-1487)年間，可視
爲明代散體古文發軔的階段。據《明史・文苑傳序》的觀察，明初文壇乃
是「勝代遺逸，風流標映，不可指數，蓋蔚然稱盛矣」。不過，明初這近
百年間的文章，整體視之，筆墨主要還是以謹慎平穩爲重，卻又因與時推
移，作者身分與環境背景的改變，可概略分爲前後兩期，分別由活躍於洪

2　據《明史・選舉志》：「科目者沿唐、宋之舊，而稍變其試士之法。專取四子書
　　及《易》、《書》、《詩》、《春秋》、《禮記》五經命題試士，蓋太祖與劉基
　　所定。其文略仿宋經義，然代古人語氣爲之，體用排偶，謂之八股，通謂之制
　　義。」有關「八股文」之基本特色及其形成的淵源，見梅家玲，〈論八股文的淵
　　源〉，收入《文學評論》第九集(台北：黎明文化，1988)，頁311-334。

武、永樂年間的開國文臣，以及聞名於永樂、成化年間的臺閣文臣主導文壇，且各展現其時代風貌。

1. 宗經師古，文以明道——開國文臣之文

據《明史‧儒林傳(一)》：「明太祖起布衣，定天下，當干戈擾攘之際，所至徵召耆儒，講論道德，修明治術，興起教化，煥乎成一代之宏規。」明代開國之初的文章家不少，一般均以受太祖徵召的宋濂(1310-1381)、劉基(1311-1375)，以及稍後的方孝孺(1357-1402)為代表。按，宋濂與劉基，實際上在元末文壇即已頗負文名，雖然經歷了改朝換代的大動亂，惟二人均於洪武年間受朱元璋之徵召應聘，遂以遺民之身由元入明，成為明朝的「開國文臣」。就明初文壇而言，實乃可稱為「借才異代」的作家，共同展現明代開國之初，文臣如何寄厚望於新朝廷、新社會，或可展現新時代之氣象，乃至為文之際，往往以為人臣者的人格修養，或社會風氣的改善為關懷重點，多以強調宗經師古、以文明道立教為文章宗旨。宋濂弟子方孝孺，雖屬較為年輕一輩，並非開國文臣，畢竟已經認識到明太祖高壓政策下屢興「文字獄」之可怕，不願以筆墨去惹是非，乃至為文之際亦頗為謹慎平穩，鮮少公然涉及政治的批評，主要是以其對現實的觀察與感受，圍繞於社會風習的諷刺，將其心中之不滿，委婉融入於一些寓言小品之中。

試先舉宋濂〈王冕傳〉首段為例：

> 王冕者，諸暨人。七八歲時，父命牧牛隴上，竊入學舍，聽諸生誦書。聽已，輒默記。暮歸，忘其牛。或牽牛來責蹊田，父怒，撻之，已而復如初。母曰：「兒癡如此，曷不聽其所為？」冕因去，依僧寺以居。夜潛出，坐佛膝上執策，映長明燈讀之，琅琅達旦。佛像多土偶，獰惡可怖。冕小兒恬若不見。……

宋濂字景濂，號潛溪，浦江(今浙江金華)人，元末辭官隱居。受朱元璋徵召入仕，推為「開國文臣之首」，奉命主修《元史》，官至翰林學士承旨知制誥。不過，宋濂晚年卻因其長孫宋慎牽涉到右丞相胡惟庸「謀反」一案(《明史‧太祖本紀》)，全家貶謫四川茂州，病死於途中。宋濂

在文學史上實屬典型的文士儒生，據《明史・宋濂傳》：謂其「自少至老，未嘗一日去書卷，於學無所不通。爲文醇深演迤，與古作者並。在朝，郊社宗廟山川百神之典，朝會宴享律曆衣冠之制，四裔貢賦賞勞之儀，旁及元勳巨卿碑記刻石之辭，咸以委濂，屢推爲開國文臣之首。」宋濂在明初文壇的崇高地位，或許多少與朱元璋建國之初，意圖以儒術爲立國之本，又加上與宋濂個人一向以繼承儒家道統爲己任的態度立場不謀而和有關。按，宋濂論文，即強調宗經師古，「作文之法，以群經爲本根」，主張「爲文者，欲其辭達而明道」；此外，且認爲「紀事之文，當本之司馬遷、班固」（〈文原〉）。就看上引〈王冕傳〉，開端一段敘寫王冕自幼如何好學，父親命其牧牛隴上，卻「竊入學舍，聽諸生誦書。聽已，輒默記。暮歸，忘其牛……」即使「父怒，撻之，已而復如初」。簡短數語，已經生動勾勒出，王冕自幼即嗜學如癡的個人形象。文中對人物事件之敘述與人格情性的刻畫，以及行文之樸實無華，明白暢曉，既遙承司馬遷以來，歷史人物傳記的簡練生動筆法，同時亦藉此宣揚了傳統儒家一向重視鍥而不捨的「好學」精神。

其實，宋濂現存文章的類型多樣，除了朝廷郊廟祭祀之辭，以及爲開國勳臣所寫碑記之文以外，其中最爲文學史家所稱道且樂以引述的，當屬〈送東陽馬生序〉。就文章體式而言，乃是一篇贈送特定讀者對象的「贈序文」，惟其宗旨顯然並非表達與「馬生」臨別之依依，或彼此交往過從之愉悅，而是叮嚀囑咐，「勉鄉人以學」，亦即對同鄉晚輩馬君則之類人物的勉勵。筆墨重點主要是以自己的苦學成功爲榜樣，故而自述其一生求學與爲人之經歷：「幼時即嗜學，家貧，無從致書以觀，每假借於藏書之家，手自筆錄，計日以還……。」如何刻苦爲學之種種細節；既冠之後，又如何因「慕聖賢之道」，而恭謹求師……。綜觀全文，與〈王冕傳〉相比照，在文章類型體式上雖有「傳記」與「贈序」之別，一寫他人，一述自己，二文之內涵宗旨則頗相彷彿，均屬鼓勵後輩努力爲學的諄諄「立教」之言。如果要從宋濂這類文章中搜尋任何「批評」或「實用」意義，或許可以從其身爲朝廷重用的一代文宗，對當下一些衣食無虞的國子監太

學生中，卻有「業有不精，德有不成」者，語含不滿，於是追述王冕或其個人往昔之勤奮艱苦，或許姑且藉此可「文以明道立教」吧。

與宋濂同列為明初開國文臣者，還有劉基。字伯溫，浙江青田人，受徵召後，曾力輔太祖朱元璋開國，官至御史中丞兼太史令，封誠意伯。不過，其最後結局竟然是因為右丞相胡惟庸構陷得罪，憂憤而死。劉基兼長詩文，在散文史上，主要則是以收錄於其文集《郁離子》的寓言故事見稱。按，《郁離子》全集分上下二卷，共十八章，一百九十五篇短文，其中尤以〈賣柑者言〉一文最負盛名，主要是假托與賣柑者的辯論，藉賣柑者之口，諷刺那些聲威赫赫的文臣武將，不過是一群「金玉其外，敗絮其中」的腐朽物。此文幾乎是大凡論及明初文章者所必然引述。不過，由於《郁離子》所收作品，均屬劉基入明之前，亦即元末棄官歸隱青田時期所寫，其中無論以官場現狀或歷史題材為文，其諷刺批評的對象，主要乃是針對元朝末期的政治社會的腐敗而言，尚未涉及明朝立國之初的現象。故而此處則選錄宋濂的學生方孝孺〈越巫〉一文，作為明初繼開國文臣之後，較為年輕一代文章風格之代表：

越巫自詭善驅鬼物。人病，立壇場，鳴角，振鈴，跳擲，呼叫，為胡旋舞禳之。病幸已，饌酒食，持其貲去；死則誘以他故，終不自信其術之妄。恆誇人曰：「我善治鬼，鬼莫敢我抗。」

惡少年慍其誕，瞯其夜歸，分五六人棲道旁木上，相去各里所。候巫過，下砂石擊之；巫以為真鬼也，即旋其角。且角且走，心大駭，首岑岑加重，行不知足所在。稍前，駭頗定，木間砂亂下如初。又旋而角，角不能成音，走愈急。復至前，復如初。手栗氣懾，不能角，角墜；振其鈴，既而鈴墜，惟大叫以行。行聞履聲及葉鳴谷響，亦皆以為鬼。號，求救於人甚哀。

夜半，抵家，大哭叩門。其妻問故，舌縮不能言，惟指床曰：「巫扶我寢，我遇鬼，今死矣！」扶至床，膽裂死，膚色如藍。巫至死不知其非鬼。

方孝孺字希直，又字希古，人稱正學先生，浙江寧海人。據《明史·

方孝孺傳》，稱其「工文章，醇深雄邁。每一篇出，海內爭相傳誦」。不過明成祖(在位：1403-1424)兵入京師(南京)後，方孝孺以其在文壇之名望，卻不肯為成祖起草登極詔書，故而得罪，最後竟然被殺於市，甚至滅十族(九族之外兼及友朋學生輩)，死者高達八百七十餘人。更有甚者，「永樂中，藏孝孺文者至死！」方孝孺的不幸遭遇，正好足以展示，明初文人士子面臨的艱苦困境：即使如何俯首朝廷，謹慎小心，意圖苟安自保，卻難免動輒得咎，導致悲慘的結局。但是，身為一介文士，除了為文以達意示志，還能作什麼？就看上引〈越巫〉一文，有文前小序點明其旨：「右〈越巫〉、〈吳士〉兩篇。余見世人之好誕者死於誕，好誇者死於誇，而終生不知其非者眾矣。豈不惑哉！遊吳越間，客談二事戒之，書以為世戒。」單就〈越巫〉文章本身視之，筆墨重點不過是敘述越區地方民俗之好誕風習，卻引發讀者之深省，令人領悟妄言欺人者且「不自知其非」之可悲。全文似無關政治教化，惟倘若細心研讀體味，其文字表面上雖談神說鬼，作者服膺傳統儒家反對迷信，「不語怪力亂神」、「敬鬼神而遠之」的立場鮮明可鑑。不但諷刺明初社會一些裝神弄鬼之徒的愚昧可惡，同時亦委婉警告，尤其是當權者，好誕好誇之可鄙。其中有事件情節的敘述，亦有相關人物的對話，其行文簡潔生動，立意光明磊落，雖未刻意增添對於世間好誕好誇者之議論褒貶，但已深寓政治道德教化於文中。這樣的作品，正顯示明初前期的文士儒生，無論為人或為文均普遍表現之謹慎平穩，也是稍後臺閣文臣主掌文壇，以雍容典雅，點綴昇平之作的前驅。

2. 雍容典雅，點綴昇平──臺閣文臣之文

　　明初立國後期，亦即永樂(1403-1424)至成化(1465-1487)年間，元末戰亂的傷痕已逐漸彌合，記憶也日遠，在朝廷力圖休養生息的政經政策之下，一代昇平之氣象日顯。這時執文壇牛耳，領導風尚的作家，多屬臺閣文臣，所寫文章與前面章節所論明初詩壇之表現相若，風行的主要是雍容典雅、點綴昇平的「臺閣體」。值得注意的是，此期無論詩文，一般均以深受朝廷倚重的所謂「三楊」為主要代表：亦即楊士奇、楊榮、楊溥。當

然，三楊均屬臺閣重臣，且歷仕成祖、仁宗、宣宗、英宗四朝，並先後均官至大學士。臺閣文臣在朝的重要任務，包括輔佐君王朝廷，參與文化決策，撰寫詔令奏議，以及從幸遊宴賦詩。根據《明史・楊士奇傳》的觀察：「帝勵精圖治，士奇等同心輔佐，海內號爲治平。帝乃仿古君臣豫遊事，每歲首，賜百官旬休，車駕亦時幸西苑萬壽山，諸學士皆從，賦詩賡和。從容問民間疾苦，有所論奏，帝皆虛懷聽納。」按，這些臺閣文臣寫詩大都是應制、頌聖，或題贈應酬之作；爲文則除了爲君王朝廷撰寫詔告教令之外，多屬稱頌功德或點綴昇平的應景之文。即使上書君王朝廷，建議政策方向，亦往往流露爲迎合在上者之旨意，或爲朝廷官方之既定政策，提供輿論支持。個人抒情述懷之作，則比較罕見。

茲節錄楊士奇〈元儒吳澄從祀議〉爲例：

> 臣士奇等欽遵考得元翰林學士吳澄所著書，及奎章閣侍書學士虞集所狀澄事行，蓋澄自十歲，得宋儒朱子所注《大學》讀之，即知爲學之要，專勤誦讀。次讀《語》、《孟》、《中庸》，亦然，遂大肆力於諸經。十五，專務聖賢之學，致踐履之實，以道自任。其所自勵，有勤謹敬和，自新自修，消人欲，長天理，克己悔過，矯輕警惰，顏、冉理一等銘。其教學者，有〈學基〉、〈學統〉等篇。深究濂、洛、關、閩之旨，考正《孝經》，校定《易》、《書》、《詩》、《春秋》，修正《儀禮》、《小戴禮》，及邵雍、張載之書。……皆所以啓大道之堂奧，開來學之聰明，傳之百世而無弊也。……

就文章類型體式視之，顯然是一篇由臣屬上書君王朝廷的「奏議」文。根據劉勰《文心雕龍・章表》的界說：「表以陳情，議以執異（堅持不同意見）。」從文章功能上看，以「議」名篇者，和一般「章表」類似，均屬人臣上書君王朝廷的公文，不過，其立意卻主要基於對朝廷某些作爲或官方某些政策持有不同意見，因而筆墨重點往往帶有辯駁、議論的性質。就看唐代古文家現存作品中，以「議」名篇之文，當以柳宗元〈駁復仇議〉最爲著稱；該文是柳宗元任禮部員外郎之時，爲反駁朝廷意圖兼

顧「刑」與「禮」的立法方面一條「不合理的法令」而寫[3]。可是，上引楊士奇之「議」文，顯然並無「反駁」之意，而是迎合朝廷宗經崇儒的文化政策，利用坊間所見元人吳澄的遺稿，順水推舟，鼓吹孔孟之道以及朱熹理學，強調儒學之重要。惟就文章本身視之，雖然內涵典重，並無多大趣味，卻行文平易暢曉，立意光明正大，同時其間亦不乏警句，諸如：「消人欲，長天理，克己悔過，矯輕警惰」，以及「啓大道之堂奧，開來學之聰明，傳百世而無弊也……」等，文辭駢儷工整，筆觸鏗然有力，語意引人深思。儘管方孝孺於其〈答王秀才書〉中曾嚴厲批評楊士奇之文：「考其辭，輕俳巧薄，皆古人之所未有；而求者以是望於人，作者以是誇於時，似有所爲。」但值得注意的是，在「三楊」之後，主掌文壇的李東陽(1447-1516)於〈倪文僖公文集序〉，則對這些臺閣文臣之文則頗爲稱許：「館閣之文，輔典章，裨道化，其體蓋典則正大，明而不晦，達而不滯，而惟適用。」所言正好點出，明初這些深具文學素養的臺閣文臣之擅長。

明初臺閣文臣之文雍容典雅、點綴昇平的風格，長期成爲文壇的主流。明代文章若要有所發展演變，尚須走過一番曲折的路徑。有待一批文人，因不滿臺閣文風，而興起復古聲浪，繼而又出現另一批文人，起而提倡「獨抒性靈」，以反制復古，明文終於走向文人化、個性化，方能逐漸形成。

(二)復古聲浪的潮湧——中葉文壇

在明朝的歷史軌跡上，弘治(1488-1505)、正德(1506-1521)、嘉靖(1522-1566)、隆慶(1567-1572)年代，已屬明代中葉，亦是明朝之國勢逐漸由盛轉衰的過渡。不過，在文學史上，這八十多年間，不但是明詩臻至鼎盛時期，亦是明代散體古文發展隆盛之時。值得注意的是，此時期的一些文人士子，開始拮抗那些爲點綴昇平的「臺閣體」，同時亦不滿八股文

3　有關歷代以「議」名篇之文的體式特點，以及柳宗元〈駁復仇議〉一文之撰寫背景與內涵之評述，見諸斌杰，《中國古代文體概論》增訂本(北京：北京大學出版社，1990)，頁344-347。

高談性理的「道學體」，意圖尋求改革之路，因而大聲呼籲文章復古。或許可視爲是中國文學史上繼隋唐以來，第二次大規模的「復古」聲浪，其潮湧之盛，波及詩壇與文壇。不過，儘管其間之文章撰寫多以「復古」爲主調，卻又因文壇上曾經先後出現「文必秦漢」、「師法唐宋」，以及「擬古」或「反擬古」等之不同主張與表現，乃至不同流派的作家湧現，不同風格的文章問世。倘若就明代文章在復古聲浪期間發展之主要脈絡觀察，大略可分爲以下兩個階段。

1. 文必秦漢，擬古成風──前後七子之文

弘治、正德年間文壇，以李夢陽(1472-1529)、何景明(1483-1521)爲首，包括徐禎卿、邊貢、康海、王九思、王廷相等爲代表的「前七子」，因反對風行已近百年的臺閣體，乃以詩文復古相倡。其中「卓然以復古自命」的李夢陽，率先倡言「文必秦漢，詩必盛唐，非是者弗道」(《明史‧文苑傳》)，不但「尊古」且主張「擬古」。在文章撰寫方面，主要推崇先秦兩漢之文，並強調爲文當習古人作文之法。由於李夢陽等在文壇的聲譽地位，遂引起很大的回響，正如《四庫全書‧提要》所云：「考明自洪武以來，運當開國，多昌明博大之音；成化以後，安享太平，多臺閣雍容之作，愈久愈弊，陳陳相應，遂至嘽緩冗沓，千篇一律。夢陽振起痿痺，使天下復知有古書，不可謂之無功。」此後，嘉靖年間前後，又有以李攀龍(1514-1570)、王世貞(1526-1590)爲首，包括謝榛、宗臣、梁有譽、徐中行、吳國倫等「後七子」，繼續闡揚前七子的復古、擬古主張，一概否定秦漢以後之文。王世貞《藝苑卮言》甚至認爲：「唐文文庸，猶未離浮也。宋文文陋，離浮矣，愈下矣。元無文。」根據《明史‧文苑傳》的觀察：「諸人多年少，才高氣銳，互相標榜，視當世無人。七子之名播天下。」正由於諸子相互結社宣傳，彼此標榜推崇，遂將文學復古、擬古的呼籲與實踐推向了高峰。

當然，在復古、擬古聲浪中，文壇上難免會出現一些追隨風潮者，只顧模擬，而無新意，甚至泥古不化之作，遂頗受後世論者的批評。不過，畢竟還是留下不少傳世之佳篇。試先節錄「前七子」之一何景明的〈說

琴〉爲例：

> 何子有琴，三年不張。從其遊者戴仲鶡，取而繩以弦，進而求操
> 焉。何子御之，三叩其弦，弦不服指，聲不成文。徐察其音，莫
> 知病端。仲鶡曰：「是病於材也。予觀其黝然黑，褻然腐也。其
> 質不任弦，故鼓之弗揚。」何子曰：「噫！非材之罪也。吾將尤
> 夫攻之者也。凡攻琴者，首選材，審制器，……吾觀天下之不罪
> 材寡矣。如常以求固執，縛柱以求張弛，自混而欲別物，自褊而
> 欲求多，直木輪，屈木輻，巨木櫨，幾何不爲材之病也？是故君
> 子慎焉！操之以勁，動之以時，明之以序，藏之以虛。勁則能事
> 擾也，時則能應變也，虛則能受益也。勁者信也，時者知也，序
> 者義也，虛者謙也。信以居之，知以行之，義以行之，謙以保
> 之。樸其中，文其外，見則用世，不見則用身。故曰雖愚必明，
> 雖柔必強，材何罪焉？」……

　　全文顯然旨在說理，惟並非直陳其理，而是借琴喻理，這與先秦諸子
取譬說理之文頗有類似之處。不過，行文中卻並非託寓虛構或訴諸想像，
而是以現實生活中的當下人物，包括作者本人(何子)與其弟子戴仲鶡二人
之對話「說琴」，爲文章結構的主軸，並以何子之滔滔言論爲筆墨重點，
這又彷彿是魏晉名士「清談」道理之紀錄。此外值得注意的是，文中特別
強調琴之「弦不服指，聲不成文」的病端，「非材之罪也」，而是製琴者
選材的問題。這樣的說理文章，形式上或許有「擬古」的痕跡，甚至宗旨
上亦流露明初文章「以文明道立教」的意圖，但是，其所以不同於開國文
臣與臺閣文臣之文，就在於其間蘊含的關懷，與一般文人士大夫的生涯處
境與選擇，密切相關，在中國文學傳統中，始終是縈繞不去的永恆主題：
諸如作者對於當權者是否能夠識才，且善用其才之的感慨與警惕，以及
「樸其中，文其外」，內外兼美的人才，「見則用世，不見則用身」之考
慮，顯然爲飽讀詩書的文人士大夫階層能否見用於世，點出選擇或兼濟天
下或獨善其身的人生道路。作者重視的，不單是朝廷用人政策的恰當與
否，更重要的是，關懷身爲文人士大夫，在人生天地間的地位處境，以及

其出處進退之選擇,這已經涉及「個人」生涯規畫的問題。除此之外,在師徒二人對話之際,何子在弟子面前循循善誘、侃侃而談人才問題的為師者形象,亦宛然可感。

茲再節錄「後七子」之一宗臣〈報劉一丈書〉為例:

> ……且今之所謂孚者何哉?日夕策馬候權者之門,門者故不入,則甘言媚詞作婦人狀,袖金以私之。即門者持刺入,而主者又不即出現,立廄中僕馬之間,惡氣襲衣裙,即飢寒毒熱不可忍,不去也。抵暮,則前所受贈金者出,報客曰:「相公倦,謝客矣。客請明日來。」即明日,又不敢不來。夜披衣坐,聞雞鳴,即起盥櫛,走馬抵門。門者怒曰:「為誰?」則曰:「昨日之客來。」則又怒曰:「何客之勤也!豈有相公此時出見客乎?」客者恥之,強忍而與言曰:「亡奈何矣,姑容我入。」門者又得所贈金,則起而入之。又立向所立廄中。幸主者出,南面召見,則驚走匐匍階下。主者曰:「進!」則再拜,故遲不起,起則上所上壽金。主者故不受,則固請;主者故固不受,則又固請,然後命吏內之。則又再拜,又故遲不起,起則五六揖,始出。出,揖門者曰:「官人幸顧我!他日來,幸亡阻我也!」門者答揖,大喜,奔出。……

宗臣字子相,揚州興化人,嘉靖進士,曾任吏部考功郎、稽勳員外郎等職。上引〈報劉一丈書〉,原是一封與友人的書信,筆墨之間,當然可以私誼、公務無所不談。不過,作者為文宗旨,顯然並非友朋同僚之間私誼之抒發,而是藉此書信來針砭時弊,感嘆政壇現況,揭露官場敗象。姑且不論宗臣此書所言是否真的是以當朝奸臣嚴嵩父子如何專權、貪贓枉法為批評對象,單就文章本身的風格視之,可謂行文樸實無華,文意明白暢曉,與先秦兩漢之散體古文的確有近似之處。作者通過生動的細節敘述,典型的人物對話,針對那些奔走權門、營營求官者之諂媚,依附權門的吏者之勢利,還有權臣本身的驕矜,均描述精粹傳神,形容活潑生動。惟不容忽略的是,全文雖以「文言」寫出,內涵情境上則幾乎與明代一些諷刺

官場亂象的白話小說中某些情節有類似之處。作者對政壇貪官汙吏普遍橫行之痛恨，躍然紙上，可是卻並非直接道出，而是通過設想的人物言行，加以辛辣詼諧的筆鋒，挖苦嘲笑的趣味，令讀者心領神會。實可謂是一篇精采的「官場現形記」。

2. 師法唐宋，直據胸臆——歸有光之文

就在嘉靖年間，正當前後七子先後倡導「文必秦漢」的聲勢顯赫之際，還有另外一批作家，因不滿七子在理論上厚古非今，否定秦漢以後之文，再加上看不慣時下有些文人竟然盲目追風，隨聲附和，爭相效尤，甚至變本加厲，亦步亦趨的模擬古人之句式用語，食古不化，導致行文顯得詰屈聱牙，令人生厭，於是起而反對前後七子的「文必秦漢」，轉而尋求新途，遂提出爲文當「師法唐宋」的主張，有意識地以唐宋大家之古文爲楷模。可以王愼中(1509-1559)、唐順之(1507-1560)、茅坤(1512-1601)、歸有光(1506-1571)等爲代表，文學史一般稱之爲「唐宋派」，以與「秦漢派」相對。或許爲了表示與「秦漢派」在文學觀念上有所區別，唐順之還編輯一部《文編》，作爲一般讀者習文的範本，其中除了《左傳》、《國語》、《史記》等先秦兩漢古文之外，還特別選錄韓、柳、歐、蘇、曾、王等唐宋作品；繼而茅坤又在此基礎上專以唐宋古文爲重點，編選《唐宋八大家文鈔》。遂從此正式奠定了唐宋古文的地位，並擴大了「唐宋八大家」的影響，文學史上的「唐宋八大家」之稱，實亦由此而確定。

惟不容忽略的是，表面上看，「文必秦漢」與「師法唐宋」似乎都緬懷過去，倡言「復古」，實際上，兩派之主張大相逕庭。當然，「唐宋派」亦同意爲文須向古人學習，但卻反對模擬，更強調作者在習古之餘須顯現個人風格。例如唐順之論文即明確提出，寫文章不能只「工文字」，要有「精神命脈骨髓」，作者須「直據胸臆，信手寫出，如寫家書……」，且還須有「眞精神，與千古不可磨滅之見」（〈答茅鹿門知縣書〉）；更重要的還是，爲文當「使後人讀之，如眞見其面目，瑜瑕俱不容掩，所謂本色。此爲上乘文字」（《與洪方洲書》）。這樣的觀點主張，其實已經爲晚明文壇以流露作者個人的人格情性爲主，點出契機，開闢先

路。

「唐宋派」作者中，成就最高者，歷來均公推歸有光。按，歸有光現存文章雖然有不少是官樣應酬之作，包括壽序、墓銘等，無甚文學趣味，但是其膾炙人口的〈項脊軒志〉、〈寒花葬志〉、〈先妣事略〉諸文，卻以其「一往情深」的筆墨意涵，一直受文學史家的稱道。試節錄其〈項脊軒志〉爲例：

> 項脊軒，舊南閣子也。室僅方丈，可容一人居。百年老屋，塵泥滲漉，每移案，顧視無可置者。……然吾居於此，多可喜，亦多可悲。……家有老嫗，嘗居於此。嫗，先大母婢也，乳二世，先妣撫之甚厚。室西連於中閨，先妣嘗一至。嫗每謂余曰：「某所，爾母立於茲。」嫗又曰：「汝姊在吾懷，呱呱而泣。娘以指叩門扉曰：『兒寒乎？欲食乎？』吾從板外相爲應答。……」語未畢，余泣，嫗亦泣。余自束髮，讀書軒中。一日，大母過余曰：「吾兒，久不見若影，何竟日默默在此，大類女郎也？」比去，以手闔門，自語曰：「吾家讀書久不效，兒之成，則可待乎？」頃之，持一象笏至，曰：「此吾祖太常公宣德間執此以朝，他日汝當用之。」瞻顧遺跡，如在昨日，令人長號不自禁。……
>
> 庭有枇杷樹，吾妻死之年所手植也，今已亭亭如蓋矣。

歸有光字熙甫，號震川，崑山（今屬江蘇）人。嘉靖十九年（1540）舉應天鄉試，以後數次參加會試，均落榜，其間嘗退居嘉定，講學授徒，直至嘉靖四十四年，已六十歲高齡方進士及第，之後曾任長興知縣與南京太僕寺丞。歸有光在仕途上雖然蹭蹬，在知識階層眼中卻地位崇高，始終頗受尊敬，人稱「震川先生」。其於明代文壇上，所以歸爲「唐宋派」，主要因爲對前後七子的復古理論與模擬文風嘗公然表示不滿。曾經以一介「窮鄉老儒」之身，與主張「文必秦漢」的文壇領袖人物王世貞相抗衡。甚至斥王世貞爲「妄庸人爲之巨子」（〈項思堯文集序〉），認爲「今世以琢句爲工，自謂欲追秦漢，然不過剽竊齊梁之餘，而海內宗之，翕然成風，可

謂悼嘆耳……」（〈與沈敬甫書〉）。就看上舉〈項脊軒志〉一文，無論在內涵情境或文筆風貌上，均展現其個人的風格特色。

首先，全文表面上是寫作者之舊居，以一間百年老屋「項脊軒」如何成為一個讀書環境的過程為線索，並因此名篇。實際上是借題發揮，歷敘「項脊軒」的環境及其變遷，以懷念故去的親人，感嘆人世的滄桑。其次，文中所敘過去在「項脊軒」發生的一些互不相連之生活瑣事點滴，看來彷彿零碎無章，卻以作者個人回顧往事的款款深情，將全文緊密聯繫起來，遂令敘述中蕩漾著抒情意味。再者，有關個人日常家居生活與親情關係的敘述，包括祖母、母親、老婢、妻子等，與自己成長過程的互動關係，看似平凡無奇，卻瀰漫著濃濃的生活氣息與人間情味，足以撥動讀者的心弦。其效果正是「無意於感人，而歡愉慘惻之思，溢於言語之外」（王錫爵〈歸有光墓誌銘〉）。歸有光這類敘述個人尋常生活點滴的文章，筆墨樸實無華，行文平易自然，可謂文從字順，不但是當初李清照〈金石集後序〉中追憶過往家居生活瑣屑細節的動人回響，並且也擴大了明初以來散體古文的領域，將日常家庭生活瑣事，個人切身之經驗感受，作為敘事抒情的關懷重點，指向晚明文壇特別強調的，為文當須流露個人性靈情懷的要求，同時亦是以後清代文人如沈復《浮生六記》中追述尋常家居生活的前驅（詳後）。

（三）個人情性的流露——晚明文壇

萬曆（1573-1620）至崇禎（1628-1644）年間，已屬明朝晚期。活躍於這時期的知識階層，眼見朝政日趨腐敗，政局迅速惡化，又無力扭轉乾坤，憂心忡忡之際，孕育出一股要求人性自覺的思想潮流和生活態度，於是遊覽山水，流連藝文，或賞玩器物，遂成為晚明文人在日常生活中追求心靈舒暢娛悅的重要寄情項目。在詩文創作上，因頗受王陽明（1472-1528）強調本性的「心學」之啟發，以及李贄（1527-1602）重視真心的「童心」之論的影響，對於前後七子倡導的「文必秦漢」或「師法唐宋」的擬古、尊古主張與作風，深感不滿。首先起而反對擬古，強調為文當「獨抒性靈，不拘格套」者，即是以袁宗道（1560-1600）、袁宏道（1568-1610）、袁中道

(1570-1623)兄弟爲主的「公安派」之「三袁」；繼而則有以鍾惺(1574-1624)和譚元春(1586-1637)爲代表，主張爲文當須流露「淒清幽獨」意境的「竟陵派」。清初錢謙益(1582-1664)《列朝詩集‧袁稽勳宏道小傳》，對晚明此段時期文壇風氣的變遷，曾作如下的觀察：「中郎(袁宏道)之論出，王(世貞)、李(攀龍)之雲霧一掃，天下之文人才士，始知疏瀹心靈，搜剔慧性，以蕩滌模擬涂澤之病，其功偉矣。機鋒側出，矯枉過正，於是狂瞽交扇，鄙俚公行，雅故滅裂，風華掃地。竟陵代起，以淒清幽獨矯之，而海內之風氣復大變……。」

1. 獨抒性靈，不拘格套──公安竟陵之文

按，「公安派」三袁之首袁宏道，曾師事李贄，爲其弟袁中道詩集所寫〈敘小修詩〉中率先提出「獨抒性靈，不拘格套，非從自己胸臆流出，不肯下筆。有時情與境會，頃刻千言，如水東注，令人奪魂。其間有佳處，亦有疵處，佳處自不必言，即疵處亦多本色獨造語」。所言雖然主要是針對小修詩文寫作本身而發，惟不容忽略的則是，其中不但強調文學應該流露作者自己眞情性，表現個人本色，且蘊含著突破傳統道學枷鎖的意念，同時還顯示，以此不受政教倫理種種束縛的意圖。這樣的觀點，可謂遙接當初梁簡文帝蕭綱「立身之道與文章異，立身先須謹重，文章且須放蕩」(〈誡當陽公大心書〉)的通達，雖然並未在中國文學觀念理論史上匯成主流，卻屬了不起的卓識，且爲當下的創作潮流點出風格特色。

其實，抒寫個人情性，不依傍古人，不拘格套，隨意自在，不僅是公安、竟陵二派的共同主張，也是晚明散體古文正式走向文人化、個性化的標誌。試先舉袁宏道〈極樂寺紀遊〉一文爲例：

> 高梁橋水，從西山深澗中來，道此入玉河。白練千匹，微風行水上，若羅紋紙。堤在水中，兩波相夾，綠柳四行，樹古葉繁，一樹之蔭，可覆數席，垂線長丈餘。岸北佛廬道院甚眾，朱門紺殿，互數十里。對面遠樹，高下攢簇，間以水田。西山如螺髻，出於林水之間。極樂寺去橋可三里，路徑亦佳，馬行綠蔭中，若張蓋。殿前剔牙松數株，松身鮮翠嫩黃，斑駁若大魚鱗，大可七

> 八圍許。予弟中郎云：「此地小似錢塘蘇堤。」予因嘆西湖勝境
> 入夢已久，何日掛進賢冠，作六橋下客子，了此山水一段情障
> 乎！

　　當屬袁宏道在京城任官時期的作品，記敘與其弟袁中郎同赴北京近郊極樂寺遊覽之經驗感受，就文章類型體式視之，是一篇山水遊記文。筆墨重點乃是因景引情，傳達一分因受自然美景的召喚，引起意欲棄官閒居、寄情山水之思。當然，這樣的內涵題旨，自兩晉南朝以來大凡記述遊覽山水勝景經驗的作品中，已經形成一種文學傳統，爰及柳宗元的山水遊記，更成爲後世追摹的典範。不過，值得注意的則是，袁文此處「獨抒性靈，不拘格套」的表現。

　　首先，在章法結構上不落前人窠臼，打破一般記遊文章的「格套」。文中沒有交代出遊因緣背景之「序曲」，一發端就將途中所見京城近郊高梁河一帶景色之美直接切入。其次，對於行程目的地之極樂寺，並無遊覽活動之詳細敘述，甚至亦無寺廟本身的描寫，僅以舉目所見「殿前剔牙松數株」之狀貌形態，數筆勾勒，簡略帶過，予人的印象是，極樂寺似乎並非眞正關注焦點。再者，作者因景引情的感慨：意欲掛官而去，「了此山水一段情障」的表白，既無關政治教化，亦非身世遭遇的反思，只不過藉其弟隨口一句「此地小似錢塘蘇堤」之形容，隨即順此帶出自己對「西湖勝境入夢已久」的「一段情障」，強調的是，突如其來湧入心頭之「情」。就文筆視之，可謂行文平易暢曉，形容精妙妥貼，語氣自然坦蕩，彷彿無意間隨筆拈出，宛如未經刻意修飾的宋元筆記小品，卻又流露個人隨興而起之性情懷抱。

　　公安派的「獨抒性靈」作風，增強了晚明文章本身的文人氣息，也促進了作品的個性化。不過，在一些追隨風潮的文人筆下，則出現了對前後七子尊古、擬古之風，矯往過正的現象，乃至顯得「雅故滅裂，風華掃地」，於是引發了以鍾惺和譚元春爲首的「竟陵派」之崛起。竟陵派在理論上仍然同意「獨抒性靈」的觀點，不過卻更進一步提出，以「幽深孤峭」的風格來挽救公安派淪爲過於淺率甚至俚俗之弊病。茲節錄鍾惺〈夏

梅說〉一文爲例：

> 梅之冷，易知也。然亦有極熱之候。冬春冰雪，繁花燦燦，雅俗
> 爭赴，此其極熱時也。三、四、五月，累累其實，和風甘雨之所
> 加，而梅始冷矣。花實俱往，時維朱夏。葉幹相守，與烈日爭，
> 而梅之冷極矣。故夫看梅與詠梅者，未有於無花之時者也。……
> 夫世固有處極冷之時之地，而名實之權在焉。巧者乘間赴之，有
> 名實之得，而又無赴熱之譏，此趨梅於冬春冰雪者之人也，乃眞
> 附熱者也。苟眞爲熱之所在，雖與地之極冷，而有所必辨焉。此
> 詠夏梅意也。

顯然是一篇論說文，主要是藉梅樹生命過程中在俗世人間所受的冷熱
際遇，託物寓意，以諷刺世態人情。文章以「梅」爲題，已經予人以一分
幽冷意味，但卻偏偏不論向來備受讚賞且引人欽慕的「冬梅」，反而將筆
意集中於遭遇冷落的「夏梅」，則其爲文之立意已不同凡俗。按，梅花不
畏霜寒，在寒冷的嚴冬或初春季節綻放，乃至無論雅俗，均熱烈爭相前往
觀賞，這是賞梅之「熱」；可是爰及春末夏初之季，梅花凋謝，繼而「累
累其實」，則開始受到人間的「冷」待；爰及盛夏之時，梅樹早已「花實
俱往」，徒自剩下「葉幹相守，與烈日爭」，則更是遭受冷待之極。正由
於一般「看梅與詠梅者，未有於無花之時者也」，而兩位友人竟然分別寫
出吟詠梅之花謝果結，以及梅樹最後在烈日下僅剩枝葉狀況之作，因此觸
動了鍾惺的感慨，遂生發出一番對名實得失、世態炎涼、人情冷暖的論說
來。全文可謂夾敘夾議，在題材上或許可視爲與宋人周敦頤（1017-1073）
的名篇〈愛蓮說〉，有異曲同工之妙，同樣是針對具有高潔品質象徵意味
的植物而「說」。不過，就文章本身之內涵題旨視之，鍾惺此文，實際上
並不像〈愛蓮說〉作者那樣，雖然感嘆愛菊、愛蓮者之稀少，惟對於道德
情境的追求，卻仍然滿懷期許，對於「出淤泥而不染」的高尚品質，予以
歌詠頌美；反而彷彿是一個飽經世故者，經過人生種種的歷練之後，終於
認清了人性的現實，領悟到人情的冷暖，乃至冷眼觀察梅樹在不同季節之
處境。因此下筆之際，無論內涵取材或態度語氣，均顯得冷雋峭刻。或許

正可視爲竟陵派爲糾正公安派爲文過於單純輕率，於是有意展示出「幽深孤峭」的風格，以圖增強文章中之「高雅」意味。也正由於其文中強調的，不同於世俗只對「梅樹」在冬春之季的偏愛，且特意點出，實際上梅樹在其現實生命中，曾經遭遇「冷熱」不同之處境，或仍可視爲「獨抒性靈，不拘格套」派之一環。

2. 性靈小品，神遙旨永──晚明小品之葩

晚明「公安派」獨抒性靈的小品文，主要多取材自個人一己的經驗感受，身爲文人士大夫的作者，往往藉此抒寫其仕宦生涯之外的閒情逸趣；其後「竟陵派」作家，則試圖以「幽深孤峭」的風格，將文章撰寫挽回至比較「高雅」的情境。不過，兩派作品，同樣大多針對個人日常見聞或身邊瑣事有感而發，內容雖然繁瑣廣泛，無論其文章體類屬於序跋、論說、記遊、書信、傳記、碑銘……，一般均篇幅短小，且行文平易，筆墨自在，又時常流露作者個人的情性懷抱，不同於「載道」之文的高論宏旨，故而文學史一般稱之爲「小品」或「性靈小品」。當然，晚明小品乃是繼宋人筆記小品之後，隨時代環境逐步發展，方正式形成一種風行文壇的文章類型。值得注意的是，晚明文人已經意識到這類小品文章的一些共同特徵，可以自成一種「文類」。就如曾活躍於明末清初的鄭元勳(1604-1645)，即嘗收錄隆慶、萬曆以來著名的小品文章，輯集成《媚幽閣文娛》選本(崇禎年間刊行)，並且以「幅短而神遙，墨希而旨永」，精要點出晚明小品一派文章的風貌特色[4]。性靈小品之風行晚明文壇，雖然主導於公安、竟陵二派，成就可觀，留下佳篇者亦不少，然而，在眾多的作者中，爲晚明性靈小品畫下其完美句點者，當然非張岱(1597-1679?)莫屬。

按，張岱字宗子，又字石公，號陶庵，又號蝶庵，浙江山陰(今紹興)人。嘗於其〈自爲墓誌銘〉一文中，坦承自己曾「少爲紈袴子弟，極愛繁華」。其實張岱雖出身官宦殷實富貴之家，卻終其生未嘗入仕，僅僑寓杭

4　有關晚明性靈小品文體觀念的形成，以及在內涵情境與藝術風貌方面之特色，詳見曹淑娟，《晚明性靈小品研究》(台北：文津出版社，1988)。

州，過著名士風流的生活，明亡後，則避居山中，著書立說以度餘年。其名篇〈湖心亭看雪〉，堪稱是一篇典型的「幅短而神遙，墨希而旨永」之作，在內涵情境方面，與北宋蘇東坡筆記小品中一些記遊之作的相似處，已在前面論述宋代散體古文的章節中點出。此處姑且節錄張岱另一篇膾炙人口的〈西湖七月半〉爲例：

> 西湖七月半，一無可看，只可看看七月半之人。看七月半之人，以五類看之。其一，樓船簫鼓，峨冠盛筵，燈火優傒，聲光相亂，名爲看月而實不見月者，看之。其一，亦船亦樓，名娃閨秀，攜及童孌，笑啼雜之，環坐露臺，左右盼望，身在月下而不看月者，看之。其一，亦船亦聲歌，名妓閒僧，淺斟低唱，弱管輕絲，竹肉相發，亦在月下，亦看月而欲人看其看月者，看之。其一，不舟不車，不衫不幘，酒醉飯飽，呼群三五，躋入人叢，昭慶、斷橋、嘄呼、嘈雜，裝假醉，唱無腔曲，月亦看，看月者亦看，不看月者亦看，而實無一看者，看之。其一，小船輕幌，淨几暖爐，茶鐺旋煮，素瓷靜遞，好友佳人，邀月同坐，或匿影樹下，或逃囂里湖，看月而人不見其看月之態，亦不著意看月者，看之。杭人遊湖，巳出酉歸，避月如仇，……大船小船，一齊湊岸，一無所見，止見篙擊篙，舟觸舟，肩摩肩，面看面而已。……吾輩始艤舟近岸，斷橋石磴始涼，席其上，呼客縱飲。此時月如鏡新磨，山復整妝……月色蒼涼，東方既白，客方散去，吾輩縱舟，酣睡於十里荷花之中，香氣拍人，清夢甚愜。

按，記述杭州西湖一帶的湖光山色之文，自宋元以來，已不絕如縷。不過，張岱此文則別開生面，擺脫一向集中筆墨稱頌西湖的湖光山色之美的「格套」。首先，其發端數句「西湖七月半，一無可看，只可看看七月半之人」，即臨空而降，出人意表，同時提醒讀者，此文筆墨重點，並非西湖景觀之美，而是針對那些趁七月半觀月佳節，一窩蜂跑來湊熱鬧的「遊客」。其次，對於文中所列「名爲看月而實不見月」之五類遊客，則以他們在喧鬧嘈雜中的行爲舉止爲觀注焦點，逐次展現各類不同社會階層

人物的風貌情態，眞是趣味橫生，煞是「可看」。再者，作者對「名爲看月」者的細緻觀察與生動描述中，流露著詼諧風趣的筆調，以及調侃嘲諷的語氣，增添了閱讀的趣味。最後，以「吾輩縱舟，酣睡於十里荷花之中，香氣拍人，清夢甚愜」結尾，則將「吾輩」亦攬入「可看」者之中，同時刻意強調，同樣來看月的「吾輩」之風情雅興，何等非同凡俗！作者孤芳自賞，對其自身情性品味與世俗異趣的自覺意識，迴盪其間。

　　值得注意的是，晚明性靈小品之所以能成爲明代散體古文中的奇葩，不僅在於「獨抒性靈，不拘格套」，增添其文之抒情意味，更在於由此衍生出作者關懷視野的雅俗兼顧，作品內涵情境的雅俗並存，展現文人士子人生經驗與生活品味之擴大。就看上引張岱〈西湖七月半〉一文中，對於不同社會階層與身分地位的世俗之人，在嘈雜紛擾中來西湖「看月而不見月」諸般情況的描述，雖語沾調侃嘲諷，卻面帶微笑，情含賞悅，故而不惜筆墨作爲全文關注的重點；展示在讀者面前的，宛如一卷杭州「西湖七月半觀月」的世俗風情畫。其實，作者留意世俗生活，重視人間情味，原本是受宋元以來流行民間的通俗文藝之影響，遂導致向來屬於「雅」文學的古文，也開始無須「避俗」，甚至能夠「欣賞」俗情俗事。就如前面章節論及南宋筆記小品，所引周密(1232-1298)〈觀潮〉一文，已充分展示作者對民俗風情的興趣。儘管周密與張岱二人，同樣生活在朝代的更替時期，同樣對往日的繁華歲月舊情綿綿；不過，周密的〈觀潮〉，旨在客觀敘述錢塘觀潮盛況的見聞，爲地方風俗民情留下歷史紀錄，爲宋代文化生活寫下點滴；可是張岱的〈西湖七月半〉，表面上彷彿也是在記錄地方風俗民情，實際上卻「神遙旨永」，筆墨間處處蘊含作者的主觀趣味，流露其個人雅俗兼俱的情性懷抱。浮現在讀者面前的，並非一個見證歷史與文化生活的記錄者，而是一個在日常生活中，既愛世俗的繁華，又喜山水的清幽，既愛看人潮，亦喜觀月色的作者。或許這正好說明，小品文由宋至明的演變：周密之文，仍屬隨筆雜錄的「筆記小品」，而張岱之文，則是流露個人情性的「性靈小品」。

　　當然，散體古文的發展，乃是循序漸進的，不會因爲明朝的覆亡，少

數民族朝代的建立而突然中斷，或另起爐灶。清代古文仍然繼續在先秦兩漢以來的傳統中發展演變，直到專制帝王制度的通盤瓦解，新型民國的成立。

二、清代古文的發展——學者化、學術化

清代是中國歷史上專制帝王統治制度的最後王朝，就散體古文視之，乃是自先秦兩漢以來發展過程的最後階段，也是總結成果之時。按，清代古文作者，有豐富悠久的傳統作為回顧的鏡鑑，遂頗有集大成之架式；乃至其文章體類之眾，流派之盛，以及風格之多，均超越前代。當然，清代古文仍然是明代古文的延續，並未因朝代的變換，而立即展示出截然不同的風格特色。惟整體視之，倘若與有明一代的古文相比照，最顯著的時代特徵，就是清代文章之學者化與學術化的普遍傾向，故而理性之篇章增多，性靈之作品相對減少。這當然與清代的學術臻至鼎盛，而文章家中又多博學之士不無關係。猶如《清史・文苑傳》的觀察：「清代學術，超漢越宋，論者至欲特立『清學』之名，而文、學並重，亦足於漢、唐、宋、明之外，別樹一宗。」按，正由於清代著名的文章家中，不乏以學術研究為志業者，乃至「文、學並重」，這自然會影響清代古文風格的趨向學者化與學術化。儘管如此，還是有一些作者，會以單純文人士子的心情面目或立場角度，敘事寫景抒情，這是造成清代古文不至於一面倒向嚴肅說理，乃至枯燥乏味的重要元素。以下姑且依時代先後，將清代古文的發展概況，分為清初、中葉、後期、末期等四個階段來觀察。

(一)遺民情懷的抒發——清初文壇

此處所謂「清初文壇」，乃概指順治(1644-1661)至康熙(1662-1722)朝前期，大約三四十年間的文壇。大凡活躍於此時期的著名古文作者，多屬成長於明代，又曾親身經歷明祚敗亡，目睹清軍入關立朝的「遺民」。換言之，其創作風格與文學習性，大多在明朝晚期已經形成，因此亦可視為清初文壇的「借才異代」者。其中不少是知識淵博的學者，當然也有以才情洋溢見稱的文人。兩種不同類型的遺民作家，有的甚至曾經參與明末

的抗清戰爭，明亡後，拒絕出仕，或寄情山水書畫，或專心著述寫作，共同為清初的文壇掀開序幕，並且以不同的風格方式，流露其「遺民情懷」。茲分別以「學人之文」與「文人之文」，覽其大概。

1. 學人之文

　　清初博學之士撰文，最明顯的風格特徵，即是從晚明的「獨抒性靈」，回歸到古文「正宗」，轉向「經世致用」，而且往往流露作者濃厚的書卷氣或學者味，故而以「學人之文」稱之。文學史一般均以號稱「清初三大儒」者，亦即黃宗羲(1610-1695)、顧炎武(1613-1682)、王夫之(1619-1692)三人的文章為清初「學人之文」的代表。其實三人均曾參與明末的抗清活動，經歷改朝換代的震撼，且各自以思想家和大學者的雙重身分揮筆作文，呼籲政治道德的救亡與文化傳習的革新，共同在近代中國思想的啟蒙，以及中國學術傳統的建立方面，貢獻匪淺。同時又以他們的筆墨，充分表現身為一介士大夫，對於國是的關懷，以及身處異代統治之際的焦慮，並以流蕩著傷時感世或民族意識的政論雜文，震撼清初的知識階層。對清代文壇，甚至以後清末的政治運動，均產生重大的影響。

　　茲錄顧炎武治學的讀書札記《日知錄》中論〈廉恥〉一文為例：

　　《五代史·馮道傳》論曰：「『禮義廉恥，國之四維。四維不張，國乃滅亡。』善乎管生之能言也。禮義，治人之大法；廉恥，立人之大節。蓋不廉則無所不取，不恥則無所不為。人而如此，則禍敗亂亡，亦無所不至。況為大臣，而無所不取，無所不為，則天下其有不亂，國家其有不亡者乎？」然而四者之中，恥尤為要。故夫子之論士曰：「行己有恥。」孟子曰：「人不可以無恥，無恥之恥，無恥矣。」又曰：「恥之於人大矣。為機變之巧者，無所用恥焉。」所以然者，人之不廉，而至於悖禮犯義，其原皆生於無恥也。故士大夫之無恥，是為國恥。

　　吾觀三代以下，世衰道微，棄禮義，捐廉恥，非一朝一夕之故。然而松柏後凋於歲寒，雞鳴不已於風雨，彼昏之日，固未嘗無獨醒之人也。頃讀《顏氏家訓》，有云：「齊朝一士夫，嘗謂吾

曰：『我有一兒，年已十七，頗曉書疏，教其鮮卑語，及彈琵
琶，稍欲通解，以此伏事公卿，無不寵愛。』吾時俯而不答。異
哉此人之教子也！若由此業，自致卿相，亦不願汝曹爲之！」嗟
乎！之推不得已而仕於亂世，猶爲此言，當有〈小宛〉詩人之
意，彼閹然媚於世者，能無愧哉！

按，顧炎武一生爲學的主張就是「經世致用」，反對空談心性，其爲
文之信念，即是其所謂「文須有利於天下」（《日知錄‧文須有利於天
下》），正是傳統儒家不斷鼓吹，對政治教化有益的「實用」文學觀。就
上引〈廉恥〉一文觀察，其行文流暢自然，不事藻飾，文辭樸實無華，明
白易曉，或許可視爲秦漢唐宋以來一般說理議論文章風格體式之繼承。惟
首先值得注意的是，如此一篇簡短之文，作者爲證明其立論有據，竟不厭
其繁，數次引經據典（包括《五代史》、《論語》、《孟子》、《顏氏家
訓》諸引文），以此支持自己論「廉恥」之理，這正是飽學之士論述問題
的習尚，亦即「學人之文」的典型作風。另外不容忽略的則是，作者爲文
的宗旨。倘若仔細玩味其內涵文意，則不難發現，此文並非一般的讀書札
記，或單純的學術論證，而是「意有所指」。其文之「微言大意」，顯然
是針對出身明末的一些官員，甘願爲新興朝廷效力的士大夫而發。蓋明亡
之後，顧炎武自己始終保持個人節操，拒絕清廷徵召，僅以遺民之身，著
書立說；不過，卻有一些雖然曾經身爲明朝之「大臣」者，卻宛如當初五
代時期，屢次改仕新朝的馮道，或如顏之推筆下所稱，南朝蕭齊時某「士
夫」教子習鮮卑語、彈琵琶以「伏事公卿」那樣，不顧「廉恥」，未能堅
持對明朝的忠義之節，轉而投向由「異族」立國的清廷。因此，藉先賢哲
人諸如孔子、孟子之言，痛斥「士大夫之無恥，是爲國恥」。其中對於明
末清初某些士大夫階層轉而改仕異朝形跡之不滿，以及作者本人身處異代
之際，痛惜士大夫喪失氣節，無視民族大義的遺民情懷，流蕩其間。

除顧炎武之外，黃宗羲、王夫之等學人，亦在時代思潮與學術傳統的
持續與求新中，分別提出令後世知識階層省思的觀點意見，並且留下清初
堪稱「學人之文」的作品。諸如黃宗羲《明夷待訪錄》開篇的〈原君〉，

提出對專制君權的質疑；以及因《薑齋詩話》著名於文學批評理論史的王夫之，則以其《讀通鑑論》中之史論，以及《問思錄》中哲學思辨之文見稱於學界，共同為清代古文的學者化、學術化鋪上先路。不過，清初作者在文章撰寫方面的表現，除了諸學者之文以外，另外還有「文人之文」，在清代散體古文發展過程中承先啟後的角色，亦不容忽略。

2. 文人之文

廣義的說，大凡史稱「善屬文」者，均可視為「文人」，其生平事跡亦多出現於〈文苑傳〉。不過，此處所謂「文人之文」，主要是相對於「學人之文」而言。蓋指其作者為文之際，並非以博學之身或學者立場，關懷政治社會，發言議論說理，而是單純以「文人」之身，憑其個人的才華情思，敘事寫景或抒情述懷。實際上，這不過是唐宋以來，許多失意官場或無意仕途的古文作家，敘事抒情文章的延續，包括晚明性靈小品之後，文章筆意仍然繼續重視個人一己生活經驗與情懷意念的作品。清初的「文人之文」，姑不論其作者於明亡之後是否曾經出任清廷官職，重要的是，這些作者，雖以遺民之身面對明朝的覆亡，卻以個人身處明清易代之際，戰亂流離之中，依據親身的生活經歷或耳目見聞，記述自己曾經度過的歲月為主要的關懷，乃至其筆墨重點，並非議論朝代的盛衰興亡，亦無關政治社會道德的淪喪，而是以個人一己生活經歷中，某些令其難以忘懷的人物或事件情景，為筆墨重點，即使其間可能暗含影射或批評，畢竟為清初文章增添了文學意趣。一般文學史多以因才情見稱的「清初三大家」，亦即侯方域(1618-1654)、魏禧(1624-1681)、汪琬(1624-1691)三人，為清初文壇「文人之文」的代表。

以下試舉侯方域(1618-1654)為秦淮名妓李香君所寫〈李姬傳〉為例：

> 李姬者，名香，母曰貞麗。貞麗有俠氣，嘗一夜博，輸千金立盡。所交接皆當世豪傑，尤與陽羨陳貞慧善也。姬為其養女，亦俠而慧，略知書，能辨別士大夫賢否，張學士溥、夏吏部允彝極稱之。少，風調皎爽不群。十三歲，從吳人周如松受歌玉茗堂四

傳奇，皆能盡其音節。尤工〈琵琶〉詞，然不輕發也。

雪苑侯生，己卯來金陵，與相識。姬嘗邀侯生為詩，而自歌以償之。初，皖人阮大鋮者，以阿附魏忠賢論城旦，屏居金陵，為清議所斥。陽羨陳貞慧、貴池吳應箕實首其事，持之力。大鋮不得已，欲侯生為解之，乃假所善王將軍日載酒會與侯生遊。姬曰：「王將軍貧，非結客者，公子盍叩之？」侯生三問，將軍乃屏人述大鋮意。姬私語侯生曰：「妾少從假母識陽羨君，其人有高義，聞吳君尤錚錚，今皆與公子善，奈何以阮公負至交乎？且以公子之世望，安事阮公！公子讀萬卷書，所見豈後於賤妾耶？」侯生大呼稱善，醉而臥。王將軍者殊怏怏，因辭去，不復通。

未幾，侯生下第。姬置酒桃葉渡，歌〈琵琶〉詞以送之。曰：「公子才名文藻，雅不減鍾郎。中郎學不補行，今〈琵琶〉所傳辭故妄，然嘗昵董卓，不可掩也。公子豪邁不羈，又失意，此去相見未可期，願終自愛，無忘妾所歌〈琵琶〉辭也！妾亦不復歌矣！」

侯生去後，而故開府田仰者，以金三百鍰，邀姬一見，姬固卻之，開府慚且怒，且有以中傷姬。姬嘆曰：「田公寧異於阮公乎？吾向之所讚於侯公子者謂何？今乃利其金而赴之，是妾賣公子矣！」卒不往。

侯方域字朝宗，號雪苑，河南商丘人。明末時期即以文采風流見稱於世，曾主盟復社，對宦官魏忠賢黨人阮大鋮、馬士英等迫害復社文人，嚴加抨擊，為避禍遠害，曾投奔反清將領史可法陣營。明亡後，雖未正式仕清，惟曾於順治八年(1651)出應河南鄉試，為副貢生；乃至在保守人士眼裡，其人格上則已喪失其「忠義」，最後在抑鬱中病逝，年方三十七。侯方域短暫的一生，雖曾涉足政治，卻是一位典型的文人。嘗自謂「少年溺於聲伎，未嘗刻意讀書，以此文章淺薄，不能發明古人之旨」（〈與任王谷論文書〉）。上引〈李姬傳〉即是以一介文人「侯生」與青樓女子李香君之間，由相識而相知相惜的情節為基本架構，推崇香君如何色藝俱全，

獲當世諸名流學士的讚賞，卻如何不爲金錢權貴所動，又如何規勸侯生，不該與那些阿附閹黨者交往……，以展示一青樓女子「俠而慧，略知書，能辨別士大夫賢否」的人格情性。這篇爲香君所寫的傳記，以後即成爲孔尚任〈桃花扇〉傳奇劇的藍本(詳後)。此處且從〈李姬傳〉文章本身之風格內容視之：蓋其命題爲「傳」，單就文中相繼出現的一批可考之著名歷史人物姓名，即顯示其所「傳」人物之眞實性、可信性，這已經符合「傳記文學」的規格範疇。惟值得注意的是，有關個別歷史人物的傳記，自司馬遷《史記》正史爲始，經漢魏六朝，甚至唐宋以來，無論屬私人撰寫，或官方認可的人物傳記，相比照之下，〈李姬傳〉可謂屬於別開生面之作。

按，一般正史中的人物傳記，乃屬史家依據所收錄的相關史料，加以斟酌整理的記述；且無論其中是否意含褒貶，作者敘述之際，均盡量保持其「客觀」態度或「旁觀」立場。即使向來視爲具有文學虛構性質，以「傳」名篇的「唐傳奇」故事，亦往往是作者根據前人筆記或當世聽聞傳言，再添上文學藝術加工的「客觀」敘述(詳後)。換言之，大凡爲他人記「傳」的作者本人，一般均隱身於其所傳人物生平故事情節之後。可是侯方域〈李姬傳〉則迥然不同。首先，其作者不但以自己眞實姓氏「侯生」之名現身文中，宛如一「見證者」，親眼目睹李姬之種種可敬可佩的言行舉止。其次，更以「當事人」，亦即令傳主李姬心儀者之男主角登場，敘述與李姬之親密關係，稱頌李姬之德行操守。當然，在詩歌傳統中，詩人對當下所識所遇歌姬舞孃之聲色技藝或品格德行，心存賞愛的態度，自齊梁宮體詩中對后妃宮女的描述，爰及唐宋詩詞中讚嘆所遇歌妓或家姬之吟詠，已經成爲一種男性作家以女性色藝人品爲欣賞關懷中心的文學傳統。可是，在文章中，像〈李姬傳〉這樣，不但強調所識女性之色藝與節操，而且全然不避作者本人與該歌姬親密關係的「自白」，乃屬罕見。這樣的作品，不但突破秦漢以來古文史上爲他人立傳的「傳記」傳統，同時展現，作者顯然已擺脫社會階層地位高下的枷鎖，無顧文人士子與歌姬舞孃之間，畢竟貴賤相異、雅俗有別的鴻溝，只是以一「溺於聲伎」者，不拘

格套，但寫其個人性靈所至的「文人之文」。

　　清初這些以記述個人生活經歷或見聞爲筆墨重點，傳達一己生活經驗與情懷意念的「文人之文」，雖然可能暗含表彰忠烈、推崇節義的道德意識，諸如魏禧〈許秀才傳〉、〈大鐵椎傳〉，還有汪琬〈江天一傳〉、〈周忠介公遺事〉等，畢竟均以其文中人物形象的刻畫描繪，情節事件的生動敘述，展現其文學意趣。但是，以議論說理爲主調，推崇政教倫理，或立意表彰忠烈節義的文章，自清初以來，在學者筆下畢竟從未消歇。乃至爰及清代中葉的「康乾盛世」，「桐城派」方能趁勢而興，遂令「學人之文」主導文壇，並從此占據了清代古文的主流地位。

（二）盛世氣象的展現——中葉文壇

　　此處所謂清代「中葉文壇」，乃概指自康熙後期，經雍正（1723-1735）、乾隆（1736-1795）至嘉慶（1796-1820）朝前期，大約八九十年間，其中以歷史上所稱「康乾盛世」期間之文壇爲中心。其實，自清初以來，在高壓與懷柔並進的朝廷政策下，明末的抗清意識，於時光的推移中，已日趨淡薄，加上遺民先賢的相繼凋零，一般文人士子在政壇上對清朝的敵意，亦隨之而煙消雲散。活躍於這時期的文士，大多生長成熟於「國朝」，這是他們生命中所面對的唯一朝廷，也是個人追求事業功名的唯一環境。何況康熙、雍正、乾隆三朝皇帝，在清代歷史上，勵精圖治，的確均屬賢能之君，乃至顯得政治穩定，社會承平，經濟亦趨繁榮，遂成爲史家所推崇的國泰民安之「康乾盛世」。在這樣的政治社會背景之下，就散體古文在清代的發展脈絡視之，於重視考據，講求義理的學術風氣日盛之氛圍中，清初以來文章已經初露其學者化、學術化的現象日盛，儼然成爲清代中葉文壇的主流趨勢。惟不容忽略的則是，就是在學者主掌文壇的主流圈外，其間還是有不時浮現的，不同於主流文章風格的作品：諸如繼晚明以來以獨抒性靈，個人抒情述懷爲宗旨之文；以及流露個人修辭藝術與審美趣味之作，包括駢體文章重新受到文人學士的重視。也就是在文壇上這些主流或非主流作品的表現，共同爲清代文壇建立其文章體式多樣化，風格各異殊的特色，並且展現其具有集大成之盛世氣象。茲以下列四項重

點，綜觀清代中葉文章發展之概況。

1. 桐城派興起

　　文學史上所稱「桐城派」，乃是指一批活躍於康乾時期，均籍貫於安徽桐城的文人士子，所掀起的爲文主張與文壇風氣。其中率先提出爲文當講求「義法」者，即是方苞(1668-1749)。倘若根據其於《漢書・貨殖傳後》的說明：「義即《易》之所謂『言有物』，法即《易》之所謂『言有序』也。義以爲經，而法緯之，然後爲成體之文。」方苞所提爲文之「義法」，實際上乃是唐宋古文家屢次討論的「文」與「道」關係的隔代繼承與呼應，只不過在撰寫之實踐方面，更爲重視言之有據的學術引證而已。其實，桐城派作家除了均強調宗經原道之外，對文章本身的風格，亦各有其針對章法、字句、音節等精緻細密的理論。惟簡而言之，主要就是在內容上須「言之有物」，文辭方面則尚「典雅簡潔」。歷來均以方苞、劉大櫆(1693-1779)、姚鼐(1731-1815)等，爲桐城派之代表作家。也就是在他們理論的呼籲與撰寫的實踐之下，加上其他文人士子，包括一些非桐城人的追隨附和，遂成爲有清一代，綿延至清末，規模最宏大、影響最深遠的流派。當然，所謂「典雅簡潔」，並非新觀點，而是自先秦漢魏唐宋以來，散體古文的繼承；所謂「言之有物」，亦並不表示文中所言均須高唱儒家的義理，也可以通過事情的敘述或人物的描繪來傳達。這正是桐城派文章所以不至於令讀者感覺枯燥乏味的重要元素，也是能夠引起當今文學史撰寫者注意的相關條件。

　　試摘錄方苞〈獄中雜記〉自述其獄中所見所聞爲例：

　　　康熙五十一年(1712)三月，余在刑部獄，見死而由竇出者，日四三人。有洪洞令杜君者，作而言曰：「此疫作也。今天時順正，死者尚稀，往歲多至日十數人。」余叩所以，杜君曰：「是疾易傳染，遘者雖戚屬，不敢同臥起。而獄中爲老監者四，監五室。禁卒居中央，牖其前以通明，屋極有窗以通氣。旁四室則無之，而繫囚常二百餘。每薄暮下管鍵，矢溺皆閉其中，與飲食之氣相薄。又隆冬，貧者席地而臥，春氣動，鮮不疫矣。獄中成法，質

明啓鑰。方夜中，生人與死者並踵頂而臥，無可旋避。此所以染
者眾也。……」

凡死刑獄上，行刑者先俟於門外，使其黨入索財物，名曰「斯
羅」。富者就其戚屬，貧則面語之。其極刑，曰：「順我，即先
刺心；否則。四肢解盡，心猶不死。」……主縛者亦然。不如所
欲，縛時即先折筋骨。……主梏樸者亦然，余同逮以木訊者三
人；一人予二十金，骨微傷，病間月；一人倍之，傷膚，間旬
愈；一人六倍，即夕行步如平常。……部中老胥，家藏偽章，文
書下行直省，多潛易之，增減要語，奉行者莫辨也。……

奸民久於獄，與胥卒表裡，頗有奇羨。山陰李姓，以殺人繫獄，
每歲致數百金。康熙四十八年，以赦出。居數月，漠然無瑣事。
其鄉人有殺人者，因代承之。蓋以律非故殺，必久繫，終無死法
也。五十一年，復援赦減等謫戍。嘆曰：「吾不得復入此矣！」
故例，謫戍者移順天府羈候，時方冬停遣，李具狀求在獄候春發
遣，至再三，不得所請，悵然而出。

　　方苞字鳳九，號靈皋，晚號望溪，康熙年間進士，歷仕康、雍、乾三
朝，官至禮部侍郎，視為清中葉文壇的一代文宗，「桐城派」之開創者。
不過，在其表面上彷彿頗為順當的數十年仕宦生涯中，卻以曾經為同鄉前
輩友人戴名世(1653-1713)《南山集》一書作序，而遭受文字獄之禍。蓋
戴名世文集中，因出現記述南明桂王之事，且「語多狂悖」，經人告發，
遂以「大逆」之罪處死，方苞亦受到牽連，並於康熙五十年下獄，甚至判
死刑。幸而經大臣李光地等的極力營救，羈押約一年半之後，以特赦獲
釋。儘管方苞為自己終於能獲釋而感激涕零「聖上好生之德」，其現存文
章中亦不乏說經論道，甚至為迎合朝政而鼓吹聖賢之義的作品；不過，上
引〈獄中雜記〉一文，追述其本人繫於獄中之經歷見聞，可謂驚心動魄，
乃是深具感染力之不朽佳作，出於一介文士身處政府高壓政策之下的勇氣
與良知。像這樣一篇自述獄中經歷且極富批判控訴意味之文，敢於在文字
獄陰影中暴露當朝獄政之黑暗腐敗，實屬文學史上歷代文章中罕見，值得

珍視。此處姑單就其文章之風貌與內涵的表現視之，其中值得注意的是：

首先，其行文平易，流暢自然，頗有秦漢唐宋散體古文之典雅簡潔；而且內容組合有序，環環相接，符合「言有序」的要求；又以記述人物真實事件為主，並非抽象說理議論，故而顯得「言有物」。其次，所記獄中見聞，從擁擠、汙穢、陰森不堪，乃至傳染病猖獗的牢獄環境，到獄吏禁卒的種種恐嚇勒索惡行，均根據事實，從客觀角度敘述：或來自相關人物之口述，或憑藉個人之目擊，乃至因事見義，無須另加批評議論，可以令讀者自行領會判斷。像這樣由事實真相，揭露鮮為人知的無顧人道之獄政內幕，作者之道德勇氣可欽可佩，宛如當今社會上某些具有正義精神的新聞媒體記者，不畏強權，挖掘政壇黑暗真相的據實報導。再者，文中所述大凡刑部、法庭、刑場，諸有司衙門的官吏，包括行刑者、主縛者、主梏樸者、部中老胥、主讞者五類人物，如何貪贓枉法，草菅人命之種種劣行，的確令人髮指，惟不容忽略的則是，其文外引發的深層含意。這些牢獄禁卒小吏，所以膽敢如此肆無忌憚的囂張跋扈，殘酷無恥，顯然並非個別的孤立事件，而是與當朝吏治的腐敗，以及官場的弊病，密切相關。最後，作者於文中數次點出明確的年月，記錄其坐獄之經歷與見聞，亦非偶然不經意之舉，而是含有留下文跡，為史作證的意圖。換言之，即使以其個人微薄之力，或許不足以改革累積的獄政弊病，至少可以其親身的坐獄經驗，揭露當朝獄政的黑暗，為歷史上所稱許的「康熙盛世」，留下令人警惕並深思的問題。

方苞〈獄中雜記〉雖然為桐城派之文，委婉點出當政者對政治教化與倫理道德的缺憾，不過，就在桐城派主導文壇的極盛之際，還是有一些文學主張與寫作傾向並不完全認同桐城派的作家作品，相繼浮現於文壇。首先值得注意的是由桐城派弟子掀起的「陽湖派」之隨行發展，繼而則是在桐城與陽湖兩派之間冒出的性靈派之夕照餘暉，以及駢儷派之回響。

2. 陽湖派隨行

文學史中所謂「陽湖派」，實際上乃是隨著桐城派風行文壇之下而出現的「支派」，而其所以能稱為「派」，主要是在乾隆後期，以陽湖（今

江蘇武進）人惲敬（1757-1817）、張惠言（1761-1802），加上李兆洛（嘉慶年
間[1796-1820]進士）等，共同在文壇的表現而得名，並稱「陽湖三家」。
由於惲敬、張惠言諸人，雖師承桐城學派的聲韻考據之學，惟於文章撰寫
方面，卻不受桐城文論觀點之束縛，在審美趣味方面另有所拓展。主張爲
文當兼收子史百家，甚至六朝辭賦駢儷之長，而且一時的文友同僚，諸如
陸繼絡、謝士元等又熱心相呼應。其實，惲敬原本好先秦法家作品，之後
又偶爾喜作駢文；張惠言則本身即常治駢儷之文；另外曾編輯《駢體文
鈔》的李兆洛，亦是頗能欣賞文之駢儷者。他們均在接受「桐城派」影響
之後，進一步展現，既崇奉唐宋古文，又兼法秦漢六朝之文。換言之，亦
即均兼併駢、散兩體之長處，意圖以清雋博雅來挽救一般「桐城派」之簡
嚴拘謹。試錄惲敬〈遊廬山後記〉中描寫廬山雲海一段爲例：

> ……忽白雲如野馬，傍腋馳去；視前後人，在綃縠中。雲過，道
> 旁草木羅羅然，而澗聲清越相和答。遂躡半雲亭，睌試心石，經
> 廬山高石坊，石勢秀偉不可狀，其高峰皆浮天際，而雲忽起足
> 下，漸浮漸滿，峰盡沒。聞雲中歌聲，華婉動心，近在隔澗，不
> 知爲誰者。雲散，則一石皆有一雲繚之。忽峰頂有雲飛下數百
> 文，如有人乘之，行散爲千百，漸消至無一縷，蓋須臾之間已如
> 是。……

惲敬字子居，又字簡堂，乾隆年間舉人，一般視爲陽湖派的領袖人
物。其治學即主張廣習傳統：「修六藝之文，觀九家之言，可以通萬方之
略。」（《大雲山房文稿》二集自序）爲文則強調文才與學識並重：「盡其
才與學以從事焉。」（〈與曹儷生侍郎書〉）其實，惲敬現存文集中，與其
他清代主要作家文集中的文章頗爲相似，多爲文士生涯中爲應酬他人所作
的墓誌碑傳，或書札論說，內容宗旨則大多宣揚儒家的政教倫理，明顯展
示其與桐城派古文的血緣關係。不過，綜觀惲敬文章，其中最富有文學意
味，且頗令當今讀者稱道者，還是一些山水遊記之作。就看上引〈遊廬山
後記〉中描寫廬山雲海的一段文字，單就文筆而言，即顯得風格清雋，行
文簡潔，筆力剛健，寫景細膩，且猶如攝影鏡頭的流轉，捕捉住廬山雲海

瞬息萬變的靈秀與壯觀。倘若就內涵情境視之，其與當初柳宗元的山水遊記最大的不同則在於，柳文主要是藉山水遊覽以抒其懷才不遇的憤懣，惲敬此文之筆墨重點，則是披露自己覽景之際如何神與物遊，融身自然，對自然大化變換無窮由衷的審美感動。像這樣與政教倫理或個人仕宦生涯無關，單純記述一己賞景審美經驗與感受的文章，當然並非孤例，或許可視爲宋元以來大凡山水遊記之文的繼承，同時也是桐城派主導文壇之際，清人延續晚明性靈派，以抒寫個人性靈所之爲主之序幕。

3. 性靈之夕照

　　清代中葉期間出現的一些張揚一己個性，抒寫個人性靈之文，在散體古文史上，可謂是繼承晚明公安派性靈小品的夕照餘暉，也是清初以來「文人之文」的生命延續。其代表作者，多屬性情獨特，言行特異，在思想觀念與生活行爲上均不受傳統拘束的文人。例如活躍於乾隆時期的鄭燮（1693-1765）與袁枚（1716-1797），以及生活於乾、嘉年間，頗令當今學界心儀且稱道不已的沈復（1763-1808?）。按，有關鄭燮、袁枚諸人，如何以抒寫個人性靈爲主的詩歌表現，已於本書前面章節有所論述，此處姑且摘錄沈復《浮生六記》首卷〈閨房記樂〉中的一節，追述與其妻子芸娘避暑鄉村一段歡愉歲月爲例：

　　有老嫗居金母橋之東，埂巷之北。繞屋皆菜圃，編籬爲門。門外有池，約畝許。花光樹影，錯雜籬邊。其地即元末張士誠王府廢基也。屋西數武，瓦礫堆成土山，登其巔，可遠眺，地廣人稀，頗饒野趣。嫗偶言及，芸神往不置，謂余曰：「自別滄浪，夢魂常繞，今不得已而思其次，其老嫗之居乎！」余曰：「連朝秋暑灼人，正思得一清涼地以消長晝。卿若願往，作一月盤桓，何如？」芸曰：「恐堂上不許。」余曰：「我自請之。」越日至其地。屋僅二間，前後隔而爲四，紙窗竹榻，頗有幽趣。……
　　鄰僅老夫婦二人，灌園爲業，知余夫婦避暑於此，先來通殷勤，並釣池魚、摘園蔬爲饋。償其價，不受；芸作鞋報之，始謝而受。……

籬邊倩鄰老購菊，遍植之。九月花開，又與芸居十日。吾母亦欣
然來觀，持螯對菊，賞玩竟日。芸喜曰：「他年當與君卜築於
此，買繞屋菜園十畝，課僕嫗植瓜蔬，以供薪水。君畫我繡，
畫我繡，以爲詩酒之需，布衣菜飯，可樂終身，不必作遠遊之計
也。」余深然之。今即得有境地，而知己淪亡，可勝浩嘆！

沈復字三白，號梅逸，長洲(今江蘇蘇州)人。爲人落拓不羈，善書
畫、工詩文，當屬傳統中國社會中頗爲典型的雅士「文人」。可是在其個
人生涯規畫與人生道路的選擇上，則與一般文人士子有相當差異。按，沈
復一生，不事科舉，無意仕宦，不慕功名，而是以幕僚、行商、教書、畫
客、名士終身。當然，身處明末清初的張岱、侯方域等文士，亦一生未嘗
入仕，不過他們面臨的乃是改朝換代的混亂時局，又在前朝情懷以及對今
朝疑慮中，不願入仕爲官，乃是意料中事；然而沈復卻身逢太平盛世，乃
是知識階層有機會可以顯示才能，施展抱負之秋，卻寧願選擇終身不仕。
除了個性使然之外，這是否也表示傳統中國社會的文士階層，在生命意義
的追求與人生價值的認知方面，逐漸有所改變？是否與明代以來蓬勃的商
業經濟與文化事業已經相結合有關？或許當須另文作進一步的研究探討。
總之，沈復留下的文章，顯示其乃是一個在清代散體古文發展過程中，不
容忽略的作家。

按，沈復《浮生六記》共六卷，包括：〈閨房記樂〉、〈閒情記
趣〉、〈坎坷記愁〉、〈浪遊記快〉、〈中山記歷〉、〈養生記道〉。可
謂是作者個人種種歡愉愁苦生命歷程之紀錄。就文章體式視之，乃屬自傳
體的生活札記，且每卷一記，各有其特殊的時空背景與主題關懷，可惜後
二記已散佚，今僅存前四記而已。目前茲就上引之〈閨房記樂〉中節錄文
字觀察：

首先，其行文樸實無華，明白暢曉，頗符合漢魏以來記傳文體的傳統
風格。內容則細瑣平凡，既無關政教倫理之大題材，亦無涉個人仕宦生涯
之起伏，不過是個人與妻子尋常家居生活的日記而已。其次，在事情敘述
與人物對話中，展示出個別人物的人格情性。尤其是芸娘，處處體貼人意

的純眞與賢慧，而作者追述之際，語氣中對她的無比欣賞與愛戀，流蕩其間。再者，所述夫妻二人如何伉儷情深，幽趣相近，共度布衣蔬食，偏愛恬淡人生，油然而生的幸福之感，乃出自身爲夫君的作者對妻子芸娘引爲知己之主觀感受。遂令無數讀者，尤其是男性讀者，欣賞羨慕不已，但願娶妻如芸娘者，難怪林語堂曾以充滿欽慕的語氣指出，沈復筆下的芸娘，乃是「中國文學上最可愛的女人！」當然，倘若就當今女性主義者的立場觀之，對芸娘一味的溫柔敦厚，毫無條件以夫君之喜好爲是的人生態度，可能會引發迥然不同的觀點與評價。然而不容忽略的則是，於中國散體古文的發展過程中，像沈復〈閨房記樂〉這樣以記敘家庭日常生活瑣屑細節爲主的作品，可謂是以說理論道爲正統的桐城派之外的一股清溪別流。當然其寫作卻並非首創，乃是繼當初李清照〈金石錄後序〉、歸有光〈項脊軒志〉諸文之後的餘緒。這類以其尋常人情而感動人心的作品，雖然從來未嘗成爲歷代文壇的「主流」，畢竟以其樸實平凡之美，立於不朽地位，也是令清代盛世文章，既能煥發晚明以來抒寫性靈之餘暉，而且顯示其具有唐宋以來集大成風格的重要一環。

　　惟不容忽略的是，清代文章所以展現其集大成之時代風格，並不僅僅在於內涵題旨方面公私生活情懷領域的多方容納，同時亦顯示在文章體式方面的多樣選擇，尤其值得注意的是，還有不少清代作家爲備受批評的駢文敲出了回響。

4. 駢文之回響

　　魏晉六朝盛行的駢儷之文，經過唐宋古文運動者的排斥，又在散體古文從此成爲通行文體的境況下，其實並未完全銷聲匿跡，始終有人欣賞，一直有人繼續默默在寫，只是在古文的浩蕩聲勢之下，不得不靠邊站而已。惟爰及清代，在文人士子珍惜以往、緬懷過去的歷史情懷中，駢文重新受到重視。按，清代文士中，不但有人特別爲前朝作家的駢儷文章編集，甚至還出現推崇駢儷之文方爲文章「正統」的呼聲。如李兆洛編選《駢體文鈔》，就是爲了與姚鼐輯集的《古文辭類纂》相抗衡；又如阮元(1764-1849)即嘗公然宣稱，駢文實際上「是四書排偶之文，眞乃上接唐

宋六四爲一脈，爲文之正統也」（〈書梁昭明太子文選序後〉）。蓋猶如本書前面章節所述，駢文不過是一種文章體式，其體式條件首先需要作者爲文之際在對偶辭藻形式方面具有文采，更重要的是，於典故運用與音韻學識方面的熟習。而清代乃屬學術考據與訓詁音韻之學鼎盛之時，文章家中，亦多飽讀詩書的博學之士，爲文之際，不但辭藻運用嫻熟，且胸中典籍豐富，倘若又精於訓詁，熟知音韻，寫起駢儷文章來，自然能夠駕輕就熟。其實早在清初的康熙年間，已有陳維崧、毛奇齡、尤侗等作者，即頗爲偏愛駢體，而且均爲駢文能手，爰及乾隆、嘉慶年間文壇，即使在桐城派古文興盛之際，以才情辭藻見稱的駢文名家，就有胡天游、杭世駿、袁枚、汪中、洪亮吉、孫星衍等。其中或許當以汪中(1744-1794)的成就最高，且最具代表性。姑節錄一般文學史均樂以引證的〈哀鹽船文〉中敘寫鹽船失火一段爲例：

　　……於時玄冥告成，萬物休息，窮陰涸凝，寒威凜栗，黑眚拔來，陽光西匿。群飽方嬉，歌号宴食，死氣交纏，視面惟墨。夜漏始下，驚飆勃發，萬竅怒號，地脈盪決，大聲發於空廓，而水波山立。於斯時也，有火作焉，摩木自生，星星如血。炎光一灼，百舫盡赤。青煙晻晻，熛若沃雪。蒸雲氣以爲霞，炙陰崖而焦熬。始連楫以下碇，乃焚如以俱沒。跳躑火中，明見毛髮。……

汪中字容甫，江都(今江蘇揚州)人，是活躍於乾隆時期的著名學者，精研經學、史學，且亦以工駢文見稱。蓋汪中曾私淑顧炎武，爲文也同樣主張經世致用。惟值得注意的是，其所寫駢文主要乃取其形貌體式而已，內容旨趣則仍然不離儒家經世致用的實用目的，這正是駢文在清代學者作家筆下的一般特色，也是駢文所以能生存並復甦於清代文壇的重要因素。就看上舉汪中〈哀鹽船文〉，其緣起乃是因爲乾隆三十五年(1770)十二月在揚州江面，發生一次鹽船失火的慘案，「壞船百有三十，焚及溺死者千有四百」，爲哀悼罹難者而寫。就文章的體式視之，可謂駢辭儷句連篇，音韻協調悅耳，儼然是一篇典型的、以四六句爲主幹的駢文。然而，在內涵題旨上，文中發揮的，並非作者個人的審美感受，而是一個具有社會良

知的儒家學者，對那些居於社會弱勢的船民，不幸罹難之深切同情，以及對朝廷船務政策之缺失不當的嚴厲批評。展現在讀者面前的是，宛如駢文體式與儒者理念的結合，也是清代文人之文與學者之文的結晶。

(三)衰世士子的心聲——晚清文壇

　　此處所謂晚清文壇，乃是涵蓋自嘉慶(1796-1820)後期，經道光(1821-1850)、咸豐(1851-1861)、同治(1862-1874)、光緒(1875-1908)，以及末代宣統(1909-1911)數朝，大約七八十餘年間的文壇。在歷史過程中，則是傳統中國社會在內外情勢交相脅迫之下，由閉關自守的帝王專制體式，逐步走向敗亡的時期。其間經歷了道光二十年(1840)中英鴉片戰爭的挫敗，太平天國(1850-1864)革命勢力的挑戰，以及光緒二十年(1894)中日甲午之戰的屈辱。在中國文學史上，不但屬於清代文學的晚期，也是引發近代文學的前驅。活躍於這段時期的著名文章家中，不少屬於中國近代史與近世文學史在思想觀念方面啓發後世的泰斗，諸如：龔自珍(1792-1841)、魏源(1794-1857)、曾國藩(1811-1872)、王韜(1828-1887)、嚴復(1853-1921)、譚嗣同(1865-1898)、康有爲(1858-1927)、梁啓超(1873-1929)等。這些跨越傳統舊社會與近代新世紀的作家，身世背景或許相異，各有其不同的人生經歷與社會角色，不過，在文章撰寫方面，則均展示某些共同特點。最顯著的就是：對滿清王朝一蹶不振的政局，由衷的焦慮，對備受列強欺辱的國勢，則痛心疾首。且分別通過各類雜記文章，或感嘆時弊，批評朝政，痛斥官僚，或論析其病端緣由，提出整頓方案，呼籲改革自強……，充分流露晚清文人士子，身處末代衰世的自覺意識，以他們對時代的焦慮不安與憤懣無奈，爲中國的散體古文留下最後的光芒。

　　茲先舉龔自珍〈明良論〉一文之節錄爲例：

　　　　……竊窺今政要之官，知車馬服飾、言詞捷給而已，外此非所知也。清暇之官，知作書法、賽詩而已，外此非所問也。堂階之言，探喜怒以爲之節，蒙色笑，獲燕閒之賞，則揚揚然以喜，出誇其門生、妻子。小不齊，則頭搶地而出，別求夫可以受眷之法，彼其心豈眞敬畏哉！問以大臣應如此乎？則其可恥之言曰：

「我輩只能如是而已。」至其居心又可得而言，務車馬、捷給者，不甚讀書，曰：「我早晚值公所，已賢矣。作書、賦詩者，稍讀書，莫知大義，以爲苟安其位一日，則一日榮；疾病歸田里，又以科名長其子孫，志願畢矣。且願其子孫世世以退縮爲老成，國事我家何知哉？」……仿古法以行之，正以救今日束縛之病。……聖天子赫然有有意千載一時之治，刪棄文法，捐除科條，裁損吏議，親總其大綱大紀，以進退一世，而又命大臣以所當爲，端群臣以所當從。内外臣中有大罪，則以乾斷誅之，其小故則宥之，而無苛細以繩其身。將見堂廉之地，所圖者大，所議者遠，所望者深，使天下後世，謂此盛世君臣之所有爲，乃莫非盛德大業，而必非吏胥之私智所得而仰窺。則萬世屹立不敗之謀，實定於此。

　　龔自珍出身官宦學者世家，道光九年(1829)進士，自幼受其外祖父段玉裁(1735-1815)之教導。按，段玉裁學貫經、史，尤精音韻、小學，其《說文解字注》至今仍然是許多大學中文系的必讀書目。惟龔自珍顯然並未追隨其外祖的步履，未曾選擇專注於學術研究爲其人生道路。猶如前面論及清詩的相關章節所述，龔自珍主要是以其桀驁不馴的人格情性見稱，並且以抒情意味濃厚的哀輓之音，視爲晚清詩人的重要代表。不過，在文章撰寫方面，龔自珍爲文則多從理性出發，以「譏切時政」爲宗旨，往往表達一介文人士大夫對時代的深切關懷，尤其是目睹國勢日衰、士風日下的慨嘆。其膾炙人口、且深具寓意的〈病梅館記〉，即是一例。倘若綜觀龔自珍的現存文章，還是以政論文字爲多，大體均以涉及世局時事，表達理念主張爲筆墨重點。如其〈送欽差大臣侯官林君序〉，就文章體類而言，當屬一篇爲同僚友朋之間送別場合而寫的「贈序文」，卻在文中向正要前往廣東查禁鴉片的林則徐懇切建議：「鴉片煙則食妖也，其人病魂魄，逆晝夜，其食者宜繯首誅！販者、造者，宜刳脰誅……。」又如上面節引的〈明良論〉，雖屬較爲早期之作，文中所言對嘉慶後期以來，官僚體系的弊端，以及「三公六卿」醉心利祿、諂媚君上之徒，如何「臣節掃

地」的腐朽言行，均即予以嚴厲的批評，並進一步提出可以「救今病」的改革建議。此處姑不論其批評與建議之實際「成效」如何，單就文章本身視之，其行文流暢易曉，乃是一篇典型的「古文」，其內涵題旨，則亦顯然延續唐宋古文運動以來，對當朝政治社會或政教倫理的關懷與批評。不過，在文意語氣間，已經流蕩著，身處衰世者揮之不去的焦慮與憤慨。

試再舉魏源〈海國圖志敘〉節錄一段為例：

> 是書何以作？曰：「為以夷攻夷而作，為師夷長技以制夷而作。」《易》曰：「愛惡相攻而吉凶生，遠近相取，而悔吝生，情偽相感，而利害生。」故同一禦敵，而知其形與不知其形，利害相百焉；同一款敵，而知其情與不知其情，利害相百焉。古之馭外夷者，諏以敵形，形同几席；諏以敵情，情同寢饋。然則，執此節可以禦外夷乎？曰：「唯唯否否，此兵和也，非兵本也。有形之兵也，非無形之兵也。」……

魏源不但是詩人、學者，也是中國近代思想的啓蒙者。曾與林則徐、龔自珍等結「宜南詩社」，講求經世致用之學。其讀書筆記《古微堂集·默觚》，或可視為雜體文章之輯集，主要表達作者個人對哲學、政治、教育、歷史諸方面的種種心得見解。其著名的《海國圖志》，則是一部呼籲改革的「救國方案」輯集。按，鴉片戰爭失敗後，林則徐罷官，曾將其業已初步編成的《四洲志》，以及相關的中外資料，交給魏源。魏源則在其基礎上，再加上自己多年累積的資料，以及個人的觀點分析，編寫成書。上引的敘文，主要是說明編寫《海國圖志》的宗旨。就其文章體類視之，乃是一篇「書序文」，其行文風格方面，在「問曰」之間顯得流暢自然，亦是典型的「古文」。不過，就其內涵重點觀察，則文中所強調的「以夷攻夷」、「以夷制夷」的宗旨，乃是劃時代的觀點。明顯展示作者對時代弊病的呼籲：將專制封閉的古老中國，推向開放的外夷世界。這不但是令中國近代史學家研究論述的一項重點，更是晚清文人士子，自覺身居衰世，意欲救亡圖存，揮別過去，迎接未來的心聲。

小結：

綜觀現存清代文章，可謂作家輩出，且理論紛呈，流派亦眾多，惟基本上乃是繼明代文人士子撰文的餘緒，同樣是緬懷過去，上承秦漢唐宋。不過，卻進一步形成自己特有的時代風格。首先，令人矚目的，就是清代文章中普遍流露出學者化、學術化的痕跡。在散體古文史上，顯然是與其源頭，亦即先秦歷史著述與諸子論著傳統的遙相呼應；同時亦為先秦以來「文章」這一文學體類，清楚打上比較偏重政教實用的標誌。這當然與清代學術研究臻至鼎盛，其作家亦多飽讀詩書之儒士學者有關。其次，不容忽略的則是，無論在主題內涵或體式風貌方面，清代文章均展示出一種集大成的包容精神。乃至於在文章題旨上，大至國家民族、政教倫理，小至個人一己的家居生活與尋常所遇的瑣屑事件，均能夠成為文章之筆墨重點。在體式上，就連曾經備受批評排斥的駢文，也可以重新活躍於文壇。再者，清代文章作者，尤其是身居晚清的作者，其批評指摘並要求改革的內涵對象，已經不再局限於朝政的缺失腐朽，或文體的駢散紛爭，而是提倡敞開胸襟，眼觀海外，步入近代世界的領域。

第七編

文言短篇小說發展之高峰

——唐人傳奇及其後續

第一章
緒　說

　　中國古典小說實際上分文言小說和白話小說兩大體系。這種現象的形成，不僅是由於在語言表達與敘述方式上均互不相同，而且還有小說觀念，社會背景，作者身分、視野、關懷等多方面的差別因素。大體而言，文言小說發展在先，一般篇幅較短，可以視為「短篇小說」。白話小說雖然成形較晚，體制上則從短篇到長篇巨制兼備，而且成果及影響，均遠超越文言小說。唐代則可作為兩大體系小說的交叉分野。按，唐人傳奇是文言小說發展成熟的高峰，與詩歌、散文，同列為唐代文人光輝耀眼的成就。至於那些影響並推動白話小說成形的民間說話、變文、俗講等，也是在唐代開始滲入到社會各階層的生活裡。有關白話小說的產生與發展乃是後話，目前姑且把焦點集中在文言小說的發展上。當然，首先必須釐清傳統所謂「小說」的概念，進而為「唐傳奇」這類小說作一界說。

一、「小說」的概念

　　有關「小說」這個概念的理解，古今相去甚遠。根據現有資料，「小說」一詞最早見於《莊子·外物》篇：

　　　飾小說以干縣令，其於大達亦遠矣。

　　此處將「小說」與「大達」（即大道）對舉。意指那些飾以瑣屑的言談，或淺薄的道理，就想求得高名令譽者，與具有經世治國之大道者相比，就差遠了。另外，《荀子·正名》篇，亦有類似的觀點，不過，卻是把小說二字分拆而言：

　　　故知者論道而已，小家珍說之所願皆衰矣！

同樣亦是將「小家珍說」與「知者」所論之「道」相對。可見在先秦人的概念中,「小說」只是小道而已,與經世治國的帝王大道,了無相干,因此,與「大道大智」根本無法相比。莊子、荀子書中所謂「小說」,顯然是指淺薄狹小、瑣屑零散之言談,並不具備文體的意義,與今天所稱的「小說」,概念並不相同。

按「小說」一詞,開始含有文體的意義,則出現於漢代。如桓譚(前23?-56)《新論》中,即描述了其所謂「小說」的基本特徵:

> 若其小說家,合叢殘小語,近取譬論,以作短書,治身理家,有可觀之辭。[1]

桓譚所言,首先點出「小說家」的存在,其次概括「小說」的內容,乃是「合叢殘小語」,是零碎瑣屑言談的匯集,而非宏篇大論。再者,小說的表現方式與目的,則是「近取譬論」,亦即就近採取一些淺白易懂的故事,作為比喻,來闡述或說明某種道理。繼而指出小說的形式特點,則是「短書」,與儒家經典不同,只須用較短的簡牘書寫[2]。接著指出這些「短書」的實用價值,認為對於「治身理家,有可觀之辭」,換言之,對於修身齊家,還算有用。小說的「小道」地位由此建立。

桓譚所言雖然簡短,則明確表現出漢人的小說概念,並且已經涉及到現代觀念中「小說」的一些基本元素。值得注意的是,桓譚《新論》中既然提到「小說家」,則表示當時已經出現具有一定規模的寫作群,且已蔚然成派,自成一家。稍後,班固(32-92)《漢書‧藝文志‧諸子略》,在九流十家之末,就列有「小說家」一類,從此出現正式標名為「小說」的作品。根據班固的意見:

1　桓譚《新論》原書已散佚,此處乃據《文選》卷三十一,江淹〈雜體詩‧李都尉從軍〉「袖中有短書」,李善注引。

2　漢代關於書籍形制格式的規定頗嚴。凡儒家經典,均用二尺四寸的簡牘書寫,其餘則用一尺簡牘,稱為「尺書」、「尺籍」,也就是「短書」。王充(27-100?)《論衡‧謝短》對此有明確記載:「彼人問曰:『二尺四寸,聖人文語,朝夕講習,義類所經,故可務知。漢事未載於經,名為尺籍短書,比於小道,其能知,非儒者之貴也。』」

有小説十五家，千三百八十篇。小説家者流，蓋出於稗官，街談
巷語、道聽塗説者之所造也。孔子曰：「雖小道，必有可觀者
焉。致遠恐泥，是以君子弗爲也。」然亦弗滅也。閭巷小知者之
所及，亦使綴而不忘，如或一言可采，此亦芻蕘狂夫之議也。

　　按，班固認知的「小説」作品，主要乃是由地位低微，專掌收集民意
的稗官[3]，所採集並記錄下來的「街談巷語」、「道聽塗説」。換言之，
就是那些根據世間口耳相傳的故事，史實性很弱的作品。孔子雖然認爲世
間流傳的小説「必有可觀者」，還是因爲涉及的不過是「小道」而已，故
云「君子弗爲也」。儘管如此，班固還是以其慧眼特識，將這些或許有
「一言可采」的「小説」著錄起來。可惜這些書籍均已散佚，僅餘書目尚
存而已。就班固對這些書目的附注，以及後人的考析，所稱「小説」的內
容，可謂五花八門，雜而不純。

　　稍後，張衡(78-139)〈西京賦〉，亦提到「小説」：

匪唯玩好，乃有祕書，小説九百，本自《虞初》，從容之求，實
俟實儲。

　　此處則稱小説爲「祕書」，並舉出其中一種《虞初》，數量有「九
百」(篇)之多。值得注意的是，前述班固《漢書‧藝文志‧諸子略》中所
列十五家小説，其中正有一家是「《虞書周説》九百四十三篇」。

　　從上引諸資料可看出，漢代已經產生相當數量的「小説」[4]。自漢以
降，大致上沿襲漢人對「小説」的傳統概念，惟對小説作爲一種文體的分
類歸屬，由於涉及的內容繁雜，始終難以釐定劃清。魏晉以後，或以文人

3　據《漢書》注引如淳曰：「細米爲稗，街談巷説，其細碎之言也。王者欲知閭巷
　　風俗，故立稗官使稱説之。」則「稗官」乃屬專門職掌搜集街談巷語之説，以供
　　天子知曉民風民情者。

4　現存的漢人小説，有劉向(前77-前6)《列仙傳》、佚名的《燕丹子》、托名班固
　　的《漢武故事》、署名東方朔(前161?-前87?)的《神異經》、《十洲記》等，都有
　　求仙長生的內容，展現濃厚的神仙方術色彩。王枝忠，〈中國小説起源新論〉，
　　即以漢代方士的述著，爲中國小説的源頭。收入王著《古典小説考論》(銀川：寧
　　夏人民出版社，1992)，頁1-15。

記述的掌故、傳聞、異聞奇事的筆記、野史爲小說。總之，大凡筆記叢談，隨筆雜說，野史異聞，志林小品等，在體例上屬「叢殘小語」的「短書」，內容上則瑣碎繁雜者，均可概稱爲「小說」。不過，爰及宋、元時期，則又以職業說話人在瓦舍勾欄演說的白話短篇故事爲「小說」(詳後)。

中國「小說」的概念，與時推移，並無固定的範疇局限，但傳統文人學士對小說的觀點和態度，除了少數的例外，則頗爲一致，那就是，「小說」是和「大道」相對而言的，無關乎經國大業，無涉於政治教化，因此不是正統文學，不能登大雅之堂。這種輕視的態度，造成「小說」的地位很難攀高，長期未能列爲文學的主流，乃至影響小說的發展，步履遲緩曲折，始終徘徊在正統文人認可的，諸如詩歌、古文(散文)等雅文學的邊緣求生存。小說最終能夠在中國文學史上取得和詩歌、古文同等獨立的地位，可以相提並論，成爲中國古典文學四大文類之一，則是20世紀初期，受西方文化衝擊以後的事了。

中國小說雖然源遠流長，不過，以現代小說的概念來觀察，唐人傳奇才是真正成熟的小說，即使魏晉六朝的志怪或志人故事，也只能算是小說的「雛形」。

二、「傳奇」的定義

「傳奇」一詞，顧名思義：「傳」即是記敘，「奇」則指奇聞異事。原先只是晚唐作家裴鉶(活躍於860-880年間)所撰文言短篇小說輯集的名稱，宋代以後的評論者，即根據唐人小說多記敘奇聞異事的普遍特點，就以「傳奇」來稱呼唐人寫的這類文言小說。當然，唐人的文言小說，風格流派各異，並不僅只傳奇一體，文壇上仍然有人步魏晉六朝作者的後塵，撰寫類似筆記的志怪志人故事。不過，由於傳奇乃是唐人小說的精華，遂以其爲唐代小說臻至成熟的標誌。

唐傳奇實際上是在史傳文學、志怪與志人故事基礎上逐步發展起來的一種新興文體，是唐代文人用文言寫的一些富有傳奇色彩的短篇故事，屬

於文人寫給文人看的作品。亦是唐代文人士子，在進士科舉考試之外，以
「行卷」方式求名、干祿的社會風氣中，寫來藉以顯示才學、博取聲譽之
作。同時也是一種提供文人圈談奇話異、消閒娛樂閱讀的文學體裁。由於
傳奇乃是作者「有意」的創作，故而特別講究構思，注重文采，傳達的主
要是文人士子對社會人生的看法，反映的則是唐代文人士子的心聲。

　　唐傳奇流傳至今的單篇作品，約四十餘篇，另外輯集於專集者，尚難
以確切估計。惟大多收錄在宋初李昉(925-996)等編輯的《太平廣記》類
書裡。這些現存的唐代傳奇，在題材內容上，各有特色，寫作技巧，也優
拙有別，然而，整體視之，則出現一些共同的普遍特徵，自然形成一種文
學類型，並且標誌著中國小說的正式成熟。

　　當然，唐傳奇的產生，並非一蹴而至，乃是經過一段漫長的孕育過
程。除了唐代文人行卷求名、談奇話異的風氣，激發傳奇創作的蓬勃之
外，還有各種早先就已存在的文體，在不同程度，不同方面，為唐傳奇提
供了養分。諸如古代神話傳說、先秦諸子寓言、歷史著述，加上漢魏以後
文人筆記所述的野史雜傳，以及流行世間的佛道宗教、民間信仰，均或多
或少影響到唐傳奇作為一種文類的特質。不過，值得注意的是，對唐傳奇
產生直接影響者，還是魏晉六朝的筆記雜傳小說，一般視之為唐傳奇的
先聲。

第二章
唐傳奇的先聲——魏晉六朝筆記小說

　　嚴格說來，唐代以前還沒有正式的「小說」。古代中國文人對歷史和掌故的興趣，實際上遠超過對虛構故事的嗜好。他們通常是以收集史料的態度，記錄流傳於世上的種種奇聞異事，以記筆記的方式，敘述人物事件，或記錄人物言行，大都是一些「短書」，屬於篇幅簡短的記事體。這些作品，以現代的眼光看，只不過是一些雜記見聞，尚處於小說的萌芽階段，還不夠資格正式稱為「小說」，但卻為唐傳奇的形成奠定基礎，鋪上先路，並為後世的小說提供寶貴的經驗與材料，姑且稱之為「筆記小說」。

　　魏晉六朝筆記小說數量甚多，其典型特徵是，篇幅短小，內容龐雜，都是一些「粗陳梗概」的「叢殘小語」，諸如有關神仙、鬼怪、傳聞、野史、掌故、名人佚事，甚至神仙化的山川地理，乃至飲食起居、治身理家之談，均包含在內。這些實屬筆記小語。其中最接近當今所謂小說的作品，一般文學史均普遍依循魯迅的觀點，概分為「志怪」與「志人」兩種主要類型。但值得注意的是，就在這些志怪或志人故事類型的背後，已經隱約浮現著作者或筆錄者朦朧的虛構意識，以及對小說娛樂審美作用的體認，為唐代傳奇小說在觀念與實踐上奠定基石。

第一節　小說觀念的覺醒

　　魏晉六朝文人所寫的「小說」，在形式上，大致類似漢人所謂「叢殘小語」的「短書」，內容上，則繁瑣龐雜，幾無所不包，學界對此，並無

異議。不過，對於唐代以前的作者，是否有自覺的虛構意識？對於小說的功能，魏晉六朝作者與讀者，是否能擺脫政治教化的束縛，而另有識見？則意見分歧。值得注意的是，唐傳奇能夠以成熟小說的面貌出現，絕非偶然，作者與讀者對小說的觀念，必然有一定程度的覺醒。其實就在魏晉六朝筆記小說中，已不難發現，虛構意識的萌芽，以及娛樂功能的體認。這些正是促成中國小說可以成爲獨立的文體，逐步走向成熟的重要因素，亦是本節意欲進一步討論的重點。

一、虛構意識的萌芽

「虛構」乃是小說藝術不可或缺的重要成分。當然，在中國文學史中，虛構並非小說所獨享。諸如古代神話傳說，多出自虛構，但那是在不自覺的意識狀態下產生；先秦諸子中的寓言，雖是有意識的虛構，卻只能算是一種修辭手段，是用來闡明某種思想、道理或論點的附屬品；《左傳》和《史記》諸史書中，亦見虛構的情景，惟其目的是爲說明某歷史人物的性格特徵或證明某歷史事件的重要意義。因此，古代神話傳說、先秦諸子寓言，乃至歷史著述，其中所述人物事件，即使有虛構成分，亦不能算是眞正的小說。即使魏晉六朝的筆記小說，無論志怪、志人，其作者主要也是以記實的態度來記述。但是，就在這些筆記小說作家中，已經出現朦朧的虛構意識，開始認識到虛構對小說的重要性。

最早認識到小說的虛構成分，並且自覺地將虛構納入作品者，當屬晉人干寶(317年前後在世)。試看其《搜神記·序》所云：

> 雖考先志於載籍，收遺逸於當時，蓋非一耳一目之所親聞睹也，亦安敢謂無失實者哉！……今之所集，設有承於前載者，則非余之罪也。若使采訪近世之事，苟有虛錯，願與先賢前儒分其譏謗。

干寶是史家，於西晉元帝(在位：317-322)時，嘗以佐著作郎領修國史，著《晉紀》(今已佚)，時稱「良史」，惟干寶同時亦是志怪小說作家。上引序文中即毫不諱言其《搜神記》所記述者，無論源自古籍記載，

或當世遺聞傳說，均非一一親聞目睹，故不敢保證其中「無失實者」。並且坦然承認，《搜神記》中「苟有虛錯」，而這種「虛錯」若是「有承於前載者」，則「非余之罪也」，若是「采訪近世之事」而有「虛錯」，則「願與先賢前儒分其譏謗」。干寶顯然已經清楚認識到，其《搜神記》所記作品，與尚實的歷史著述判然有別；《晉書・干寶傳》即稱其《搜神記》乃是「博采異同，遂混虛實」。

對於魏晉筆記小說中的虛構成分，唐代史學家劉知幾(661-721)於其《史通・雜述》已有所察覺，試看其對王嘉(?-390?)《拾遺記》，以及託名郭憲(王莽當政時隱居)《洞冥記》的批評：

> 逸事者，皆前史所遺，後人所記，求諸異說，為益實多。及妄者為之，則苟載傳聞，而無詮擇，由是真偽不別，是非相亂，如郭子橫之《洞冥》，王子年之《拾遺》，全虛構辭，用驚愚俗，此其為弊之甚者也。

劉知幾所言，顯然是站在史家尚實的立場，對「苟載傳聞，而無詮擇，由是真偽不別，是非相亂」之作，表示不滿，卻也正巧點出，作品的「全虛構辭，用驚愚俗」之「為弊」，出自作者的虛構意識，正是《洞冥記》、《拾遺記》之類的小說，與歷史著述不同的本質特徵。

當然，魏晉六朝筆記小說作者的虛構意識，畢竟只是偶然出現，仍然屬於萌芽階段。小說這一文學樣式，要獲得獨立於子、史門類之外的地位，尚須作者對小說的消閒娛樂的功能，也就是對小說在超功利的審美趣味與精神愉悅方面，有所認識。

二、娛樂功能的體認

根據現存資料，最早對小說娛樂性質的認識，乃是出於對小說的「負面」評價。試看徐幹(171-217)《中論・務本》所云：

> 人君之大患也，莫大於詳於小事而略於大道，察於近物而闇於遠圖。故自古及今，未有如此而不亂也，未有如此而不亡也。夫詳於小事而略於大事者，謂耳聽乎絲竹歌謠之和，目視乎雕琢采色

之章，口給乎辯慧切對之辭，心通乎短言小說之文，手習乎射御
書數之巧，體鶩乎俯仰折旋之容。凡此數者，觀之足以盡人之
心，學之足以動人之志。

徐幹認為，聽歌觀舞，閱讀華麗雕琢之章，欣賞「短言小說之文」，
學習射御書數之技巧等，均是不務正業，足以惑亂人心、動搖人志的活
動，因此呼籲，為人君者應當盡量避免。此處將閱讀小說與欣賞聲色歌
舞、華章令辭並舉，顯然已經認識到小說對讀者的休閒娛樂功能，自然對
政治教化無益。

干寶對小說娛樂功能之認識更為明確，再看其《搜神記‧序》所言：

及其著述，亦足以發明神道之不誣也。群言百家，不可勝覽；耳
目所受，不可勝載。今粗取足以演八略之旨，成其微說而已。幸
將來好事之士錄其根體，有以遊心寓目而無尤焉。

引文言其著述《搜神記》的宗旨，是為「發明神道之不誣」，這是作
者的實用目的，但干寶卻又清楚點出，書中所述，或許亦能令讀者「遊心
寓目」。按，「遊心寓目」乃是一種超越政教倫理的審美趣味，屬於非實
用的消閒娛樂性質。有趣的是，干寶所言作者的宗旨與讀者的接受之間，
顯然有落差，而這也正巧說明，就是因為小說與大道相去甚遠，有「遊目
寓心」的功能，才會受讀者大眾的歡迎。按，作品中出現特殊的題材，自
然出自作者特殊的審美趣味，而尚奇好異，追求奇幻之美，所以蔚然成
風，顯然與讀者接受日眾，作者創作亦日繁的互動關係相連，乃至形成魏
晉六朝筆記小說著述的興盛局面。

第二節　筆記小說的類型

魏晉六朝筆記，在題材內容上，頗為龐雜繁瑣，天文地理、人間天
上、神仙鬼怪，幾乎無所不包。惟單就那些展現小說之雛形者，當今學界
多依魯迅《中國小說史略》，大概可分為「志怪」和「志人」兩大類型。
當然，其中還是出現一些搖擺於兩者之間的歷史瑣聞，兼具志怪與志人的

特質者，惟倘若仔細閱讀，甄別其主要傾向，還是不難定其歸屬。

一、志怪小說

　　志怪小說的基本特徵，就是題材內容的怪異性[1]。其中所記述的有關鬼神妖怪，或人的幻夢異行故事，大都以荒誕離奇取勝。其實「志怪」一詞，最早出現於《莊子・逍遙遊》：「齊諧者，志怪者也。」惟莊子所謂「志怪」，乃指記載或講述奇異怪誕的事，尚與文體無關。魏晉以後，有的作者或編輯者，即將自己記述奇異怪誕之事的作品，用「志怪」二字名書，如曹毗、祖臺之、孔氏等，均有《志怪》為書名者。以後再衍生為同類志怪書之通稱，並定為某種小說體裁的特有名稱，含有明確的文體意義。

　　志怪小說所以興盛繁榮，自然有其特殊之歷史背景。根據魯迅《中國小說史略》的觀察：「中國本信巫，秦漢以來，神仙之說盛行，漢末又大暢巫風，而鬼道愈熾；會小乘佛教亦入中土，漸見流傳。凡此，皆張皇鬼神，稱道靈異，故自晉迄隋，特多鬼神志怪之書。」[2]

　　但是，另一不容忽略的背景則是，自漢魏以後，「雜傳」之流行。按「雜傳」乃正史傳記之外的人物傳記，作者多「因其志尚，率爾而作」，主要以傳主的遺聞軼事為材料，甚至不惜引進虛構想像之辭，「雜以虛誕怪妄之說」，乃至產生一些「序鬼物奇怪之事」的志怪作品[3]。

1　魯迅已將散見的一些由魏至隋前志怪小說佚文，輯錄於《古小說鉤沉》，共輯錄小說三十六種。包括魏曹丕《列異傳》、東晉孔氏《志怪》、宋劉義慶《幽明錄》、齊祖沖之《述異記》、王琰《冥祥記》、北齊顏之推《集靈記》等小說三十六種。

2　近人詳論「志怪小說」者，見李劍國，《唐前志怪小說史》（天津：南開大學出版社，1984）；王國良，《魏晉南北朝志怪小說研究》（台北：文史哲出版社，1984）。

3　據《隋書・經籍志・雜傳類》小序：「又漢時，阮倉作《列仙圖》，劉向典校經籍，始作《列仙》、《列士》、《列女》之作，皆因其志尚，率爾而作，不在正史。……魏文帝又作《列異》，以序鬼物奇怪之事，嵇康作《高士傳》，以敘聖賢之風。因其事類，相繼而作者甚眾，名目轉廣，而又雜以虛誕怪妄之說。推其本源，蓋亦史官之末事也。……今取其見存，部而類之，謂之雜傳。」

此時期較著名的志怪小說集，有相傳爲曹丕(187-226)所撰《列異傳》、干寶《搜神記》。試各舉一例。

先看《列異傳‧宗定伯》：

> 南陽宗定伯，年少時，夜行逢鬼。問曰：「誰？」鬼曰：「鬼也。」鬼曰：「卿復誰？」定伯欺之，言：「我亦鬼也。」鬼問：「欲至何所？」答曰：「欲至宛市。」鬼言：「我亦欲至宛市。」共行數里，鬼言：「步行太亟，可共迭相擔也。」定伯曰：「大善。」鬼便先擔定伯數里。鬼言：「卿大重，將非鬼也？」定伯言：「我新死，故重耳。」定伯因復擔鬼，鬼略無重。如其再三。定伯復言：「我新死，不知鬼悉何所畏忌？」鬼曰：「唯不喜人唾。」於是共道遇水，定伯因命鬼先渡，聽之了無聲。定伯自渡，漕漼作聲。鬼復言：「何以作聲？」定伯曰：「新死不習渡水耳，勿怪！」行欲至宛市，定伯便擔鬼至頭上，急持之。鬼大呼，聲咋咋，索下，不復聽之。徑至宛市中，著地化爲一羊。變賣之，恐其變化，乃唾之。得錢千五百，乃去。於時言：「定伯賣鬼，得錢千五百。」

故事很簡單，敘述宗定伯年少時夜行遇鬼、識鬼、捉鬼、賣鬼的經過。一般人若遇上鬼，往往驚慌害怕，宗定伯卻憑其機智謀略，反而把這個倒楣鬼賣了，還發了一筆小財。故事雖然牽涉到鬼，卻充滿陽間的世俗味，而且以其風趣詼諧討喜。值得注意的是，全文主要是以人鬼的對話和行動推展情節，沒有環境描寫，亦無氣氛的營造，連人和鬼的外貌特徵，亦無意交代。只是簡潔扼要地記述一件在鬥智上，人占上風、鬼不如人的故事[4]。

再看《搜神記‧毛衣女》：

> 豫章新喻縣男子，見田中有六七女，皆衣毛衣，不知是鳥。匍匐往，先得其一女所解毛衣，取藏之。即往就諸鳥。諸鳥各飛去，

---

4 定伯故事，亦見《搜神記》，文字略同，惟「宗定伯」作「宋定伯」。

> 一鳥獨不得去。男子取以爲婦，生三女。其母後使女問父，知衣
> 在積稻下，得之，衣而飛去。後復以衣迎三女，女亦得飛去。

所述當可以發揮成爲一個頗爲淒美的故事，其中應該還涉及愛情、親情和別離。不過，作者敘事簡略直接，粗陳梗概，整個事件只有輪廓大綱，沒有環境和具體細節的描述。展現的不過是「叢殘小語」式的結構，其中主要人物，包括新喻縣男子，以及因失去羽毛衣而被此男子娶爲婦的鳥，還有婚後所生三個女兒，全都沒有形象。既無外貌的描繪，亦無性格的刻畫，更無感情的流露。只是記筆記一樣，把一件奇特怪異事件的大綱，以平實無華的語言，簡明扼要地記錄下來而已。這是典型的筆記體小說。

像《列異傳》、《搜神記》之類作品，和其他魏晉六朝的志怪小說一樣，是中國小說發展臻至成熟過程中的「雛形」而已。其作者大多是「綴片言於殘闕，訪行事於故老」（干寶〈搜神記序〉），不過是流傳世間的故事之收集整理者、記錄者或加工者。作品本身則篇幅短小，敘事粗陳梗概，情節結構簡陋，人物形象朦朧，語言簡潔自然，樸實無華，尚保存秦漢古文蕭散的特色。

二、志人小說

志人小說與雜傳的流行亦有一定程度的關係，基本上與志怪小說在同時期出現於文壇。兩者也具有類似的藝術風貌，同樣是粗陳梗概，缺乏完整的故事情節結構，更談不上完整的人物形象塑造。惟「志人」一詞，乃是魯迅在〈中國小說的歷史變遷〉中首次提出，以與「志怪」相對，從此爲當今學界所接受。「志人」一詞，按字面理解，自然是寫人間事的作品，是相對於以寫鬼神妖怪爲主的「志怪」而言。

志人小說，上承雜史雜傳、諸子寓言，經兩漢時期萌生發展，同時又受漢末清議、魏晉清談風氣的影響，而蔚然成風。這時期的志人小說，大致以記述歷史上眞實人物的軼事與瑣言爲主，其作爲「史料」的條件，顯然比「雜以虛誕怪妄之說」的志怪小說爲高，乃至經常在官方正史與軼聞

趣事之間搖擺。可以葛洪的(250?-330?)《西京雜記》，以及劉義慶(403-444)的《世說新語》為代表。試各舉一事為例。

先看《西京雜記‧王嬙》條：

> 元帝後宮既多，不得常見，乃使畫工圖形，案圖召幸之。諸宮人皆賄畫工，多者十萬，少者亦不減五萬；獨王嬙不肯，遂不得見。匈奴入朝，求美人為閼氏，於是上案圖，以昭君行。及去，召見，貌為後宮第一，善應對，舉止閒雅，帝悔之，而名籍已定，帝重信於國外，故不復更人。乃窮案某事，畫工皆棄市，籍其家資，皆巨萬。畫工有杜陵毛延壽，為人形，醜好老少，必得其真；安陵陳敞，新豐劉白、龔寬，並工為牛馬飛鳥眾勢，人形好醜，不逮延壽；下杜陽望亦善畫，尤善布色；樊育亦善布色，同日棄市。京師畫工，於是差稀。

按《西京雜記》主要是記述西漢高祖劉邦以來的宮廷傳聞與名人軼事，兼及宮室苑囿、珍玩異物，亦有少數怪異故事。有關王昭君和番之事，《漢書》中〈元帝紀〉與〈匈奴傳〉均有記載，惟記述甚簡。試看《漢書‧匈奴傳》所記：

> 竟寧元年(前33)，(呼韓邪)單于復入朝，賜禮如初，加衣服錦帛絮，皆倍於黃龍時(前49)。單于自言，願婿漢氏以自親。元帝以後宮良家子王嬙，字昭君，賜單于。……[5]

王昭君在正史中，只占寥寥數語的篇幅。《西京雜記》中「王嬙」條，雖然也不過是「叢殘小語」，惟不同的是，其間增添了「案圖召幸」與「畫工棄市」諸情節。尤其值得注意的是：首先，王嬙不再只是一個沒有面目的「後宮良家子」，而有了個人的人格形象，其容貌為後宮第一，又善應對，舉止閒雅，卻獨獨不肯賄賂畫工。容貌、教養、品德，都俱全

---

5 《漢書‧元帝紀》：「竟寧元年，春正月，匈奴虖韓邪單于來朝。詔曰：『匈奴郅支單于背叛禮義，既伏其辜。虖韓邪單于不忘恩德，鄉慕禮義，復修朝賀之禮，願保塞，傳之無窮，邊垂長無兵革之事，其改元為竟寧，賜單于待詔掖庭王檣為閼氏。』」

了。其次，出現了反派人物，亦即貪婪可惡的畫工毛延壽：「元帝後宮既多，不得常見，乃使畫工圖形，案圖召幸之。諸宮人皆賄畫工，多者十萬，少者亦不減五萬。」遂令昭君和番事件，變得複雜有趣起來。再者，元帝的懊悔與憾恨，亦帶來了戲劇效果：「帝悔之，而名籍已定，帝重信於國外，故不復更人。」這些在正史中沒有的細節，或來自道聽塗說，或出自想像虛構，皆爲昭君和番事件增添了故事性與趣味性，可謂已經具備了小說的「雛形」。爲以後元雜劇中關漢卿〈漢元帝哭昭君〉、馬致遠〈漢宮秋〉提供了基本題材。

再看《世說新語·假譎》所記「溫嶠娶婦」故事：

> 溫公喪婦，從姑劉氏，家值亂離散，唯有一女，甚有姿慧，姑以屬公覓婚，公密有自婚意，答云：「佳婿難得，但如嶠比云何？」姑云：「喪亂之餘，乞粗存活，便足慰吾餘年，何敢希汝比。」卻後少日，公報姑云：「已覓得婚處，門第粗可，婿身名宦，盡不減嶠。」因下玉鏡臺一枚，姑大喜。既婚交禮，女以手披紗扇，撫掌大笑曰：「我固疑是老奴，果如所卜。」玉鏡臺是公爲劉越石長史，北征劉聰所得。

劉義慶的《世說新語》，分爲德行、言語、政事、文學、雅量、識見、品藻、容止、任誕等三十六篇「門類」，並以類繫事，記述漢末至東晉一些歷史人物的傳聞軼事，尤其是東晉百餘年間名流士族的玄言清談、生活態度、風貌氣質、情調意趣。書中所載，都是經過選擇的精采片段，比一般雜記野史更富文學趣味。許多故事只用寥寥幾筆片段，即能勾勒出一個生動的人物形象。明人胡應麟(1551-1602)即曾贊曰：「讀其語言，晉人面目氣韻，恍惚生動，而簡約玄澹，眞致不窮，古今絕唱也。」（《少室山房筆叢·九流緒論》）上引「溫嶠娶婦」事件，就是一段有趣的風流佳話，其中的確展現「晉人面目氣韻，恍惚生動」。溫嶠「騙婚」，而美麗聰慧的劉家小姐，偏偏欣然自願受騙，乃是因爲英雄與美人早已彼此傾心相慕。整個故事情節簡單，卻活潑生動，意趣盎然，頗富喜劇色彩。主要是通過人物對話與行動，展現人物的性格特徵，溫嶠的機智、謀

略，劉小姐的聰穎、爽朗，如在目前。以後關漢卿〈溫太眞玉鏡臺〉雜劇，當即取材於此。

　　魏晉六朝這些志怪或志人的筆記小說，或許出於對佛道宗教的信仰，抑或源自對掌故傳聞的興趣，在作者本人，並非毫無根據，在讀者也抱著將信將疑的態度，不必全認爲是憑空杜撰，甚至有的史書編撰者，還會採用這些筆記小說敍述的事件，作爲正史人物列傳的材料。雖然在筆記小說中，偶然也出現一些動人的英雄事跡，或人鬼相戀的故事，但是這些故事主要還是以筆錄「史料」的姿態出現，即使作者已經具有朦朧的虛構意識，甚至認識到小說對讀者的消閒娛樂功能，可以「遊心寓目」，惟基本上還是按史家「紀實」態度，將這些志怪或志人小說，用記筆記的方式，記錄下來，而且往往標榜其記事之確實，因此還並非有意識的小說創作。在藝術風貌上，一般還只是直線式的筆記體，缺少人物形貌與心理的刻畫，亦無故事情節發展的鋪張。更重要的是，尚欠缺作者創作的自覺意識。因此，這些還不能算是眞正的、成熟的小說，只能算是唐傳奇的先聲。

第三章
唐傳奇的開拓與創新

　　唐代傳奇小說實與魏晉六朝筆記小說薪火相傳，但在文體意義上，則頗異其趣。當然，唐傳奇的出現與繁榮，頗受益於唐人對散體古文的提倡，因為古文的自由靈活，有助於人物事件的記敘。但是，唐傳奇之所以能成為文言小說發展的高峰，標誌著真正的小說已經正式脫離其筆記母體，形成一個新興的文學樣式，實有賴於以下諸方面的開拓與創新：包括作者的創作態度，小說的內涵旨趣，以及藝術風貌與寫作技巧。

第一節　作者創作的自覺，由紀實轉向虛構

　　魏晉六朝筆記小說的作者，雖然已經流露朦朧的虛構意識，但是，還是唐代傳奇的作者，以不同於魏晉六朝小說的「紀實」態度，正式將「虛構」納入小說創作之中。根據明人胡應麟(1551-1602)《少室山房筆叢・九流緒論》的觀察：

> 凡變異之談，盛於六朝，然多是傳錄舛訛，未必盡幻設語，至唐
> 人乃作意好奇，假小說以寄筆端。

　　胡應麟所云，「至唐人乃作意好奇，假小說以寄筆端」，即明確指出，唐傳奇作者本身寫作態度的重大改變。按，漢代稗官記錄的「街談巷語，道聽塗說」，是資料的收集整理，並非有意為小說。魏晉六朝的筆記小說，旨在紀實寫史，或崇揚佛道信仰，亦非有意於文學創作。惟爰及唐代，文人至此，「乃作意好奇」，開始自覺的、有意識的寫小說，不但講究構思，注重文采，還把出自虛構、想像的「幻設語」，注入小說創作的

領域。

唐人開始有意識的創作小說，由紀實轉向虛構，展示作者創作的自覺，這是中國小說發展史上，一大飛躍。即使以神仙鬼怪爲題材的作品，唐傳奇作家已不再像魏晉六朝筆記小說作者那樣，把神仙鬼怪當作生活中的眞實事件來記述，而是「運用」神仙鬼怪，作爲故事中某種主題或某種理念的材料。即使作品敘述的是某項歷史事件，或社會傳聞，傳奇作家並不拘泥於史實，亦不受社會傳聞的局限，往往借題發揮想像，憑自己的創作意念，虛構故事情節，塑造人物形象。

唐代傳奇作家已是自覺地，借助傳奇小說的形式，通過虛構的故事情節和人物形象，憑空構想，來反映現實人生，表達某種人生理想或情懷意念，乃至創作出具有完整形式，豐富內容，並流露審美趣味的作品。在唐傳奇作家筆下，符合現代觀念的「小說」這種文學體裁，正式誕生。

第二節　旨趣意境的創新，題材內容的擴大

唐傳奇的故事，基本上仍然沿襲前代筆記小說的傳統，不少還是從志怪或志人故事題材衍生而來，不過，已經有了新的開拓與創新。即使是類似的故事，經過作者的再創造，也注入了新的藝術血液，從而創造出新的風貌意境。

首先，就寫作的旨趣而言，魏晉六朝志怪或志人小說作者，旨在敘事，重點在記錄軼事傳聞；唐傳奇作家，則旨在抒情，往往借題發揮，表現個人的才情詞章或人生理想。其次，就題材內容而言，唐傳奇作者已將其筆觸伸向廣闊的現實社會，表現唐人的日常生活。就現存唐傳奇故事視之，大略可分爲四種主要類型：神異故事、諭世故事、愛情故事、俠義故事。當然，各類型之間經常有題材交錯重疊的現象，如愛情故事中或許夾雜神異色彩，俠義故事中亦偶爾含有諭世旨意等。不過爲了討論的方便，姑且從作品題材內容的重點來如此分類。以下試從各類小說風行的時代先後順序，依次論述四種主要類型，或許可看出唐傳奇如何逐漸擺脫筆記小

說的格局，走向成熟，形成其自身獨特文體的痕跡。

一、神異故事——初唐傳奇的過渡色澤

神異故事乃是唐人傳奇小說中出現最早的一類，也是直接由魏晉六朝的志怪小說演變而來。但唐代的神異故事，已經不再是單純的神仙鬼怪的記錄，其作者對現實的人間世更感興趣。雖然這些神異故事基本上只是傳寫人物事件之奇，筆墨重點還是在人物遭遇怪異事件的經驗，不過，其故事創作的宗旨，卻是落腳於人間。更重要的是，作者不再像魏晉六朝志怪小說作者那樣，把神仙鬼怪看成事實，作爲史料，而是作爲發揮某種主題，傳達某種意念的題材。雖然這類初唐傳奇在內容上仍然殘留著「志怪」的痕跡，惟人味則更加濃厚，情節更爲曲折，故事亦較爲完整，詞藻亦更顯文采，甚至故事敘述者的面目，及其主觀意念更爲顯著。諸如隋末唐初王度(585?-625?)〈古鏡記〉、無名氏〈補江總白猿傳〉、張鷟(660?-740?)〈遊仙窟〉即是頗爲典型的例子。

（一）敘述者面目的浮現

王度〈古鏡記〉乃是現存最早的幾篇唐人傳奇之一。按，王度即初唐王通(584-618)、王績(585-644)之兄長[1]。整篇〈古鏡記〉，基本結構乃是由十一則有關一面古鏡的志怪故事連綴而成，所敘內容可謂光怪陸離，顯然尚保存濃厚的志怪色調，惟篇幅衍而增長，情節複雜多變，寫景狀物已粗具文采，可視爲「上承六朝志怪之餘風，下開有唐藻麗之新體」(汪辟疆校錄《唐人小說》)。但更重要的是，在故事敘述過程中，作者現身說法，以自己的人生經歷與見聞，作爲基本架構，乃至作者的面目，不時浮現其間。

〈古鏡記〉全文即是以作者王度的視角敘述。乃是由王度本人自隋朝

1　有關王度的生平大概，見孫望，〈王度考〉(載《學術月刊》，1957年3-4號)。惟殷熙仲，〈《古鏡記》的作者及其他〉(《文學遺產增刊》第十輯，北京：中華書局，1962)、〈王度《古鏡記》是中唐小說〉(《光明日報》，1984.4.17第三版)二文，提出新的看法。筆者此處仍取舊說。

汾陰侯生處得識一面古鏡發端，繼而以失去古鏡之後，回顧往事的口吻，敘述這面神奇古鏡曾經如何降魔伏妖、逢凶化吉的怪異經歷。但是其中又穿插了王度個人的家世背景、仕途經歷和人事變遷，又宛如一篇作者的自敘傳，並且像真有其事一般，標明事件發生的年代與地點，試看：

> ……大業七年五月，度自御史罷歸河東。適遇侯生卒，而得此鏡。……大業十三年七月十五日，匣中悲鳴，其聲纖遠，俄而漸大，若龍咆虎吼；良久乃定。開匣視之，即失鏡矣。

值得注意的是，在魏晉六朝志怪小說中，所述怪異之事，大多屬作者「收集」而來，聽聞而來，或表示各種妖魔鬼怪都是某人物「偶然遇到」的，因而其記述者主要只是站在一定距離之外，「客觀」的報導，並不發表議論，亦不抒發感慨。可是〈古鏡記〉的敘述者，一改過去志怪作者藏而不露的模糊面孔，卻是現身說法，直接以個人的身分面目出現，以自己的聲音抒發感慨。試看：

> 嗟乎！此則非凡鏡之所同也。宜其見賞高賢，自稱靈物。……今度遭世擾攘，居常鬱快，王室如毀，生涯何地，寶鏡復去，哀哉！今具其異跡，列之於後，數千載之下，倘有得者，知其所由耳。

這樣就把古鏡之得而復失，與隋朝的存亡，以及作者個人在仕途的浮沉，聯繫在一起；其中流露因失鏡而引發的，「王室如毀，生涯何地」的慨嘆，對世事無常，命運無所依歸，乃至憂生傷世的感懷。蓋敘述者王度的形象，從故事的敘述過程中，不斷浮現出來。作者與敘述者以及作品之間的距離消失，甚至融合成為有機整體。可以看出作者是有意在作文章，有意將自己的人生經驗與感受注入其中，遂形成帶有自敘或自傳意味的小說，這與魏晉六朝志怪「叢殘小語」的簡單記事，客觀敘述，已大相逕庭。這正是由前朝志怪衍生而成的〈古鏡記〉之特點，亦是從志怪發展到傳奇過渡作品的代表。

(二)志怪與傳記的結合

初唐傳奇小說的過渡特色，還出現於志怪與傳記結合一體的作品中。

現存無名氏的〈白猿傳〉，即是一例。按，〈白猿傳〉亦稱〈補江總白猿傳〉，標題說明是爲「補」身居梁、陳二朝大臣江總(519-594)所寫〈白猿傳〉而作。意指江總當初寫了一篇〈白猿傳〉，後亡佚，遂替他補上。江總是否眞的寫過一篇〈白猿傳〉，已不得而知，惟就標題可看出，作者虛構創作之意圖，至爲明顯。全文主要是以史家寫人物傳記的格式，結合志怪的內容，記述南朝梁代大將軍歐陽紇攜妻南征，深入長樂山中，惟妻子卻爲一猿妖擄去，並因而懷孕生子，孩子「聰悟絕人」，長大後「果文學善書，知名於時」。歷代讀者均認爲白猿之子，即是暗指初唐大臣，亦即形貌酷似猿猴的名書法家歐陽詢(557-641)。

試先看〈白猿傳〉故事的發端：

> 梁大同末，遣平南將軍藺欽南征，至桂林，破李師古、陳徹。別將歐陽紇略地至長樂，悉平諸洞，采入深阻。紇妻纖白，甚美。其部人曰：「將軍何爲挈麗人經此？地有神，善竊少女，而美者尤所難免。宜謹護之。」紇甚疑懼，夜勒兵環其廬，匿婦密室中，謹閉甚固，而以女奴十餘伺守之。爾夕，陰風晦黑，至五更，寂然無聞。守者怠而假寐，忽若有物驚悟者，即已失妻矣。……。

發現美麗的妻子失蹤後，歐陽紇悲痛萬分，決定不辭艱辛，日日四處尋妻，終於在深山絕嶺中，來到一處景色佳美宛如人間仙境者：

> 紇大憤痛，誓不徒還。因辭疾，駐其軍，日往四遐，即深凌險以索既逾月。忽於百里之外，叢篠上得其妻繡履一隻，雖浸雨露，猶可辨識。紇尤凄悼，求之益堅。選壯士三十人，持兵負糧，嚴棲野實。又旬餘，遠所舍約二百里，南望一山，蔥秀迴出。至其下，有深溪環之，乃編木以度。絕巖翠竹之間，時見紅彩，聞笑語音，捫蘿引縆，而陟其上，則嘉樹劣植，間以名花，其下綠蕪，豐軟如毯。清迴岑寂，杳然殊境。東向石門，有婦人數十，帔服鮮澤，嬉遊歌笑，出入其中，見人皆慢視遲立。……

接著但見一白猿呼嘯歸來，飛沙走石，天都爲之震撼……。繼而則是

在被擄諸婦人協助之下，白猿終於被殺的情景：

> （婦人）以玉杯進酒，諧笑甚歡。既飲數斗，則扶之而去。又聞嘻笑之音，良久，婦人出招之，乃持兵而入。見大白猿，縛四足於床頭，顧人慶縮，求脫不得，目光如電。競兵之，如中鐵石，刺其臍下，即飲刃，血射如注。乃大嘆吒曰：「此天殺我，豈爾之能！然爾婦已孕，勿殺其子，將逢聖帝，必大其宗。」言絕乃死。

最後一段則交代「後話」，並稍作補充，彷彿刻意爲讀者留下聯想的空間，猜測到底誰是白猿之子：

> 紇即取寶玉珍麗及諸婦人以歸，猶有知其家者。紇妻周歲生一子，厥狀肖焉。後紇爲陳武帝所誅。素與江總善，愛其子聰悟絕人，常留養之，故免於難。及長，果文學善書，知名於時。

按，漢魏以後多有猿猴之類盜取人間美女的傳說，《搜神記》中即嘗記載，蜀中西南高山有物，與猴相類，「伺道行婦女有美者，輒盜取將去，人不得知」，所生子「與人不異⋯⋯」。〈白猿傳〉故事或許即由此演變而來，再加上歐陽詢相貌酷似猿猴的傳聞，因而借用歐陽紇的身分姓名，虛構出一段白猿的故事。此文對歐陽詢雖有戲謔之意，但從小說創作的觀點來看，與〈古鏡記〉相比，無論情節的安排，敘述的技巧，以及對現實人生的反映，都可算是趨向成熟。全文以「人物」傳記爲整體框架，以歐陽紇失妻、尋妻、救妻而歸，作爲故事情節的基本梗概。並圍繞著白猿擄去美貌婦女這一中心情節，著重描寫歐陽紇如何歷盡艱辛，尋妻殺猿的行動與心情，可謂志怪與傳記圓滿的結合。雖然題材上，仍繼承六朝志怪的神異色彩，結構上，則已擺脫平鋪直敘，或流水帳式的簡單記錄，更注意情節的曲折，環境的描寫，人物形象的塑造，以及人物感情的表現。

惟值得注意的是，傳主白猿，雖然善竊美貌女子，作者顯然並未將其塑造成姦淫他人妻女的「妖魔」角色。就如寫白猿之像貌儀表時，還賦予「奇人」的特質，且強調其風姿之威武不凡；寫其以人身出場時，乃是「美髯丈夫，長六尺餘，白衣曳杖，擁諸婦人而出」。故事中敘述白猿被

縛於床頭，求脫不得的一段，筆墨流露同情，亦引起讀者的共感。尤其是白猿垂死前的喟嘆：「此天殺我，豈爾之能？……」令讀者連想起司馬遷筆下，楚霸王項羽被漢軍重重包圍，自度不能脫時的喟嘆：「此天之亡我，非戰之罪也！……」其中含蘊的，英雄窮途，個人畢竟無法抗拒命運擺布的悲哀與無奈，十分動人。在白猿被殺後，作者似乎意猶未盡，宛如史傳傳統，於傳主死後，外加一段，且用倒敘手法，交代白猿的「背景」，補充白猿的形象，令其更加豐滿完整，其中包括形貌、習性的描述，如「所居常讀木簡，字若符篆，了不可識……晴晝或舞雙劍，環身電飛，光圓若月……」。原來白猿和傳奇作家一樣，也是讀書人，而且還文武雙全呢！

　　整篇小說乃屬史傳筆法，用簡潔優美的散體古文撰述，充分展見作者的文章才華，無論敘事寫景，皆頗見文采。雖然題材上仍不離「志怪」的怪異色調，但卻洋溢著人間情味，在藝術表現上，已具有傳奇小說的規模。由於〈白猿記〉情節離奇，引人入勝，後世小說不乏模仿者。如宋代《清平山堂話本》中〈陳巡檢梅林失妻記〉即是。明人瞿佑《剪燈新話》卷三〈申陽洞記〉，則是從〈白猿記〉和〈失妻記〉演化而來。

　　其實唐代以後的志怪小說，有關猿猴與凡人結合生子的故事不少，惟多數是男子如何受母猴精的引誘配合而成。這就引發另外值得一提的有趣現象：從六朝志怪到唐人傳奇，從沈既濟(750?-800?)的〈任氏傳〉，到清代的《聊齋誌異》，其中妖魔鬼怪色誘或擄拐凡俗人間的情事，不勝枚舉，然而往往以女妖色誘男子者為多，可是〈白猿傳〉卻是罕見的例外，誘拐者居然是「美髯丈夫」的男性。在古典小說中，俊美男性妖怪誘拐女子的故事，未能形成氣候，十分可惜，至於理由何在，或許與男女對異性誘惑的抗拒本能有關，倒是頗值得進一步探討的問題。

(三)志怪與傳奇的結合

　　志怪與傳奇的結合，這類小說展現的，主要是俗世人間的流連，以及神怪氣息的消褪。最典型的例子，就是張鷟(660?-740?)的〈遊仙窟〉。其文於唐代即流傳至日本，惟國內卻久已失傳。直至清末，始有楊守敬將

其著錄於《日本訪書志》。按，〈遊仙窟〉乃是一篇相當特殊的傳奇小說。首先，在敘述角度上，小說主人公兼敘述者，自稱「僕」、「下官」、「張郎」或「文成」，敘述其奉使河源(甘肅一帶)途中，投宿一所號稱「神仙窟」的豪華大宅，與宅中二仙女崔十娘及其五嫂，如何宴飲賦詩，調情諧謔通宵的「傳奇」經歷。其間由五嫂作媒，與十娘共赴衾枕，春宵一度，次日兩情依依難捨，互贈貼身之物，淒淒切切而別。這樣的情節架構，顯然來自六朝志怪中洞仙故事的模式。試看其發端一段，寫途中進入險峻山嶺中之神仙窟，情景恍惚，頗具神異色彩，和志怪小說中人神或人鬼相遇相戀的故事頗相似：

> 若夫積石山者，在乎金城西南，河所經也。《書》云：「導河積山，至於龍門。」即此山是也。僕從汧隴，奉使河源。嗟命運之迍邅，嘆鄉關之渺邈。……日晚途遙，馬疲人乏。行至一所，險峻非常，向上則有青壁萬尋，直下則有碧潭千仞。古老相傳云：「此神仙窟也。人跡罕及，鳥路才通。每有香果瓊枝，天衣錫鉢，自然浮出，不知從何而至。」……

從上引這一段文字看，彷彿與《搜神記》中劉晨、阮肇入天台山遇仙女的情節相類。惟其不同之處，首先在於〈遊仙窟〉以男主角的第一人稱角度自述。其次，其筆下的十娘、五嫂，儀態嬌嬈，談笑舉止宛如現實社會中秦樓楚館的青樓女子。再者，在語言上，〈遊仙窟〉除了以簡短的散體古文，雜以俚語俗詞交代人物的動作或某個事物的出現外，敘述的語言和人物之間的對話，主要由華麗的駢文，甚至五七言詩句組成。試看敘述者通過婢女之口，介紹十娘之「美」：

> 容貌似舅潘安仁之外甥，氣調如兄崔季珪之小妹。華容婀娜，天上無儔；玉體逶迤，人間少匹。輝輝面子，荏苒畏彈穿；細細腰肢，參差疑勒斷。韓娥、宋玉，見則生愁；絳樹、青琴，對之羞死。

這樣多方設喻，聯想類比的人物形象描寫，可謂竭盡鋪排誇飾之能事，顯然是敘述者主觀情感的抒發，而且明顯展示其有意為美文、顯才華

的痕跡。文中又還運用許多詩句作為人物之間調情的對話：

> 下官詠曰：「歸來心使眼，心思眼即傳。由心使眼見，眼亦共心
> 憐。」逾時五嫂遂向果子上作機警曰：「但問意如何，相知不在
> 早。」十娘曰：「兒今意正蜜，不忍即分梨。」下官曰：「勿遇
> 深恩，一生有杏。」五嫂曰：「當此之時，誰能忍奈。」

綜觀其文體類型，一方面由魏晉六朝的雜賦和俗賦演變而來，同時又有模仿當時民間通俗文學的痕跡，與變文俗講的風格亦相近。此外，就其故事情節而言，倘若掀開其中神仙的外衣，隨處可見的，只是人間俗世的生活內容，其間展現的主要是，男女的調笑歡樂，恣情肆意的生活享受。

其實〈遊仙窟〉通篇故事情節頗為簡單平直，並無後來的傳奇故事那樣豐富複雜，或曲折生動的內容；但因其描寫之細膩，文筆之典雅，而且洋洋灑灑近萬言，乃是唐代文言短篇小說領域中前所未見的「鴻篇巨制」。作者主要是以志怪故事「遇仙」的架構，炫耀風流才子的豔遇，狎妓冶遊的「傳奇」經驗。全文由許多詠物詠人的駢文及五七言詩堆砌而成，雖然並不符合唐代傳奇以散體古文敘述故事的格局，卻增強了作品的審美意味，至少開啟了此後唐代傳奇往往以詩入文的先河，同時遙指明清傳奇作者，為炫耀詩才，將詩歌堆砌入文的後續。值得注意的是，長久失傳的〈遊仙窟〉，雖然沒有直接的繼承者，畢竟展現出，從志怪到傳奇這兩種小說文體嬗變期間，作者「作意好奇」的新嘗試。

如果說〈古鏡記〉、〈白猿傳〉諸作，從題材內容，到藝術風貌，都還帶有魏晉六朝小說的餘風，〈遊仙窟〉則是處於這一變革階段的「末期」，基本上已經預示，至少在內容上，唐傳奇未來朝向現世人生繼續發展的趨勢。

二、諭世故事——盛唐傳奇的正式成熟

盛唐之際流行的諭世故事，往往含蘊對盛唐文人士子功名心切的反諷，亦顯示成熟傳奇的登場，同時清楚展現，唐傳奇由神異世界趨向現實

人生的轉化。這不但是題材內涵的變化，也包括藝術風格的變化。按，唐傳奇的諭世故事，常以一場夢幻爲架構，其中雖也涉及某些神異成分，但以諷諭現實生活，喟嘆人生如夢爲宗旨，筆墨重點著落在現實人生，頗能反映盛唐時期社會上某些宗教信仰，或一般文人士子心目中的人生理想。其中以反映現實人生，描述官場仕途生活爲題材的作品，最具代表性。這時的傳奇故事，已經是成熟的小說。

例如沈既濟(750?-800?)的〈枕中記〉，就其題材而言，乃是取自干寶《搜神記》中一則「楊林入夢」故事爲基本架構，進而加以潤飾擴充。但其實際內容，卻是以當時唐代的現實社會生活爲基礎，再加以虛構想像而成。〈枕中記〉敘述的是，一個熱中功名富貴卻失意潦倒的盧姓青年，路過邯鄲時，遇見一呂姓老道士，閒談中向他抱怨人生在世困頓不得志。於是老道士就借一個枕頭給盧姓青年，讓他入睡，嘗嘗所謂榮華富貴的滋味。盧姓青年在夢中，果然經歷了唐代一般士人的理想人生，包括：當官發財，建功立名，且與豪族聯姻的富貴生活。夢中一切都正如他平日所殷切企盼的。試先看其開端：

> 開元七年(719)，道士有呂翁者，得神仙術，行邯鄲道中，息邸舍，攝帽弛帶，隱囊而坐。俄見旅中少年，乃盧生也。衣短褐，乘青駒，將適於田，亦止於邸中，與翁共席而坐，言笑殊暢。久之，盧生顧其衣裝敝褻，乃長嘆息曰：「大丈夫生世不諧，困如是也！」翁曰：「觀子形體，無苦無恙，談諧方適，而嘆其困者，何也？」生曰：「吾此苟生耳，何適之謂？」翁曰：「此不謂適，而何謂適？」答曰：「士之生世，當建功樹名，出將入相，列鼎而食，選聲而聽，使族益昌而家益肥，然後可以言適乎。吾嘗志於學，富於遊藝，自惟當年，青紫可拾。今已適壯，猶勤畎畝，非困而何？」言訖，而目昏思寐。……

繼而在夢中，盧生平日所企盼的人生理想，果然事事如願。不但娶得清河大族崔氏女爲妻，且登第入仕，還出將入相，鑿河拓疆，功勳顯赫，恩禮極甚。其間雖然曾經因「大爲時宰所忌」而遭貶，又被同列誣害而下

獄，差點家破人亡，但總算化險爲夷，「再登臺鉉，出入中外，徊翔臺閣，五十餘年，崇盛赫奕。……末節頗奢蕩，好逸樂，後庭聲色皆第一。前後賜良田、甲第、佳人、名馬，不可勝數」。最後還是享盡榮華富貴，子孫滿堂，年逾八十而終。可是，一覺醒來，竟然發現剛才所遇老道士仍在身邊，其蒸煮的黃粱還沒熟。盧姓青年頓時醒悟到，人生何其短暫，數十年榮華富貴，不過是「黃粱一夢」而已。由此而大徹大悟，功名利祿之念，頓然消除殆盡，於是稽首拜謝呂翁而去：

> 盧生欠伸而悟，見其身方偃於邸舍，呂翁坐其傍，主人蒸黍未熟，觸類如故。生蹶然而興，曰：「豈其夢寐也？」翁謂生曰：「人生之適，亦如是矣。」生憮然良久，謝曰：「夫寵辱之道，窮達之運，得喪之理，死生之情，盡知之矣。此先生所以窒吾欲也。敢不受教。」稽首再拜而去。

　　另一篇同樣以「人生如夢」爲宗旨的著名故事，則是李公佐(775?-850?)〈南柯太守傳〉，亦是對當世文人士子熱中功名富貴現象的諷諭。主角淳于棼與〈枕中記〉的盧生一樣，也是一介書生，在進入夢中世界享受榮耀顯赫之前，亦處於失意困頓境遇。然而，在夢中「若度一世」，夢外卻「斜日未隱於西垣，餘樽尚湛於東牖」。淳于棼夢醒之後，與二客「尋穴就源」，發現夢中所遇的「大槐安國」和「檀夢國」，其實只是一株槐樹下的蟻穴。不免「感南柯之浮虛，悟人世之悠悠」，進而從此「棲心道門，絕棄酒色」。

　　盛唐流行的這類諭世小說，雖虛托夢端，卻實寫現實社會人生，這正是中國記夢文學「意在夢外」的特色[2]。文中所涉及的年代、人名、地名、事件、官制等，均與唐代社會的實況相符，其中描述的，追求功名富貴的細節，也是唐代士人，尤其是盛唐之際現實生活的寫照。然而夢中的經歷長達數十年，夢外只不過是短暫的瞬間。夢外現實與夢中情景在時間

2　有關中國記夢文學的研究，可參傅正谷，《中國夢文化》(北京：中國社會科學出版社，1993)；傅正谷，《中國夢文學史——先秦兩漢部份》(北京：光明日報出版社，1993)。

與空間尺度上的對比，形成對世俗追求功名意念的反諷。小說中揭示的人生如夢的主題，否定了主人公曾經如何嚮往和追求的一切，或許反映作者在現實人生中遭遇挫折之餘領悟的人生態度。可是，從夢境中榮獲功名富貴的細節描述裡，卻隱約的洩漏出，作者實際上對功名富貴作為人生理想畢竟還是念念在心，難以割捨。也就是這種不經意的真情流露，是這類唐傳奇故事最具魅力之處。

三、愛情故事——中唐傳奇的傑出表現

以男女愛情婚姻為題材的作品，在中唐時期的傳奇小說中，表現最為傑出，同時亦代表唐人傳奇小說的最高成就，也是唐傳奇中最具寫實精神的作品。有趣的是，這些愛情故事中的男主角，常常是出身官宦家庭，年輕多才的文弱書生，欠缺英雄性格或男子氣概。女主角則多是溫柔美麗，又賢慧能幹的年輕女子，出身背景則跨越各社會階層，有良家女子，有權貴人家的姬妾，偶爾還有狐妖、幽靈、龍女，不過最常見的，還是出身卑微、淪落青樓的娼妓。可是由於唐代士人一般以娶名門女子為榮，這種聯姻有利於仕進，可提高社會地位，有助於官場的晉升，儘管都會的娼妓亦不乏才貌俱全、令人心醉情迷者，但卻並不真正受到尊重。乃至書生與娼妓的愛情故事中，男女主角社會身分地位的懸殊，往往構成對真正愛情的潛在威脅與阻礙。因此，除了極少數的例外，如白行簡(776-826)的〈李娃傳〉，大凡書生與娼妓的戀愛，很少有圓滿的結局。

值得注意的是，唐傳奇愛情小說中的故事，除了幾篇帶神異色彩者之外，或多或少都宣稱與真實人物事件的社會傳聞有些關聯。如白行簡〈李娃傳〉，寫的是天寶年間滎陽公子迷上長安名妓李娃的故事；許堯佐〈柳氏傳〉，則寫詩人韓翃(766年前後在世)與寵姬柳氏的離合悲歡；蔣防(長慶元年[821]官翰林學士)〈霍小玉傳〉，寫的是名妓霍小玉和詩人李益(748-827)的愛情故事；元稹(779-831)〈鶯鶯傳〉(又名〈會真記〉)，則可能是追述個人的陳年往事，一篇自傳性的愛情故事；陳鴻(貞元二十一年[805]進士)〈長恨歌傳〉，則回顧歷史，寫唐玄宗與楊貴妃的愛情悲

劇。這些正是傳奇深受史傳文學影響的痕跡。

　　中國文學史上，雖有不少詩歌以思婦或棄婦立場訴說在愛情婚姻中的挫折與悲哀，惟在唐代之前，從來沒有一個時代的文壇，像唐傳奇作家那樣，會將注意力如此集中在男女的愛情與婚姻關係中，且將筆墨才情揮灑在如此眾多的婦女身上，甚至是社會地位卑微的娼妓。作者不但關懷這些女子的生活，同情她們的不幸，還分享她們的歡愉，讚美她們的容姿、技藝與品德。例如白行簡〈李娃傳〉與蔣防〈霍小玉傳〉，即為書生與娼妓戀愛故事的典型例子。雖然兩篇小說均涉及社會通行的道德規範與價值準則，基於敘述者的立場態度，前者可以大團圓為結局，後者則以悲劇收場。

　　〈李娃傳〉主要敘述一年方弱冠的滎陽公子鄭生，奉父命進京趕考，卻被「妖姿要妙，絕代未有」的長安名妓李娃所吸引，立即墜入情網不能自拔。進而與李娃兩情相悅，乾脆棄舉業而享愛情。一年之後，「資財僕馬蕩然」，李娃在鴇母慫恿之下，同意設計拋棄滎陽公子，任其流落街頭，之後竟然須靠受雇喪家唱輓歌餬口。其父滎陽公發現後，氣憤之餘，將這不孝子狠狠責打至死，要任其棄屍街頭。幸虧得到唱輓歌的同仁及時相救，但鄭生已手足傷殘，遂淪為乞丐，「持一破甌，巡於閭里，以乞食為事」。某日大雪，鄭生沿街乞討之聲，居然被李娃聽到了。這才發現昔日「驅高車，持金裝」的滎陽公子，竟變成「枯瘠疥厲，殆非人狀」。善良的李娃，愧悔之餘，決意出手相救。繼而則是李娃如何自行賃屋別居，設法醫治滎陽公子，並日夜督促其刻苦攻讀。兩年後，終於一舉及第，接著又中制科，遂授成都府參軍。此時李娃以功成求退，滎陽公子當然堅持不允，可喜其父的態度亦大為轉變，終於接納李娃為正式媳婦。李娃婚後「治家嚴整，極為親所眷」。並且為滎陽公子帶來「累遷清顯之任」，「四子皆為大官」，「兄弟姻媾皆甲門」的隆盛之運。後遂被朝廷封為「汧國夫人」。故〈李娃傳〉一名〈汧國夫人傳〉。

　　整篇小說的主題意義是，愛情的沉迷與功名前途顯然有衝突，書生與娼妓的戀愛，逢場作戲則可，認真起來則不受社會主流所接受。不過，在

作者的寬容之下，男女主角之間階級地位的鴻溝，則可以經由當事人致力
修善的德行來彌補。此處所謂「德行」，不只是滎陽公子在李娃鼓勵督促
之下，重新做人，恢復本分，奮發讀書，應舉任官，更重要的還是，在於
李娃本身角色的改變。按，李娃由昔日情人，轉變為今日賢內助，由情婦
之愛，轉變為慈母之情，對滎陽公子可謂呵護備至，且諄諄教誨。又由於
李娃知識之豐富，亦超乎尋常，尤其對於官場政壇的習性、情況，簡直瞭
若指掌，遂從美嬌娘轉變成滎陽公子入仕問政的軍師或顧問。試看李娃收
留落魄的滎陽公子後，令人刮目相看的種種表現：

> 與生沐浴，易其衣服；為湯粥，通其腸；次以酥乳潤其臟。旬
> 餘，方薦水陸之饌。頭巾履襪，皆取珍異者衣之。未數月，肌膚
> 稍腴；足歲，平愈如初。異時，娃謂生曰：「體已康矣，志已壯
> 矣。淵思寂慮，默想囊昔之藝業，可溫習乎？」生思之，曰：
> 「十得二三耳。」娃命車出遊，生騎而從。至旗亭南偏門鬻墳典
> 之肆，令生揀而市之，計費百金，盡載以歸。因令生斥棄百慮以
> 志學，俾夜作晝，孜孜矻矻。娃常偶坐，宵分乃寐。伺其疲倦，
> 則諭之綴詩賦。二歲而業大就；海內文籍，莫不該覽。生謂娃
> 曰：「可策名試藝矣。」娃曰：「未也。且令精熟，以俟百
> 戰。」更一年，曰：「可行矣。」於是遂一上登甲科，聲振禮
> 闈。雖前輩見其文，罔不斂衽敬羨，願友之而不可得。娃曰：
> 「未也。今秀士苟獲擢一科第，則自謂可以取中朝之顯職，擅天
> 下之美名。子行穢跡鄙，不侔於他士。當礱淬利器，以求再捷，
> 方可連衡多士，爭霸群英。」生由是益自勤苦，聲價彌甚。其
> 年，遇大比，詔徵四方之雋，生應直言極諫科，策名第一，授成
> 都府參軍。……

　　更令人意外的是，李娃悔恨之餘，在近乎「慈母教子」的任務完成之
後，不求任何回報，「願以殘年，歸養老姥」。在作者筆下，李娃的形象
真是太理想、太完美了，幾乎是不可能存在於現實世界的，但是這畢竟是
流傳於世，令人感佩的故事。揭示的正是，傳統書生心目中的理想情人與

理想人生，同時亦洩漏文人士子在科舉入仕競爭日益劇烈情況中，一分既自憐又自詡的複雜心態。

公子落難，受到佳人的眷顧，終於重新站起來，這樣令讀者欣慰的才子佳人愛情故事，從此成為中國小說或戲曲諸敘事文學中常見的模式。此後宋人通俗小說〈李亞仙不負鄭元和〉、元代石君寶〈李亞仙花酒曲江池〉雜劇，明代薛近兗〈繡襦記〉傳奇，均由〈李娃傳〉衍生而成。

與〈李娃傳〉大團圓結局迥然不同者，則是以悲劇收場的〈霍小玉傳〉。小說男主角李益乃是大曆、貞元年間著名詩人。時年方二十，以進士擢第，「每自矜風流，思得佳偶，博求名妓」。小玉原是霍王姬妾之女，雖淪為倡家，因久慕李益才名，也欲「求一好兒郎格調相配」。經媒人撮合，才子佳人終於喜結良緣，可謂「兩好相映，才貌相兼」。惟小玉心下明白，「妾本倡家，自知非匹」，總是顧慮歡愛難久，李益遂寫下帛書，「引諭山河，指誠日月」，信誓旦旦，表示此心不渝。兩年後，李益登科授職，答應省親畢便來迎娶小玉。不料李益返家之後即奉母命另娶表妹盧氏。李益不得已而「愆期負約」，小玉則因等待無望，相思成疾，竟抑鬱含恨而死。惟死後冤魂不散，竟化為厲鬼，令李益家庭終日不得安寧，李益動輒對妻妾心生疑忌，飽受嫉妒的折磨。不管是妻子盧氏，或是侍女婢妾，好像都對他不忠，都在背後與其他男人私通。在作者刻意安排之下，負心漢終於遭到應得的報應。

值得注意的是，作者塑造的人物形象，並未忽略人物在人格情性上的複雜性。就李益的負心而言，他與小玉之間郎才女貌的愛情，令人稱羨，二人身分地位懸殊，無法結為正式夫妻，是現實社會的「正常」現象。李益對小玉所許「粉骨碎身，誓不相捨」的誓言，未必不真誠，作者安排他是在「素嚴毅」的母親壓力之下，才另娶表妹盧氏，實際上已向讀者傳達，李益的負心，是萬不得已的，是家庭、社會造成的。當李益「自以愆期負約」，造成小玉「疾候沉綿」而感到「慚恥」，卻又「忍割，終不肯往」。終於在一黃衫豪士挾持之下，李益往見因相思成病的小玉。試看：

> 玉沉綿日久，轉側須人。忽聞生來，欻然自起，更衣而出，恍若

有神。遂與生相見，含怒凝視，不復有言。羸質嬌姿，如不勝
致。時復掩袂，返顧李生。感物傷人，坐皆欷歔。頃之，有酒餚
數十盤，自外而來。一座驚視，遽問其故，悉是豪士之所致也。
因遂陳設，相就而坐。玉乃側身轉面，斜視生良久，遂舉杯酒酬
地，曰：「我爲女子，薄命如斯。君是丈夫，負心若此。韶顏稚
齒，飲恨而終。慈母在堂，不能供養。綺羅絲管，從此永休。微
痛黃泉，皆君所致。李君，李君，今當永訣！我死之後，必爲厲
鬼，使君妻妾，終日不安。」乃引左手握生臂，擲杯於地，長慟
號哭數聲而絕。母乃舉尸，置於生懷，令喚之，遂不復甦矣。生爲
之縞素，旦夕哭泣甚哀。

　　霍小玉對李益的愛戀癡情，乃至因愛生恨的感情變化，足以令讀者心
生同情，胸懷憐憫；可是作者對李益雖負心卻又痛惜小玉的心情，以及
「就禮於盧氏」之後，因想念小玉而「傷情感物，鬱鬱不樂」的心理描
寫，亦令讀者「諒解」。雖說長安城中「風流之士，共感玉之多情；豪俠
之倫，皆怒生之薄行」，但實際上並未將李益的形象簡單化爲不可原諒的
始亂終棄的「負心漢」，反而隨時提醒讀者，基於李益天生柔弱的性格，
加上慈母嚴命難違的困境，以及對自己有負小玉而感「慚恥」的痛苦心
情，這些細節，均足以展現，作者對人性的複雜，以及人生的無奈，充分
的了解，對現實人生畢竟不能盡如人意，有透徹體認。

　　〈霍小玉傳〉是一篇典型的男子負情、女子薄命的故事。此後，以癡
情女子薄倖郎爲主題的戲曲和小說，真是不勝枚舉。其中明代湯顯祖
（1550-1616）的名著〈紫釵記〉，即據此改編而成。當然，在唐傳奇的愛
情小說中，最膾炙人口，影響最深遠者，還是元稹的〈鶯鶯傳〉（又名
〈會真記〉）。

　　〈鶯鶯傳〉所述乃張生與崔鶯鶯相愛又決絕的故事。故事情節架構很
簡單，寫張生在普救寺與崔鶯鶯偶然相遇，兩情相悅，遂私下幽會西廂，
其後張生西去長安，因「文戰不利」，「遂止於京」，兩人的情緣由此斷
絕。歲餘之後，男婚女嫁，「崔已委身於人，張亦有所娶」。一日，張生

適經往日所居，忘不了舊情人，乃以「外兄」名義求見，可是鶯鶯則「終不爲出」。自宋代以來，讀者均相信，故事中的張生就是元稹的化身，而敘述者「余」，即元稹的自謂。所以張生可說是一個自傳性的人物，他和鶯鶯的戀情，也就是元稹個人的親身經歷。筆下的張生，可能是他心目中、記憶裡年輕時代的自己，而鶯鶯則是他曾經愛過的、且難以忘情的女人。這是唐代傳奇故事中，少有的帶有自傳色彩的愛情小說。其基本架構不出才子佳人愛情故事的範疇，但是與其他類似的傳奇小說不同處在於，女主角身分的尋常，以及人物性格心理的複雜。

就女主角身分而言，其他唐傳奇涉及愛情的故事，如〈遊仙窟〉的十娘是女仙，〈任氏傳〉中的任氏是狐妖，〈柳毅傳〉是龍女，〈離魂記〉是幽魂，均非尋常人生、現實社會中的成員。至於生存在現實社會中的李娃與霍小玉，則又是淪爲青樓娼妓，屬於特種營業者。這些女子，由於身分的「特殊」，可以不受傳統禮教的束縛，可以自由談戀愛，而且無論結局如何，總還擁有追求個人幸福、選擇如意郎君的「特權」。可是作者元稹筆下的鶯鶯，既非神怪妖精，亦非青樓娼妓，而是崔姓的名門閨秀，自小即受傳統禮教薰陶的尋常少女，卻心甘情願地，自行衝破原先謹守的禮教防範，在沒有婚約的承諾下，嘗試戀愛的滋味，並且還自薦枕蓆於張生。這樣的女子，更容易引起讀者大眾的好奇與關懷，其遭受「始亂終棄」的不幸結局，更容易引發讀者的同情與憐憫，因爲鶯鶯畢竟是一個現實社會中，尋常的「好」女孩。

就人物性格心理的複雜層面而言，〈鶯鶯傳〉在唐傳奇中，則是一篇佼佼者。作者對鶯鶯性格的複雜多面，心理的矛盾衝突，刻畫之幽微細膩，是中國古典小說中罕見的。試看張生赴長安前後，二人互動的情景：

> 張生將之長安，先以情諭之，崔氏宛無難詞，然而愁怨之容動人矣。將行之再夕，不復可見。而張生遂西下。數月，復遊於蒲。會於崔氏者又累月。崔氏甚工刀札，善屬文，求索再三，終不可見。往往張生自以文挑，亦不甚睹覽。大略崔之出人者，藝必窮極，而貌若不知；言則敏辯，而寡於酬對。待張之意甚厚，然未

嘗以詞繼之，時愁怨幽邃，恆若不識，喜慍之容，亦罕形見。異
時獨夜撫琴，愁弄淒惻，張竊聽之，求之，則終不復鼓矣。以是
愈惑之。張生俄以文調及期，又當西去。當去之夕，不復自言其
情，愁嘆於崔氏之側。崔已陰知將訣矣，恭貌怡聲，徐謂張曰：
「始亂之，終棄之，固其宜矣。愚不敢恨。必也君亂之，君終
之，君之惠也。則沒身之誓，其有終矣，又何必深感於此行？然
而君既不懌，無以奉寧，君常謂我善鼓琴，向時羞顏，所不能
及。今且往矣，既君此誠。」因命拂琴，鼓〈霓裳羽衣〉序，不
數聲，哀音怨亂，不復知其是曲也。左右皆唏噓。崔亦遽止之，
投琴，泣下流連。趨歸鄭所，遂不復至。

鶯鶯不僅容貌「顏色豔異，光輝動人」，才藝亦出眾，既善屬文，又
善鼓琴，且不輕浮，不自誇，只是一個含蓄幽怨的懷春少女，遂令張生迷
惑愛戀不已。對於二人之間的戀情，鶯鶯總是柔順委屈，毫不強求，明知
將被遺棄，卻從來不出怨言，只痛苦地、默默地承受下來。這一切或許因
為，她乃是自薦枕蓆於張生。可是鶯鶯畢竟是傳統禮教薰陶下的大家閨
秀，道德意識仍然盤據在心中，所以才會有「自獻之羞」。被張生始亂終
棄之後，「命也如此，夫復何言」！只得隱忍苟活。不過，鶯鶯在接受命
運的安排之後，另嫁他人，繼續其人生的旅程，並且展示出人格情性中的
成熟，流露一分由人生經驗而擁有的成熟智慧。既然都已經各自男婚女嫁
了，於是拒絕張生的要求，不願再相見，並且賦詩勸言：「棄置今何道，
當時且自親。願將舊時意，憐取眼前人。」

鶯鶯是自願去品嘗愛情的甜美與苦果，始終在道德意識、禮教觀念的
干擾之下，追求愛情，接受命運。作者以極其溫柔，無限懷思的筆觸，將
鶯鶯呈現在讀者面前，讓我們目睹鶯鶯，原先在禮教防範與愛情渴求之間
的掙扎，出爾反爾的言行舉止，充滿矛盾衝突的人格情性，如何通過這次
愛情經驗的磨練，趨於成熟。同時，作者似乎又帶著內疚與慚愧的心情，
將張生這個情種，塑造成一個忘情負義、令人不齒的薄倖郎。彷彿刻意要
讀者也跟他一樣，喜歡鶯鶯，同情鶯鶯，懷念鶯鶯，並且譴責張生的始亂

終棄。

　　或許基於對鶯鶯這個人物的憐惜，希望能彌補她的遺恨，讓她得到幸福，同時也撫慰無數讀者不平的心靈，後世許多戲曲作家，遂將鶯鶯的故事予以改造，變成皆大歡喜的大團圓結局。如金代董解元的《西廂記諸宮調》、元初王實甫的《西廂記》雜劇即是。兩部戲曲，均屬佳作，不過，〈鶯鶯傳〉原有的眞實感，以及令人低回吟嘆的餘味，卻削弱了。

　　値得注意的是，唐傳奇中的愛情故事，很少寫夫妻間的愛情，絕大多數是意欲突破社會人情與傳統禮教束縛的浪漫愛情。這些愛情故事最普遍的進展是，男女雙方一見鍾情，然後私定終身；談情說愛期間，或幽會或同居或私奔，少數幸運者，在幾經波折之後，有情人終成眷屬。惟不幸者通常占大多數，往往是女方飲恨終生，甚至還賠上自己的性命。如果對愛情執著癡迷，彼此愛心不渝，而且又姻緣前定，則男女雙方甚至可突破生死的界限，達到人鬼相戀以至結合爲長久夫妻的境地。

　　唐傳奇愛情故事的男女主角，在面對愛情的困境時，最普遍情況是：女方多半表現得性格堅韌，任勞任怨，不怕吃苦，且具有毅然投奔愛情，甚至爲愛情而自我奉獻犧牲的精神；男方則往往文弱無能，甚至膽小怕事，通常只具有投奔個人前程，而犧牲愛情的勇氣。惟李朝威〈柳毅傳〉中的男主角柳毅，因同情龍女的遇人不淑，而心生憐愛，則是極少數的例外。柳毅雖爲落第書生，個性卻剛強豪爽，其打抱不平的性格，已經和俠義之士相近了。

四、俠義故事——晚唐傳奇，武俠小說的濫觴

　　現存唐傳奇中的俠義故事，可說是民間傳說故事與歷史俠義人物事跡的綜合品。其實，俠義之士在唐傳奇愛情故事中，已經陸續出現，除柳毅對龍女的愛情，帶有俠義色彩之外，〈霍小玉傳〉中忽然出現的黃衫豪士，也已展現俠士在解決困難境況中的重要性。當然，晚唐俠義故事的流行，有其特殊的時代背景，與晚唐皇室朝廷權力微弱，藩鎮林立，彼此爭奪地盤，擴張勢力，導致社會秩序日趨混亂，民生經濟逐漸衰退，有一定

程度的關係。基於晚唐政治社會的混亂，一般文人士子生活的困難與苦悶，在現實環境中，又不敢公然有反抗發洩的言行，只好在虛構想像中，創造出一些俠義人物，爲受委屈、遭壓迫的人物打抱不平；或塑造豪傑之士，出來替天行道，爲社會鋤惡平亂。加上兼受道教神仙思想的影響，俠義小說含蘊的神奇色彩頗爲濃厚。

晚唐流行的俠義小說之主人公，來自不同的社會階層。其中有婢女（〈紅線傳〉）、千金小姐（〈聶隱娘傳〉）、唐朝開國君主(李世民)、開國元勳(李靖)、富商巨賈（〈虯髯客傳〉）、奴隸（〈崑崙奴傳〉)等。傳奇故事中的這些俠義之士，其共同特點是，均會奮不顧身，仗義助人，有的還具有超乎常人的神奇武功本領。其中可以袁郊(9世紀末)所撰〈紅線傳〉、杜光庭(850-933)〈虯髯客傳〉爲代表，兩篇小說，可謂是中國武俠小說的濫觴。

按〈紅線傳〉收錄於袁郊的傳奇小說輯本《甘澤謠》(咸通九年[868]自序)。紅線原是潞州節度使薛嵩家中的侍女，不但關心民生疾苦，還具有神奇的好功夫。薛嵩與魏博節度使田承嗣原本是兒女親家，不過田承嗣野心勃勃，覬覦潞州之地，準備發兵兼併，薛嵩聞訊後日夜憂悶，計無所出。這時侍女紅線就展示出女俠的本色。爲報答薛家對其「寵恃有加」之恩，同時亦爲「兩地保其城池，萬人全其性命」之義，乃自告奮勇，爲其主解憂。遂於當夜易妝潛往魏博，且直抵田承嗣防衛森嚴的寢所，取其床頭金盒而歸，並教薛嵩立即派人騎快馬將金盒送還魏郡。田承嗣一見其金盒，果然「驚擔絕倒」，不得不表示折服悔過，一場戰禍遂得以避免。紅線女於任務完成後不久，即辭別主人薛嵩，飄然而去，不知所終。展現了義助恩主、功不受賞的俠義精神。

另外，〈虯髯客傳〉亦是唐傳奇中的名篇，也是具有神奇色彩的俠義小說。故事是以隋朝權貴大臣楊素的寵姬紅拂女私奔李靖之事爲開端，敘述隋末豪俠虯髯客意欲逐鹿中原的故事。按，虯髯客原本懷著野心，想幹一番爭王圖霸的事業，卻因認識到太原的李世民才是「眞命天子」，遂主動放棄逐鹿中原的初衷，毅然遠走海外，另立基業，並且把全部財富贈送

給李靖及紅拂，寄望他們輔佐李世民爭霸天下。十年後，李靖果然成了大唐王朝的開國勳臣，協助李世民父子建立李唐王朝，至於虬髯客，亦傳聞在海外自立爲王。作品中的兩男一女主角，即後世所稱的「風塵三俠」。但是這三俠並不像一般豪俠那樣身懷絕世武功，而是憑膽識、氣魄、人格展現他們的俠義精神。

〈虬髯客傳〉雖以隋末大亂，群雄並舉的歷史狀況爲故事背景，卻並不以史實爲必然依據。主角乃是傳說中的神奇人物虬髯客，其眞實性名，不得而知。試看作者筆下虬髯客與李靖在旅店偶然相會，繼而相約前往太原尋訪「眞命天子」李世民的情景：

> （虬髯客）曰：「有酒乎？」曰：「主人西，則酒肆也。」公（李靖）取酒一斗，既巡，客曰：「吾有少下酒物，李郎能同之乎？」曰：「不敢。」於是開革囊，取一人頭並心肝。卻頭囊中，以匕首切心肝，共食之。曰：「此人天下負心者，銜之十年，今始獲之。吾憾釋矣。」又曰：「觀李郎儀形器宇，眞丈夫也。亦聞太原有異人乎？」曰：「嘗識一人，愚謂之眞人也；其餘，將帥而已。」曰：「何姓？」曰：「靖之同姓。」曰：「年幾？」曰：「僅二十。」曰：「今何爲？」曰：「州將之子。」曰：「似矣。亦須見之。李郎能致吾一見乎？」曰：「靖之有人劉文靜者，與之狎。因文靜見之可也。然兄何爲？」曰：「望氣者言，太原有奇氣，使訪之。李郎明發，何日到太原？」靖計之日，曰：「達之明日，日方曙，候我於汾陽橋。」
> 言訖，乘驢而去，其行若飛，回顧已失。公與張氏且驚且喜，久之，曰：「烈士不欺人，固無畏。」促鞭而行。及期，入太原，果復相見。大喜，偕詣劉氏。詐謂文靜曰：「有善相者，思見郎君，請迎之。」文靜素奇人，一旦聞有客善相，遽致使迎之。使回而至，不衫不履，褐裘而來，神氣揚揚，貌與常異。虬髯默然居末座，見之心死，飲數杯，招靖曰：「眞天子也。」……

小說雖借用楊素、李靖、李世民、劉文靜等眞實歷史人物的名字，但

整個故事情節的發展，甚至時空環境，都是作者有意虛構想像者。這是唐傳奇所以視爲成熟小說的重要特點，也是與前代筆記小說最大的不同之處。且明確展現，從唐傳奇開始，中國小說已從歷史觀念的混淆中，澄清出來，以其特有的風貌，成爲屬於文學領域的作品，並在唐代文壇上獨樹一幟。

第三節　藝術風貌與寫作傳統

唐代傳奇雖從魏晉六朝筆記小說發展而來，但在形式體制上更爲完整，不再是「叢殘小語」的片段談柄，且脫離了簡單平面的記述，而是以具體故事的演出方式來展開情節，進而還重視文辭的修飾，細節的處理，以及人物形象的描寫與性格的刻畫，在小說的藝術風貌與寫作技巧上，形成唐傳奇作爲一種文類的特色。以下試從幾個層面分別論述。

一、體制特色——傳記為體

唐傳奇在篇幅上雖比魏晉六朝筆記小說增長了，基本上仍屬短篇故事，每篇少則幾百字，多則數千字。惟篇幅雖短，在體制上，唐傳奇已經由魏晉六朝小說的「筆記體」，發展爲「傳記體」，多屬以傳或記的形式，來敘述人物或事件的故事始末，顯示其深受史傳文學的影響。當然，在唐以前的小說中，已經出現用「傳」或「記」的形式撰寫小說的先例，如〈穆天子傳〉、〈漢武帝內傳〉、〈桃花源記〉等，但這些只不過是偶然現象，直至唐人筆下，以史官記述人物事件的筆法來寫小說，才成爲傳奇體制的明顯特點。

綜觀現存唐傳奇，多以「傳」或「記」名篇，表明是爲某人物的經歷或某事件的過程爲筆墨重點，如〈白猿傳〉、〈任氏傳〉、〈枕中記〉、〈離魂記〉、〈長恨歌傳〉等……。文中主要以個別人物或特殊事件的故事爲骨幹，於故事發端，往往率先交代人物的姓氏、籍貫，或故事發生的年代時間和地點，以示可信。如「某生，某地人也……」或「某朝，某年

間，有某人……」。在故事結尾時，則經常對該人物或事件，提供一段類似史傳「論贊」的議論或總評，表示敘述者對整個故事的看法和態度。這與正史中「列傳」的體制，如《史記》的「太史公曰」，或《漢書》的「贊曰」，一脈相傳。

二、語言風格──講究文采

雖然唐人傳奇基本上乃是脫胎於魏晉六朝筆記小說，不過，卻更為講究文采。行文精鍊簡潔，文辭典雅優美，則是唐傳奇在語言表現上的普遍特色。畢竟魏晉六朝小說仍屬於「筆」，而非「文」，及至唐人，方「作意好奇」，出於有意識的創作，遂突破了「筆記」小札的窠臼，表現出有意好尚新奇的特點。又由於唐人傳奇是文人寫來給文人看的，主要是流傳於文人圈以供消閒娛樂的閱讀欣賞，同時也寄望藉此揚才露己，製造辭章文采的聲名。因此，在語言運用上，往往刻意講究文辭的優美，敘述的生動，描寫的確切。與魏晉六朝筆記小說質樸無華的語言相比照，顯然展示出更亮麗的文采，更濃厚的文學意味。主要表現於以下兩方面：

首先，唐傳奇作家多量運用描寫性質的形容語辭和駢偶句。與唐前的筆記小說相比，唐傳奇小說中形容人物事件之辭語大量增加。就看描寫女性的容姿，魏晉六朝筆記小說中，或許根本不著筆墨，或許雖然偶爾採用少許形容詞來描寫，但往往簡略的稱「美」，或「甚美」。例如「韓憑，娶妻何氏，美」（《搜神記‧韓憑夫婦》），至於如何「美」，到底「美」到什麼程度，則但憑讀者自己去想像了。可是唐傳奇則大不相同，形容女性的容貌姿色，往往不厭其煩，爭奇競豔，或直接描述，或藉故事中人物的反映來襯托。例如李娃：

> 妖姿要妙，絕代未有。生忽見之，徘徊不能去……明眸皓腕，舉步豔冶。

又如鶯鶯：

> 常服睟容，不加新飾，垂鬟接黛，雙臉銷紅而已。顏色豔異，光輝動人。張驚，為之禮。……凝睇怨絕，若不勝其體者。

其次，唐傳奇基本上雖以散體古文爲敘述主體，不過其作者往往喜用駢辭偶句入文，增添作品的審美意趣。如〈遊仙窟〉、〈南柯太守傳〉、〈長恨歌傳〉等，就間雜了許多四六言的駢偶句，有時小說中的駢偶句的份量，甚至超過散體(〈遊仙窟〉即是)。乃至唐傳奇的語言，比前代小說的語言，似乎更趨於典雅華麗，更有意展現作者的文采。

再者，在駢辭偶句的語言之外，出乎意料的是，通俗語言的滲入。就如人稱代詞，往往用通俗的「我」、「你」、「他」(〈霍小玉傳〉、〈無雙傳〉)。甚至市面上流行的俚語、謠諺，亦會浮現於唐傳奇中。如〈柳氏傳〉中以「章臺柳」代稱妓女，〈霍小玉傳〉中比喻夫妻和諧的「鞋」，〈東城父老傳〉中「生兒不用識文字」的民謠，都是取自民間通俗語言的例子。

整體視之，由於唐傳奇作者多屬心懷仕宦功名的文人士子，意欲表現的，包括史才、詩筆、議論諸才華[3]，故而往往以史傳的筆法來敘事，間以詩的情韻，並於故事之後加一段議論作爲總結，乃至唐傳奇可說是夾雜敘事、詩歌、議論三種文體的綜合，比起魏晉六朝單純的筆記敘事文體，更爲繁富豐美。

三、敘述角度──第三人稱

除了少數例外，如王度〈古鏡記〉和張鷟〈遊仙窟〉，乃是以第一人稱敘述，唐傳奇絕大多數均以第三人稱角度敘事。惟敘述者爲了取信讀者，往往會聲稱，其故事來自某人之口述，或某人之目擊；故事發生之前後，又通常以一段簡略的引言或後記，如某年某地，從某人處聽到，此人不是親身經歷其事，就是親眼看到此事……。這種寫法，目的是交代故事來源，同時爲說服讀者，其故事無論有多傳奇，是可信的，曾經發生過的。

---

3 據南宋趙彥衛《雲麓漫鈔》卷八云：「唐之舉人，先藉當世顯人，以姓名達之主司，然後以所業投獻；逾數日又投，謂之『溫卷』。如《幽怪錄》、《傳奇》等皆是也。蓋此等文備眾體，可以見史才、詩筆、議論。至進士則多以詩爲贄，今有唐詩數百種行於世者是也。」

　　唐傳奇的敘述者，通常會對所述的故事，或發表意見，加以評論，或在結尾處引出一番道理來。不過，敘述者從來不會插入故事本身的情節中去，不會像宋元時期通俗白話小說的敘述者那樣，扮演當眾說話人的角色，隨時插身而入，乃至干擾故事情節的發展流動，中斷故事敘述的連貫性。唐傳奇的敘述者，語氣上盡量保持客觀，就像一個史傳作者，在記述一件曾經發生過的歷史事件一樣。試先以白行簡〈李娃傳〉發端一段為例：

> 汧國夫人李娃，長安之倡女也。節行瑰奇，有足稱者，故監察御史白行簡為傳述。天寶中，有常州刺史滎陽公者，略其名氏，不書。時望甚崇，家徒甚殷。知命之年，有一子，始弱冠矣；雋朗有詞藻，迥然不群，深為時輩推伏。其父愛而器之，曰：「此吾家千里駒也。」應鄉賦秀才舉……

　　作者先行交代傳主之姓名、籍貫、身分，並點出「節行瑰奇，有足稱者」，為李娃的故事所以值得傳述的理由，以及由誰為之傳述。如此發端，表示其所述並非憑空杜撰，乃屬可信的真人真事。繼而才開始敘述故事本身，自「天寶中……」以後，敘述者白行簡隨即開始退居幕後。一直到故事的末尾，清楚交代李娃如何受封，家庭如何昌隆，晚輩如何成材之後，敘述者白行簡才重新現身：

> 嗟乎！倡蕩之姬，節行如是，雖古先烈女，不能逾也。焉得不為之嘆息哉！予伯祖嘗牧晉州，轉戶部，為水陸運使，三任皆與生為代，故諳詳其事。貞元中，予與隴西李公佐話婦人操烈之品格，因遂述汧國之事。公佐拊掌竦聽，命予為傳。乃握管濡翰，疏而存之。時乙亥歲(795)秋八月，太原白行簡云。

　　作者於此處不僅發表議論，稱揚李娃之節行，且再度強調李娃傳奇之可信程度：蓋因作者的伯祖與男主角同時代，「故諳詳其事」。換言之，所述李娃的故事，有親人為證，假不了。最後再說明，主要還是受友人李公佐之鼓勵，「乃握管濡翰，疏而存之」，並記下年月，署名「太原白行簡云」，表示負責。

但是，儘管傳奇作者一再強調其所述故事，乃屬客觀之紀錄，惟不容忽略的是，「唐人小說，小小情事，淒惋欲絕」[4]，在故事的發展過程中，人物的悲歡離合裡，作者對其所述人物與事件的關懷與同情，往往隱約浮現其間。因此，即使敘述者的態度是客觀的，也難以掩蓋其作品中流露的抒情意味。

四、情節結構──曲折有致

魏晉六朝筆記小說，大都以作者的見聞作為筆墨重點，通常顯得情節結構簡陋，故事敘述梗概，甚至予人以故事情節不夠完整的印象。不過，唐傳奇作家則開始自覺地運用藝術的想像和敷衍，把故事情節放到結構的中心位置，且將作者的觀點態度融於敘事之中，並藉故事情節以表達某種主題意念，可謂改變了筆記小說類似隨筆雜記小品的平直敘事之結構形式。

雖然唐傳奇多以人物傳記為其基本架構，但卻並不以編年形式敘述人物的一生經歷，而是根據其主題的需要，截取人物經歷的某一方面，或某一階段，圍繞某一中心事件來敘述。此外，又特別重視情節發展的傳奇性，因此往往顯得波瀾起伏，曲折有致。乃至在作者精心策畫安排之下，展現了開端、發展、高潮、結局等，類似「起承轉合」情節發展的階段。

當然，少數早期傳奇故事，尚未表現出作品的結構意識，僅只將一系列片段情節貫串起來而已。如王度〈古鏡記〉即是一例。不過，在較為成熟的傳奇中，對情節結構則已展示出不同的處理方式。有時是單線情節，如〈鶯鶯傳〉，作者乃是集中筆墨寫崔鶯鶯和張生的愛情故事。另有一些故事，則會添加一些額外的情節夾雜其中，如〈霍小玉傳〉，因男主角李益奉母命另娶，小玉傷心欲絕，卻不能忘情，很想見李益一面，偏偏李益覺得最好斬斷情緣，免得彼此痛苦。怎麼辦呢？這時作者就安排一段額外

4　《唐人說薈‧凡例》引洪邁(1123-1202)云：「唐人小說，小小情事，淒惋欲絕，
　　洵有神遇而不自知者，與詩律可稱一代之奇。」

情節，讓一位黃衣俠士出人意料地突然現身，硬生生拉李益到小玉的病榻前，遂成爲傳奇小說中一個「解圍」人物。還有一些傳奇小說，其中一些次要的情節，即使對於故事的發展並非必須，也可附加上去。如〈李娃傳〉中，男主角鄭生淪落街頭，在喪禮上以唱輓歌謀生，以致出現一場同行之間輓歌競賽大會。這場輓歌競賽的細節，描寫得頗爲精采，甚至爲唐代民俗文化的研究，提供了素材。然而，若是省略這一節的描述，並無損整個故事情節結構的完整性。

　　整體而言，唐傳奇作家已經有意識的注重情節發展與結構組織的完整。當然，倘若以當今學界對現代短篇小說的標準來衡量，在情節結構的剪裁處理方面，顯然還不夠嚴謹。或許由於唐傳奇乃是文人寫給文人欣賞閱讀的作品，至少跟唐人行卷求名的風氣有些關聯，難免會流露出一些逞才的痕跡，偶爾添加一兩段無關故事緊要的情節，或以此展現作者的博聞學識，或炫耀作者的辭章才智。

五、人物塑造——類型鮮明

　　魏晉六朝筆記小說，目的是記錄曾經發生過的某人某事，是以作者的見聞爲焦點，多屬「叢殘小語」，雖然敘述梗概，主要還是以「敘述中心」之作，對於人物性格形象的塑造，並無多大興趣，因此很少人物肖像面貌的描寫，更無性格心理的刻畫。就如前舉《搜神記》中的「毛衣女」，或如《西京雜記》中的「東海孝婦」，兩篇作品，只有事情的梗概，人物形象不清。可是爰及唐傳奇，則已經從「敘述中心」，擴展到「人物中心」。

　　唐傳奇作者，有的顯然是站在爲某一傳奇人物立傳的立場撰寫故事，乃至會以人物名字爲篇目名稱，塑造了一系列形象頗爲鮮明的人物。當然，唐傳奇小說中描寫的人物對象，可謂已經涉及社會生活中的不同階層。惟大部分人物，包括主要角色與次要角色，幾乎都可以歸類於一定的類型模式。如年輕的才子書生，美豔的青樓娼妓，智勇雙全的俠士俠女，朝廷的高官貴族，還有方外的和尚道士等，分別代表社會上不同階層的人

物類型，強調的往往是人物的類型特徵，乃至有人物類型化的傾向，一般比較欠缺獨特的人格情性。不過，唐傳奇故事中，並非所有的人物塑造都落入類型模式，有些作品中的人物形象，已經展現獨特的性格。例如崔鶯鶯，就不單單是一個年輕貌美的懷春少女，而是以其複雜的個性和矛盾的心理吸引讀者。鶯鶯在家庭教養的束縛之下，表面上顯得矜持冷豔，可是其內心卻溢滿對異性情愛的渴求。鶯鶯與張生春宵初度時，不發一語，但二人分手後，在給張生的書信裡，卻含著悲愴，訴說綿綿無盡的愛，破碎無奈的心。這可說是唐傳奇中以書信來揭示人物內心感情，展現性格特徵的佳例。

當然，人物之間的對話，在唐傳奇中也具有人物塑造的作用。不過，大多數情況下，人物對話主要還是用來推動故事情節的發展，而不是揭示說話者的人格特性。這可能是受制於唐傳奇的文體，亦即文言古文的局限。由於傳奇作者並不會像現代小說家那樣，著意去探索人物的內心深處，也不像西方小說家那樣，著意去挖掘人物在「靈」與「肉」之間的掙扎或衝突，因此，沒有懺悔與贖罪的意識，亦無人格的分裂。儘管如此，唐傳奇作家對人物的行為與動機，畢竟表現出相當敏銳的洞察與理解，乃至勾勒出一些令人信服的人物畫像。

第四章
唐傳奇的後續

　　文言小說一旦正式形成通行於士林文壇的一種文類，其撰述即不會因為朝代的興亡更迭而停頓不前。就像唐人繼魏晉六朝人之後，仍然在筆記中記錄志怪或志人故事，宋人亦繼唐人之餘緒，不但繼續撰寫志怪志人的筆記小說，亦留下一些故事性較強的，類似唐傳奇的小說。惟值得注意的是，由於兩宋文人對「筆記」的興趣似乎遠超過小說的創作，乃至其文言小說，與唐代傳奇相比照之下，似乎回顧過去、模仿前人的意圖，更為濃厚。不過，在故事的內涵意境上，宋代作家卻為文言小說增添了幾分世俗趣味。爰及明清時期，文言小說亦並未消歇，仍然在繼承中有所轉變，尤其在大家蒲松齡的筆下，熔志怪、傳奇、詩情於一爐，遂為文言短篇小說煥發出耀眼的夕暉。

第一節　繼承與轉變──兩宋文言短篇小說

　　宋代文人仍然繼承唐人用文言寫傳奇故事，但整體成就則遠不如唐人。儘管如此，宋代文言小說，在繼承中畢竟還是展現出不同於唐代小說的時代特色。宏觀而言，宋人一方面回顧過去，緬懷歷史，模仿唐人傳奇，以傳記方式寫歷史人物事件的小說，同時更遙溯魏晉六朝，似乎顯示筆記小說有復甦的現象。尤其令人矚目的是，其間不時顯露向通俗文學流動的痕跡。

一、歷史人物的傳奇

宋人寫傳奇小說，雖上承唐人傳奇的餘緒，惟主要還是沿襲模仿，比較缺少創新。按，唐傳奇通常反映作者熟習的當代社會與現實人生，可是宋代傳奇作者則往往喜歡回顧過去的歷史，偏愛雜史雜傳的撰述。儘管宋朝乃是民間通俗文學興起，並開始蓬勃發展的時代，可是在文人筆下，敘述帝王后妃的宮闈生活，或貴族強權的豪華奢侈，卻是宋人傳奇小說的熱門。現存較著名的篇章，幾乎都是涉及歷史人物事件者，諸如樂史(930-1007)〈綠珠傳〉及〈楊太眞外傳〉，秦醇〈驪山記〉，張賢齊《洛陽縉紳舊聞記》中的〈梁太祖〉，加上張實根據唐人筆記「紅葉題詩」故事改寫而成的〈流紅記〉，還有無名氏的〈梅妃傳〉、〈趙飛燕別傳〉、〈隋煬帝海山記〉、〈迷樓記〉、〈開河記〉，以及〈李師師外傳〉等。

單從諸作品的標題，讀者即可判斷出小說主角的身分或故事的重點。其中〈綠珠傳〉，寫西晉權貴石崇(249-300)侍妾綠珠的故事，內容涉及趙王司馬倫發動宮廷政變，與宮廷生活有一定的關係。而〈流紅記〉寫的則是書生于佑與唐僖宗(在位：874-888)後宮宮女韓氏的天緣巧合。至於〈李師師外傳〉，則寫宋徽宗(在位：1101-1125)與汴京名妓李師師之間的風流韻事。這些作品，在體式上均仿效唐傳奇，乃是以個人身世遭遇爲主幹的傳記體，不過，卻將筆端投向過去的歷史人物，而非敘述作者所處今朝現世的奇人異事。當然，唐傳奇中亦不乏關於歷史人物事件的故事，諸如陳鴻〈長恨歌傳〉，陳鴻或陳鴻祖〈東城父老傳〉，均是著名的例子。但是，宋人所寫歷史人物事件的傳奇故事，倘若與唐人傳奇相比照，在數量比例上，緬懷歷史人物，回顧往昔事件的作品則已大爲增加。

二、筆記小說的復甦

由於宋人筆記的興繁，遂連帶展示「筆記小說」有復甦的傾向。其實，從現存的宋代文言小說視之，在筆記體與傳奇體之間，往往並無斷然可分的文體界限，除了那些明顯模仿唐傳奇體的作品，其餘大多篇幅短小

簡略，內容龐雜瑣屑，主要是以記錄見聞，或傳述野史、保存掌故爲宗旨，實際上，多屬筆記小說。諸如：劉斧(活躍於仁宗、哲宗時期：1023-1086)纂輯的總集《青瑣高議》，其後李獻民的《雲齋廣錄》(序於徽宗政和辛卯年[1111])，以及南宋廉布《清尊錄》、洪邁(1123-1202)《夷堅志》、王明清(1127-1202)《摭青雜記》等，均屬作者個人筆記的輯集。在文學史上，可以歸類於散體古文的輯集。惟其中偶爾也會出現一些具有人物塑造、事件敘述、情節發展的故事，頗符合「小說」的基本要求。故而亦可歸類於「小說」。倘若從小說的角度觀察，則以《夷堅志》最引人矚目。

按，洪邁《夷堅志》是一部由個人撰寫，卷帙浩瀚的文言散文／小說集。全書原有四百二十卷，惟大半亡佚，經後人輯集，現存二百零六卷，約二千七百餘篇，可謂「以一人耳目，一代見聞，逐千載而角之」(胡應麟《少室山房類稿・讀夷堅志》)的巨著。不過，嚴格說來，全書主要是歷史筆記與掌故的輯集，其中有不少篇目，乃是根據傳聞或他人提供的素材而寫成，包括怪異事物或奇特故事的簡單記述，因此更符合「筆記小說」的類型。

當然，《夷堅志》中也有一些情節曲折，篇幅較長，類似唐人傳奇的作品，諸如〈太原意娘〉、〈俠婦人〉、〈蔣教授〉、〈王朝議〉、〈滿少卿〉等即是。這些均以個別人物的奇異經歷，以及較爲清晰的故事情節，展現與唐人傳奇的繼承關係。惟值得注意的是，《夷堅志》作者，通常站在一定的距離之外，以純粹客觀的視角來看待故事中的人物和事件，不像唐傳奇作者那樣，雖然以史官的語氣客觀敘述，不過對其作品中所述人物或事件，往往流露深厚的關懷與同情。換言之，唐傳奇作者的熱情和想像力，以及不時浮現在作品中的抒情意味，在宋人所錄傳奇故事中消失了。宋代作家重視的主要是，其筆下所述故事可以提供給讀者的知識訊息、道德教訓或倫理意義。宋代的文言小說，顯然已經由「作者中心」轉爲「讀者中心」。

倘若以唐傳奇的標準視之，《夷堅志》中所記故事本身的文學性，其

實不甚濃厚,可是對於宋元以後民間的說話與戲曲,則頗有影響。按,宋
元話本中就有不少故事情節,均取材自《夷堅志》。現存宋人話本小說
中,如〈馮玉梅團圓〉(《京本通俗小說》),其本事即出自《夷堅志》。
至於明人的擬話本,如馮夢龍的《三言》,凌濛初的《二拍》,其中因襲
《夷堅志》故事者更多了。此外,宋元戲曲也搬演不少話本故事,其中一
些劇目與《夷堅志》亦顯然有濃厚的血緣關係。著名者如元人沈和的〈鄭
玉娥燕山逢故人〉雜劇,上溯其源,當可推及《夷堅志》中〈太原意娘〉篇。

　　宋代文言短篇小說,雖因作者多熱中於筆記,展示其對過去歷史傳統
的徘徊回顧,形成筆記小說的復甦,乃至在文言小說史的發展軌跡上,雖
有繼承,卻似乎停滯不前,欠缺創新。惟不容忽略的則是,在內涵情境方
面,世俗趣味的滲入。

三、世俗趣味的滲入

　　宋代文言短篇小說,一方面顯現文人筆記小說的復甦,另一方面則流
露世俗趣味的滲入。按,宋代民間說話的流行,通俗白話小說的興起,對
文言小說影響頗大,最顯著者就是,故事人物與內容的世俗化。例如廉布
的《清尊錄》與王明清的《摭青雜記》,即以敘述市井小人物的世俗情事
為主。又如《清尊錄》中的名篇〈狄氏〉,寫滕生因被狄氏的美色所迷,
遂夥同尼姑設計誘姦,原本「資性貞淑」的狄氏,竟然中了圈套,背著丈
夫與滕生私通。像這種帶著色欲的世俗情事,就連原本貞淑女子也可能背
叛丈夫的人性揭露及社會寫實,與筆端往往沾著婉轉詩意與浪漫理想的唐
傳奇愛情小說,風格上已有顯著的雅俗之別。

　　《摭青雜記》也多寫市井小人物的故事,如〈茶肆高風〉,敘述茶肆
主人拾金不昧的義舉。惟作者並未將茶肆主人塑造成一個高風亮節的典範
化人物,只簡單地告訴讀者,茶肆主人之「所以然者」,不過是因為「常
恐有愧於心」而已。這原本是一個平凡人物的基本良知,遵循的乃是世俗
人間的道德規範。

　　宋代文言小說中的世俗情味,不僅表現於市井小人物的生活經歷中,

甚至也流露在有關帝王貴族的故事裡。如無名氏所撰的〈李師師外傳〉，即是一例[1]。就篇目標題，乃是寫北宋末年汴京名妓李師師的故事，並從世俗角度，來敘述宋徽宗與名妓李師師交往的一段情緣。男主角徽宗，雖貴為帝王之尊，一旦走進世俗社會，「微行為狹邪遊」，隨即失去其身為帝王的尊貴和特權，乃至與其他意欲攀緣當世名妓的嫖客無異。為取悅師師，表現誠意，以獲得青睞，徽宗必須經過一連串的「未見師師出侍」、「師師終未一見」的考驗。好不容易等到師師終於在李姥諸人簇擁之下，姍姍來遲，偏偏李師師還「見帝意似不屑，貌殊倨，不為禮」，並云：「彼賈奴耳，我何為者？」名妓李師師的高傲，徽宗皇帝的卑微，正是世俗社會中名妓與嫖客之間常見的互動關係。宋徽宗在〈李師師外傳〉中，因仰慕而造訪名妓的角色地位，與以後明代白話小說《三言》中，〈賣油郎獨占花魁〉的男主角賣油郎秦鍾，實相近似。

當然，宋代文言小說中流露的世俗情味，並不僅只在於小說中人物身分地位或言行舉止的世俗化，更重要的是，作品主題意趣的世俗化。作者的主要關懷，已不再局限於文人士大夫的人生理想追求，且亦無涉於風流才子的仕宦前途或戀愛心情，而是身處世俗社會的平凡人物，在日常生活裡，面對金錢、色欲諸般誘惑之際的種種表現。這些正是民間說話人絮絮不休的話題，也是白話通俗小說百說不厭的故事(詳後)。

綜觀兩宋文言短篇小說，雖是唐人傳奇的後續，惟在行文風格上，一般均顯得頗為平實，稍欠辭采；在內涵意境上，唐傳奇作家「作意好奇」的創作精神，以及作品中充滿蓬勃生機，蕩漾著作者抒情意味者，則已明顯消褪。此外，宋人寫小說，亦喜歡「重述」前人所寫的故事，或將前人記述的本事，加以敷演，故事的基本輪廓架構未變，徒令相關故事的材料更加豐富而已。這正是當今小說論者，對宋人文言小說「不滿」的主要理由，並且認為，宋代文人對前人筆記資料的濃厚興趣，亦是令宋代文言短

1　〈李師師外傳〉作者不詳。惟據小說結尾所云：「道君奢侈無度，卒召北轅之禍，宜哉！」似乎顯示其作品當屬南宋時期，甚至或金元初期。

篇小說，在唐傳奇的光輝之下，難以有所突破，難以創造新境的重要緣由。

第二節　夕陽的餘暉——明清文言短篇小說

兩宋以後的文言小說，在白話短篇小說與通俗章回小說風起雲湧的「威脅」之下，仍然繼續謀求生存，並且努力嘗試開闢新境，也的確表現出一些不凡的成果。但是，這畢竟已經是文言短篇小說漫長的發展史上，「夕陽無限好，只是近黃昏」的最後餘暉。或可以明代文壇傳奇小說的復興，以及清代文壇傳奇小說與志怪故事的融合，作為其發展演變的兩大標誌。

一、傳奇小說復興，詩詞韻文湧入

明代文人撰寫文言小說，相繼模仿唐人傳奇，甚至紛紛輯集成書，遂令傳奇小說在宋元之後重新振作，頗有復興的態勢。其中比較引人矚目的，自然是所謂的「三燈叢話」。亦即元末明初之際，瞿佑（1341-1427）的《剪燈新話》，其後李禎（1376-1452）的仿作《剪燈餘話》，以及萬曆年間（1573-1620）邵景詹的《覓燈因話》。其中則以瞿佑《剪燈新話》最具代表性。

按，瞿佑《剪燈新話》既規模唐人，又下啟《聊齋》，正是傳奇小說一脈生命所以能延續至清代的重要關聯。其書大約成於洪武十一年（1378）前後，共錄二十一篇作品，內容多數是關於愛情婚姻、鬼神怪異的故事，而其故事的原形亦多來自唐傳奇以及魏晉六朝志怪小說。例如〈金鳳釵記〉，便是由魏晉六朝志怪中的冥婚故事與唐傳奇中的離魂故事演化而來 [2]。不過，唐傳奇小說主要是藉神怪以言情，乃是以情勝，而《剪燈詩話》卻是藉神怪以言志，主要以理勝。此外，比起兩宋的傳奇故事，《剪

2　晚明凌濛初（1580-1644）又將〈金鳳釵記〉改寫成白話小說〈大姊魂遊完宿怨，小姨病起續前緣〉（收入《初刻拍案驚奇》卷二十三）。

燈新話》中的道德說教色彩，甚至更爲明顯。就如〈愛卿傳〉，雖敘述趙氏子與名娼羅愛愛之間的歡會與情欲，可是筆墨重點卻轉向愛愛嫁到趙家之後，如何侍奉太夫人的種種孝道，以及在危難之際又如何對趙家忠貞不渝。

　　惟值得注意的是，明人傳奇小說中，詩詞韻文多量的湧入。顯然這些作者大都富於詩才，尤其善於集句，或許出於逞才顯學的動機，乃至會出現集錄於小說中的詩詞韻文，即使游離於作品故事情節結構之外，也難以割捨，遂往往成爲小說中一種額外或多餘的裝飾。如《剪燈新話》中的〈聯芳樓記〉，寫的是才子佳人類型的愛情故事，故事中詩句充塞其間，甚至予人以敘述散文似乎有退居陪襯地位的印象。當然，文言短篇小說中散韻兼備的文體，乃是在唐傳奇中萌芽，爰及元代作品〈嬌紅記〉中已見成形，及至《剪燈新話》等，則可謂宣告確立。

　　儘管繼瞿佑《剪燈新話》之後，文言小說一直不斷有新作產生，包括不少單篇流傳的傳奇故事，其中有篇幅較長的作品，諸如佚名氏的〈鍾情麗集〉、〈劉生覓蓮記〉等；另外如宋懋澄（萬曆四十年[1612]舉人）的〈負情儂傳〉與〈珍珠衫〉，亦是頗受讀者欣賞喜愛的名篇。這些明人傳奇小說的文學成就，實已超越了宋人傳奇。但是在白話通俗小說日益繁盛的時代，畢竟無法與充滿生機的白話小說抗衡。對於文言小說的生存命脈而言，可謂正面臨文體須自我更新，以及內涵情境有待開拓的重要階段。這個任務，則須由清代的蒲松齡來完成。

二、傳奇志怪融合，抒情意味增濃——蒲松齡《聊齋誌異》

　　蒲松齡（1640-1715）的《聊齋誌異》，以下或簡稱《聊齋》，乃是一部由個人經營，獨自創作，近五百篇的文言短篇小說集，在中國小說史上已是空前絕後的創舉。一般文學史論者，均認爲蒲松齡《聊齋誌異》，代表自唐人傳奇以來，文言短篇小說發展的最高成就。倘若從資料來源觀察《聊齋》中的故事，有的顯然根據坊間流行的社會傳聞，有的則由他人口頭或書面形式提供材料，這與一般筆記小說或傳奇故事取材的來源，並無

不同。即使從故事內涵形態看，則《聊齋》大多數作品，都可以在魏晉六朝志怪或唐宋傳奇的文言小說中找到原形。此外，作者蒲松齡筆下所寫的狐鬼花妖，以及其他種種怪異事物或現象，其實與魏晉六朝以來的志怪傳統，也都有直接或間接的血緣關係。那麼《聊齋》之所以令人矚目，受人激賞之處，到底表現在哪些方面？何以一直是令當今學界不斷研究討論的熱點？

此處單就文言短篇小說發展演變的角度觀察，或許可以從作品文體形式的創新與內涵意境的開拓兩方面切入，也就是傳奇與志怪兩種文體的融合，以及作品中作者抒情意味的濃郁來論《聊齋》。

從文言短篇小說作品的形式體制看，其實《聊齋》中故事的形式體制並不一致。有的貌似志怪體，篇幅短小，記述簡要；有的則貌似傳奇體，篇幅較長，提供相當完整的故事情節，以及細緻的人物描寫。然而，值得注意的是，《聊齋》中篇幅短小者，與魏晉六朝志怪的寫法卻並不盡然相同，而其篇幅較長者，亦並非完全仿效唐人傳奇。事實上，蒲松齡採用了一種融合傳奇與志怪的「新」格局，亦即魯迅於《中國小說史略》所稱「用傳奇法，而以志怪」。

按，魏晉六朝以來，大凡志怪作者記述怪異事件，或旨在錄實，以免亡佚，或為證明某種宗教理念之可信，或為強調道德教化之不容忽略，故而無須刻意追求文采，以製造文學審美的藝術效果。不過，蒲松齡在其《聊齋》中談狐說鬼，則是一種文學的、審美的創作，而且無論故事之長短簡繁，均展現作者自覺的審美藝術趣味的追求。一方面運用傳奇善於虛構，長於渲染，精於刻畫的特點，同時又借鑑志怪往往搜神記異，文體簡潔的傳統。於是，經過蒲松齡個人的一番創造性的鎔鑄，其中篇幅較長的作品，既婉曲有致，又不失其簡潔，篇幅較短的作品，則在簡潔中仍然流露委婉曲折的情致。換言之，在貌似傳奇的作品中，散發著志怪的氣息，在貌似志怪的作品中，又閃耀著傳奇的光輝。

當然，唐代文言小說中已經出現志怪內容與傳奇格式相結合的例子，爰及明初瞿佑《剪燈新話》中一些故事，基本上已是以志怪為題材的傳奇

小說，這些或可視爲蒲松齡於其《聊齋》文體格局的創新，開啓先河。但是，蒲松齡的貢獻，主要還是將怪異的題材與現實人生緊密聯繫起來，以鬼狐妖魅的故事，象徵現世，映照今生，並抒發情懷，表達志趣，充分流露其濃厚的個人抒情意味。

就如在其筆下，有關科舉題材故事中的書生，大多出身寒門，或家道式微者。這與唐傳奇中往往標榜男主角出身高門大姓或官宦世家，很不一樣。更明顯的差異還是，唐傳奇對於男主角的才華，並不刻意推崇渲染，彷彿是想當然耳，只要潛心應試，自然能進士及第，步入仕途，享受榮華富貴。可是《聊齋》則恰好相反，出現一批「文章辭賦，冠絕當時」的人物，但卻「所如不偶，困於名場」（〈葉生〉），或「才名冠一時，試則不售」（〈賈奉雉〉）。而且即使在追求科舉仕進之途，亦幾無例外，均多少會遭遇一些人生挫折。有的甚至生前屢試不第，死後鬼魂復來應試，卻依舊名落孫山。就是在這些書生文士的遭遇中，浮現著蒲松齡自己一生懷才不遇的形影，寄寓著個人深切的感觸與悲慨，其中含蘊的是，作者既自詡自負，又自悲自憐的情懷。對於屢次落第，終身未能中舉的蒲松齡而言，「科舉」乃是一件令其無比痛苦，而又充滿誘惑的題材，乃至成爲《聊齋》中許多故事的筆墨重點。並且通過一些生前不第，死後鬼魂，卻繼續應試的故事情節，揭露明清時代科舉制度的各種弊端，尤其是對文人士子身心的戕害。同時也藉此抒發孤憤，吐露出一介書生窮愁潦倒，懷才不遇，滿腔的不平與悲哀。

此外，在《聊齋》的愛情婚姻題材作品中，值得注意的是，男女主角社會身分地位的特殊，與明末清初風行的才子佳人小說（詳後），頗有類似之處。其中男主角，通常是沒有科名的年輕書生，且大都命運多舛，懷才不遇，乃至窮愁潦倒，流寓他鄉。有的只得或寄宿僧寺，有的則藉他人之園暫居；爲謀求生計，平日或替人抄寫謀食，或如蒲松齡自己那樣，科場失利之後，設帳授徒維生，不然就像蒲松齡的父親那樣，爲生計而棄儒學賈。惟值得注意的則是，《聊齋》故事中這些文士書生，雖然命運多舛，不過在作者筆墨下，卻多爲風度翩翩，言行灑脫，才華洋溢，人品出眾之

士，往往具有過人的膽識，蕩逸的情懷。首先，不畏鬼狐。明知所遇女子乃是不同於人間陽世的異類，仍然樂於與之交遊往來，甚至相親相愛相結合。其次，這些書生，於仕途官場之外，在生命意義的追求中，且多別有雅趣，展現不同凡俗的品味與嗜好。諸如：常大用、馬子才、黃生等，均愛花成癖，儼然花癡；郎玉柱則愛書成狂，是十足的書癡。像這些非比尋常、背離世俗一般價值取捨的人物，顯然不是靠功名權勢或財富背景，而是憑其個人才學和人格氣質，方贏得女主角的芳心。

再看愛情故事中女主角的形象，多數是由鬼狐妖魅變化成人形而來，且各依其異類屬性，表現出不同的人格特質，同時流露作者詼諧風趣的想像力。就如阿纖，原是鼠精，故而善於積粟；至於白秋練，則是洞庭湖中魚精所變，當然離不開湖水，乃至「每食必加少許，如用醋醬焉」；再看香玉、葛巾，均為牡丹花妖，故而一個「袖裙飄拂，香風流溢」，另一個則「玉肌乍露，熱香四流」、「鼻息汗燻，無不氣馥」……。當然，年輕貌美，溫柔多情，善解人意，均是這些女主角人格性情的共同特徵。有趣的是，這些愛情故事中的女子，偏偏也不同流俗，不愛富貴只愛人才，甚至還從來不計較男方是否已有妻室，只是心甘情願的投懷送抱。這樣的女子，真是令人嚮往，尤其令窮途書生欣慰。

也就是假借這些愛情故事中男女主角言行舉止的不同凡俗，均可以突破現實社會傳統觀念枷鎖的先行條件下，蒲松齡通過神奇怪異的情節構思，運用婉轉纏綿的愛情故事，將現實人生與詩情畫意一般的理想生活，融為一體。其中尤其引人矚目的是，對於男女雙方志趣相投的特別重視，頗有隱約鼓吹「知己之愛」的痕跡。例如〈白秋練〉，寫洞庭湖中由一尾白鯽魚精幻化為女子的白秋練，不但料事如神，且「有術知物價」，善於經商，卻又酷愛詩歌，偏偏學賈的生意人慕蟾宮，「每舟中無事，輒便吟誦」，即使在商務經營中，也懷有愛詩的雅趣，二人正是出於對詩情的共同愛好，遂能超越妖凡異類的界限，結為夫妻。又如〈黃英〉，其中女主角黃英，原是菊花精，與馬子才二人雖屬妖凡異類，卻擁有同樣的愛菊、藝菊、賞菊的田園生活情趣，因而彼此賞慕，結下良緣。

　　值得注意的是，從魏晉六朝志怪到唐人傳奇乃至明代傳奇小說，一般作者筆下的男女愛情故事中，大凡涉及鬼狐妖魅的下場安排：或均視爲「異物」，不是有害於人，致人於死，就是結果被人打擊而死；少數幸運者，或在原形畢露之後，心知不屬於人間社會，而悄然離去[3]。換言之，凡人與異類之間，總有一道不可跨越的鴻溝，兩者的關係，無論悲喜，也只不過是短暫的，難以爲長的情緣。可是，在蒲松齡筆下，《聊齋》中的白秋練、黃英、青鳳、紅玉、巧娘、章阿端、晚霞等，這些從異類幻化成人形的美貌女子，則可以和凡人一樣，尋找心儀的對象，品嘗愛情的滋味，並且與男主角結爲終生伴侶，共度歲月人生。這樣美滿叫好的結局，自然爲懷才不遇的落拓文人，在淒清孤寂的生活中，帶來不少溫暖，提供遐想，撫慰在現世社會中受挫的心情。

　　《聊齋》中的故事，無論筆墨重點是有關科舉成敗或男女愛情，顯然均與作者蒲松齡個人的經歷，或人生的感受和處世心態，密不可分，乃至即使以第三人稱客觀立場角度敘述人物事件爲主的小說故事，卻煥發出濃厚的個人抒情意味。這是《聊齋》所以能夠區別於過去一般志怪或宋明傳奇故事的主要特徵，也是《聊齋》最具獨創性的重要緣由，並且爲文言短篇小說史，煥發出夕陽的耀眼餘暉。

3　如〈白猿記〉中的白猿，最後被歐陽紇及其部眾所殺。又如〈古鏡記〉中，即使是「變形事人，非有害也」的狐精鸚鵡，也自覺「大行變惑，罪合至死」，最後被寶鏡所照，「化爲老狸而死」。再如〈任氏傳〉中纏綿多情的狐女任氏，也意外地「爲犬所獲」，淒然死去。另外，李禎《剪燈餘話》卷三〈胡媚娘傳〉，胡媚娘嫁給蕭裕爲妾後，「事長撫幼，皆得其歡心」，又「躬自紡績，親繰蠶絲」，但由於畢竟是狐精所化，視爲「妖」，而被道士用法術「震死闉闍」，並被焚，「瘞之僻處，鎮以鐵筒，使絕跡焉」。

第八編
唐宋詞的發展演變及餘響

第一章
緒　說

一、何謂「詞」

　　所謂「詞」，廣義而言，也是「詩」，狹義而言，則是中國詩歌中一種有別於詩的韻文體裁。指的乃是按照特定的音樂曲調而填寫的「歌詞」，所以通常不說寫詞，而說「填詞」或「倚聲填詞」。每一首詞，都屬於一個特定的音樂曲調，必須標出這個音樂曲調的名稱，如〈菩薩蠻〉、〈定風波〉、〈水調歌頭〉等，通稱爲詞牌，表示這是一首按照某一音樂曲調的節拍音律填寫而成的歌詞。音樂曲調的長短簡繁，節拍的舒緩急驟，直接影響到一首詞的篇幅體制，乃至每首詞字數的多寡，句式的長短，平仄的轉換，押韻的形式，均依其詞牌要求而各有定格。

　　倘若依詞的字數多寡分類，或可把詞分爲小令、中調、長調；小令篇幅短小，中調、長調篇幅較長；不過，到底以多少字爲準，並無定論。此外，又由於詞的句式必須符合所屬的詞牌格律規範，乃至句式往往長短不一，故而又稱爲「長短句」。單從詞表面上長短不一的句式看來，彷彿顯得比詩「自由」，實際上，卻擁有比律詩更嚴格複雜的格律要求。填詞所遵循的規範，遠比寫律詩來得嚴格。

　　當然，詞和詩都主要是以抒發情懷爲宗旨，但是詞之所以不同於詩，不僅在於體式外型的格律規範，亦在於歌詞內質的情味意境。試先看一些前人的意見：

　　張炎(1248-1320)《詞源》：

　　　　簸弄風月，陶寫性情，詞婉於詩；蓋聲出鶯吭燕舌間，稍近乎情

可也。

王又華(活躍於清順治康熙年間)《古今詞論》引清人李東琪語：

詩莊而詞媚，其體原別。

朱彝尊(1629-1709)《曝書亭集‧陳緯雲紅鹽詞序》：

詞雖小技⋯⋯蓋有詩所難言者，委曲倚之於聲。

劉熙載(1813-1881)《藝概‧詞概》：

詞也者，言有盡而音意無窮也。

王國維(1877-1927)《人間詞話‧刪稿》：

詞之為體，要眇宜修，能言詩之所不能言，而不能盡言詩之所能
言。詩之境闊，詞之言長。

按，詞在題材內容上含蘊的層面，的確顯得比詩狹窄，但其情味意境
則可以比詩更為深曲悠長。一般而言，流傳下來的詞，抒寫得最多的，乃
是那些閨思怨情、離愁別恨、傷春悲秋、羈旅惆悵等，均屬非常個人的、
私己的情懷，甚至一些極為幽微的內心深處，不宜在公開場合揭露的情懷
意念。而表現這種情懷的方法，自然以委婉曲折為正宗。

倘若從宏觀角度視之，一首詩背後的敘述者，通常是一個官員人臣，
或文士儒生，或隱者處士，或遷客騷人，其作品的場域背景，主要是朝廷
廟堂，或山林田園。而一首詞背後的敘述者，往往是一個多情公子，或風
流才子，其場域背景，則主要是花間尊前，或閨中院內，甚至秦樓楚館。
詞，可說是一種可以獨立於傳統儒家政教倫理之外的詩歌體。當然，像蘇
東坡、辛棄疾等大詞家，以他們超人的才華，不凡的個性與學養，遂使得
詞「士大夫化」，乃至擴大了詞的題材範圍，詞的主題內涵有了某種程度
的改變，詞的情味意境，已不再局限於委婉軟媚、纏綿香豔，而開拓至瀟
灑豪放、激昂慷慨的領域。但是，蘇、辛這類詞，畢竟並非詞的「本
色」，即使令傳統詞評家欣賞讚嘆不已，亦不得不視之為是一種「別
格」，或一種「變調」。何況蘇、辛諸家抒發的情懷，無論是人生感悟，
或英雄氣概，仍然不出個人之情，一己之懷，只是採取與一般詞人不同的
題材與態度，來抒情述懷而已。更何況在蘇、辛詞集中，亦不乏委婉曲

折，甚至軟媚纏綿之情味意境者。或許可以說，詞，乃是一種比較個人的、私己的詩歌體裁，比較適宜表現個人內心深處幽微的感受與私人生活委婉情緒的媒體。

二、詞的產生

詞的產生與世間流行音樂的關係非常密切。不過學界對於詞正式產生的確切時間，至今尚無定論。姑且大體而言，詞或許是在隋唐時代伴隨當時新興的流行音樂「燕樂」而興起，乃是城市商業經濟繁榮，為因應城市居民消閒娛樂需求的產品。所謂「燕樂」，即胡夷里巷之曲，也就是外來的胡夷之樂與中原地區里巷俗樂的融合體。這種揉雜著胡樂與俗樂的燕樂，聲情繁雜，音節變化多端，是一種抒情性較強的音樂。通常是在城市的消閒娛樂場所，諸如瓦舍勾欄，秦樓楚館，或歌筵酒席上，由職業歌妓演唱，故亦稱「宴樂」或「讌樂」。為適應歌唱場所的氣氛，迎合聽眾的趣味，增強歌詞的感染力，自然會採用比較明白易曉、淺近通俗的語言，且多選擇俗世人間的情和事，作為歌詞的內容，其中尤以男女豔情為主調。因此，不同於宮廷中用於朝廷大典祭祀場合，強調莊嚴和平的「雅樂」，詞乃是一種「俗樂」，屬於大眾化的通俗音樂，猶如今天市面上的流行歌曲，目的主要是為聽眾提供消閒娛樂，可以無關政治教化。

詞，就是為這種新興流行歌曲而填寫的歌詞。當初稱為「曲子」，或「曲子詞」。就如《花間詞・序》，即將文人填寫的詞稱為「詩客曲子詞」。直到北宋期間，才開始有簡稱為「詞」者。但也有稱「長短句」、「樂府」、「詩餘」者。詞的出生雖然顯得不高貴，最初只是流行於市井勾欄的娛樂場所，可是卻以其自然率真的本色，引起朝野文人士子的注意和喜好，並相繼模仿製作，遂由市井民間轉移至士林文壇，成為一種抒情的詩歌體裁。

三、民間流行歌詞——敦煌曲子詞

最先爲這些流行曲子填寫歌詞者，主要還是一些無名氏的民間藝人，包括伶工、樂師、歌妓，以及懷才不遇而淪落民間的失意文人。就如20世紀初在甘肅敦煌石窟發現的一些手寫本曲子詞，其中除了五首是署名的文人作品之外[1]，其他都是無名氏之作。從創作年代看，現存敦煌曲子詞，早自盛唐，晚至五代，歷經三百四十餘年之久。

就這些現存的敦煌曲子詞，大略可觀察到詞這種詩歌體的一些早期風貌。首先，在形式體制上，雖以小令占多數，不過業已出現一些慢詞長調；至於格律方面，顯然尚未定型，同樣的詞牌，字數不定，平仄韻腳也並不統一；而且有時詞牌名稱與詞的內容，還大致相符，如〈定風波〉詠出征之事，〈獻忠心〉詠對朝廷的忠心等。其次，語言風格多樣，惟仍然以通俗淺白之語居多。再者，主題內涵方面，則相當繁雜，包括離情相思，戰爭動亂，邊塞悲情，失意潦倒，遊子思鄉，甚至還有一些宣揚佛教教義、推崇倫理道德、說教意味濃厚的作品。整體視之，男女豔情仍然是最常出現的題材，其他如邊塞題材和報效朝廷者亦不少。可以看出這些「胡夷里巷之曲」，由邊陲地區逐漸向城鎮流傳轉移的痕跡，以及詞的內容，最終會朝「豔情」方向發展的趨勢。

所謂「豔情詞」，主要是有關男女愛戀中的離情相思，猶如今天流行歌壇的愛情歌曲。試看敦煌曲子詞中一首〈菩薩蠻〉：

> 枕前發盡千般願，要休且待青山爛。水面**上**秤搥浮，**直待**黃河徹底枯。／白日參辰現，北斗回南面。休即未能休，**且待**三更見月頭。

顯然是一首愛的誓詞，其主題與漢樂府〈上邪〉近似，同樣屬於由女子口中坦率直言愛的民歌傳統。惟值得注意的是，與晚唐以後定型的通行

---

1 如溫庭筠〈更漏長〉(金鴨香)、歐陽炯〈更漏長〉(三十六宮秋夜詠)、〈菩薩蠻〉(紅爐暖閣佳人睡)，以及唐昭宗(在位：889-904)所作二首〈菩薩蠻〉。

體〈菩薩蠻〉四十四字的體式不同。按，〈菩薩蠻〉一般通行體，上片爲七七五五句式，下片爲五五五五句式。可見早期的詞體，在文人正式染指之前，尚未固定化，有時甚至還可以增添「襯字」(如粗體者)，句中字數不定，可以自由揮灑。以後元散曲、元雜劇中的曲辭，還保留了增添襯字的傳統(詳後)。

再看〈望江南〉二首：

> 莫攀我，攀我太心偏。我是曲江臨池柳，者(這)人折去那人攀，
> 恩愛一時間。
> 天上月，遙望似一團銀。夜久更闌風漸緊，爲奴吹散月邊銀，照
> 見負心人。

第一首顯然是歡場女子無法獲得長久愛情的埋怨，第二首則是棄婦相思之辭。兩首詞的語言均通俗淺白，情味意境則樸實率眞，可謂「直而露」。惟句式並不一致，第二首第二句中的「似」，乃是襯字。

值得注意的是，敦煌曲子詞中，還有《雲謠集雜曲子》(或簡稱《雲謠集》)三十首，乃爲現存最早的詞集選本。所收錄的作品，幾乎全是有關離情相思的豔情詞，其中無論文辭、風格、情調，皆頗爲一致，顯然是經過文人編選，並加以潤色，甚至修改過的。試以下列兩首爲例：

先看〈鳳歸雲〉(詞牌下注云：「閨怨」)：

> 征夫數載，萍寄他邦。去便無消息，累換星霜。月下愁聽砧杵，
> 擬塞雁行。孤眠鸞帳裡，枉勞魂夢，夜夜飛颺。／想君薄行，更
> 不思量。誰爲傳書與，表妾哀腸。倚牖無言垂血淚，闇祝三光。
> 萬般無那處，一爐香盡，又更添香。

再舉〈破陣子〉一首：

> 蓮臉柳眉休韻。青絲罷攏雲。煖日和風花戴媚，畫閣雕樑燕語
> 新。捲簾恨去人。／寂寞常垂珠淚。焚香禱盡靈神。應是瀟湘紅
> 粉繼，不念當初羅帳恩。抛兒虛度春。

從上引二例可見，敦煌《雲謠集》中的豔情詞，已經展現出情懷宛轉柔媚、文辭綺麗典雅的痕跡，明顯流露文人的審美品味，文人對這些曲子

詞的影響，已初露端倪，或可視爲流行於民間的歌詞，最終會踏入士林文壇的前奏。

四、文人按拍填詞──中唐文人詞

　　流行於城鎮里巷的曲子詞，以其純樸率眞的風格，逐漸引起文人士子的注意與喜愛。傳爲李白(701-762)所作〈菩薩蠻〉和〈憶秦娥〉，雖曾被視爲「百代詞曲之祖」，惟當今學界對此仍然無法取得共識，且認爲是後人假托李白之名所作者居多。倘若根據現存的可信資料，中唐文人已經開始偶爾按拍填詞，模擬流行民間的小曲。試看劉禹錫(772-842)〈憶江南〉二首自注云：

　　　和樂天春詞，依〈憶江南〉曲拍爲句。

　　所謂「依〈憶江南〉曲拍爲句」，即是按照〈憶江南〉樂曲的節拍填詞，其句式和聲律兩方面，亦隨樂曲的要求而定。按，劉禹錫所云，不但標誌著詞體的正式確立，且顯示，詞已經進入文人「倚聲填詞」的階段。現存白居易和劉禹錫二人之間唱和的〈憶江南〉，當可以爲證。

　　試先看白居易〈憶江南三首〉：

　　　江南好，風景舊曾諳。日出江花紅似火，春來江水綠如藍。能不
　　　憶江南。江南憶，最憶是杭州。山寺月中尋桂子，郡亭枕上看潮
　　　頭。何日更重遊。江南憶，其次憶吳州。吳酒一杯春竹葉，吳娃
　　　雙舞醉芙蓉。早晚復相逢。

　　白居易於詞前嘗自注云：「此曲亦名〈謝秋娘〉，每首五句。」特意說明，其〈憶江南〉每首五句的形式，乃是由樂曲決定。歌詞中回憶的是江南迷人的春景，以及當初流落江南時，優閒愉悅的生活，傳達的是一分無限懷舊之情。此處歌詞的內容，對江南種種的回憶，與曲調〈憶江南〉名稱相符，顯然與敦煌曲子詞某些曲調與曲辭內容相符的情況類似，展現的正是，詞的早期風貌。

　　再看劉禹錫「依〈憶江南〉曲拍爲句」的和詞：

　　　春去也，多謝洛城人。弱柳從風疑舉袂，叢蘭裛露似霑巾。獨坐

亦含顰。

值得注意的是，白、劉二人這幾首〈憶江南〉，都是作者個人情懷的抒發，或是對江南的懷思，或是對青春已去的感傷。由此可見，依流行曲調節拍填詞，對這些中唐文人而言，主要還是作詩之餘，一種小品式的嘗試，不過是用曲子詞的特殊形式，抒發原來可以用詩的形式表現的情懷而已，乃屬偶爾爲之的新詩體。

中唐文人詞現存不多，所用詞調也有限，形式上有的與絕句頗相彷彿，有時甚至到底該歸屬詞或詩，在學界仍有爭議。不過題材內容方面卻並不狹窄，諸如韋應物(737-792?)〈調笑令〉寫邊塞生活，劉長卿(709-780)〈謫仙怨〉寫遷謫之怨，張志和(730-810)〈漁父〉(即〈漁歌子〉)寫其隱逸情懷，王建(767?-830?)〈宮中調笑〉寫商婦之怨，韓偓(844-923)〈生查子〉則寫男女豔情……。

從現存中唐文人詞視之，已經清楚展現文人對詞這種出身民間的詩歌體造成的影響。首先，在內容上，主要還是從詩的傳統題材轉移而來，故而意境顯得文雅，頗符合文人的品味。其次，在體制上，詞的長短句特點，尚未充分發揮，詞與詩之間的界限，還不甚明顯，大體還停留在類似五、七言絕句或律詩的形式，其中平仄的配合，亦與絕句、律詩相似，乃至整齊的句式和對仗的句法，頗爲普遍。再者，至於語言風格，則與中唐元、白詩派的淺近通俗、清新樸實類似。中唐時期的文人詞，或可視爲文人的嘗試染指階段，乃是晚唐以後正式成熟的文人詞之先驅。

第二章

詞為「豔科」的形成與蛻變——晚唐五代詞

　　晚唐五代是中國歷史上的「衰世」，政治混亂黑暗，社會動盪不安，這樣的環境背景，必然會影響到文人士子對生活的態度和心情，進而影響到文學作品的風貌和內涵。本書在論述晚唐詩歌發展的章節，已經提及，晚唐文人在時局國運的悲嘆焦慮中，如何把視野從廣大的社會民生，收回到個人一己生活的小天地，反映在詩歌創作上的一個重要現象，就是愛情題材的吟詠，傷感情調與華麗辭藻的偏好。值得注意的是，這種趨向，同時也表現在詞的創作中。何況詞原本是歌筵酒席上，從美麗溫柔的歌妓口中唱出的歌詞，是在酒色樂歌氣氛中，娛賓遣興之用。為了配合歌唱者的身分，以及歌唱所在地的場域氣氛，詞所吐露的，自然應該是一種比較委婉、纏綿、香豔、軟媚的情致。一般文人填詞，也就配合這種場域情境，用歌詞來表現纏綿宛轉的離情相思，或情場失意的惆悵憂傷。詞為「豔科」的傳統，就在這樣的環境背景中形成。當然，在這期間，詞本身的發展與演變繼續不斷，或可歸納為花間詞派的產生(晚唐與西蜀詞)，以及抒情意味的增濃(南唐詞)兩條線索來觀察，同時也正巧是詞在文人筆下臻至成熟的兩個發展階段。

第一節　花間詞派的產生——晚唐與西蜀詞

　　後蜀趙崇祚所編《花間集》(序於廣政三年[940]，收錄十八家「詩客

曲子詞」共五百首,是現存最早的文人詞總集。除了溫庭筠、皇甫松、孫光憲少數晚唐作家之外,其他皆西蜀人,不然就是因戰亂流寓至前蜀、後蜀者。因此,一般亦概稱「花間詞」爲「西蜀詞」,以別於稍後的「南唐詞」。花間詞之所以能成爲一「派」,自然與其作品本身表現的風格特徵,還有編輯者對詞的觀點與品味有關。試從以下三方面來觀察,詞自晚唐至西蜀之際的演變概況。

一、豔情閨思的吟詠

豔情閨思原本是青樓歌妓演唱的流行歌曲之主調。晚唐五代文人填詞,主要也是爲歌妓傳唱之用。根據歐陽炯(896-971)〈花間集序〉:

> 有綺筵公子,繡幌佳人,遞葉葉之花箋,文抽麗錦;舉纖纖之玉指,拍按香檀。不無清絕之辭,用助嬌嬈之態。自南朝之宮體,扇北里之娼風,何止言之不文,所謂秀而不實。……

意指一般「綺筵公子」爲「繡幌佳人」當筵演唱所作的歌詞,其中雖然「不無清絕之辭,用助嬌嬈之態」,可是自南朝宮體詩的盛行,煽起了「北里之娼風」,乃至歌曲變得「言而不文」、「秀而不實」了,換言之,文辭低俗,內容空洞。趙崇祚就是在不滿這種情況之下,才「廣會眾賓,時延佳論」,繼而「集近來詩客曲子詞五百首」,編錄成《花間集》。值得注意的是,此〈序〉中特別指出,所選錄者乃屬「詩客曲子詞」,目的在於有別於通俗的「民間曲子詞」,顯然寄望,用這本精選的,屬於詩客的高雅之作,可以取代南朝以來流行民間的不文不實的鄙俗歌詞,或許可提供一種高水準的歌唱範本[1]。

花間詞不但標誌文人詞的正式成熟,也代表一個時期風尚的「花間詞派」之形成。其中作者皆屬有社會地位、具文才聲名的「詩客」,所用詞調仍以小令爲多,題材內容則與詩客的知識與經驗相符,可謂廣泛多樣。

---

1 按歐陽炯〈花間集序〉乃詞學研究的重要資料,張以仁〈《花間集序》的解讀及其涉及的若干問題〉一文,提出精確的見解。見《中央研究院第三屆國際漢學會議論文》(2000/6/29-7/1)。

除了男女豔情之外，還有不少非男女情詞，包括行旅、邊塞、別情、弔古、詠史、詠懷、風土、詠物、神仙、隱逸等[2]。風格意境上，則有的含蓄文雅，有的清新疏朗。不過，倘若與現存民間敦煌曲子詞相比照，畢竟顯得委婉隱約得多。故而花間詞即以詞風婉約見稱，其中成就最高者，自然以奠定軟媚詞風的溫庭筠爲宗主。

二、軟媚詞風的奠定

　　溫庭筠(812-870)一生雖然仕途不順遂，卻以「能逐絃吹之音，爲側豔之詞」(《舊唐書‧溫庭筠傳》)聞名，是詞史上第一位大力填詞的文人作家，是第一位堪稱「大家」的詞人，也是第一位專以華麗的辭藻，含蓄委婉的筆觸，抒寫豔情閨思者。現存詞七十首，其中有六十六首收入《花間集》。在內涵上，溫詞雖有一些與男女情事無關之作，惟整體視之，仍然以涉及豔情閨思者爲多數。其筆墨重點往往是描繪孤獨女子的狀貌神態和心思情懷，抒發的主要是，閨情宮怨，離情相思，乃至顯得歡樂之情少，悲苦之音多。論者一般認爲，這或許與溫庭筠一生仕途困頓有些關聯，再加上失意之餘，經常出入歌樓妓館，因此熟習歌妓的生活經驗與感受，可以就地取材，以歌妓生涯之孤獨無奈，寄寓自己在仕途的懷才不遇，乃至多香豔軟媚、深曲委婉之作。其他晚唐五代文人不乏跟進效法者，故而一般視溫庭筠爲「花間詞派」的鼻祖。自溫庭筠始，詞才具有了特殊的、自己的風格，而且「詩莊詞媚」、「詞爲豔科」的特點，方得以確立，詞從此開始具有獨立於詩之外的生命。

　　試看其〈菩薩蠻〉一首：

　　　小山重疊金明滅，鬢雲欲渡香腮雪。嬾起畫蛾眉，弄妝梳洗遲。

　　　／照花前後鏡，花面交相映。新貼繡羅襦，雙雙金鷓鴣。

　　上引這首詞，可說是溫庭筠詞穠麗隱約、軟媚香豔風格的代表。其中

2　張以仁，〈花間集中的非情詞〉，《臺大文史哲學報》第48、49期(1998/6月、12月)，頁57-93、79-110。

沒有具體事件，亦無明確主題。只是以穠豔的筆墨，描繪一個身處富麗環
境的閨中女子，晨起梳妝打扮，如此而已。女主人公身分不明，形象不
清，可以是宮廷嬪妃，或達官貴人蓄養的姬妾，亦可以是青樓歌妓。但卻
始終默默無語，不吐露心事，不訴說情懷，顯得溫柔貞靜，含蓄內斂。含
蘊的則是，一個無比幽怨的內心世界。至於令其幽怨的具體內容，則並未
明言。整首詞，沒有一個怨字，也找不到任何說明孤寂哀怨的感情字眼，
只是呈現幾個無聲的鏡頭，幾個輕微的動作，作者始終不介入，只「任物
自陳」，任由這位女子，在讀者面前自己陳列，自然演出，展現她一系列
舒緩輕微、優雅無聲的動作。從初醒、嬾起，到畫眉、梳洗，到簪花、照
鏡、穿衣，令讀者觀賞之際，彷彿感受到這個孤獨女子美麗的容顏，孤寂
的處境，以及盼人疼惜，卻無人賞愛的幽怨情懷。同時在鏡頭的轉移之
間，似乎流蕩著一分不遇知音的淒涼，孤芳自賞、顧影自憐的哀怨。儘管
溫庭筠可能只是單純描繪一個美豔的青樓歌妓，晨起梳妝的日常生活片
段，可是，像這樣溫雅含蓄、迷離朦朧的閨情詞，宛如一首扣人心弦、未
完成的美麗樂章，餘音繚繞，留下很大的空間，引起讀者忍不住會朝高雅
情趣或比興寄託方面去聯想。

　　張惠言(1761-1802)《詞選》評此詞即云：「此感士不遇也。……
『照花』四句，〈離騷〉初服之意。」陳廷焯(1853-1892)《白雨齋詞
話》甚至認為：「飛卿詞全祖〈離騷〉，所以獨絕千古。」按，一首閨情
詞，無論作者是否有意於比興寄託，可以令讀者聯想到屈原的鬱卒，體會
到文人士子的「感士不遇」，其意境之溫雅深遠，旨趣之耐人尋味，已不
容置疑。

　　再看兩首〈更漏子〉：

> 柳絲長，春雨細，花外漏聲迢遞。驚塞雁，起城烏，畫屏金鷓
> 鴣。／香霧薄，透簾幕，惆悵謝家池閣。紅燭背，繡簾垂，夢長
> 君不知。

　　此詞所寫仍然是一分閨情，筆墨重點是女主人公一分濃濃的相思情
意。當然，這一切並非直接道出，而是通過一系列引人聯想的景物意象傳

達給讀者。意象與意象之間往往欠缺邏輯連貫性，如「驚塞雁，起城烏，畫屏金鷓鴣」，三種不同的毫無關係的禽鳥並列，鏡頭則從遠處的關塞、城頭，忽然又跳躍至閨中的畫屏，於是留下大片的空白，引發讀者的想像，召喚讀者去發掘背後可能的言外之意或弦外之音。這正是溫庭筠詞的魅力所在。

> 玉爐香，紅蠟淚，偏照畫堂秋思。眉翠薄，鬢雲殘，長夜衾枕寒。／梧桐樹，三更雨，不道離情正苦。一葉葉，一聲聲，空階滴到明。

寫的是孤獨女子在離情相思中，徹夜難眠的淒苦，一個斷腸人的畫像和心情。上片辭采穠麗，下片筆調疏淡，前後一濃一淡，相映成趣。語氣亦由舒緩而急速，其中抒發的相思意，既深曲委婉，亦清新激盪，可視爲溫詞整體風格的代表作。

溫庭筠詞多屬陰柔、軟媚、香豔情境的作品，展現的往往是一種含蓄婉約的審美趣味，一種精心修飾的女性之美，從此爲詞這種詩歌體裁，奠定了「正宗」或「本色」風格的基調。乃至後世的文人士子，無論填詞、論詞、評詞，就有了可以依據的「範本」，凡是不符合詞的陰柔婉約「本色」者，就並非「正宗」，或視之爲詞的「別格」、「變調」。

從現存的溫詞看，溫庭筠與偶爾嘗試倚聲填詞的中唐文人頗不相同，顯然並未把詞這種詩歌體裁，作爲像詩一樣抒發個人情懷志趣的文學形式。這或許代表晚唐文人對詞的認識和態度。因爲詞不過是歌筵酒席間，由歌妓之口所唱的歌詞，吐露的自然是符合歌者身分處境的心聲。溫詞雖然以抒情爲宗旨，卻還是「代人」抒情達意，並非直抒他個人的生活感情。不過在語言上，溫詞實與其詩類似，雖亦不乏清新疏淡之作，仍然以辭藻華麗濃密爲主。尤其喜歡用鮮明的色彩字，形象的狀物辭來塑造意象，通過具體物象的色澤、聲音、香味，以及狀貌神態，來訴諸讀者的感官，引發聯想，體味其間可能含涵的豐富含意。在情境結構上，時空跳躍則是溫詞的特色，意象與意象之間，往往排比並列，並不交代任何聯繫，欠缺邏輯連貫性，乃至顯得時空跳躍，意境朦朧，甚至造成確切解讀的困

難。但也正是因爲這種引人遐想，難以確解的朦朧，更增添溫詞的魅力，令讀者反覆吟味不已，意圖發掘其間可能存在的言外之意，弦外之音。值得注意的是，儘管溫庭筠往往以旁觀態度，第三人稱口吻，來描述這些怨女思婦的形貌神態和處境心情，卻隱約流露對這些女子美麗容顏的賞愛、孤寂淒哀情境的深切同情與憐憫。詞的個人抒情化，仍然有待其他作者的表現。

三、個人情懷的流露

比溫庭筠稍後的韋莊(836-910)，現存詞五十四首，其中有四十八首均收錄於《花間詞》，同樣屬於花間詞派的代表作家，二人在詞史上並稱「溫韋」。韋莊的詞，主要也是爲歌妓傳唱之用，其中男女的離情相思，是最常出現的主題。但是，韋莊畢竟有其個人的特色，從中還透露出，文人詞終將朝個人抒發情懷方向發展與演變痕跡。

試先看其〈菩薩蠻五首〉其一：

紅樓別夜堪惆悵，香燈半捲流蘇帳。殘月出門時，美人和淚辭。

／琵琶金翠羽，弦上黃鶯語。勸我早歸家，綠窗人似花。

就主題視之，仍然不外男女的離情相思，辭藻也重視鮮豔色彩的點染，情調意境既美麗又淒涼，而且婉轉纏綿，這些均不離溫庭筠建立的花間詞派的本色。然而，值得主意的是：首先，韋詞乃是以第一人稱口吻敘述，從「我」的立場回憶往事，表達情思，甚至坦率地將「我」置於詞中。「勸我早歸家」，已明白顯示，這分離情相思，出於「我」的生活經驗與感受。其次，除了離情相思，同時還注入了一分遊子懷鄉思歸之情。詞的主題範圍因此擴大了，比起溫庭筠的詞，個人抒情意味更濃了。再者，詞中的女主角，雖然和溫詞中的女子一樣美麗多情，但是溫庭筠在詞中，最多只流露一個旁觀者對女主人公的賞愛與憐憫，至於他和筆下女子是否有任何關係，則全然不提。韋莊卻坦率地，把自己與詞中女子的親密關係說出來，甚至令讀者覺得，這是一個令他曾經深深愛過，並且難以忘懷的女子。當然，韋莊對這個女子的思念，對故鄉的思歸之情，並沒有直

接道出，而是通過回憶中臨別的情景，以及一曲琵琶的呼喚，傳達出來。
所以仍然不失其委婉。正如陳廷焯（1853-1892）《白雨齋詞話》評韋莊詞
所云：「意婉詞直。」

再看一首〈謁金門〉：

> 空相憶，無計傳消息。天上嫦娥人不識，寄書何處覓。／新睡覺
> 來無力，不忍把伊書跡。滿院落花春寂寂，斷腸芳草碧。

當今學界大致同意，這是一首悼念亡姬之作，屬悼亡詞。上片寫天人
兩隔，無以寄相思的孤寂與無奈，下片則寫面對佳人手書，欲讀不忍讀的
痛苦，以及人去樓空的淒涼。整首詞，寫的只是個人的生活經驗，抒發的
是一己之情，最後以景作結，任滿院的落花芳草景物自陳，乃至餘味無
盡。當然，悼亡之作，始自漢武帝（前140-前87）〈李夫人賦〉，繼而有晉
代潘岳（247-300）〈悼亡詩〉，惟以詞體來寫悼亡之情，則肇始於韋莊。
從這裡可以看出，韋莊已經把詞這種詩歌體裁，作爲記錄自己生活點滴、
抒發個人情懷的主要媒介。尤其重要的是，其間已流蕩著一股意圖擺脫豔
科題材的潛流。

當然，韋莊的詞，基本上並未脫離「豔科」的範疇。可是，韋莊不但
在寫男女之情時，吐露自己的離情相思，有時還以詞來抒發故鄉之思，懷
舊之感，以及身世之嘆。在其筆下，詞的場域時空背景，也相應地變得寬
廣起來，而且隨著詞中主人公羈旅飄泊的行蹤，讀者接觸到的，已經不再
局限於深閨中的燭光，庭園裡的花樹，還有洛陽的名勝，江南的水鄉，甚
至城市生活中的一些片段。試看韋莊另外兩首〈菩薩蠻〉：

> 人人盡說江南好，遊人只合江南老。春水碧於天，畫船聽雨眠。
> ／爐邊人似月，皓腕凝霜雪。未老莫還鄉，還鄉須斷腸。（其二）
> 洛陽城裡春光好，洛陽才子他鄉老。柳暗魏王堤，此時心轉迷。
> ／桃花春水漾，水上鴛鴦浴。凝恨對殘暉，憶君君不知。（其五）

詞的抒情功能，在韋莊筆下，即使是爲歌筵酒席上娛賓遣興之作，也
不再局限於僅僅表達歌妓舞孃的心聲，而逐漸成爲抒發文人作者一己之情
的媒介，即使按拍填詞，業已開始有其可以獨立於音樂之外的文學生命。

換言之,詞和詩的距離,逐漸拉近了。此外,在語言風格方面,韋莊詞一般而言,不像溫庭筠詞那樣刻意雕琢辭藻,比較淺白易懂,甚至偶爾還不避俚俗,遂開啓了文人詞採用比較樸實自然語言的新途徑。再者,表情達意方面,韋詞則以明白吐露見長,因此顯得詞意明朗,而且通常一發端即點明題旨,然後就題發揮。不像溫詞,往往題旨朦朧,乃至造成讀者難以確解的迷惑困擾。當然,韋莊詞偶爾也會以意象來表達情意,惟較少意象的羅列,因此,其情思意念通常連貫順暢,上下一氣,不是畫面的跳躍,而是情節的推移。乃至令讀者覺得,詞中吟詠的,是一件事情,或有一個故事。

當然,詞可以確立其成爲一般文人士子抒情述懷之主要媒介,尚須經過另一批才情兼備的詞人之耕耘,方能達成。南唐君臣之作,即是下節論述的要點。

第二節　抒情意味的增濃──南唐詞

文學史一般所稱「南唐詞」,主要是指五代時期南唐二主,亦即李璟、李煜父子,和宰相馮延巳等所塡寫的詞篇。其實,南唐詞與西蜀詞,可謂並峙,惟稍晚而已,內容上仍然以男女豔情爲主調,其意境之纖細、柔美,則與花間詞風近似。但從整體風貌看,其間最大的不同,就是個人抒情意味的增濃,而且明顯朝抒情的深度方向發展。儘管南唐小朝廷處於政局混亂黑暗、危機四伏之秋,就在亡國之前,仍然君臣遊宴不絕,倚聲塡詞即是君臣遊宴活動中娛賓遣興之重要一環。李璟、李煜父子,以及馮延巳諸人,均地位顯貴,且文學素養高,文人氣質濃,詞在他們筆下,即使是男女豔情,也比一般花間詞顯得端莊文雅,往往浮現著一分文人特有的敏感,對生命,對時代,彷彿總懷著一分縈繞不去的憂傷。

一、幽微心境的吟詠

個人幽微心境的吟詠,可以馮延巳(903-960)的作品爲例。按,馮延

巳因頗受南唐中主李璟賞識，數次任命爲宰相，地位顯貴，惟逢時代動盪，南唐國勢岌岌可危之秋，朝廷內朋黨之爭激烈，屢遭政敵攻擊，處境日益艱難，最後甚至被罷相。其實，馮延巳雖無身逢亂世的治世之才，卻頗具文才。其現存詞集《陽春集》，共收詞一百一十九首，乃是南唐詞人存詞數量最多的作者。也是詞史上從五代至北宋初期的過渡人物，對晏殊、歐陽修諸人詞風之影響頗深，風格也有近似之處。馮延巳塡詞，主要還是令歌妓演唱以娛賓遣興之用，仍然是花間詞風的延續，且多寫離情相思、傷春悲秋之類的閒情或哀愁。不過，馮詞卻散發出更濃厚的文人氣質，更專注於個人心情的吟詠，尤其是難以明說、無法排遣的心情，乃至其詞中呈現的，往往是一種幽微深婉的感情世界，浮現著濃濃的哀傷氣氛。

試先看其一首〈鵲踏枝〉：

> 誰道閒情拋棄久。每到春來，惆悵還依舊。日日花前常病酒。不辭鏡裡朱顏瘦。／河畔青蕪堤上柳。爲問新愁，何事年年有。獨立小橋風滿袖。平林新月人歸後。

整首詞是以第一人稱發言，句句蕩漾著傷春之意，卻並無明確的主題。作者低徊吟詠的，只是一種情境，一分心情，一分無以抑止、縈繞不去的惆悵。而「惆悵」是很難確指的，總予人以迷離恍恍之感，似乎不是單純的傷春悲秋之情所能概括。讀者感受的，則是一個身處衰世的文人，多愁善感的心情，彷彿對生命總是懷著一分好景不常的憂慮與哀傷。這就爲歌筵酒席上「娛賓遣興」的小詞，展現了新的風貌與內涵，提高了品味，增添一分文人的氣質，同時亦爲詞這種詩歌體式，注入了一種幽微深婉的意境，爲北宋初期多愁善感的文人詞，鋪上先路。

再看一首寫思婦春愁的〈鵲踏枝〉：

> 幾日行雲何處去。忘了歸來，不道春將暮。百草千花寒食路。香車繫在誰家樹？／淚眼倚樓頻獨語。雙燕歸來，陌上相逢否。撩亂春愁如柳絮。悠悠夢裡無尋處。

思婦的春愁春怨，是筆墨重點。其中迴盪著，女主人公的孤寂與不安，對情郎或夫君「忘了歸來」的懸念與疑慮，以及明知「行雲」薄倖，

春色將暮,容顏易老,仍然「淚眼倚樓」的等待、企盼,即使春愁紛亂如柳絮飛舞,仍然癡情地,在悠悠夢裡尋覓,尋覓那無法掌握,不可兌現的理想情境。女主人公情緒外露,卻又如此溫柔敦厚,端莊文雅,且又無比癡頑。詞中流露的,迴環往復的綿綿愁思,幽咽惝恍的夢囈之語,彷彿不止於男女的離情相思,彷彿另有什麼難言之隱、弦外之音。遂令讀者忍不住聯想,詞中所言,或許和馮延巳個人身世遭遇相關,或許和他身處亂世,對個人生命,時代政局,懷著一分綿綿憂思,有什麼牽連?晚清馮煦(1843-1927)於《陽春集·序》即云:

> 翁俯仰身世,所懷萬端,繆悠其詞,若顯若晦,揆之六藝,比興為多。若〈三台令〉、〈歸國謠〉、〈蝶戀花〉(按即〈鵲踏枝〉)諸作,其旨隱,其詞微,類勞人思婦、羈臣屏子,鬱伊愴悅之所為。……

馮延巳的詞,辭藻華麗處,近似溫庭筠,以麗辭寫悲哀,是其特色,惟寫情纖細婉轉,含蓄不露,予人以端莊文雅的印象,則清楚顯示詞的雅化痕跡。不過,馮延巳很少像溫庭筠那樣集中筆墨描繪一個具體人物,也不像韋莊詞,通常敘述一件個人的經歷事情。馮延巳的詞,除了人物外貌神態,或生活片段外,更專注於心情的吟詠,尤其是無法確指、難以明說的心情。正因為其寫的主要是心情感受,不必拘於某人某事,因此,往往沒有明確的主題,予讀者以迷離惝恍之感,留下很大的空間,遂容易令讀者覺得,其詞中所寫,應當不會是單純的傷春怨別之情,可能還寄寓了時局之慨、身世之感,隱約傳達出一分衰世之音。所以馮詞比一般傷春怨別之詞,在內涵意境上,顯得更有深度,更具感染力。猶如王國維(1877-1927)於《人間詞話》所云:「馮正中雖不失五代風格,而堂廡特大,開北宋一代風氣,與中、後二主詞皆在花間範圍之外。」

再看南唐中主李璟(916-961)一首〈浣溪沙〉:

> 菡萏香銷翠葉殘,西風愁起綠波間。還與韶光共憔悴,不堪看。／細雨夢回雞塞遠,小樓吹徹玉生寒。多少淚珠無限恨,倚闌干。

　　上引此詞表面上寫的是，逢暮春之際，但見花葉凋零，逐聯想到韶光之易逝，乃至滿懷惆悵憾恨，甚至傷感流淚，徹夜難眠。但是，詞中並未明言，令其惆悵憾恨之具體的情或事，僅只讓讀者感受到，其內心深處，必定充塞著某種難以言傳的、深重的抑鬱和憂傷。其中是否含蘊著對南唐處在風雨飄搖中，好景不常的憂慮？則很難確切判斷。王國維《人間詞話》即解讀為：「南唐中主『菡萏香銷翠葉殘，西風愁起綠波間』，大有『眾芳蕪穢，美人遲暮』之感。」這樣的歌詞，當然已不同於晚唐以來花間詞派軟媚香豔的豔情詞。其中細雨迷濛，夢幻迷離，似遠猶寒的感覺世界，以及詞中暗含的「眾芳蕪穢，美人遲暮」之感，都是令今後文人詞吟詠玩賞不已的意境。

　　當然，真正把詞推向花間範圍之外，正式令詞這種詩歌體成為個人抒情述懷之媒介者，還是南唐後主李煜(937-978)。據王國維《人間詞話》的觀察：

　　　　詞至李後主而眼界始大，感慨遂深，遂變伶工之詞而為士大
　　　　夫之詞。

　　按，李煜的詞，與他特殊的君王身分和亡國被囚的遭遇，密切相連，同時和他敏銳的詩人氣質，深厚的文學素養，亦息息相關。無論其早期在深宮所寫，宮廷生活中聲色的沉溺，愛與美的追求，或亡國之後所寫，囚禁生涯的悲痛與慨嘆，詞在李煜筆下，感情之真，氣派之大，感慨之深，均超越前人。

二、聲色遊樂的沉醉

　　現存李煜詞中一些早期作品，亦即那些只知歡樂不知憂愁時期的作品，處處浮現著聲色遊樂的沉醉，愛和美的追求。即使就在這些早期詞作展現的場域時空，已經顯示出作品場域逐漸擴大的痕跡。換言之，由閨中庭園，或個人的狹小天地，轉入宮中殿堂。

　　試先看其一首〈玉樓春〉：

　　　　晚妝初了明肌雪。春殿嬪娥魚貫列。鳳簫吹斷水雲閒，重按霓裳

歌遍徹。／臨風誰更飄香屑。醉拍闌干情味切。歸時休放燭花
紅，待踏馬蹄清月夜。

整首詞，就是吟味春夜宮廷中縱情歌舞宴遊之樂。上片描述宮女歌舞
之盛美，下片抒發宴遊之情趣，可謂是李煜亡國前，帝王享樂生活的真實
寫照。既展現帝王之富貴氣派，又不失文人之風雅情趣。值得注意的是，
首先，詞中描述的宮廷遊宴生活，其中排場的豪華壯麗，就非一般文人詩
客所能寫得出的。當然，在漢賦裡，乃至南朝及唐詩中，亦有描述君王遊
宴生活之作，但在詞而言，還是創舉。其次，詞中流露的，對聲色享樂的
由衷喜愛與沉醉，把一個率性任真、縱情聲色的無憂天子，無遮地、毫無
愧色地，自我展現出來。或許這就是備受王國維《人間詞話》稱道的
「真」，所謂「天真之詞也」[3]。

再看一首〈一斛珠〉：

　　曉妝初過。沉檀輕注些兒箇。向人微露丁香顆。一曲清歌，暫引
　　櫻桃破。／羅袖裛殘殷色可。杯深旋被香醪涴。繡床斜憑嬌無
　　那。爛嚼紅茸，笑向檀郎唾。

詞中並無明顯的主題，只是宮廷生活中一段聲色之娛的描述。女主角
身分不明，可以是嬪妃、宮女或職業歌妓，惟筆墨重點則在此女嬌嬈形貌
情態之捕捉，從而表現她如何嫵媚迷人，如此而已。宛如一首齊梁時期的
「宮體詩」，從頭到尾，圍繞在女主人公的動作情態上：從曉妝初過，到
張開櫻桃小口清歌一曲，到飲酒作樂，到酒醉斜臥繡床，進而口嚼紅茸，
笑著向情郎唾了去。都是一些特寫鏡頭，都和女主人公的「口」緊密相
扣，以此展現女主人公的嫵媚嬌嬈。作者本身並沒有介入，始終保持一定
的客觀距離，「任物自陳」，讓這個歌女，在讀者面前戲劇性的自然演出。

其實精描細繪美麗女子的形貌情態，繼齊梁宮體詩之後，在溫庭筠詞
中已表現不凡。不過，在李煜之前的詞家，若是細寫女性之美，往往著墨

3　王國維《人間詞話》：「詞人者，不失其赤子之心者也。故生於深宮之中，長於
　　婦人之手，是後主為人君所短，亦即為詞人所長處。故後主之詞，天真之詞也，
　　他人，人工之詞也。」

於女子的梳妝打扮，諸如雲鬢、蛾眉、面頰、額黃等，都是一些慣用的、代表女性美的傳統意象，雖予人以美的感覺，看多了也就失去其特色。可是李煜在〈一斛珠〉中，則集中筆墨特寫此歌女之嘴：如何輕點絳唇、微露丁香顆、輕啓歌喉、小口如櫻桃破……。此外，又還通過女主人公帶戲劇性的突發行動，來凸顯此女如何善於調情的性格。就看最後兩句捕捉的「爛嚼紅茸，笑向檀郎唾」，如此突發性的行動，極具戲劇趣味的描寫，不但爲詞中女子點活了生命，從而還增加了作品的感染力，令讀者在詞中女子出其不意的行動中，經歷了一次深具調情經驗的戲劇效果。李煜爲詞這種詩歌形式的描寫藝術，開闢了新的途徑。

　　當然，李煜在詞史上的貢獻，並不局限於此。詞的「詩化」，實亦由其開端。

三、家國人生的悲慨──詩化的開端

　　現存李煜入宋後的詞作，主要寫其亡國之後的無盡悲哀，由帝王淪爲臣虜的綿綿憾恨，其中表現的個人感慨之深，衝擊震撼力之強，實是李煜詞最撼動讀者心魂的特色。不但展示李煜個人詞風的大轉變，也是晚唐五代以來，整個文人詞的大轉變。這些因遭遇亡國之痛而寫出的家國之嘆，人生之慨，不但寫出了李煜個人的心聲，也是大凡身處朝代變易之際，最具普遍性的文人士大夫的心聲。詞在李煜筆下，題材意境擴大了，詩的意味更濃了。在某種意義上，恢復了部分「詩言志」的傳統，可說是以後蘇東坡、辛棄疾諸人藉塡詞以抒情述懷的先驅。

　　試看其〈破陣子〉：

　　　　四十年來家國。三千里地山河。鳳閣龍樓連宵漢，玉樹瓊枝作煙蘿。幾曾識干戈。／一旦歸爲臣虜，沉腰潘鬢銷磨。最是倉皇辭廟日，教坊猶奏別離歌。垂淚對宮娥。

　　此詞顯然寫於南唐亡國之後，李煜囚禁於汴京，淪爲臣虜之際，是其生命旅程上最悽慘最痛苦的時期。當然，歷史上的亡國之君不少，但像李煜這樣把自己深切的感慨，無限的悲哀，萬般無奈的心情，不斷記錄於詞

中，還只有他一個。值得注意的是，從上舉這首〈破陣子〉已可看出，李煜特有的個人風格正式成熟，已經明顯脫離了花間詞派，甚至五代詞的藩籬。首先，詞境浩闊，展現宏偉磅礡之氣勢。單從發端兩句「四十年來家國，三千里地山河」，就不同凡響，顯示出與其他五代詞人的差異。按，此處乃是從大處著墨，不再局限於花間尊前，或個人的小天地。他衷心念念的是一個王朝的歷史與山河，乃屬大場面，大主題。其首二句中浩闊的時空意象，就爲整首詞灌注了宏偉磅礡的氣勢。其次，詞中情意之率眞，亦不同凡響：坦言對自己生於深宮中，「幾曾識干戈」的悔恨，「一旦歸爲臣虜」的恥辱，身爲人主，面臨亡國之無奈，面對災難的無能，均毫無粉飾，不加遮掩，所以才會吟出「最是倉皇辭廟日，教坊猶奏別離歌，垂淚對宮娥」；如此情眞意眞之語，正是李煜詞最能動人之魅力所在。詞，對李煜而言，已不是娛賓遣興的歌詞，而是抒發一己情懷意念的詩歌體裁。詞的詩化自此而始。

且再看一首〈虞美人〉：

> 春花秋月何時了，往事知多少。小樓昨夜又東風，故國不堪回首
> 月明中。／雕欄玉砌應猶在，只是朱顏改。問君能有幾多愁，恰
> 是一江春水向東流。

同樣是一首小詞，也意境浩闊，氣象宏偉，而且感染力強。從東風之又吹，歲月之流轉，聯想到一己的身世之感，繼而推展並昇華爲對整體人生的一分懷疑與悲憫。讀者面對的，彷彿是一個極爲敏感、無比痛苦的靈魂，在難以堪受的命運擺布之下的掙扎、悲嘆。比起花間詞派的離情相思，或馮延巳的閒情新愁，眞是不可同日而語。李煜這種直抒胸臆，直吐心聲的風格，正是蘇、辛詞的先河。

詞，這種源自通俗歌曲的詩歌體裁，經文人染指之後，從溫庭筠到李煜，從豔情閨思，到家國人生之悲慨，從寫他人之情，到抒一己之懷，可謂是自晚唐到五代以來文人詞的發展方向。但是，花間詞派香豔軟媚的詞風，其實並未銷聲匿跡，只不過是在李煜個人特有的人生悲慨中，暫時隱而不顯而已。很快地，還會在宋初的詞壇重新露面。

第三章
宋詞的茁長與演變——北宋詞

　　詞這種出身歌壇的詩歌體，發展到北宋(960-1127)，呈現出空前蓬勃的局面，這當然與宋初社會的安定繁榮，城市消閒娛樂生活的豐盛，密切相關。按，趙匡胤建立了趙宋王朝，國力雖不如漢、唐之強盛，總算結束了五代十國數十年的分裂割據狀態，進入一個新興的統一時代。宋初朝廷在紛爭戰亂之後，休養生息，顯得政治安定，社會太平，乃至城市經濟生活繁華熱鬧，尤其是汴京等大都會，歌臺舞榭，妓館酒樓林立，助長了冶遊的風氣，新興的市民階層崛起，呈現出市井文化與士林文化同步發展，彼此激盪滲透的時代面貌，乃至影響至詞這種詩歌體的風貌內涵。詞在晚唐五代已然形成的「豔科」傳統，爰及北宋都邑社會的繁榮，繼續蔓延滋長。不過，爲適應新時代的新聲音，也開始湧現。就如慢詞長調的逐漸流行，世俗情味的增濃，甚至詞的「詩化」、「賦化」，都是在北宋詞人筆下日益顯著。所以北宋時期的詞，可謂是其繼續茁長與演變的重要階段。

　　北宋詞壇大略可分爲前後兩個期段。由於宋初到眞宗朝(在位：997-1022)前期，約五十年左右，詞壇基本上處於一片沉寂。惟自眞宗朝後期，到仁宗朝(在位：1022-1063)的五十餘年(1008-1063)間，詞壇才熱鬧起來，故而文學史一般將這五十餘年，劃爲北宋詞的前期，而把自英宗(在位：1063-1067)至「靖康之變」(1027)前夕的六十餘年(1064-1127)，歸爲北宋詞的後期。

第一節　前期的茁長──眞宗朝後期至仁宗朝

北宋眞宗、仁宗朝(998-1063)，經過數十年的休養生息，政治穩定，經濟繁榮，尤其是城市地區，不僅工商業繁榮，娛樂文化也呈現蓬勃多元的發展。因此歌詠昇平、充滿富貴閒雅氣象的歌詞應運而興，就是在文人士子以及一般城市居民多重視遊娛享樂、講求冶遊生活的風氣之下，豔情詞不但復活，而且成爲這時期詞壇的主流，無論朝廷顯貴，清流領袖，也會在嚴肅的公務之餘，塡起豔情詞來。不過，北宋前期的歌詞，畢竟因作者身分地位，人生經驗，審美趣味的不同，乃至形成雅俗兩派詞風分庭抗禮的狀態，而晏殊與柳永，則分別爲雅俗兩派的代表作家。詞在北宋前期的茁長，或可從以下幾個方面來觀察。

一、南唐詞風的延伸──富貴閒雅氣象

北宋初期的文人詞，大多還是繼承南唐詞的遺風，尤其受馮延巳的影響頗深。主要爲娛賓遣興之作，題材內涵方面，不外是春愁秋恨，離情相思，或良辰美景易逝、歡樂人生短暫之類的感慨。不過，南唐詞人，通常是在時代的憂患中，帶著幾分逃避現實的心情寫豔情、嘆人生，而北宋人寫相同的題材之際，則往往帶著幾分自在與滿足感，是身處承平時代，日常消閒生活中，風流情趣的一部分。此外，又因爲北宋初期的主要詞人，除淪落市井的柳永之外，其他如晏殊、歐陽修等，皆擁有崇高的政治地位和社會聲望，加上深厚的文學素養，乃至在生活情趣，審美意識方面，多好尙風雅，追求脫俗，即使在歌筵酒席，偶爾即興揮毫，俾令官妓或家姬演唱的歌詞，其「雅化」的傾向亦相當明顯。

試先看晏殊(991-1055)一首〈浣溪沙〉：

　　一曲新詞酒一杯，去年天氣舊亭臺。夕陽西下幾時迴。

　　無可奈何花落去，似曾相識燕歸來。小園香徑獨徘徊。

上引這首詞，歷來公認是晏殊之代表作。就主題內涵而言，所傳達的

傷春惜時懷舊之情，基本上是南唐詞的延伸，關懷的主要還是個人的小天地。不過，風格上卻體現了晏殊詞的一些屬於其個人並時代的特色。首先，詞中展現的是一種富貴閒雅的生活，流露的是一分雍容自在的風度。在春去花落的惋惜中，又浮現著一絲懷舊的溫馨與微妙的喜悅。這雖和晏殊溫婉閒雅的個性，一帆風順的仕途，不無關係，卻也正好顯示，北宋初期，在那些位高名顯者所填的詞篇中，普遍流露的一分富貴閒雅的時代氣息。即使是多愁善感，也浮現著一片安樂的背景，閒雅的風度。其次，詞中傷春惜時懷舊之情，雖然「淡」，卻並不淺，其中揉雜著對人生的喟嘆，對生命意義的探索。如「無可奈何花落去，似曾相識燕歸來」兩句，就含蘊著時光流逝的喟嘆，以及對宇宙生命循環運轉的感悟。這已經不是單純的「情」的抒發，在一定程度上，流露出對生命意義的思索痕跡，爲整首詞增添了高雅的氣氛與情懷的深度。

再看一首〈踏莎行〉：

> 小徑紅稀，芳郊綠遍。高臺樹色陰陰見。春風不解禁楊花，濛濛亂撲行人面。／翠葉藏鶯，珠簾隔燕。爐香靜逐遊絲轉。一場愁夢酒醒時，夕陽卻照深深院。

除了「一場愁夢酒醒時」輕輕點題之句，全詞主要是場景的展露，鏡頭隨著主人公的步伐，由芳郊小徑，緩緩移動至戶內。所描繪的景色，無論遠近，都顯得優閒、安靜。除了隨風飛舞、亂撲人面的楊花，徐徐上升的爐香，整個天地都是靜止的，就連黃鶯和燕子，也讓翠葉、珠簾阻隔在外了。整首詞的氣氛，優閒中揉雜著輕微的倦怠和鬱悶，也許這就是詞中所謂的「愁」吧。可是這份愁，到底指的是什麼，是感嘆春之歸？惋惜日之暮？還是對伊人的懷思？詞中並未明說，乃至引起對這首詞的主題，有不同的看法。張惠言(1761-1802)《詞選》認爲「此詞亦有所興」，亦即有比興寄託；譚獻(1832-1901)《譚評詞辨》則認爲是一首「刺詞」，爲諷刺當政之作；當今學界也意見分歧，或以爲有政治寄寓，或以爲傷春中含有離情相思，或以爲只是單純的傷春惜時而已。一首小詞，能引起讀者各種不同的體味，正好說明其含意的深曲典雅。

　　晏殊的詞，其實和馮延巳的詞最爲相似，基本上仍然屬於歌筵酒席上娛賓遣興文學，並未脫離花間以來傷春悲秋、離情相思的傳統。二人均善於抒發無法確指，難以明說的心情或感受，展現的往往是一種幽微深曲的情思意念。不過，馮延巳詞畢竟屬於「衰世」之作，通常帶有濃濃的傷感氣氛，而晏殊詞，則寫於宋初的太平盛世，其間展示的，主要是一種富貴閒雅的生活，雍容自在的態度。晏殊詞所抒發的心情或感受，往往是纖細輕微的，或淡淡的憂鬱，或輕柔的喜悅，很少出現強烈的情緒或奔放的感情。這雖和晏殊溫婉閒雅的個性，一帆風順的仕途不無關係，卻也正好顯示，北宋初期文人詞篇中，流露的一分富貴承平的時代氣息。即使多愁善感，也浮現出一片安樂的背景，閒雅的態度。

　　在詞史上與晏殊並稱的歐陽修(1007-1072)，不但是一代儒宗，也是一代文宗，而且也經常填寫歌詞。其詞集《六一詞》收錄二百四十餘首，基本上繼承南唐詞的遺風，同時也頗受馮延巳詞的影響。但歐陽修詞，畢竟有其自家面目。

　　試先看其〈踏莎行〉一首：

　　　　候館梅殘，溪橋柳細。草薰風暖搖征轡。離愁漸遠漸無窮，迢迢
　　　　不斷如春水。／寸寸柔腸，盈盈粉淚。樓高莫近危欄倚。平蕪盡
　　　　處是春山，行人更在春山外。

　　從內涵視之，所寫離情相思，乃是花間詞以來最常出現者。但在歐陽修細心經營之下，可以看出作者在追隨傳統中的創新。首先，意境溫雅深婉。這是歐陽修詞一貫的個人風格，詞中沒有激盪的情緒，也無強烈的傷痛，即使寫的是離情之悲，也是溫雅舒緩的。其次，構思別致，打破了一般詞慣有的，前景後情的尋常格局。而是上下片分別從遊子和思婦兩個視角立場著筆，乃至形成上下片兩組平行鏡頭，彷彿同時進行，同時展現，並且用離情相思作爲總線索，把分處兩地的遊子思婦緊密聯繫起來，融合成一個整體，深化了離情相思的主題。當然，歐陽修的詞，不僅有「深婉」的一面，還有「疏雋」的一面，更能顯示其個人風格，同時亦指出宋詞在婉約之外，可能發展的方向。

試看其一首〈釆桑子〉：

> 群芳過後西湖好，狼藉殘紅。飛絮濛濛。垂柳闌干盡日風。／笙
> 歌散盡遊人去，始覺春空。垂下簾櫳。雙燕歸來細雨中。

上引這首詞乃是〈釆桑子〉十三首組詞中的一首，當屬歐陽修晚年退居安徽穎州時期的作品，也是其「疏雋」風格的代表。蓋此處所稱西湖，乃指穎州的西湖，寫的是憑欄觀賞湖景的經驗感受。無論主題內涵，情味意境上，都有獨到之處，明顯已經跨出晚唐五代詞的藩籬。首先，一發端即出人意表，與傳統的傷春嘆逝的態度迥然不同。按，「群芳過後」，點出百花都已凋謝，通常是令人傷感的暮春時節，但是歐陽修卻一反常調，面對穎州西湖的暮春景色，偏偏說「群芳過後西湖好」。這個「好」字，即包舉全篇。其次，詞中描繪的，暮春時節西湖景色的清幽雅致，擺脫了傳統詩詞中的傷春、惜春、怨春的傷感情調，超越了自嘆孤獨寂寞的幽怨情懷，傳達的主要是一種恬淡閒雅的人生趣味，輕鬆愉悅的賞景心情。這未嘗不能視為北宋初期昇平時代，為詞壇帶來的一番新氣象。以後蘇東坡用詞來抒發他瀟灑曠達的胸懷，遂令詞風為之一變，其實歐陽修已開其端。歐陽修詞中這類作品，亦可說是從婉約詞風走向風雅瀟灑豪放的起步。

二、慢詞長調的興起──宋詞的「新聲」

真正為詞帶來根本性的變化，乃是慢詞長調的興起。按，慢詞長調原來是流行於民間的俗曲，敦煌曲子詞中，已有一些慢詞長調行之於世，現存《雲謠集》即收錄有長達一百一十字的〈傾杯樂〉、一百零四字的〈內家嬌〉諸曲。不過，倚聲填詞轉入文人手中，主要還是偏愛小巧精緻、形似詩體的小令，忽視民間俗曲中慢詞新聲之流行。何況晚唐五代詞人，一般均視倚聲填詞為寫詩之餘興，歌筵酒席上娛賓遣興之用，體制短小的小令，正好可以用來抒發離情相思，傷春悲秋等個人的小天地。可是爰及宋初，中原息兵，面臨一個昇平繁榮的大時代，篇幅短小靈巧的小令，似乎不足敷用了。因為，詞不但要抒寫離情相思，還要言志述懷，敘事詠物；

不但要用來抒發一己之經驗感受,還用來反映時代的生活面貌。而世間流行的聲情複雜的俗曲新聲,正好是可以運用的媒介。試看柳永(987?-1053?)〈長壽樂〉中描述的當時新聲流行之盛況:

> 是處樓臺,朱門院落,弦管新聲騰沸。恣遊人,無限馳驟,驕馬車如水。竟尋芳選勝,歸來向晚,起通衢近遠,香塵細細。……

這些「騰沸」於秦樓楚館與朱門院落的俗曲「新聲」,與傳統的小令相比,節奏更為複雜,聲情更多變化,難免引起一些文人的注意與喜愛。北宋文人,就是「按」這些新聲的節拍,填寫歌詞,於是慢詞長調逐漸由市井民間進入士林文壇,成為文人詞的重要一環。有時乃是依舊曲而創新聲,把原有的小令曲調加長,有時則是自己另創新聲。詞史上第一位大量製作新聲、創製慢詞長調的文人,就是與晏殊同時代的柳永。民間流行的慢詞與文人偏愛的小令,在北宋詞壇能夠雙峰並峙,並且還逐漸取得文人詞的主流地位,柳永之功不可沒。

按,柳永出生官宦世家,弱冠之年即遠赴汴京,求取功名。可惜屢試不第,乃至困居京華,失意無聊之餘,遂混跡市井,流連坊曲,與歌妓樂工為友。柳永雖然在仕途上窮途潦倒一生,在詞的發展史上,乃是開一代詞風的大家。因其精通音律,不但為歌妓樂工填詞,亦能自度新聲,另譜詞調,以備歌妓在秦樓楚館或勾欄瓦舍諸娛樂場所演唱,可稱是文學史上第一位「專業」詞人,也是宋代詞壇上,第一位大量創製慢詞長調者。柳永傳世的詞集《樂章集》,存詞二百餘首,所用詞調就有一百三十餘種,其中絕大多數均屬慢詞長調。有的是「變舊曲作新聲」,如〈浪淘沙〉原為五十四字,柳永發展為〈浪淘沙令〉,增為一百三十三字。有的則是自創新聲,如〈戚氏〉共三疊,長達二百一十二字,屬現存宋詞中的最長調。

柳永致力於慢詞長調的創作,遂使得詞在體式上正式脫離了近體詩的格局,在抒情體物,言志述懷方面,更具發揮的空間。如果說,宋人小令基本上仍然是晚唐五代「遺音」的繼承,那麼,慢詞長調的興起,則展現了真正的「宋詞」的新天地。當然,柳永對於詞這種詩歌體的貢獻,尚不

止於此。文人詞中世俗情味的流露，以及詞的「賦化」，均與柳永密切相關。

三、世俗情味的流露——賦化的開端

　　宋初社會歌舞昇平，「弦管新聲騰沸」之時，市井文化與士林文化彼此激盪滲透，但這並不表示，所有宋代文人在創作旨意和審美趣味方面，皆心甘情願向通俗文藝表現的世俗文化認同或靠攏。由於市井中秦樓楚館所歌之詞，多教坊樂工所作，雖足以娛樂耳目，卻並不能滿足文人士子的「閱讀」興趣。因此要求，倚聲填詞不但要「可歌」，還應該是「可讀」之詩。於是把詞當成詩來創作，詞的「詩化」或「雅化」，遂成為宋詞發展的總趨勢。原本流行民間娛樂大眾的歌唱之詞，開始「提升」為吟詠作者情性懷抱的抒情之詩。即使主題仍然不離男女離情相思，也往往會婉轉成為比興寄託的題材，詞的「雅化」遂難以避免。就如風流蘊藉的晏殊與歐陽修，二人的詞作，即是將流行歌詞「變俗為雅」的代表。可是，與他們同時代的柳永，卻跨出其官宦世家的身世背景之藩籬，混跡秦樓楚館，甘心為歌妓樂工填詞作曲以便演唱，遂將晚唐五代以來，業經文人「變俗為雅」的歌詞，又「以雅從俗」，下移至市井坊曲，不但投合世俗大眾的口味，而且模糊了雅俗的界限，促成詞在藝術風貌上，兼具市井和士林色彩的兩棲性。對於一般刻意講求溫文儒雅，強調端正節制，蔑視淺近卑俗的正統文人而言，自然難以接受，乃至每每出言批評，詬病柳詞之「俗」。

　　柳永的詞，不但在體制上以坊曲中傳開來的慢詞長調之「新聲」為多，連帶的是，內涵情境、語言辭彙、審美趣味都變得世俗化了。柳永不但寫傳統的離情相思，甚至都市風情、市井生活均可成為吟詠的題材。從整體風格看，柳詞與同時期的晏殊、歐陽修，最大的不同，除了熱中於慢詞長調的創作，就是世俗情味的流露。首先，柳永詞中的語言，不避俗語俚詞，乃至擴大了文人詞的語言範圍。其次，詞中展現的場域背景，不再局限於花間尊前、歌筵酒席，或閨中院內，而可以是繁華都市中的花街柳巷，秦樓楚館，還有羈旅途中的水光山色。再者，詞中的主人公，並非王

孫公子、高官名宦，或他們蓄養的姬妾家妓，而是充滿世俗生活情味的普通男女，包括淪落市井的失意文人，以及靠色藝謀生的青樓歌妓。即使詞中所寫乃是傳統的豔情閨思，展示的卻已不再是貴族化的女子之幽約怨悱，而是世俗女子坦率真實的情思欲念。

試先看其一首〈定風波〉：

> 自春來，慘綠愁紅，芳心是事可可。日上花梢，鶯穿柳帶，猶壓香衾臥。暖酥消，膩雲嚲。終日厭厭倦梳裏。無那。恨薄情一去，音書無箇。早知恁麼。悔當初，不把雕鞍鎖。／向雞窗，只與蠻箋象管，拘束教吟課。鎮相隨，莫拋躲。針線閒拈伴伊坐。和我，免使少年，光陰虛過。

整首詞乃是一個遭遺棄、被遺忘女子的獨白。詞中所訴的離情相思，不離晚唐五代以來詞為「豔科」的傳統，但在風格意境上，何其不同。首先，女主人公性格鮮明，心直口快，顯然屬於未經「調教」過的市井中女子，故而敢愛敢恨敢大聲嚷嚷。其對於自我，彷彿懷著一分朦朧的自覺意識，所以才會主動埋怨自己當前的處境，訴說情懷。她的懊惱、悔恨與癡情，也是坦蕩蕩的；她追求的人生理想，則充滿世俗情味，亦毫不含糊，就是能和心上人，形影相隨，共享青春，同度歲月，如此而已。詞中的發話人，宛如出現在宋元小說戲曲中的人物角色，是生活在現實社會的世俗女子，並非文人士子心目中，依據傳統或理想而塑造出的、溫柔敦厚的高雅文靜的佳人。其次，從作者創作角度視之，和其他文人所寫的閨情詞相比照，此處筆墨重點，主要在於事情的敘述，心思的吐露，且有意創造逼真和生動的效果，無意於意境的營造或氣氛的醞釀。頗有傳統辭賦講究鋪敘的表情達意方式，但求淋漓酣暢，肆意盡情，而非含蓄委婉，乃至其意境，既曲盡人情，又明白易曉。女主人公所思所想均已和盤托出，自然欠缺一種令人玩味、引人深思的溫雅婉轉韻味。再者，就其用字下語視之，像「暖酥」、「膩雲」，均是刻意強調感官刺激的語辭，加上女主人公每每口吐俗言俚語，諸如「是事可可」、「無那」、「音書無箇」、「早知恁麼」、「伴伊坐」、「和我」、「免使」等等，均屬市井社會中的日常

生活用語，就像勾欄瓦舍民間講唱藝人，面對升斗小民之際常用的通俗語言。柳永這類的詞作，可謂是通俗文學起步登入文壇的宣言。

再看其著名的〈鶴沖天〉：

> 黃金榜上，偶失龍頭望。明代暫遺賢，如何向。未遂風雲便，爭不恣狂蕩。何須論得喪。才子詞人，自是白衣卿相。／煙花巷陌，依約丹青屏障。幸有意中人，堪尋訪。且恁偎紅倚翠，風流事，平生暢。青春都一餉。忍把浮名，換了淺斟低唱。

詞中所言顯然是落第文人的牢騷氣憤話。其中含蘊的，懷才不遇的悲哀，生命意義的反思，人生途徑的選擇，以及力圖自我安慰的心理，充分顯示，這已經是一首述懷言志之作。但是，一般傳統文人倘若科舉考試失敗，仕途失意，在詩文中言志述懷之際，往往在懷才不遇的悲哀中，或表示要還鄉事親，用功讀書，以便捲土重來，或乾脆選擇放棄仕宦，歸隱山林田園。可是，此處柳永卻反傳統之道而行，直言不諱，竟然要選擇「煙花巷陌」爲歸宿，並公然宣稱，金榜題名不過是「浮名」而已，不如換取「偎紅倚翠」中的「淺斟低唱」更爲舒暢！這樣一首充滿世俗情味的歌詞，儼然是向士大夫文化的傳統價值觀挑戰，難怪會引起講求溫文儒雅之士的不滿 [1]。惟不容忽略的是，詞中所述科舉落第的氣憤，煙花巷陌的風流，畢竟更接近社會現實人生，更有生活氣息，也更具寫實風格。

除此之外，將個人的羈旅愁思引入歌詞，也是柳永在詞史上不可磨滅的貢獻。隨著柳永失志的遭遇，飄泊的行蹤，詞的境界擴大了，詞中的場域背景，開始浮現大江南北高遠遼闊的水光山色。按，抒寫失意文人羈旅愁思的歌詞，自然以友朋同僚爲讀者對象，無須遷就市井社會的視聽，無須刻意投合世俗的口味。但是，在柳永詞中，即使具有高遠氣象的羈旅愁思之作，也難免塗上了世俗情味。其著名的〈雨霖鈴〉即是一例：

1　據南宋吳曾《能改齋漫錄》卷十六的記載：「仁宗留意儒雅，務本向道，深斥浮艷虛華之文。初，進士柳三變好爲淫冶謳歌之曲，傳播四方，嘗有〈鶴沖天〉詞云：『忍把浮名，換了淺斟低唱。』及臨軒放榜，特落之。曰：『且去淺斟低唱，何要浮名。』景祐元年(1034)方及第，後改名永，方得磨勘轉官。」

寒蟬淒切，對長亭晚，驟雨初歇。都門帳飲無緒，方留戀處，蘭
舟催發。執手相看淚眼，竟無語凝噎。念去去，千里煙波，暮靄
沉沉楚天闊。／多情自古傷離別。更那堪、冷落清秋節。今宵酒
醒何處？楊柳岸，曉風殘月。此去經年，應是良辰美景虛設。便
縱有千種風情，更與何人說。

　　寫的是離開汴京之際，與情人話別的情景。抒發的則是羈旅的愁思與
離別的愁苦，而且兩種情懷交織揉雜而成一整體。首先，就其離情主題而
言，隨著主人公即將南去飄泊的方向：「千里煙波，暮靄沉沉楚天闊。」
為整首詞掀開高遠開闊的氣象。與晚唐五代甚至一般宋初詞作之纖細柔媚
狹小格局，已相去甚遠。其次，詞中用字下語，也不失文雅莊重，甚至含
蓄委婉。尤其是「今宵酒醒何處？楊柳岸，曉風殘月」諸語，寫景如在目
前，言外含不盡之意，最為後世論者稱道。但是，就其羈旅愁思的主題而
言，柳永於此，外不關心朝政世局，內無己身出處進退或人生意義的反
思，只顧沉溺於當前男女雙方難分難捨的淒哀情境，憂慮自己隻身上路之
後，形影的孤單，感情的寂寞。這顯然不是一個擁有「高遠志向」者的情
懷，不過是一個凡夫俗子，在人生旅途上，與熟習的環境、相愛的人兒告
別之際的淒哀愁苦。再者，整首詞對羈旅愁思的一再陳述，離情相思的層
層鋪敘，從離別之前的愁苦，到分手之際的淒哀，到懸想別離之後，羈旅
途中種種孤寂情景，均敘說綿密周詳，不留餘地，已明顯展現詞的「賦
化」痕跡。

　　柳永與晏殊、歐陽修，同屬北宋前期的詞人，卻分別代表詞壇上雅俗
兩種並行的不同詞風。晏、歐二氏選擇處於宋代文人詞繼續雅化的傳統
中，柳永卻以其文學天才與音樂造詣，對詞體詞風有所開拓，在詞的發展
演變過程中，其開拓顯然不是局部的，而是整體的。詞，在柳永筆下，已
經從貴族王公，或文人士大夫的歌筵酒席走出來，走向廣大的世俗人間社
會。更重要的是，其多量創作的聲情較為複雜的慢詞長調，從此取代了小
令，成為宋詞的主流。無論北宋的周邦彥、蘇東坡、秦觀，或南宋的辛棄
疾、姜夔、吳文英，他們的代表作，主要都是以慢詞的形式出現。

第二節　後期的演變——英宗朝至靖康之變前夕

　　英宗朝至欽宗靖康之變前夕（1064-1126），乃是政壇動盪、外患交迫之時，也是北宋詞的演變時期。按，神宗即位次年（1069），正式開始實施王安石的變法，不過整個變法的活動歷程，可謂大起大落，連帶的是政壇上長達數十年的新舊黨爭，政局亦隨之變換莫定。絕大部分在朝的文人士大夫，或多或少，或深或淺，均捲入激烈的新舊黨爭之中，於是就在或遭貶謫流放，或又受召還朝之間浮沉。這時期的詞作，除了傳統的春愁秋怨、離情相思之外，作者的政治態度，憂患意識，日益增強，乃至有關言志述懷之作，憂生嘆世之章大增。詞的題材內涵，進一步拓寬，從宋初的閨閣深院，歌筵酒席，走向寬廣的社會人生，繼而步入政治仕宦生涯。詞的情味意境容量，益加深厚，詞的婉約與豪放風格，各自煥發出光彩，詞與音樂的關係，則受到考驗，而詞的詩化、賦化，亦各有不凡的表現。以下試從三方面來觀察。

一、言志傳統的形成——豪放詞風開啓，詞的詩化

　　柳永詞的世俗情味以及大量慢詞的創作，的確爲宋詞開拓了新的天地，但是，蘇軾（1037-1101）卻革新了詞的本質，並且因此提升了詞的文學地位。姑且先看宋人自己的意見：

　　據胡寅（1098-1156）〈酒邊詞序〉的觀察：

　　　　眉山蘇軾，一洗綺羅薌澤之態，擺脫綢繆宛轉之度，使人登高望
　　　　遠，舉首高歌。而逸懷浩氣，超然乎塵垢之外。

　　另外王灼（?-1160）《碧雞漫志》亦云：

　　　　東波先生非醉心於音律者，偶爾作歌，指出向上一路，新天下耳
　　　　目，弄筆者始知自振。

　　蘇東坡是歷代詞評家公認的「豪放派」開創者，其筆墨下的一些意境壯闊、情懷豪邁的作品，雖然就詞的婉約本質而言，是謂「別格」，不

過，在詞的發展演變史上，則是一大「革新」。同時蘇東坡也是自李煜以來，將詞「詩化」之完成者。詞，對蘇東坡而言，已不單單是寫來供人演唱的歌詞而已，而是一種新型的詩體，適用於抒發各種不同的主題，諸如詠史、懷古、詠物、遊仙、送別、悼亡、遊宴，以及山水風貌、田園情趣，甚至參禪悟道、哲理思考……，可以無所不寫。乃至打破了「詩莊詞媚」的傳統，沖淡了詞與音樂的血緣關係，甚至把詞從音樂的附庸地位，解放出來，導致詞開始有其獨立存在的文學價值，強化了詞的文學地位，展示了詞的抒情言志述懷的潛力。

試先看其著名的〈水調歌頭〉「懷子由」：

明月幾時有？把酒問青天。不知天上宮闕，今夕是何年？我欲乘風歸去，又恐瓊樓玉宇，高處不勝寒。起舞弄清影，何似在人間。／轉朱閣，低綺戶，照無眠。不應有恨，何事長向別時圓。人有悲歡離合，月有陰晴圓缺，此事古難全。但願人長久，千里共嬋娟。

詞前另附有小序，說明寫作的時空緣由背景：「丙辰(1076)中秋，歡飲達旦，大醉，作此篇，兼懷子由。」按，為詞作序點題，實乃是蘇東坡開創的風氣，顯示詞並非只是倚聲填寫的歌詞，而是文學作品，重視的是其文學內涵意趣。此處雖然於詞牌後標明「懷子由」，但在內涵情境上，與傳統的傷離怨別懷人之詞已大異其趣。首先，其所懷對象，並非一般詞中經常出現的紅粉佳人，而是其胞弟子由。換言之，手足之情是其創作的原動力。其次，整首詞已將手足之情，懷人之思，提升到一種普遍性的、悲歡離合人生的感悟，含蘊著人生哲理的思考，甚至帶有一分說理的意味。這是蘇東坡之前的詞，不曾出現過的。詞中吐露的，不是繡幌佳人的幽怨，也不是風流才子的柔情，而是一介知識分子的情懷，士大夫的心聲。再者，就其藝術層面看，引人矚目的是，多處化用前人詩文句為己意，增添了濃厚的書卷氣，與當初的伶工之詞，已相去甚遠。

再看其名篇〈念奴嬌〉「赤壁懷古」：

大江東去，浪淘盡、千古風流人物。故壘西邊，人道是，三國周

郎赤壁。亂石穿空，驚濤拍岸，捲起千堆雪。江山如畫，一時多少豪傑。／遙想公瑾當年，小喬初嫁了，雄姿英發。羽扇綸巾，談笑間，檣櫓灰飛煙滅。故國神遊，多情應笑我，早生華髮。人間如夢，一樽還酹江月。

這是蘇軾的名篇，也是所謂「豪放詞」的代表作。其實蘇軾還寫了不少辭情婉約的作品，諸如〈水龍吟〉（似花還是非花）、〈江城子〉（十年生死兩茫茫），均是有名的例子。其屬於「豪放」風格的作品，雖然數量並不多，但在詞的發展史上，則具有開宗立派的重要意義，為宋詞的發展，指出新方向。上引這首〈念奴嬌〉，當屬一首懷古詞，而詠懷古蹟之作，原是唐詩中一種普遍的類型，蘇軾卻用詞體來寫。不但以詩情填出詞音，充分展現詞的詩化痕跡，同時還擴大了詞的題材範圍，也提升了詞的抒情地位。整首詞，語言簡明清晰，流暢自然，且將寫景、敘事、議論、抒情，熔為一爐，或大筆勾勒，或細筆描繪，不拘一格。其中交織著，個人、歷史、自然宇宙三重的時空關係，形成一種浩闊高遠雄渾的意境。當然，這種由個人、歷史、自然鎔鑄成的三重時空意境，唐代懷古詩中已屢見不鮮，惟在詞而言，則是十分罕見。此外，其中流露的感懷，也不是詞所慣有的細膩委婉的愁思或哀嘆，而是對人生、對歷史、對自然宇宙的觀察與領悟。換言之，詞中涉及的是人生觀、歷史觀、宇宙觀等諸大問題。其中含蘊的情懷，也是複雜多層面的，有深切的感慨與惋惜，無限的讚嘆與仰慕，並揉雜著自我嘲解，自我超越。這樣的作品，為原本溫柔軟媚的歌詞，注入了一股陽剛豪邁的氣勢，瀟灑曠達的風度，或可視為以後辛派詞人慷慨激昂之音的前奏曲。當然，蘇軾對詞的革新，並不局限於慢詞，即使小令，在其筆下，也產生了很大的變化。

試再看一首小令〈臨江仙〉「夜歸臨皋」：

夜飲東坡醒復醉，歸來彷彿三更。家童鼻息已雷鳴。敲門都不應，倚杖聽江聲。／長恨此生非我有，何時忘卻營營。夜闌風靜縠紋平。小舟從此去，江海渡餘生。

此詞作於蘇東坡貶謫黃州期間，是一首以貶謫之身抒發一己情懷志趣

的作品。值得注意的是，首先，整首詞是針對自己的政治抱負，仕途生涯，而引發的感懷。在生命意義的反思中，浮現著「倚杖聽江聲」的風雅情趣，「江海渡餘生」的歸隱情懷，以及瀟灑曠達的風度，均屬士大夫的心聲，詩人的情懷，這已經遠遠超越詞為豔科的傳統，簡直與言志述懷的詩一樣了，而且為南宋風行的隱逸詞開了先路。其次，將日常生活的瑣屑細節，以及風趣詼諧帶入詞中。所言「夜飲東坡醒復醉，歸來彷彿三更」，全然是尋常經歷，而這時「家童鼻息已雷鳴，敲門都不應」，則將如此平凡瑣屑的日常生活細節，攬入詞中，並煥發出生活氣息，洋溢著人間情味，又充滿風趣詼諧，在蘇軾之前的詞，不曾出現過。

蘇東坡是柳永之外另一位促成北宋詞風轉變的關鍵人物。蘇詞不僅是打破了「詩莊詞媚」的傳統格局，還沖淡了詞與音樂的血緣關係，強化了詞的文學功能，充分展示出詞的抒情言志潛力，遂令詞的詩化臻至高峰。原本出生市井歌壇的詞，在東坡筆下，儼然成為一種格律的詩，其文學地位可以與詩等量齊觀了。蘇軾之前的作者，通常把詞局限於抒發一些個人私己的生活感情，諸如傷春悲秋、恨離怨別等比較纖細幽微的心境。然而，蘇東坡除了一己私情之外，更全面的把一個文人士大夫多方面的生活經驗與感受，納入詞中，幾至「無意不可入，無事不可言」（劉熙載《藝概》）。他的才情智慧，瀟灑曠達，風趣詼諧，不時浮現，乃至其性情風度，精神面貌，較全面的展現出來，往往顯得性格鮮明，形象清晰，深深打上蘇東坡個人文學人格的烙印。不像其他詞人作品，或因為填詞之際有意模仿因襲前人，或由於作者本身的文學人格不夠明確，乃至作品有時會產生與他人作品風格相混的現象，就看詞史上的名家，諸如馮延巳、晏殊、歐陽修等，作品中的互見現象，即是顯著的例子。可是在蘇東坡的筆下，詞變得更為個性化了，所謂「詞品」和「人品」，或「詞的風格」和「人的風格」之間，距離大大縮小了，乃至予讀者以「詞如其人」的印象。這正是詞已經「詩化」的最佳印證，也是詞的文學地位提升的最好說明。

二、花間遺韻的迴盪──婉約詞風確立，詞的深化

　　經過晏、歐、柳、蘇諸詞家的耕耘，北宋詞壇出現前所未有的蓬勃生機，倚聲填詞已經成為文人士子日常生活的一部分，不僅在歌筵酒席間娛賓遣興，同時也是傳統詩歌之外，個人抒情述懷的重要媒介。有的或踵武前賢詞風，有的則依個人的情性偏好而另有所發揮，乃至逐漸朝婉約與豪放兩大不同風格流派的方向發展。就如蘇東坡門下弟子中，黃庭堅(1045-1105)、晁補之(1053-1110)，雖也嘗試建立自己的詞風，主要還是繼軌東坡，詞風也相近。惟秦觀(1049-1100)則自闢蹊徑，在其辭情兼勝的作品中，往往迴盪著花間遺韻，乃至後世詞評家多視其為宋詞婉約派的正宗。

　　試先看明人張綖於《詩餘圖譜・凡例》(刊行於萬曆二十二、三年間[1594-1595])之觀察：

> 詞體大略有二：一體婉約，一體豪放。婉約者欲其詞情蘊藉，豪放者欲其氣象恢宏。然亦存乎其人。如秦少遊之作，多是婉約；蘇子瞻之詞，多是豪放。大約詞體以婉約為正，故東坡稱少游今之詞手；後山評東坡詞，雖極天下之工，要非本色。

　　就現存資料，這是詞學史上首度明確提出，詞體分「婉約」與「豪放」兩體之始，且以秦觀詞符合詞之當行本色，是為婉約體之正宗。按，秦觀雖然並非第一流的大家，在詞史上卻有其不容忽視的關鍵地位。值得注意的是，秦觀不但繼承柳永，多寫慢詞，亦在傳統的男女豔情題材中，揉雜著個人的羈旅愁腸，同時還受蘇東坡以詞言志述懷的影響，進一步在傳統的離情相思題材中，融入個人的身世之感，遷謫之嘆，乃至進一步提升並擴大了婉約詞的內涵情境。

　　試先看其名篇〈滿庭芳〉：

> 山抹微雲，天粘衰草，畫角聲斷譙門。暫停征棹，聊共引離尊。多少蓬萊舊事，空回首，煙靄紛紛。斜陽外，寒鴉數點，流水繞孤村。／銷魂，當此際，香囊暗解，羅帶輕分。謾贏得青樓薄倖名存。此去何時見也，襟袖上空惹啼痕。傷情處，高城望斷，燈

火已黃昏。

詞中展現的乃是一對情侶在江邊話別的情景：隨著時光的流轉，景色的變換，情節的發展，深刻細緻的傳達出一分多情公子黯然銷魂的傷離之情。這首詞的風格，頗接近前舉柳永〈雨霖鈴〉之類的羈旅詞，不過在語言方面，則更爲典雅，且顯示作者在鍊字造句方面的考究，像「抹」字、「粘」字，原屬口語，卻運用巧妙，遂令寫景如畫，極爲傳神。此外，詞中幾處化用前人詩句，清麗自然，不著痕跡[2]。在抒情方面，則保持婉約的風格，並未直接宣洩離情，而是藉景抒情，通過外在的景物意象和人物的舉止動作，即含蘊無限的情思，因此，顯得深曲委婉，耐人尋味。這也就是秦觀詞頗爲後世詞評家稱道的「情韻兼勝」的特色。其實情深韻長，原是晚唐五代以來文人所寫小令詞普遍表現的風格，然而秦觀卻能以慢詞長調寫出情韻兼勝之作，克服了慢詞通常容易失之鬆散、顯露的毛病，爲以後周邦彥結構嚴密、情韻深厚的慢詞，鋪上先路。

再看一首〈踏莎行〉「郴州旅舍」：

霧失樓臺，月迷津渡，桃源望斷無尋處。可堪孤館閉春寒，杜鵑聲裡斜陽暮。／驛寄梅花，魚傳尺素，砌成此恨無重數。郴江幸自繞郴山，爲誰流下瀟湘去。

這也是秦觀的名篇。其創作的背景是：在北宋新舊黨爭中，秦觀因受「元祐黨人」的牽連，一再遭受貶謫，此詞大約是在紹聖四年（1097），被貶至湖南郴州時期所作。由於朝廷新舊黨爭不斷，秦觀在仕途上連受挫折打擊，一再流離顛簸，使得原來頗有遠大抱負，在理想落空之後，但覺前途渺茫無望，難免跌入幾近幻滅與極度哀傷之中。這首〈踏莎行〉抒發的，就是在郴州貶所，但覺孤獨無助的處境和淒哀悲苦的心情。上片寫前程理想的幻滅，孤獨處境的迷惘，下片寫遠謫飄零之苦，遷客逐臣之悲。

---

2 如上片「寒鴉數點，流水繞孤村」二句，顯然是借用隋煬帝楊廣（580-618）殘句：「寒鴉千萬點，流水繞孤村。」下片換頭「銷魂」二字，乃襲用江淹（444-505〈別賦〉中「黯然銷魂者，唯別而已矣」。「謾贏得青樓薄倖名存」，則是化用杜牧（803-852）〈遣懷〉詩中的名句：「十年一覺揚州夢，贏得青樓薄倖名。」

值得注意的是，遷客逐臣因失志不遇，乃至羈旅飄泊之悲，原是傳統詩歌中常見的主題，其原形可溯源自楚辭中屈原的作品，而且自漢魏六朝，乃至唐宋，歷久不衰，不過秦觀卻將這種遷客逐臣之悲引入歌詞中。可謂開拓了詞的內涵情境，擴大了詞的抒情範圍，爲花間以來的婉約詞派，增添了抒情的深度與濃度。

秦觀詞在花間遺韻的迴盪中，其最引人矚目的，就是能融合並兼美小令與慢詞的長處。如溫、馮、晏、歐諸人的小令，主要以典雅、縝密、含蓄見稱，惟通常含蓄有餘，卻總嫌篇幅不足。柳永熱中的慢詞，其特色則是通俗、疏散、顯露，則又往往顯露有餘，總嫌韻味稍薄。可是秦觀卻能將小令慣有的典雅、縝密、含蓄，推展到慢詞的創作，而且呈現一種和婉醇正之美，所以成爲許多詞評家心目中，當屬婉約詞正宗的代表。

三、鋪敘勾勒的發揚——婉約詞派高峰，詞的賦化

宋徽宗於崇寧四年(1105)設立「大晟府」，屬宮廷的音樂機關，猶如漢代的「樂府」，其成員負責整理古樂，並創製新曲，以備朝廷各種大典祭祀之用。詞，原本出生胡夷里巷，屬於不登大雅之堂的通俗歌曲，終於受到官方的垂愛，並且正式進入宮廷殿堂。這時在大晟府中任職的一批詞人，通過創作，促進了詞律的規範化，並以他們自己的作品，左右詞的創作方向，影響詞壇的藝術風尚。這些宮廷詞人，後世即稱爲「大晟詞派」。他們的作品，就內容而言，自然以「應制」場合而寫，歌頌昇平之作爲大宗，諸如「中秋應制」、「清明應制」、「元宵應制」等，歌詠節慶的熱鬧，都市的繁華，藉此稱頌朝廷德政之作，可說是把柳永當初吟詠都市風情的題材(如〈望海潮〉)，進一步擴大，把鋪敘勾勒技巧，進一步發揚。除此之外，這些大晟府詞人之作，主要還是圍繞著傷離怨別、羈旅惆悵之類的傳統題材；不過，基於他們宮廷詞人的身分，加上精通音律的訓練，會特別注意格律的嚴謹，並講求整體的謀篇布局，以及句式的開合變化，以期達到詞與音樂之間「聲情相宜」與「聲調諧美」的藝術效果。在大晟詞派中，成就最高，且影響詞風最深遠者，無疑當屬周邦彥(1056-

1121)，儘管他在大晟府任職不過兩年光景而已。

值得注意的是，在宋詞的發展演變史上，雖然蘇東坡曾把詞從音樂的
束縛中解放出來，可是周邦彥卻又把詞重新納入音律的規範中，因此開啓
了南宋雅詞派詞人特別注重格律的風尚。後世詞論者，甚至稱周邦彥爲南
宋「格律派之祖」。此外，周邦彥又把柳永的慢詞已經開啓的鋪敍勾勒技
巧，發揚到更爲圓融的境地，遂使得因篇幅拉長而往往會顯得鬆散的慢
詞，可以既章法嚴謹，又氣韻流轉，乃至令詞的賦化，臻至高峰。

試先看其一首〈瑞龍吟〉：

> 章臺路，還見褪粉梅梢，試花桃樹。愔愔坊陌人家，定巢燕子，
> 歸來舊處。／黯凝佇，因記箇人癡小，乍看門戶，侵晨淺約宮
> 黃，障風映袖，盈盈笑語。／前度劉郎重到，訪鄰尋里，同時歌
> 舞，唯有舊家秋娘，聲價如故。吟牋賦筆，猶記燕臺句。知誰
> 伴、名園露飲，東城閒步？事與孤鴻去。探春盡是傷離意緒。宮
> 柳低金縷。歸騎晚，纖纖池塘飛雨。斷腸院落，一簾風絮。

這是周美成詞集《清眞集》（或名《片玉集》）中開卷第一篇，也是周
詞最具個人風格的代表作品。詞調〈瑞龍吟〉乃是其自創，由三疊組成，
屬於所謂「雙拽頭」體，亦即前兩疊較短，合起來相當於一般格式的上
片，第三疊較長，則相當於下片。全詞寫的就是重遊舊地，追懷往事之
際，所見所思所感。說是重遊舊地，追懷往事，似乎有具體的主題，問題
是，所思所想的，到底是什麼？單從語言表象看，並無明確的指示。整首
詞，在章法結構上可謂窮極變化，其中既有波瀾起伏之勢，又具渾融流轉
之氣，把柳永開拓的平鋪直敍的單線鋪敍，演化爲多層次、多角度，迴環
往復、一唱三嘆的鋪敍。展現出一種嚴整精緻的章法，予人以「經意」之
美，彷彿是經由人工精心雕琢的藝術品，令詞的賦化臻至一個高峰。

再看其著名的〈六醜〉「薔薇謝後作」：

> 正單衣試酒，悵客裡、光陰虛擲。願春暫留，春歸如過翼。一去
> 無跡。爲問花何在？夜來風雨，葬楚宮傾國。釵鈿墮處遺香澤。
> 亂點桃蹊，輕翻柳陌。多情爲誰追惜？但蜂媒蝶使，時叩窗隔。

／東園岑寂。漸蒙籠暗碧。靜繞珍叢底。成嘆息。長條故惹行客。似牽衣待話，別情無極。殘英小，強簪巾幘。終不似一朵釵頭顫裊，向人欹側。漂流處，莫趁潮汐。恐斷紅，尚有相思字，何由見得。

此詞亦屬周邦彥自度曲。根據小注標題，乃是詠薔薇花之作，當屬詠物詞。但從詞本身的內涵視之，顯然並非單純的詠物，而是藉詠物托興詠懷，其中含蘊一個極為複雜深厚的感情世界。按，一般惜花傷春詞，比較容易流於淺顯，可是這首〈六醜〉，卻深曲委婉，耐人尋味。全詞呈現的主要是一個纖細濃密的「情」的世界，惟作者並不直接抒情，而是通過對薔薇花綿密細緻的描寫，迴環往復的鋪陳，醞釀成一片濃濃情意。此外，一般講求鋪陳的作品，類似「賦」的寫法，敘述周詳綿密，往往缺少言外之意，什麼都說清楚明白了，自然缺乏供人反覆品味的餘地。可是這首詞，既能淋漓盡致，又餘韻無盡，在惜花傷春情懷中，融匯著韶華之嘆，身世之感，羈旅之愁，同時還交織著，對一分眷眷舊情之深切追悼與懷念。讀者吟味之餘，總覺得其中可能還有什麼可以挖掘、尋覓，可以引人往更深更廣處去思考的餘地。

周邦彥可說是婉約詞派集大成者。其詞長於鋪敘側寫，勾勒描繪，在章法結構上，精緻細密，且把柳永已經開拓的平直單線型的鋪敘，衍化為多層次，多角度，迴環曲折的網絡型的鋪敘。此外，又特別重視音律，不僅辨平仄，更分別上去入三種仄聲字，遂把詞重新納入音律的規範中。周詞不僅注意形式的精美，也兼顧到詞情的細密繁富。當然，其題材內容仍然不外是羈旅、離愁、豔情，與晏殊、歐陽修、柳永、秦觀的作品相類似，但不同之處在於，周邦彥往往以較為隔離的態度寫情，通常不是情的直接抒發，而是飽經憂患之後，感情靜化或沉澱之後的緬懷，是激情克制或壓抑之後，將悲哀傷痛咽住之後的追思。

詞經由晚唐五代的小令，復經柳永的慢詞，到了周邦彥時代，便趨向既婉約又嚴整的方向發展。這兩種條件的結合，遂開啟了南宋「格律派」的先河。當然，詞發展至南宋，方臻至極盛階段，同時也流露出漸衰的徵

兆,而北宋的周邦彥與蘇東坡,雖然風格迥異,卻是對南宋詞壇影響最深遠的兩位詞人。

第四章
宋詞的極盛與漸衰——南宋詞

　　欽宗靖康二年(1127)的「靖康之變」，徽宗、欽宗父子被金人擄去，是宋朝歷史的巨大轉折點，也是宋詞發展的重要分界線。文學史通常據此把宋詞分爲北宋、南宋兩個不同階段。北宋詞壇，基本上是在和平環境中發展，惟自「靖康之變」，結束了北宋一百六十餘年的歷史，從此金人占據了北中國。北宋的敗亡，中原國土的喪失，宋金南北的長期對峙，對南宋的文人士大夫的生活與心情，形成難以彌補的傷痛，對南宋詞壇亦造成既深且遠的影響。

　　詞發展至南宋，無論詞人數量之眾多或類型之多樣，均可說臻至極盛的地步。首先，在塡詞者數量上，根據唐圭璋等所輯《全宋詞》所錄作品統計，單看其中時代可考的詞人，北宋有二百二十七人，約占百分之二十六，南宋六百四十六人，約占百分之七十四。南宋詞人數約爲北宋的三倍，其時詞的創作風氣之盛，可以想見。其次，在類型的多樣方面，南宋詞亦遠超過北宋詞。按，北宋詞基本上還是「言情」的天下，直到蘇東坡前後，才出現數量不多的言志述懷類型。但是到了南宋，由於特殊的政治環境與社會背景，遂出現了呼籲殺敵抗戰之作，對朝政表示憂心憤慨之作，或抒發避世隱逸情懷之作；另方面，又由於文人塡詞的普遍化，乃至日常交遊生活中，祝壽詞、詠物詞、應社詞(社交酬唱詞)，也紛紛出現。於是大至家國之變，小至個人日常生活瑣屑之事，不分雅俗，均可入詞。詞的文學功能，甚至社交功能，簡直跟詩一樣了。所以詞其實是至南宋，方才形成極盛的局面。不過，也就是在詞的極盛狀態中，同時流露出詞的逐漸衰退的痕跡。因爲南宋詞的發展，始終未嘗突破蘇東坡、周邦彥這兩

位北宋大家的藩籬,始終是蘇周二人的繼承者,詞壇上再也沒有能夠稱得上開宗立派的大家的出現。當然,辛棄疾詞的成就,有目共睹,可是他仍然是蘇東坡已經開啓的、豪放派的繼承者,抒懷言志的發揚者。

第一節　宋詞的極盛——宋金對峙至宋蒙聯合滅金

宋詞的極盛,乃是在北宋滅亡之後,南宋王朝的逐漸衰退中形成。按,北宋末年的「靖康之變」,令趙宋王朝失去了淮河以北的廣大中原地區,徽宗、欽宗成為金人的臣虜,之後高宗倉皇稱帝,隨即南遷,定都臨安(杭州),是爲南宋。從此即是歷史上的宋金對峙時期。惟南宋建立之後,金人仍屢次驅兵南下。高宗建炎三年(1129)竟然攻破揚州,並大肆焚燒掠奪,士民多死,存者僅數千人而已。趙宋王朝經北宋的亡國,又經歷如此屠殺和破壞,對一百多年來基本上安定度日,不識干戈的宋人而言,真是一場彌天大禍。朝野上下均受到空前的震撼,反映在南渡的詞壇上,遂出現前所未有的悲憤與傷痛之聲,或爲逃避悲憤傷痛現實的遁世隱逸之情。南宋的詞,就在大時代的環境背景影響之下,發生了深刻而重大的變化。北宋早期詞壇那些歌頌昇平,或表現雍容風度的舊詞風,已銷聲匿跡,取而代之的則是,撫事感慨、憂國傷己之情,並且成爲整個南宋詞壇的主調,即使在隱逸情懷的謳歌中,也往往浮現一分時代的憂患意識。當然,首先流露的,乃是作者身處北宋滅亡之際深感飄泊流離的哀傷。

一、飄泊流離的哀傷——南渡詞人的情懷

靖康之變,對許多宋代詞人而言,是生命中突然發生的巨變。幾乎是在毫無心理準備之下,突然遭遇到國亡家破的打擊,驚惶失措中倉促南渡,從此飄泊流離,且再也無以北歸。就在這些倉皇南渡詞人作品中,處處可以聽到近乎幽咽呻吟的哀傷之音。有的在詞中把個人的命運和國家的命運結合在一起,有的則通過個人生活的今昔對比來表達飄泊流離的哀傷。

試先看一首亡國之君宋徽宗趙佶(1082-1135)的〈眼兒媚〉：

> 玉京曾憶昔繁華，萬里帝王家。瓊林玉殿，朝喧弦管，暮列笙
> 琶。／花城人去今蕭索，春夢繞胡沙。家山何處？忍聽羌笛，吹
> 徹〈梅花〉。

雖然是亡國之君的哀傷，其中流露的亡國之悲，以及對美好過去的無限懷思，亦是許多南渡詞人普遍吟嘆的情懷。其實宋徽宗的命運與李後主頗相彷彿，二人最後均死於征服者的囚禁中。上引這首徽宗詞，與當初李後主亡國之後的故國之思，也有類似之處，然而徽宗畢竟欠缺李後主個人感情的濃度和衝擊震撼力，流蕩其間的，主要是幽咽呻吟之聲。不過，這種幽咽呻吟之聲，會繼續不斷浮現在許多南渡詞人作品中。

試看朱敦儒(1081-1159)〈采桑子〉：

> 扁舟去作江南客，旅雁孤雲，萬里煙塵。回首中原滿淚巾。碧山
> 晚對汀洲冷，楓葉蘆根。日落波平，愁損辭鄉去國人。

寫其乘舟南渡之際，宛如旅雁孤雲，無所依託之經驗感受。詞中回首故國萬里，胡塵籠罩中原，不禁涕淚滿巾，偏偏面對江南的秋景夕陽，彷彿是寒冷黑暗來臨的預兆，更增添了辭鄉去國的哀傷。

當然，最能表達身處這一動亂時代普遍存在的哀傷情緒者，還是李清照(1084-1151?)的作品。

李清照是中國文學史上最負盛名的女性作家，其《漱玉詞》輯本，現存詞僅四十七首，數量雖少，在詞史上卻占有一席重要地位。儘管女性作家在中國文學史上，一般並未受到應有的重視，惟歷代詞評家對李清照的詞作，則可謂推崇備至，並公認是婉約詞派的「正宗」。其實李清照不僅是詩、詞、文章的全才，也是詞學理論的先導者。其著名的〈詞論〉，就是詞學史上第一篇，針對詞這種詩歌體式的特色及發展情況而撰寫的理論性文章。她提出詞「別是一家」，強調詞必須協音律，諷刺蘇東坡等人的詞，乃是「句讀不葺之詩」；並主張詞的境界要高雅，不滿柳永詞的「詞語塵下」；又強調詞的內容要典重、故實，批評秦觀「專主情致，而少故實，譬如貧家女，雖極妍麗豐逸，而終乏富貴態」……。

　　李清照的詞，的確既合音律，又清雅脫俗。不過，在題材內涵方面，或許受拘於女性生活範圍的局限，顯得比較狹窄，多半圍繞著個人周遭的情和事，不外是離情閨思，孤寂之感，愁怨之訴，這些也正是一般婉約詞的主調。惟李清照的詞，不同於其他宋人作品之處，乃是其詞中含蘊的女性特有的敏感與細膩情思。按，宋詞作者大多是男性，然而在婉約詞中經常出現的主人公面目，卻往往是女性的形象。這些男性作者所寫的「閨音」，畢竟是代人立言，只是一些「仿冒」，而李清照筆下的閨音，才是真正的、由女性自己吐露出的閨音。此外值得注意的是，李清照所寫的閨音中，卻又不時奏出時代的音符。尤其是靖康之變後，流寓江南時期的作品，其中流露的身世之悲與家國之嘆，那種滿紙幽咽呻吟的風格，可謂南宋前期詞壇「哀傷之音」的代表，與秦觀當初所寫仕途受挫的一己之悲相比，可說是詞境的擴大。當然，李清照詞的風格，隨著北宋的滅亡，以及她個人命運的轉折，前後出現很大的變化。

　　試先看一首早期所作的〈一剪梅〉：

> 紅藕香殘玉簟秋，輕解羅裳，獨上蘭舟。雲中誰寄錦書來？雁字回時，月滿西樓。／花自飄零水自流，一種相思，兩處閒愁。此情無計可消除，才下眉頭，卻上心頭。

　　上片言空閨寂寞，登舟懷遠，下片言思念之深，相思難解。整首詞的主題，簡單尋常，不過是空閨的寂寞，相思的愁苦而已，這原本是最古老最傳統的主題，然而在李清照筆下，卻可以如此清雅脫俗。故而陳廷焯（1853-1892）《白雨齋詞話》卷二評云：

> 易安佳句，如〈一剪梅〉起七字云「紅藕香殘玉簟秋」，精秀特絕，真不食人間煙火者。

　　所謂「不食人間煙火」，當指其清雅脫俗。由於荷花出汙泥而不染，修竹是君子的象徵，李清照用「紅藕香殘」、「玉簟秋」的意象，來傳達其獨守閨中，但感青春易逝，紅顏易老之嘆，以及人去蓆冷之悲，予人的印象，自然是「不食人間煙火」，清雅脫俗之至。此外，在語言上，亦新巧可喜。詞中口語運用之妙，轉化他人詞句為己用之巧，尤其引人矚目。

如「一種相思，兩處閒愁」，純然是口語白話，彷彿不經意脫口而出，實際上卻是非常工整完美的對偶句，傳達的是夫妻身居兩處，心靈相通的深情。另外，「此情無計可消除，才下眉頭，卻上心頭」，原是因襲范仲淹（989-1052）〈御街行〉詞中：「都來此事，眉間心上，無計相迴避。」然而經李清照的化用，則脫胎換骨，顯得更通俗，更細膩，更生動。范仲淹句主要是說，眉間心上都是愁，強調的是愁之多之濃，不過其愁是靜止的；李清照句中的愁，才在眉頭，又跑到心頭，卻是動態的，飄忽不定，難以控制的；這就巧妙地，把內心的翻騰，思潮的起伏，情緒的波動，都傳達出來了。

當然，像這種極為單純的，「不食人間煙火」的閨音，展示的只不過是李清照前期作品的風格。惟經過靖康之變，北宋的滅亡，美滿平靜的生活，開始發生巨大的轉折。隨著朝廷倉皇南奔，兩年之後，夫婿趙明誠又突然病逝，李清照從此就在顛沛流離中，過著孤苦寂寞的生活，甚至去世的年代都無法確定[1]。其南渡之後的詞，基於女性身分的局限，仍然屬於閨音，仍然保持其清雅脫俗，可是情味意境之深厚複雜，與前期之作，已判然有別。

試看其〈武陵春〉：

風住塵香花已盡，日晚倦梳頭。物是人非事事休。欲語淚先流。／聞說雙溪春尚好，也擬泛輕舟。只恐雙溪舴艋舟，載不動許多愁。

寫的是暮春時節，一陣狂風摧殘之後，反顧自己生存境地的哀傷愁怨。整首詞的語氣幽怨，充滿委屈與辛酸，含蘊著濃厚的自艾自怨的意味，彷彿沉溺於悲哀愁苦中不能自拔。其中心題旨，其實就是一個「愁」字。當然，「愁」，原是婉約詞中最常見的情懷，或是獨守空閨之愁，黯然傷離之愁，飄泊羈旅之愁，傷春悲秋之愁，或僅因無所事事、百無聊賴

1　根據一些宋人筆記，趙明誠過世後，李清照無依無靠，曾於紹興二年（1132），四十九歲時，再嫁張汝舟，但不及一百天，即申請離異。關於李清照是否曾經再嫁，直至今天，尚無定論。

而引起的一分莫名的閒愁……。隨便翻閱唐宋詞人的詞集,都會接觸到這
些不同性質,不同濃度,但都可以一個「愁」字來概括的情懷。可是李清
照〈武陵春〉所寫的「愁」,之所以不同於前人者,就在於其個人的
「愁」,乃是由家國的破碎,身世的飄零,孀居的寂寞,晚景的淒涼累積
凝聚而成;是從過去極端幸福美滿和當前無限悲哀淒涼的對照中,引發出
來的;是生命突然發生劇烈的,根本的變化之後,在「物是人非事事休」
的驚懼悲苦中,哀傷絕望中,體會出來的,所以特別深重濃郁,動人心魂。

　　其實李清照這類後期的作品,與南唐李後主亡國之後,身為階下囚時
感受到的無盡的悲哀愁怨,頗有相似之處。按,李後主出身帝王之家,長
於深宮之中,婦人之手,其閱世淺,社會經驗欠缺,生活層面比一般文士
詞人狹窄,其詞的題材,也僅限於個人生存周遭之情或事。亡國之前,主
要寫後宮富麗安逸的聲色之娛,撩人情思;亡國之後,寫其身為臣虜,淪
為階下囚之悲哀愁苦,則震人心魂。後主所寫雖然是個人一己身世遭遇的
經驗感受,卻和國家的興亡,時代的變動,緊密聯繫在一起。同樣的,李
清照出身官宦世家,又是女性,就像一般傳統中國婦女,平日待在「閨
中」,其閱世也淺,生活層面也狹窄。然而,從寫其無憂無慮的少女情
懷,或沉溺於相思情愛的少婦心態,及至南渡、喪夫之後,導致綿綿無盡
的哀傷愁怨,與其詞作前後風格的明顯差異,也是和時代環境的巨變息息
相關。尤其是後期的作品,以一個單純女子的身心,去體認國亡家破的最
大不幸,以其閱世不深的純真性情,領受人生命運的深切悲慨。所以李清
照詞中的哀傷愁怨,不僅是她個人的,也屬於整個時代的,是南渡詞人
群,在國難之後,飄泊流離中,共同感受的哀傷。這種由國難引發的哀傷
之音,在南宋詞壇,從未中斷,甚至綿延到元代初年,仍然餘音繚繞,揮
之不去。

　　不過,就在這種哀傷個人與家國命運的迴盪中,一批憂國志士的詞
作,則響起了另外一種迴然不同的、強烈的悲憤音符,並且震撼著南宋的
詞壇,乃至促成宋詞的風格產生明顯的變化。

二、憂國志士的悲憤——豪放詞派的形成

南宋王朝面對北方的女眞強敵，苟延喘息一百五十餘年，其間雖然戰戰和和，打打停停，但強敵壓境的陰影，始終揮之不去，亡國的威脅，未嘗一日消除，朝廷上下，經常處於主戰與主和兩派勢力的衝突矛盾中。社會生活方面也出現極爲不協調的情景：一方面，愛國臣子，爲國家民族的存亡，憂心如焚，奔走呼號收復中原；另一方面，從皇帝到權貴，企圖逃避現實，過著紙醉金迷的生活。對於以匹夫興亡爲己任的士大夫而言，這是一個充滿傷痕、痛苦，且滿懷挫折、憤怒的時代。面對南宋國勢的積弱，國土的喪失，戰爭的威脅，一種空前的愛國情操與報國意識奏成的慷慨激昂之音，遂迴盪在南宋詞壇。這種聲音，是憂心忡忡的，痛心疾首的，凄苦蒼勁的。難免引起讀者回想起盛唐之音中，慷慨激昂的邊塞軍旅之悲歌，惟其間不同的是，盛唐詩的慷慨激昂中，揉雜著無限希望和憧憬，流露著個人的自信以及對時代的自豪。可是，南宋詞的慷慨激昂中，卻瀰漫著對時局的焦慮與悲痛，含蘊著對個人不遇的挫折與憤怒，尤其是報國無門，英雄失路，壯志難酬的挫折。因此，悲憤抑鬱，蒼涼感慨，成爲這批詞人作品的主調。另外，南宋憂國志士之詞，與中唐的感事傷時的諷諭詩，也不一樣。因爲中唐詩人主要是憂國傷民，其視野外射，反映的是，對朝廷社稷的關懷，對民生疾苦的同情；南宋詞人則憂國傷己，視野內收，自我抒情意味更濃，強調的往往是個人懷才不遇，救國無門，壯志未酬的悲憤。這或許是基於詞與詩本質的不同，詞畢竟是比較個人的抒情體裁，卻也正巧展現南宋詞發展的一個方向。

就在兩宋交替之際，一些極力主張抗金的忠臣名將，諸如李綱(1083-1140)、岳飛(1103-1141)、趙鼎(1085-1147)等，都留下一些慷慨激昂，滿懷悲憤之作。之後還有張元幹(1091-1161)、張孝祥(1132-1169)、陸游(1125-1210)、辛棄疾(1140-1207)，亦是力主抗金，胸懷忠憤者，分別爲豪放詞派的形成，立下不朽的功勞。試先以陸游的詞爲例。

其實，陸游「平生精力盡於爲詩，塡詞乃其餘力」(《四庫全書‧提

要》），其最著名的詞，可能是那首相傳爲其表妹唐婉而寫，賺人眼淚的
〈釵頭鳳〉。但是在詞的發展史上，〈釵頭鳳〉不過是花間以來婉約詞派
離情相思的繼承而已，陸游抒發壯志豪情之詞，在豪放詞風的發展過程
中，則扮演著承先啓後的角色。這與陸游的身世背景多少有關。

陸游出生那年，正逢金兵入侵中原，次年，汴京淪陷，北宋滅亡。猶
如前面章節中論及「宋詩的南渡情懷」已提過，根據陸游在其〈跋傅給事
帖〉中的回憶：「紹興初，某甫成童，親見當時士大夫，相與言及國事，
或裂眥嚼齒，或流涕痛哭……。」此情此景，留下終生難忘的深刻印象，
或許也培養成陸游以身許國的豪情壯志。乃至入仕之後，經常上書朝廷，
呼籲舉兵抗金，收復中原，自然受到朝廷內主和派的排斥，遂終生不得
志。其臨終前，曾留下一首動人的〈示兒〉詩：「死去無知萬事空，但悲
不見九州同。王師北定中原日，家祭毋忘告乃翁。」對陸游個人的生涯而
言，其一生中最重要的一次官職，就是大約四十八歲時，在同樣有志北伐
的川陝宣撫使王炎幕下，駐守南鄭的一段邊防軍旅生活。爲期總共不過八
個月左右，卻在陸游的詩集中、詞集裡，留下終生難忘的追憶，以及壯志
未酬的無盡感慨。

試先看其一首〈訴衷情〉：

當年萬里覓封侯，匹馬戍梁州。關河夢斷何處？塵暗舊貂裘。／
胡未滅，鬢先秋，淚空流。此生誰料，心在天山，身老滄洲。

此詞當屬陸游晚年退居山陰時期之作，抒發的是，此生不渝的愛國情
操與報國志向，以及壯志未酬，英雄已老的苦悶，也是其一生空懷抱負，
不得施展的悲慨。這雖然與陸游個人的經歷相關，卻也是宋室南渡之後，
在詞的創作上，一種普遍的類型。從詞的發展演變角度視之，在主題內涵
方面，亦可說是一種突破。因爲原先由歌妓傳唱的軟媚歌詞，自晚唐五代
以來的離情相思和一己之哀愁，發展到南宋，在這些滿懷豪情壯志的文人
筆下，題材的確大大的開拓了。

再看一首〈謝池春〉：

壯歲從戎，曾是氣吞殘虜。陣雲高、狼烽夜舉。朱顏青鬢，擁雕

戈西戎。笑儒冠、自來多誤。／功名夢斷，卻泛扁舟吳楚。漫悲
歌、傷懷弔古。煙波無際，望秦關何處？嘆流年，又成虛度。

當初「壯歲從戎，曾是氣吞殘虜」，結果卻是「功名夢斷，卻泛扁舟
吳楚」，可悲的是，目前竟然只能在悲歌傷懷中「望秦關何處」，「嘆流
年虛度」而已，自然無心享受泛舟之樂。

值得注意的是，一般南宋詞人寫慷慨激昂的詞，雖有一分動人的氣
勢，卻往往欠缺詞本身原來具有的曲折含蓄之美。上引陸游的這兩首詞，
就是典型的例子。雖然以其氣勢豪放悲壯動人，惟稍嫌質直淺顯，因為作
者所抒發的、傳達的，就是字面上可以領會的內涵意旨而已。正如王國維
《人間詞話》所稱：「劍南有氣而乏韻。」其他的南宋詞人中，填寫豪放
詞見稱的作家，諸如張元幹、張孝祥、劉克莊等，也難免會有類似的現
象。不過，其中少見的，以英雄豪傑態度立場填詞，卻仍然能夠表現出詞
之曲折含蓄美的作家，自然非辛棄疾莫屬。

其實辛棄疾一生的經歷，宛如一篇傳奇小說。雖然在北方土壤金朝統
治之下長大，惟從小受祖父辛贊的影響，立志恢復中原。紹興三十一年
（1161），方二十二歲的辛棄疾，就在山東濟南山區組成一支抗金游擊隊，
兩年之後，又率領七八千人的隊伍，一路衝鋒陷陣，渡過長江，投奔南
宋，頓時成為朝廷上下爭相推崇讚美的抗金英雄。可惜南宋國勢薄弱，朝
廷但求偏安，主和派的意見通常占上風，乃至英雄失路，一腔忠憤，無處
發洩，只好倚聲填詞來慷慨悲歌，寄託其報國無門、壯志未酬的鬱結和悲
慨。按，辛棄疾詞集《稼軒詞》，存詞六百二十多首，乃是兩宋詞人現存
作品數量最豐者。其題材內容之廣泛，風格情境之多樣，也超過其他宋代
詞人。辛棄疾不但寫豪情壯志，閒情逸致，也寫兒女柔情，乃至儒者襟
懷，隱者醉態，甚至議論事理，品評歷史……等。不僅是詞的傳統題材，
詩的傳統題材，甚至文章的題材，也可以一併入詞。當然，在詞的發展演
變史上，最令人矚目的，成就最高，且影響深遠者，還是辛棄疾為南宋詞
壇帶來的一股剛大之氣，豪壯之風，遂將蘇東坡開啟的，別具一格的豪放
詞，發展至高峰。

試先看其著名的〈破陣子〉「爲陳同甫賦壯詞寄之」：

> 醉裡挑燈看劍，夢回吹角連營。八百里分麾下炙，五十絃翻塞外
> 聲，沙場秋點兵。／馬作的盧飛快，弓如霹靂絃驚。了卻君王天
> 下事，贏得生前身後名，可憐白髮生。

小序所稱陳同甫，即陳亮(1143-1194)，可說是爲抗金復國奔走一生，與辛棄疾志同道合，交情深厚，二人同樣是以氣節自負，以功業自許的志士。上引此詞，即是爲寄贈陳亮之作。抒發的主要就是一分報國有心，請纓無路的英雄挫折感。值得注意的是，用小令的形式，卻能表現得如此豪壯蒼涼，其中含蘊流蕩的感情之濃郁厚重，遠遠超越其體式以及語言表象之外。詞中展現的，主人公醉裡挑燈看劍的動作，出現於其夢中吹角連營與沙場點兵的鏡頭，還有明言爲君王了卻天下事，爲一己贏得生前身後名的豪情壯語，在在都顯示一分英雄豪傑的氣概，一種剛大宏偉之美，一掃晚唐五代以來，詞的纖柔軟媚的本色。

不過，南宋其他可以歸類於豪放派的詞人，有的只是吐出淺率質直的豪言壯語，可是辛棄疾的豪放詞，卻仍然可以保持詞這種詩歌樣式原有的曲折委婉之審美特質。其常見的藝術手法，即是往往援引典故與運用對比，乃至可以擴大語意範圍，增添言外之意，豐富情味意境，遂形成既率直又婉轉的藝術效果。就如上舉〈破陣子〉中，寫其醉後入夢，重溫當初與金兵對抗的沙場軍營生活：「八百里分麾下炙，五十絃翻塞外聲，……馬作的盧飛快，弓如霹靂絃驚。」一連用了至少四個典故，傳達其豪邁的胸懷，悲壯的氣勢，以及士氣如虹，裝備就緒，隨時可以衝鋒陷陣的豪情。茲將其可能運用的典故列出：

> 王君夫(愷)有牛，名八百里駮，常瑩其角。王武子(濟)語君夫：
> 「我射不如卿，今指賭卿牛，以千萬對之。」君夫恃手快，且謂
> 駿物無有殺理，便相然可，令武子先射。武子一起便破的；卻據
> 胡床，叱左右：「速探牛心來！」須臾炙至，一臠便去。(《世
> 說新語・汰侈》)
> 要當啖公八百里，豪氣一洗儒生酸。(蘇軾〈約公擇飲，是日大

風〉）

太帝使素女鼓五十弦瑟，悲，帝禁，不止。故破其瑟爲二十五弦。（《史記・封禪書》）

荊州太守劉表設宴，劉表部將蒯越、蔡瑁欲將乘機殺之，劉備遂離席潛逃，至襄陽城西檀溪，深陷水中，的盧乃一躍三丈，遂得過。（《三國志・蜀書・先主傳》）

景宗謂所親曰：「我昔在鄉里，騎快馬如龍，與年少輩數十騎，拓弓弦作霹靂聲，箭如餓鴟叫。」（《南史・曹景宗傳》）

按，一般藉古人古事，寫今人當前的情懷意境，其間可令今昔人物事件的時空交織揉雜，就含蘊一分曲折委婉。此外，整首詞的情景，乃是由幾個交互重疊的對比情境所組成，包括夢境與現實，理想與現實，往昔與當前的對比。如夢境中的驍勇英姿，與現實中的落魄潦倒，以及夢境中沙場上雄偉壯闊的場面，與現實中孤燈下垂垂老將的一撮白髮……。在這些情境對比之下，更顯得報國有心，請纓無路的悲哀，更加深了英雄挫折感。所以，全詞的基調是率直豪放的，情味意境卻是曲折委婉的。

再看一首〈永遇樂〉「京口北固亭懷古」：

千古江山，英雄無覓孫仲謀處。舞榭歌臺，風流總被雨打風吹去。斜陽草樹，尋常巷陌，人道寄奴曾住。想當年，金戈鐵馬，氣吞萬里如虎。／元嘉草草，封狼居胥，贏得倉皇北顧。四十三年，望中猶記，烽火揚州路。可堪回首，佛狸祠下，一片神鴉社鼓。憑誰問，廉頗老矣，尚能飯否？

以詞來抒發懷古幽情，在文人詞中並不陌生。不過卻是在蘇東坡筆下，亦即詞開始詩化，以詩情填詞音之後，才比較多量出現，爰及辛棄疾時期，懷古幽情則已是一種相當普遍的情懷。上引此詞，即是一首典型的懷古詞，寫的是造訪京口北固亭之際所見所思所感。上片寫面對千古江山，追懷歷史人物的英雄業績，感嘆南宋時局的危殆現狀。下片則回顧歷史的種種反面事例，引以爲戒，憂心南宋偏安，士氣不振，並抒發自己懷才不遇，而英雄已老，抱負難展的憤懣與悲慨。整首詞，可謂慷慨縱橫，

既懷古、憶往、傷今、抒壯志，同時還品評歷史事件，議論歷史人物的是非功過。其氣魄之雄偉，意境之沉鬱，的確頗有劉克莊(1187-1269)《辛稼軒集‧序》所謂「橫絕六合，掃空萬古」之概。明人楊慎(1488-1559)《詞品》，甚至認為「辛詞當以京口北固亭懷古〈永遇樂〉為第一。」當然，就詞論詞，其中亦明顯展示辛棄疾填詞，往往喜歡「掉書袋」之癖。

按，喚出歷史人物或事件來表情達意，乃是辛詞的一大特色。就如上引〈永遇樂〉詞中，一口氣即用了六個典故，涉及的歷史人物眾多：包括孫權、劉裕、劉義隆、霍去病、拓拔燾，還有廉頗等。詞這種詩歌體，原本是興起於胡夷里巷的民間俗曲，之後在文人雅士筆下，成為歌筵酒席上由歌妓傳唱的軟媚香豔的歌詞，又經過蘇軾的每每以詩情填詞音，爰及辛棄疾，則正式將之搬入廟堂，詞的文學功能與詩已經沒有差別，而且進一步有所發揮。按辛棄疾寫詞，不僅大量運用典故，引用古書，發表議論，同時還經常以散文的句法入詞，乃至予人以，辛棄疾不但以「詩」為詞，甚至還以「論」為詞，以「文」為詞的印象，可謂是擴大了詞這種詩歌體的傳統表達藝術。這些風格特色，雖然在蘇東坡詞中，已經大略指出可能發展的方向，卻是在辛棄疾筆下，才臻至高峰。

試再以其一首小令〈西江月〉為例：

> 醉裡且貪歡笑，要愁那得工夫。近來始覺古人書，信著全無是處。／昨夜松邊醉倒，問松：「我醉何如？」只疑松動要來扶，以手推松曰：「去！」

此詞筆墨重點，主要乃是寫自己在百無聊賴的閒居生活中的醉態。的確立意新穎，描述生動傳神，並藉此發表議論，意圖推翻過去士人對古人書全然無條件的信賴。整首詞，除了主人公醉中對「古人書」的質疑，頗具有推翻傳統的意緒，令人驚訝，實際上，雖然情含悲憤無奈，卻語帶詼諧風趣。這種詼諧風趣感，乃是一般詩詞作品中罕見的。此外，其行文全然是散文句的寫法，其中甚至還有人與松之間的對話。這樣一首作品，不但展現作者個人對人生意義的體味，同時正好體現了辛棄疾「以文為詞」、「以論為詞」的特色。

　　前人爲詞這種詩歌體式建立起來的傳統，在蘇東波「以詩爲詞」的筆墨下，已經開始動搖，辛棄疾則更進一步，打破傳統，以其英雄豪傑的氣魄，「橫絕六合，掃空萬古」，將詞與詩以及文之間的文體界限，一跨而過。詞，這種出身歌壇的詩歌體裁，從花間派的軟媚香豔，經過蘇東坡的瀟灑曠達，發展到辛棄疾的英雄氣概，可以說是「面目全非」了。因此，傳統詞評家，即使對辛詞十分欣賞喜愛，仍然難免會稱其詞作爲「變調」，乃是別具一格者。

三、遁世隱逸的謳歌——元人散曲的先聲

　　在南宋詞中，無論是哀傷之音或悲憤之情，都和作者面臨的時代現實密切相關。惟不容忽略的則是，就在哀傷悲憤之餘，有的作者遂開始「轉向」，遁入隱逸的生活或情趣中。加上南宋偏安江南局面的形成，雖然和金人南北對峙，可是由於國勢積弱，不敢輕言北伐，況且，宋金雙方僵持下的和平日子，還是比戰爭的日子爲多。於是，文人士子於官場退休之後，或閒居期間，除了在歌筵酒席上的沉醉，還可以在江南靈秀的山水之間徜徉，優游賞玩自然之美，無須爲南宋危殆的國勢憂心，或許至少可以暫時忘卻時局之堪憂。於是，在哀傷悲憤之音外，詞壇上也蕩漾著隱逸情懷的謳歌。

　　當然，隱逸情懷原是魏晉以來詩歌中普遍吟詠的題材內涵，從晉代的陶淵明到北宋的林逋，隱居不仕早已成爲文人士大夫在個人生涯規畫中，退而求其次的重要選擇，或是在人生態度上的一種表白。乃至描述隱居生活，抒發隱逸情懷的詩篇，始終未離宋代詩歌的主流。不過，就詞的創作而言，蘇東坡已經開風氣之先，表達其「何時忘卻營營」的困惑，以及「小舟從此逝，江海度餘生」的意願(〈臨江仙〉)，不但爲詞增添了一分符合士大夫身分的「高雅」意味，並且開拓了宋代詞人抒發隱者生活與隱逸情懷的先路。朱敦儒的詞，即可謂是謳歌遁世隱逸的典型代表。

　　其實朱敦儒在青壯年時期基本上就是在隱居中度過，只是其雖爲布衣，卻頗有朝野之望。惟靖康之變後，經歷了旅雁南飛，辭鄉去國的苦

難，於倉皇南奔期間，其詞風明顯有所轉變，即如前舉之例，抒發的主要是飄泊流離的哀傷。南渡之後，儘管亦曾應詔出山，入朝為官，不過其後卻因發表一些主張抗戰的言論，得罪了當朝，遂被迫退隱，於是恢復其優閒適意，瀟灑狂放的隱士生活。朱敦儒留下來的詞集，甚至特意以《樵歌》為名，其中大部分均歌詠隱居不仕，逍遙自在的遁世生活與感受。

試看其著名的〈鷓鴣天〉一首：

> 我是清都山水郎，天教懶慢與疏狂。曾批給露支風敕，累奏留雲借月章。／詩萬首，酒千觴，幾曾著眼看侯王？玉樓金闕慵歸去，且插梅花醉洛陽。

此詞當屬朱敦儒早年，亦即北宋末期，閒居洛陽之際的作品。其中以「清都山水郎」自居，且以生性「懶慢與疏狂」自許，平日雖詩酒風流，至於王侯權貴，則根本不看在眼裡。整首詞勾勒的，實際上乃是一幅隱士自畫像，也是隱居之志的宣言。惟值得注意的是，其語氣的流暢自然，行文的通俗淺白，以及態度的懶慢疏狂，實與自詡為「白衣卿相」的柳永詞頗為接近。茲再看一首晚年退隱浙江嘉禾時期所寫〈感皇恩〉：

> 一個小園兒，兩三畝地，花竹隨宜旋裝綴。槿籬茅舍，便有山家風味。等閒池上飲，林間醉。／都為自家，胸中無事。風景爭來趁遊戲，稱心如意。剩活人間幾歲，洞天誰道在，塵寰外。

筆墨重點乃是寫其鄉居生活的純樸寧靜，胸中無事的逍遙自在，處處流露其人格志趣的曠達瀟灑。整首詞，語氣乾脆俐落，用字下語通俗淺白，尤其是發端二句「一個小園兒，兩三畝地」，近乎俚俗之語，宛如出自勾欄瓦舍民間藝人說唱之口吻，但是其意趣境界，卻不失豪妙風雅。不妨再看朱敦儒一首〈西江月〉：

> 世事短如春夢，人情薄似秋雲。不須計較苦勞心。萬事原來有命。／幸遇三杯酒美，況逢一朵花新。片時歡笑且相親。明日陰晴未定。

按，朱敦儒隱逸詞中展現的曠達瀟灑的風度，可說是蘇東坡詞中開拓的隱逸情懷的繼承。不過，蘇詞中流露的隱逸旨趣與曠達瀟灑，畢竟含有

一分傳統士大夫的包容與超越胸襟，可是南宋詞人吟詠隱逸情懷的作品中，或許源自對國勢積弱、反攻無望的挫折，加上對政治社會以及人生整體的失望，乃至表現更多的則是，看破紅塵的狂蕩，萬事有命的無奈，以及自我紓解、調侃的詼諧。此外，就在以詞表現隱居生活的雅趣中，不時點綴著近似口語的通俗淺白語言，彷彿是有意從民間講唱文學中吸取養分，乃至形成雅俗合流的文學現象。就像朱敦儒這類作品，一直迴盪在南宋詞壇，甚至延續到南宋敗亡之後，並且在審美趣味，與本質特徵上，彷彿已經流蕩著元人散曲的聲音。

當然，遁世隱逸的謳歌，不過是宋詞廣泛題材內涵的一部分。詞在南宋後期，還有將近半個世紀的生存，詞壇仍然活躍，詞的創作仍然持續不斷，並且有另一番風韻的表現。

第二節　宋詞的漸衰——宋蒙對峙時期至南宋滅亡

南宋後期的詞，雖然在開拓與創新方面的成就並不算高，但在詞的審美意識之細膩，與抒情述懷之深度方面，則為讀者提供了新境界、新領域。值得注意的是，南宋文人對詞的文體之認知，以及對詞這種詩歌體美學意識的高度自覺。其實從當初李清照〈詞論〉反對柳永的「詞語塵下」，到張炎(1248-1320)《詞源》正式提出「詞欲雅而正」，詞論者崇雅輕俗之言，始終未嘗消歇。當然，所謂「雅」，乃是一種品味，一種態度，其內涵，並非固定不移，而是宛如潺潺溪水，雖須沿岸而行卻流動不息。大凡文人士大夫的人格操守、生活逸趣，甚至豔情風流，均可以「雅」的面目出現在歌詞裡。南宋朝後期的詞，就是在追求雅趣的文風中徘徊流連，儘管通俗文學，民間技藝，市井趣味，已經開始湧向朝野文壇。

一、豔情雅趣的融合——詞的雅化

南宋偏安江南的時局，令人哀傷，朝廷軟弱，不思恢復，亦激人悲

憤。可是，從另一個角度視之，江南靈秀的山水，富裕的物質，風雅的文化，則為文人士子提供了既富貴又脫俗，既風流又清雅的生活環境，乃至助長了享受風雅情趣的傾向。何況在反攻無望的現實情況下，不少文人士子，企圖在江南風雅的生活情趣中，撫慰時代或個人的創傷，過著「詩酒風流」或「湖山清賞」的日子，乃至相互結社酬唱，分題而詠之詞不絕如縷。即使曾經大聲疾呼抗戰救國，收復中原的辛棄疾，也會因「宦遊吾倦矣，玉人留我醉」（〈霜天曉角〉旅興），萌生退出仕途，喚取玉人，醉臥溫柔鄉，或隱逸山林，歸返田園的意願，並且寫了不少心慕老莊，情懷淵明的隱逸之音。這期間，不但隱逸詞、閒情詞增多，就在風雅情趣的偏尚裡，即使男女豔情詞，都降低了聲色，變得清雅脫俗了。換言之，把花間詞以來，已經形成傳統的離情相思，和蘇東坡開拓的，表現文人士大夫曠達瀟灑生活情致的詞，融合起來，鎔鑄成別有一番風流清雅的意趣，在婉轉低唱的風韻中，兼有蕭閒高雅之致。惟在藝術風貌上，則繼承周邦彥的傳統，重視經營雕琢之美。首先，要合律可歌；其次，是琢字鍊句精巧；再次，則是結構綿密嚴謹。至於整體風格，則往往既雅且麗。此處或可以姜夔(1155-1221)的詞作為代表。

按，姜白石乃是以布衣終生，飄蕩江湖，以清客雅士的身分，寄討生活，最後貧困以終。白石人品高潔，情趣高雅，且多才多藝，無論詩文書法均佳，頗受當世俊傑或文壇領袖，諸如蕭德藻、張鑒、楊萬里、范成大等之推賞獎掖。加上又精通音律，能自度曲，其現存十七首自注工尺旁譜的詞調，即是當今僅存的宋代詞樂的珍貴文獻。其實姜詞基本上乃是周美成的繼承者，二人在詞史上並稱「周姜」，同屬溫、韋、柳、秦綺麗婉約一派，不過，卻增添了幾許清剛之勁，一掃傳統婉約詞中的軟媚，也無柳永豔情詞中的世俗味，又不像一般豪放詞那樣明朗外露。白石除了寫山水清音顯得空靈高雅，尤其善於以雅筆寫柔思，淡筆寫濃情。因此，特立出一種清空兼騷雅的個人風格。其大部分作品均好用冷色字面，好寫清冷事物，又往往以低沉的語氣，來傳達冷僻幽獨的個人心境，以及微妙細緻的審美感受，或朦朧迷離的相思情意。從詞的發展演變角度看，姜白石可謂

將詞的雅化推至高峰。根據清人汪森（1653-1726）〈詞綜序〉對姜詞的觀察：

> 西蜀南唐而後，作者日盛；宣和君臣，轉鑲矜尚。曲調愈多，流派因之 亦別。短長互見，言情者或失之俚，使事者或失之伉。鄱陽姜夔出，句琢字鍊，歸於醇雅。

試先舉其〈念奴嬌〉一首，且將詞前一段小序，一併列入：

> 予客武陵，湖北憲治在焉。古城重水，喬木參天，予與二三友，日蕩舟其間，薄荷花而飲，意象幽閒，不類人境。秋水且涸，荷葉出地尋丈，因列坐其下，上不見日，清風徐來，綠雲自動，間於疏處窺見遊人畫船，亦一樂也。撋來吳興，數得相羊荷花中，又夜泛西湖，光景奇絕，故以此句寫之。

> 鬧紅一舸，記來時、嘗與鴛鴦為侶。三十六陂人未到，水佩風裳無數。翠葉吹涼，玉容銷酒，更灑菰蒲雨。嫣然搖動，冷香飛上詩句。／日暮青蓋亭亭，情人不見，爭忍凌波去。只恐舞衣寒易落，愁入西風南浦。高柳垂陰，老魚吹浪，留我花間住。田田多少，幾回沙際歸路。

詞前小序即寫得清雅雋永，本身就是一篇優美的小品文。序中記述作者曾經在武陵、吳興、杭州西湖三處，遊賞荷花的雅趣。惟詞中卻並無意指出明確地點，而是將多次賞荷的綜合印象，整體的經驗入詞。就題材而言，此詞或可歸類於「詠物詞」，所詠者為荷花。按，荷花往往引人聯想到出汙泥而不染，煥發出清麗高潔的美好品質。但其筆墨下並無道學的包袱，也無說教的意圖，而是含蘊著濃濃的情思，充滿審美的感受，洋溢著詩情雅興。從詞中荷花的意象，展示作者對荷花之美，觀察之細，賞愛之深，同時彷彿也揭露一分，對於一位如荷花一般美的伊人，無限懷思與眷戀。雖然詞面上是詠荷花，但其最終興致，並不止於荷花狀貌形態之美，甚至也不局限於對荷花清幽神韻的欣賞，而在於由觀賞荷花，懷想伊人的過程中，引發的一分沉浸於美的經驗感受，醞釀的一分幽韻冷香的詩情。整首詞，格調清空高遠，情致淡雅淒迷，含蘊的是一個由花魂、倩影、詩

情三者高度交織融匯的美感世界。

再看一首著名的〈暗香〉，詞前亦有小序，說明填詞的緣由背景：

> 辛亥（1191）之冬，余載雪詣石湖。止既月，授簡索句，且徵新
> 聲；作此兩曲。石湖把玩不已，使工妓隸習之，音節諧婉。乃名
> 之爲〈暗香〉、〈疏影〉。

> 舊時月色。算幾番照我，梅邊吹笛。喚起玉人，不管清寒與攀
> 摘。何遜而今漸老，都忘卻、春風詞筆。但怪得，竹外疏花，冷
> 香入瑤席。／江國，正寂寂。嘆寄與路遙，夜雪初霽。翠尊易
> 泣。紅萼無言耿相憶。長記曾攜手處，千樹壓、西湖寒碧。又片
> 片、吹盡也，幾時見得。

表明是在范成大石湖山莊，經主人「授簡索句」而作的「新聲」。就
其內涵，顯然是一首詠梅兼懷人之詞。所懷之人，可能是白石年輕時候在
合肥所遇一位歌妓，以彈琵琶著稱，惟別後經年，始終難以忘懷。綜觀姜
白石現存詞作中，大概有十八九首，似乎都在懷念這位琵琶女子，甚至一
些詠物詞中，也隱約浮現著伊人的倩影。而梅花顯然與合肥所戀琵琶女子
有關。就如其〈江梅引〉中即嘗明言：「人間離別易多時。見梅枝，忽相
思，幾度小窗幽夢手同攜……。」上引這首〈暗香〉，可謂句句均不離梅
花，而且句句又含蘊著無盡的相思情意。梅花的清幽絕俗，與念念在心的
玉人，彷彿影象重疊，融爲一片。其實，整首詞和周清眞的〈六醜〉詠薔
薇之作頗近似，同樣是藉詠花而懷人之作。不過，清眞〈六醜〉濃豔，白
石〈暗香〉清淡。周詞豐腴，姜詞瘦勁；周詞宛如薔薇，姜詞則有如梅
花。展現的，不但是二人風格及審美趣味的不同，也正巧顯示，豔情詞發
展至姜白石筆下，已經更加雅化的痕跡。另外還值得一提的是，白石〈暗
香〉、〈疏影〉二首詞調的名稱，當摘自宋初隱逸詩人林逋（967-1028）
〈山園小梅〉中的名句：「疏影橫斜水清淺，暗香浮動月黃昏。」就連詞
調名稱亦風雅絕俗。主張「詞欲雅而正」的張炎，於其《詞源》中即對白
石此二詞，讚美不已：

> 詩之賦梅，惟林和靖一聯而已。非世無詩，不能與之齊驅耳。詞

之賦梅，惟姜白石〈暗香〉〈疏影〉二曲，前無古人，後無來者，自立新變，眞爲絕唱。

姜白石此番在范成大(1126-1193)的石湖山莊大概停留四年多。臨行前，范成大將其家妓小紅，送給姜白石。根據元人陸友仁《硯北雜志》記載：

> 小紅，順陽公青衣也，有色藝。順陽公請老，姜堯章詣之。一日，授簡徵新聲，堯章制〈暗香〉〈疏影〉兩曲，公使二妓習之，音節清婉。堯章歸吳興，公尋以小紅贈之。其夕大雪，過垂紅橋，賦詩曰：「自作新詞韻最嬌，小紅低唱我吹簫。曲終過盡松陵路，回首煙波十四橋。」

這樣的傳說佳話，這樣的風流韻事，宛如姜白石的詞作，是豔情與雅趣融合無間的寫照。

二、時代傷痕的低吟

比姜白石稍後的吳文英(1212?-1274?)，乃是南宋雅詞派中另一位重要詞人。吳文英生逢南宋末世，終其生乃是以詞客遊士身分，穿梭往來於名流權貴之間，其事跡亦與白石類似，惟足跡不出江浙兩省。但姜白石交遊往來的，或是有清譽的文壇領袖，如楊萬里、范成大諸人，或是抗金名將張俊的後代張鑒。而吳文英往來的，主要是權貴大臣，其中有賢相如吳潛，也有奸臣如賈似道(《宋史》列入〈奸臣傳〉)。乃至歷來論者對吳文英的「人品」，多有所質疑，甚至詬病。其實，吳文英基本上乃是一個政治意識並不強烈的文人，一個周旋於權貴之間寄討生活的「詞客」而已。其詞集《夢窗詞》存詞三百四十首，基本上繼承周邦彥、姜白石的婉約、纖細傳統，不過卻更爲濃密深曲，更刻意於辭藻的雕琢，意境的營造，以表現錯綜複雜，難以釐清的情緒。此外，也喜歡用一些比較冷僻的典故，婉轉示意，因此予人以一分思緒飄忽，旨意朦朧，靈變奇幻的印象。不過，其詞之基調，往往是淒哀的，無論是寫豔情相思，懷古憶往，詠物寫景，總好像負荷著一些難以撫慰的傷痕。

試先舉一首〈風入松〉：

> 聽風聽雨過清明，愁草瘞花銘。樓前綠暗分攜路，一絲柳一寸柔
> 情。料峭春寒中酒，交加曉夢啼鶯。／西園日日掃林亭，依舊賞
> 新晴。黃蜂頻撲鞦韆索，有當時、纖手香凝。惆悵雙鴛不到，幽
> 階一夜苔生。

應該是一首在孤寂無聊中引起的懷人之作，惟所懷之人屬誰，並未明
言。綜觀全詞，可謂情深意婉，細讀品味之，則句句予人以美感，亦句句
浮現著哀傷。一發端，就為整首詞譜出既淒哀又癡迷的基調。按，「聽」
風「聽」雨的「聽」字，就把主人公的孤獨處境與寂寞心情深曲委婉的點
出，接著為落花愁草之埋葬傷懷，繼而竟然因傷花草之衰而作銘文以哀悼
之！這樣與花草同悲共感的情懷意境，似乎和以後曹雪芹筆下「黛玉葬
花」一樣的淒美，一樣的癡迷，也一樣的風雅。繼而「樓前綠暗分攜路」
以下，至「惆悵雙鴛不到，幽階一夜苔生」，如夢似幻的往事前緣，縈繞
不去的相思情意與惆悵情懷，正巧隱約點出，南宋後期的婉約詞，如何在
時代憂傷與個人身世哀憐中的徘徊低吟。

再看一首著名的〈齊天樂〉「與馮深居登禹陵」：

> 三千年事殘鴉外，無言倦憑秋樹。逝水移川，高陵變谷，那識當
> 時神禹。幽雲怪雨，翠萍濕空梁，夜深飛去。雁起青天，數行書
> 似舊藏處。／寂寥西窗久坐，故人慳會遇，同剪燈語。積蘚殘
> 碑，零圭斷璧，重拂人間塵土。霜紅罷舞。漫山色青青，霧朝煙
> 暮。岸鎖春船，畫旗喧賽鼓。

這是夢窗詞之濃密深曲，靈變奇幻風格的代表作。小序點出背景場
合，表示詞中所寫乃是與友人馮深居一起登臨古蹟禹陵之際的經驗感受。
按，馮深居名去非，曾受召為宗學諭，惟因反對權臣而被免官。禹陵即指
夏禹王之陵墓，位於紹興東南之會稽山，禹廟之側。從內容看，顯然是一
首懷古詞，亦即詠懷古蹟，弔古傷今之作，其中有歷史的追述，古蹟的描
寫，個人的感懷。抒發的是一分在懷古幽情中體味的今昔之感：包括歷史
盛衰，人事無常之悲；歲月無情，人生聚少離多之嘆；揉雜著對遠古聖王

的懷思與仰慕，惜聖王已去的遺憾和哀嘆；以及個人滄桑，生命殘破的唏噓；自然永恆，春秋代序，姑且順應自然，繼續投入生命旅程的無奈。蕩漾其中的，又似乎暗含著一分對南宋王朝即將走向滅亡的哀悼。

值得注意的是，整首詞的章法跳躍，時空錯綜，虛實揉雜，彷彿但憑意識之流動，感情之聯想來安排情節場景，展現出思緒飄忽不定，迷離恍惚的意味。加上其間又援用一些冷僻的典故，鮮爲人知的地方性，或區域性的神話傳說故事，眩人眼目，遂令讀者對其詞意感到困擾，同時亦增添其引人深思，誘人玩味的魅力[2]。正如況周頤（1859-1926）《蕙風詞話》之觀察：

> 重者，沉著之謂。在氣格，不在字句。於夢窗詞庶幾見之。即其芬菲鏗麗之作，中間雋字豔字，莫不有沉著之思，灝瀚之氣，挾之以流轉。令人翫索而不能盡。

其實，吳夢窗詞中，像〈齊天樂〉這類作品，與周美成、姜白石一些回顧憶往之作，頗有類似之處，展現夢窗詞對周、姜詞風的承傳。但是，周、姜作品中，不時流露的幾分疏慵情調，爰及吳夢窗筆下，就好像南宋日危的國勢一樣，已顯老化，變得有幾分憔悴、衰老，往往蘊含著疲憊、厭倦的意味。總彷彿負荷著一些難以撫慰的傷痕，既是時代的傷痕，也是生存在這個時代之下，個人身世的傷痕。就好像唐詩發展到晚唐一樣，詞，到了南宋後期，在瑰麗淒哀風格中，自有其魅力，但畢竟已流露出漸

2　據葉嘉瑩老師的考證，「幽雲怪雨，翠萍濕空梁，夜深飛去」，涉及禹廟屋梁化爲龍，以及禹廟梁上有水草的神話傳聞。據《大明一統志‧紹興府志》載云：「梅梁，在禹廟。梁時修廟，忽風雨飄一梁至，乃梅梁也。」又引《四明圖經》：「鄞縣大梅山頂有梅木，伐爲會積禹廟之梁。張僧繇畫龍於其上，夜或風雨，飛入鏡湖與龍門。後人見梁上水淋漓，始駭異之，以鐵索鎖於柱。然今所存乃他木，猶絆以鐵索，存故事耳。」又據嘉慶戊辰(1812)重鐫采鞠軒藏版，陸游序本南宋嘉泰(1201-1204)《會稽志》卷六「禹廟」條之記載：「禹廟在縣東南一十二里。……梁時修廟，唯欠一梁，俄風雨大至，湖中得一木，取以爲梁，即梅梁也。夜或大雷雨，梁輒失去，比復歸，水草被其上，人以爲神，縻以大鐵繩，然猶時一失之。」見〈拆碎七寶樓臺──談夢窗詞之現代觀〉，收入葉著《迦陵論詞叢稿》（上海：上海古籍出版社，1980），頁139-207。

老、漸衰的景象。

三、亡國之痛的哀鳴

度宗咸淳五年(1269)，蒙古發兵大舉滅宋。宋軍雖然在襄陽經歷了四年的浴血抗戰，最終還是城破將降。以後南宋的軍隊節節潰敗，即使還有張世傑、文天祥等志士的拚死勤王抗戰，終於回天乏術。端宗景炎元年(1276)，太皇太后謝氏終於請上降表，開城納蒙兵入臨安，隨即蒙人將幼主(恭宗)和太后(度宗皇后)俘虜北去，統治達三百多年的趙宋王朝面臨覆亡。當然，此後還有文天祥、陸秀夫、張世傑等忠義之士，曾先後擁立帝昰和帝昺分別在福建、廣東一帶繼續奮力抗元。不過，祥興二年(1279)，蒙元兵攻陷崖山，陸秀夫負帝昺蹈海而死，南宋王朝正式沒入歷史。

就是在亡國巨變的震撼之下，宋末元初的詞壇產生了相應的回響。面對國亡家破的慘痛現實，發而為詞，就出現了許多吟嘆黍離之悲、亡國之痛的作品。儘管表現的方式各有不同，豪放或婉約，風格各異，惟其中低回傷感，幽咽悲痛之情，則是一致的。

試先舉劉辰翁(1132-1297)〈柳梢青〉「春感」為例：

> 鐵馬蒙氈，銀花灑淚，春入愁城。笛裡番腔，街頭戲鼓，不是歌聲。／那堪獨坐青燈，想故國高臺月明。輦下風光，山中歲月，海上心頭。

劉辰翁一生跨越宋末元初，早年曾以太學生資格參與廷試，惟對策時因觸犯了賈似道，遂置於丙等，一生僅只任過濂溪書院山長之職，宋亡不仕，以遺民終老。其詞集《須溪詞》，存詞三百五十餘首，多風格遒勁之作，屬蘇、辛一派。上引這首詞寫於宋端宗景炎二年(1277)，亦即宋亡之前兩年。題為「春感」，實則藉元宵佳節以抒己懷。上片寫蒙元軍占領臨安後的第一個元宵景象，時劉辰翁正避難山中，遙想異族占領之下的南宋首都，但見「鐵馬蒙氈，銀花灑淚」，雖然春光按時到來，臨安卻已是一座「愁城」，笛音中伴唱的盡是「番腔」，已不再是往日的歌聲。下片則在「獨坐青燈」下回憶昔日的臨安，君民如何同慶元宵佳節的風光，感嘆

目前避難山中的歲月，並遙懷遠在閩、廣沿海，一息尚存的南宋朝廷。整首詞，抒發的是眷眷故國之思，情懷沉痛，情境蒼涼。不過，倘若與當初辛棄疾那種氣吞萬里的豪放詞相比，也只能算是餘響了。

再看周密（1232-1298）〈一萼紅〉「登蓬萊閣有感」：

> 步深幽，正雲黃天淡，雪意未全休。鑑曲寒沙，茂林煙草，俛仰千古悠悠。歲華晚、飄零漸遠，誰念我、同載五湖舟？磴古松斜，崖陰苔老，一片清愁。／回首天涯歸夢，幾魂飛西浦，淚灑東州。故國山川，故園心眼，還似王粲登樓。最憐他、秦鬟妝鏡，好江山、何事此時遊？為喚狂吟老監，共賦銷憂。（作者自注：閣在紹興，西浦、東州皆其地。）

周密，因號草窗，文學史上遂將其與吳夢窗並稱為「二窗」，詞風亦有相近之處。二人詞作均顯得情趣風雅，頗有雕琢之美，也同樣喜用典故，惟周密之作較夢窗之作，在詞意旨趣方面則更為清晰明朗。周密宋亡不仕，寓居臨安，潛心著述，並與王沂孫、張炎諸人共結詞社，一起唱和，互相影響。此詞當作於臨安城破該年（1276）冬天，登上會稽名勝古蹟蓬萊閣，難免弔古傷今，泫然流涕，遂吟成這首著名的詞，抒發其亡國之痛，故國之思。

此外，張炎（1248-1320）則是宋元之際另一位重要詞人。出生富貴書香世家，是南宋大將張俊的六世孫，宋亡之前，生活優裕清雅，惟蒙兵入臨安，茲因祖父張濡任獨松關守將之時，曾殺奉使廉希賢而被斬，乃至家產籍沒，張炎頓時由原先的貴公子淪為國亡家破的遺民。惟入元後張炎曾應召赴大都（今北京）寫金字《大藏經》，或許還懷有趁此謀職之意，結果卻未能如願。南歸後只得落拓江湖，飄流於吳越等地，窮困潦倒以終。有《山中白雲詞》約三百首，多抒故國覆亡之悲，以及飄零落魄的身世之感。其詞風與姜白石接近，劉熙載（1813-1881）《藝概》即評其詞「清遠蘊藉，悽愴纏綿」。張炎另外著有《詞源》，歷評兩宋諸詞人之長短得失，提倡「詞欲雅而正」，對後世詞論影響頗大。

試看其名篇〈高陽臺〉「西湖春感」：

接葉巢鶯，平波卷絮，斷橋斜日歸船。能幾番遊，看花又是明年。東風且伴薔薇住，到薔薇、春已堪憐。更淒然，萬綠西泠，一抹荒煙。／當年燕子知何處，但苔深韋曲，草暗斜川。見說新愁，如今也到鷗邊。無心再續笙歌夢，掩重門，淺醉閒眠。莫開簾，怕見飛花，怕聽啼鵑。

此詞顯然爲宋亡之後，重遊西湖感慨而作。上片由暮春景物平淡而出，層層遞進，寫遊湖之際心情之悽楚，又以當年的「萬綠西泠」對照今日之「一抹荒煙」，隱含黍離之悲。意極沉痛，語極深婉。下片則承「一抹荒煙」而來，臨安西湖已是一片荒涼，當年燕子亦不見蹤影，只有「苔深」、「草暗」猶存而已。即使向來令人感到優閒的鷗鳥，也「見說新愁」。於是「掩重門」，意欲以醉眠解愁，但是「莫開簾，怕見飛花，怕聽啼鵑」，此愁畢竟無可消解。整首詞，淒涼幽怨，低回往復，層層逼入，說到沉痛處，意欲開脫，卻越轉越深。

小結：

綿延達三百年之久的宋詞，臨別之際，留給讀者的，不是繡幄佳人的淺斟低唱，而是孤臣孽子的黍離之悲與亡國之痛。詞，這種源自通俗歌曲，與音樂密切相關的詩歌體式，實際上在南宋中期已經開始顯露出衰微的徵兆：亦即詞的典雅化和非音樂化。典雅的作品，只能在文人士大夫家中或政府公署裡演唱，極少數的人方能欣賞，甚至可能連歌者也並不完全了解所唱歌詞的意義。大多數的南宋詞，因音譜失傳，僅只是供人閱讀的文學作品，乃至成爲不能傳唱的詩。就如陸游的詞，因爲文辭內涵過於典雅，「而世歌之者絕少」[3]。另外如吳文英的自度曲〈西子妝慢〉，不到四十年，便已「舊譜零落，不能倚聲而歌」了。張炎在宋亡後曾仿照此調之聲律填詞，也只是供人閱讀欣賞的文學作品，已無法被諸管絃。張炎於

3　劉克莊(1187-1269)《後村詞話》續集卷四，論及陸游詞：「其激昂感慨者，稼軒不能過；飄逸高妙者，與陳簡齋、朱希真相頡頏；流麗綿密者，欲出晏叔原、賀方回之上，而世歌之者絕少。」

其《詞源》，論及宋末的音譜，即嘗惋嘆：「述詞之人，若只依舊譜之不可歌者，一字塡一字，而不知以訛傳訛，徒費思索。當以可歌者爲工，雖有小疵，亦庶幾耳。」顯然這時許多詞調已不可歌了。可見即使在南宋，不少文人塡詞，其實並不通曉音律，只是依詞牌的平仄韻律要求，一字塡一字而已。詞，在這些文人筆下，不過是藉以抒情述懷的詩。沈義父（1237年以賦領鄉薦）《樂府指迷》遂嘗慨嘆云：「前輩好詞甚多，往往不協律腔，所以無人唱。」詞與音樂的關係逐漸疏遠，以致最後脫離音樂，喪失了詞體作爲音樂文學的條件，詞體之衰微沒落，已成定勢。不過，隨著蒙古統一中國，一種新興於北方的音樂文學──元散曲，便取代了宋詞的主流地位，唱出新時代的歌聲。

然而，詞這種原本出身民間歌壇的音樂文學，即使已經脫離了音樂，卻正由於畢竟保持了其「文學」的價值，成爲抒情述懷，並供人閱讀欣賞的「詩」，乃至始終受到士林文壇的重視，一直有人繼續在依譜塡詞。甚至並未因少數民族朝代的建立而消聲。金元二朝的文人，在多元族群共同生活中，並未放棄詞的創作，甚至爰及清代，還展現復興的架式。故而在論述元散曲的興起與發展之前，不妨先概觀一番，詞這種詩歌體，在兩宋盛況之後的餘響。

第五章
宋詞的餘響──金元明清詞

第一節　金元詞的迴音

　　此處所謂「迴音」，乃指金元時期文人塡詞之際，往往迴盪於宋詞的餘音之中，明顯流露其對宋詞風格內涵的頻頻回首顧盼。儘管金元二朝均屬少數民族統治的「征服王朝」，可是在文學創作方面，卻因深受漢民族文化的影響，繼續在華夏土壤的培育下，從事傳統中國文學的撰寫，其中當然包括詞這種詩歌體式，在抒情述懷方面生命的延續。蓋在文學史上，雖然金元主要乃是以戲曲的發展臻至興盛蓬勃而受到重視，但在詞方面的成就，實亦不乏可觀者。根據唐圭璋《全金元詞》的輯錄：金代詞作者有七十人，現存作品三千五百七十二首；元代詞家有二百一十二人，現存詞作三千七百二十一首。惟不容忽略的是，由於金朝乃是占據北方領土，與南宋對峙的政權，而元朝卻是統一了全中國的王朝，猶如前面章節所論述的詩歌發展狀況，在詞這種詩歌體的表現上，自然也會展現其各自的時代風貌，並分別顯示各自的發展演變軌跡。

一、金詞的發展概況

　　由女真族人建立的金朝(1115-1234)，在時間上主要與對峙的南宋共存，實質上則是一個茁長於北方，且統治範圍亦始終局限於北方的區域性政權。雖然金詞始終是在宋詞的培育滋養中，可視爲由宋詞分生出來的枝葉，不過，北方的河朔文化土壤，對金代的文學創作自然會形成相當程度

的影響,乃至逐漸流露出一些幽并之氣,加上作者的才情各異,擅長有別,終於展現不同於宋詞的金詞風貌[1]。當然,這還需要經過一番循序漸進的發展演變過程。

(一)金初詞壇——黍離之悲、隱逸之思

此處所稱「金初」,大略包括自金太祖完顏阿骨打立國(1115),到海陵朝(1149-1160)之前的一段期間。這三十餘年間的文壇,實際上乃是靠一批自宋入金的文士主掌。按,此時金朝的文化與宋朝相比,的確尚顯得頗爲「落後」,雖然文壇上無論詩詞或文章的創作不輟,也不過是「借才異代」而已。單就填詞而言,當時最享盛譽的即是吳激(1093年以前-1142)與蔡松年(1107-1159)。近人陳匪石《聲執》即點出:「金源詞人以吳彥高、蔡伯堅稱首,實皆宋人。吳較綿麗婉約,然時有淒厲之音;蔡則疏快平博,雅近東坡。」按,吳、蔡二人均於北宋晚期因奉使金國而受羈留,並因金主尊其才而委以官職,從此再也不得南返。也就是這種爲形勢所迫,遠離故國的飄泊生涯之無奈,反映在詞作裡,流蕩不去的主要就是一分北羈文人的黍離之悲與淪落之感,或轉而寄情於隱逸之思與幽棲之想,以慰己懷。

1. 黍離之悲

其實黍離之悲,自《詩經》詩人吟詠以來,即已成爲文人士子大凡身處朝代變易或面臨國亡家破之際,抒情述懷的主要內涵。金初文人填詞,這類作品即不少。吳激〈人月圓〉「宴北人張侍御家有感」,即頗具代表:

> 南朝千古傷心事,猶唱〈後庭花〉。舊時王謝,堂前燕子,飛向誰家?／恍然一夢,仙肌勝雪,宮髻堆鴉。江州司馬,青衫淚濕,同是天涯。

按,吳激出身世家,乃是北宋宰相吳栻之子,名書畫家米芾之婿。惟於靖康末出使金國,遂被羈留而不得返。上引〈人月圓〉自注小序,點出

---

1 有關金詞發展概況的單篇專文,見張晶,〈乾坤清氣得來難——試論金詞的發展與詞史價值〉,收入張著《遼金元文學論稿》(北京:北京廣播學院出版社,2004),頁256-268。

其創作背景，乃是因參與「北人張侍御家宴有感」而作。根據南宋洪邁
（1123-1202）〈容齋題跋〉所記有關此詞的本事：「先公(洪皓)在燕山，
赴北人張總侍御家集，出侍兒佐酒。中有一人，意狀摧仰可憐，叩其故，
乃宣和殿小宮人也。座客翰林直學士吳激，賦長短句紀之，聞者揮涕。」
（清張宗橚《詞林紀事》卷二十引)黍離之悲與天涯淪落之感，不但是此詞
的筆墨重點，也是吳激繼宋詞的婉約風格中不時流露淒厲之音的個人特
色，同時亦代表南人入北之後的普遍心情。

2. 隱逸之思

　　黍離之悲，同樣也不時流蕩在蔡松年的詞作中。不過，蔡松年填詞，
因往往追慕蘇東坡，則可以將其悲情轉化爲一分不如歸隱山林，幽棲江湖
的懷想，乃至爲金初詞壇譜出另一番風味。試以其名篇〈念奴嬌〉「追和
赤壁詞」爲例：

> 〈離騷〉痛飲，笑人生佳處、能消何物。江左諸人成底事，空想
> 巖巖玉壁。五畝蒼煙，一丘寒碧，歲晚憂風雪。西州扶病，至今
> 悲感前傑。／我夢卜筑蕭閒，覺來巖桂，十里幽香發。塊壘胸中
> 冰與炭，一酌春風都滅。勝日神交，悠然得意，遺恨無毫髮。古
> 今同致，永和徒記年月。

　　這是現存蔡松年詞中高逸豪曠風格的代表。不但用東坡〈念奴嬌〉
「赤壁懷古」一詞之原韻，而且在內涵情境上，除了流露與東坡原作悠然
神交之意趣外，又特別援引東晉名士王衍、謝安、王羲之諸人事跡，傳達
自己對隱逸山林的嚮往。這樣的詞情，當然只不過是其羈旅生涯中，故國
神遊之際，藉填詞以抒情述懷而已，但卻爲金中葉詞壇雄健與高逸風格的
形成，鋪上先路。

(二)中葉詞壇——雄勁剛健之氣、高朗清逸之風

　　金中葉詞壇的期段，主要包括金世宗、章宗兩朝(1161-1208)，在政
局上乃是金王朝的黃金時代，也是其文壇的鼎盛時期。這時宋金的「隆興
和議」達成，逢「南北講好，與民休息」(《金史‧世宗紀》)，社會趨於
安定繁榮。而且在皇室的倡導鼓勵下，女眞族人的漢化日深，朝廷上下皆

通用漢語，金代文學基本上已是漢文學的一部分。至於詞的創作，則年輕一代的作家崛起，他們均成長於「國朝」，且孕育於北方文化土壤，與當初那些由宋入金的前輩作家比照之下，在風格意趣上已展現明顯的不同，作品中不時流露的，主要乃是具有北國風情的雄勁剛健之氣或高朗清逸之風。更重要的是，無論漢族人或女眞人，在詞作上都同樣有優異的表現。

1. 雄勁剛健之氣

金朝君主王侯中，頗有因精習漢文化而能文者，其中尤其以海陵王完顏亮(1122-1161)、金章宗完顏璟(在位：1190-1208)成就最受矚目，二人在詩詞方面俱有佳作留下。此處值得強調的，乃是由女眞族作者爲金代詞壇帶來的一股雄勁剛健之氣。試看完顏亮〈鵲橋仙〉「待月」一首：

> 停杯不舉，停歌不發，等候銀蟾出海。不知何處片雲來，做許大、通天障礙。／蛟髯捻斷，星眸睜裂，唯恨劍鋒不快。一揮截斷紫雲腰，仔細看，嫦娥體態。

按，完顏亮乃是金太祖之孫，完顏宗幹之子，因野心勃勃，意欲大展宏圖，遂於皇統九年(1150)發動宮廷政變，弒熙宗自立，成爲金朝第四代君主。《金史·海陵紀》即稱其「爲人僄急，多猜忌，殘忍任數」。不過完顏亮在金代文壇上則占有一席不容忽略的地位。上引〈鵲橋仙〉，可謂明白如話，豪氣撲人，就其小序與內涵，當屬爲中秋賞月而作。然而詞中展示的，並不像一般傳統詞人寫「待月」之際，往往流露著溫雅委婉的審美意趣，而是隨筆噴薄而出，直抒胸臆，以氣勢取勝。其出語之雄勁剛健，態度之強悍逼人，自然與完顏亮個人的人格情性有關，但同時也反映，生長於北方的女眞族人，即使在欣然接受漢文化薰陶之餘，仍然保留了北人豪宕粗獷的氣質。

2. 高朗清逸之風

金王朝雖然由女眞族統領政權，在文學創作方面，由於和人口占多數的漢人共處一堂，因而明顯展現其在漢化過程中，逐漸朝著多元化發展的傾向。就如詞壇上，除了雄勁剛健之氣的抒發，還有許多詞作者，諸如黨懷英(1134-1211)、王庭筠(1151-1202)等，雖同時生活在北國的風土環境

裡，則有意接續蘇東坡的遺音，乃至往往在繼承宋詞的婉約風格中，流蕩出高朗清逸之風。試以黨懷英一首〈青玉案〉「詠茶」爲例：

> 紅莎綠蒻春風餅，趁梅驛，來雲嶺。紫桂巖空瓊竇冷。佳人卻恨，等閒分破，縹緲雙鸞影。／一甌月露心魂醒，更送清歌助清興，痛飲休辭今夕詠。與君洗盡，滿襟煩暑，別作高寒境。

此作小序標目爲「詠茶」，其實亦是一首記錄其日常生活中，於月夜下品茶的經驗感受之作。表面上看，與宋代文人詩詞中，對於個人日常風流文雅生活瑣屑細節的關注，可謂一脈相傳。但是，就詞情的內涵風格視之，則已經清楚展現，從依循傳統到有意拓展新境的痕跡。首先，作者從茶餅本身「紅莎綠蒻」的色澤形狀，及其「趁梅驛，來雲嶺」的來源說起，可謂遙承南朝「詠物詩」細描物色的傳統。其次，又將品茶與「佳人」的離恨相連，則似乎又是詞在晚唐五代以來訴說離愁別恨的繼承。然而在個人情懷抒發方面，實則藉品茶而言己身之雅興，並將其對物象與人事的觀點，推向更爲高遠的「與君洗盡，滿襟煩暑，別作高寒境」的逸情，以一分高朗清逸的意趣作結。

(三)南渡以後──雄勁清逸之發揚、深婉豪邁集大成

金宣宗貞祐二年(1214)，在蒙古大軍壓境之下，皇室決定遷都汴京，倉皇離開中都南下，此即史稱的「貞祐南渡」，從此金王朝即開始由衰落走向滅亡的命運。但是在文學創作方面，不但並未因政局的變化而消聲，反而展現另一番生命力。雖然塡詞並非這時期文人士子的興致重點，惟其承先啓後的表現，則不容忽視。首先是，對金中葉「國朝文派」作者雄勁清逸詞風的發揚，爲金詞的整體風格特色增添了明確度；其次則是，以既深婉亦豪邁之風，一方面集金詞之大成，同時亦開啓了元朝文人詞作生命的延續。

1. 雄勁清逸之發揚

發揚金中葉詞人雄勁清逸之詞風者，可以趙秉文(1159-1232)爲代表。按，趙秉文的文學活動雖然起始於金世宗、章宗時期，不過卻是在南渡之後，以其聲譽，成爲文壇領袖，執掌文壇二十餘年。趙秉文不但以詩

文名世，其雄勁清逸的詞作，亦見稱於南渡之後的詞壇。試看其一首〈水調歌頭〉：

> 四明有狂客，呼我謫仙人。俗緣千劫不盡，回首落紅塵。我欲騎鯨歸去，只恐神仙宮府，嫌我醉時真。笑拍群山手，幾度夢中身。／倚長松，聊拂石，坐看雲。忽然墨霓落手，醉舞紫毫春。寄語滄浪流水，曾識閒閒居士，好為濯冠巾。卻返天台去，華髮散麒麟。

或可視為趙秉文晚年自號「閒閒居士」時期的自畫像。整首詞筆墨重點就是寫自己的狂態，顯得神采飛揚，筆落天外，想像神奇。先是以謫仙人自居，又不時化用前人諸如李白與東坡詩詞句言志。並藉景物襯托豪情，且以對話抒發懷抱，最後則以「卻返天台去，華髮散麒麟」的姿態告別俗世人間。這樣的作品，的確既雄勁又清逸，同時顯示作者如何深受蘇東坡以詩為詞之影響。

2. 深婉豪邁集大成

為整個金代文學之集大成者，自然非元好問(1190-1257)莫屬。元好問身處金末元初之際，不但詩文均富盛名，其現存詞約三百八十首，在數量上為金代詞作最豐富者，同時也是促成金詞發展至頂峰的大家。元遺山詞題材之廣闊，內涵之豐厚，均超越其他金代作家。大凡登臨述懷、贈別感時、詠物寄興、弔古傷今等均涉及。但值得注意的是，其詞之風格，卻並不單單以氣象豪邁、意境博大見長，而且還能臻至抒情深曲委婉、筆觸綿密細緻之境。這是何以一般詞史論者通常認為元好問在金代詞壇上，乃是集豪邁與深婉二派之大成者。

試先看一首〈水調歌頭〉「賦三門津」：

> 黃河九天上，人鬼瞰重關。長風怒卷高浪，飛灑日光寒。峻似呂梁千仞，狀似錢塘八月，直下洗塵寰。萬象入橫潰，依舊一峰閒。／仰危巢，雙鵠過，杳難攀。人間此險何用，萬古秘神奸。不用燃犀下照，未必飲飛強射，有力障狂瀾。喚取騎鯨客，撾鼓過銀山。

　　根據元好問〈虞坂行〉自注：「丙子夏五月，將南渡河，道出虞坂，有感而作。」按，丙子年即金宣宗貞祐四年(1216)，由虞坂前往三鄉，必須道經三門。本詞或當作於此時。倘若從內涵情境視之，當可歸類於「山水詞」。筆墨重點主要是描繪黃河三門津(即今三門峽)的險峻雄奇景觀，同時抒發作者豪邁的胸襟與超逸的氣概。可謂繼劉宋謝靈運以來，借詠山水而寄情抒懷之作的回響，也是在金代文人筆下，詞與詩在寫景抒情述懷方面已無分別的標誌。

　　元好問不僅善寫雄奇豪壯的山水詞，亦能寫深曲委婉、纏綿悱惻的愛情詞。試看其膾炙人口的〈摸魚兒〉「雁丘辭」：

　　問世間，情爲何物，直叫生死相許？天南地北雙飛客，老翅幾回寒暑。歡樂趣，離別苦，是中更有癡兒女。君應有語。渺萬里層雲，千山暮景，隻影爲誰去？／橫汾路，寂寞當年簫鼓。荒煙依舊平楚。招魂楚些何嗟及，山鬼自啼風雨。天也妒，未信歟？鶯兒燕子俱黃土。千秋萬古。爲留待騷人，狂歌痛飲，來訪雁丘處。

　　此詞乃是因感雁子殉情而賦。詞前有小序，說明緣起，故知乃是將多年前「少作」修訂而成[2]。首先以詰問「情爲何物」發端，點出全篇主旨。並以雁喻人，以人擬雁，吟嘆癡情者生死離別之悲。繼而回顧漢武帝當年遊幸汾水之際，簫鼓齊奏何等盛況，與今日汾水邊荒煙平楚的「雁丘」之寂寞對舉，遂引發騷人墨客相繼來此憑弔，狂歌痛飲，一灑多情之淚。按，元好問另有〈摸魚兒〉「雙蕖怨」一首，詠嘆大名民家小兒女雙雙赴水殉情之事。清人許昂霄《詞綜偶評》即評此二詞云：「遺山二闋，綿致之思，一往而深，讀之令人低徊欲絕。同時諸公和章，皆不能及。」

────────────

2　按，元好問〈摸魚兒〉「雁丘辭」前小序云：「乙丑歲(1205)赴試并州，道逢捕雁者云：『今旦獲一雁，殺之矣。其脫網者，悲鳴不能去，竟自投地而死。』予因買得之，葬於汾水之上，累石爲識，號曰雁丘。時同行者多爲賦詩，予亦有雁丘辭。舊作無宮商，今改定之。」可知此作乃是多年後，經重新修改潤色，且依詞調填之而成。

遺山詞中這種引人唱和的尚情之作，乃是因雁而起，似乎比曹魏建康詩人因見他人情境而引發的同情共感之作，更為多情深婉。值得注意的是，此處強調的，並非特殊個別人物事件之情，而是「千秋萬古，為留待騷人狂歌痛飲」之情。

深曲委婉與雄勁豪邁乃是金詞的兩大主要風格特徵，兩者實可以並存於遺山詞中，正出於其在詞作上能熔冶不同風格於一爐的集大成之傑出表現，同時亦為金代詞壇本身奏出不斷迴盪於宋詞餘音中的悅耳卒章。當然，由於元好問一生畢竟跨越金元二朝，除了詩詞之外，其在文學史上的貢獻，並不止於此，除了前面章節有關其在詩歌方面的建樹外，尚有待論述元代散曲之章，方能總覽其大概。

二、元詞的發展概況

元朝(1260-1368)乃是由蒙古族人統轄全中國的「征服王朝」，元詞雖然也繼續在宋詞的餘音中徜徉，不過與金詞相比，其詞的漸衰之勢已頗為明顯。猶如陳廷焯(1853-1892)《白雨齋詞話》的觀察：「元人工於小令套數，而詞學漸衰。」的確，元人散曲先後在歌壇與文壇，已經取代了詞的地位。雖然元詞基本上已不可歌，僅為文士作者抒情述懷或言志的格律詩而已，惟不容忽略的則是，在體式風貌上，元代詞作因受新興散曲的影響，有明顯的「曲化」傾向，譬如用語淺白通俗、活潑流利，何況有些詞與曲的牌調相同，乃至造成後世輯集者難以分辨的混淆[3]。惟綜觀現存元代文人詞，仍然不乏佳作，而且還可看出其前後發展演變的大致脈絡。

(一)前期詞壇──宋金餘風

此處所稱「前期」，乃指大約從忽必烈建元(1271)至大德(1297-1307)年間。由於這時期去宋金未遠，而詞作者又多為由金入元，或由宋入元之遺民，南北詞風交會並存，宋金餘風猶在，流露的主要還是前朝遺氣。不過，由於南北統一伊始，詞壇上南北分野頗為明顯，乃至形成南北

3　如元好問〈人月圓〉二首，唐圭璋《全金元詞》與隋樹森《全元散曲》均收入。

詞風「二水分流」的現象。實際上與當初金代詞人追慕宋詞的豪放與婉約風格之整體表現，頗有類似之處。

1. 北人風情——豪爽高邁

　　出身北方的元初詞作者，陣容可觀，其中包括一些元朝的開國功臣，或金亡之後入仕新朝的貳臣，以及選擇不仕的遺民。諸如元好問、劉秉忠、姚燧、王惲、白樸、劉因、劉敏中等。這些身居北方文化土壤的詞人，大抵均承續金詞的北人風情，多豪爽高邁之作。由於本節已將元好問視爲金詞最後之集大成者，故而這時期最具代表性的詞作家，或可以劉秉忠(1216-1274)爲代表。

　　試看其〈木蘭花慢〉「混一後賦」：

　　　　望乾坤浩蕩，曾際會、好風雲。想漢鼎初成，唐基始建，生物如春。東風吹遍原野，但無言，紅綠自紛紛。花月流連醉客，江山憔悴醒人。／龍蛇一屈一還伸，未信喪斯文。復上古淳風，先王大典，不貴經綸。天君幾時揮手，倒銀河、直下洗器塵。鼓舞五華鸑鷟，謳歌一角麒麟。

　　按，劉秉忠自號藏春散人，曾出家爲僧，後隨其師海雲引見忽必烈，留之還俗爲官。現存詞約八十餘首，多屬寫景懷古述懷之作。上引此詞，自注「混一後賦」，說明乃是因喜見南北終歸統一，有感而賦者。整首詞予讀者的第一印象，即是大氣磅礴，頗有「乾坤浩蕩」之高昂意境，而且顯示作者之想像豐富，筆觸壯爽，情懷豪邁。其回顧漢唐以來朝代變遷，風雲際會的感慨，傖楚中含領悟。正如近人況周頤(1859-1926)於《蕙風詞話》針對劉秉忠詞所評：「曩半塘老人跋《藏春樂府》云，雄廓而不失之傖楚。蘊藉而不流於側媚，余嘗懸二語心目中，以賞會藏春詞云。」

　　這種展現豪爽高邁的詞作，流露的主要是北人風情。可是在那些出身南宋，包括入仕元朝的貳臣，或不願入仕的遺民詞人作品中，顯然另有一番心情懷抱，爲元初詞壇展現出不同的風貌。

2. 南人情懷——含蓄婉約

　　由南宋入元的詞作者，諸如仇遠、袁易、劉因、趙孟頫、詹正等，塡

詞多宗尚周邦彥、姜夔、張炎、周密諸人餘風,雖不如周、姜的綿密,仍然以含蓄婉約之作見稱。試以劉因(1249-1293)〈玉漏遲〉「泛舟東溪」爲例:

> 故園平似掌。人生何必,武陵溪上,三尺蓑衣,遮斷紅塵千丈。不學東山高臥,也不似、鹿門長住。君試望,遠山顰處,白雲無恙。／自唱,一曲漁歌,覺無復當年,缺壺悲壯,老境羲皇,換盡平生豪爽。天設四時佳興,要留待,幽人清賞,花又放。滿意一蒿春浪。

按,劉因乃是南人受朝廷徵召而仕元者,惟不久以母疾乞歸,再召則不至。這樣的身世遭遇背景,在其抒情述懷的詞作中,難免流露對自身的出處進退會有一些難言之隱,乃至經常借景抒懷,委婉寫情。其實上引〈玉漏遲〉雖名爲「泛舟東溪」,表明乃是寫其泛舟之際的經驗感受,可是詞中卻並無一般泛舟之趣的描述,卻是藉此反思人生意義爲宗旨,故而含蓄委婉,耐人尋味。全詞用語清淡,卻又不失豪爽,且意境則婉曲深遠,轉折多姿。可謂在元初詞壇展示出不同於北人風情的格調,更重要的是,爲元代後期詞作朝文雅方向的演變,敲出預響。

(二)後期詞壇──雅詞再興

大約從大德(1297-1307)以後到元末,可視爲元代詞壇的後期。這時的詞作,與前期的主要區別就在於,曾經盛行於南宋的「雅詞」,露出再興的趨勢。探其可能緣由,或許因爲:首先,元代文化活動重心南移。包括劇壇作者、演員乃至文人士子,在江南富裕文化吸引下,紛紛南遷,詞的創作也難免受到南風之薰染。其次,在散曲風行之下,詞體本身某些藝術特點削弱,於是引起一些有心之士提出詞須「雅正」的呼籲。雅詞的再興遂成爲元朝後期詞壇的時代特色。這時期的主要詞作家,包括虞集、張翥、薩都剌等。

試以張翥一首〈摸魚兒〉「賦湘雲」爲例:

> 問湘南、有雲多少?不應長是多雨。平生宋玉緣情老,贏得鬢絲如許。歌又舞。更一曲琵琶,昵昵如私語。閒悲浪苦。怪舊日青

衫，空流淚滿，不解畫眉嫵。空凝佇。／十二峰前路阻。相逢知
在何處？今朝重見春風手，仍聽舊彈〈金縷〉。君且住，怕望
斷、蘅皋日暮傷離緒。新聲自譜。把江南江北，今愁往恨，盡入
斷腸句。

　　按，張翥(1287-1368)字仲舉，號蛻庵先生，晉寧(今江蘇武進)人，
存詞一百三十餘首。無論就詞的數量或詞的成就，均堪稱元詞的大家。當
時名家張雨、倪瓚、顧瑛等均與之唱和，追承姜夔、吳文英等騷雅婉麗之
詞風。張翥的詞作，以題畫、詠物、懷古、寫景爲主要內涵，在其筆下，
詞與詩顯然並無差異，同樣是抒情述懷的媒介。惟其詞主要因師承南宋姜
夔、吳文英一派，故而有意講究措辭文雅工麗，意境含蓄不露。就如上引
〈摸魚兒〉，標題是「賦湘雲」，實際上卻是借景抒情，且意象空靈，語
言清雅。其間又連續援用宋玉的悲秋嘆老，白居易的青衫淚，以及張敞畫
眉諸典故，顯得意象跳躍，含意閃爍，惟隱約傳達其「閒悲浪苦」的人生
感受。這正是元代文人雅詞再興的典範。陳廷焯《白雨齋詞話》即評張翥
詞云：「仲舉詞，樹骨甚高，寓意亦遠，元詞之不亡者，賴有仲舉耳。」

　　元詞在文學史上雖然成就並不如雜劇與散曲之輝煌，但其在詞的發展
過程中承先啓後的角色，仍有其不容忽略的地位。

第二節　明清詞的夕照

　　詞這種詩歌體式，自隋唐的初興，經過晚唐五代的發揚，兩宋的創作
盛況，以及金元的承襲，綿延至明清時代，已有近千年的歷史。詞之所以
能繼續生存，而且還不斷引起文人的創作興趣，其實並不在於詞原本可歌
的音樂特質，而在於其可藉以抒情述懷的文學功能。詞，在明清文人筆
下，不過是在體式格律上不同於詩的另一種詩體而已。雖然此節以明清詞
爲「夕照」，其蕩漾的餘音裊裊，煥發的夕陽光輝，依然耀眼。

一、明詞的發展概況

明朝(1368-1644)將近三百年期間的詞作,主要仍然承襲前朝餘氣,風格上,則豪壯激昂與清麗婉約並存。按,明代文人在詩和文兩方面的不凡造詣,已如前面相關章節所述,相對而言,明人的詞作則稍嫌薄弱。就其緣由,根據明人自己的觀察,如錢允治《國朝詩餘・序》即認為:「我朝悉屏詩賦,以經術程士。……騷壇之士,試為拍弄,才為句掩,趣因理淹,體段雖存,鮮能當行。」綜觀明詞,實承前人之緒者多,創新之處則較少,但這並不表示其間沒有佳篇,或缺乏翻新求變的痕跡。就現存的明人詞作,覽其發展概況,或可大略分為明初、中葉、晚明三個主要期段。

(一)明初詞壇——入仕新朝的異代情懷

明初自洪武至建文年間(1368-1402),詞壇作者大多係由元入明而仕者,自然猶承襲前朝餘風。又因均經歷過元末的大動亂,故而詞多傷時感遇之作。不過,朱元璋滅元立明,漢族重新統一天下,雖值得稱慶,可是這些文人不久即赫然發現,自己面臨的,竟然是一個極端專制殘酷的政權,朝廷對知識階層多懷猜忌,屢興文字獄,文人士子頻遭殺戮陷害,乃至原先對新朝懷有的歸屬感逐漸消失,反顧自身動輒得咎的處境,宛如身處「異代」,於抒發己情之際,難免在詞中時露心懷淒苦憂患之情。

試先看劉基(1311-1375)一首〈小重山〉:

> 月滿江城秋夜長,西風吹不斷,桂花香。碧天如水露華涼。人難見,有淚在羅裳。/何許雁南翔,堪憐一片影,落瀟湘。百年身世費思量。空回首,故國漸蒼茫。

劉基字伯溫,浙江青田人。元末進士,曾任高安丞,及見世亂而棄官歸隱。後因受朱元璋徵召至金陵,並佐其定天下,任御史中丞,封誠意伯,可說是明初的開國重臣。但是不久卻為胡惟庸所詆毀,最後抑鬱而卒。劉基的詩文在當世即負盛名,其詞作亦佳,王世貞(1526-1590)《藝苑巵言》即稱其詞「穠纖有致」。上引〈小重山〉可能是劉基較早期之作。文辭婉麗,清景如畫,又情深意長。流露的主要是身逢亂世,空懷壯

志堪憐，回首故國蒼茫的悲慨。

再看高啟（1336-1374）〈沁園春〉「雁」：

木落時來，花發時歸，年又一年。記南樓望信，夕陽簾外，西窗驚夢，夜雨燈前。寫月書斜，戰霜陣整，橫破瀟湘萬里天。風吹斷，見兩三低去，似落箏弦。／相呼共宿寒煙，想只在蘆花淺水邊。恨嗚嗚戍角，忽吹飛起。悠悠漁火，長照愁眠。隴塞間關，江湖冷落，莫戀遺糧猶在田。須高舉，教弋人空慕，雲海茫然。

上引詞例之筆墨重點乃是吟詠雁鳥的遭遇。按，大雁屬候鳥，年年南來北往，萬里飄零，卻忽然發現「風吹斷，見兩三低去，似落箏弦」，已經有同伴遭遇暗算了。於是「相呼共宿寒煙」，還是隱身「蘆花淺水邊」比較安全，而且即使但感憂愁冷落，亦切「莫戀遺糧猶在田」，換言之，不要戀棧官場俸祿，當思高舉，謹防矰弋之害。此詞雖可歸類於「詠物詞」，顯然乃是託物寄意，以雁喻人，詞意則淒苦悲涼，充滿憂患的意識。所言不僅點出世道之艱難，人心之險惡，更流露對自己身處危境的高度警覺，以及當盡快匿跡退隱以免禍患臨頭的意念。這是高啟個人的憂慮，也是明初不少文人士子的共同心情。當然，高啟最終還是遭受殺害，這是他入明之際始料未及者。

（二）中葉詞壇──豪壯清麗的徘徊顧盼

成化至隆慶年間（1465-1572），政局已趨穩定，儘管文網的威脅未減，文壇則已熱鬧非凡。一些文人士子因不滿臺閣文臣滿紙對朝廷權貴的恭維頌美，而意圖改革文風，紛紛唱言復古，林立宗派。著名者如前後七子，主張「文必秦漢，詩必盛唐」。七子諸人及其追隨者，亦多將才情致力於詩文的創作，詞則視為詩餘，偶爾填寫，且多賞景或豔情小品，當然，亦間有佳篇。惟值得注意的是，這時期還是有少數詞作者，不但以詞描寫清幽之景，抒發個人之情，亦能將個人、歷史、自然三重時空熔於一爐，展現出宛如當初蘇軾詞的大家風度。

試看楊慎（1488-1559）的名篇〈臨江仙〉：

滾滾長江東逝水，浪花淘盡英雄。是非成敗轉頭空。青山依舊

在，幾度夕陽紅。／白髮漁樵江渚上，慣看秋月春風。一壺濁酒
喜相逢。古今多少事，都付笑談中。

楊慎字用修，號升庵，四川新都人，正德六年(1511)進士第一，授翰
林修撰。

以後卻因直言極諫被貶，謫戍雲南永昌，在其長期流放生涯中，姑且
以寫史懷古抒發其憂憤。上引這首〈臨江仙〉，原屬楊慎長篇「廿一史彈
詞」中說「秦漢」一段的開場詞。雖是一首短短的小令，一發端即氣勢不
凡，長江水滾滾東流，宛如時光急速流逝，歷史上英雄人物的吶喊，成敗
是非的爭執，均在江水浪花中轉頭成空，只有大自然的青山常在，時與夕
陽相映。下片藉此發揮感悟：且與白髮漁樵閒話江渚，看風月，飲濁酒，
笑談古今，更逍遙自在。整首詞在高昂的語調中，流露對世事滄桑，人事
無常的感悟。筆觸從容，情懷豪壯而含蓄，意境雄渾而深婉。值得注意的
是，此詞與蘇東坡的名篇〈念奴嬌〉「赤壁懷古」，在風格內涵上頗有相
似之處，但是東坡詞中明確點出其憑弔緬懷者乃是「三國周郎赤壁」，而
楊慎之作，卻並未提及秦漢時期任何英雄人物的具體事跡，乃至賦予整篇
作品一分具有普遍性與永恆性的特質，為讀者留下更多的想像空間。難怪
以後毛宗崗的《三國演義》批本，就將此詞作為全書的序詞。

再看夏言(1482-1548)一首〈鶴沖天〉「初夏」：
臨水閣，倚風軒，細雨熟梅天。一池新水碧荷圓，榴花紅欲燃。
／薄羅裳，輕紈扇，睡起綠陰滿院。曲欄斜轉正閒憑，何處玉簫
聲？

夏言字公謹，江西貴溪人，正德十二年(1517)進士。官至吏部尚書、
華蓋殿大學士，居首輔，地位顯赫，且頗有政績，然而卻為奸臣嚴嵩所
忌，陷害而死。按，夏言乃是明代官宦文人中，少數在當世主要即以詞作
見稱者。其現存詞作中，亦不乏追隨辛棄疾豪壯雄爽之作，惟此處則引其
小令〈鶴沖天〉，作為明中葉詞壇寫景清麗風格的代表。此詞引人矚目的
是，其中並無家國身世之類的大題材，亦無激昂濃烈的情懷，所寫不過是
沉湎在「初夏」景色中的一分個人的閒情與審美感受，且又非一般詞人慣

常抒發的傷春悲秋之情。這樣的寫景抒情小品，可謂是北宋初期晏殊、歐陽修等溫婉典雅詞境的再現。

上舉兩首詞作，雖風格各異，均屬佳篇無疑。惟與其他同時期的文人詞相若，主要還是難免徘徊顧盼於前人名篇中，徜徉在前人風格的氛圍裡。若要在明詞的發展過程中，尋出一些有意翻新求變的痕跡，尚有待另一批晚明作家的出現。

(三)晚明詞壇──雲間詞派的末代悲歌

萬曆(1573-1620)以後的七十餘年間，明朝就在宦官專權、朋黨相爭、朝政日趨腐敗的政局下，逐步走向滅亡。可是在文學史上，這卻是一個有意求變的時代，詩歌方面已如前面章節所述，袁氏兄弟提倡寫詩當「獨抒性靈，不拘格套」，填詞方面則由陳子龍為首的「雲間詞派」為晚明詞風的轉變，點出方向，並且為以後清代詞壇人才輩出、派別林立的「復興」現象拉開序幕。

所謂「雲間詞派」，主要乃是因陳子龍籍貫雲間(今上海松江縣)，與李雯以及宋徵璧、宋徵輿兄弟，皆以文才齊名，加上師從陳子龍的晚輩夏完淳，詞風均相近，且詞學主張亦相同，推崇南唐、北宋的詞風，又均籍屬當時的松江府治，故而有「雲間詞派」之稱。陳子龍嘗於其詞集《幽蘭草・題詞》中指出，填詞應當「境由情生，辭隨意啟，天機偶發，元音自成」。或可視為「糾正」一般明人填詞，只顧因循前人，較少個人真情流露的缺點。不過，雲間詞派的詞作，在題材內容上，仍然繼唐宋以來的傳統，以閨情、詠物、個人感懷居多，只是流露更多作者身世與時代的寄託，乃至顯得言之有物。

試先以陳子龍(1608-1647)〈天仙子〉為例：

> 古道棠梨寒惻惻，子規滿路東風濕。留連好景為誰愁，歸潮急，暮雲碧，和風和晴人不識。／北望音書迷故國，一江春雨無消息。強將此恨問花枝，嫣紅績，鶯如織，依淚未彈花淚滴。

詞中描述的是花開鳥鳴的一般春天景色，但筆墨重點則在於因景生情。上片所言古道棠梨之「寒」，子規鳥啼聲在東風吹拂中之「濕」，用

語之精，構思之巧，遂使得大自然的清麗春景，與人同情共感，彷彿也流蕩著詞人的悲音。下片遂繼而由此引發北望故國之思，惟音書渺茫，即使「嫣紅績，鶯如織」，也只引得花人同淚了。這種面臨春景雖美，而情懷悽惻的意境，遙接杜甫於安史之亂其間所寫〈春望〉中「感時花濺淚，恨別鳥驚心」的情懷意境，實已遠超出一般唐宋詞以來抒發個人的傷春悲秋之情，而隱含著對時局世事深沉的傷痛。詞在陳子龍筆下，和其詩一樣，擔負著抒情述懷感時傷世的文學功能。

再看夏完淳(1631-1647)〈一剪梅〉「詠柳」：

> 無限傷心夕照中。故國淒涼，剩粉餘紅。金溝御水日奚東。昨歲陳宮，今歲隋宮。／往事思量一餉空。飛絮無情，依舊煙籠。長條短葉翠濛濛。才過西風，又過東風。

夏完淳乃是明末文壇的一顆彗星，身當亡國之秋，以其十六歲的年輕生命殉身國難，而又能以其遺作煥發出如此眩人耳目的文學光輝，在中國文學史上，僅此一人而已。夏完淳不但在詩歌方面留下撼人心魂之作，其詞亦悽婉動人。上舉詞例，名為「詠柳」，實則感懷時事，慨嘆人生。以一株生長於金溝御水邊的柳樹，見證了陳、隋以來多少改朝換代之變遷，遂引發其對自然生命永恆運轉，而人世滄桑，無限傷心的唱嘆。

晚明的「雲間詞派」，興於明朝末期風雲變幻，趨於亡國之秋，其為時雖短，卻能在時局敗壞，政治動盪，個人生命危殆中，以其幽雅清麗的作品，恢復了詞這種詩歌體深曲委婉的抒情本質，並且提升了詞在文人雅士心目中的地位，而且還綿延其影響至清初，為清代詞壇的興盛，鋪上先路。

二、清詞的耀眼夕暉

清朝(1644-1911)乃是由滿族人入主中原的「征服王朝」，也是傳統中國專制帝王制度的末代王朝。在文學史上，無論詩歌、文章、戲曲、小說，均是總結成果之時。單就詞的表現視之，其作品數量之多，流派之紛呈，以及詞學研究與詞籍整理方面之豐碩，均屬前所未有，故而有詞的

「復興」時代之稱。此處所謂「復興」，亦即有的詞論者稱爲「中興」者，當然主要乃是針對詞的創作，在元明二朝顯示出漸衰的傾向而言。惟不容忽略的是，清代文人學士對宋明以來在觀念上，普遍認爲詞不過是「詩餘」、「小道」的偏見，業已掃除[4]。詞和詩一樣，同樣屬於作者抒情述懷言志的主要媒介。而更重要的則是，基於對詞這種詩歌體本色的體認與尊重，清代作家塡詞，大多能依循詞當以曲折委婉爲正中的審美趣味。茲將清詞在將近三百年間的發展概況，略述如下。

(一)清初詞壇──遺民情懷，流派紛呈

順治(1644-1661)至康熙(1662-1722)前期，是清詞最爲繁盛的時期，而且就是在遺民情懷的蕩漾中，流派紛呈，成爲清初詞壇的顯著標誌。按，清初的詞人雖然身分出處各異，人格情性不同，其中有博學多識的學士儒生，也有文采風流的才子文人，惟大多屬由明入清的遺民，無論其個人選擇避世退隱或入朝爲官，同樣均經歷過改朝換代的巨變，乃至詞中流蕩不去的，主要還是身爲遺民的故國之思與身世之感。此外，又由於清初文人士子之間的族群認同感，往往因同鄉地域之緣或同門師生之誼，前輩後進頻繁交遊往來，相互聯繫結社，同聲相應，彼此唱和，乃至在詞壇上形成不同的流派，各展現其派別的文學主張與創作風格。

1. 遺民情懷

其實，在中國歷史的朝代不斷更替過程中，遺民情懷幾乎是大凡身處改朝換代的文人士子之共同悲愴。無論詩詞文章，都留下不少動人心魂之作。同樣的，清初由明入清的文士，喪亂之餘，歷經家國巨變，塡詞之際，往往也會以故國之思與身世之感，抒發其遺民情懷。

茲先以王夫之(1619-1692)〈蝶戀花〉「衰柳」爲例：

> 爲問西風因底怨？百轉千回，苦要情絲斷。葉葉飄零都不管，回塘早似天涯遠。／陣陣寒鴉飛影亂。總趁斜陽，誰肯還留戀？夢

4　關於「詩餘」之謂如何由詞集名稱，變爲文體之稱的討論，見劉少雄，〈宋人詩餘說考辨〉，《臺大中文學報》第22期(2005.12)，頁235-275。

裡黃鸝拖錦線，春光難借寒蟬喚。

按，王夫之字而農，號薑齋，湖南衡陽人。明末曾參加南明桂王小朝廷的抗清活動，明亡後，遂隱居故鄉石船山，以在野之身著書立說以終，又因與同時期的顧炎武、黃宗羲，均博通經史，故史稱「清初三大儒」。不過，王夫之寫詩卻並不拘於其學士儒生的身分，而主張「詩以道性情」，強調「情」與「景」之交融(《薑齋詩話》)，其填詞顯然亦如是。惟嘗自稱「從不作豔詞」(〈憶秦娥〉「燈花」自注)，則已洩漏其意圖提升詞的文學地位之用心。就看上引〈蝶戀花〉，名為寫「衰柳」，實則通過衰柳的詠嘆，抒發其個人的身世之感，以及對故國無限的懷思。雖然託身在衰柳枝上的寒蟬，彷彿意欲將過去的春光喚回，可是秋天的衰柳，畢竟在季節的推移中已經衰萎，而「夢裡黃鸝拖錦線」，夢縈魂牽的往日春天柳色佳景，亦俱往矣。根據近人葉恭綽《廣篋中詞》的評語：「船山詞言皆有物，與並時批風抹露者迥殊，知此方可以言詞者。」王夫之的詞作，已經為特別強調「比興寄託」的常州詞派，開出先路。

再看吳偉業(1609-1671)一首〈賀新郎〉「病中有感」：

萬事催華髮。論龔生，天年竟夭，高名難沒。吾病難將醫藥治，耿耿胸中熱血。待灑向、西風殘月。剖卻心肝今置地，問華佗、解我腸千結？追往恨，倍淒咽。／故人慷慨多奇節。為當年，沉吟不斷，草間偷活。艾炙眉頭瓜噴鼻，今日須難絕決。早患苦，重來千疊。脫屣妻孥非易事，竟一錢不值何須說！人世事，幾完缺？

吳偉業字駿公，號梅村，江蘇太倉人。早歲曾師事張溥，並為復社成員。崇禎四年(1631)進士，隨即入朝為官。明亡後，曾屏居鄉里十年不出，後經人舉薦，為顧及親人的安全，不得已乃應召出任順治朝的國子監祭酒。惟四年後即以返鄉守孝為名，上疏乞歸，從此告別仕途。吳偉業主要以其詩才聞名當世，其著名的敘事詩〈圓圓曲〉，也成就了他在文學史上的不朽地位。但不容忽略的則是，其詞作在清初詞壇的指標意義。上舉〈賀新郎〉序目「病中有感」，就其內涵題旨，乃因內省之思，而引發其

由衷之感與肺腑之言。發端即以西漢末龔勝拒絕王莽召請出山任祭酒，與自己的身仕二朝對比，雖然龔勝最後因拒食而餓死，乃至「天年竟夭」，畢竟「高名難沒」，留名千古。不過，自己在形跡上則已是貳臣，其內心的痛苦不安，即使「剖卻心肝」，也無人理解，即使華佗再世，恐怕也不能「解我腸千結」。下片則就近懷想起「故人慷慨多奇節」，亦即那些已經爲明朝慷慨就義死節的朋友故交，可是反顧自己，只得「爲當年，沉吟不斷，草間偷活」而深感愧疚。全篇可謂悲歌慷慨，憾恨與愧疚交錯，儼然是一篇對自己身爲貳臣的「懺悔錄」。像這種公然以文字對自己的形跡坦然表示懺悔內疚之作，在中國文學史上乃屬頗爲罕見的。

其實吳偉業早年亦曾以寫豔詞小令頗受時人稱羨，不過其後期則往往以大手筆寫長調，慷慨抒懷，寄寓著時代與身世之感，爲陽羨派陳維崧諸人所繼承。當然，清詞的耀眼成就，亦可由清初詞壇的流派紛呈得以進一步證明。

2. 流派紛呈

清代詞壇所以流派紛呈，自然有促使其形成的緣由背景：首先，參與填詞的人物眾多，擁有成群的創作「隊伍」；其次，作者多屬有學之士，無論同鄉或同門，往往以興趣相投或理念相近而有密切的聯繫，或結社酬唱，或交遊往來，可以在創作或理論上，彼此切磋，相互影響；再者，當代作品輯集付梓刊行者亦多，爲讀者提供或細讀或宏觀的方便，易於分辨不同流派的風格特徵。就現存資料觀察，清初詞壇最爲壯大，且最具影響力的詞派，即是以陳維崧爲首的「陽羨詞派」，以及朱彝尊爲首的「浙西詞派」。

(1)陳維崧與陽羨詞派——緬懷時事

陳維崧(1625-1682)字其年，號迦陵，江蘇宜興人。出身官宦世家，少負才名，家門鼎盛，意氣風發，惟中歲遭逢世變，從此窮愁潦倒，五十四歲時方經人舉薦應博學鴻詞科，授職翰林院檢討，參修明史，三年後去世。不過，其落拓不遇時期，則因「僦居里門近十載專攻填詞，學者靡然成風」(蔣景祁《荊溪詞初集·序》)，儼然成爲陽羨詞派的領袖。著有

《迦陵詞》三十卷，存詞一千六百二十九首，其創作之豐，爲歷代詞人之冠。陳維崧塡詞崇尙蘇東坡、辛棄疾，受辛詞影響尤深。其詞風格豪放，氣魄宏偉，無論長調小令，任筆驅使，今人吳梅《詞學通論》即稱其「氣魄之大，古今殆無敵手」。當然，陳維崧在清代詞壇的地位，並不局限於個人的表現，更重要的還是，在其影響之下，陽羨詞派的形成。

陽羨詞派主要活動於順治年間和康熙前期，其成員大多經歷過改朝換代的巨變，就在這不到半世紀的時期裡，小小陽羨(今江蘇宜興縣)境內，文人薈萃，聚集在陳維崧周邊的詞作家竟達百人之多。在詞史上，於一時一地擁有如此壯觀的詞人群體，是前所未有的現象；陽羨詞人對詞學理論與詞集編輯的興致，也是空前的，諸如陳維崧主編的《今詞苑》，蔣景祁所編《瑤華集》與《名媛詞選》等，匯錄了當代詞人之作，遂令大批清初詞人的篇章得以保存。

至於陽羨詞所以形成流派，除了作者均屬聚居陽羨一帶之外，其詞作表現的一般風格情境特徵，則可以蔣景祁於《荊溪詞初集·序》所云來概括：「大抵皆憂傷怨悱不得志於時，則托爲倚聲頓節，寫其無聊不平之意。」

試舉陳維崧一首〈沁園春〉爲例。詞前小序云「贈別芝麓先生，即用其題〈烏絲詞〉韻」：

> 四十諸生，落拓長安，公乎念之！正戟門開日，呼余驚座；燭花滅處，目我于思。古說感恩，不如知己，卮酒爲公安足辭？吾醉矣！縱一聲河滿，淚滴珠徽。／昨來夜雨霏霏，嘆如此狂飆世所稀。恰山崩石裂，其窮已甚；獅騰象踏，此景尤奇。我賦將歸，公言小住，歸路銀濤百丈飛。氍毹暖，趁銅街似水，賡和無題。

按，龔芝麓乃是由明入仕清朝的貳臣，惟以其在朝中地位的顯赫，曾保護了不少明末反清志士，且經常殷情接待因逢時不遇而潦倒困頓的文人士子。上引陳維崧此詞，當屬落魄京城，打算南返故鄉之前，告別芝麓先生的贈別詞，詞中並無一般贈別之作的應酬話，而是由衷之感與肺腑之言，足見二人在入清後的處境雖迥然不同，交情則頗深厚。言下對龔芝麓

的恩遇及相知之情，感激不盡，對自己逢時不遇，「落拓長安」，則「纔一聲河滿，淚滴珠徽」。不過，雖然身逢「狂飆」之世，在「山崩石裂」中窮途困頓，卻又自詡其才志在風雨中宛如「獅騰象踏」，嘆為奇觀，賦歸之後，將慨然面對「歸路銀濤百丈飛」的豪情，則將整首原是懷才不遇中撰寫的哀嘆，氣勢提升至豪壯俊爽之境。

除了針對己身情懷的抒發，陳維崧還常用詞調抒寫類似杜甫以及元稹和白居易的「新題樂府」，批評朝政，同情民生疾苦的主題，如其深受當今學者稱道的〈賀新郎〉「纖夫詞」，即譴責朝廷強擄民夫拉纖，導致妻離子散，民不聊生的慘狀。在陳維崧筆下，詞與詩的文學功能實已無差別。這是他提升詞的地位之功勞，但多少也流失了詞應當具有的含蓄委婉的抒情本色。陳廷焯《白雨齋詞話》對陳維崧詞的評語，頗能點出其詞之特色：「迦陵詞沉雄俊爽，論其氣魄，古今無敵手。若能加以渾厚沉鬱，便可突過蘇、辛，獨步千古，惜哉！蹈揚湖海，一發無餘，是其年短處，然其長處亦在此。」

其他追隨陳維崧的陽羨派作者，諸如任繩隗(1621-?)、萬樹(1630?-1688)、曹貞吉(1634-?)等，亦有不少佳篇留傳。無論是寫故國之痛，時局之嘆，或民生之哀，皆同樣流露「憂傷怨悱不得志於時」的「不平之意」；而且不時展現敢於「拈大題目，出大意義」(謝章鋌《賭棋山莊詞話》卷八論「立意」)的風格面貌。不過，至雍正、乾隆時期，因這些前輩詞人的相繼凋零，加上時局的改變，陽羨派則已漸趨衰竭，但是他們的流風餘韻還波及後世，清中葉就有不少詞人均受到影響。

(2)朱彝尊與浙西詞派──清空醇雅

朱彝尊(1629-1709)字錫鬯，號竹垞，浙江秀水(今嘉興)人。順治二年(1645)清兵進兩浙，朱彝尊曾一度參與抗清活動，惟事未舉而幾乎罹禍。此後嘗客居前輩同鄉曹溶(1613-1685)幕中數年，也就是在曹溶引導之下方開始學詞，並在二人以小令慢詞唱和過程中，通曉倚聲填詞之道。康熙十八年(1679)，以「名布衣」之身受徵召，舉殿試博學鴻詞科，授翰林院檢討，並參與修《明史》。朱彝尊不僅文名高，且博通經史，頗受康

熙倚重，曾入值南書房，出典江南省試。後因故罷官，遂告歸鄉里，從此
潛心著述，直至去世。朱彝尊一生雖亦跨越明清二朝，惟於後期生命中，
正逢康乾盛世，加上其名重京師文壇的地位，遂成爲「浙西詞派」的領
袖。朱彝尊現存詞五百餘首，此外還編選《詞綜》，輯唐宋金元詞六百五
十九家，二千二百五十三首，不僅採集廣泛，而且考證精當，成爲詞學研
究的重要資料。當然，以朱彝尊爲首的浙西詞派之形成與風格特徵，亦是
不容忽略的。

　　浙西詞派乃是以一些聚集於朱彝尊周圍的詞人，包括原本籍屬浙西
者，加上僑居浙江一帶的同調，共襄其盛，而形成的流派。最初得名於龔
翔麟(1658-1733)選緝《浙西六家詞》。按，浙西詞派與陽羨詞派比照之
下，最大的不同就是在內涵情境上大多由「實」轉而爲「虛」的差異。當
然此所謂「虛」，指的主要是一種抒情述懷的「障眼」手法，或委婉曲折
的審美趣味。也就是塡詞之際，講求清空醇雅的同調風格。這顯然受朱彝
尊的詞學主張與詞作表現的影響。

　　朱彝尊的詞學觀，首先，重視的是詞的抒情功能，如其爲陳緯雲《紅
鹽詞》集所寫序文中即認爲：「詞雖小技，昔之通儒巨公往往爲之。蓋有
詩所難言者，委曲倚之於聲，其辭愈微，而其旨愈遠。善言詞者假閨房兒
女之言，通之於〈離騷〉變〈雅〉之義。此尤不得志於時者所宜寄情焉
耳。」其次，則是強調清空醇雅的審美情趣，認爲張炎《詞論》所謂「清
空」乃是詞的最高境界。嘗於其〈解珮令〉「自題詞集」(即《江湖載酒
集》)宣稱：「不師秦七，不師黃九，倚新聲，玉田(張炎)差近。」且又
於《詞綜・發凡》特別指出：「世人言詞，必稱北宋，然詞至南宋，始極
其工，至宋季始極其變，姜堯章氏最爲傑出。」影響所及，乃至「數十年
來，浙西塡詞者，家白石(姜夔)而戶玉田(張炎)」。

　　試以朱彝尊一首〈長亭怨慢〉「雁」爲例：

　　　　結多少，悲秋儔侶。特地年年，北風吹度。紫塞門孤，金河越
　　　冷，恨誰訴？回汀枉渚。也只戀，江南住。隨意落平沙，巧排
　　　作，參差箏柱。／別浦，慣驚移莫定，應怯敗荷疏雨。一繩雲

杪，看字字懸針垂露。漸欹斜，無力低飄，正目送，碧羅天暮。

寫不了相思，又蘸涼波飛去。

這是朱彝尊詠物詞的名篇，收入其《茶煙閣體物集》。表面上是寫一隻孤雁的遭遇，如何在艱危環境中掙扎，如何又心懷驚恐。實際上乃是以雁自況，託物寄興，借詠雁來感嘆個人身世。整首詞筆觸淒切哀婉，摹描細緻綿密，而且情味深沉雋永。當年張玉田〈解連環〉「孤雁」一詞中有名句：「寫不成書，只寄得相思一點。」朱彝尊繼此而以「寫不了相思」另翻新意，其淒哀幽怨似乎更為深重。陳廷焯《白雨齋詞話》即評此作云：「感懷身世，以淒切之情，發哀婉之調，既悲涼，又忠厚，是竹坨直逼玉田之作，集中亦不多見。」

其實，浙西詞派並非不作香豔冶蕩之詞，即使朱彝尊也是描寫男女愛情詞的能手。不過，在其有意倡導之下，追求清空醇雅，講究深婉寄託，遂成為浙西詞派填詞的理想，甚至還因朱彝尊後期多寫詠物詞，託物寄懷，浙西詞派作者群起效仿，遂掀起清初詞壇一陣詠物之風。

(3)納蘭性德自成一家

納蘭性德(1655-1685)字容若，號楞伽山人，滿洲正黃旗人，太傅明珠之子。康熙十五年(1676)應殿試，賜進士出身，授一等侍衛，頗得康熙寵信。其現存詞三百四十二首，就其表現，顯然不屬於陽羨或浙西任何流派，而是以其個人敏感的心思、濃郁的情致，以及清婉的風韻，在清初詞壇上獨樹一幟。納蘭詞最令學界稱道者，乃是其悼念亡妻與行吟邊塞之作。

茲先看一首〈南鄉子〉「為亡婦題照」：

淚咽卻無聲，只向從前悔薄情。憑仗丹青重省識，盈盈。一片傷心畫不成。／別語忒分明，午夜鶼鶼夢早醒。卿自早醒儂自夢，更更。淚盡風檐夜雨鈴。

按，納蘭性德與其妻盧氏婚後伉儷情深，惟盧氏早亡，對納蘭性德個人生命是沉重的打擊，終其生未嘗消歇其哀嘆悼念之情。上引〈南鄉子〉所寫，乃是「為亡婦題照」之際的經驗感受，但值得注意的是，除了因懷

念亡妻的一片傷心，同時流露對於愛妻「早醒」，畢竟可以早離俗世塵
埃，自己卻還繼續流落人間，承受「淚盡風檐夜雨鈴」的怨苦淒哀。像這
樣情深意遠之作，並不局限於納蘭性德個人一己生活經驗感受的作品，即
使記錄其隨康熙前往邊塞出巡之作，亦深情如是。姑再舉其一首〈蝶戀
花〉為例：

> 又到綠楊曾折處。不語垂鞭、踏遍清秋路。衰草連天無意緒，雁
> 聲遠向蕭關去。／不恨天涯行役苦，只恨西風、吹夢成今古。明
> 日客程還幾許？沾衣更是新寒雨。

值得注意的是，納蘭性德乃是以滿族貴族公子的身分隨扈巡行，但是
其衷心關懷的，並非天子行巡的威武浩蕩，而是對天涯行役者的苦楚與淒
寒之悲憫。納蘭詞個人的特色，就是自然天眞，純任性靈，又款款深情。
難怪其同時代的陳維崧《詞評》即稱其詞「哀感頑豔，得南唐二主之
遺」。王國維《人間詞話》則更進一步點出，納蘭詞乃是「以自然之眼觀
物，以自然之舌言情。此由初入中原，未染漢人風氣，故能眞切如此。北
宋以來，一人而已！」

(二)中葉詞壇——浙西陽羨餘響，常州詞派興起

康熙朝後期，明清易代的歷史震撼已經消歇，親身經歷過家國巨變的
作者業已紛紛凋零，此時期的文人士子亦多成長於大清，並認同於國朝，
何況康、雍、乾三朝畢竟顯得四海承平，政局安定，且經濟繁榮，展現出
一片「盛世」氣象。對知識階層來說，儘管文網仍然嚴酷，只須刻意謹言
愼行，不去觸碰朝廷的禁忌，還是可以自保平安，因此文學的創作並未阻
礙不前，除了詩文之外，詞作亦頗有可觀者，同時展現流派紛呈的態勢。
詞壇上還繼續迴盪著浙西與陽羨詞派的餘響，繼而則在張惠言的倡導之
下，又另外興起了常州詞派，在清詞史上遂與浙西、陽羨鼎足而立，共同
為清詞的「復興」局面奏出響亮的音符。

1. 浙西陽羨的餘響

浙西詞派崇尚清空醇雅，講求委婉曲折的審美意趣，正好可以避開文
網的張羅，乃至在清詞史上餘響不絕如縷。繼朱彝尊之後，追隨者亦多屬

懷才不遇的閒逸之士，其中當以同樣也推崇「清空醇雅」詞境的厲鶚為代表，或可視其為清代詞壇浙西詞派的壓陣大家。

茲舉其一首〈百字令〉為例。詞前有小序云：「月夜過七里灘，光景奇絕。歌此調，幾令眾山皆響。」

> 秋光今夜，向桐江，為寫當年高躅。風露皆非人世有，自坐船頭吹竹。萬籟生山，一星在水，鶴夢疑重續。笙音遙去，西巖漁父初宿。／必憶汐社沉埋，清狂不見，使我形容獨。寂寂冷螢三四點，穿過前灣茅屋。林靜藏煙，峰危限月，帆影搖空綠。隨流飄盪，白雲還臥空谷。

按，厲鶚(1692-1752)字太鴻，號樊榭，浙江錢塘人。乾隆初曾受薦舉應博學鴻詞科，可是卻落選了，失望挫折之餘，此後即客居揚州一帶近三十年，設館授徒為業，且與當地雅好填詞的詩客結社酬唱不絕，甚至一批非浙籍的詞人，也聚集在其周圍，儼然成為江浙地區的詞壇宗主。厲鶚的詞，向以清幽淡雅見稱，其中最能體現其「清空醇雅」風格者，則是吟詠山水風景，以景寫情的作品。就如上引〈百字令〉之筆墨重點，即是描寫當初拒絕漢光武帝徵召的嚴光隱居之處「非人世有」的奇絕之景，並將自己「船頭吹竹」攬入畫中。不過在敘其賞景過程中委婉含蘊的，則是對超世離俗隱逸生涯之稱頌，繼而引發對南宋亡後不願仕元的詩人謝翱(1249-1295)之緬懷，以及自己徜徉在秋光夜色中幽獨寂寥的心情。整首詞的意境旨趣，清雅含蓄，可謂是浙派的餘音繚繞。

另外值得注意的是，康熙朝以後，陽羨詞派在餘響迴盪中的漸趨微弱。由於陳維崧諸人那些身處明清易代之際心存怨而且怒的悲慨長嘯，顯然已經不再是生活於雍、乾時期文人士子的切身感受，因此，繼其餘響者已經不多。儘管如此，還是出現幾位詞作者，在悲情激盪、鬱勃蒼涼的作品中，流露著陽羨的餘韻流風，只是慷慨悲壯之氣則減弱了。或可以蔣士銓之詞為代表。

試舉其〈城頭月〉「中秋雨夜書家信後」為例：

> 他鄉見月能淒楚。天氣偏如許。一院蟲音，一聲更鼓，一陣黃昏

雨。／孤燈照影無人語，默把中秋數。荏苒華年，更番離別，九
載天涯度。

按，蔣士銓(1725-1785)字心餘，號清容，江西鉛山人。乾隆十九年
(1754)舉人，二十二年(1757)進士，授編修，四年後任順天鄉試同考官，
旋即辭官歸鄉，從此在各書院講學授徒度其餘生，有《銅弦詞》二卷留
存。因心儀陳維崧，多以勁筆抒發慷慨之氣。上舉〈城頭月〉，不過是一
首個人日常生活中思鄉情懷的感觸，而且還是一首短短的小令，在其筆
下，一院的蟲鳴聲、更鼓聲、雨滴聲，聲聲入耳，加上「孤燈照影無人
語，默把中秋數」的鏡頭，其孤寂情懷之淒楚，簡直令人難以卒讀。不
過，陽羨詞人原先愁怨中顯得外張之「怒」，已經在淪落天涯、流年逝水
的嘆息中消褪了。陽羨詞派與浙西詞派一樣，必須在時代的推進中讓位於
常州詞派。

2. 常州詞派的興起

常州詞派乃是乾隆以後，亦即嘉慶與道光年間影響最深遠的詞派，一
般皆歸功於張惠言(1761-1802)的倡導。按，張惠言字皋文，江蘇武進
人。嘉慶四年(1799)第八次赴京應試，方中進士，其後官編修，惟不久即
病逝，年僅四十二。張惠言其實乃是經學家，尤精《易》學，不過在詞史
上，則以輯集唐宋詞人四十四家作品作為年輕後輩讀本的《詞選》，加上
其詞學理論，遂開常州詞派。張惠言最推崇溫庭筠詞的「深美閎約」，其
詞學理論主要即見於《詞選‧序》：「詞者，蓋出於唐之詩人……。其緣
情造端，興於微言，以相感動。極命風謠里巷男女哀樂，以道賢人君子幽
約怨悱不能自言之情，低徊要眇，以喻其致。蓋詩之比興，變風之義，騷
人之歌，則近之矣。」所言顯然是以經學家的觀點立場，援引儒家重視
「微言大義」的詩教入詞學，自然提高了詞的地位，同時為常州詞派追求
「幽約怨悱」、「低徊要眇」的風格，強調「比興寄託」的旨趣點出方
向。

茲舉其〈水調歌頭〉「春日賦示楊生子掞」五首其五為例：

長鑱白木柄，斸破一庭寒。三枝兩枝生綠，位置小窗前。要使花

顏四面，和著草心千朵，向我十分妍。何必蘭與菊，生意總欣然。／曉來風，夜來雨，晚來煙。是他釀就春色，又斷送流年。便欲誅茅江上，只恐空林衰草，憔悴不堪憐。歌罷且更酌，與子繞花間。

　　其實五首〈水調歌頭〉乃是爲勉勵教導其弟子楊子掞而作。就如上引詞中，即強調人生即使面臨「空林衰草，憔悴不堪」之境，也須自振不頹。不過，綜觀其言，顯然並無說教的痕跡，而是通過對當前春景的欣然生意，委婉點出，爲人當潛心自處、怡然處世的生命態度。陳廷焯《白雨齋詞話》對這樣的作品即推崇備至，認爲：「皋文〈水調歌頭〉五章，既沉鬱，又疏快，最是高境。陳、朱雖工詞，究曾到此地步否？不得以其非專門名家少之。熱腸鬱思，若斷仍連，全自風、騷變出。」惟值得注意的是，張惠言生前雖亦有一些同調者，但是常州詞派的興起於詞壇，並非肇始於張惠言，而是在受其詞論主張影響的周濟筆下，方才正式形成氣候。

　　按，周濟(1781-1839)字保緒，一字介存，晚號止庵，江蘇荊溪人。嘉慶十年(1805)進士，曾官淮安府學教授，晚年則隱居金陵，悉心著述。其著作中與詞有關者，除了其個人詞集《味雋齋詞》之外，還有《詞辨》、《介存齋論詞雜著》，以及《宋四家詞選》等。周濟的詞學觀最令人矚目的則是，除了繼張惠言論詞重視「比興寄託」之外，同時亦於其《宋四家詞選·序》中有所補充，進一步指出比興寄託的審美趣味：「夫詞非寄託不入，專寄託不出。」換言之，在以詞抒情述懷過程中，要既能深入其情，而又能出其情之執著凝滯，方爲佳作。試看周濟〈渡江雲〉「楊花」一首：

春風眞解事，等閒吹遍，無數短長亭。一星星是恨，直送春歸，替了落花聲。憑欄極目，蕩春波萬里春情。應笑人春糧幾許？便要數征程。／冥冥，車輪落日，散綺餘霞，漸都迷幻景。問收向紅窗畫篋，可算飄零？但逢只有浮雲好，奈蓬萊東指，弱水盈盈。休更惜，秋風吹老蓴羹。

　　表面上寫楊花，實際上是藉楊花之飄零，寫人生之離合悲歡，更結以

當如西晉張翰那樣，見秋風起而選擇歸隱的領悟。其情懷的確如譚獻於
《篋中詞》所云：「怨斷之中，豪宕不減。」惟不容忽略的則是，在楊花
飄泊流離生命的描述中，其意內言外的旨趣，或可視爲張惠言主張的，君
子幽約怨悱、低徊要眇的體現。

　　常州詞派在理論或創作上，重視「幽約怨悱，低徊要眇」，的確爲詞
這種詩歌體，不同於詩的風格重新劃出文體的界線。可是其強調的「比興
寄託」，也正巧顯示，中國傳統文學畢竟難以擺脫傳統儒家政教倫理的束
縛，始終與文人士子的出處進退生涯密切相關。即使爰及晚清，在充滿憂
患情懷與衰世悲音者的筆下，仍然如此。

(三)晚清詞壇──憂患情懷，衰世悲音

　　嘉慶以後，大清王朝在內憂外患雙重壓迫中，開始逐步走向衰亡。不
過，在詞壇上，作品之多，題材之豐富，風格之多樣，均超越前期。當
然，就清詞的發展演變趨勢觀察，最能代表其時代特色者，還是一些文人
士子面臨朝政腐敗與外患頻仍，充滿憂患悲憤的聲音。在他們的詞作裡，
開始大量以對時事的關懷入詞，即事抒情述懷，爲詞這種詩歌體增添了爲
歷史作見證的文學功能。

1. 憂患情懷

　　道光二十年(1840)鴉片戰爭爆發，面對西方船堅炮利的科技優勢，大
清王朝顯得手足無措，知識階層則是驚懼悲慨交心，羞愧憤怒縈懷。除了
以詩吐露其哀輓之情，甚至在詞作中亦頻頻傳達對於江山社稷的憂患
情懷。

　　試以龔自珍(1792-1841)《定盦詞》中一首〈醜奴兒令〉爲例：

　　　遊蹤廿五年前到，江也依稀，山也依稀，少壯沉雄心事違。／

　　　詞人問我重來意，吟也淒迷，說也淒迷，載得齊梁夕照歸。

　　此詞乃是龔自珍逝世前一年酬答友人孫麟趾問訊之作。表面上是敘說
個人近況，惟其衷心憂慮關懷的則是江山社稷的安危，然而這一切已經與
其「少壯沉雄心事違」，不堪多言了。只留得「齊梁夕照」的衰敗意象，
繼續流蕩在其個人淒迷的心目中，以及歷史盛衰更替的映照裡。

像這樣對時局充滿憂患情懷之作，在晚清詞壇乃屬一般文人士子的主調，甚至也同樣出現在鄧廷楨(1775-1846)以及林則徐(1785-1850)兩位聯袂嚴禁鴉片、領軍抗英者的詞作中，共同為晚清詞壇的憂患情懷，增添一些面對國難，或身為禁煙英雄的憤懣。

2. 衰世悲音

同治(1862-1874)、光緒(1875-1908)、宣統(1909-1911)三朝，乃是中國帝王專制時代的最後階段，也是活躍於此時期的許多文人士大夫力求扭轉乾坤，以及愛國志士意圖濟世救國，卻無力回天的時代。文壇上，無論詩詞文章，均充滿哀輓之聲，就詞的創作而言，衰世之悲音，則是其時代的音符。

試舉王鵬運(1849-1904)〈滿江紅〉「送安曉峰侍御謫戍軍臺」為例：

> 荷到長戈，已御盡、九關魑魅。尚記得、悲歌請劍，更闌相視。慘淡烽煙邊塞月，蹉跎冰雪孤臣淚。算名成、終竟負初心，如何是？／天難問，猶無已，真御史，奇男子。只我懷抑塞，愧君欲死。寵辱自關天下計，榮枯休論人間世。願無忘，珍惜百年身，君行矣。

王鵬運字幼遐，號半塘，廣西臨桂人。同治九年(1870)舉人，官內閣侍讀、監察御史等職。入仕後即歷經中法、中日戰爭、戊戌變法、庚子事變等外侮內患，憂慨交心，最後以直言抗疏去職。王鵬運除了填詞之外，還致力於唐宋以來詞集的整理和校勘，以治經、史的學術態度立場治詞。其詞作亦多針砭時弊，悲慨政事者。上引〈滿江紅〉小序即點出其背景：光緒二十年(1894)甲午戰敗，清廷割地賠款，安維峻上書光緒，彈劾李鴻章，並有微辭諷慈禧，遂被革職，發配張家口軍臺。王鵬運不僅為之送行，且以此〈滿江紅〉相贈。詞中既稱揚安維峻「悲歌請劍」的壯舉，亦緬懷二人的友誼，更重要的是，對其遭受發配命運的不平與同情中，為歷史留下痕跡。全詞筆力雄健，情懷悲憤，卻又不失含蓄。

　　詞這種出身歌壇的詩歌體，在文人士子筆下，自唐宋以來，綿延至晚清，已經有近千年的歷史，儘管依時代先後順序，可以大概掌握其發展演變的軌跡，然而讀者亦不難發現，歷代文人塡詞，始終在各種風格流派、各類審美情趣中迴環往復，爰及清末詞人的衰世悲音，則爲號稱「中興」或「復興」的清詞，劃上了句點。就如近人葉恭綽於《廣篋中詞》評朱孝臧(又名祖謀1857-1931)詞之際的觀察：「余意詞之境界，前此已開拓殆盡，今茲欲求於聲家特開領域，非別尋途徑不可。」

　　其實，遠在金、元時期，另外一種爲配合音樂調子塡寫，以備演唱的歌詞──散曲，不但取代了詞在歌壇的地位，同時也跨進了士林文壇，成爲文人士子在詩詞之外，可以用以抒情述懷的一種新詩體。

第九編
元散曲之興起發展及後續

第一章
緒　說

一、散曲的名稱

「曲」是元代(1260-1368)文學的代表，故亦稱「元曲」，因崛興於北方，又稱「北曲」。元曲包括「雜劇」與「散曲」兩種文體，雜劇是戲曲，與科介(表情和動作)、賓白(對話和獨白)緊密配合，在舞臺上演出故事；「散曲」則指金、元以來繼「詞」之後興起的一種新詩體，和詞一樣，也是配合音樂調子填寫，以便演唱的長短句歌詞。

惟元人尚無「散曲」的名稱，通常指依音樂曲調填寫成的歌詞爲「樂府」，或稱「今樂府」、「北樂府」、「大元樂府」。直至明初朱有燉(1379-1439)《誠齋樂府》，才稱他自己寫的小令爲「散曲」，以便和「套數」有所區別。因爲套數是由數支曲子組織起來的，而小令則是一支支獨立的曲子，可以各自分散。爰及明代中葉，論曲者所謂「散曲」，才與「雜劇」、「傳奇」對舉，而兼包小令、套數在內。明清以後，散曲還有詞餘、樂府、樂章、清曲等許多別稱。把小令、套曲一概稱爲「散曲」，則是現代學者吳梅、任中敏(二北)等，爲了與戲曲有所區別，而確定下來，並爲曲學界普遍接受。

二、散曲的體式

散曲中最先產生的乃是小令，繼而由小令再發展爲套數。小令和套數即是散曲的兩種主要形式。

(一)小令

「小令」原是民間流行的俗曲小調，經過文學加工潤色之後，便成爲散曲中的小令。小令又叫「葉兒」，相當於一首單曲調的詞。每一首小令屬於一個曲調，曲調的名稱即「曲牌」，如〈人月圓〉、〈山坡羊〉、〈沉醉東風〉等。每一曲牌又屬於一定的宮調，如〈正宮〉、〈仙呂〉、〈中呂〉、〈南呂〉等。不同宮調各有不同的音律節奏，因此爲配合這些曲調所寫的小令，其字數、句式、平仄、押韻，均各有規範。小令由於形式短小，較適合於抒情寫景，歷來爲散曲作家所看重，在散曲中，居主要地位。

小令亦可組成聯章體，又稱「重頭小令」，即同一曲調的小令重複使用若干次，以聯章組曲的姿態出現。少則幾支，多則幾十，甚至偶爾還有上百支者。這些聯章的小令，不論爲數多寡，一般均圍繞著同一主題或題材。鍾嗣成（1275?-1345年以後）《錄鬼簿》中即記載喬吉（1280?-1345）曾有詠西湖的〈梧葉兒〉一百首。

因小令篇幅短小，倘若塡完一曲，意猶未盡，則可於同一宮調中音律恰能相銜接者，再塡一不同的曲調，以便延長，於是就產生了「帶過曲」。亦即先塡一調，再帶一調，如〈雁兒落帶得勝令〉、〈十二月過堯民歌〉、〈沽美酒兼太平令〉等。帶過曲通常由兩支曲組成，偶爾也有三曲組成者，如〈罵玉郎帶感皇恩、採茶歌〉即是。帶過曲是小令的變曲，傳統分類仍歸屬小令。由小令、帶過曲再發展，連綴起更多的曲子，以表達較爲複雜的內容，就成了「套數」。

（二）套數

「套數」源自宋金時期的說唱諸宮調，是由數支曲子連結成的組曲，其計數以「套」爲基本單位，故稱「套數」，亦稱「套曲」，或「散套」。套數大多由同一宮調中兩首以上的曲子組合而成，有一定的規範，是由不同曲牌組合成固定的結構，前後次序也是固定的。

首先，有固定的「首曲」來確定整套音樂的基本節奏旋律。絕大多數元散曲的套數，是以舊有的詞調作爲首曲，如〈醉花陰〉、〈端正好〉、〈點絳唇〉等，就是經常用來作爲首曲的詞調。其次，有一定組合規律的

「過曲」。一套套曲中間該用那些過曲，乃是隨著「首曲」的旋律調式而定，如首曲爲〈點絳唇〉，過曲則依次爲〈混江龍〉、〈油葫蘆〉、〈天下樂〉、〈哪吒令〉、〈鵲踏枝〉、〈寄生草〉等。再者，每套必有「尾聲」，表示首尾完整，全套音樂結束。此外，一套套曲，無論用調之多寡，必須一韻到底。套曲正是由韻腳的一致，從聲情上加強曲和曲之間的聯繫，由此強化一套套曲的完整性。

三、散曲的襯字

散曲和詞一樣，都是按照音樂曲調節拍填寫的長短句歌詞，但兩者在句式結構的靈活性上，頗有差別。曲比詞寬鬆，容許作者有較大的發揮空間，其長短句形式，參差變化，更接近日常口語。

首先，在曲調正格之外，可添加「襯字」，句式可以顯得靈活多變。所謂襯字，就是不遵循樂曲音調的增字。當然，就詞而言，並非全無使用襯字的現象。如前面章節所舉敦煌曲子詞中，就不乏使用襯字的例子，但當時屬於早期流行民間的歌詞，爰及文人正式參與詞的創作，詞的格律就此定型，並且成爲後世文人填詞遵行的規範。可是，曲中襯字的運用，從民間到文壇，始終極爲普遍，遂使得散曲的句式更富於變化，曲家可以運用襯字，突破曲律的束縛，發揮自己的才情。同時，襯字還可以令曲辭更爲爽朗流暢，帶有更濃厚的生活氣息，形成散曲的特殊風貌。最著名的例子，就是關漢卿(1227?-1297年以後)所寫套曲〈南呂・一枝花〉的例子。按，此套曲的尾曲，其開端幾句之正格字數，應該是：七七三三三三，換言之，兩個七言句，四個三言句。但是，且看關漢卿〈南呂・一枝花〉「不伏老」的尾曲〈黃鍾尾〉：

我是個**蒸不爛煮不熟捶不匾炒不爆響噹噹**一粒銅豌豆，**恁子弟每誰教你鑽入他鋤不斷砍不下解不開頓不脫慢騰騰**千層錦套頭。**我玩的是**梁園月，**飲的是**東京酒，**賞的是**洛陽花，**攀的是**章臺柳。……

以上凡以粗體顯現者，即屬襯字。像這樣的句子，由於其中添加了

「蒸不爛」、「煮不熟」、「捶不扁」、「炒不爆」、「響噹噹」之類的襯字，又純用口語白話，顯得語氣強勢，情緒濃烈，入樂必定急促有力，鏗鏘動聽，而且還增添了一分風趣詼諧、淋漓潑辣的特殊趣味。從修辭的角度看，襯字的加入，對元曲的通俗化，及其曲體風格的形成，均意義重大。當然，襯字超過正字如此之多，是相當極端的例子。或許只有關漢卿這樣的元曲大家，才膽敢如此。一般而言，襯字以形容詞、代詞、虛詞為主，多用在句首或句中，字數以不超過三字為宜。比較起來，套數用襯字比小令要多，勾欄作家用襯字又比文人士大夫作家多。

四、散曲的用韻

由於曲主要盛行於以大都、平陽為中心的北方地區，故曲家用韻，均依循當時北方民眾口頭之自然語音為準。元人周德清(1277-1365)就曾整理歸納當時中原一帶語音的變化，寫成一部《中原音韻》曲韻韻書，供作曲者押韻、審音、辨字之用。至今仍然是學界研究中原音韻的重要資料。按，散曲的用韻與戲曲相同，而與唐宋詞有異。首先，詞中可以有一詞多韻的轉換錯押現象，而曲，無論小令或套數，均是一韻到底。其次，詞韻分平仄，或押平聲韻，或押仄聲韻，或平仄錯押，或平仄通押，或入聲單押等多種形式。至於何處押平，何處押仄，絕大多數詞牌都有嚴格的規定。曲則可以平、上、去通押，而且「入派三聲」，亦即入聲基本上消失，古入聲則分派到平、上、去三聲之中。絕大多數曲牌是平仄通押。再者，詞韻較疏，曲韻則較繁密，不少曲牌還是句句押韻。韻密可令曲辭更富有音樂節奏感，且易產生一瀉無遺的氣勢，更能體現散曲的豪放坦直的特點。

五、散曲的語言

通俗自然，活潑生動，可謂是散曲的語言本色。因為元曲本來是流行民間的俗曲小調，而元代的曲家，又不少曾經淪落市井勾欄，難免深受民間通俗講唱文學的影響，包括諸宮調、賺詞、話本小說等，乃至所寫散曲

的語言，亦大量使用口語、方言，遂形成一種新的文學語言，既通俗自然，又活潑生動。甚至爲了投合市民大眾的口味，將就一般觀眾的視聽，大凡通行於市井民間口頭的一切語料，無論雅俗渾諧，均可取而用之。包括俗語(粗俗、俚俗之語)、蠻語(胡夷用語)、謔語(戲謔調侃之語)、嗑語(嘮叨瑣屑之語)、市語(行話、隱話、歇後語)、譏誚語(譏諷嘲笑之語)，再加上方言。這些當然是詩詞中較難以見到的。正如王驥德(?-1623?)《曲律·雜論》的觀察：

> 詩與詞不得以諧語方言入，而曲則惟吾意之欲至，口之欲宣，縱橫出入，無之無不可也。故謂，快人情者，要毋過於曲也。

不過，散曲一旦經文人染指且大量創作之後，作者開始將其熟習的、通常適用於詩詞的文雅語言，和民間口語方言配合起來使用，乃至形成一種猶如周德清《中原音韻》中形容的，「文而不文，俗而不俗」的風格。就作者而言，文人士子創作之曲，顯得比較文雅；勾欄作家，或無名氏的民間藝人之作，則較爲俚俗。就體式而言，則是「令雅套俗」，亦即小令比較雅，套曲則較俗。

六、元散曲總集

流行於市井與士林之間的散曲，在元代就已經有人開始收集輯錄，並且刊行於世。現存元人編輯之元散曲總集，主要有：

(一)楊朝英(1280?-1351年以後)《樂府新編陽春白雪》(簡稱《陽春白雪》)，是最早的元散曲總集。卷首有貫雲石(1286-1324)之序，共收五十餘人的小令約五百首，套數約六十套。

(二)楊朝英另外還編《朝野新聲太平樂府》(簡稱《太平樂府》)，卷首有鄧子晉至正辛卯(1351)之序，共收八十餘位散曲作家，小令約一千零七十餘首，套數約一百四十套。

(三)無名氏編《梨園按試樂府新聲》(簡稱《梨園樂府》)，共收套數三十二套(其中二十套，標出作者姓名)，小令約五百一十首(偶爾標出一二作者姓名)。

(四)無名氏編《類聚名賢樂府群玉》(簡稱《樂府群玉》),入選作家共二十四人,所收小令共七百十五首,多爲元代中晚期作家作品,其中約有一半不見於其他曲集。

除此之外,則是明、清人所編之元明清散曲總集。當今最完善的元散曲總集,推隋樹森《全元散曲》(北京:中華書局,1964年初版),共輯錄元代二百多位散曲作家,小令三千八百多首,套數四百五十餘套。惟比之《全唐詩》四萬八千多首,《全宋詞》二萬餘首,數量相當少了。或許因爲散曲畢竟乃屬通俗小調,往往爲「正統文人」所忽視,專攻的人不多,編成集子的作家更少。又或許由於散曲作家,大多以塡曲爲「戲玩」,隨作隨棄,不太珍惜,故散佚的也很多。至於民間無名氏的作品,更因爲無人收集,而大部分均佚失了。

根據現存的元散曲,大概可以看出其風格之形成與發展的脈絡輪廓。

第二章
散曲風格的形成

　　按，北曲興起於金、元之際，是多種文藝形式相互影響，彼此滲透而孕育出來的一種綜合性的藝術。其中戲曲容後再論。單就散曲而言，無論小令或套數，均是文學與音樂的綜合體。因此，展現音樂聲情的「曲樂」，以及形成其文學風貌特質的「曲辭」，同樣是構成散曲風格形成與發展演變的重要元素。

第一節　散曲曲樂風格之形成

　　散曲是一種倚聲填辭的詩歌形式，與音樂的關係密不可分，音樂的變化，勢必會影響其體式的變革。金、元兩代均是少數民族入主中原的王朝，是傳統中國音樂產生大變化、大融合的時代，與宋代相比，即使宮廷雅樂，也不再一味的舒緩和美，而融入了北曲特有的剛勁豪邁、急躁繁促之音。當然，北曲演唱的音樂實況，以及其樂曲形成的細節，因資料欠缺，已無法確知，姑且根據前人的描述，而略知大概。

一、北曲聲情的特徵

　　北曲雖然興起於金、元之際，但金、元人並未留下關於北曲曲樂聲情特徵之資料。惟根據明人將北曲與南曲對比之下的一些概括性描述，或可得其梗概：

　　據徐渭(1521-1593)《南詞敘錄》：

　　　聽北曲使人神氣鷹揚，毛髮灑淅，足以作人勇往之志，信胡人之

善於鼓怒也，所謂「其聲礁殺以立怨」是已。南曲則訏徐綿眇，
流麗婉轉，使人飄飄然喪其所守而不自覺，信南方之柔媚也，所
謂「亡國之音哀以思」是已。

又據王世貞(1526-1590)《曲藻》的觀察：

凡曲，北字多而調促，促處見筋；南字少而調緩，緩處見眼。北
則辭情多而聲情少，南則辭情少而聲情多。北力在弦，南力在
板。北宜和歌，南宜獨奏。北氣易粗，南氣易弱。

再看魏良輔(1522-1572)《曲律》所云：

北曲以遒勁為主，南曲以宛轉為主，各有不同。

上引資料中所謂「使人神氣鷹揚，毛髮灑淅」、「字多而調促」、「氣
易粗」、「以遒勁為主」諸語，已大致概括出北曲音樂聲情的一些特徵。

二、曲樂風格的形成

北曲曲樂風格的形成，有其複雜多元的源頭。大約而言，由三個主要
源頭演變影響而成，包括傳統詞調的變化、俗謠俚曲的流行以及胡樂番曲
的輸入。

(一)傳統詞調的變化

曲與詞一樣，都是倚聲填辭以備演唱的詩歌形式，與音樂曲調密不可
分，從北曲使用的曲調考察，大略可以看出曲樂與傳統詞樂的淵源關係。
據周德清《中原音韻》的整理歸納，曲樂有十二宮三百三十五個曲調。王
國維(1877-1927)於《宋元戲曲史》則進一步指出，其中出自大曲者十一
調，出自詞調者七十五調，出自諸宮調者二十八調。這些出自唐宋詞調
者，又大致可分為三類：曲牌與詞牌全同者，如〈人月圓〉、〈黑漆弩〉
等；曲牌與詞牌名稱雖同，實際形式卻不同者，如〈六么令〉、〈醉太
平〉等；曲牌與詞牌名稱不同，然而形式卻同者，如〈雙鴛鴦〉即詞之
〈合歡曲〉，〈閱金經〉即詞之〈梅邊〉等。這些都可以看出曲調有從傳
統的詞調變化而來的痕跡。

(二)俗謠俚曲的流行

俗謠俚曲之流行，實與詞的逐漸衰微有關。南宋以後，詞在姜白石、吳夢窗、王沂孫、張炎諸人筆下，已發展至極致，宋末詞人，除了因襲前人作品，似已無意另闢新天地。其實，早在兩宋時代的城市鄉鎮，具有地方色彩的俗謠俚曲，始終流行傳唱不絕，一直煥發出新的生命力，不斷爲民間藝人以及一些「識貨」文人所欣賞接受，甚至仿效填寫。金、元時期，北方大量湧現了具有地方色彩的俗謠俚曲，並且結合一些進入中原的少數民族的音樂，煥發出新的生命特色。同時，有些詞的曲調在民間流傳過程中，也因其地域性，染上地方色彩，從而發生了若干變化。作曲者、歌者，在舊有的歌曲形式中求變化、出新意，不斷產生新的歌謠形式，遂促使曲調日益豐富。這些就是後來所說的「曲」，開始時仍然與詞並駕齊驅，並行歌壇，後來便取代詞在歌壇上的主流地位。

（三）胡樂番曲的輸入

曲的興起，與「胡樂番曲」之輸入，亦密切相關。這些胡樂番曲，爲流行於民間之曲，注入了新血，展現出新的生命力，可以表達一般詞難以表達的聲情。根據王世貞(1526-1590)《藝苑卮言》之觀察：

> 曲者，詞之變。自金元入主中國，所用胡樂，嘈雜淒緊，緩急之間，詞不能接，乃更爲新聲以媚之。

另外，徐渭(1521-1593)《南詞敘錄》亦嘗云：

> 今之北曲，蓋遼、金北鄙殺伐之音，壯偉狠戾。武夫馬上之歌流入中原，遂爲民間之日用。宋詞既不可被弦管，南人亦遂尚此，上下風靡，淺俗可嗤。然其間九宮二十一調猶唐、宋之遺也。

由於女眞、蒙古、契丹諸民族，長期生活在北方邊遠的草原、山林之中，往往以狩獵、放牧爲生，他們的生活條件與民族性格，表現在詩歌和音樂上，就形成那些「嘈雜淒緊」、「壯偉狠戾，武夫馬上之歌」。這給中原的音樂輸送了新血，加上南宋末期的詞，過分典雅深奧，很多已經「不可被弦管」，與音樂分離，不能歌唱，僅成爲供人閱讀的書面文學，這時胡樂番曲的輸入，正好爲樂壇帶來了「新聲」，並且促進北曲曲樂的形成。

　　散曲可說是融合了舊有的「傳統詞曲」、民間的「俗謠俚曲」，加上外來的「胡樂番曲」，而孕育出的一種時代「新聲」，其最顯著的標誌，就是民間風味和地方色彩的增濃。

第二節　散曲文學特質之形成

　　中國文學史上的詩、詞、曲同屬詩歌，均以抒發情懷為主調，但三者基本上不但外在的體式風貌有別，而且內在的情味意境，亦各具特色。作為一種配合音樂調子來填寫的歌辭，曲與詞自然比較接近。不過，曲畢竟興起於金滅宋亡之際的北方，並盛行於蒙古統治的元朝，又與瓦舍勾欄的關係更為密切，因此，自有其「別是一家」的文學特質。試先看歷來評家對於曲的文學特質之描述。

一、評家對曲的描述

　　鍾嗣成（1275?-1345年以後）《錄鬼簿》對元代散曲戲曲作家之描述：

> 右所錄者，於學問之餘，事務之暇，心機靈變，世法通疏，稱宮換羽，搜奇索怪，而以文章為戲玩者，誠絕無而僅有也。

　　值得注意的是，鍾氏認為，曲家乃是「於學問之餘，事務之暇」而作，其創作的態度，則是「以文章為戲玩」。換言之，寫曲並非攸關政治教化的嚴肅正經之事，不過是休閒娛樂之遊戲筆墨而已。這不但是對「曲」的文學特質之卓見，亦是對傳統儒家實用文學觀的漠視。此外，前面相關章節論及散體古文已引述過的鍾嗣成《錄鬼簿‧序》，強調自己有別於一般「高尚之士，性理之學」的立場，特意表示對曲的「知味」與欣賞：

> 若夫高尚之士，性理之學，以為得於聖門者，吾黨且啖「蛤蜊」，別與知味者道。

　　鍾氏以味覺來比喻曲的特質，宣稱其偏愛的是「蛤蜊」味。再看明人何良俊（?-1573）《四友齋叢說》評高明〈琵琶記〉中的曲辭所云：

高則誠才藻富麗，如〈琵琶記〉「長空萬里」，是一篇好賦，豈
詞曲能盡之！然既謂之曲，須要有「蒜酪」，而此曲全無，正如
王公大人之席，駝峰、熊掌，肥豚盈前，而無蔬筍、蜆蛤，所欠
者，風味耳。

何良俊認爲〈琵琶記〉所撰寫之曲辭，雖「謂之曲」，卻毫無曲的
「蒜酪」味。另外，清人焦循(1763-1820)《劇說》節錄〈蝸亭雜訂〉
亦云：

嘉、隆間，松江何元朗畜家童習唱，一時優伶俱避舍，然所唱俱
北詞，尚得「蒜酪」遺風。

按，「蛤蜊」，是一種普通水產，尋常人家的食物，故而稱「蛤
蜊」，應當指的是曲的民間風味、通俗情調。至於「蒜酪」，顯然指北方
口味。按，「蒜」言其辣，略帶衝鼻的刺激，「酪」則言其豪爽，帶點蠻
氣、野味。故「蛤蜊」味與「蒜酪」味，主要是針對曲辭中濃厚的民間風
味和鮮明的北方色彩而言，與傳統詩詞的「中正和平」、「溫柔敦厚」、
「婉媚纖細」的審美趣味，顯然有很大的不同。

再看明清之際李漁(1611-1676)《笠翁劇論》對元曲文學的整體印象：

元人非不讀書，而所製之曲，絕無一毫書本氣，以其有書不用，
非當用而無書也；後人之曲，則滿紙皆書矣。元人非不深心，而
所填之辭，皆覺過於淺近，以其深而出之以淺，非借淺以文其不
深也；後人之辭，則心口皆深矣。

所言值得注意的是，元曲貌似淺近，其實則是深入淺出，其曲辭雖然
「絕無一毫書本氣」，乃是「有書不用」，並非「當用而無書」。

現代學者對元曲的文學特質，亦不乏精粹的看法。王國維(1877-
1927)《宋元戲曲史》論「元劇之文章」，雖因元雜劇而言，其實亦含
蘊元人散曲：

元曲之佳處何在？一言以蔽之，曰：「自然而已矣。」

所謂「自然」，當指不刻意雕琢藻飾，也可包括不會「滿紙皆書」。
亦有學者則將曲與詞相提並論，點出曲的文學特質。如任二北《散曲概

論‧作法》：

> 曲以說得急切透闢，極情盡致為尚，不但不寬弛，不含蓄，且多
> 衝口而出，若不能待者，用意則全然暴露於詞面。……此其態度
> 為迫切，為坦率，可謂恰與詩於相反也。……總之，詞靜而曲
> 動；詞斂而曲放；詞縱而曲橫；詞深而曲廣；詞內旋而曲外旋；
> 詞陰柔而曲陽剛；詞以婉約為主，別體為豪放；曲以豪放為主，
> 別體為婉約；詞尚意內言外，曲竟為言外而意亦外。

此外，鄭騫因百師《從詩到曲》文集中收〈詞曲的性質〉一文，論詞
與曲風格之異同，亦有精妙風趣的比喻：

> 這兄弟兩個的性行都是偏於瀟灑輕俊美秀疏放，而缺少莊嚴厚重
> 雄峻。他們都是能作少爺不能作老爺。所不同者，詞是翩翩佳公
> 子，曲則多少有點惡少氣味。

以上這些古今學者針對曲的描述評論，雖主要是針對曲的當行本色而
言，並未顧及其逐漸詩詞化、典雅化之後的曲，仍然有助於讀者對散曲文
學特質的掌握。

二、散曲的文學特質

綜觀現存的元散曲，其中最突出的題材，首先，就是嘆世與歸隱。翻
開《全元散曲》，可謂俯拾皆是，或慨嘆世道人心，埋怨仕途險惡，或鄙
視功名富貴，追求恣情任性。其次，乃是流連山水清音，享受田園情趣的
逍遙自在。再次，則是詠物懷古，離情相思，城市生活等。其中雖然也不
乏風格清麗典雅之作，但基本上仍以通俗淺近，豪放灑脫，潑辣詼諧為
本色。

倘若就詩、詞、曲的本色概括比照視之，一般是詩「莊」而詞
「媚」，那麼曲，顯然可以「俗」字來形容。惟此「俗」字，並無貶意，
而是指淺近通俗而言，是世俗情味的俗，反映的是，都市生活，市井文
化，人間俗世的情或事。即使曲中吟唱的是嘆世與歸隱之情，也往往浮現
著世俗情味。這跟曲的「出身」，或許有一定程度的關係。

　　當然，曲和詞均出身「民間」，同樣是配合音樂調子寫來傳唱的流行歌曲，是爲娛賓遣興、消閒娛樂之用。惟不容忽略的是，詞的傳唱者，往往是都市城鎮中的歌妓，歌唱所在地，又多爲秦樓楚館，或歌筵酒席，其娛樂的對象，則通常是文人詩客、官員雅士。但是，曲的傳唱，則與新興於市井的戲曲或說唱文學相同，一般是在瓦舍勾欄，或茶樓酒肆，其娛樂的對象，主要還是市井小民；作曲者，即使是文人，也多以雅從俗，何況不少曲家，混跡瓦舍勾欄，難免不沾上一些市井氣息，世俗情味，作品中也往往會浮現一些小市民的心聲。因此，曲，基本上屬於「勾欄文學」、「市井文學」，再加上曲原本崛興於金元統治的北方，故其審美趣味，是以「蛤蜊味」、「蒜酪味」爲正宗。

　　如果說，一首詩背後的敘述者，通常是一個官員人臣，學士儒生，遷客騷人，或隱者處士，其所面臨的場域背景，或是朝廷廟堂，或是山林田園；而一首詞背後的敘述者，通常是一個多情公子，風流才子，所處的場域背景，通常或是花間尊前，閨中院內，或秦樓楚館，歌筵酒席；那麼，一首曲背後的敘述者，則往往是一個落魄文人，勾欄作家，或江湖浪子，對政治仕途的態度，或有意排斥，或選擇決裂，或故作冷漠，其所處的場域背景，主要是都會市井，瓦舍勾欄。他玩世不恭，憤世嫉俗，不但要揚棄溫柔敦厚的詩風，也要擺脫香軟婉媚的詞風，甚至還會公然鄙視孔門聖學，調侃英雄，嘲笑歷史，當然也會調侃自我，嘲笑自我。這些特質，均是詩詞作品中罕見的。

　　與詩相比，詞已經是一種可以獨立於傳統儒家詩教之外的文學，而曲，則是一種敢於和傳統儒家推崇的詩教唱反調的文學。

第三章
元散曲發展大勢

　　散曲最初只是流行傳唱於瓦舍勾欄，茶樓酒館，由民間藝人創作，民間藝人演唱，與戲曲、說唱諸表演藝術一樣，屬於市井大眾娛樂文化的一環。惟以後因逐漸受到一些文人士子的注意與喜愛，忍不住參與創作，方導致曲的興盛。大概是金末元初之際，這種通俗小調的創作，已經開始從市井轉入士林並跨進文壇。現存的元散曲，當然均屬文人作品，至於民間作品的真正面貌，可惜因資料缺乏，已難以確知。

　　根據現存的元散曲，以及當今曲學界對其作家與作品的研究成果，或可將元曲的發展演變，大概區分為四個期段：亦即初起期(1234-1260)、始盛期(1260-1294)、鼎盛期(1295-1333)、衰落期(1333-1368)[1]。

第一節　散曲的初起期──詞曲界限未明，詞曲同體

　　散曲的發展演變乃是一個漸進過程，其具體時限雖難以確指，大概而言，最初應該是從宋、金對峙時期，散曲就已經開始出現。不過，自王國維以來，學界皆以蒙古滅金之年(1234)，作為元曲發展的起點。此後二十多年至元世祖中統元年(1260)，元散曲在這期間，正處於由詞演化到曲的初起階段。

　　金元之際的散曲，雖已是一種新興的流行歌曲，卻仍然與詞並行歌

1　趙義山，《元散曲通論》(成都：巴蜀書社，1993)即將元散曲的發展演變分為四期：演化期、始盛期、大盛期、衰落期。

壇,一時還未能取而代之,成為主流。這時期的曲,最顯著的特色,就是尚未脫離詞的影響,乃至詞曲界限未明,甚至往往出現詞曲同體的現象。

首先,由於此時期曲調與詞調的界限並不明確,才會有詞曲一體,詞曲同調現象。元末陶宗儀(生卒年不詳)《輟耕錄》卷二十七「雜劇曲名」條,即嘗謂:「金際國初,樂府猶宋詞之流。」例如元好問(1190-1257)現存〈人月圓〉二首,唐圭璋《全金元詞》收之,隋樹森《全元散曲》亦收之。

其次,散曲的曲樂已經開始用新聲,可是文辭則尚未脫離詞體。換言之,作者雖然用的是曲的牌調,卻仍然習慣使用詞的語言,顯得比較文雅清麗。當然,偶爾亦會用較為通俗坦直的語言,夾雜其間,予人以雅俗相間的印象,初期嘗試的痕跡猶存。

再次,內容方面,元散曲的一些常見的題材,諸如嘆世歸隱、男女戀情、懷古寫景等,已經在這初起期間陸續出現,為以後散曲中同類題材的盛行開闢先路。不過,其嘆世歸隱的主要傾向尚不明顯。

就整體風格特質視之,由於這時期的作者,均先後經歷蒙元滅金、滅宋,兩次江山易主的巨大震撼,無奈中,往往通過散曲的創作,抒發避世逍遙、嬉戲玩樂的處世態度和心情,以圖忘卻喪亂的痛苦,彌補失落的沮喪。於是,散曲中特有的風趣詼諧、活潑俏皮的獨特風格,亦隨之初露端倪,為元散曲未來的發展,譜出了基調。

這時期的主要作家有元好問、楊果、杜仁傑、劉秉忠等,基本上屬於官宦文人,散曲不過是為文寫詩填詞之餘,偶一為之。但是,不容忽略的是,散曲由詞之演化,由民間而登上文壇,最終成為一代之文學,則有賴於這些元初作家的參與創作,他們是文人散曲的開創者,一代文學的奠基人,其先導之功,不可磨滅。

試先看元好問(1190-1257)〈雙調·小聖樂〉「驟雨打新荷」:

> 綠葉陰濃,遍池亭水閣,偏趁涼多。海榴初綻,朵朵簇紅羅。乳燕雛鶯弄語,有高柳鳴蟬相和。驟雨過,珍珠亂散,打遍新荷。
> /人生有幾,念良辰美景,休放虛過。窮通前定,何用苦張羅。

命友邀賓玩賞，對芳尊淺酌低歌。且酩酊，任他兩輪日月，來往
如梭。

　　元好問字裕之，號遺山，太原人，出身於漢化很深的鮮卑族家庭，一
直在金朝任官職，直到金爲蒙元所滅。入元後則不復出仕，隱居以終。或
潛心著述，以詩文自娛，或爲後輩講學，公認是由金入元的一代文宗，無
論詩、文、詞、曲皆兼善。郝經(1223-1275)〈遺山先生墓誌銘〉中嘗稱
其散曲：「用今題爲樂府，揄揚新聲者，又數十百篇，皆近古所未有
也。」可惜其「數十百篇」的散曲作品，如今僅存九首小令。因生當金元
之際，正是詞演化爲曲的初起時期，其作品即展現出由詞過渡到曲的一些
基本特徵，上舉〈小聖樂〉即是一首代表作。

　　首先，在體制上，乃是翻改詞調〈小聖樂〉而成，明顯展現由詞向曲
過渡的痕跡。全篇分前後兩部分，與詞體通常分上下兩片相若，而且韻腳
疏，每隔句或三句一韻，屬一般詞韻的常格。其次，語言上，前半首顯得
文雅清麗，近詩似詞，後半首則比較接近曲的語言本色，如「人生幾
何」、「何用苦張羅」、「任他兩輪日月，來往如梭」諸語，流露出將散
文句或通俗語入曲的訊息。再者，題材內容上，對自然美景的欣悅，對人
世變遷的無奈，窮通前定的徹悟，以及對任情適意、灑脫逍遙生活的追
求，已經開啓元散曲中嘆世、避世、歸隱、寫景等主要題材內容的傳統。
就整體風格視之，雖然尚未達到曲的恣情率直，詼諧風趣的本色程度，但
其中含蘊的衝盪之氣，嘆世之情，已初具曲的韻調。

　　元遺山的散曲，顯然還處在亦詞亦曲，詞曲界限未明的初起階段，尚
不能以成熟的散曲視之。惟其以一代文宗的身分地位，以雅從俗，「揄揚
新聲」的先導之功，值得重視。就其散曲中表現的玩世超脫意識，已是元
散曲這一抒情主調的開啓者，是由詞到曲文學精神相承接的典型。

　　再看楊果(1195-1269)〈越調‧小桃紅〉「採蓮女」：

採蓮人和採蓮歌。柳外蘭舟過。不管鴛鴦夢驚破，夜如何。有人
獨上江樓臥。傷心莫唱，南朝舊曲，司馬淚痕多。

　　楊果字正卿，號西庵，祁州人，也是由金入元者，且與元好問交好。

不同的是，金朝滅亡後，楊果經人薦舉，入仕元朝，且頗受重用，官居顯要。《元史》本傳說他「性聰敏，美風姿，工文章，尤長於樂府」。可惜現存僅小令十一首，套數五篇。其中十一首小令只用〈小桃紅〉一個曲調，內容主要是寫採蓮女的活動與情思，頗有民歌風味，但也塗上文人的閒雅。從整體看，表情寫意，明白流暢，似曲；惟情韻的閒雅，詞藻的華麗，則又似詞；只是沒有詞的婉約，亦尚無曲的尖新詼諧之趣而已。這亦正是元初散曲作家「以詞為曲」的典型。

　　值得注意的是，上舉〈小桃紅〉，在體制上已是單調，韻腳也較密，甚至有句句押韻的傾向。語言上，雖自然流暢，惟頗為文雅，接近詩詞的語言，其中既無襯字，亦無俚詞俗語，還不是散曲的本色。題材內容方面，或可歸類於離情相思，是詞的當行本色，也是曲的重要類型，不過「傷心莫唱，南朝舊曲，司馬淚痕多」數句，似乎暗含白居易(772-846)〈琵琶行〉中「淒淒不似向來聲，滿座重聞皆掩泣。座中泣下誰最多，江州司馬青衫濕」諸句傾訴的，天涯淪落、飄泊流離之意。而「傷心莫唱南朝舊曲」，又往往引發讀者聯想到南朝陳後主(叔寶，553-604)「玉樹後庭花，花開不復久」(〈玉樹後庭花〉)的「亡國之音」。也就是這些化用前人詩句詩情之處，遂令整首曲的含意豐富起來，典雅起來，彷彿寄寓著一分亡國之痛與黍離之悲。這正好說明，散曲這種原來流行民間的俗曲小調，一旦經過文人筆墨的潤飾，情調和意境就會發生明顯的變化。若要令元曲建立自己獨特的風格，尚須經過更多文人的嘗試與耕耘。率先展現出元曲的質樸詼諧本色風味者，並非小令，而是套曲。

　　試舉與元好問大致同時的遺民作家杜仁傑(1196?-1276?)的套曲〈般涉調‧耍孩兒〉「莊家不識勾欄」：

　　　[耍孩兒]風調雨順民安樂，都不似俺莊家快活。桑蠶五穀十分收，官司無甚差科。當村許下還心願，來到城中買些紙火。正打街頭過，見吊個花碌碌紙榜，不似那答兒鬧穰穰人多。╱[六煞]見一個人手撐著椽做的門，高聲的叫：「請請！」道：「遲來的滿了無處停坐。」說道：「前截兒院本〈調風月〉，背後么末數

衍〈劉耍和〉。」高聲叫：「趕場易得，難得的妝哈。」／[五煞]要了二百錢放過咱，入得門上個木坡。見層層疊疊團團坐。抬頭覷是個鐘樓模樣，往下覷卻是人旋窩。見幾個婦女向臺兒上坐，又不是迎神賽社，不住的擂鼓篩鑼。／[四煞]一個女孩兒轉了幾遭，不多時引出一伙。中間裡一個央人貨，裹著枚包頭巾頂門上插一管筆，滿臉石灰更著些黑道兒抹。知他待時如何過，渾身上下，則穿領花布直裰。[三煞]念了會詩共詞，說了會賦和歌，無差錯。唇天口地無高下，巧語花言記許多。臨絕末，道了低頭撮腳，爨罷將么撥。／[二煞]一個妝做張大公，他改作小二哥，行行行說向城中過。見個年少的婦女向窗兒下立，那老子用意鋪謀待娶做老婆。教小二哥相說合，但要的豆穀米麥，問甚布絹紗羅。／[一煞]教太公往前挪不敢往後挪，抬左腳不敢抬右腳，翻來覆去由他一個。太公心下實焦懆，把一個皮棒槌則一下打做兩半個。我則道腦袋天靈破，則道興詞告狀，劃地大笑呵呵。／[尾煞]則被一胞尿，爆得我沒奈何。剛挨剛忍更待看些兒個，枉被這驢頹笑殺我。

　　杜仁傑字仲梁，號止軒，山東濟南人。亦是由金入元者，且與元遺山相契。蒙古滅金後，歸居山東，元初雖屢被徵召，惟皆謝表不起，一生未曾入仕。杜仁傑才學宏博，豪宕滑稽，尤以「善謔」著稱。平日與歌妓藝人頗有交往，熟悉勾欄演戲情況。惟其詩文作品大都佚失，散曲僅存套曲三篇，小令一首而已。存作雖少，在散曲的發展演變過程中，卻是對散曲風格的形成，展現出舉足輕重的地位。上舉以「莊家不識勾欄」點出主題的套曲，即表現其「善謔」的詼諧之風。寫的乃是一個莊家漢初次進城看戲的經驗感受。主要是以一般鄉下人孤陋寡聞少見多怪的特點，以誇張突出的筆調，將一個莊家漢進城初入勾欄那種新鮮稀奇和「不識」的感受，可謂描摹得淋漓盡致，煥發出濃郁的市井氣息。全曲以初入市井的莊家漢之眼觀物，以莊家漢之口，描述元代瓦舍勾欄的熱鬧場面，以及所觀戲中角色的化妝和演出情況。用的是純粹的口語白話，活潑生動，又夾雜市

語、方言、歇後語,顯得諧趣盎然,可謂俗與趣已融合一體。予人的整體印象是,作者對莊家漢的調侃嘲弄,是詼諧逗趣的,並無鄙視,更無惡意。

杜仁傑散曲的諧趣作風,成為元散曲滑稽戲謔「蛤蜊、蒜酪」風味的首創者。其後如馬致遠的〈借馬〉、劉時中的〈代馬訴冤〉、姚守中的〈牛訴冤〉、睢景臣的〈高祖還鄉〉等,都顯然受其影響。從語言運用和曲體風格方面的成就與影響看,杜仁傑乃是真正以曲作家面目出現的第一人,在元初曲壇,是散曲從初起階段走向當行本色確立的標誌。

第二節　散曲的始盛──勾欄作家活躍,本色確立

散曲當行本色確立的時期,可以元曲大家關漢卿(1227?-1297年以後)等活躍於勾欄曲壇為標誌。大約是世祖中統年間到至元末(1260-1294),亦即整個忽必烈統治期,或可視為元散曲的初盛期。這時的散曲,基本上已占領了歌壇,取代了詞的演唱,正式成為市井消閒娛樂文化的主流部分,在創作上出現繁榮興盛的局面,而散曲的當行本色,就在這期間勾欄曲家的筆墨下確立。

這時期的曲,題材內容方面,更為廣闊,諸如離情相思、嘆世歸隱、詠物懷古、山水清音、田園閒情,舉凡詞能寫的,曲差不多都寫到了。而且,嘆世歸隱成為散曲主要旋律的傾向,已趨明顯。語言運用上,則俗語俚詞之入曲,更為普遍,已從初起時期作品不失典雅,或雅俗並存,變得比較樸實自然,或雅俗交融。整體風格上,市井色調,世俗情味,則更加濃厚,已經明顯展現散曲特有的,率直瀟灑的風韻,風趣詼諧,活潑俏皮的格調。

此外,散曲的作家陣容,亦遠比前期浩大。代表作家,包括關漢卿、白樸、胡祗遹、王渾、姚燧、盧摯等,其中有在職官員,有閒居不仕者,還有流落勾欄之失意文人。最引人矚目的,當然還是勾欄作家關漢卿的出現,對於元曲的發展有相當程度的影響,實與北宋初期柳永出現於詞壇,

頗有類似之處。按，柳永曾經長期淪落市井，爲歌妓樂工塡詞作曲，或可視爲北宋第一位著名的專業詞人，關漢卿則是元代第一位著名的專業曲家，無論散曲或戲曲，均是元曲的發展進入成熟與興盛時期的標誌。男女豔情與嘆世歸隱，則是關漢卿散曲的筆墨重點。

試先舉其聯章曲重頭小令〈仙呂・一半兒〉「題情」爲例：

> 雲鬟霧鬢勝堆鴉，淺露金蓮簌絳紗。不比等閒牆外花。罵你個俏冤家，一半兒難當，一半兒假。／碧紗窗外靜無人，跪在床前忙要親。罵了個負心回轉身。雖是我話兒嗔，一半兒推辭，一半兒肯。／銀臺燈減篆煙殘，獨入羅幃淹淚眼。乍孤眠好教人情興嬾。薄設設被兒單，一半兒溫和，一半兒寒。／多情多緒小冤家，迭逗得人來憔悴煞。說來的話先瞞過咱。怎知他，一半兒眞實，一半兒假。

關漢卿，號己齋叟，大都人，是元代勾欄作家的代表，後世曲評家尊其爲「元雜劇之祖」。一生未嘗任官，長期生活在市井之間，與倡優藝人爲伍，寫了六十多本雜劇，可惜流傳下來的只有十八本。關漢卿的散曲創作亦成就斐然，現存小令五十七首，套數十三套，是元散曲前期作家中，創作數量較豐者。其題材內容之廣泛，也超越前人，大約可分爲三類：男女豔情、嘆世歸隱、城鄉風物。整體風格上，自然清新，活潑俏皮，已明顯展現元曲的本色，其間洋溢著世俗情味和生活氣息，不時浮現著風趣詼諧，偶爾也點綴著瀟灑風雅的情趣。

上舉小令〈一半兒〉四首聯章曲，總標目「題情」，每首雖可各自獨立成章，卻以兒女之「情」貫穿全篇。四首的鏡頭各有側重，構成一組組曲。寫的是一對男女在戀愛中的幾個情景，實可視爲有情節變化的整體。主要是從女方角度設言，女方的心理狀況著筆。從相聚相悅，到別後相思，既坦率又宛轉，既愼重又俏皮，顯然是世俗社會的兒女之情。前兩首的打情罵俏，後二首的孤枕難眠，以及滿懷疑慮的相思情懷，均充滿世俗情味。語言可謂生動活潑，雅俗兼備，有日常生活的口頭語，亦包括市井間的俗語俚詞。整首曲的情味顯露，卻又不失細膩。其中有環境描寫，有

人物動作和對話，還有心理刻畫，讀之宛如取自小說情節，也像戲劇情節。鄭振鐸《中國俗文學史》評這幾首小令，即稱其「俊語連翩，豔情飛蕩」。把一個女子在愛情中的喜悅和憂慮，心潮的波動起伏，如此生動眞實的傳達出來，全然是一幅寫實的世俗風情畫，卻沒有刻意描摹的痕跡。散曲以通俗爲美，自然爲本色，或許關漢卿應該是爲第一人。

再看關漢卿〈四塊玉〉「閒適」：

> 適意行，安心坐，渴時飮飢時餐醉時歌。困來時就向莎茵臥。日月長，天地闊，閒快活。／舊酒投，新醅潑，老瓦盆邊笑呵呵。共山僧野叟閒吟和。他出一對雞，我出一對鵝，閒快活。／意馬收，心猿鎖，跳出紅塵惡風波。槐陰午夢誰驚破？離了利名場，鑽入安樂窩，閒快活。／南畝耕，東山臥，世態人情經歷多。閒將往事思量過，賢的是他，愚的是我，爭什麼！

亦屬聯章體小令，主要表達遠離名利場，歸隱田園山林的閒適生活與心情。關漢卿這類傳達閒情逸趣的作品，也展現出元散曲的當行本色。首先，在語言上，處處可見俗言俚語。如前三首結尾句，不用歡欣、愉悅、欣悅等比較文雅之語，卻大聲嚷嚷「閒快活」。按，「快活」一詞，顯然是民間生活用語，而且帶有一分市井的粗豪味道。其他如「笑呵呵」、「他出一對雞，我出一對鵝」、「爭什麼」諸語，純粹是曲的本色語言，流露出蛤蜊味、蒜酪味。此外，曲中襯字的加入，亦增添曲辭的流暢與通俗情味。至於題材內容上，表達作者避世隱居的閒情逸趣，原是詩詞中常見者，但詩詞中的閒情逸趣，強調的往往是遠離俗世的高情雅趣，如獨處時，或望白雲，看青山，聽流水，偶爾與其他高人雅士同處，也不外是飮酒、彈琴、下棋，或吟詩、說禪、論道諸風雅之趣。可是關漢卿此曲中的閒適之趣，卻是充滿世俗情味的，同時含有山野氣息。當然，和其他隱者一樣，曲中的主人公，也飮酒吟詩唱和，不過，卻是困了就向莎茵臥，又吃雞又吃鵝，且重複嚷著「閒快活！」整首曲流露的顯然是一分玩世的態度，享樂的趣味。另外，其自稱看破紅塵險惡、飽嘗世態人情的結果，亦展現一個失意文人，勾欄作家，憤世嫉俗之餘，刻意對官宦文化表示鄙

視。這雖然和關漢卿個人的經歷，混跡勾欄終身，有相當程度的關係，但也是許多生活在元代的失意文人共同的經驗感受。因此，關漢卿的嘆世隱逸作品中之世俗情味和玩世態度，是具有時代特色的代表。

除了勾欄作家之外，這時期還有一些刻意選擇閒居不仕的文人作家，對散曲文體的臻至成熟，亦有很大的貢獻。白樸(1226-1310?)即是一主要代表。

試看其〈仙呂‧寄生草〉「勸飲」：

> 長醉後，方何礙，不醒時、有甚思。糟醃兩箇功名字。醅渰千古興亡事。麴埋萬丈虹蜺志。不達時皆笑屈原非，但知音盡說陶潛是。

白樸字仁甫，一字太素，號蘭容，隩州(今山西河曲)人，後移居眞定(今河北正定)。其父白華任職金朝，與元好問交好。蒙古軍攻陷金朝首都南京(今河南開封)，白樸方才七歲。這時卻遭逢父親遠宦，母親被虜，是由元好問攜抱著他逃難，一起流寓山東。此後，就一直追隨元好問左右，受其薰陶教導。白樸因自幼經歷傷亂，又倉皇失母，始終無意仕宦，乃至終身閒居。或詩酒風流，放浪形骸，或寄情山水，逍遙自適，或混跡秦樓楚館，與歌妓樂工爲伍，並曾加入大都的「玉京書會」，成爲瓦舍勾欄撰寫雜劇散曲的書會才人。據稱共作有三百十六本雜劇，可惜流傳下來的只有二三本而已。其中〈梧桐雨〉、〈牆頭馬上〉最著稱，另一〈東牆記〉，一說非白樸原著。白樸現存散曲，有小令三十七首，套數四篇，成就雖稍遜關漢卿，仍然展現出一種大家風度。就題材內容而言，包括嘆世歸隱之作，寫景詠物之篇，以及男女風情之詠。

按，散曲自初起發展到始盛時期，嘆世歸隱之作漸增，加上白樸本來即選擇閒居不仕，這類題材，自然寫得最多，往往反映他優游閒雅的名士生活。上舉〈寄生草〉，題曰「勸飲」，實則是一篇看破世事的宣言，主要是藉酒後狂言來表示自己與眾不同的清醒與曠達。這種對世事看透的曠達，是元散曲中經常出現的，不過，這支曲子之所以引人矚目，還在於中間三句的修辭用語，爲整首曲塗上風趣詼諧的色調，顯示作者是以一種詼

諧的態度和風趣的語氣，來抒發前人屢次表達過的情懷意趣，於是予人以新鮮感。另外，調侃前賢屈原之非，顯然是詩詞作品中不可能出現的，卻是元人散曲中常見的態度。

然而不容忽略的是，白樸在散曲的發展過程中，對於後代清麗一派的啟示作用。且看其另一首小令〈雙調·沉醉東風〉「漁夫」（或稱「漁父詞」）：

> 黃蘆岸白蘋渡口，綠楊堤紅蓼灘頭。雖無刎頸交，卻有忘機友。
>
> 點秋江白鷺沙鷗。傲殺人間萬戶侯。不識字煙波釣叟。

題為「漁夫」或「漁父詞」，立意已昭然若揭。因為在中國文學作品裡，自《楚辭·漁父》以來，無論漁父、漁夫、漁翁，幾乎已成為隱居不仕者的代稱，往往引起與隱士生活和隱居態度相關的聯想，譬如與世無爭，淡泊名利，自由逍遙等。許多前人詩詞，都曾以吟詠漁翁的生活來表達隱居之志。最膾炙人口的，或許就是中唐詩人張志和(730-810)的歌詞〈漁歌子〉：「西塞山前白鷺飛，桃花流水鱖魚肥。青箬笠，綠蓑衣，斜風細雨不須歸。」此後，以嘆世歸隱為主調的元代散曲，以漁父或漁隱為題者，更是不可勝數。「漁夫」的吟詠，代表一種理想生活的追求，一種避世隱居態度的宣示。白樸這首〈沉醉東風〉，即是元散曲中典型的代表。主要是通過對漁夫生活情景的描述，讚美隱逸不仕，鄙視功名富貴。從語言上看，「雖無……卻有」，是通俗語言；不過，其寫景之清麗典雅，則是後期張可久、喬吉諸人清麗一派的先導。其中典故的運用，又為整首曲子增添了書卷氣。如「刎頸交」，典出《史記·廉頗藺相如列傳》中廉頗、藺相如二人拋棄前嫌，結為刎頸之交的事跡；「忘機友」，則典出《列子·黃帝》篇所述海上之人從鷗鳥遊的寓言故事。當然，兩個典故均運用得不著痕跡，即使不知典故出處故實，並不妨礙對「刎頸交」、「忘機友」含意的領會，亦無妨整首曲的流暢自然。就題材內容而言，白樸嘆世歸隱情懷中，強調的是傳統的「避世」之情，與關漢卿的「玩世」之態並不一樣，這正巧點出勾欄作家與文士作家的區別，為元散曲中隱逸情懷的吟詠，譜出兩大主調。白樸的散曲，從整體風格看，可謂亦雅亦

俗，乃是將雅化的詩詞之語，和散曲的世俗之趣，融合而成的典型。而其清麗處，已爲散曲創作點出可能發展的方向。

　　當然，元散曲的興盛，不能只靠勾欄作家和隱逸作家的創作，還有賴其他官宦文人作家的共同參與。在眾多的官宦文人作家中，一生高居顯位，仕途平順的盧摯(1235?-1300)，最具代表性。

　　試看其〈雙調・沉醉東風〉「秋景」：

　　　　掛絕壁枯松倒倚，落殘霞孤鶩齊飛。四圍不盡山，一望無窮水。

　　　　散西風滿天秋意。夜靜雲帆月影低，載我在瀟湘畫裡。

　　盧摯字處道，一字莘老，號疏齋，又號嵩翁，涿郡(今河北涿縣)人。在政壇和文壇均位高名重。曾歷任元世祖的侍從、陝西提刑按察使、河南路總管、嶺北湖南道肅政廉訪使諸職。在文壇上，以詩名聞世，可惜其詩集已失傳，作品亦大多散佚。惟散曲則現存一百二十多首，是元代個人散曲作品留存較多者，題材內容方面，亦頗爲廣泛，舉凡寫景詠物，隱逸閒情，懷古詠史，男女戀情，都寫到了。此外，還有一些應酬唱和之章，展現散曲在文人筆下社交功能之擴大。盧摯散曲的風格多樣，或清麗典雅，或淺近通俗，或樸實自然，或疏朗豪爽，不過，從整體風格傾向看，以流派而論，盧摯則歸屬於「清麗」一派。

　　前舉〈沉醉東風〉就是一首清麗風格的典型，也是盧摯的寫景名篇。其描繪的是湘江秋景，每句展現一個特寫鏡頭，猶如一幅優美的卷軸畫面，最後一句則把自己一併攬入畫中。首二句顯然是化用李白(701-762)〈蜀道難〉中「連峰去天不盈尺，枯松倒掛倚絕壁」，以及王勃(650-675)〈滕王閣序〉中的名句「落霞與孤鶩齊飛，秋水共長天一色」，卻能脫胎換骨，如此自然。曲中風景的展露，乃是依時間順序展開，從黃昏到靜夜，構成一幅隨著時空移動的畫卷，傳達出一分優閒超遠的情調，恬靜淡泊的態度。體現的是文人士大夫避開世俗塵囂、親近自然山水的閒適之意，所以基本上還是屬於元代散曲避世情懷的一部分，不過，其間並無落魄文人或勾欄作家作品中那種憤世、玩世之情，或世俗之氣。整首小令，士大夫風味很濃，是把詩詞的清麗典雅風格，納入曲的體式架構裡，是文

人士大夫染指曲的創作之後，不可避免的趨勢。盧摯的曲，可說是爲元散曲發展的必然詩化或詞化，露出了徵兆。

盧摯散曲中，還有一些酬贈唱和之章，亦是散曲創作進入興盛期的重要標誌，其中以與雜劇女藝人珠簾秀之間的贈答，尤其引人矚目。試先看盧摯〈雙調・落梅風〉（一作〈壽陽曲〉）「別珠簾秀」：

> 才歡悅，早間別。痛煞煞好難割捨。畫船兒載將春去也，空留下
> 半江明月。

珠簾秀(1270?-?)「姿容姝麗，雜劇當今獨步」（陶宗儀《輟耕錄》），是元初最著名的雜劇演員，旦、末兼攻，眾藝俱備。曾主演關漢卿的〈望江亭〉、〈救風塵〉等雜劇，本身亦具文學修養，不但能賦詩，而且能寫散曲，平日與當時一些著名的官員、名士、曲家、詩人，均有交遊往來，且互有酬唱。盧摯此曲即爲「別珠簾秀」而作，其間直抒離情，樸實自然，而且情深意摯。篇末以景作結，離愁別恨如冷月清輝，綿綿相思，又似澠澠江水，長流不息。珠簾秀顯然深受感動，於是酬贈〈雙調・落梅風〉「答盧疏齋」一曲：

> 山無數，煙萬縷。憔悴煞玉堂人物。倚蓬窗一身兒活受苦，恨不
> 得隨大江東去。

散曲在這始盛期間，不但流行歌壇，娛樂大眾，也是文人士大夫日常生活中，抒情述懷，甚至贈答酬唱的一部分。無論高官顯宦，居士隱者，勾欄作家，乃至雜劇藝人，都有能寫曲者。據元人夏庭芝(活躍於至正年間[1341-1368])的《青樓集》，記述一百十七人元雜劇坤角演員中，就有不少藝人既能寫詩填詞，亦能創作散曲[2]。共同爲散曲之始盛奏出樂章，同時爲元代散曲的鼎盛，展開序幕。

---

2 見孫崇濤、徐宏圖《青樓集箋注》本(北京：中國戲劇出版社，1990)。

第三節　散曲的鼎盛──創作流派形成，名家輩出

　　元成宗元貞元年至文宗至順三年(1295-1332)，這三十多年間，是元散曲發展的鼎盛時期。這期間在宮廷中雖然連續出現帝位之爭，惟其鬥爭主要還是發生於皇室內部與權臣之間，尚未擴散成政壇的動盪，總體上仍然維持南北統一以來，社會的安定，經濟的繁榮，呈現一片承平氣象。城市居民消費經濟能力增強，消閒娛樂的需求增加，散曲的作者與作品亦相應增多，而且名家輩出，成就也可觀。著名的散曲選集，如楊朝英(1280?-1351年之後)的《陽春白雪》，以及曲學專著，如周德清(1277-1365)的《中原音韻》，還有鍾嗣成(1275?-1345年以後)記錄元曲作家作品及書目的《錄鬼簿》，均產生於這一時期。

　　值得注意的是，南北統一之後，文物的流通與人物的往還，大爲順暢，加助了南北文化的交流與融匯，乃至促成曲作家的活動重心開始從大都逐漸南移至杭州。當時的杭州，城寬地闊，人煙稠集，吸引了大批仰慕江南生活富裕、文化璀璨的北方文人士子，諸如關漢卿、馬致遠、張養浩、貫雲石、喬吉等，均紛紛南來，先後雲集於杭州西湖歌舞之地，與世居江南的本土作家，如張可久、徐再思等，在曲壇相互爭輝，共同促成散曲創作鼎盛的新局面。

　　首先，題材內容的開拓，更爲深廣。雖然嘆世歸隱仍然是主調，不過，作者對現實的感悟，對歷史的思索，更爲強烈、深刻。而且開始從個人的牢騷憤懣，轉向更廣闊的社會人生，甚至出現了反映社會現實，同情民生疾苦的作品，爲原本出身通俗小調，以娛樂大眾爲宗旨的散曲，增添了嶄新的內容。其次，這時期作家作品之眾多，已明顯形成不同風格特色的兩大主要創作流派，亦即「豪放派」與「清麗派」。前者以馬致遠爲首，其他包括張養浩、貫雲石、劉時中等；後者則以張可久爲首，其他如喬吉、徐再思、周德清等。

　　當然，文學作家作品風格流派的區分，只能就大致情況而言。所謂豪

放與清麗的分別，並非絕對的，而是相對的差異。何況豪放派作家並不乏清麗之作，清麗派作家也有豪放之章。其實兩派作品，均不同程度的，既煥發出一種河朔的雄放氣勢，又流露一分江南的秀麗風韻。這顯然是元朝統一之後數十年間，南北文化相互交流融合的結果。

一、豪放派作品舉例

先看馬致遠(1250?-1324?)的聯章曲〈南呂・四塊玉〉「恬退」四首：

> 綠鬢衰，朱顏改。羞把塵容畫麟臺，故園風景依然在。三頃田，五畝宅。歸去來。／綠水邊，青山側。二頃良田一區宅，閒身跳出紅塵外。紫蟹肥，黃菊開。歸去來。／翠竹邊，青松側。竹影松聲兩茅齋，太平幸得閒身在。三徑修，五柳栽。歸去來。／酒旋沽，魚新買。滿眼雲山畫圖開，清風明月還詩債。本是個懶散人，又無甚經濟才。歸去來。

馬致遠，號東籬，大都人，是元代散曲成就最高的大家。早年曾熱中功名，三十多歲才擔任一些地方上的小官，經宦海浮沉二十年，五十歲左右終於看破紅塵，決定棄官歸隱，或追求山林田園的恬澹與閒適，或混跡市井勾欄，與民間藝人交遊往來，並參加「元貞書會」，成為書會才人，為劇場創作雜劇，時人尊為「曲狀元」。馬致遠共作雜劇十六種，惟現存僅七種，其中以〈漢宮秋〉、〈青衫淚〉最著名。此外，亦致力於散曲創作，現存小令一百十七首，套數二十二套，另有殘曲四首。題材內容相當廣闊，無論嘆世歸隱，寫景詠物，言志述懷，男女戀情，懷古詠史，羈旅行役，都寫。主要乃是通過散曲來記錄個人的人生感慨，發洩對政治社會的不平和牢騷，頗能代表元代失意文人的心聲。

上舉〈四塊玉〉，題為「恬退」，亦即參破榮辱，擺脫名利的羈絆，安閒退隱之意。按，馬致遠一生沉淪下僚，仕途極不得意，曾自嘆「困煞中原一布衣」(〈金字經〉)，「東籬半世蹉跎」(〈蟾宮曲〉「嘆世」)，又自嘲其官宦生涯乃是「半世逢場作戲」(〈哨遍〉)而已。其退隱乃是對

仕途絕望之後，不得已的選擇，所以和大多數元曲作家一樣，不時發發牢
騷，抒寫憤懣。四首〈四塊玉〉展現的閒適境界，顯然是在現實生活受挫
之後，所創造出的理想避難所。倘若與關漢卿的同類聯章曲〈四塊玉〉
「閒適」相比照，其間吐露的，看破紅塵，徹悟退隱的態度，以及牢騷之
語，憤世之情，都有類似之處。但是，關漢卿散曲中強調的，與官宦文化
的決裂，更爲徹底，更多世俗味，鄉野之氣，表現出有異於傳統文人士大
夫的，新的文學人格氣質。而馬致遠散曲中宣稱的，隱於山林田園，雖然
也有些許鄉野氣，世俗味，不過，畢竟還不失傳統士大夫的閒雅。關漢卿
曲中宣稱的避世退隱，是要圖個快活，強調的是世俗化的玩世態度與享樂
趣味，馬致遠曲中嚮往的，卻是陶淵明式的「歸去來」，還特意化用陶詩
中象徵隱逸情懷的語彙，諸如「黃菊」、「青松、」「三徑」、「五柳」
等。因此，其中描繪的隱居生活，有一種文人士大夫的閒雅之致。就藝術
風貌而言，關作是自然本色，馬作則稍事藻繪，所以關、馬二位大家雖同
屬豪放派，二人之間風格之差異，雅俗之別，是很明顯的。正巧展示，散
曲發展的始盛與鼎盛前後兩個不同階段的時代特徵之差異。

　　且再看馬致遠兩首〈雙調‧撥不斷〉：

　　　布衣中，問英雄。王圖霸業成何用？禾黍高低六代宮，楸梧遠近
　　　千官塚。一場惡夢。菊花開，正歸來。伴虎溪僧、鶴林友、龍山
　　　客。似杜工部、陶淵明、李太白。有洞庭柑、東陽酒、西湖蟹。
　　　哎楚三閭休怪。（歸隱）

　　馬致遠現存十四首〈撥不斷〉小令，其中有的有題，有的則已失題。
上舉第一首失題，第二首標題「歸隱」。第一首從內涵視之，當屬嘆世之
類，和歸隱一樣，是元曲中最普遍吟詠的情懷。其喟嘆的是，「王圖霸業
成何用？」既然「禾黍高低六代宮，楸梧遠近千官塚」，所有英雄功業，
到頭來，不過是「一場惡夢」而已。值得注意的是，在詩詞中，喟嘆朝代
盛衰興亡，人事短暫無常，是相當普遍的情懷。馬致遠這首小令化用的晚
唐詩人許渾（791?-858?）〈金陵懷古〉原句：「楸梧遠近千家塚，禾黍高
低六代宮。」主要是通過古蹟的憑弔，來抒發朝代興亡之感。可是馬致遠

此處卻說是「一場惡夢」，則是對傳統文人士子追求的人生理想，徹底的
否定。這當然與馬致遠本人功名受挫，仕途坎坷有關，惟不容忽略的是，
同時也展示詩、詞、曲三種不同詩歌形式，在抒情述懷上風格的相異。
詩，溫柔敦厚；詞，含蓄委婉；曲，則痛快淋漓。

　　第二首〈撥不斷〉標題「歸隱」，主要寫其隱居生活之趣，同時調侃
屈原的汲汲用世態度。這首小令連用了一系列的人名典故，自然增添整首
曲辭的書卷氣。儘管形式上，出現類似典故的羅列，不過，這些人名均屬
耳熟能詳者，加上「洞庭柑、東陽酒、西湖蟹」諸地方鄉土特產名稱，運
用得乾淨俐落，別無閒話，讀起來一目了然，並無堆砌之感，甚至予人一
分曲特有的豪爽率直之氣。最後又以略帶詼諧風趣的口吻，對三閭大夫說
聲「休怪！」對不起，人各有志，藉此調侃歷史人物屈原的執迷不悟，把
原本嚴肅的主題，塗染上一層活潑俏皮，正好展現成熟散曲的當行本色。

　　馬致遠雖歸屬豪放派，卻也能寫含蓄不露，清麗宛轉之作。如其現存
三十一首〈落梅風〉（一稱〈壽陽曲〉)小令，其中八首詠「瀟湘八景」，
另外二十三首屬言情之作。所言之情，即是所謂「閨思」或「閨情」，吐
露的是思婦或棄婦之情，也就是孤獨女子的處境和心情。這原是一個古老
的題材，從《詩經》、漢魏樂府、南北朝民歌、唐宋詩詞，到元人散曲，
可說是反覆吟詠的陳舊題材，要有所翻新，並不容易。可是馬致遠的〈落
梅風〉系列，卻能別出心裁。試舉二首爲例。前首題曰「夜憶」，後首失
題：

　　　雲籠月，風弄鐵。兩般兒助人淒切。剔銀燈欲將心事寫，長吁氣
　　　一聲吹滅。
　　　人初靜，月正明。紗窗外玉梅斜映。梅花笑人偏弄影，月沉時一
　　　般孤另。

　　兩首言情小曲，有清雅之辭，也有俗言口語，寫的是思婦的寂寞，但
並不直接去描述，而是通過環境氣氛的醞釀，以及女主人公輕微的動作和
心理活動，來傳達思婦形影的孤單和心情的寂寞。第一首中的女子，在孤
寂中，原打算「剔銀燈欲將心事寫」，卻又很快的打消了主意，只見她

「長吁氣一聲吹滅」，長長的嘆一口氣，隨即把油燈吹滅了，剩下女主人公一個人靜靜的坐在黑暗裡。這樣生動的鏡頭，充滿戲劇的效果，儼然是劇作家的抒情手法。第二首中的女子，嬌嗔窗外梅花，為何偏偏在月下弄影成雙，彷彿在嘲笑自己的孤單，然而又轉念一想：「月沉時」，梅花還不是跟她「一般孤另！」留下女主人公與梅花鬥氣的情景，在讀者心目中迴盪。兩首曲，都是以最後一句女主人公的行動或心思之出人意表，特別生動活潑，俏皮討喜。

再看兩首寫景的〈落梅風〉，分別題名為「山市晴嵐」與「煙寺晚鐘」：

> 花村外，草店西。晚霞明，雨收天霽。四圍山，一竿殘照裡。錦屏風又添鋪翠。

> 寒煙細，古寺清。近黃昏，禮佛人靜。順西風，晚鐘三四聲，怎生叫老僧禪定。

馬致遠現存〈落梅風〉中，有八首是分詠「瀟湘八景」的組曲，為元散曲中的寫景名篇。上引兩首，每首都寫景如畫，畫中浮現著詩情與雅興，語言清麗自然，夾雜著散文句式，日常口語(如「怎生叫」)。值得注意的是，所描繪的景色，雖然清幽，卻不絕俗。前一首的「花村」、「草店」，就含蘊人間煙火氣味。後一首所云「晚鐘三四聲，怎生叫老僧禪定」，乃是從世俗人的感覺，設想古寺中老僧的內心，也可能會被夜晚鐘聲所擾亂，無法禪定了，語氣間隱約含有調侃的意味。寫的是方外之景，卻是從世俗的角度去品味。也就是在清幽的景色中，點綴著世俗情味，使得這幾首寫景作品，即使浮現著詩情雅興，仍然令讀者感覺到，所讀的是曲，而不是詩。

最後再舉馬致遠膾炙人口的小令〈天淨沙〉「秋思」為例：

> 枯藤老樹昏鴉，小橋流水人家，古道西風瘦馬。夕陽西下，斷腸人在天涯。

這是一首備受讚揚的作品。周德清《中原音韻》稱其是「秋思之祖」。王國維《宋元戲曲史‧元劇之文章》認為「純是天籟，彷彿唐人絕

句」。又於《人間詞話》中推崇其「寥寥數語，深得唐人絕句妙境。有元一代詞家，皆不能辦此也」。現代學者吳梅《顧曲塵談》則云「明人最喜摹此曲，而終無如此自然」。

全曲的意境淒美蒼涼，主要以幾組畫面的疊映，直接訴諸讀者的感官，引起天涯遊子茫然無歸、孤獨徬徨的聯想。感染力之強，是其魅力所在，何況又是最能引起文人士大夫共鳴的羈旅愁懷。這很可能是馬致遠「二十年飄泊生涯」的心情寫照，也是詩詞中反覆吟詠的主題，自然沖淡了散曲原有的民間風味，增添了文人氣質。此外，在語言上，顯然已脫離了初盛期散曲的通俗味。主要以名詞意象羅列而成，除了「下」、「在」二字之外，全是形容狀貌聲色的具體的景物名詞，煥發出言外之意，弦外之音，這正是令歷代讀者激賞之處，但卻並非散曲的本色語言，而是詩詞的慣用語言。何況其中「枯藤老樹昏鴉，小橋流水人家」二句，似乎脫胎自前人的詩詞句，如隋煬帝楊廣（580-618）的殘句：「寒鴉千萬點，流水繞孤村。」還有秦觀（1049-1100）〈滿庭芳〉：「斜陽外，寒鴉數點，流水繞孤村。」散曲的創作，經過文人的長期介入，最終從通俗走向典雅，是必然的趨勢，在馬致遠作品中，已顯露無遺。

另一位散曲作者張養浩（1270-1329），亦為鼎盛時期的豪放派增添聲勢。張養浩留下《雲莊休居自適小樂府》（簡稱《雲莊樂府》），是元代少數有別集傳世的散曲作家之一。今存小令一百六十一首，套數二篇，多寫於中年棄官歸隱之後。從內涵看，主要有兩大類別，一類是嘆世歸隱、田園山水之作，另一類則是懷古詠史、憂國憂民之篇。

試先看其〈雙調‧水仙子〉「休官」一曲：

> 中年才過便休官，合共神仙一樣看。出門來山水相留戀，倒大來耳根清眼界寬。細尋思這的是真歡。黃金帶纏著憂患，紫羅襴裏著禍端，怎如俺藜杖藤冠。

張養浩字希孟，號雲莊，濟南人。屬官宦作家，曾任縣尹、監察御史、禮部侍郎、參議中書省事諸職。惟因直言敢諫，為當權所忌，深感仕途險惡，遂以父老終養為由，中年即辭官，歸隱故園。雖經朝廷屢次徵

召，均堅辭不就。直到文宗天曆二年(1329)，關中大旱，民生疾苦，於是接受徵召就任陝西行臺中丞，前往救助災民。惟到任四月，止宿公署，未嘗回家，乃至積勞成疾，卒於任所，關中之人，哀之如失父母。上舉〈水仙子〉當是辭官歸隱不久之作，寫其「中年才過便休官」的心情，以終於能夠擺脫「黃金帶」的束縛，「紫蘿襴」的羈絆，遠離「憂患」與「禍端」，可以寄情山水，吟嘯山林，由衷感到慶幸。

再看一首帶過曲〈雙調・沽美酒兼太平令〉「嘆世」：

> 在官時只說閒，得閒也又思官，直到教人做樣看。從前的試觀，那一個不遇災難？楚大夫行吟澤畔，伍將軍血染衣冠，烏江岸消磨了好漢，咸陽市乾休了丞相。這幾個百般，要安，不安。怎知俺五柳莊逍遙散誕。

這支帶過曲是由同屬〈雙調〉的〈沽美酒〉和〈太平令〉兩支小令連綴而成。題為「嘆世」，實則是「歸隱」緣由的進一步說明。所言主要是在傳統士大夫「思官」和「得閒」兩條生涯道路的選擇中，記取歷史人物教訓，慨嘆當官不得，警告思官者，「那一個不遇災難？」所以才選擇「歸隱」。值得注意的是，引為前車之鑑的四個歷史人物：屈原、伍子胥、項羽、李斯，其中既有文臣，也有武將，一時都曾是經天緯地之才，可是最終卻或自盡，或被殺，均不得善終。如屈原「行吟澤畔」，自沉汨羅江；伍子胥「血染衣冠」，自刎而死；「好漢」項羽也「消磨」殆盡，最後自刎於烏江岸；丞相李斯亦「乾休了」，腰斬於秦都咸陽。這四個歷史人物的下場，與隱者「五柳先生」陶淵明充滿智慧的人生選擇，形成何等強烈的對比，所以說：「怎知俺五柳莊逍遙散誕。」值得注意的是，張養浩散曲中的嘆世歸隱，融入了更多作者的戒慎恐懼之感，與初盛期始終未曾入仕的散曲作家，諸如閒居不仕的白樸、混跡勾欄的關漢卿等，所吟詠的嘆世作品，已有很大的不同。關、白等的嘆世，主要源自個人的識見；張養浩的嘆世，卻出於親身的體驗。另外不容忽略的則是，所用「楚大夫……」等四個典故，看似排比，實為元散曲所特有的「聯璧對」，又稱「聯珠對」，顯示作者有意在對偶中謀求變化。頭兩句「楚大夫」與

「伍將軍」，用人名對，後二句「烏江岸」與「咸陽市」，則用地名對，均顯示作者匠心經營的痕跡。此外，曲辭中又增添了襯字，遂令語氣顯得率直暢通。

當然，張養浩在散曲發展史上，最引人矚目，且最具開拓性的作品，還是那些懷古詠史、憂國憂民之篇。試看其〈中呂・山坡羊〉「潼關懷古」：

> 峰巒如聚，波濤如怒。山河表裡潼關路。望西都，意踟躕。傷心
> 秦漢經行處，宮闕萬間都做了土。興，百姓苦。亡，百姓苦。

當是其退隱之後，又應朝廷徵召出任陝西行臺中丞期間，路過潼關時，弔古傷今之作。這時正逢關中大旱，飢民相食，而潼關一向是西都長安的屏障，遂忍不住感慨，自秦漢以來，經歷無數朝代的更替，宮闕的興廢，對百姓而言，都只不過是一個「苦」字而已。按，張養浩此時從隱逸生活中走出來，接受徵召前往陝西救災，是他人生的一大轉折，也是他散曲創作的大轉折，遂由抒寫個人的嘆世歸隱之情，轉向廣闊的社會人生，開始抒發其憂國憂民的懷抱，寫下一系列關懷民生疾苦的作品，直到他生命的終結。

其實在張養浩之前的散曲，題材範圍雖並不狹窄，卻始終並未超出作者個人生活的圈子，直至張養浩，首先把類似中唐「新樂府」中同情民生疾苦的題材與意旨，引進了散曲的創作範圍，散曲的題材亦隨著作者關懷的擴大，而延伸出去，散曲的文學功能，幾乎和「詩」一樣了。這是文人士大夫參與散曲創作的必然結果，也是元散曲並未踟躕不前，仍然還在繼續「發展」的跡象。

當然，不容忽略的是，在散曲的發展過程中，充分展現南北文化交流，多元民族融合，亦歸功於少數民族作家的參與創作。其中貫雲石（1286-1324），則是典型的代表，也是少數民族作家中成就最高者。按，貫雲石，乃是維吾爾人（色目人），從其自號「酸齋」，又號「蘆花道人」，可見其漢化程度之深。其實貫雲石出身貴族，祖父阿里海牙是侵宋名將，封楚國公，貫雲石即襲承父親的爵位，並任兩淮萬戶府「達魯花

赤」(蒙古語，意指長官)，御軍嚴猛，行伍肅然。其後卻決定棄武從文，讓爵位於弟，且北隨名儒姚燧(1238-1313)讀書習文。仁宗時拜翰林學士、中奉大夫等職。惟因看不慣皇族內部的鬥爭，厭惡官場的黑暗，不久便辭官，隱居江南，甚至隱姓埋名。據說是在錢塘(杭州)市中賣藥爲生，曾以詩來換取漁人的蘆花被，故又自號「蘆花道人」。《元史》本傳說他，晚年爲文日邃，詩亦沖淡，書法亦自成一家，文人士大夫若得其片言尺牘，如獲拱璧，他卻「視生死若晝夜，絕不入念慮，脩脩若欲遺世而獨立」，儼然當世高人的形象。貫雲石現存散曲八十餘首，大多數是寫戀情與隱逸，其次是寫景與詠史。

試先舉其〈落梅風〉：

> 新秋至，人乍別，順長江、水流殘月。悠悠畫船東去也，這思
> 量、起頭兒一夜。

是一首江邊送別曲，寫的是新秋時節，與情人「乍別」之際的離情。曲中沒有愁字，亦不帶悲字，而依依不捨之情，只是寄寓在江流船行，愈行愈遠的畫面裡。可謂含蓄不露，意到即止。這種筆力節制、含蓄委婉的抒情方式，與詩詞類似。惟曲的含蓄和詩詞的含蓄，畢竟有其相異之處，亦即其含蓄蘊藉須和噴薄爽利相結合，才有曲的味道。貫雲石此曲，正符合這個條件。前四句層層遞進，鏡頭悠悠輪轉，卻只是引而不發，一切都爲了逗引出最後一句「這思量、起頭兒一夜」的噴薄情緒之勢。

再看一首〈清江引〉：

> 棄微名去來心快哉！一笑白雲外。知音三五人，痛飲何妨礙！醉
> 袍袖舞嫌天地窄。

貫雲石是以蒙元皇室貴族子弟的身分，欣然加入隱逸陣營，這首〈清江引〉就是寫他辭官歸隱之後，無拘無束，痛快歡悅的生活和心情。其吟詠歸隱情懷之曲，雖然常以酒徒形象出現，把壯懷付諸予醉鄉，卻並沒有馬致遠同類曲作中流露的深切的感嘆，或沉鬱的悲涼。二人雖同屬豪放派的代表作家，馬致遠如壯士悲歌，貫雲石則如閒雲野鶴。

貫雲石文采風流，多才多藝，是多元民族文化交流融匯之下的人物，

爲元代曲壇注入一分新鮮氣息。此外，他還爲楊朝英編選的元散曲選本《陽春白雪》作序，並評論當時的一些代表作家。這篇序文是第一篇針對元散曲作家風格論的專文。繼而，又爲張可久的散曲集《今樂府》作序，稱其所作「文麗而醇，音和而平」，是對張可久「清麗」風格的最早認可的評語，對後世曲評影響深遠。其實貫雲石以其貴公子身分，在延祐、至治年間(1314-1323)的曲壇上，才是眞正帶領時代風騷的「曲狀元」，其地位遠超過馬致遠。

二、清麗派作品舉例

在散曲發展鼎盛時期的曲壇上，與豪放派雙峰並峙的是清麗一派。就內涵意境而言，豪放派顯得比較超逸俊爽，清麗派則比較雅麗和婉；就語言表現視之，豪放派多用口語，本色語，少用典實，而清麗派則有明顯詩化詞化、規律化的現象，對音韻文辭風貌之美有更多的推敲，刻意的經營。清麗派作者一方面講究韻律平仄的規範化，另一方面，則有意識地吸收或借鑑前人詩詞的表現手法，諸如注重字句的錘鍊，對仗的工整，典故的運用，甚至或直接搬用詩詞句法，或融入前人的詩詞名句，遂令散曲的創作步入雅正典麗的藝術境界，逐漸失去原有的本色風貌。清麗派中，成就最高的，自然是才高位卑的張可久。

張可久(1279?-1354?)字小山，一作名伯遠字可久，號小山，慶元(今浙江寧波)人，乃屬南方本土作家。一生落魄，沉抑下僚，據貫雲石於延祐己未(1319)所作《今樂府・序》云：「小山以儒家讀書萬卷，四十猶未遇。」又據李祁《雲陽集・跋賀元忠遺墨卷後》記載，至正四年(1344)在浙江曾遇見張可久，「時年七十餘，匿其年數，爲昆山幕僚」。其生活之窘困，境遇之可哀，不難想見。張可久現存小令八百五十五首，套數九篇，爲元代存作最多的散曲作家，也是少數不寫雜劇，專工散曲的作家，生前已享盛名。小山曲大多爲寫景抒懷之作，注重鍊句和對仗，善於擷取前人詩詞名句入曲，使散曲詩詞化，形成清麗典雅的風格，對後世散曲創作影響頗大。

試看其〈雙調・折桂令〉「九日」：

> 對青山強整烏紗。歸雁橫秋，倦客思家。翠袖殷勤，金杯錯落，
> 玉手琵琶。人老去西風白髮。蝶愁來明日黃花。回首天涯，一抹
> 斜陽，數點寒鴉。

寫其逢重九佳日，登高覽景，橫渡秋天的歸雁，觸動了鄉愁。儘管當前有醇酒美人，玉手琵琶，令人陶醉，只是如今已人老髮白，蝶愁花黃，是該回家了。其「倦客思家」的惆悵心情，就寄寓在「回首天涯」之際，所見「一抹斜陽，數點寒鴉」的景象裡。其實，倦宦遊，思歸隱，原本是傳統文人士大夫作家最常抒發的情懷。整首曲，意境深曲婉轉，宛如詩詞之境，卻並非元曲的本色。綜觀此曲，可謂用語清麗，字句凝鍊，對仗工整，而且採用不少鮮明的色彩字，諸如青、翠、金、玉、白、黃等，均增添其華麗感。又襲用一些類似詩詞的句式，塑造成一系列深具感染力的典雅瑰麗意象，諸如「歸雁橫秋」、「翠袖殷勤」、「金杯錯落」、「玉手琵琶」、「西風白髮」、「明日黃花」、「一抹斜陽」、「數點寒鴉」等，來烘托淒清冷落的氣氛，渲染天涯倦客的思歸情懷。像這樣的作品，實與元代前期散曲流露的「蛤蜊味」、「蒜酪味」，已相去甚遠。

再看一首〈中呂・迎仙客〉「秋夜」：

> 雨乍晴，月籠明，秋香院落砧杵鳴。二三更，千萬聲。搗碎離
> 情，不管愁人聽。

此曲以「秋夜」為題，內容則涉及樂府民歌中常見的情景，就是思婦在月夜的搗衣聲中流露的離情相思，讀者於此很容易聯想到李白（701-762）〈子夜吳歌・秋歌〉中的名句：「長安一片月，萬戶搗衣聲。」惟此處寫情似乎更為婉轉纏綿，不但「砧杵鳴」，還「搗碎離情，不管愁人聽」，既含蘊閨中思婦的離情相思，同時也勾引起天涯遊子的羈旅愁懷。

當然，張可久最為人稱道，亦最能展現其清麗特色的散曲作品，還是〈南呂・一枝花〉「湖上晚歸」套數：

> ［一枝花］長天落彩霞，遠水涵秋鏡。花如人面紅，山似佛頭青。
> 生色圍屏。翠冷松雲徑，嫣然眉黛橫。但攜將、旖旎濃香，何必

賦橫斜瘦影。／[梁州]挽玉手、留連錦英，據胡床、指點銀瓶。
素娥不嫁傷孤另。想當年小小，問何處卿卿？東坡才調，西子娉
婷，總相宜千古留名。吾二人此地私行，六一泉亭上詩成，三五
夜花前月明，十四弦指下風生。可憎，有情。捧紅牙合和伊州
令。萬籟寂，四山靜，幽咽泉流水下聲。鶴怨猿驚。／[尾]嚴阿
禪窟鳴金磬，波底龍宮漾水精。夜氣清，酒力醒；寶篆銷，玉漏
鳴。笑歸來彷彿二更，煞強似、踏雪尋梅霸橋冷。

　　散曲中的「套數」源自民間說唱諸宮調，可是在張可久筆下，已全然
是文人風雅品味的展示。明人李開先(1502-1568)《詞謔》嘗譽此曲「當
為古今絕唱」。其實，就題材內容而言，此曲並無創新，寫的不過是一對
情侶暢遊西湖，從黃昏至深夜方歸的經驗感受。惟在藝術風貌上，卻有其
顯著特色。首先，不僅聲調諧美，對仗工整，而且意境清雅嫵媚。將西湖
由黃昏至月夜的清幽美景，以及一對情侶的旖旎柔情，融成一片，營造出
一分揉雜著優美、清雅、恬適、溫馨的氣氛，予人以美的感受。其次，值
得注意的則是，曲辭中「句句有來歷」的特點，充分展現作者如何巧妙的
鎔鑄前人名句，另翻新意，同時亦凸顯其清麗典雅的風格。當然，這也是
散曲已經詩化、詞化的標誌。

　　還有另一位清麗派散曲作家喬吉(1280?-1345)字夢符，號笙鶴翁，又
號惺惺道人，太原人。在曲壇上與張可久同時而且齊名。喬吉初因求仕理
想落空，遂由太原南下，惟終生未仕，窮困潦倒，故而放浪江湖，縱情詩
酒，並以「煙霞狀元」、「江湖醉仙」自居。根據鍾嗣成(1275?-1345年
以後)《錄鬼簿》，喬吉中年以後即寄居杭州，有題「西湖」〈梧葉兒〉
組曲一百首，可惜其流落「江湖間四十年，欲刊所作，竟無成事者」。此
外，喬吉還曾著雜劇十一種，今僅存〈揚州夢〉、〈兩世姻緣〉、〈金錢
記〉三種。其散曲則存小令二百一十首，套數十一篇，數量僅次於張可
久。喬吉的散曲在內涵上多半屬於寫其個人閒適頹放情懷之作，藝術風格
則與張可久相近，同樣善於錘鍊字句，講究音律諧美，對仗工整。乃至後
人常以「張喬」或「喬張」並稱，同是清麗派的代表作家。但是喬吉畢竟

有自己的風格，其不同於張可久之處，即是雅俗之兼顧。換言之，在散曲的創作上，並未完全拋卻散曲原有的通俗質樸本色。

試看其〈南呂‧玉交枝〉「閒適」：

> 山間林下，有草舍蓬窗幽雅。蒼松翠竹堪圖畫，近煙村三四家。
> 飄飄好夢隨落花，紛紛世味如嚼蠟。一任他蒼頭皓髮，莫徒勞心
> 猿意馬。自種瓜，自采茶，爐內煉丹砂。看一卷道德經，講一會
> 漁樵話。閒上槿樹籬，醉臥在葫蘆架，盡清閒自在煞。

曲中吟詠的乃是幽居山林田園的閒適生活。就內涵而言，山間林下環境之清幽，以及種瓜、採茶、煉丹、讀書、醉臥等，生活之逍遙，態度之自在，均展現一派文人風度，是避世隱居者風雅情趣的寫照。不過，其間語氣的乾脆俐落，以及不避俗語俚詞，遂使得整首曲顯得既文雅又通俗。當然，喬吉這類傳達隱逸情懷的作品，最有代表性的，還是其二十首〈中呂‧滿庭芳〉「漁父詞」。

按，喬吉〈滿庭芳〉「漁父詞」二十首，乃是從不同地域，不同方面，不同角度描寫漁父優閒自得的生活，藉以抒發其嚮往山林田園的閒情逸趣。試舉其中一首為例：

> 江聲撼枕，一川殘月，滿目遙岑。白雲流水無人禁，勝似山林。
> 釣晚霞寒波濯錦，看秋潮夜海熔金。村醪窨，何人共飲，鷗鷺是
> 知音。

整首曲的意境綺麗華美，情調閒適自在，一派文人風致，是散曲風格詩化詞化的典型。這是喬吉在元代曲壇，所以能與張可久並稱，且共同為「清麗」一派代表作家的主要緣由。

另外還有徐再思，亦屬清麗派作家。其字德可，嘉興人。茲因喜嗜甜食，遂自號「甜齋」。曾為嘉興路吏，其生平則不可詳考，大約與張可久、貫雲石同時。因貫雲石號「酸齋」，後人遂合輯二人散曲，並稱《酸甜樂府》。徐再思並無雜劇流傳，似乎專力於小令。其現存小令一百零三首，內容乃以自然風光和閨情相思為主。字句凝鍊，對仗工巧，曲辭清麗，抒情細膩深婉，風格秀雅，則是其特色。

　　試看其〈中呂・朝天子〉「西湖」：

> 裡湖，外湖，無處是無春處。眞山眞水眞畫圖，一片玲瓏玉。宜
> 酒宜詩，宜晴宜雨，銷金鍋錦繡窟。老蘇，老逋，楊柳堤梅花
> 墓。

　　全曲主要是描寫西湖的迷人風光。前四句重在寫景，後四句旨在抒
情，並暗含議論。值得注意的是，曲中典故的運用。西湖的「宜酒宜詩，
宜晴宜雨」，自然引人聯想起蘇軾(1037-1101)〈飲湖上初晴後雨〉詩中
名句：「水光瀲灩晴方好，山色空濛雨亦奇。欲把西湖比西子，淡妝濃抹
總相宜。」「老蘇，老逋，楊柳堤梅花墓」二句，則援引蘇軾、林逋
(967-1028)的故事。按，蘇軾兩度出任杭州知州，「楊柳堤」即指蘇軾知
杭州任上，疏浚西湖，灌溉田畝，所構築的長堤，就是現存的「蘇堤」。
林逋，則「結廬西湖之孤山，二十年足不及城市」，惟以梅花仙鶴爲伴，
時稱「梅妻鶴子」。「梅花墓」當即指林逋墓。也就是此曲中有關蘇軾、
林逋的典故，爲整首曲添上了書卷氣，展現的是文人士大夫的詩情與雅
趣。

　　當然，徐再思散曲作品中，最受人稱道的，還是有關閨情春怨、男女
相思之作。這類作品，往往在清麗中保留些許曲的本色。試看〈雙調・蟾
宮曲〉「春情」：

> 平生不會相思，才會相思，便害相思。身似浮雲，心如飛絮，氣
> 若游絲。
> 空一縷餘香在此，盼千金遊子何之。證候來時，正是何時，燈半
> 昏時，月半明時。

　　主要寫一個情竇初開的女子，初次嘗到相思的心情，可謂情思纏綿，
情態逼眞。值得注意的是，先後疊用「思」和「時」字之韻腳，以及重複
「相思」一詞，乃至形成一種迴環往復，而又一氣流轉的藝術效果，遂把
難以描繪的相思情意，寫得如聞如見。正是憑這些巧妙的修飾，增加了特
有的曲趣，這也是將雅與俗、拙與巧融匯綜合的成功範例。

　　其實，散曲中於俗中求雅的作風，乃是一種時代風氣，在馬致遠、喬

吉、張可久等作家筆下，都有明顯的表現，但以徐再思最爲突出，也最爲圓熟。此種雅俗融匯風氣的形成，從文化實質上說，不但是南北文化交流的結果，更顯示元人散曲特有的市井與士林文化的結合。

第四節　散曲之衰落──作品詩化雅化，作家銳減

元順帝元統元年至元朝亡國，亦即整個元順帝統治時期（1333-1368），是元散曲趨向衰落的時期。這與當時政治社會形勢的急劇變化不無關係。按，元曲（包括雜劇與散曲）原屬消費娛樂性的文藝，在皇室衰微，政治混亂之際，社會秩序失調，加上天災、人禍（如紅巾之亂），造成經濟的蕭條，消費娛樂的需求銳減，散曲作家作品亦相應銳減。這時期尚存的老輩作家，諸如張可久、喬吉等，都年過古稀，已非創作盛年，而年輕一輩作者中，則已無大家，稍有成就者，僅楊維楨、鮮于必仁、汪元亨等寥寥數人。衰落時期的散曲，雖亦不乏佳作，惟在題材內容上，除了因襲前人之外，並無所開拓創新，甚至有日益狹窄的傾向。語言風格上，則多力求工巧精美。散曲原有的通俗活潑的生命，風趣詼諧甚至俏皮的特質，已難得一見。散曲文學已經深度的詩化、雅化，有的甚至和詞一樣，失去其歌唱娛樂的功能與音樂的特性，成爲純粹僅供閱讀的書面文學、案頭文學。姑且以元代末期少數幾位勉力延續散曲生命的作家作品爲例。

試先看楊維楨（1296-1370）〈雙調‧清江引〉二十四首組曲中之二首：

> 鐵笛一聲吹破秋，海底魚龍鬥。月湧大江流，河瀉清天溜。先生醉眠看北斗。（其一）
>
> 鐵笛一聲雲氣飄，人在三山表。濯足洞庭波，翻身蓬萊倒。先生眼空天地小。（其二）

楊維楨字廉夫，號鐵崖，又號鐵笛道人，紹興會稽人。歷任地方及朝廷官職，後因兵亂不再赴任，浪跡浙西山水間。晚年退居松江，放蕩不羈，尤嗜聲色。楊維楨詩文辭賦，書法音樂皆擅長，是元末「文章巨

公」，猶如前面章節所論，嘗以其「鐵崖體」的詩作，見稱文壇。楊維楨偶爾亦寫曲，惟現存散曲僅二十八首。上舉〈清江引〉重頭小令二首，可謂想像奇特，氣勢雄豪，主要以誇張之筆墨，表現「鐵笛道人」充塞天地的豪情，從而展現一個不受時空束縛的抒情主人公形象。就其壯闊之景和豪放之情品味之，明顯展示，豪放派遒勁之風的影響；但就其詞語之修鍊和句式之整飭觀察，則又有清麗派雅潔修整之美。

再看鮮于必仁(1298?-1360?)〈中呂‧普天樂〉「瀟湘八景」組曲中之「洞庭秋月」一曲：

> 水無痕，秋無際，光涵贔屭，影浸玻璃。龍嘶貝闕珠，兔走蟾宮桂。萬頃滄波浮天地，爛銀盤寒褪雲衣。洞簫漫吹，蓬窗靜倚，良夜何其。

鮮于必仁，即書法名家鮮于樞(1256-1301)之子，字去矜，號苦齋，漁陽郡(今北京市密雲縣西南)人。沈德符(1578-1642)《顧曲雜言》稱其「工詩好客，所作樂府，亦多行家語。」現存小令二十九首，內容上，主要是寫景與懷古，語言雅潔，辭句工麗，善於使事，與清麗派相符合，不過，其境界壯闊，氣象雄偉之處，又有豪放派的特點。上舉「洞庭秋月」，寫洞庭月夜景色之明媚浩瀚，藉一些與深水明月有關的神話意象，比喻空中之月與湖中之月的晶瑩亮麗，又融匯前人詩境，展示洞庭波濤之浩淼無垠，天地相接，水天一色，以及寒空無雲，秋月玲瓏，一片光明燦爛。最後在悠悠洞簫聲裡，將靜倚蓬窗的觀景者，一併攬入畫中，直接吐露出對此良夜的無限珍惜賞愛之情。整首曲，語言清麗典雅，意境如畫如詩，引人入勝，只是散曲本色原有的「蛤蜊味」和「蒜酪味」，已消失殆盡。

再舉其詠史之作〈雙調‧折桂令〉「諸葛武侯」為例：

> 草廬當日樓桑，任虎戰中原，龍臥南陽。八陣圖成，三分國峙，萬古鷹揚。〈出師表〉謀謨廟堂，〈梁甫吟〉感嘆巖廊。成敗難量。五丈秋風，落日蒼茫。

鮮于必仁的〈折桂令〉組曲，共詠七個歷史人物，包括嚴子陵、諸葛

亮、陶淵明、李白、杜甫、韓愈、蘇軾。七人雖然身世遭遇，出處進退各異，卻均屬傳統文人士大夫心目中的典範人物。作者主要乃是沿襲詠史詩的傳統，以簡練生動的筆墨，概述這些人物的重要事跡，以及人格情性，並加以評論，表達觀點。上舉詠「諸葛武侯」，首三句即點出劉備三顧茅廬將諸葛亮邀請出山，繼而化用杜甫〈八陣圖〉詩句：「功蓋三分國，名成八陣圖。」強調三國鼎立局面形成，劉備能擁有一片江山，乃是諸葛亮之功勞。繼而點出〈出師表〉的謀策，〈梁甫吟〉的抒懷，以及「成敗難量」的疑慮，則是諸葛亮輔佐後主劉禪的經驗感受。當然，這一切都在諸葛亮於秋風落日蒼茫中病故五丈原而結束了。作者對諸葛亮的推崇與惋惜，久久迴盪在字裡行間。

像這樣的詠史之作，就作品本身視之，的確是佳篇，然而就散曲這種文類而言，則已經失去其當行本色。作品中除了引經據典的書卷氣之外，更明顯的則是，對前賢態度的轉變。按，在前輩散曲作家筆下，會往往否定歷史人物，嘲笑先賢聖哲，調侃英雄豪傑。如馬致遠〈慶東原〉「嘆世」云：「笑當時諸葛成何計！出師未回，長星墜地，蜀國空悲。」張鳴善(大約與鍾嗣成同時，生卒年不詳)〈水仙子〉「譏時」亦云：「說英雄誰是英雄？五眼雞岐山鳴鳳，兩頭蛇南陽臥龍，三腳貓渭水非熊……。」不過鮮于必仁於此，卻跟傳統士大夫詩人一樣，對諸葛亮「功蓋三分國，名成八陣圖」的卓識與才幹，流露由衷的讚美，對「江流石不轉，遺恨失吞吳」的綿綿長恨，表示深切的同情。鮮于必仁顯然是以詩人的心情，沿襲詠史懷古的傳統，緬懷「諸葛武侯」。整首曲，寫的是詩的意境，詩人的情懷。

另外，元末的汪元亨(1300?-1360?)，則是豪放派的代表。試看其〈正宮·醉太平〉「警世」：

> 憎蒼蠅競血。惡黑蟻爭穴。急流中勇退是豪傑，不因循苟且。嘆烏衣一旦非王謝，怕青山兩岸分吳越，厭紅塵萬丈混龍蛇。老先生去也。

汪元亨字協貞，號雲林，又號臨川佚老，饒州(今江西波陽)人，後徙

居常熟。曾經有《歸田錄》一百篇行於世。其現存小令恰好一百首，全屬嘆世歸隱情懷之吟詠，可能就是當初行於世的《歸田錄》。上舉〈醉太平〉「警世」一曲，乃是二十首組曲中之第二首，主要是說明「急流勇退」，毅然歸隱的緣由：是因為憎惡政壇上「蒼蠅競血」、「黑蟻爭穴」的骯髒鬥爭，擔心社會動盪變遷，江山易主，國土分裂，所以才「老先生去也！」值得注意的是，此曲在寫作上，每每化用前人句為己意的特點。如首二句，顯然是依馬致遠〈雙調・夜行船〉「秋思」套曲中「看密匝匝蟻排兵，亂紛紛蜂釀蜜，鬧嚷嚷蠅爭血」三句濃縮而成。其「烏衣一旦非王謝」句，則取劉禹錫〈金陵五題〉詩中「朱雀橋邊野草花，烏衣巷口夕陽斜。舊時王謝堂前燕，飛入尋常百姓家」之意。而「青山兩岸分吳越」，則是援用吳越爭霸的典故。此外，曲中運用一連串表達強烈不滿情緒的動詞以統領曲句，諸如憎、惡、嘆、怕、厭，並配合以整齊的排比句式，一氣貫注，遂增強了作品的氣勢。

再看一首〈雙調・沉醉東風〉「歸隱」：

> 遠城市人稠物穰，近村居水色山光。薰陶成野叟情。鏟削去時官樣，演習會牧歌樵唱，老瓦盆邊醉幾場，不撞入天羅地網。

是二十首組曲中的第二首，主要是吟詠去官歸隱後，村居生活的逍遙與自在。雖然語言平白曉暢，內涵意境亦並無新意，而且講究句式的對稱，乃至在流利朗暢中，展示精工整鍊之美，顯現出作者在俗中求巧的匠心。惟在散曲詩化雅化的過程中，尚能保持曲體的直白通俗，這或許可說是汪元亨散曲創作的成就，也是元代後期豪放派作家的共同特點。

值得注意的是，元末散曲的衰落，不僅展現於作家作品之銳減，更在於作品本身的詩詞化、典雅化，以及題材內容的趨向狹窄。當然，金元之際，散曲的初起時期，詞曲界限未明，甚至有詞曲同體的現象，實出自作者之「無心」，可是元末散曲作家，乃是「有意」在散曲的創作中，回歸詩詞的典雅，乃至削弱了散曲的特質，模糊了詩詞曲文體意境的區別。此外，元末散曲作家，還出現專工某一題材的現象。如劉庭信(1300-1370?)現存三十九首小令和七篇套數，幾乎全是男女風情之詠，其中雖語言通

俗，曲意顯豁，惟題材僅局限於一隅。另外，汪元亨的一百首「嘆世歸隱」之作，數量雖然可觀，亦正巧展現，元末散曲作者，在題材內容上的趨於保守，似乎已無意進一步開拓，風格上則難免顯得單調，這也可視爲是元散曲已經衰落的跡象。

　　當然，散曲乃是於元代才正式形成的一種有別於詩詞的文學樣式，並且視爲元代文學的代表，不過卻並未因其在元末的衰落而銷聲匿跡。此後明清文人相繼不絕創作散曲，甚至在沿襲傳統中，還是顯現一些各自的時代風貌。

第四章
元人散曲的後續——明清散曲

　　明清二朝在文學史上主要乃是戲曲與小說繁榮昌盛的時代，但是就如本書總序中嘗指出，歷史悠久傳統持續是中國文學的一大特質，乃至某種文學類型一經形成，立足文壇，其後續即不曾間斷。爰及明清時期，無論文章或詩詞，即使各有其盛衰迴環，卻仍然保持其為文人士子個人表達觀點意見，或抒發情懷意念的主要媒介。同樣的，曾經盛極一時的散曲，亦在元末日趨衰落之後，又在明清文人筆下重新接棒，展現其後續的發展與演變。

第一節　明散曲的復興

　　明代(1368-1644)立國長達二百七十多年，無論作家人數或作品數量均遠比元代為多，而且還有不少作家有散曲專集傳世。根據今人謝伯陽所輯錄《全明散曲》，作者凡四百零六家，小令一萬零六百零六首，套數二千零六十四篇。雖然明散曲在總體的創意和影響方面，不如元散曲，但其在元末散曲日趨衰落之後，繼其餘緒，甚至以南曲分享北曲的主流地位，展現散曲再興的跡象，則不容忽視。茲將明代散曲的發展，大略分為明初、明中葉、晚明三個階段來觀察。

一、北曲餘響與南曲初興——明初曲壇

　　散曲的創作並未因朝代的變革而終止，其流風則由身處元明易代之際的一些文人帶入新朝。不過，由於明太祖朱元璋嚴命「寰中士夫不為君

用，其罪皆至抄箚」，且於〈大誥〉中以法律形式重挫過去元代文人的逍
遙散誕之氣，加上文化政策上推崇四書五經，實行八股科舉制度，導致肆
心於曲者銳減，故而散曲創作在明成化(1465-1487)以前，大約一百餘年
間，顯得頗爲寂寞冷清。猶如何良俊(?-1573)《四友齋叢說》中的觀察：
「祖宗開國，尊崇儒術，士大夫恥留意辭曲。」儘管如此，還是有少數作
者，徘徊在北曲的餘響中，同時開始偶爾也嘗試南曲的創作，爲明代中葉
詞壇南北曲派的分流盛況，開出先路。其中或可以朱有燉(1379-1439)的
作品爲例。

　　試看其一首〈中呂‧山坡羊〉：

　　　浮生自覺皆無用，德尊崇祿盈豐。渾如一枕黃粱夢，迷到老來才
　　　自懂。功，也是空；名，也是空。

　　朱有燉，號誠齋，別號全陽子、老狂生。是朱元璋第五子朱橚的長
子，襲封周王。今存散曲《誠齋樂府》二卷，小令二百七十二首，套數三
十五篇。朱有燉雖貴爲皇室王孫，惟身處明初皇室爭相奪權、彼此相殘的
險惡境況中，爲求自保，只得韜光隱晦，而元散曲中的避世隱居、感悟人
生的情懷意念，自然成爲其散曲作品的主調。上引〈山坡羊〉即可爲證。
不過，其內涵情境雖然還保留元曲中特有的放達瀟灑，其修辭用語則已經
顯得比較文雅，爲明代散曲以雅爲尚的風調，敲出預響。

　　另外，值得注意的則是，明初曲壇在北曲的餘響裡，已經流露出一些
南曲初興的痕跡。即使一向喜作北曲的朱有燉，其《誠齋樂府》中，已存
有南曲小令二十九首。此外，寧王朱權(1378-1448)《太和正音譜》所列
「國朝一十六人」中的劉兌(劉東生)，其所存小令五首，套數四篇，皆爲
南曲，加上南北合套一篇，題旨內涵上則多寫男女豔情，而且明顯有格調
雅化的痕跡。倘若加上朱權、朱有燉之作，僅此三人已存南曲五十餘首，
與《全元散曲》所收總共不過三十首左右的南曲數量相比，明代南曲的初
興已露出曙光，當可視爲明代南曲開風氣之先者。

二、南曲北曲風格的分流──中葉曲壇

　　從弘治(1488-1505)至嘉靖(1522-1566)年間，乃是散曲文學的復興時代，也是北曲和南曲清晰展示其個別風格特質的時期。值得注意的是，促成散曲復興的主要作者，諸如陳鐸、唐寅等南方曲家，以及康海、王九思等北方曲家，多是一些不遇之士或疏曠之人，在朝廷塞聰、宦官弄權的政治生態環境下，或乾脆不求仕進，或雖仕而疏曠玩世，投身山水詩畫以自娛自遣。加上社會好樂之風，聲色之娛日盛，亦助長散曲之勃興。當然，一般明人寫曲，往往北曲南曲都寫，也就是在他們的作品裡，展現出南北散曲風格的分流。前面論及元散曲的章節中，嘗引述明代論曲者對南北曲在聲情方面風格的差異，主要還是針對音樂和聲韻而言。惟王驥德(?-1623?)《曲律‧雜論》則在論南北曲的差異中，進一步點出兩者在文學風格上的不同：「南北二調，天若限之。北之沉雄，南之柔婉，可劃地而知也。北人工篇章，南人工句字。工篇章者，故以氣骨勝；工句字，故以色澤勝。」

　　綜觀明中葉的散曲，除了音樂聲情上有北剛南柔之別，在題材內涵上亦有頗為明顯的分格。大體而言，北曲多抒胸懷寫意氣，通常吟唱個人超塵越俗，放達不羈之情；南曲則往往涉及閨閣幽思，或男女豔情，流露筆觸的細膩委婉。以下試各舉一首為例。

　　先看王九思(1468-1551)〈雙調‧雁兒落帶過得勝令〉「醉後作」：

　　　沉醉了花間鸚鵡卮，倒寫了筆底龍蛇字。酒淹了銷金翡翠衫，墨浣了腕玉蜂蝶使。歌一曲風雪子瞻詞，贈一首錦秀李白詩。舌吐盡磊落胸中氣，除非那飄颻天祥紙。參差，笑萬古興亡事；尋思，不如咱飲三杯快樂時。

　　王九思字敬夫，號渼陂，別署碧山野叟、紫閣山人，鄠(今陝西戶縣)縣人。弘治九年(1496)進士，授翰林院檢討，官吏部郎中，惟在朝廷權勢的鬥爭中，以依附宦官劉瑾黨羽的罪名，謫為壽州同知，次年勒令辭官歸里，自此家居不復出。王九思與另一著名曲家康海(1475-1540)相交甚

厚，每「挾聲伎酣飲，制樂造歌曲，自比俳優，以寄其怫鬱」(《明史·李夢陽傳》附傳)。有《碧山詩餘》、《碧山樂府》、《南曲次韻》等問世，今存小令四百四十八首，套數三十八篇。雖亦兼寫南曲，仍然以北曲為主調，故通常歸之為北派作家。王九思作曲多寫其罷官閒居期間避世樂隱的閒居生活，或看破紅塵、散誕逍遙的豪放情懷。如上引〈雁兒落帶過得勝令〉即是一首典型例子。不過，值得注意的是，經其序目點出乃為「醉後作」，旨趣含意就顯得不單純了。加上其曲辭所言之豪情壯語，隱隱蘊含著對自己仕途受挫、懷才不遇境況的自嘲，姑且在醇酒美人的享樂裡，追慕古人的曠達瀟灑，以紓解內心深處的隱痛。綜觀全曲，頗有元人散曲的餘味，只不過散布在元人散曲中的銳氣消失了，流蕩其間的主要乃是一介文人士大夫的「逸氣」而已。展示的是，明人寫北曲，即使也有些豪情壯語，格調已經比較文雅了。

　　活動於明中葉的南派作家，主要分布於江浙地區，多以南曲見長，風格往往顯得溫婉雅麗，與北派的沉雄豪放，區別甚明。茲以陳鐸(1454?-1521?)〈南商調·金落索〉「四時閨怨」中寫夏日閨怨一曲為例：

　　　楊花亂滾棉，蕉葉初學扇。翠蓋紅衣，出水蓮新現。燒殘金鴨內，水沉煙。睡起紗廚雲鬢偏。無端好夢誰驚破，花外鶯聲柳鳴蟬。羞臨鏡，千愁萬恨對誰言。只見舊恨眉邊，新淚腮邊，界破殘妝面。

　　按，陳鐸字大聲，號秋碧，別署七一居士，原籍邳州(今江蘇邳縣)，後遷居金陵。曾是世襲的濟州衛指揮使，但卻無意仕進，而耽於歌聲，寄情詩畫，尤以精聲律見稱，金陵教坊子弟甚至以「樂王」稱之。有《秋碧樂府》、《梨雲寄傲》、《滑稽餘韻》等散曲集，現存散曲一千多首，當屬散曲史上創作最豐的曲家。在內涵題材上，不受拘限，幾與寫詩填詞無異，大凡隱逸、閨情、花鳥蟲魚，乃至市井奇人奇事，甚至日常生活用品，均包羅在內；其風格情韻亦豐美多樣，無論豪壯沉雄、清麗柔婉，乃至詼諧鄙俗皆兼備。不過，後世論者，均尊其為「南曲之冠」，不僅欣賞其作品在聲情方面流露南曲聲腔優柔抑揚之美，亦以其內涵情境的溫柔婉

約引人入勝。就如上引〈金落索〉寫夏日的閨怨，先以楊花亂飛，蕉葉初生，新蓮出水，點出春暮夏初時節，再以水沉香殘暗示時光的推移，其後花外鶯聲，柳間蟬鳴，驚破了好夢，委婉暗示情懷的孤寂難耐。最後讓女主人公滿臉淚痕的出現在讀者面前，其「怨」之深之苦，深深印在讀者心坎裡。此曲情境之哀婉，筆觸之溫雅，用語之清麗，可視為南曲的典範，但其「詞化」的現象已相當明顯。

三、散曲詞化與婉麗成風——晚明曲壇

自隆慶(1567-1572)、萬曆(1573-1620)以降，到崇禎(1628-1644)明亡，是南曲詞化顯著而北曲再度衰落的時期。對於晚明曲壇的「詞化」，以及婉麗成風現象，古今曲論者因立場各異，乃至出現或出言推崇稱美，或下筆嚴詞批評。晚明人自己對於南曲流風的見解，如王驥德《曲律‧雜論》即認為「曲以婉麗俊俏為上」。徐復祚《曲論》則以欣悅的語氣云「我吳音宜幼女輕歌按拍，故南曲委婉清揚」。沈德符《顧曲雜言》則指出「自吳人重南曲，皆祖崑山魏良輔，而北詞幾廢」。現代學者如任中敏《散曲概論》論明曲「派別」，則痛惜「崑腔以後只有南曲，而北曲亡矣！南曲又多參詞法以為之，形成所謂南詞，而曲亡矣！」又於批評梁辰魚諸人的曲風云：「文雅蘊藉，細膩妥貼，完全表現南方人之性格與長處，去北曲之蒜酪遺風、亢爽激越者，千萬里矣！」

且以梁辰魚的〈南正宮‧綿纏道〉「九日」一曲為例：

> 雁來期，正秋風寒雲亂飛。把酒對斜暉。問芳卿，為甚的便蕙損蘭摧。想蕭關黃葉盡起，念漢殿紫萸誰佩？歲月轉凄凄，衾餘枕剩，初寒未授衣。辜負登高節，對黃花羞插滿頭歸。

梁辰魚(1519-1591)字伯龍，號少白，別號仇池外史，江蘇崑山人。一生未曾入仕，風流倜儻，優游江湖，既工詩，亦精通音律，其《浣沙記》乃是第一本依據魏良輔改良的崑山腔撰寫的傳奇劇，梨園弟子一時傳唱不絕(詳後)。有散曲集《江東白苧》，存小令五十四首，套數四十一篇，大多寫閨中情思，亦有浪跡江湖，感慨人生之篇。不過，梁辰魚散曲

單純涉筆寫閨情之作其實很少，往往在閨思中另有寄託。上引〈綿纏道〉即是一例，或可視爲「藉閨怨」而抒己懷、感人生之作，其中寄寓著「不遇時」的孤獨寂寞，「被遺棄」的淒苦憂傷。整篇作品，均顯得文辭精美，描寫細膩，風格婉麗，加上寓情於景的旨趣，儼然是唐宋人塡詞的再現，可視爲晚明散曲已全然詞化的典型例子。

第二節　清散曲的式微

興起於金元之際的散曲，綿延至清朝(1644-1911)，已明顯衰落不振。或由於清代文人多博學多識之士，即使任職朝廷，往往還是以學術的研究著述爲個人安身立命的天地，雖然在詩詞甚至文章中均不乏抒情述懷寫志之作，不過一般對於以「通俗」爲本色，以「蒜酪」、「蛤蜊」爲滋味的散曲文學，興趣不大，多屬偶一爲之者，乃至作家作品銳減，有專集存世者更是寥寥無幾，大半曲作均散見於詩文集或筆記、曲譜、曲論之中。經凌景埏與謝伯陽二先生費時苦心搜尋，編輯而成《全清散曲》，也僅收作者三百四十二家，計有小令三千兩百餘首，套數一千一百餘篇而已，在數量上，與《全明散曲》已相去甚遠。此外，在散曲風格情韻的創新方面，顯然已無可以與元人，甚至明人比肩的大家。散曲的創作，對清代文人而言，已屬案頭文學，主要還是對前人作品緬懷顧盼中的嘗試，展現的不過是散曲文學傳統的迴光返照而已。故以「式微」作爲清散曲的總趨勢。儘管如此，還是可以將清散曲的式微，分爲清初、中葉、晚清曲壇三個期段來觀察。

一、元北曲風味的因襲——清初曲壇

活躍於順治(1644-1661)和康熙(1662-1722)前期的散曲作者，大多是由明入清的文士，身經喪亂易代之痛，乃至無論寫詩塡詞作曲，往往以黍離之悲或避世之情爲主調，這已經是中國文學作品大凡在朝代輪替之際迴環往復的普遍現象。雖然清初散曲仍然有繼晚明婉麗風格寫閨思戀情者，

惟值得注意的是，清初散曲中出現遙承元代北曲風格的痕跡，或可觀察明亡之後，曲壇的些微變化。

試舉朱彝尊(1629-1709)〈北雙調‧折桂令〉一首為例：

閙紅塵衰衰公侯，白璧黃金，肥馬輕裘。蟻陣蜂衙，鼠肝蟲背，蝸角蠅頭。神仙侶淮南雞狗，衣冠隊楚國獼猴。歸去來休，選個溪亭，作伴沙鷗。

朱彝尊已如前面論清詞之章節所述，乃是浙西詞派的倡導者，推崇南宋張炎《詞源》的主張，認為填詞之際，著重的當是情味意境的清空醇雅。可是其現存五十餘首的散曲集《葉兒樂府》，從題材內容到體式風格，均顯示有意向元散曲，亦即北曲的回歸，遂令元散曲的風味，在晚明沉寂數十年後，重新引入文人散曲的創作。不過，時代環境畢竟不同了，就看元人散曲中即使抒發的是作者避世隱逸情懷，往往還流蕩著幾分樸實直率，甚至詼諧風趣，乃至通常顯得彷彿可以超然瀟灑面對不遇的社會人生。可是上引朱彝尊〈折桂令〉，雖然貌似元散曲，而且同樣是避世隱逸情懷的抒發，筆墨重點卻是對公侯高官的豪華奢侈、衙門小吏的逢迎拍馬，一概筆沾辛辣的諷刺，語帶憎惡的鄙夷。含蘊的主要還是作者憤世嫉俗的意念與態度，這或許是基於朱彝尊個人對官宦名利場由衷的不滿，同時也反映清初曲壇在元北曲風味的因襲中，展現的時代風貌。

二、清雅與婉麗的追摹——中葉曲壇

康熙之後，經雍正(1723-1735)乾隆(1736-1795)盛世，至嘉慶(1796-1820)道光(1821-1850)年間，即使偶爾涉筆散曲者也日益稀少，南北曲分格的現象已經模糊，文人寫曲，不過是依曲調格律填寫而已。題材內涵方面，除了閨思豔情之外，基本上多寫作者個人日常生活的情懷，而且往往表現有意朝元末或晚明散曲清雅婉麗風格的追摹。

試看厲鶚(1692-1752)〈正宮‧醉太平〉「看梅宿西溪山莊」：

掩簀笆野橋，護莎砌田坳。梅花雪擁閣如巢，供吾儕睡飽。溪深溪淺隨春笑，窗明窗暗疑人到，鐘初鐘絕帶詩敲。剩香吟半瓢。

　　厲鶚在詞壇上乃是浙西詞派的主將，散曲創作方面則是清代文人中作品比較多者，其現存北曲小令八十一首，可謂是繼朱彝尊之後，在清中葉曲壇，以風格清雅婉麗見稱的重要作家。當然，清雅婉麗在清代以前的散曲史上已屬散曲詞化的標誌，厲鶚之作，不過是業已詞化的散曲之追摹而已。上引〈醉太平〉即是一例。此曲主要是寫「看梅」的經驗感受，有風景的描寫，也有心情的抒發。綜觀全曲，作者情趣之「清雅」流蕩其間，加上寫景之細膩，用語之秀麗，意韻之委婉，予讀者的整體印象，如詩似詞，元人散曲中徘徊山野，笑傲人間之趣，已蕩然無存，留下的不過是文人士大夫自賞自許的清雅品味而已。

三、勸世與諷世的迴盪——晚清曲壇

　　咸豐(1851-1861)至宣統(1909-1911)是大清王朝迅速走向敗亡的時期，也是散曲文學在告別文壇之前最後閃出的微光。雖然這時期的文人，即便有散曲留存，也不過零星幾首，但是他們對時局的由衷關懷，令人矚目。或指斥時弊，或諷刺世風，或勸誡人心，則成為一些晚清文人散曲的主調。其中尤其值得注意的是，對於鴉片之禍，危害身心的勸世與諷世之情的迴盪。

　　茲引凌丹陛〈南商調·黃鶯兒〉「鴉片煙詞」聯章中的四首為例：

　　　　大土外洋來，那蘭州、也會栽，栽煙得利家家賽。罌粟花開，販
　　　　土來哉，明知毒藥人爭買。費疑猜，聽人傳說，中有死屍骸。
　　　　可嘆富家郎，更趨時、沒主張，無端上了終生當。何必賭場，何
　　　　必宿娼，管教斷送洋煙上。不思量，油燈一盞，燒得盡田莊。
　　　　習氣染閨房，本良家、學賤娼，蓬頭垢面眠長炕。不理梳妝，不
　　　　問家常，婦工婦德都休講。更荒唐，姑娘小叔，一樣共煙床。
　　　　窮極沒人憐，受淒涼、為吃煙，親朋怕鬼難相見。面目堪嫌，廉
　　　　恥都捐，狗偷鼠竊俱難免。不羞慚，牽連妻女，賣笑倚門前。

　　凌丹陛生卒年不詳，現存小令二十四首，內涵題旨多屬勸世諷世之章，流露的主要是一介文人身處國難之際的憂患意識與焦慮心情，上引四

曲即可爲證。就作品本身的風格視之，雖然欠缺元人散曲的「蒜酪」與「蛤蜊」味，不過，其用語通俗淺白，旨趣明白易曉，則與散曲的「本色」相去並不算遠。惟其創作的宗旨，顯然與唐代元稹及白居易等，針對政治社會敗象的諷諭詩相接。興起於金元之際的散曲，在晚清這些憂國憂民的文人筆下，不但已經明顯「詩化」了，同時還展示，中國文學作品，無論詩詞歌曲，對儒家政教傳統的依附，從未間斷。

當然，元曲作爲一代之文學，並不局限於散曲，更重要的還有元雜劇，其興起與衰微，以及對後世戲曲發展的深遠影響，亦是文學史關注的重點。

第十編

中國戲曲發展之雙峰

——元雜劇與明清傳奇

第一章
元雜劇緒說

一、「戲劇」與「戲曲」

中國傳統戲劇，並不同於西方的戲劇或現代的話劇，而是自成其傳統體系。主要是由演員以劇情故事中當事人身分，通過「唱、念、做、打」等高度技藝化的表演，將曲辭、說唱、音樂、舞蹈、表情、身段，甚至雜耍、武術等技藝，融為一體的多元綜合性表演藝術。也就是因為中國傳統戲劇具有「多元綜合性」的特質，加上曲辭在整個表演過程中的主導性，因此，當今傳統戲劇史的研究者，遂移用宋元期間曾流行的「戲曲」一語，作為宋金以來，包括雜劇、南戲、傳奇，以及各種地方戲曲等傳統戲劇之統稱，並且已大致獲得學界的共識。

中國戲曲雖起源早，卻成熟晚，乃是經過相當漫長的孕育過程，由多種表演藝術成分，長期的交互融匯摻合，逐漸發展演變，遲至宋金之際，方始成形，爰及有元一代(1260-1368)，才正式進入成熟階段，並且成為中國戲曲發展的一個高峰。王國維(1877-1927)《宋元戲曲史》，嘗為中國傳統戲劇之形成釐出定義界說，認為：「必合言語、動作、歌唱以演一故事，而後戲劇之意義始成。」其論「元雜劇之淵源」，且進一步指出：「真正之戲劇，起於宋代。」不過由於宋代劇本已無存者，故云：「論真正之戲曲，不能不從元雜劇始也。」元雜劇的興起，的確為中國戲曲發展至一個高峰之標誌。

惟值得注意的是，元雜劇的流行期間，同時還有其他地方戲曲的搬演，其中流行於江南地區的南戲，就為以後深受文人士大夫欣賞的明清傳

奇，奠上發展基礎。故而本編以元雜劇與明清傳奇之發展演變爲討論重
點，並以兩者爲中國戲曲發展的前後兩個高峰。以下先論元雜劇，明清傳
奇則留待後面的章節。

二、元雜劇的名稱

元雜劇雖然是一種在舞臺上表演的戲曲藝術，但雜劇的劇本，也供人
閱讀欣賞，自然亦自有其文學價值，並且視爲元代文學的代表，在文學史
上，有其不容忽略的地位。由於元代的戲曲主要是由「曲」（音樂與詩
歌）、「白」（對話與獨白）、「科」（表演動作）等多種藝術成分組成的多
元綜合表演藝術，故稱「雜劇」。不過在元代的稱呼卻並不一致，偶爾也
有稱「傳奇」或「戲曲」者，惟「雜劇」是當時比較通俗慣用的名稱。又
因爲音樂與詩歌的密切配合，是雜劇表現的重心，而詩歌，亦即主角獨自
演唱的套曲「曲辭」，在元雜劇中占有絕大的分量，所以元雜劇也稱「元
曲」。當然，「元曲」廣義而言，包括散曲與戲曲，有關散曲種種，已如
前面章節所述，此處自然專指戲曲而論。蓋因元曲的興起與發展，主要是
以大都(北京)爲中心，採用的音樂曲調，也多來自北方，使用的語言，則
以北方的語彙腔調爲主，這和江南地區興起的南戲，有明顯不同的風格。
因此，元雜劇也有「北曲」、「北雜劇」或「北曲雜劇」之稱。不過，當
今學界已統稱之爲「元雜劇」。

元雜劇就是在朝野上下，包括貴族王公、文人士子、市井小民等，不
同階層人物的共同喜好之下，成爲元代社會中最普及的大眾娛樂。一般文
學史上所謂一代有一代之文學主流，諸如漢賦、唐詩、宋詞、元曲，實際
上是以元雜劇爲元代文學的代表。

三、元雜劇作家及作品

現存有關元雜劇作家與作品的最早紀錄，即是鍾嗣成(1275?-1345年
以後)的《錄鬼簿》，以及之後賈仲明(1343-1422)的《錄鬼簿續編》。根
據當今學者將二書合刊的《新校錄鬼簿正續編》，以各版本匯總計算，共

載錄元代一百五十八位作家，四百七十一本雜劇劇目[1]。

值得注意的是，一般唐詩、宋詞的作者，基本上是一些以仕宦爲志業的趕考舉子，已仕或未能仕的書生，得意或失意的文人，可是《錄鬼簿》所錄元雜劇的作家，身分龐雜得多。除了少數個別人物爲貴冑或顯宦出身之外，絕大多數的作家，均爲「門第卑微，職位不振」者（〈錄鬼簿序〉），或屬流落市井「玉京書會，燕趙才人」。其中大致可分爲兩類：一類是專業的戲曲作家，除了多數的無名氏之外，少數知名者如關漢卿、楊顯之等，亦是以編寫戲曲爲「謀生」的途徑，或許還兼任演員或教師，屬於眞正淪落市井社會，寄身勾欄瓦肆，與倡優爲伍的職業作家。另一類則是以寫雜劇爲「兼職」的下吏，或以「下吏」爲「兼職」的雜劇作家。如馬致遠、李時中、高文秀、鄭光祖等即是。此外，還包括以「卜術爲業」的陰陽教授兼雜劇作家者，如趙文寶，還有「以賈爲業」的商人施君承，藝人趙文益等。這樣三教九流的創作隊伍，無論屬專業或兼職，跨越了更廣闊的社會階層與生活經驗。當然，其中不乏受過正統教育的文士儒生，原本有意於仕宦，追求功名，卻因時運不濟，乃至有志不獲騁，遂浮沉於「士林」與「市井」之間，從事娛樂市民大眾的戲曲創作，一方面謀生，一方面也可藉此抒發心中鬱悶，澆澆胸中塊壘。元雜劇作家群身分的「兩棲性」或「多元性」，自然會對元雜劇作品本身產生相當程度的影響。

首先，是作者視野弧度的擴大。這與元雜劇接受對象的擴大，亦即觀眾範圍的多元化，密切相關。元雜劇雖也在宮廷中爲娛樂貴族王公或文人士子而演出，但卻更有賴一般城市居民和鄉鎮百姓的捧場，方能生存繁榮。作者不能將視野局限於少數貴族王公或高官大臣的喜好，因此，除了一般文人士子關懷的主題，諸如朝政的得失、歷史的盛衰、文士的風流，或書生的憂樂之外，元雜劇作家，也會將筆墨投向升斗小民日常生活的經

1　賈仲明是否即是《錄鬼簿續編》之作者，在學界尚有異議。此處取大多數曲學者的看法。見浦漢明，《新校錄鬼簿正續編》（成都：巴蜀書社，1996）〈前言〉（頁7-29）。

驗和感受。包括生活的貧困，官吏的貪婪，衙內的欺壓，痞子流氓的可惡，高利貸的可恨，官司訴訟的可怕等……。

其次，是作者立場態度的改變。按，傳統文人士子對於民生疾苦，一向站在社會的上層，居高臨下的立場角度，俯視生靈辛苦，表示其同情與悲憫。從漢魏文人的擬樂府，到唐宋的新樂府，均如此。但是，元雜劇作家，往往因自己淪落市井的遭遇，身居社會底層，遂可以從平等的立場，切身的經驗，來揭示一般平民百姓日常生活中的悲歡愁怨。

再者，則是作品本身雅俗兼備的審美趣味。元雜劇雖屬出身於市井勾欄的「通俗文學」，實際上也是文人抒情述懷詩歌，與民間說唱敘事文學的結合，兼具正統文學的政教倫理意圖，以及世俗社會的休閒娛樂特質，表現的往往是，正統文士儒生的風雅情趣，與市井書會才人的世俗趣味之混合體。

遺憾的是，元代百年間風行朝野的戲曲表演，其作品只有少數幸存至今。現存元雜劇的各種總集和選集中，最早的元刊本《古今雜劇》三十種，亦是現存唯一的元代刊行本[2]。或許原來是民間俗本，經後人匯訂而成，因此體制不很一致。有的只有曲辭，沒有賓白，也沒有科介。當然也可能原是簡略的演出底本，或僅供清唱傳習之用。此外，流行最廣的，則是明人臧晉叔(1580年進士)所編《元曲選》(全四冊，北京：中華書局，1979)，共收錄雜劇一百種，其中九十四種為元人作品，六種屬元末明初雜劇。據今人傅惜華《元代雜劇全目》所錄，元雜劇總共留存約一百六十多種，這些當然並不包括失傳之作。以下試簡略列出一些為歷代公認，最膾炙人口的元雜劇代表作家與作品劇目：

關漢卿(1227?-1297年以後)《竇娥冤》、《救風塵》、《單刀會》、《蝴蝶夢》

白樸(1226-1310?)《梧桐雨》、《牆頭馬上》

2　元刊本《古今雜劇》三十種，已收入《古今戲曲叢刊》第四集(北京：古籍刊行社，1953)。

馬致遠(1250?-1324?)《黃粱夢》、《陳摶高臥》、《漢宮秋》、《青衫淚》

王實甫(1260年以前-1336?)《西廂記》

紀君祥(13世紀)《趙氏孤兒》

康進之(13世紀)《李逵負荊》

鄭光祖(1260?-1321?)《王粲登樓》、《倩女離魂》

綜觀以上所列這些雜劇代表作品，主題內涵相當廣泛，包括公案劇、歷史劇、愛情劇、神仙道化劇、文人事跡劇、綠林俠盜劇等。其中關漢卿、白樸、馬致遠、鄭光祖四人，自明清以來，最受矚目，一般號稱「元曲四大家」。

第二章
元雜劇的先聲——中國戲曲的萌生與形成

　　中國戲曲乃是經過相當漫長的孕育過程，方萌生成多元性的綜合藝術表演樣式。包括音樂、舞蹈、歌唱、表演、賓白等，故其形成的線索，應不只一條，來源也不止一個，其萌生因素當然亦非單一孤立的。中國戲曲在其萌生與形成過程中，主要是以出現故事的表演為總趨勢，其間不斷吸收歌舞、雜技，以及講唱文學等諸多表演藝術成分而逐漸形成。基本上是沿著歌舞表演、滑稽說笑、故事搬演三條線索發展，相互交融摻合，而最終形成。

　　若是追溯中國戲曲的淵源，當今戲曲學者大多認為，或許可以溯源於原始時代歌舞的結合，包括先民的狩獵舞、戰爭舞，或春耕、秋收、求雨、驅疫，以及祭神等重要的農事祭祀大典中的歌舞。根據古籍的記載，如《尚書·舜典》中所云：「予擊石拊石，百獸率舞。」或許即是先民扮成百獸，擊石起舞的場面。此外，《呂氏春秋·古樂》亦云：「昔葛天氏之樂：三人操牛尾，投足以歌八闋。」則是農耕時期，勞動之暇，載歌載舞的情景。當然，這些表演活動，均帶有濃厚的原始宗教色彩。爰及周代，朝廷祭祀禮儀中的歌舞活動仍然盛行，如《周禮·舞師》所載：「舞師掌教兵舞，帥而舞山川之祭祀；教帗舞，帥而舞社稷之祭祀；教羽舞，帥而舞四方之祭祀；教皇舞，帥而舞旱暵之事。凡野舞，則皆教之。」則清楚點出，乃屬朝廷官方主導，為祭祀諸神的歌舞表演。

　　可惜這些記載，甚為簡略，而且所涉及的時代又相當久遠綿邈，難以考核其實際演出狀況，只能作為中國戲曲遙遠淵源的推測。何況戲曲的萌生，除了須演員有意識的「扮演」某種角色之外，還須有「娛樂」觀眾的

功能，以及敷衍「故事」的「意圖」。目前姑且根據現存的一些文獻記載，將中國戲曲的萌生與形成，依隨時代順序，分爲起源、萌芽、誕生、形成，四個發展步驟階段，逐次論述。

第一節　先秦巫覡歌舞與俳優調笑——中國戲曲的起源

中國戲曲的起源，或許可從先秦時期宗教祭祀與宮廷娛樂的雙重功能線索來觀察。亦即由楚巫有意「裝扮」神靈的歌舞表演，「以媚鬼神」，以及楚宮中俳優刻意「扮演」人物言行狀貌的滑稽表演，以「娛人耳目」，覽其大概。

一、巫覡歌舞以媚鬼神——樂神之用

一般均根據王國維《宋元戲曲史》的說法，中國戲曲或當起源自楚國之巫覡歌舞。王氏認爲，古代巫覡乃是以歌舞娛樂鬼神爲「職」。祭祀鬼神之際，則須藉憑巫覡來「裝扮」成「靈保」或「尸」，作爲神靈所依附的實體。王氏並進一步推測，於「群巫之中，必有象神之衣服形貌動作者」。這樣的觀點，並非憑空想像，而是有文獻依據。

王逸(89?-158)《楚辭章句》卷二〈九歌序〉即嘗云：

> 昔楚國南部之邑，沅湘之間，其俗信鬼而好祀，其祀必作歌樂鼓
> 舞，以樂諸神。

按「楚辭」作爲中國詩歌傳統的一個主要源頭，已如前面章節所述，其中的《九歌》，可能是一套曾經在楚宮中表演的祭神之樂歌，甚至還可能經過三閭大夫屈原的修改潤色。就其內涵視之，乃是由巫覡扮演享受祭祀的各種神靈，且有群巫載歌載舞，「以樂諸神」。就中國戲曲的表演藝術視之，從《九歌》作品中展示的當時之歌舞演唱情況，其中已呈現某些戲劇成分。

首先，由巫覡扮演的湘君、湘夫人、山鬼諸神的唱辭，已具有代言的意味，而且和以後元雜劇的唱辭相若，同樣兼具寫景與抒情的雙重功能。

其中尤其以《山鬼》中，由巫扮演女山鬼，由覡扮演人間公子之對歌對舞，即頗爲明顯：

> (公子)若有人兮山之阿，被薜荔兮帶女蘿。既含睇兮又宜笑，子慕予兮善窈窕。(山鬼)乘赤豹兮從文狸，辛夷車兮結桂旗。被石蘭兮帶杜衡，折芳馨兮遺所思。余處幽篁兮終不見天，路艱難兮獨後來。(公子)表獨立兮山之上，雲容容兮而在下。杳冥冥兮羌晝晦，東風飄兮神靈雨。留靈修兮憺忘歸，歲既晏兮孰華予？(山鬼)采三秀兮於山間，石磊磊兮葛蔓蔓。怨公子兮悵忘歸，君思我兮不得閒。(公子)山中人兮芳杜若，飲石泉兮蔭松柏。君思我兮然疑作。(山鬼)雷填填兮雨冥冥，猿啾啾兮狖夜鳴。風颯颯兮木蕭蕭，思公子兮徒離憂。

其次，《九歌》中除了由巫覡扮演的神靈之外，還有群巫伴隨或歌或舞，場面頗爲熱鬧壯觀。也就是在祭神娛神之際，那些參與祭典，在旁邊觀賞者，因受到歌舞場面熱鬧氣氛的感染，亦不難產生娛樂的效果。正如〈東君〉中日神的唱辭所云：

> 羌聲色兮娛人，觀者憺兮忘歸。

受祭祀的日神「東君」，在祭祀者的呼籲之下降臨人間，順便觀賞群巫的載歌載舞，但覺聲色迷人，頗有娛樂的效果，因而特別點出，就連現場圍觀的群眾，也看得入迷，甚至「憺兮忘歸」。按，《九歌》的搬演，無論是在宮中或民間，已經顯示人神同樂，演員與觀眾共娛的情景。聞一多〈什麼是《九歌》〉一文，即視之爲「雛形的歌舞劇」。

再者，這些以歌舞演唱的巫覡，或許可說是最早的「演員」，體現了由祀神歌舞向人物(角色)模仿(扮演)的過渡。當然，《九歌》搬演的目的，無論民間或宮廷，主要還是爲宗教祭祀活動而演出，以媚神娛鬼爲宗旨，巫覡雖然當場扮演諸神靈角色，卻尚非專門以表演謀生的「職業」演員，其表演場面之所以「娛人」，不過是宗教祭祀典禮中，樂鬼神之餘，附帶外加的效果而已。

儘管楚人宗教祭祀中，已有角色的扮演，還有樂舞和歌唱，甚至產生

「娛人」的附加效果，畢竟不是由以此爲生職業演員扮演的「專業」，何況還並非有意搬演故事，所以還不能算是戲劇。或許王侯貴族畜養的俳優，以娛人爲宗旨的滑稽調笑表演，則可以補其「不足」。

二、俳優調笑以娛耳目——娛人之用

滑稽調笑的表演，源於「俳優」。就現存文獻資料，春秋時代的俳優（亦稱倡優、優人），或許可視爲最早的以娛人耳目爲宗旨的「演員」。按，古籍中所謂「俳優」，乃是一批由王侯貴族畜養、專供娛樂的藝人，多善歌舞，或長調笑，主要以詼諧滑稽娛人耳目，一般當然是爲王侯貴族本身，及其邀宴的賓客提供娛樂。不過值得注意的是，這些以娛人耳目爲業的俳優，在表演的同時，偶爾還可以委婉寄寓諷諫意味，暗含某些道德教訓。

最有名的例子，即是司馬遷《史記·滑稽列傳》中所載，楚樂人「優孟衣冠」，模仿孫叔敖的故事：

> 優孟者，故楚之樂人也。長八尺，多辯，常以談笑諷諫。……楚相孫叔敖知其爲賢人也，善待之。病且死，屬其子曰：「我死，汝必貧困。若往見優孟，言我孫叔敖之子也。」居數年，其子窮困，負薪，逢優孟，與言曰：「我，孫叔敖子也。父且死時，屬我貧困往見優孟。」優孟……即爲孫叔敖衣冠，抵掌談語歲餘，象孫叔敖。楚王及左右不能別也。莊王置酒，優孟前爲壽。莊王大驚，以爲孫叔敖復生也，欲以爲相。優孟曰：「請歸與婦計之。三日而爲相。」莊王許之。三日後，優孟復來。王曰：「婦言謂何？」孟曰：「婦言：愼無爲。楚相不足爲也。如孫叔敖之爲楚相，盡忠爲廉吏以治楚，楚王得以霸。今死，其子無立錐之地，貧困負薪以自飲食。必如孫叔敖，不如自殺。」……於是莊王謝優孟，乃召孫叔敖子，封之寢丘四百戶以奉其祀；後十世不絕。此知可以言時也。

古優之職務主要是以歌舞調笑來娛樂人主，卻亦能於滑稽詼諧中，委

婉寄寓諷諫勸戒之意。上舉「優孟衣冠」故事，其中優孟藉穿戴故楚令尹孫叔敖的衣冠，模仿其言談動作而得其神似，遂能令楚王誤以爲孫叔敖復生。這種逼眞的模仿，雖對後世戲曲有重要影響，但其表演並不具備故事情節，何況其模仿孫叔敖的目的，乃是「以談笑諷諫」，具有「政治」、「道德」的意圖，主要是藉歌舞調笑來諷諫楚莊王忽視功臣之後的缺憾。優孟的演出目的，既非爲表現孫叔敖的生平事跡故事，或者某一特定時期的行爲情性，也不是先行規定情節，再由某個演員來表演其人其事。因此，「優孟衣冠」雖可說是開啓俳優裝扮模仿人物之端，惟其尙非眞正的表演藝術。何況孫叔敖與楚莊王的對話，畢竟還是就俳優本人口吻來述說，並非代作孫叔敖之言。換言之，優孟只是模仿一個特定人物的言行，尙非戲劇必須的「代言體」，更非依據現有故事情節的表演。「優孟衣冠」只能說是具備了戲曲中人物角色「扮演」的重要因素，卻還不能算是初期的戲曲。

　　中國戲曲的形成，必須是先有故事情節，然後才由演員裝扮故事中人物角色而作模仿表演。這或許當從兩漢魏晉南北朝時期的表演藝術，亦即合歌舞以演故事的節目中，方可窺見中國戲曲的萌芽。

第二節　兩漢魏晉南北朝表演藝術——中國戲曲的萌芽

一、兩漢角觝戲《東海黃公》

　　兩漢時期曾有所謂「百戲」的盛行，包括歌舞、俳優、雜技、角觝（二人角力、摔跤）等各種雜類技藝表演。其中的「角觝戲」，取其角技爲義，乃屬「技藝競賽」。廣義的角觝戲，所包含的技藝類別頗爲寬廣，實際上等於「百戲」。重要的是，角觝戲通常僅二人上場表演，其中不僅包括二人的角力特技，還有化妝歌舞、假面弄獸、武術表演等。而最令戲曲史研究者矚目的，則是其中一項合歌舞以演故事的角觝戲《東海黃公》。

　　東漢張衡（78-139）於其〈西京賦〉，歷頌京城長安御前表演各種「角觝之戲」的盛美時，其中曾簡略述及《東海黃公》之表演狀況：

> 大駕幸乎平樂，張甲乙而襲翠被。紛瑰麗以奢迷。臨迴望之廣
> 場，程腳觝之妙戲：⋯⋯東海黃公，赤刀粵祝，冀厭白虎，卒不
> 能救；挾邪作蠱，於是不售。⋯⋯

引文所稱「平樂」，即平樂觀，又作平樂館，是漢代長安未央宮前的樓閣名，亦是觀看廣場演出的特殊看臺。根據《漢書·武帝紀》所載，元封三年(前108)，「夏，京師民觀角觝於上林平樂館」。上引張衡〈西京賦〉所記《東海黃公》節目，雖然形式上仍屬「角觝」(二人角力)，但已經稱為「戲」，表示此節目並非憑二人之實力來角力分勝負，而是敷演既定之故事情節：東海人黃公因法術失靈，而被白虎所殺。表演時，當由兩個演員登場，一人扮演黃公，手持赤金刀，另一人則扮演老虎，互相角力以為戲樂。先是黃公舞蹈念咒，可能還有念唱之詞，繼而由兩個演員在臺上作人虎相鬥之狀，直至黃公力疲不敵，終於為老虎所撲殺為止[1]。值得注意的是，《東海黃公》之表演，已經按照既定的故事情節進行，人物角色也有特定的服飾和化妝，並且將舞蹈與角觝動作相結合。總之，「東海黃公」已由演員裝扮，且合歌舞以演故事。這樣的形式，雖然還屬於簡單的「小戲」，實已粗具戲劇萌芽的胚胎。

漢代以後，百戲、角觝諸戲，繼續流行民間，在內容形式以及表演方面，均有所成長演變。惟因文獻記載有限，只能憑少數零星資料略觀其大概。

二、蜀漢《慈潛訟鬩》與曹魏《遼東妖婦》

(一)蜀漢倡優的扮演

古代倡優模仿真實人物的言行舉止以資調笑，或寓諷諫之意，自先秦

---

1 葛洪(250?-330?)《西京雜記》有關「東海黃公」事件，記載更為詳細：「余所知有鞠道龍，善為幻術，向余說古今時事：有東海人黃公，少時為術能制蛇御虎，佩赤金刀，以絳繒束髮，立興雲霧，坐成山河。及衰老，氣力羸憊，飲酒過度，不能復行其術。秦末有白虎見於東海，黃公乃以赤刀往厭之。術既不行，遂為虎所殺。三輔人俗用以為戲，漢帝亦取以為角觝之戲焉。」

以來，始終未嘗消歇。但有趣的是，一般古優諷諫的對象，本來是王侯貴族，惟爰及三國時代，卻出現反過來由王侯貴族利用倡優表演以諷刺臣僚的現象。據現存資料，這最先出現在蜀漢的宮廷中。試看《三國志‧蜀志‧許慈傳》所載：

> （許）慈、（胡）潛並爲學士，……典掌舊文。值庶事草創，動多疑議，慈、潛更相克伐，謗讟忿爭，形於聲色；書籍有無，不相通借，時尋楚撻，以相震撼。……先主愍其若斯，群僚大會，使倡家假爲二子之容，效其訟閱之狀，酒酣樂作，以爲嬉戲，初以辭義相難，終以刀杖相屈，用感切之。……

引文所述倡優扮演《慈潛訟閱》的情景，雖然承襲當初「優孟衣冠」的遺風，但已有若干變化，似乎與漢代《東海黃公》的二人「角觝」，有融合的關係。首先，是由先主劉備預先策畫，再「使倡家假爲二子之容」，由演員裝扮朝臣，「效其訟閱之狀」，「以爲嬉戲」，以此諷刺二臣僚之相互訟閱。其次，其表演，已由原先僅一個倡優演員獨自表演，變成兩個演員之間的互動。再者，表演的情節，也遠較「優孟衣冠」爲複雜，除了二人「辭義相難」的對話，還有彼此「刀杖相屈」的武打場面。

（二）曹魏倡優的扮演

除了蜀漢的「慈潛訟閱」之外，在曹魏廢帝曹芳的宮中，倡優的表演方式又另有所開拓，甚至出現男扮女裝的「反串」現象。試看《三國志‧魏志‧齊王紀》裴松之「注」引司馬師〈廢帝奏〉所云：

> 日延小優郭懷、袁信等，於建始芙蓉殿前，裸袒遊戲。……又於廣望觀上，使懷、信等於觀下作《遼東妖婦》。嬉褻過度，道路行人掩目。

王國維《宋元戲曲史》即認爲：「《遼東妖婦》，或演故事，蓋猶漢世角觝之餘風也。」按，曹芳使倡優於廣望觀下作《遼東妖婦》，應該不會是單獨表演，至少郭懷、袁信兩個小優均同時登場，的確容易令人聯想到由二人扮演「角觝之戲」的餘風。當然，《遼東妖婦》的具體內容或故事情節，已不得而知，惟其表演形式，顯然已不同於「漢世角觝」。首

先，必是男扮女裝，以男優裝扮妖婦。其次，既然「嬉褻過度」，則極可能並非二人角觗鬥毆之戲，而是「調弄」搞笑之戲。

曹魏廢帝曹芳宮中《遼東妖婦》之戲，雖「嬉褻過度」，頗令後世史家所「不齒」，倘若擺脫道德的評價，則此戲無疑可以視爲中國戲曲中一種逗人開心的搞笑表演，甚至是大眾娛樂性質滲入的「突破」。

惟不容忽略的是，從《東海黃公》爲虎所殺的故事情節，到《遼東妖婦》男扮女裝的調弄搞笑，先後爲中國戲曲的多元性，走向「綜合藝術」，分別提供了不同的重要養分。

三、北齊《蘭陵王入陣曲》與《踏謠娘》合歌舞以演一事

南北朝時期，基於西域與中原文化的交流融匯，促使表演藝術進一步發展。從現存資料看，北齊時期的《蘭陵王入陣曲》和《踏謠娘》，最值得注意。據唐人崔令欽(活躍於開元天寶年間[713-755])《教坊記》所載：

> 《大面》出北齊蘭陵王長恭，性膽勇而貌婦人，自嫌不足以威敵。乃刻木爲假面，臨陣著之。因以爲戲，亦入歌曲。

又據《舊唐書·音樂志》：

> 《代面》出於北齊。北齊蘭陵王長恭，才武而面美，常著假面以對敵。嘗擊周師金墉城下，勇冠三軍。齊人壯之，爲此舞以效其指揮擊刺之容。謂之《蘭陵王入陣曲》。

上引二段資料詳略不同，劇目亦相異，惟不難看出，無論稱《大面》或《代面》，其舞曲還只是帶有故事性的「獨舞」而已。至於《蘭陵王入陣曲》，是否有代言之辭，則不得而知。惟演出時，當以舞蹈動作爲主，且偏重於蘭陵王「指揮擊刺之容」。或許可視爲中國傳統戲曲中「武戲」之先聲。

又據崔令欽《教坊記》：

> 《踏謠娘》，北齊有人姓蘇，皰鼻，實不任，而字號爲中郎。嗜飲酗酒，每醉輒毆其妻。妻銜悲，訴於鄰里。時人弄之。丈夫著婦人衣，徐步入場，行歌，每一疊，旁人齊聲和之云：「踏謠和

來！踏謠娘苦和來！」以其且步且歌，故謂之「踏謠」，以其稱
冤，故言「苦」。及其夫至，則作毆鬥之狀，以爲笑樂。……

引文所述北齊《踏謠娘》，顯然是一場反映尋常人家現實日常生活的
「家庭問題劇」。其涉及的主題是，妻子被酗酒丈夫毆打的家庭暴力問
題。主角蘇中郎之妻，則由「丈夫著婦人衣」，亦即由男演員反串女角。
全戲劇情大約可分爲兩場：首場，妻子被毆，且行且歌向鄰里訴苦，另外
還有人在旁幫腔。次場，夫妻互相毆鬥，以此引發觀眾笑樂。值得注意的
是，中國傳統戲曲的主要成分，諸如唱、念、做、打，在《踏謠娘》中，
均已大體具備。及至唐代，則有更進一步的發展。尤其不容忽略的是，
〈踏謠娘〉劇情中妻子的「稱冤」、「言苦」，以及夫妻「作毆鬥之狀，
以爲笑樂」，已經爲中國戲曲往往展現悲喜相雜的生命情調，鋪上先路。

第三節　唐代歌舞戲與參軍戲的故事表演──中國戲曲的誕生

中國戲曲經過漫長的孕育道路，爰及唐代才孕足而誕生。這時除了社
會繁榮，文化多元，娛樂活動相應蓬勃的外在環境條件，更重要的是，戲
曲本身在歌舞、滑稽方面，與故事表演的融匯結合。如果以故事表演爲中
國戲曲形成的主要條件，則唐代歌舞戲與參軍戲，或可視爲中國戲曲誕生
的標誌。

一、唐代歌舞戲──歌舞與角觝合流

唐代歌舞戲，乃是繼承前朝帶有故事性的歌舞表演，並且逐步走向成
熟與定型。此時期的歌舞戲，不但是市井大眾的娛樂，也是宮廷中君王貴
族官員的娛樂。唐代宮廷中特別設有訓練藝人的單位組織，如「梨園」，
即是從民間選拔藝人入宮，爲皇室王宮貴族提供娛樂者。據唐人段安節
（活躍於9世紀中葉）《樂府雜錄》所載，流行民間的一些歌舞戲，已傳入
宮廷，成爲宮廷所設「鼓架部」的節目，表演時並且有各種樂器伴奏：

鼓架部：樂有：笛、拍板、答鼓（即腰鼓）、兩杖鼓。戲有：《代面》，始自北齊神武帝，有膽勇，善鬥戰，以其顏貌無威，每入陣即著面具，後乃百戰百勝。戲者衣紫，腰金，執鞭也。《缽頭》，昔有人，父爲虎所傷，遂上山尋其父尸，山有八折，故曲八迭，戲者被髮，素衣，面作啼，蓋遭喪之狀也。《蘇中郎》，後周士人蘇葩，嗜酒落魄，自號中郎，每有歌場，輒入獨舞，今爲戲者，著緋，戴帽，面正赤，蓋狀其醉也。即有《踏謠娘》……。

據上述引文，盛唐宮廷中，至少已有三個以故事情節爲主，並由演員裝扮人物，通過歌唱或說白，加上動作爲「戲」的表演節目。

首先，所稱〈代面〉，又稱「大面」（亦見上引《教坊記》、《舊唐書・音樂志》），即戴著假面具搬演北齊蘭陵王，如何勇敢上陣打勝仗的故事。或可視爲中國戲曲中出現「臉譜」的最早記載。

其次，所稱〈缽頭〉，又稱「撥頭」。又據《舊唐書・音樂志》：

「撥頭」出西域。胡人爲猛獸所噬，其子求獸殺之。爲此舞以象之也。

按，〈撥頭〉在表演時，顯然有舞蹈動作，而且還有固定的故事情節：亦即兒子上山尋父尸，爲父報仇，最終殺死猛獸。此節目本質上是一場人獸之鬥，表演形式，仍然不出「角觗戲」的範疇，與漢代〈東海黃公〉近似。不過，劇情已經比較複雜，登場的演員角色，應該有三人，包括胡人、其子，以及扮演猛獸者。

再者，所稱《踏謠娘》，又稱「蘇中郎」。惟據前引崔令欽《教坊記》所云《踏謠娘》，爰及唐代已有明顯改變：

《踏謠娘》：……今則婦人爲之，遂不呼「中郎」，但云「阿叔子」。調弄又加典庫，全失舊旨。或呼爲「談容娘」。

除此之外，《舊唐書・音樂志》、段安節《樂府雜錄》、《太平御覽》等，皆有類似記載，且均作「踏謠娘」。故知唐代歌舞劇實繼承北齊時業已存在之戲，惟已經有所發展演變：

首先，演員角色方面有所改變。蘇中郎之妻，並非「丈夫著婦人衣」，而是由「婦人爲之」，角色直接由女演員扮演。

其次，故事劇情亦有所增添，加上了「調弄又加典庫」。按「典庫」即是當鋪掌櫃，可能指妻子爲生活而上當鋪典當。

再次，人物角色方面自然也增添一名當鋪掌櫃，而妻子與當鋪掌櫃之間，應該有所互動。

最後，劇情中既然含有「調弄」意味，情節搬演之際，則由原先的二場戲增爲三場：包括丈夫毆妻、妻訴鄰里、典當調弄。乃至男主角改稱「阿叔」，劇名則改爲「談容娘」。值得注意的是，丈夫毆妻，仍然含有「角觝」的痕跡。不過，「調弄」似乎又有〈遼東妖婦〉的搞笑餘味。可見〈踏謠娘〉發展到唐代，毆鬥部分已經不是表演的重點，調弄玩笑與歌唱表演等抒情部分，更爲重要了。據今人任訥(二北)於《教坊記箋注》的觀察：

> 今觀初唐演出之《踏謠娘》，即已歌舞合一，曲白兼備，旦、淨、丑眾角合演，其制實已先元劇而有。……再則《御覽》所謂「乃自歌爲怨苦之辭」，可證崔氏「且步且歌」及「稱冤」云云，其辭必爲代言體，而非敘事體無疑。是曲辭之爲代言體，演故事於歌舞之中，唐人早已有之(敦煌曲內有代言體六首)，寧俟宋金之時始創！

任氏所稱「旦」，是「妻」，「淨」是「丈夫」，「丑」當爲「典庫」，另外還有和聲幫腔的「鄰里眾人」。雖然在《九歌》中已偶然出現「代言體」，但是明確表現於戲曲表演者，則始見於《踏謠娘》。

值得注意的是，初唐時期演出的《踏謠娘》，已經展示歌舞戲與角觝戲兩者有合流的趨勢[2]。爰及晚唐，則出現了明顯融匯歌舞表演和角觝技藝於一體的《樊噲排君難》劇目。據宋人所輯《唐會要》卷三十三，唐昭

---

2 有關唐代〈踏謠娘〉在中國戲曲發展中的地位，詳見曾永義，〈唐戲「踏謠娘」及其相關問題〉，收入曾著《詩歌與戲曲》(台北：聯經出版公司，1989)，頁153-178。

宗李曄(在位；889-904)，於光化四年(901)爲慶祝平定宦官劉季述的叛亂，曾親自領導搬演故事，來表演當時如何殺劉季述反正之事：

> 光化四年(901)正月，宴於寶寧殿，上制曲，名曰《贊成功》。
>
> 時鹽州雄毅軍使孫德昭等，殺劉季述反正，帝乃制曲以褒之，仍
>
> 作《樊噲排軍難》戲以樂焉。

劇情故事的背景是：因宦官劉季述專權，甚至將昭宗李曄幽囚起來，另立太子，宰相崔胤與鹽州雄毅軍使孫德昭等，隨即結爲同盟，共起殺劉季述以護駕，救出李曄，使其仍復帝位。此次事件乃晚唐政壇一件驚動朝野的大事。《樊噲排軍難》劇在宮中之上演，雖爲慶賀孫德昭等反正成功，惟不一定專爲慶功宴會而排演。因爲根據其所演故事，乃是借《史記・項羽本紀》所述「鴻門宴」事件中，樊噲如何義救劉邦脫險，來表現當時孫德昭等人如何「排君難」，殺劉季述反正之事。戲中是否有歌唱或對白，並未明言，但至少應該有人物的裝扮，以及宛如樊噲當時持有的盾和劍。動作方面，則還須有持盾衝撞衛士，拔劍禦敵之類的動作表演。或許此劇可視爲「歷史劇」的先聲。

以上論及的這些唐代歌舞劇，雖然均分別提示中國戲曲早期發展的一些脈絡痕跡，可惜只有聽聞者或旁觀者的描述，並未留下任何相關底本。

唐代戲曲無論是何種藝術形式，共同的傾向是：一、故事性增強了，情節已趨於完整。二、向多元化綜合藝術的方向發展；故事與歌舞表演融匯在一起，以歌舞演故事，而且有說白。三、已是人物代言體。四、隨故事情節的趨於複雜，角色亦增多。當然，不容忽略的是，除了歌舞戲之外，流行於唐代的還有「參軍戲」，亦是促成中國戲曲誕生的重要成分。

二、唐代參軍戲——滑稽對話爲調笑

唐代《參軍戲》，原先主要是在宮廷中的表演。這可遠溯自先秦時代宮廷俳優之說笑戲謔，繼而有三國時期，蜀漢群僚大會上，劉備曾命優人扮演「慈潛訟閬」，「以爲嬉戲」，進一步展現已經由一人表演，發展爲二人戲。爰及唐代參軍戲，則開始有固定的角色名稱：是由「參軍」與

「蒼鶻」兩個角色，作滑稽對話與動作表演，逗人發笑，提供娛樂，偶爾亦藉以諷刺朝政，或批評社會現象。這樣的表演，有點像現代的二人對口相聲，或二人脫口秀，主要由兩個演員，一搭一擋相輔相成。不過有關唐代《參軍戲》的起源，則說法不一。

根據《太平御覽》卷五六九「優倡門」引《趙書》所載：

> 石勒參軍周延，爲館陶令，斷官絹數百匹，下獄，以八議，宥之。後每大會，使俳優著介幘，黃絹單衣。優問：「汝何官，在我輩中？」曰；「我本館陶令。」抖擻單衣，曰：「正坐取是，入汝輩中。」以爲笑。

此處的俳優表演，出現兩個角色：被戲弄的對象「參軍」周延，以及執行戲弄任務的「俳優」。實際上已是參軍戲了，只是尚未出現「參軍戲」的名目而已。爰及唐玄宗開元年間(713-741)，方正式出現「弄參軍」的名稱。試看段安節《樂府雜錄》「俳優」條云：

> 開元中，黃幡綽、張野狐弄參軍。始自後漢館陶令石耽。耽有贓犯，和帝惜其才，免罪。每宴樂，即令衣白夾衫，命優伶戲弄，辱之，經年乃放。後爲「參軍」，誤也。開元中，有李仙鶴善此戲，明皇特授「韶州同正參軍」，以食其錄；是以陸鴻漸撰詞，云「韶州參軍」，蓋由此也。

上引兩段記載，所述《參軍戲》來源不同，一說始於北朝後趙高祖石勒（在位：319-333）時期的館陶令周延，一說始於後漢和帝（在位：89-105）的館陶令石耽。二說相去數百年，惟可以肯定的是，二說基本表演內容雷同，均屬由俳優戲弄調笑贓官之戲。按，先秦俳優原是由個人演員單獨說笑，爰及蜀漢，方有二優搬演「慈潛訟鬮」之事。如今則由二人對演，且有規定的角色與格式：亦即一人扮演受戲弄之官員，稱爲「參軍」，另一人則扮演執行戲弄任務者，稱爲「蒼鶻」。另外不容忽略的是，所謂「陸鴻漸撰詞」，則必然有預先撰寫好的，固定的道白，也就是正式上演前已經先有「劇本」，而且有具名的作者。

這種原先主要在宮廷中搬演，娛樂貴族王公的「參軍戲」，經安史之

亂後，由於梨園藝人紛紛離散，遂逐漸傳入民間，而且相當流行。試看晚唐范攄(9世紀中葉)《雲溪友議》卷九「豔陽詞」條，追述中唐時期參軍戲的流行情況：

> (元稹)廉問浙東，……乃有俳優周季南、季崇，及妻劉采春，自淮甸而來，善弄〈陸參軍〉，歌聲徹雲。……元公贈采春曰：「新妝巧樣畫雙蛾，慢裹恆川透額羅。正面偷輸光滑笏，緩行輕踏皺紋靴。言辭雅措風流足，舉止低回秀媚多。更有惱人腸斷處，選詞能暢望夫歌。」……采春所唱一百二十首，皆當代才子所作，五六七言，皆可和者。其詞曰：「不喜秦淮水，生憎江上船。載兒夫婿去，經歲又經年。……」采春一唱是曲，閨婦人，莫不漣洏。…

根據上引資料，可知參軍戲在中唐時期已通行大江南北[3]。所謂〈陸參軍〉，蓋因由「陸鴻漸撰詞」，則參軍戲必爲故事表演，且有陸鴻漸所撰寫的固定腳本。另外，引文所云「歌聲徹雲」，即明確指出，戲中有歌唱。至於參軍戲的演員，則已由原先宮廷中的俳優，轉爲一般市井職業藝人，且可以男女合演，甚至還以女演員爲主角。此外，元稹的「贈采春」詩，亦值得玩味。其中推崇女演員劉采春相貌裝扮之美，以及表演動作之媚，而且「言辭雅措」，「舉止低回秀媚」。顯然與過去參軍戲中單純調弄搞笑的節目，已大爲不同。元稹詩中所謂「更有惱人腸斷處，選詞能暢望夫歌」云云，當與原先參軍戲的劇情並無關聯，而是參軍戲傳統以外技藝的融入。故而雖號稱《參軍戲》，其表演的內容與風格，已經多元綜藝化了。唐代參軍戲中除了兼有對白和歌舞，參軍之角色亦開始程式化：一方爲戲弄者，另一方爲被戲弄者。惟故事和人物，則不必一定是贓官和俳優，或可視爲以後戲曲中「插科打諢」的淨角或丑角的先聲。劉采春等搬演的《陸參軍》戲，甚至已展示，主調笑戲弄的角色，在傳統戲曲中逐漸

---

3 有關唐代「參軍戲」及其演化概況，見曾永義，〈參軍戲及其演化之探討〉，收入曾著，《參軍戲與元雜劇》(台北：聯經出版公司，1992)，頁1-121。

邊緣化，淪爲劇中次要角色的可能。

值得注意的是，唐代歌舞戲與參軍戲，雖各屬兩種不同的傳統，表演形式亦相異，但是在盛唐之後，已經出現彼此有所摻合的現象。北齊的《踏謠娘》，在「且步且歌」中，爰及唐代，發展成「調弄又加典庫」。所稱「調弄」，當即調笑或戲弄之謂，可視爲歌舞戲與參軍戲表現形式之摻合。而《陸參軍》戲之「歌聲徹雲」，則爲參軍戲與歌舞戲表演形式之摻合。

中國戲曲最終所以會形成一種多元性的綜合表演藝術，唐代這兩種流行朝野之戲的相互摻合現象，已露出端倪。

第四節　宋金雜劇與諸宮調──中國戲曲的成形

宋金雜劇與諸宮調，是宋金時代流行的戲曲表演形式，其間可看出元代雜劇風格體制的雛形，故而學界一般均視宋金雜劇與諸宮調爲中國戲曲開始正式成形的標誌，亦可謂是元雜劇的前身。

一、宋金雜劇流行

所謂宋金雜劇，是指10世紀中葉到13世紀後期，宋、遼、金諸政權統治下，整個中國地區的戲曲形式代表，實際上包括宋雜劇和金院本。宋金雜劇的基本形式，主要還是繼承唐代參軍戲的傳統，又吸收許多歌舞表演與民間說唱技藝，進一步綜合起來，形成一種新的通俗戲曲形式。此外還值得一提的是，「參軍戲」這一名稱，在宋代已甚少使用，而代之以「雜劇」。

（一）宋雜劇

根據南宋周密(1232-1298)《武林舊事》卷十所記錄的〈官本雜劇段數〉，共錄宋雜劇劇目二百八十種，其中除了用大曲、法曲、詞牌名之外，所剩部分絕大多數應屬偏重於科白、滑稽成分較濃的形式。另外，所謂「官本」，雖指官方教坊通行之本，應當也包括正式成爲官本之前，曾

經流行民間，搬演於瓦舍勾欄的一些劇目。遺憾的是，這些徒有劇目的底本，都沒有流傳下來，只剩下劇目名單而已。惟可以確定的是，這些「宋雜劇」均有固定的劇本，同時相關角色、演出程式、內容風格，已有嚴格的定制。

有關宋雜劇的內涵及演出狀況，必須依靠宋元人士筆記的傳述。據南宋灌園耐得翁《都城紀勝》「瓦舍眾伎」條的記載：

> 雜劇中，末泥為長，每四人或五人為一場。先作尋常熟事一段，名曰「豔段」；次作「正雜劇」，通名為「兩段」。末泥色主張，引戲色分付，副淨色發喬，副末色打諢，又或添一人「裝孤」。其吹曲破斷送者，謂之「把色」。大抵全以故事世務為滑稽，本是鑒戒，或隱為諫諍者，故從便跣露，謂之「無過蟲」耳。

由上述看來，宋雜劇已經從百戲雜陳中獨立出來，成為一種擁有自己特點的表演藝術。其正雜劇「大抵全以故事世務為滑稽」，乃是全劇的主體，即使還保留一些唐參軍戲的滑稽表演成分，所表演的題材，已不拘一格。不但所涉之故事變化多端，即使上場人物亦有固定的角色名稱，展示出專業化的趨勢：如「末泥」、「引戲」，在戲班中主要負責指揮調度，「副末」、「副淨」、「裝孤」、「把色」等角色，則負責表演[4]。由此可知宋雜劇一般的表演是，每四人或五人為一場，且各有其不同的職責任務。

一套完整的宋雜劇，其表演通常分為三個部分，實際上是四個段落：首先是「豔段」，繼而是兩段「正雜劇」，最後則是「雜扮」。所謂「豔段」，乃是「先作尋常熟事一段」，亦即正式演出之前的開場活動，猶如話本小說的入話或入場詩詞，以便等待遲到的觀眾，或引領在場觀眾進入氣氛情況，是為戲曲表演的序幕。「正雜劇」，才是全戲的主體，分成「兩段」名目相同且性質相類的故事，其表演，或是以說白為主的滑稽

4　有關宋金雜劇角色名目的考證，見景李虎，《宋金雜劇概論》(廣州：廣東高等教育出版社，1996)，頁80-112。

戲，或屬以歌舞戲爲主，或兩者兼而有之。至於「雜扮」，則是在兩段「正雜劇」之後，外加一段散場戲，表演一些玩笑小戲，令觀眾覺得有餘興，得到既看戲又有娛興的效果。值得注意的是，宋雜劇的三部分表演，實際上涵蓋四個段落部分，這已爲元雜劇通行的每本四折的結構，鋪上先路。

至於宋雜劇在民間表演之盛況，從孟元老《東京夢華錄》卷八中所追述，有關汴京「中元節」慶，曾連續上演七八天《目連救母》雜劇之事，可以大致看出：

> 七月十五日，中元節。先數日，市井賣冥器，……构肆樂人，自
> 過七夕，便搬《目連救母》雜劇，直至十五日止。觀者增倍。

按，「构肆」即瓦子或瓦舍中的勾欄，乃是都市城鎮表演各類民間技藝的娛樂場所，這些「构肆樂人」所搬演的《目連救母》雜劇，具體情節雖不得而知，但是從唐代的〈目連變文〉、明代的〈目連救母〉行孝戲文，可以推測其已非簡短的滑稽調弄小戲，而是以複雜的故事內容爲中心的大戲，並由演員裝扮人物，且根據固定的故事情節，以代言體演出。至於「自七夕……直至十五日止」，連續搬演七八天之久，則有兩種可能：若是連臺一本一本演出七八天，其劇情內容必然繁富曲折；若是每天重複搬演同樣的故事情節，則其演出之精采叫座，可以想見，否則不會「觀者增倍」。總之，《目連救母》已經爲「雜劇」這項表演藝術，開闢出消費市場，已經具有大眾娛樂的價值。

北宋淪亡之後，朝廷教坊中的雜劇藝人，一部分隨王室南遷，隨同至臨安。也有一部分藝人，留在北方，聚集在燕山(今北京)。其餘則流散落腳民間。南渡的雜劇在溫州、杭州(臨安)一帶獲得新的發展，數量和規模都遠超過汴京。其他如益州(成都)、揚州等繁華都會，也先後出現雜劇頻繁演出的盛況。惟宋代的雜劇留在金代統治的北方地區者，元人則改稱爲「院本」。

(二)金院本

入金後留在北方的宋雜劇，逐漸形成北方派的雜劇，及至元初方改稱爲「院本」。所謂「院本」，即「行院之本」，亦即坊間行院職業藝人據

以演出的底本。金院本與宋雜劇名目雖異,實際上許多劇目相同,演出的形式與角色也基本類似。根據陶宗儀《南村輟耕錄》(1366年序)卷二十五「院本名目」條所云:

> 金有院本、雜劇、諸宮調。院本、雜劇,其實一也。國朝,院本、雜劇始釐而二之。院本則五人:一曰副淨,古謂之參軍;一曰副末,古謂之蒼鶻,鶻能擊禽鳥,末可打副淨,故云;一曰引戲,一曰末泥,一曰孤裝。……

其實金院本與宋雜劇,只是易代別名而已,兩者角色名目亦大致相同。另外,《輟耕錄》載有金院本名目六百九十種,可以想見當時流行演出之盛況。其中除了劇名中綴有大曲、法曲、詞牌名的劇目,當屬偏重歌舞表演外,所剩部分的大多數則屬於偏重科白、滑稽成分較濃的雜劇形式。可惜與宋代《官本雜劇段數》命運相同,這些院本,均已失傳。

宋金雜劇從角色名目、演出體制、劇本結構諸方面觀察,可視爲成熟的戲曲樣式「元雜劇」的出現鋪上先路。不過,由宋金雜劇朝向成熟戲曲轉化的關鍵,尚須音樂曲調體制的形成。換言之,與北曲曲牌聯套體的形成,關係密切。曲牌聯套體的出現,當然與北曲中套曲的流行有關,但更重要的是,宋金以來民間說唱文學的流行,其中以「諸宮調」的說唱,尤其不容忽視。

二、諸宮調的說唱

按,「諸宮調」發軔於北宋中期,盛行於金朝,雖然於14世紀已經消亡,但是對元雜劇的音樂體制,影響頗大。所謂「諸宮調」,乃是相對於限用一個宮調的說唱形式而言,表示是一種用多種宮調組成的長篇說唱(或稱講唱)文體。其中唱的部分,主要是融合唐宋以來的大曲詞牌、鼓子詞、轉踏、唱賺等,又包括流行朝野的雅詞和俚曲,而構成的多種宮調的套曲,其間插入一定的說白,與唱詞配合,並且敘述有人物與情節的長篇故事。根據王灼(?-1160)《碧雞漫志》卷二所記,諸宮調之首創者乃是北宋人孔三傳,自北宋中期開始流行,還特別受到文人士大夫的欣賞:

熙寧元豐間（1068-1085）……澤州（山西晉城東北）孔三傳者，首
創諸宮調古傳，士大夫皆能誦之。

　　至於孔三傳究竟是諸宮調的創始人，或第一位諸宮調的傑出演唱者，
已無從判定。就目前資料，諸宮調作爲敘事體的「說唱文學」樣式，曾受
到唱賺用同一宮調樂曲演唱故事的影響，其改進之處，則在於體制上將不
同宮調的短套，聯成長套，歌唱時頻換宮調，且可自由換韻。

　　所謂「說唱文學」，就是一種綜合既說且唱的敘事文學，一般是說的
部分用散文，唱的部分用韻文，乃至形成散韻交相使用的語言結構。現存
最早的說唱文學「唐變文」，就已如此。根據現存的宋金諸宮調，當屬一
種綜合說唱文學的表演藝術。可惜諸宮調底本存留至今者，相當有限。目
前首尾完整的僅有金代董解元的《西廂記諸宮調》，另外有金代無名氏
〈劉知遠諸宮調〉殘卷，以及元代王伯良《天寶遺事諸宮調》殘曲，還有
南宋時期的古南戲《張協狀元》前面一段諸宮調而已。就現存的零星諸宮
調劇本視之，除了具有音樂曲調演唱之外，其敘事細膩婉轉，注重人物形
象的刻畫和心理描寫，且唱詞頗富文采，或許這正是能夠吸引「士大夫皆
能誦之」，卻無法流行於市井勾欄，終至消亡的主要原因吧。

　　試摘錄董解元《西廂記諸宮調》一段說唱鶯鶯與張君瑞的「離別」
爲例：

[黃鐘宮·出隊子]：最苦是離別，彼此心頭難棄捨。鶯鶯哭得似
癡呆，臉上啼痕都是血，有千種恩情何處説。夫人道：「天晚教
郎疾去！」怎奈紅娘心似鐵，把鶯鶯扶上七香車。君瑞攀鞍空自
顚，道得個冤家寧奈些。

[尾]：馬兒登程坐車兒歸舍。馬兒往西行，坐車兒往東拽，兩口
兒一步兒離得遠如一步也。

[仙呂調·點絳唇][纏令]：美滿生離，據鞍兀兀離腸痛，舊歡新
寵，變作高唐夢。回首孤城，依約青山擁。西風送，戍樓寒重，
初品〈梅花弄〉。

[瑞蓮兒]：衰草淒淒一徑通，丹楓索索滿林紅。平生蹤跡無定

著，如斷蓬。聽塞鴻，啞啞的過暮雲重。

[風吹荷葉]：憶得枕鴛衾鳳，今宵管半壁兒沒用。觸目淒涼千萬
種：見滴流流的紅葉，淅零零的微雨，率剌剌的西風。

[尾]：驢鞭半裊，吟肩雙聳，休問離愁輕重，向個馬兒上駝也駝
不動。（離蒲西行三十里，日色晚矣，野景堪畫。）

……

　　按，現存《西廂記諸宮調》大概問世於金章宗時期(1190-1208)，全
文長達五萬多字，其中包括十四宮調，一百九十三套組曲。單從以上所引
片段引文，即可見其曲辭文采之流麗，寫情之婉轉，又在短短唱辭中已出
現「高唐夢」這樣的文學典故，以及連馬兒也駝不動的比喻，形容沉重得
難以負荷之離情，當然符合文人士大夫的口味。全文雖然是敘事的架構，
卻充滿抒情意味，而鶯鶯、夫人、紅娘、君瑞四個主要角色的形象，在其
文中已基本形成。不過，《西廂記諸宮調》仍然只能歸類於說唱文學，卻
並非嚴格意義上的戲曲。因為諸宮調的表演，基本上仍是以第三人稱敘述
的「敘事體」。換言之，說唱者猶如民間說話藝人一樣，是以第三人稱全
知角度來敘事演唱。真正的戲曲，必須是以故事中人物角色的面目出場，
無論說或唱，須是第一人稱代言體。惟不容忽視的是，其宮調聯套套曲的
安排，以及唱辭由說唱者獨唱到底的形式，已為元雜劇中的曲辭，由一人
獨唱到底的體制發出先聲。

　　宋金時代各種歌舞說白技藝，包括宋雜劇、金院本、諸宮調，為元雜
劇這種嶄新的戲曲形式之興起與成熟，提供了孕育與發展的條件。諸宮調
等歌舞說唱藝術，主要在歌舞和曲辭宮調組織方面，為元雜劇的體制奠定
基礎；宋金雜劇則在角色配備，以及故事表演方面，提供了舞臺借鑑。此
外，不容忽略的是，還有魏晉六朝筆記、唐宋傳奇、話本小說、歷史掌
故、民間傳說，亦為元雜劇的故事劇情，提供了豐富多樣的題材。元雜劇
終於形成的藝術條件已經具備。爰及金代後期，正末、正旦逐漸成為戲曲
表演的主要角色，淨角的插科打諢則逐漸淪為陪襯，而曲牌聯套的音樂組
織形式，以及表演動作的舞蹈化、虛擬化，都標誌著元雜劇整套舞臺表演

體系的形成。就在蒙古帝國滅金占有中原之後不久，元雜劇便以其嶄新的
面貌出現，並且很快步入興盛期。

第三章
元雜劇興盛的環境背景

　　中國戲曲的形成，與其他文學類型，如詩歌、散體文章，甚至小說相比，可算是相當遲緩的。但是到了13、14世紀的元代，卻能很快的興盛起來，而且達到空前的繁榮地步，乃至在文學史上，成爲有元一代文學的代表，與漢賦、唐詩、宋詞等，相提並論。其緣由安在，一直是文學史關注的課題。當然，元雜劇的興起，並非偶發現象，除了上面章節所論中國戲曲本身由先秦到宋金的逐步發展，已趨於成熟，終於水到渠成之外，還有其不容忽視的，特殊的社會條件，也就是外在環境背景因素，提供了足以令元雜劇孕育滋長的土壤。

　　元朝(1260-1368)是中國歷史上第一個由少數民族建立的統一政權。蒙古鐵騎以征服者的優勢，統治了原屬漢民族長期生活的地區，這種征服者與被征服者共同生活在一片土地上的情況，在多元民族的衝突與融合過程中，產生既深且遠的影響，同時爲元雜劇的興盛，提供有利的環境。此外，元朝亦是繼宋金之後，都市商業經濟繁榮，瓦舍文化空前蓬勃的時代，具有大眾娛樂性質的通俗文學，煥發出前所未有的魅力，無論升斗小民或文士儒生，均受到吸引，對於兼具市井與士林共同消費娛樂價值的通俗戲曲表演，自然有促進之功。再加上蒙古王公貴族對於中原傳統雅樂的陌生，以及對通俗歌舞表演藝術的特別愛好，均爲元雜劇提供了興盛繁榮的條件。試分別以下列三項概述有助於元雜劇興盛的環境背景。

一、文士儒生投身戲曲，提高雜劇表演素質

　　前面章節論及元雜劇作家，在身分地位上，跨越社會階級層面之廣，

乃是前所未有的現象。不過，戲曲表演畢竟屬於市井中瓦舍勾欄的大眾娛樂，無論劇情內容或表演方式，會顯得粗糙平庸，在所難免。因此雜劇劇本素質之提高，觀眾範圍從升斗小民向文士官員層面之擴散，實有賴元代的文士儒生，積極參與雜劇的創作行列，形成一個蓬勃的作家隊伍。當然，文士儒生向來是以入仕問政為人生的首要目標，而詩詞文章通常是文士儒生個人言志抒情述懷的主要媒介，如今卻改而投身流行市井勾欄的戲曲活動，自有其不得不然的背景緣由。

首先，猶如前面論及元代詩歌發展之章節所述，在政治上，元朝乃是以少數民族當權，統一中原後隨即公然實施民族歧視的政策。把統轄的人民分為蒙古、色目、漢人、南人四個等級，其中蒙古人社會地位最高，色目人次之，北方的漢人居第三，而南人，亦即世居江南地區的漢人，則最下。其次，與這種民族歧視政策連帶的，就是科舉制度的長期廢除。太宗九年(1237)曾仿前朝舉行過一次科舉考試，之後直到仁宗延祐二年(1315)才又恢復科舉，導致漢族的文士儒生缺乏仕進之路，有的甚至連餬口都成問題。陶宗儀《南村輟耕錄》嘗云：「宋士之在羈旅者，寒餓狼狽，冠衣襤褸。」又根據《元史‧選舉志》的記載：「國朝儒者自戊戌選試後，所在不務存恤，往往混為編氓。……或習刀筆以為吏胥，或執僕役以事官僚，或作技巧販鬻以為工匠商賈。」其中一部分文士儒生，為尋求生路，只得紛紛「改行」。有的加入民間「書會」，成為「書會才人」，參與編寫劇本的工作；有的甚至淪入「倡優」行列，從事供人娛樂和調笑的雜劇演員或樂工的職業。根據《元史‧禮樂志》所載，至元三年(1266)，「籍近畿儒戶三百八十四人為樂工」。對於一向擁有較高社會地位的儒戶而言，是前所未有的屈辱和挫折。不過，就元雜劇本身的發展視之，元代社會漢族文士儒生受到歧視，仕途受阻，甚至淪落市井，不得已成為書會才人，參與戲曲活動以謀生的結果，卻是提升劇本素質，擴展觀眾層面，促使元雜劇興旺發達的重要條件。關漢卿、馬致遠、王實甫、紀君祥、鄭光祖等，均因仕途受阻，懷才不遇，轉而投身戲曲創作，成為不朽的名家。當然，雜劇作家隊伍的形成，還必須具有特定的、有利的外在社會條件背景。

二、瓦舍文化蓬勃繁榮，提供雜劇發展空間

　　元雜劇的興盛，實有賴於戲曲演出的商業化、消費化。這與元代城市商業經濟的繁榮，瓦舍勾欄文娛活動的蓬勃，密切相關。按，元雜劇的演出場所，主要是都市城鎮中的瓦舍勾欄，正是城市居民追求休閒娛樂之處。雖然瓦舍勾欄在宋代已具有相當的規模，並且是促使宋代通俗文學勃興的發源地，不過，卻是在不受儒家正統思想束縛，城市經濟發達，消閒生活繁榮的元朝社會，更有自由發揮的空間。

　　自元朝立國中原，南北統一，交通流暢，城市經濟繁榮發達，生活水平提高，促使瓦舍文化，消閒娛樂生活相應受到鼓勵，進而為戲曲的表演與發展，提供有利的環境背景。據夏伯和〈青樓集志〉所云：「內而京師，外而都邑，皆有所謂勾欄者，辟優萃而隸樂，觀者揮金與之。」元代首都大都(今北京)，是當時政治、經濟、文化的中心，甚至是全世界最富庶繁榮的國際都市，自然成為戲曲表演與發展的溫床。近年在山西平陽一帶出土的戲曲文物，包括戲雕、壁畫以及舞臺遺址，證實平陽通俗文化的發達，亦為元初雜劇的興盛提供了條件。由於人口多集中於城市，各種遊娛消費節目應運而興，瓦舍勾欄的技藝表演場所，成為市民大眾甚至鄉鎮居民進城尋求消閒娛樂之處。戲曲表演的風行，除了提供朝廷官方的娛樂愛好，也成為一種全民參與的民俗活動，不但流行於都會城市，而且擴大至富裕的鄉鎮甚至農村。大凡民俗節慶或祭神的場合，既娛神亦娛人的戲曲表演，是不可或缺的節目。在宋金時代已經開始流行的雜劇之搬演，爰及元代，觀眾的捧場，更是絡繹不絕。其他南方的大城市，如臨安(杭州)、揚州，也是經濟繁榮的都會，不久即成為元朝後期雜劇的發展中心。

　　元代的戲曲表演可謂雅俗共賞，不但專業化，而且商品消費化；加上文士儒生的參與，乃至提升了戲曲表演的地位與素質，而且進一步擴展了觀眾的層面，城市鄉鎮的升斗小民與飽讀詩書的文人士子，可以同樂共享。這些都是促使中國戲曲興盛繁榮的社會條件。當然，若是再加上高居

上位的「統治階層」，亦能夠扮演推手的角色，元雜劇的興盛，則無以
阻擋。

三、蒙古貴族愛好提倡，推動雜劇表演盛行

大凡中國文學史，論及某時代某文學類型興盛的緣由，幾乎都免不了
會提及「當朝」或「王公貴族」的愛好。居上位者的愛好或提倡，的確會
有助於文學的興盛發展，從兩漢辭賦的興盛，到曹魏兩晉南朝詩歌的發
達，均如是。不過，若是每個朝代都一樣，王公貴族的提倡成爲千篇一
律，對於文學史的讀者而言，說了也等於沒說，甚至失卻文學與時代的特
殊性。但是，元雜劇這種通俗戲曲表演藝術，受到元朝蒙古貴族「統治階
層」的愛好，還是值得一提。

按，蒙元統治者，來自遼闊的草原地區，或許基於與生俱來的，比較
活潑自由的民族特色，的確對歌舞戲曲表演有所偏好，甚至帝王將領出征
打仗，都有把優伶樂工隨軍攜帶，以備娛樂的記載。根據南宋孟珙《蒙韃
備錄》即嘗指出，蒙古時期，「國王出師，亦從女樂隨行」。元初陶宗儀
《南村輟耕錄》亦曾記載，元世祖忽必烈在桓州指揮作戰時，就曾命教坊
樂人作《白翎雀》曲。這種徵調歌舞戲班到出征作戰的前線軍營中搬演歌
舞表演的舉措，倘若在漢族王朝中，必定會受到身邊儒者大臣幕僚的苦心
規勸或極力阻擋。換言之，在漢族君王將相領軍征伐之際，令歌舞戲班隨
行，幾乎是不可能發生的。

元世祖在征戰中召樂人前來表演，既反映蒙元統治階層向來對戲曲歌
舞的偏好，也爲元雜劇表演藝術的普及和地位的提高，創造了有利的條
件。此外，正由於蒙元統治者對表演藝術的愛好，元代朝廷對於表演者的
禮遇，亦遠超越前朝。據《元史‧百官志》，大元王朝建立之後，亦沿襲
前朝設立管理「樂人」的教坊司，爲宮廷生活提供娛樂。惟不同的是，竟
然將教坊司置於正三品之高位。明人沈德符（1578-1642）《萬曆野獲編》
中即稱，元時「則教坊梨園亦加官至平章事」。由這些記載，可見雜劇不
但常在宮廷中上演，亦顯示雜劇演員如何受元室的禮遇。蒙元王公貴族對

表演藝術的愛好，自然會推動雜劇表演的盛行，更重要的是，朝廷的重
視，還可促進雜劇的流傳與劇本的保存。其實現今所保存的元雜劇的劇
本，絕大多數均屬元朝宮廷承應的底本。

第四章
元雜劇的發展歷程

第一節　發展分期問題

　　元雜劇的興衰歷程，應該分幾個期段來劃分，亦即元雜劇發展的分期問題，一直是當今文學史家關注的重點。由於學者專家分期的方式和時限有異，難免提出不同的看法。當然，這些不同，各具理由，並無是非對錯的問題。回顧最具代表性且影響深遠者，主要有二說。首先是王國維的《宋元戲曲史》，依據鍾嗣成的《錄鬼簿》分爲：「蒙古時代」（1234-1279）、「一統時代」（1279-1340）和「至正時代」（1341-1368）三期；繼而有鄭振鐸《插圖本中國文學史》，以《錄鬼簿》成書的至順元年（1330）爲界，分爲前後兩期。此後還另外有各種說法，惟大抵都從這兩說中演化而出。或基本上同意鄭說，而又把元末明初雜劇作家列爲第三期；或原則上同意王說，而把忽必烈稱元之前（即蒙古王朝）單列一期，又把末期延至明初，故分作四期。

　　以上諸說的主要根據，其實均以鍾嗣成《錄鬼簿》中有關元曲作家的記載爲基礎。按，《錄鬼簿》的確是不容忽視的珍貴資料，惟值得注意的是，鍾嗣成本身顯然並無意爲元雜劇作家分期，只不過按其個人所知雜劇作家活動的大致時間範圍，依手邊資料，把收錄的雜劇作家分別著錄「前輩已死名公才人有所編傳奇行於世者」、「方今已死名公才人相知者」、「方今知名才人」三類。不過，近年來，元曲學者對鍾嗣成所稱的前輩作家，已陸續有所考訂，發現有的作家在蒙古王朝時期已有活動，而有的作

家則活動年代較長，甚至有活躍於延祐以後者。有元一代，自蒙古王朝統一北方算起，總共不過一百多年，倘若對元雜劇作家的活動時期，欲作確切的劃分，的確比較困難。

惟不容忽略的是，文學分期和作家的年輩，實際上並不一定能簡單的等同。因爲文學分期，主要應該是依據文學創作發展過程中所表現的階段性特色，何況有的作家生平跨越兩個時期，有的作家英年早逝，創作活動早，而同輩作家中，有的創作活動則可能在他以後。當然，討論元雜劇的分期問題，鍾嗣成《錄鬼簿》的記載是必須依賴的珍貴材料，但又還應該考慮到，學界近年已經考知的元雜劇作家、作品，及元雜劇演員的情況，同時亦須參閱元代有關雜劇的其他文字資料，並以元雜劇作品本身所表現的階段性特色爲依歸。因此，本章則擬將元雜劇的發展，分爲初興、繁盛、衰微，三個期段來觀察[1]。

第二節　元雜劇的初興

元雜劇的初興期段，可溯自蒙古國滅金開始，包括整個忽必烈時代（1234-1294），亦即元雜劇由宋金雜劇脫胎而來，並逐步走向繁榮昌盛的黃金時期。在此段期間，戰亂後北方地區的社會局面已逐漸穩定，經濟開始迅速復甦增長，爲金末已趨成熟的北曲雜劇提供了物質條件和發展空間。元雜劇在初興時期，最明顯的標誌就是，作家均屬北人，活動地區多匯集在北方都會，而且作品中往往流露一些經歷民族動盪和文化轉型的作者個人的滄桑或時代的感嘆。關漢卿、白仁甫、高文秀、馬致遠(前期)、紀君祥等名家的作品，包括《竇娥冤》、《梧桐雨》、《趙氏孤兒》、《漢宮秋》等經典之作，均出現於這段時期。

1　此三期段的年限，以李修生，《元雜劇史》(南京：江蘇古籍出版社，1996)爲主要依據。

一、北方都會為活動重鎮——北曲傳統的形成

　　元太祖成吉思汗元年(1206)在漠北建立大蒙古國，十年(1215)，占領金國首都中都(今北京)，次年，占有黃河以北大部分地區。繼而元太宗窩闊臺六年(1234)滅金，占有淮河以北中原地區。此後則與南宋對峙長達四十五年。其間至元九年(1272)改中都為大都，將大都作為元朝的都城。值得注意的是，元雜劇興起的地域，恰好是蒙古國在北方統治的中心城市，以及早期降元的漢人世侯的領地。根據鍾嗣成《錄鬼簿》的記載，「前輩」雜劇作家五十六人中，幾乎清一色是北方人，大多活躍於中書省所轄的地區，包括今北京市與河北、山東、山西三省，其中大都、真定(在河北)、平陽(在山西)、東平(在山東)等中心城市，即成為元代初興時期雜劇創作與表演活動的重鎮。這是形成元雜劇以北曲腔調為主流骨幹的重要環境背景。

　　首先看大都。關漢卿就是最早活躍於大都劇壇的著名雜劇作家。於元世祖中統時代(1260-1263)，便在燕京(即大都)生活，並與費君祥、楊顯之、梁進之等雜劇作家交遊往來，同時均從事雜劇創作活動，構成雜劇史上令人矚目的作家群體。另外，有「曲狀元」之稱的馬致遠，其前期的創作活動，亦主要在大都。

　　其次是平陽。元初除了大都之外，平陽亦為文化興盛之地。近年在平陽一帶，大批宋金元時代的戲曲文物出土，包括墓室的磚雕、壁畫，以及舞臺遺址，均證明平陽亦是元雜劇早期重要的流傳地之一。根據鍾嗣成《錄鬼簿》的記載，元劇作家中，除大都外，就以平陽人為多。

　　另外還有真定與東平二地，亦是元雜劇初興的重鎮。其實宋金時代，真定已是中原樂舞表演藝術的保存地。元曲大家白樸，即是真定人，而且是繼承金代文學傳統，並開啟元雜劇文采派先河者，亦是元代前期的重要雜劇作家。白樸在至元十七年(1280)卜居南京之前，主要是在真定一帶活動，其《梧桐雨》當屬前期的作品。至於東平地區其他雜劇作家，諸如杜仁傑，以及「小漢卿」高文秀，亦活躍於此時期。在元雜劇作家中，高文

秀作品的數量僅次於關漢卿，其創作以水滸英雄李逵爲最多，成就也最
大，乃至東平可謂水滸戲的發祥地。

此外，還有一批具有良好藝術修養的雜劇演員，諸如珠簾秀、曹錦
秀、天然秀、聶檀香等，主要亦活躍在北方的大都會。正是這批優秀的演
員和著名雜劇作家，在北方都會城市的劇臺上，共同爲中國戲曲創造了一
個興盛繁榮的新時期，並且從此奠定了元雜劇的「北曲」音樂腔調與文學
特質。

二、作家作品的時代心聲

活躍於元雜劇初興時期的作家，多屬金元易代之際沉入社會底層的文
士儒生，大多經歷了金亡、宋滅過程中政治社會的巨變。無論從朝代更
替，社會動盪，或個人境遇的角度，都可說是飽經憂患，歷盡滄桑，自然
感慨良多。因此，往往藉由其創作的雜劇劇本，諸如社會劇，包括清官或
貪官斷獄的公案劇，以及頌揚梁山好漢「替天行道」的水滸綠林劇，或歷
史劇中人物角色之口，表達對時代社會的不滿，對歷史興亡的感嘆，或吐
露民族受壓抑的集體傷痛，或抒發失志不遇的個人情懷。含蘊的是，身處
易代之際的作家，通過雜劇創作，傳達其憂患憤世之情與懷舊盼治之心。
倘若從劇本曲辭之風格視之，則接近通俗文學的所謂本色派，在此時期居
於主導地位。

(一)時代憂患憤世之情──公案劇、綠林劇

時代的憂患憤世之情，通常流蕩在公案劇與綠林劇中。所謂「公案
劇」，其實包括貪官與清官的斷案故事，「綠林劇」則主要表現綠林好漢
反抗朝廷官場的邪惡黑暗，不滿社會傳統的規矩束縛，爭取個人的人身自
由之要求。反映的，不但是社會現實的黑暗面貌寫照，更重要的是，作者
藉劇中人物角色之口，傳達其對整個時代的憂患憤世之情。

首先試看貪官斷獄的公案劇《竇娥冤》（或亦歸類於「社會劇」），第
三折中，關漢卿筆下的竇娥，在遭受不白之冤後，激憤的唱辭：

[正宮·端正好]沒來由犯王法，不提防遭刑憲，叫聲屈動地驚

天。頃刻間遊魂先赴森羅殿，怎不將天地也埋怨。

[滾繡球]有日月朝暮懸，有鬼神掌著生死權，天地也，只合把清
濁分辨，可怎生糊突了盜跖顏淵。為善的受貧窮更命短，造惡的
享福貴又壽延。天地也，做得個怕硬欺軟，卻原來也這般順水推
船。地也，你不分好歹何為地？也，你錯勘賢愚枉做天！哎！只
落得兩淚漣漣。……

[正宮·一煞]這都是官吏每無心正法，使百姓有口難言。

　　這是對天理不公的埋怨，對官場黑暗的指控。通過劇中女主角竇娥的
唱辭，吐露的顯然是作者關漢卿對於強權之下吏治腐敗的焦慮與抗議，以
及天道是否無私的懷疑。除此之外，《竇娥冤》中還有對貪官汙吏的挖苦
諷刺。試看第二折，桃杌太守上場時的情景：

　　(淨扮孤引祇候上)(詩云)我做官人勝別人，告狀來的要金銀；
若是上司來刷卷，在家推病不出門。下官楚州太守桃杌是也。今
早升廳坐衙。左右！喝攛廂。(祇候么喝科)(張驢兒拖正旦、
卜兒上)(張云)告狀告狀。(祇候云)拿過來。(做跪見)(孤亦跪
科)(孤云)請起。(祇候云)相公，他是告狀的，怎生跪著他？(孤
云)你不知道，但來告狀的，就是我衣食父母。

　　官員斂財受賄，是造成吏治腐化、社會正義難以伸張的毒瘤。作者利
用劇中淨角桃杌太守的插科打諢，一方面在舞臺上達到逗人發笑的喜劇效
果，同時也揭露對官府如何昏庸貪暴的諷刺與批判。

　　更多的當然是清官斷案的公案劇。關漢卿的《魯齋郎》和《蝴蝶
夢》，即是有關清官包公斷案的公案劇代表作。兩者均著力寫強權豪勢如
何欺壓百姓，多虧包公為民申冤除害的故事。此時期還有無名氏的〈陳州
糶米〉，故事雖設定在北宋，卻亦打上元代社會的印記。劇中的包拯，不
僅是剛正廉明的清官，也是一位機智風趣令人敬愛的長者。在這些公案劇
中的包公身上，寄寓著平民百姓心目中，對社會公平正義的要求，對愛民
親民理想官員之渴望，同時流露作者對當前吏治腐敗，強權欺壓良民的社
會現象之不滿與譴責。

社會的不平現象與民眾盼治的需求，亦導致有的元雜劇作家將筆墨投射到南宋以來長期流傳民間的水滸英雄故事，把對社會正義的伸張，懲惡揚善的期待，從朝廷的「清官」轉移到號稱「替天行道」的梁山好漢身上，遂促成有關水滸英雄綠林劇的興盛。如英年早逝的高文秀，即是創作水滸英雄李逵戲劇的名家。可惜目前僅存其《雙獻頭》(一名《雙獻功》)一種。劇中生動有趣的展現李逵智救孫榮的故事，著力塑造梁山好漢李逵仗義行俠，除暴安良，智勇兼備的豪傑形象；同時揭示元代吏治的腐敗，權豪肆虐，民不聊生的現狀。高文秀是東平人，比鄰水泊梁山，對於民間傳說中李逵等梁山豪傑敢於與官府對抗的俠行義舉，顯然有所偏愛，所以多量創作有關梁山好漢的綠林劇。此外，與高文秀同為山東籍的康進之，也是專為梁山好漢李逵吟唱讚歌的重要作家。其《李逵負荊》與高文秀的《雙獻頭》，堪稱元雜劇中有關水滸戲的「雙璧」。同樣著力將李逵刻畫為正義與善良的化身，是嫉惡如仇，坦蕩磊落，行俠仗義的綠林豪俠之縮影。

(二)時局的批判與感懷——歷史劇的盛行

在文士儒生參與創作的背景之下，歷史劇也是元雜劇初興時期的熱門，而度脫劇則是新興之秀。兩者均出現於馬致遠前期的作品中。按，馬致遠在大都生活了大約二十年，之後又過了二十年的飄泊生涯，晚年則隱居江南。學界一般皆將馬致遠的雜劇創作分為前後兩個階段，如其名著歷史劇《漢宮秋》，多認為屬前期作品。其中就不乏借題發揮的痕跡，蘊含著對時局的批判與感懷。

《漢宮秋》故事情節，源自漢元帝時宮女王昭君出塞和番的歷史事件，這是現存最早敷演王昭君故事的戲曲劇本。值得注意的是，馬致遠在故事情節處理方面的改變與創新。在這之前，早已有漢人託名王嬙所作〈昭君怨〉詩，訴說昭君的悲怨，之後西晉石崇(249-300)於〈王明君辭〉中「殺身良未易，默默以苟生。苟生亦何聊，積思常憤盈」，表達了對昭君和番事件的同情與感慨。此後唐宋詩人對昭君出塞的悲情故事，更是吟詠不輟。惟筆墨重點一般均置於昭君身上，強調的往往是，昭君身居

異域的思鄉之情、孤寂之感，這正是流落他鄉的文人士子熟習的經驗感受。即使馬致遠的散曲《南呂・四塊玉》「紫芝路」，也沿襲舊傳統，吟詠昭君出塞之後的思鄉情懷。可是，在其《漢宮秋》雜劇中，卻突破傳統，另創新意。最明顯的改變，就是以導致昭君出塞的漢元帝劉奭為主角，全劇乃屬「末本」，漢元帝則是劇中曲辭的主唱者。當然，作者對於漢元帝，連自己寵愛的妃子也無力保護，筆沾同情，對於漢元帝對昭君的無盡相思情意，亦極力渲染。可是，在劇情中，把原來不過屬於宮廷畫工的毛延壽，卻改為朝廷大臣「中大夫」，且成為迫使昭君和番的首惡；又明確點出，畢竟是漢室君主以及周邊的文臣武將，在異族匈奴脅迫之下的無能，方才釀成昭君出塞的悲劇命運。作者甚至又在劇情中刻意改變史實，以昭君誓不入番，在漢匈交界處投江而死的情節，賦予昭君形象以嶄新的意義，昭君遂成為一個為漢王朝守節的「烈女」，一個令人景仰的「民族英雄」。

其實，《漢宮秋》在中國戲曲史上最令人矚目的文學成就，不單單是劇情故事或人物角色的改變或創新，更重要的是，在劇情發展過程的安排，與氣氛情調的醞釀。首先，劇情最後並沒有一般雜劇從俗的男女「大團圓」結局。當然，將「毛延壽斬首祭獻明妃」，也算伸張了正義，撫慰了人心。其次，在劇情故事的發展過程中，調笑人物只有淨角毛延壽一人，其賓白又多是自暴其內心中盤算的種種陰險惡毒計畫，大大減弱了一般淨角在戲臺上插科打諢的「笑」果，遂令整個劇情迴盪在悲愴淒涼的情調裡。再者，作者為劇情故事的時空環境背景的設計，頗具匠心。通過元帝的唱辭，以及後臺的音響，或是秋風蕭瑟，草葉枯黃的季節，或是孤雁悲鳴，青燈獨照的夜晚，均為劇情染上淒哀的色彩。

試看第三折中，元帝眼看昭君隨著番使離去，忍不住自責：「我那裡是大漢皇帝！」接著唱了一連串的曲辭。茲錄其中二曲為例：

> [梅花酒]呀！俺向著這迴野悲憐涼。草已添黃，色早迎霜。犬腿
> 得毛蒼，人搣起纓槍。馬負著行裝，車運著餱糧。打獵起圍場。
> 他他他傷心辭漢主，我我我攜手上河梁。他部從入窮荒，我鑾輿

返咸陽。返咸陽，過宮牆，過宮牆，繞迴廊。繞迴廊，近椒房。
進椒房，月昏黃。月昏黃，夜生涼。夜生涼，泣寒螿。泣寒螿，
綠紗窗。綠紗窗，不思量。

[收江南]呀！不思量，除是鐵心腸。鐵心腸也愁淚滴千行。美人
圖今夜掛朝陽，我那裡供養，便是我高燒銀燭照紅光。

曲辭描述的是，與昭君離別之際的蕭索秋景，抒發的是，別後返回宮中但感形單影隻的孤寂，以及對昭君的綿綿相思情意。

隨著《漢宮秋》劇情故事的發展，瀰漫不散的是，善良軟弱的元帝，在異族壓迫之下的無力感，在強權覬覦之下的挫折感，彷彿是漢民族面對異族的強勢，既悲憤又無奈情緒的折射。這當屬中國戲曲史上罕見的「悲劇」。倘若從當時金亡宋滅的現實狀況來看，似乎含蘊著作者馬致遠對蒙元入侵，導致南宋滅亡的君臣之憐憫與批評。

另外，自幼因蒙古滅金，身經亂離的白樸，其著名的歷史劇《梧桐雨》，雖然表面上以唐明皇與楊貴妃之間的愛情悲劇為筆墨重點，惟全劇充滿迷惘悲涼又無奈的情調，似乎亦表達了身處元初易代之際一些文人士大夫惆悵無奈的心情意念。值得注意的是，《梧桐雨》劇情中概括的一代興亡之變化，以及對明皇一味貪圖安逸，又「目不識人」，乃至重用安祿山，終於造成國家危難的譴責；還有安祿山的倡亂，繼而奪得京城的災難等情節，在一定程度上，正巧反映出金朝亡國的時代特徵。《梧桐雨》中的唐明皇，既是造成國家敗亂衰微的罪魁，卻又是引人懷思的故國之化身，所以白仁甫於《梧桐雨》中，對於唐明皇，既有批評與譴責，又流露憐憫與同情。《梧桐雨》劇中，一曲曲哀婉的悲歌，不單單是劇中人物唐明皇的離情相思，彷彿也寄寓了作者追懷往日的鄉土故國之思。

再看，英年早逝的作家高文秀，根據鍾嗣成《錄鬼簿》的記載，乃是「東平府學生員，早卒，都下人號『小漢卿』」。其短暫一生中，共創作雜劇三十二種，多取材於歷史或民間傳說，幾乎均融入了劇作家對歷史與現實的深思，以及文士儒生懷才的用世情懷。如其歷史劇《諕范叔》，搬演戰國時期著名策士范雎與魏國中大夫須賈之間的一段恩怨還報的故事。

其本事雖取材自《史記・范雎蔡澤列傳》，情節則有所改動。主要是把魏國丞相迫害范雎的種種行徑，都加在須賈一人身上，以突出須賈的挾嫌報復，范雎的以德報怨；既彰顯寄人籬下困窘書生的才識和氣度，也嘲諷居上位當權者的忌刻歹毒。全劇故事本身就是一個很有代表性的「士」之榮辱的記錄。在元代，正好可以借用來抒發文士儒生心中的不平。試看第一折中，范雎的一曲唱辭：

> [仙呂・油葫蘆] 自古書生多命薄，端的可便成事的少，你看幾人平步驤雲霄。便讀得十年書，也只受的十年暴；便曉得十分事，也抵不得十分飽。至如俺學到老，越著俺窮到老，想詩書不是防身寶，劃地著俺白屋教兒曹。

上引范雎唱辭中，流露的時不我予，懷才不遇的凄苦愁怨情緒，頗能代表元代文士儒生仕進無門的普遍情懷。同時藉此批評輕視文士儒生的元代社會現實，也可以說是元雜劇初興期間，劇作家的共同心聲。

元雜劇的歷史劇中，除了《漢宮秋》之外，塗上濃厚的悲劇色彩，甚至更撼人心魂者，當首推紀君祥的《趙氏孤兒》。按，紀君祥是大都人，生平事跡無考，根據鍾嗣成《錄鬼簿》，僅知其屬於元代前期作家，著有雜劇六種，惟今只存《趙氏孤兒》一種。劇情故事主要取材於《左傳》與《史記・趙世家》，兼及其他史料以及流傳民間的一些相關傳說，再加上作者的想像和虛構而成。

全劇主要是演述春秋末期晉靈公時，文臣趙盾與武將屠岸賈兩個家族，在政治權力鬥爭中的冤仇故事。屠岸賈為了剷除其政敵趙盾，採用陰謀手段，殺戮趙家三百餘口，並假傳晉靈公之令，賜死駙馬趙朔，囚禁懷孕的公主。公主在禁中產下一子，依趙朔遺言取名「趙氏孤兒」，並在前來探視的草澤醫生程嬰答應設法將孤兒掩藏出去後，以裙帶自縊而死。此後即圍繞著經程嬰涉險帶出的孤兒之命運，展開種種「存趙滅趙」、「搜孤救孤」的戲劇衝突與驚險情節，同時表現幾位忠義之士，如何為拯救趙氏孤兒不惜犧牲自己性命的英勇事跡。例如貫穿全劇始終的趙氏門客程嬰，冒著「全家處斬，九族不留」的危險，夾帶嬰兒逃亡，甚至忍痛以自

己的親生子冒充趙氏孤兒,以保全趙氏孤兒以及晉國所有半歲以下,一月以上嬰兒的性命。還有奉屠岸賈之命把守府門的將軍韓厥,茲因痛恨屠岸賈殘酷陰險,損壞忠良,決定放走程嬰與孤兒,之後拔劍自刎;以及寧可自己捐生,讓較為年輕的程嬰可以扶養趙氏孤兒成人,為趙氏報仇的公孫杵臼。二十年後,在程嬰扶養之下已成人的趙氏孤兒程勃,終於從程嬰口中得知,對自己寵愛有加的義父屠岸賈,竟然是殺父滅族的大仇人。其結局,當然正如此劇的全名所示:趙氏孤兒大報仇。

通過程嬰、韓厥、公孫杵臼這幾位不同身分地位的忠臣義士之言行,顯示痛恨權奸屠岸賈,忠於趙氏家族,心存晉室安危,乃是拯救趙氏孤兒的原動力;他們各自選擇的奉獻犧牲方式,分別在人格形象上,煥發出既悲壯又崇高的光環,並凝成一鼓磅礡高昂的正義之氣,輝映著全劇。根據《趙氏孤兒》劇情故事,在為趙氏家族保存命脈,以報仇雪恨的主題內涵上,值得注意的是:

首先,對於朝廷寵用權奸,殘害忠良的不滿。猶如第一折,韓厥唱曲中所表達的:

[仙呂‧點絳唇]列國紛紛,莫強於晉。才安穩,怎有這屠安賈賊臣。他則把忠孝的公卿損。[混江龍]不甫能風調雨順,太平年寵用著這般人。忠孝的在市曹中斬首,姦佞的在帥府內安身。現如今全作威來全作福,還說甚半由君也半由臣。他他他把爪和牙布滿在朝門。但違拗的早一個個誅夷盡。……

其次,則是對於個人身後聲名永彰的重視,這顯然是一般文士儒生在反思個人生命意義之際的主要關懷。例如韓厥決定放走程嬰,自刎前所唱[賺煞尾]:

猛拚著撞階基圖各自盡。便留不得香名萬古聞,也好伴鉏麑共做忠魂。……是必教報仇人休忘了我這大恩人。

又如程嬰,在公孫杵臼應承相助之際,云:「老宰輔,你若存的趙氏孤兒,當名標青史,萬古留芳!」再如第五折最後,程勃報仇成功,在一曲[黃鐘尾]唱辭中,總述晉王對忠義之士的褒獎之後,則矢言:

誓捐生在戰場，著鄰邦並歸向，落得個史冊上標名留與後人講！

惟綜觀《趙氏孤兒》全劇劇情的安排與人物性格的塑造，在作者筆下諸忠臣義士，冒死捨命救趙氏孤兒，以維繫趙氏的命脈，似乎隱隱含蘊一分對趙宋王朝的懷思。就如早已罷職辭朝，在太平莊「守田園學耕種」的公孫杵臼，決定以死相助，要程嬰放心前去，將孤兒扶養長大，以報仇雪恨，接著於[煞尾]一曲中唱云：「憑著趙家枝葉千年永，晉國山河百二雄……。」這樣的唱辭，難免令讀者懷想，其中流露的，彷彿是作者對趙宋王朝無限緬懷者的心聲。

(三)神仙道化的文士情懷——度脫劇的初興

有關神仙道化的度脫劇，其實是元雜劇繁盛時期的熱門戲，大多是敷演全真教「五祖七真」度脫升仙的故事，應該是以超越現實人生為宗旨。但是，在元雜劇初興時期，作者往往借仙道中人物之口，吐露其個人的歷史興亡之嘆，展現的通常是文士儒生的感懷。最具代表性的作品，就是馬致遠早期所寫的《岳陽樓》。此劇寫的乃是神仙呂洞賓度脫柳樹精的傳說故事，可是身為神仙的呂洞賓，在劇中則宛如文士的化身。試看《岳陽樓》第一折中，神仙呂洞賓初登岳陽樓，眺望浩蕩江山之際，卻唱出了一般文人士子最常引發的歷史興亡之嘆：

[仙呂·鵲踏枝]自隋唐，數興亡。料著這一片青旗，能有的幾日風光。對四面江山浩蕩，怎消得我幾行兒醉墨淋浪。

繼而第二折，呂洞賓再次登上岳陽樓，在「哭了又笑，笑了又哭」之後，又再度感嘆時代的興亡：

[賀新郎]你看那龍爭虎鬥舊江山。我笑那曹操姦雄，我哭呵哀哉霸王好漢。為興亡笑罷還悲嘆，不覺的斜陽又晚。想喒這百年人，則在這撚指中間。空聽得樓前茶客鬧，爭似江上野鷗閒，百年人光景皆虛幻。我覷你一株金線柳，猶兀自閒憑著十二玉闌干。

其實，在民間傳說中，呂洞賓乃是神仙之類的人物，可是《岳陽樓》劇中的呂洞賓，竟然對人間俗世的歷史興亡與功名成敗，如此多情善感，

全然不像一個成仙者應該早已超越人間俗世情的羈絆，逍遙自適度日者。其唱辭間寄寓的，顯然是作者馬致遠個人的情懷，並非神仙之意趣。作者顯然乃是藉呂洞賓的唱辭，抒發一個身處易代之際的文士，對朝代盛衰興亡，人事變換無常的深切感慨。

第三節　元雜劇的鼎盛

經過元代初期諸雜劇作家的經營，元雜劇在元成宗元貞(1295-1296)以後，至元文宗天曆(1328-1329)、至順(1330-1332)年間，遂進入發展的鼎盛時期。此時期的元雜劇，在題材內容和藝術風貌上，均呈現一些不同於初期雜劇的特色，展示其發展過程中的演變痕跡。

首先，在題材內容上，最明顯的變化即是，社會劇和歷史劇的熱潮已退，而初興期偶然出現的愛情劇、神仙道化劇、文人事跡劇，則於此期大量湧現，並且融入了新的時代內容，反映出新的時代面貌。其次，在藝術風貌上，亦有所發展演變。與初興期的作品相比照，講求文采的作家，已經占據此期段雜劇的主導地位，乃至劇本中更加注意文句辭彙的修飾與情味意境的經營。換言之，雜劇作品在文辭意境上，文采化與典雅化的傾向已較爲顯著。再者，自元雜劇搬演的流通和推廣方面視之，南北統一後，因交流通暢，江南經濟的繁榮與文化生活的豐盛，亦促使雜劇作家的紛紛自北南遷，遂形成元雜劇突破北方地域的局限，臻至南北流行無阻的繁榮興盛之主要標誌。

一、題材內容的演變

元雜劇繁盛時期最具代表性的作家作品，包括王實甫的《西廂記》，鄭光祖的《倩女離魂》、《王粲登樓》，馬致遠在元貞以後寫的《薦福碑》，以及《黃粱夢》、《陳摶高臥》，還有喬吉的《揚州夢》、《金錢記》等。換言之，男女愛情劇、仙道度脫劇、文人事跡劇，成爲此期元雜劇的主流。值得注意的是，這些劇作在故事劇情、人物角色、語言風格諸

方面的演變。

(一)男女愛情的歌詠吟唱

　　有關男女愛情劇，其實在初興期已經出現，不過，愛情至上的主題，方是元雜劇繁盛時期的筆墨重點。其中最引人矚目，且成就最高者，自然屬王實甫的《西廂記》。按，《西廂記》主要是以元稹〈鶯鶯傳〉的傳奇故事爲本，繼而又在董解元《西廂記諸宮調》的基礎上加工改寫而成，大約完成於元成宗大德年間(1297-1307)，在中國戲曲史中愛情主題的演變上，具有劃時代的意義。不過，〈鶯鶯傳〉屬自傳性的小說，寫張生對鶯鶯如何始亂之，終棄之，結局是雙方勞燕分飛，各自婚嫁；作者似乎有難言之隱，內愧之情，乃至吞吞吐吐，辭意閃爍，頗有交代不清之處，這也正是其作爲一篇帶有自傳性小說的魅力所在。繼而董解元的《西廂記諸宮調》則在主題、情節、人物等方面均有所改變，並將「老夫人」塑造成爲張生和鶯鶯之間愛情的最大阻力。惟不容忽略的是，〈董西廂〉乃是第三人稱的說唱文學，且以敘事爲主，情節不夠集中，人物角色雖然清晰，個別性格仍不夠完整。爰及王實甫《西廂記》則進一步把〈董西廂〉所肯定的男女之情，定位於「願普天下有情的都成了眷屬」的世俗理想。此外，就體制而言，《西廂記》乃是一部多本連演一個故事的雜劇，一共五本二十折[2]。如果將《西廂記》與之前關漢卿寫的愛情劇諸如《救風塵》、《拜月亭》、《調風月》等相比照，在劇情的處理上，已經有明顯的不同。首先，關漢卿諸愛情劇，主要是通過男女愛情故事來揭露某些社會現象或道德問題，乃至男女愛情與其所處的社會問題，同樣是劇情關注的焦點，甚至其間蘊含的社會意義更爲重要。可是王實甫的《西廂記》，則是第一部完整寫出男女戀愛經驗過程的作品。其次，《西廂記》的主題旨趣是「願天下有情的都成了眷屬」，且集中筆墨抒寫愛情的本身，以青年男女的戀愛過程與戀愛心理爲全劇的筆墨重點。

　2　王實甫《西廂記》，全名《崔鶯鶯待月西廂記》，一共五本二十折。第一本〈張君瑞鬧道場〉，第二本〈崔鶯鶯夜聽琴〉，第三本〈張君瑞害相思〉，第四本〈草橋店夢鶯鶯〉，第五本〈張君瑞慶團圓〉。

　　就如第一折中，張生在佛殿上與手捻花枝的鶯鶯邂逅，「驚豔」之際，為其美色驚得發呆，乃至心神搖蕩，隨即呼出：「呀！正撞著五百年前風流業冤。」繼而唱出：

> ［元和令］顛不剌的見了萬千，似這般可喜娘的龐兒罕曾見。則著人眼花撩亂口難言。魂靈兒飛在半天。他那裡盡人調戲撣著香肩，只將花笑捻。［上馬姣］這的是兜率宮，休猜作了離恨天。呀！誰想著寺裡遇神仙！我見他宜嗔宜喜春風面，偏、宜貼翠花鈿。
>
> ［勝葫蘆］則見他宮樣眉兒新月偃，斜侵入鬢雲邊。（旦云）洪娘，你覷：寂寂僧房人不到，滿階苔襯落花紅。（末云）我死也！未語人前先靦腆，櫻桃紅綻，玉粳白露，半響恰方言。
>
> ［么篇］恰便似嚦嚦鶯聲花外囀，行一步可人憐。解舞腰肢嬌又軟，千般裊娜，萬般旖旎，似垂柳晚風前。

　　張生見到鶯鶯，一見鍾情，如癡如醉，而近在一旁的鶯鶯，其實亦心靈搖蕩。儘管紅娘催促云：「那壁有人，咱家自去。」鶯鶯卻「回顧覷末」而下。男女雙方一見傾心的過程，就在人物唱辭與表演動作中，展露出來。以後的故事發展，就依此情節推衍，經過一番挫折與考驗，張生與鶯鶯終於得到圓滿的結局。

　　像《西廂記》這樣一部專注於男女愛情的戲曲作品，會令讀者欣悅的發現，青年男女超越禮教束縛，彼此傾心相悅的愛情，在個人生命中的重要性。這是一向尊重傳統禮教的文學史中，前所未有的大膽嘗試，對以後興起的，明清傳奇中的愛情劇，以及清代才子佳人小說，甚至對文學巨著《紅樓夢》中賈寶玉和林黛玉二人之間的知己之愛，都有深遠的影響。

　　除此之外，鄭光祖的《倩女離魂》，喬吉的《兩世姻緣》、《揚州夢》、《金錢記》等，均屬元雜劇繁盛期間的作品，也都集中筆墨寫超越生死或無視現實時空的男女愛情，似乎並無興趣表現什麼社會問題或時代意義。如《倩女離魂》，主要寫張倩女的魂魄，在愛情的驅使下，如何脫離軀殼，超越禮教，追求真愛。《兩世姻緣》中，玉簫因情而死，惟人身

雖死而愛魂猶在，遂轉世又與情郎團圓。這種超越現實，生死與共的愛情，與元代初期愛情劇流露的社會現實性，形成鮮明的對比，充分展現元雜劇發展至繁盛期間，男女愛情劇階段性的特色，同時爲以後明代傳奇的寫情作品，例如湯顯祖的名著《牡丹亭》，開闢先河。

另外還有一些寫知名文人的愛情故事，如《揚州夢》，主要根據杜牧〈遣懷〉詩中「十年一覺揚州夢」，以及與杜牧本人相關的軼事傳聞，敷演成一段杜牧與歌女張好好的風流韻事；《金錢記》則取材於唐傳奇〈柳氏傳〉，虛構一段韓翊與貴族小姐王柳眉的戀愛經過。兩部戲，均可歸類於才子佳人劇，亦可稱爲文人風月劇，或著力寫女子的癡情，或敷演文人士子的風流。在劇情營造上，均與《西廂記》相若，筆墨重點僅在於男女愛情經驗與感受的本身，並不眞正關心當時的政治社會現實。

不過，有趣的是，這些男女愛情劇強調的，通常是超越世俗生活，或無視現實人間，排除世俗阻力之情，可是，就在同時期，亦流行於劇壇的神仙道化劇，卻往往流露眷顧世俗，留戀人間的傾向，充分展現元雜劇作家對世俗現實既想要超越又留戀不捨的徘徊顧盼。

(二)仙道度脫的世俗趣味

元雜劇初興時期有關神仙道化的作品，無論涉及的是佛是道，大概形成兩種主要類型：其一，若是宗教意味較濃，則劇中人物的結局，或度化成仙，或修身成道；其二，若是文人意趣較顯，則劇中佛道神仙的言行舉止，宛如企慕隱逸的文士儒生。可是，出現於雜劇繁盛時期的神仙道化劇，則產生一些變化。最令人矚目的變化，就是故事劇情以及人物角色，均明顯展現世俗趣味化的傾向。

當然，繁盛時期的神仙道化劇，有的劇本仍然繼續前期作品的文人化，例如將隱逸與道化相結合，多以傳統文士儒生在仕與隱之間的選擇，亦即以避世隱居爲依歸。如馬致遠的《陳摶高臥》，宮天挺的《七里灘》，均是有名的例子。這當然與元代許多文士儒生在仕進受阻境況下的人生規畫有關，同時也與元人散曲「避世歸隱」題材的風行相呼應。可是，值得注意的是，此期流行的仙道度脫劇中，卻出現相當明顯的世俗

趣味。

首先,劇中被度脫角色的變化。從被貶謫下凡人間的神仙,以及有慧根與機緣的文士儒生,擴大至世俗社會中的市井小人物。諸如《任風子》中的屠夫,《度柳翠》中的妓女,也可以成為神仙道士力圖度脫的對象。其次,在故事劇情上,強調的往往是,被度脫者如何迷戀人間俗世的榮華富貴或酒色財氣,實在並不願意成仙成佛。於是,度脫者就不得不發揮智力,施展手段,包括「利誘」與「威嚇」。有時用道教的「長生不老」來利誘,有時則用佛教的「六道輪迴」來威嚇。有趣的是,利誘威嚇往往均無效,於是度脫者只好進一步弄虛作假,耍弄法術,施計哄騙。惟每次都費盡周折,最後乾脆故意製造一些人事禍端,令被度脫者在俗世人間麻煩纏身,或觸犯法網,陷於有罪,迫於無路可走,終於俯首,接受神仙道士的度脫。因此,這些度脫劇的筆墨重點,似乎是向觀眾宣揚,俗世人間的享樂,如何令人留戀,如何難以割捨。再者,度脫劇中津津樂道的先賢榜樣,一般並非佛祖或神仙,卻往往是人世間歷史上著名的隱者,包括先隱而後顯達的呂望,或功成之後急流勇退的范蠡、張良,或看不慣世道亂象的嚴子陵、陳摶、陶潛之流。至於劇情中的被度脫者,即使原本是社會底層的市井人物,一旦決定皈道,往往脫胎換骨,言行舉止宛如文人士子的化身,其唱辭或道白的市井味頓失,流露的通常是文人士子懷才不遇的感慨,或看破世情歸隱山林田園的情懷。

就看馬致遠的《任風子》,全劇名目是《馬丹陽三度任風子》,從其劇目中「三度」二字,已明顯點出,度脫任屠任風子之不易。就其劇情故事,任風子原來不過是一名甘河鎮上操刀的屠戶,生活安適平順,生性豪爽俠義,可謂典型的市井人物,是全劇的主角,亦是劇中曲辭的主唱者。第一折中,任屠即向觀眾清楚交代,他有「渾家李氏,近新來生了一個小廝兒」,家庭生活美滿。此外,其社會人際關係亦相當和諧,與鎮上眾屠戶頗有兄弟情義,大夥均尊他為「大哥」。可是,最近卻來了一個道士馬丹陽,「化的這甘河鎮一方之地,都吃了齋素」,害得這些靠屠宰維生的屠戶,生計發生了困難。這日正是任屠生日,又逢他孩兒滿月,眾屠戶紛

紛前來道賀。惟眾屠戶皆因馬丹陽道化甘河鎮人都皈依佛法，吃了齋素，
屠宰生意頓時無著落，故而前來向大哥任屠告白曰：「一來與哥哥做生
日，二來問哥哥借些本錢。」一向豪爽俠義的任屠，於是令其渾家安排酒
菜茶飯殷勤款待，並且在無視渾家不悅的情況下，「開了這箱子，取出些
錢鈔來，與你一家兩錠作本錢」。這樣的言行舉止，充分展現其身為屠戶
「大哥」任俠好義的人格情性。試看第一折中，任屠首二曲的唱辭：

> ［仙呂·點絳唇］朋友相憐，弟兄錯見，任屠面。今日何緣，因賤
> 降來宅院。

> ［混江龍］俺屠家開宴，端的是肉如山岳酒如川。都是些吾兄我
> 弟，等輩齊肩。直吃得月上花梢傾盡酒，風吹荷葉倒垂蓮。客喧
> 席上，酒到跟前，何曾摘厭，並不推言。一盞盞接入手，可都乾
> 乾的嚥。賣弄他掂斤播兩，撥萬輪千。

要屠戶任風子放棄如此有情有義，舒適痛快的人間俗世情緣，的確不
容易。道士馬丹陽自然須煞費周章，所以才會「三度」任風子。惟值得注
意的是，每當任屠總算勉強答應隨馬丹陽出家之後，其原本的市井屠戶身
分與豪爽任俠的性格，隨即為之一變，其唱辭中吐露的，宛如文人士子的
情懷。試看第二折中，任屠首次答應接受馬丹陽的度脫後之唱辭：

> ［正宮·三煞］從今後栽下這五株綠柳侵門戶，種下這三徑黃花勁
> 草廬。……

> ［二煞］高山流水知音許，古木蒼煙入畫圖。學列子乘風，子房歸
> 道，陶令休官，范蠡歸湖。雖然是平日凡胎，一旦修真，無甚功
> 夫，撇下這砧刀什物，情取那經卷藥葫蘆。

從任屠這樣一個原屬市井人物的口中，卻唱出類似文人士子的隱逸遊
仙意趣，加上唱辭中一連串典故的運用，顯然並非出自一個屠戶的語言，
而是作者個人情懷意念的流露。不容忽略的是，就元雜劇的發展軌跡視
之，整個劇本中，任屠這個角色人物和生活態度的世俗化，以及最終令他
不得不拋棄俗世人間，接受神仙度脫的無奈。全劇的旨趣，顯然不是佛道
的出世傾向，而是對俗世人間的眷戀情懷。

再如李壽卿的〈度柳翠〉，寫的是自稱西天第十六尊羅漢的「月明和尚」如何施展佛法，以度脫杭州名妓柳翠的故事。通過月明和尚布設的種種迷障，劇情的展現，卻與佛門清規完全相反，充滿世俗人間的酒色財氣。劇中的月明和尚，自己「半生花酒」，雖「倦貪名利」，卻不斷葷腥，且言語癲狂，行爲乖張。竟然要求柳翠「門前莫接頻來客，心間休掛有情人」，以便「脫離生死，免卻六道輪迴」。偏偏柳翠正值花樣年華，乃「是那鎭柳陌第一人」，且自恃年輕貌美，一心想趁著「年紀幼小，正好覓錢」，可以孝敬母親；再加上目前又正好與一個「知冷知熱」體貼入微的牛員外兩情相悅，相好多年，自然難以割捨俗世人間的男女私情。偏偏卻被這個自己找上門來的月明和尚死纏著，非要她削髮爲尼，割斷塵緣，豈不惱人！及至月明和尚發現柳翠俗情難斷，空說輪迴無效之後，只好耍弄法術，令柳翠屢歷幻境；月明和尚甚至還不惜勾結陰間閻羅，驅遣鬼力，以「觸忤聖僧羅漢」爲罪名，於夢境中將柳翠斬首。可憐的柳翠，出於無奈，只好被迫隨這個月明和尚出家，從此「和月常相守」，過著所謂六根清淨的佛家寂滅生活。全劇予與觀眾或讀者的整體印象是，世俗人間的七情六欲，如何難以割捨，月明和尚強行度脫柳翠，實在是多管閒事。儘管全劇在內涵故事上屬於神仙道化度脫劇，作者眞正的興趣，顯然還是對世俗人間情緣的留戀。

(三)文人事跡的緬懷寄託

除了度脫劇的世俗化顯著之外，有關文人生平事跡之劇，亦是繁盛時期雜劇作家的創作興趣重點。這與元代一些文士儒生因逢時不遇，乃至沉淪下僚，逐參與雜劇創作有關，也與元代中期科舉的恢復，打開仕進希望之門，有相當程度的關聯。但是，順利成功入仕者，畢竟還是極少數，希望燃起又落空才是普遍的經驗感受。於是雜劇作家通過歷代一些著名文人生活事跡的相關故事，表達文士儒生功名欲望復熾隨即幻滅的心路歷程，成爲文人事跡劇的筆墨重點。例如馬致遠的《薦福碑》，主要寫落魄書生張鎬爲尋出路，屢次向人求助，卻難脫困境的挫折與悲哀。試看其第一折中，張鎬的一曲唱辭：

[么篇]這壁攔去賢路，那壁又擋住仕途。如今這越聰明越受聰明
苦，越癡呆越享了癡呆福，越糊塗越有了糊塗富，則這有銀的陶
令不休官，無錢的子張學干祿。

　　這是劇中人物張鎬對現實社會中賢愚不分，是非顛倒現象的不滿，當
然也吐露了作者馬致遠懷才不遇的心聲，同時亦代表仕進無門的雜劇作
家，淪落市井瓦舍，有志難伸的不平之鳴。

　　同樣的，鄭光祖的《王粲登樓》，圍繞著王粲飄泊求仕所感受的困頓
境遇和淒怨心情，卻揭示元代漢族士人在民族歧視的政策之下，感受仕途
困頓集體性的挫折與悲哀。全劇的楔子與第一折，歷述王粲如何「氣昂
昂」辭家南遊，卻屈身於簿吏之間的淪落窘狀。第二折[倘秀才]中唱出其
對荊王幕下的觀察：「那有錢人沒名的平登省臺，那無錢人有名的終淹草
萊，如今他可也不論文章只論財！」儼然是對元代官場貪官汙吏的指摘。
第三折中，王粲因登樓遠眺，觸發了「身貧歸未得」的飄零之嘆：

[中呂·粉蝶兒]塵滿征衣，嘆飄零一深客寄。往常我食無魚彈劍
傷悲，一會家怨荊王，信讒佞。把那賢門來緊閉。不爭你死喪之
威，越閃得我不存簿濟。

[醉春風]我本是未入廟堂臣，倒做了不著墳墓鬼，想先賢多少困
窮途，王粲也！我道來命薄的不似你，你，我比那先進何及！想
昔人安在？我可什麼後生可畏。

[迎仙客]雕檐外，紅日低，畫棟畔，彩雲飛，十二攔干在天外
倚。我這裡望中原，思故里，不由我感嘆酸嘶。看了這秋江水
呵！越攬得我一片鄉心醉。

　　值得注意的是，曲辭中以醉酒思鄉為引線，吐露的眞情宣洩。劇中主
角王粲顯然只是歷史上的王粲身世遭遇的片面擷取。按，歷史上的王粲
（177-217），的確留下一篇動人的《登樓賦》，寫其流落荊州其間登樓望
遠之際，引發的「雖信美而非吾土」的感時傷逝懷鄉之情。但是，王粲當
初即使處於漢魏戰亂之際，對政治現實仍然懷著理想憧憬，所以才會決定
投奔荊州的劉表，以追求個人的功名。可是，元雜劇中的王粲，卻主要表

現入仕道路的阻礙帶來的挫折與悲哀。故而遙「想先賢多少困窮途」，進而抒發因功名不遂，流落他鄉，「望中原，思故里，不由我感嘆酸嘶」，乃至引發懷才失志者「一片鄉心醉」。至於有錢人登高位，沒錢人淪落草萊，顯然是作者鄭光祖本人對元代官場社會的指摘。

元雜劇文人事跡劇中，通過歷史上某些文人的傳聞故事，可以寄託作者對當前政治社會現實的不滿，或理想人物品格的緬懷。例如王伯成的《貶夜郎》，寫李白受召入宮繼而又遭貶的傳奇故事。劇中刻畫李白如何乘醉入宮，醉寫「呵蠻書」，並於醉中令高力士脫靴，貴妃捧硯，最後又醉入水中捉月等等。如此蔑視權貴，狂放灑脫的言行表現，都是令一向遵行傳統規矩的文士儒生，可以開懷解頤的情節，也是劇作家趁此借題發揮的創作。其他如無名氏的《凍蘇秦》、《東坡夢》，費臣唐的《貶黃州》等，則分別以戰國時期的蘇秦，以及北宋時的蘇軾為主人公，演述他們雖身處逆境，歷盡磨難，卻不改初衷，最後或發跡顯達（《凍蘇秦》），或向佛學禪（《東坡夢》），或辭官歸隱（《貶黃州》）。劇情中含蘊的似乎是，為那些浮沉於士林與市井之間的元代文士儒生，藉此一吐胸中之塊壘。

元雜劇中有關文人事跡劇的風行，促進了雜劇劇情主題內涵的文人化，可謂是由初興到繁盛發展過程中，度脫劇世俗化之外的另一標誌。惟不容忽略的是，從曲辭的藝術風格方面觀察，對曲辭文采的重視，形成風格情韻的雅化，則是此時期元雜劇發展演變的整體趨勢。

二、曲辭文采的重視，風格情味的雅化

元雜劇本屬通俗表演藝術，源起於城鎮地區瓦舍勾欄的娛樂表演場所，故而「通俗」，自然應該是其本色。不過，經元代文士儒生相繼的參與創作，劇本的文學素質提高了，而文士儒生一般比較偏尚的，諸如文辭的優美，風格情韻的委婉，也就相應的增加。爰及雜劇創作進入繁盛時期，尤其在曲辭的表現，以及情韻的營造上，已不同於元代初期雜劇比較樸素自然的所謂「本色派」的風格。這時所謂「文采派」作家，逐漸在劇壇占有主導地位。他們的劇本，即使在賓白中還保留一定程度的通俗趣

味，可是大凡劇中主角演唱的曲辭，往往浮現著宛如文人詩詞的情味意境。其中尤以王實甫的《西廂記》，表現最引人矚目。

試根據《西廂記》第一本第三折中的一段劇情：就在正末張君瑞巧遇鶯鶯之後，夜深人靜之際，獨自來到花園，寄望能再見鶯鶯。通過其優美的唱辭，張君瑞在朦朧的夜幕下，溫柔的月色中，滿庭花影，悄悄去等待，意圖私會鶯鶯的情景，如詩如畫般展現在讀者面前：

> ［越調鬥鵪鶉］玉宇無塵，銀河瀉影；月色橫空，花陰滿庭；羅襪生寒，芳心自警。側著耳朵兒聽，躡著腳步兒行；悄悄冥冥，潛潛等等。……

及至二人隔牆吟詩，「一字字，訴衷情」，表示早已惺惺相惜，兩心相許，不料一隻「宿鳥飛騰，顚巍巍花梢弄影，亂紛紛落紅滿徑」。驚醒了一對戀人的短暫相聚。鶯鶯遂在紅娘催促下只得匆匆離去，空撇下張生獨自佇立徘徊，一夜輾轉相思，心魂搖蕩：

> ［拙魯速］對著盞碧熒熒短檠燈，倚著扇冷清清舊幃屏。燈兒又不明，夢兒又不成；窗兒外淅零零的風兒透疏櫺，忒愣愣的紙條兒鳴；枕頭兒上孤另，被窩兒裡寂靜。你便是鐵石人，鐵石人也動情。

繼而第四本第三折中，張生即將赴京趕考，鶯鶯則於「長亭送別」，偏偏正值撩人傷感的暮秋時節。試看鶯鶯的唱辭，簡直是詩的語言，畫的情韻：

> ［正宮端正好］碧雲天，黃花地，西風緊，北雁南飛。曉來誰染霜林醉？總是離人淚。
>
> ［滾繡球］恨相見得遲，怨歸去得疾。柳絲長玉驄難繫。恨不倩疏林掛住斜暉。馬兒迍迍的行，車兒快快的隨，卻告了相思迴避，破題兒又早別離。聽得這一聲去也，鬆了金釧，遙望見十里長亭，減了玉肌，此恨誰知？
>
> ……
>
> ［脫布衫］下西風黃葉紛飛，染寒煙衰草淒迷。酒席上斜簽著坐

的，蹙愁眉死臨侵地。

　　儘管鶯鶯和張生難分難捨，張生還是上馬走了。這時鶯鶯流連徘徊，極目遠送，離情萬端，不忍回去。作者遂爲鶯鶯安排一支曲子，一方面描述當前的景觀，營造氣氛，同時亦抒發鶯鶯與情郎臨別不捨的情懷：

　　[一煞]青山隔送行，疏林不做美，淡煙暮靄相遮蔽。夕陽古道無
　　人語，禾黍秋風聽馬嘶。我爲什麼懶上車兒內，來時甚急，去後
　　何遲？

　　上舉諸曲辭，充分表現《西廂記》文辭之美與情韻之深。明人朱權《太和正音譜》對王實甫筆下辭情的深委婉轉，行文的典雅華麗，就推崇備至：

　　王實甫之詞，如花間美人，鋪敘委婉，深得騷人之趣。極有佳
　　句，若玉環之出浴華清，綠珠之采蓮洛浦。

　　按，王實甫《西廂記》在語言整體表現上，的確文采斐然，但是不容忽略的是，其優美曲辭之間夾雜著的口語白話，甚至俚詞俗語。換言之，《西廂記》並未完全拋棄雜劇表演藝術的通俗本色，其賓白中仍然遵循北曲雜劇一般講求俚詞俗語的傳統，正可謂是雅俗兼美的作品。

　　王實甫之外，以《倩女離魂》見稱於戲曲史的鄭光祖，亦是雜劇繁盛時期講求文采之美的作家。其所以令後世評論家推崇者，主要還是在曲辭方面的成就。按，《倩女離魂》之曲辭，以俊美、蘊藉、有意境見稱。王國維於其《宋元戲曲史》，即稱道鄭光祖「清麗芊綿，自成馨逸，不失爲第一流」。此外，以寫《揚州夢》、《兩世姻緣》等愛情劇著稱的喬吉，亦是以曲辭豔麗、蘊藉，令歷代曲論者所推崇。有趣的是，這些文采派的劇作家，在雜劇創作上，重視的並非其中人物角色身處的政治社會嚴肅問題，而是日常生活中個人生命意義的追求，以及私己感情的寄託或滿足。

　　當然，馬致遠、宮大用等跨越雜劇初興與繁盛兩階段時期的作家，一般或將之歸類於本色派與文采派之間。換言之，兼有本色與文采，以及豪放與清麗的特點，並不受「派別」的局限。據朱權《太和正音譜》對二人曲辭的評語：

馬東籬之詞，如朝陽鳴鳳。其詞典雅流麗，可與〈靈光〉、〈景
福〉兩相頡頑。有振鬣長鳴，萬馬皆喑之意。又若神風飛鳴於九
霄，豈可與凡鳥共語哉！宜列群英之上。宮大用之詞，如西風雕
鶚。其詞鋒穎犀利，神彩燁然，若捷翮摩空，下視林藪，使狐兔
縮頸於蓬棘之勢。

　　朱權的觀察，概要點出，元雜劇在語言文辭，以及劇情意境情韻方
面，由初興到繁盛的過渡現象。也就是王實甫、鄭光祖、喬吉、馬致遠、
宮大用等所代表的文采派的兩種風尚，正好展現元代雜劇繁盛時期作家的
整體創作傾向。

　　值得注意的是，繁盛時期的元雜劇，一方面顯示出與雜劇初興期不同
的表現，同時亦因元代統一中國後，江南地區文化生活的蓬勃與商業經濟
的富庶，吸引雜劇作家與演員的紛紛南遷，因而對元雜劇的命運，甚至對
中國戲曲發展演變的整體趨向，產生決定性的影響。

三、作家與演員南遷

　　儘管元雜劇興起於北方，其發展初期的活動中心主要是在中書省所在
地，遂表現出元雜劇初興北方時期的一些特質。惟不容忽略的則是，自元
代統一中國後，因南北交通無阻，雜劇作家就已經逐漸開始南遷。這一方
面，主要是由於江南的富庶環境具有吸引力。尤其是江浙行省一帶，從南
宋以來即是全國經濟與文化水平最高的地區，自然有利於文化娛樂事業諸
如戲曲的發展。另一方面，則是南北統一後政治版圖的擴大，為世居北方
人士鋪設前往南方尋求仕進出頭的機會。如關漢卿，即於南宋亡後不久，
曾經到過杭州；白仁甫則於元世祖至元十七年(1280)卜居建康；馬致遠、
鄭光祖亦曾相繼南遊。即使雜劇名演員珠簾秀，也曾經遠赴江南地區表
演，並引起士林、劇壇的轟動。

　　不過，由於這時期的雜劇作家，大多出生於蒙元滅金(1234)前後，生
活於蒙元統一全國的過程之中，經歷了朝代的變遷與社會的動盪，即使曾
經南遊或南遷，在至元(1264-1294)後期，雜劇作品中尚未明顯表現出江

南文化的影響。可是到了元朝中葉，亦即元貞(1295-1296)以後，雜劇的活動中心，逐漸由大都向江南地區轉移。此時期的雜劇作家，大多出生於元滅南宋(1279)前後，又由於元滅南宋的戰爭對社會的破壞性並不巨大，且經過元世祖忽必烈的長期經營，遂進入元朝一段社會安定，經濟繁榮的時期。主要的雜劇作家已經移居江南一段時間了，他們的作品與江南地方流行的南戲，並行於劇壇，彼此交流傳播於同一地區，甚至出現像珠簾秀那樣名聞江南的雜劇演員。興起於北方的雜劇，其創作與搬演中心的南移，在所難免，尤其是商業與文化均屬於先導地位的杭州，已取得與大都並立的地位。這些現象，均預示戲曲藝術蛻變時期的來臨，其中最明顯的，就是北雜劇的衰微，以及南戲的崛起。

第四節　元雜劇的衰微

自元末順帝時期(1333-1368)到明初，雜劇的搬演已明顯趨向衰微。元雜劇的衰微，與雜劇活動中心的南移，演員紛紛南遷，以及雜劇本身體制的某些局限，還有江南地區南戲的崛起，均有一定程度的關係。

一、雜劇活動中心南移

元雜劇原是從北方的地方戲發展而成，其初興至繁盛時期的作家，亦多屬北人，活動中心則是在京城大都，或者其他北方地區的城市。乃至不論其音樂曲調、語言辭彙、舞臺表演，均帶有濃厚的北方地域色彩。不過，元朝中葉以後，成宗大德年間(1297-1307)，雜劇活動中心開始逐漸由大都向江南地區轉移。尤其是以杭州為中心的江浙一帶，以其經濟繁榮，文化發達，景色宜人的優越條件，吸引許多雜劇作家與劇團演員紛紛南遷。元末明初活躍於江浙地區的重要劇作家，多是南方人，或屬早已移居南方的北人。雜劇一旦離開哺育其成長的北方土壤，難免不受南方地域文化及人文色彩的影響，其進一步發展的生機，自然也就受到局限。加上科舉的恢復，重新提供一般文士儒生仕進的機會，元雜劇的傳播，遂由地

域的擴大，反而轉而因作家的減少與作品的雅化，顯示其由盛轉衰的痕跡。

二、科舉恢復，作家減少，作品雅化

元朝科舉考試的恢復，在一定程度上亦造成雜劇逐漸走向衰微。按，在前面章節中，論及元雜劇興盛的環境背景，即曾指出，元初科舉制度的停辦，導致其中一部分文士儒生，為求生路，只好改行，遂成為書會才人，參與編寫劇本的工作。這是提升雜劇劇本素質，擴大觀眾層面，促使元雜劇興旺發達的重要條件。惟爰及元朝後期，朝廷一方面為安撫人心，一方面也為網羅人才，重新恢復科舉制度，總算給知識階層開闢了一條仕進之途，於是文士儒生紛紛醉心舉業，意圖追求更好的出路，乃至致力於雜劇之創作者，大為減少。雜劇初興與繁盛時期那種人才輩出，佳作如林的蓬勃現象，已不復存在。雜劇不但作家作品數量減少，質量也相應降低。此外，這時期的雜劇，雖然亦偶有佳篇，惟作者的創作風格大多趨向典雅，筆墨重點主要在顯示曲文辭藻的華麗優美，意境情韻的溫婉儒雅，乃至忽略原本在瓦舍勾欄搬演的戲劇舞臺效果。雜劇的趨向衰微，勢所難免。當然，雜劇本身在體制上的局限，亦是造成其走向衰微的重要因素。

三、雜劇本身體制的局限

元雜劇之由盛轉衰，除了外在環境的影響，實際上與雜劇本身體制的局限性，亦有相當程度的關係。首先，雜劇劇本一般限於四折或外加一楔子，因此難以容納比較豐富複雜的情節內容；而且通常會形成起承轉合的單線結構，劇情發展往往出現一些固定的程式，缺乏變化。一本雜劇往往在第三折，剛發展到高潮，第四折就須立即收煞，乃至多為強弩之末，容易予人以結尾倉促的印象。當然，少數作品，如《西廂記》採取增多本數，《趙氏孤兒》增多折數，已經是一種意圖突破體制局限的嘗試。其次，雜劇每折限用一個宮調，全劇的曲辭僅由主角正末或正旦一人獨唱到底。這固然可以令主角盡情發揮，揭示其內心的複雜情懷，可是，從頭到

尾由一人獨唱，不僅氣氛容易顯得單調沉悶，也局限了作者在曲辭方面的充分發揮，而且其他角色只能作爲陪襯，必然限制了舞臺表現力，不利於充分展示劇中各類不同角色之間的互動，更不利於人物形象的塑造，同時也不利於戲劇衝突的展開。當然，在雜劇初興與繁盛時期，戲曲大家諸如關漢卿、馬致遠等，他們本身的才華通常能彌補雜劇體制的局限，可以在有限的形式中，創造出精采動人的劇本。因此雜劇形式上的局限，尚並不明顯。

可是，同時期在南方興起的南戲，就沒有雜劇這些體制的局限。比照之下，南戲在體制上較雜劇更適合於戲劇表演的本質。首先，由於南戲的結構形式比較靈活自由，沒有一本四折的規範，可以隨劇情的需要，決定劇本「齣」數的多少。就如《張協狀元》共五十三齣，《琵琶記》則有四十三齣。其次，南戲所唱曲調雖以南曲爲主，其劇中曲調的組織也比較靈活，可以依劇情需要，自由選擇各種曲牌，甚至還可以南北合套。再者，南戲曲辭的演唱亦並不局限於一人，戲中人物無論主角或配角，均有唱辭的機會，而且可以各自獨唱，甚至也可以對唱、合唱、伴唱。因此，作者不必將其功力才情全然投注在主角一個人的唱辭上，觀眾與讀者也可以通過不同人物的唱辭，進一步欣賞，深一層體味劇中個別角色的內心世界與人格情性。

元朝統一中國後，雜劇活動逐漸南移，在相互交流融會中，南北戲曲並行於劇壇，惟相對比較之下，南戲的優越性日益顯著。南戲的戲文又在吸收北雜劇優點成就的基礎上，開始迅速發展，且日漸盛行，終於取代了雜劇在劇壇的主流地位，並且爲明清傳奇鋪上先路。

另外值得一提的是，這時期雜劇創作雖然日趨衰微，但是相關的戲曲理論，還有作家作品演員等資料的收集整理，卻頗有成績。如鍾嗣成的《錄鬼簿》、夏伯和的《青樓集》、陶宗儀的《輟耕錄》等相繼問世。這些著述，即使宗旨不一，至今仍爲研究中國戲曲必須參考的重要資料。

第五章
元雜劇的體制特徵

　　根據現存元雜劇的劇本，明顯均有相當固定的體制，充分展現其乃屬於一種特殊「文類」的特徵。雖然元末南戲與明清傳奇在體制上各有所變革(詳後)，當今學界一般認爲，元雜劇體制的定型，是中國戲曲體制正式成立的標誌。

一、每本四折或加楔子

　　現存元雜劇劇本，除了少數例外，幾乎都是將每一本劇本分爲四折，猶如每劇分四幕演出。不過，元雜劇所謂一折，並不單單指劇情發展過程告一段落，更重要的是其音樂的示意，表示唱完一套同宮調的歌曲。所以，元雜劇的一本四折，實際上包括四套歌曲。倘若四折表演不夠，或無法交代清楚某方面的劇情，則可另外增加一個場次，亦即一小段落。這一小段落，通稱爲「楔子」，一般置於戲曲的開端，亦可穿插在折與折之間，以補四折之不足。置於開端者，相當於全劇之序幕；置於兩折之間者，則相當於過場。現存元雜劇劇本，大體都符合一本四折的體制規範，只有少數雜劇因劇情需要，而有所變通或突破。如《趙氏孤兒》有五折，《西廂記》則長達二十折(包括五本，實亦即五個四折)。在整體結構上，《西廂記》雖然將元雜劇的體制擴大了，但仍然並不違背每本四折或加楔子的通例。

　　元雜劇這種每本四折的體制，可能是繼承宋金雜劇的三分四段傳統：亦即一段豔段、兩段正雜劇、一段雜扮而來。當然，也可能受到唐宋以來近體詩，以首、頷、頸、尾四聯，來表達起、承、轉、合之內涵情境轉換

的影響。

二、人物角色分門別類

其實角色的分門別類，可說是中國戲曲的特殊傳統。從唐參軍戲、宋金雜劇，到元雜劇，乃至明清傳奇，甚至今天的京戲，以及其他地方小戲，始終如此。

元雜劇的角色分類，雖然不如明清傳奇細密，卻已較宋金雜劇更為周詳。大略可分為末、旦、淨、丑四大門類：

(一)末：屬男角。又可細分為正末(男主角)、副末(男配角)、沖末(次要配角)、外末或孛老(老頭)等。

(二)旦：屬女角。又細分為正旦(女主角)、副旦(女配角)、花旦或搭旦(妖豔、精靈的女配角)、外旦或卜兒(中年婦人或老太婆)。

(三)淨：男女皆有，但以男角為多，主要扮演勇猛或滑稽人物，有點像當今京戲中的花臉。

(四)丑：即小丑，小花臉。多半為逗人嬉笑開心的小人物。

由於元雜劇通常以一個人物為全劇故事的中心，因此，每部戲只有一個主角，或正末，或正旦，故而元雜劇的劇本，通常或稱「末本」，或稱「旦本」。

惟值得注意的是，由於元雜劇對於角色分門別類的重視，並不會在劇本正文之外，提供劇中人物的性格特徵，但一定在劇本中注明，這個劇中人物屬於那一類角色。每當一個人物初次出場時，劇本上一定會注明，某角色扮演誰誰誰上場。如關漢卿《竇娥冤》楔子中，竇天章攜幼年的竇娥初次上場時，即注明：

　　沖末扮竇天章引正旦扮竇娥端雲上。

此處即清楚交代，劇中人物竇天章由「沖末」扮演，竇娥則由「正旦」扮演。此外，由於「角色」演出的重要性，劇中人物上場之後，無論道白或唱曲時，往往只注明角色名稱，通常不再指出劇中人物姓名。如《竇娥冤》中女主角竇娥上場後的道白或唱曲，只稱：「正旦云」或「正

旦唱」，蔡婆婆道白時，則稱「卜兒云」，表示是扮演某類角色者之道白或唱曲。以後的明清傳奇劇本，亦遵循此傳統。

三、音樂演唱但憑規矩

首先，音樂(即宮調)在元雜劇中，已有固定的規矩。儘管故事表演，是戲曲正式形成的重要因素，可是音樂演唱，仍占有非常重要的地位。元雜劇中的「曲辭」，就必須與音樂密切配合，以便演唱。但元雜劇並不同於西方的「歌劇」。因爲西方歌劇的音樂，是爲每一部個別的歌劇而特別創作的，如著名的《阿依達》(Aida)、《茶花女》(La Travieta)等，每部歌劇的音樂，在曲調聲情上，各不相同。可是元雜劇的音樂，卻並非特別爲某一劇本而創作，而是取自現成的音樂曲調(宮調)，再塡上適當的歌辭，以便演唱，乃至相同的音樂曲調，往往出現於不同的劇本中。導致各本雜劇的特色，顯然並不在於音樂曲調，而在於劇本文字語言的創新和劇情故事的變化。這就令元雜劇的「文學」意義，顯得更爲重要了。

其次，元雜劇的音樂曲調，實與元散曲同源，主要是綜合北方大曲、唐宋詞調、宋金諸宮調，以及當時流行坊間的胡樂小調等不同成分而形成。惟在雜劇中的採用，則有一定的原則，曲調的組織，也有一定的規範。例如，在同一折中使用的曲子，必須屬於同一宮調。所謂「宮調」，表示調子的高低，與現代音樂所謂C調B調意義類似。元雜劇一般採用的共有九個宮調，或許爲了配合每劇四折的劇情發展，最常見的現象是第一折用「仙呂」，第二折多數用「南呂」或「正宮」，第三折多用「中呂」或「商調」，第四折則多用「雙調」。此外，每一宮調包括許多不同曲牌，這些曲牌均有固定的組織安排，大致都有一定的先後次序。如每劇第一折通常用〈仙呂宮〉調，而〈仙呂宮〉首曲的曲牌是〈點絳唇〉，其次是〈混江龍〉，再次是〈油葫蘆〉、〈天下樂〉、〈後庭花〉、〈青哥兒〉，最後則是〈煞尾〉，總共由六隻單曲聯接而成。基本上都是由「首曲」、「正曲」、「尾」三部分組成，因此次序往往不能顛倒，這樣就將同宮調的曲子組成一套，故亦稱套數或套曲。

　　對元雜劇這種缺少創意的程式化之宮調安排，清人梁廷楠於《曲話》卷二中，雖不甚滿意，仍提出以下的解釋：

　　　　百種（指《元曲選》）中，第一折必用［仙呂・點絳唇］套曲，第二折多用［南呂・一枝花］套曲，餘則多用［正宮・端正好］、［商調・集賢賓］等調。蓋一時風氣所尚，人人習慣其聲律之高下，句調之平仄，先已熟記於胸中，臨文時，或長或短，隨筆而赴，自無不暢所欲言。不然，何以元代才人輩出，心思才力，日趨新異，獨於選調一事不厭黨同也。

　　值得注意的是，宮調的程式化雖然可能會令人生厭，惟個別宮調所表現的「聲情」則是有所區別的。根據元人燕南芝庵《唱論》的描述：

　　　　仙呂宮唱清新緜邈，南呂宮唱感嘆悲傷，中呂宮唱高下閃賺，黃鐘宮唱富貴纏綿，正宮唱惆悵雄壯，大石唱風流蘊藉，雙調唱健捷激裊，商調唱悽愴怨慕，越調唱陶寫冷笑。

　　引文所述各宮調的聲情特色，雖然稍嫌籠統，難以確切掌握，惟芝庵乃是著名的元曲音樂家，其觀點必然具有一定程度的真實。

　　其三，元雜劇劇本中的曲辭，即是為配合各宮調曲牌的音樂節奏而填寫來演唱的歌辭。依規定，每一折裡所有的曲辭，均須押同一韻腳，每支曲子都有固定的格律，乃至曲辭的平仄，每行的字數，都有嚴格的規範，以便和曲牌的音樂旋律節奏密切配合。既然要配合音樂曲牌，句式當然長短不齊，這一點和必須依調填詞的詞一樣。不過，一首詞的字數，不能隨意增減，而曲辭，則除了格律所規定的字數外，通常可以在句首或句中停頓處加上一些襯字，以強調語氣或補充意義之用，這又和元人散曲的規則類似。

　　其四，每本元雜劇均由「正旦」或「正末」一人獨唱到底，其他角色只能說白，不能演唱。如馬致遠的《漢宮秋》一劇，取自有關王昭君和番的史實，卻是從漢元帝的角度立場搬演故事，於是只由扮演漢元帝的「正末」獨唱到底，王昭君則只有科白。又如關漢卿的《竇娥冤》，則由扮演竇娥的「正旦」一人獨唱到底。因此元雜劇劇本有所謂「末本」或「旦

本」之稱。

不過，值得注意的是，偶爾一本雜劇中的「正旦」或「正末」，可視劇情的需要，由不同的演員扮演。如《趙氏孤兒》，屬於「末本」，應當只有「正末」可以唱辭，惟全劇分別由不同演員充當「正末」，乃至第一折中，由「正末扮韓厥」主唱，第二、三折，則由「正末扮公孫杵臼」主唱，第四、五折，乃由「正末扮程勃」主唱。儘管扮演幾個人物的演員不同，卻仍然保留由「正末」角色一人獨唱的傳統。此外，如果四折之外另加「楔子」部分，其中若有曲子，則可以不必成套，只用一兩支即可，這時也可讓其他次要角色演唱，當然，也只是獨唱。如《竇娥冤》原屬「旦本」，全劇乃由正旦一人主唱，但是在「楔子」中，扮演竇娥父親竇天章的「沖末」，除了說白之外，還唱了一隻《仙呂·賞花時》。又如屬「末本」的《趙氏孤兒》，開端亦有「楔子」，其中扮演趙朔的沖末，亦唱了兩隻《仙呂調》的曲子。

這種由正旦或正末一人獨唱到底的安排，與散曲的套曲只由歌者一人演唱相若，或許亦是繼承宋金說唱文學，通常由一人說唱到底的傳統。在現存元雜劇中，只有《西廂記》第四本第四折，以及第五本第四折，出現正旦與正末同唱的現象，顯示作者在主唱角色的分配上，已經流露有意打破一人獨唱到底的痕跡[1]。

四、表演動作以「科」提示

所謂「科」，乃是元雜劇劇本上提示演員表情動作的術語。根據徐渭的《南詞敍錄》所記，雜劇劇本中，大凡角色「相見、作揖、進拜、舞

1　按，《西廂記》第一本〈張君瑞鬧道場〉是末本，由張生主唱。第二本〈崔鶯鶯夜聽琴〉是旦本，其中三折由鶯鶯主唱，第二折由紅娘主唱，所加「楔子」，則由惠明主唱。第三本〈張君瑞害相思〉是旦本，由紅娘主唱。第四本〈草橋店夢鶯鶯〉，第一折由張生主唱，第二折由紅娘主唱，第三折由鶯鶯主唱，第四折則由鶯鶯與張生同唱。第五本〈張君瑞慶團圓〉，第一折由鶯鶯主唱，第二折由張生主唱，第三折由紅娘主唱，第四折乃是張生、紅娘、鶯鶯同唱。因此，第四本與第五本，竟然分不出是旦本或末本。這在元雜劇中是一個相當特殊的例子。

蹈、坐跪之類，身之所行，皆謂之『科』」。

由元雜劇可以看出，中國傳統戲曲演員通常均須接受專攻某種角色的嚴格訓練。例如有的專攻正末，有的專攻正旦，有的則專攻淨角，而且每個角色的表演動作，包括念詞、唱腔、表情、動作，均有嚴格的規定與傳統，是一種相當專門的表演藝術。元雜劇上演時，演員表情動作的實況，當然已不得而知。不過，從劇本上，可以看到對某個角色表演動作的簡略提示。如《竇娥冤》第一折中，「卜兒」扮演的蔡婆婆，自我介紹之後，又告訴觀眾此番出場的目的：「我和媳婦兒說知，我往城外賽盧醫家索錢去也。」劇本上接著提示「作行科」，表示扮演蔡婆婆的演員在舞臺上必須表演行走的樣子。及至賽盧醫把蔡婆婆騙到城外無人處，打算勒殺蔡婆婆，劇本上即提示賽盧醫以及張驢兒父子一連串的表演動作：「做勒卜兒科。孛老同副淨張驢兒衝上，賽盧醫慌走下。孛老救卜兒科。」這樣充滿戲劇性的演出，當然必須靠舞臺上演員個人的發揮。

此外，雜劇劇本有時也用「科」來提示後臺，何時應當製造舞臺的音響和氣氛。如《漢宮秋》第三折，番使來迎昭君之際，劇本提示：「番使擁旦上，奏胡樂科。」於是後臺胡樂的演奏，可以在舞臺上營造出，昭君遠赴邊遠胡地的離別氣氛。又如第四折，主要表現漢元帝對昭君的相思，就在元帝的唱辭中，不斷穿插著「雁叫科」的提示，以製造氣氛，營造昭君思歸，元帝孤寂的舞臺效果。

值得注意的是，元雜劇的表演藝術，應該和當今所見其他傳統戲曲類似，目的不是為寫實，而是為表達情思意念。表達的方式，主要是通過誇張的動作和象徵的手勢，來表情達意，以便豐富觀眾的審美趣味，引發觀眾的想像與共鳴。因此，劇中以「科」提示的表情動作，和一般人在現實生活中的舉止，應當有很大的差異。

五、題目正名總括大旨

每本元雜劇劇本都有戲目名稱，少數置於劇本開頭，惟大多數則置於全劇結束之後。元雜劇的戲目，均冠以「題目」、「正名」概括。但是何

謂「題目」，何謂「正名」，向來有各種不同的解釋。或許起先只有「題目」，作爲劇本的內涵綱領，之後爲點出劇本的正式名稱，乃加注「正名」二字。當然，「題目正名」合而視之，或許就是指「劇本題目的正確名稱」，也就是劇本「總題」之意。這些「總題」，有的是兩行對偶句，有的則是四行對偶句，每行字數以六、七、八言爲多。例如《單刀會》第四折結尾處，關羽唱完最後一支曲子之後，隨即出現：

　　題目：孫仲謀獨占江東地，請喬公言定三條計

　　正名：魯子敬設宴索荊州，關大王獨赴單刀會

劇本之簡名，則取自「正名」句最後三字「單刀會」。又如《竇娥冤》一劇，在第四折末尾，竇天章念完收場詩之後，則出現：

　　題目：秉鑒持衡廉訪法

　　正名：感天動地竇娥冤

劇本簡名，則取自「正名」句最後三字「竇娥冤」。同樣的，《漢宮秋》也在第四折漢元帝念完下場詩之後，出現：

　　題目：沉黑江明妃青塚恨

　　正名：破幽夢孤雁漢宮秋

這樣的「題目」、「正名」，或許與雜劇搬演的廣告宣傳有關。按，雜劇的演出畢竟是一種商業行爲，爲招徠觀眾的捧場，免不了作宣傳打廣告。「題目正名」的作用，可能包括：一方面爲雜劇的演出作爲廣告詞的花招，以吸引觀眾的捧場；另一方面則爲雜劇結束之時用作宣念，以總結劇情，提示主題，並教育觀眾。這樣的總題宣告，應是繼承宋金說唱文學招徠觀眾的「噱頭」，而且從此一直在通俗文學的流傳中延續下去，除了明清傳奇之外，乃至明代以後的通俗小說，無論短篇故事或長篇章回，即使已經是案頭文學，與表演藝術無關，也往往會以醒目悅耳的對偶句作爲篇目章節的標題。

第六章
元雜劇的文學特質

　　元雜劇雖然是一種在舞臺上搬演的表演藝術，但雜劇的劇本也供人閱讀欣賞，在中國文學史上是元代文學的代表，因此，其文學特質亦是文學史關注的重點。不過，也正因為元雜劇擔負著舞臺表演藝術的傳統，乃至影響到其文學特質。以下試從劇本本身的結構、語言、人物、情調，以及作者創作意圖與題材內容諸方面，論述元雜劇的文學特質。

一、起承轉合的單線結構

　　或許由於元雜劇受到每本四折體制的局限，故事情節的安排和發展，很容易形成「起承轉合」的單線結構。乃至第一折，通常是是故事的開端，而且前半多虛寫，先由初次出場的劇中人物自敘身世懷抱，介紹劇情背景，作者也可乘機藉劇中人物之口，對社會人生表達意見，或發發牢騷，罵罵人。第二折，則為故事的主要發展，第三折，大都是全劇的高潮，惟到了第四折，已是故事的尾聲。當然，如果四折表演不完，或劇情可能交代不夠清楚，則可另外添加一段「楔子」，為觀眾提供與劇情相關的資訊。如《竇娥冤》於第一折之前，就先有一段「楔子」，作為全劇的序幕，主要是交代竇娥幼年時期的不幸身世，為全劇女主角，亦即成年後的竇娥，身世淒涼，又遭遇冤情，準備了條件背景。

　　元雜劇這種每本四折，起承轉合的單線結構，為中國傳統戲曲立下典範，即使以後的明清傳奇，也只有極少數的作品，展現出雙線並行的結構，與現代戲劇講究網狀交錯的複雜結構，實有很大的差別。不過，卻與中國傳統詩歌，一般在內涵情境上起承轉合的結構，頗相彷彿。

二、散韻兼備的語言藝術

元雜劇雖然是爲舞臺搬演而創作，其劇本的文學要素，除了故事的情節發展之外，更重要的是，體現在曲辭和賓白兩方面。元雜劇中曲辭與賓白的結合，顯然受到說唱文學的影響，而且藉曲辭以抒情，賓白以敘事，兩者有明確的分工。試以《竇娥冤》第一折節錄爲例：

（淨扮賽盧醫上，詩云：）行醫有斟酌，下藥依本草。死的醫不活，活的醫死了。自家姓盧，人道我一手好醫，都叫做賽盧醫，在這山陰縣南門開著生藥局。在城有個蔡婆婆，我向他借了十兩銀子，本利該還他二十兩，數次來討這銀子，我又無的還他。若不來便罷，若來呵，我自有個主意。我且在這藥鋪中坐下，看有什麼人來。

（卜兒上，云：）老身蔡婆婆。我一向搬在山陰縣居住，盡也靜辦。自十三年前，竇天章秀才留下端雲孩兒與我做兒媳婦，改了他小名，喚做竇娥。自成親之後，不上二年，不想我這孩兒害弱症死了。媳婦兒守寡，又早三個年頭，服孝將除了也。我和媳婦兒說知，我往城外賽盧醫家索錢去也。（做行科，云：）蕭過隔頭，轉過屋角，早來到他家門首。賽盧醫在家麼？

（盧醫云：）婆婆，家裡來。（卜兒云：）我這兩個銀子長遠了，你還了我罷。（盧醫云：）婆婆，我家裡無銀子，你跟我莊上去取銀子還你。（卜兒云：）我跟你去。（做行科）（盧醫云：）來到此處，東也無人，西也無人，這裡不下手，等什麼？我隨身帶的有繩子。兀那婆婆，誰喚你哩？

（卜兒云：）在那裡？（做勒卜兒科。孛老同副淨張驢兒衝上，賽盧醫慌走下。孛老救卜兒科）（張驢兒云：）爹，是個婆婆，爭些勒殺了。（孛老云：）兀那婆婆，你是那裡人氏？姓甚名誰？因甚著這個人將你勒死？

（卜兒云：）老身姓蔡，在城人氏，止有個寡媳婦兒，相守過日。

因爲賽盧醫少我二十兩銀子，今日與他取討，誰想他賺我到無人
去處，要勒死我，賴這銀子。若不是遇著老的和哥哥呵，那得老
身性命來。（張驢兒云：）爹，你聽的他說麼？他家還有個媳婦
哩！救了他性命，他少不得要謝我，不若你要這婆子，我要他媳
婦兒，何等兩便！你和他說去。（孛老云：）兀那婆婆，你無丈
夫，我無渾家，你肯與我做個老婆，意下如何？（卜兒云：）是何
言語！待我回家，多備些錢鈔相謝。（張驢兒云：）你敢是不肯？
故意將錢鈔哄我？賽盧醫的繩子還在，我仍舊勒死了你罷。（做
拿繩科）（卜兒云：）哥哥，待我慢慢地尋思咱。（張驢兒云）你尋
思些什麼？你隨我老子，我便要你媳婦兒。（卜兒背云：）我不依
他，他又勒殺我。罷罷罷，你爺兒兩個隨我到我家中去來。（同
下）

（正旦上，云：）妾身姓竇，小字端雲，祖居楚州人氏。我三歲上
亡了母親，七歲上離了父親。俺父親將我嫁與蔡婆婆爲兒媳婦，
改名竇娥。至十七歲與夫成親，不幸丈夫亡化，可早三年光景，
我今二十歲也。這南門外有個賽盧醫，他少俺婆婆銀子，本利該
二十兩，數次索取不還，今日俺婆婆親自索取去了。竇娥也，你
這命好苦也呵！（唱：）

［仙呂・點絳唇］

滿腹閒愁，

數年經受，

天知否？

天若是知我情由，

怕不待和天瘦。

［混天龍］

則問那黃昏白晝，

兩般兒忘餐廢寢幾時休？

大都來昨宵夢裡，

和著這今日心頭。

催人淚的是錦爛熳花枝橫繡闥，

斷人腸的是剔團圓月色掛妝樓。

長則是急煎煎按不住意中焦，

悶沉沉展不徹眉尖皺，

越覺的情懷冗冗，

心緒悠悠。

(云：)似這等憂愁，不知幾時了也呵！(唱：)

[油葫蘆]

莫不是八字兒該載著一世憂？

誰似我無盡頭！

須知道人心不似水長流。

我從三歲母親身亡後，

到七歲與父分離久。

嫁的個同住人，

他可又拔著短籌。

撇得俺婆婦每都把空防守，

端的個有誰問、有誰僝！

[天下樂]

莫不是前世裡燒香不到頭，

今也波生招禍尤，

勸今人早將來世修。

我將這婆侍養，

我將這服孝守，

我言詞須應口。

(云：)婆婆索錢去了，怎生這早晚不見回來？(卜兒同孛老、張
驢兒上)(卜兒云：)你爺兒兩個且在門首，等我先進去。(張驢兒
云：)奶奶，你先進去，就說女婿在門首哩。(卜兒見正旦科)(正

旦云：)奶奶回來了，你吃飯麼？(卜兒做哭科，云：)孩兒也，
你教我怎生說波！

　……

　　上引曲辭如詩，賓白如話，可謂散韻兼備，這正是元雜劇的語言特
色。一方面藉曲辭與賓白推動故事情節的發展，同時亦流露劇中角色的人
格情性。其中的曲辭，對主角人物性格的塑造，尤其重要。

(一)曲辭的文學功能

　　曲辭即是配合特定的音樂曲調來演唱的歌辭，由劇中主角一人獨唱，
是全劇的精華所在。曲辭在元雜劇中具有各種文學功能：(一)描述風景環
境，提供想像的戲臺布景。(二)亦可代替對白，推動劇情的發展。(三)最
重要的當然還是，抒發劇中人物的情懷，揭露其內心深處的思想感受，乃
至展現人物的人格情性。

　　如上引關漢卿《竇娥冤》中正旦竇娥演唱的四支曲子，就揭露竇娥孤
苦伶仃的身世，包括從小母喪父離的悲苦，尤其是丈夫死後，獨守空閨的
寂寞感受：「催人淚的是錦爛熳花枝橫繡闥，斷人腸的是剔團圓月色掛妝
樓。」乃至「越覺得情懷冗冗，心緒悠悠」，面對生命中無止無休的愁
苦，只好歸之於自己的八字不好。竇娥對於此生顯然已不抱任何指望：
「莫不是八字兒該載著一世憂，誰似我無盡頭。」但圖為來生修福的無
奈：「勸今人早將來世修。我將這婆侍養，我將這服孝守，我言詞須應
口。」通過這些曲辭，竇娥內心所思所感，無遮地傳達出來。她的滿腹閒
愁，她的孝順和貞節，甚至她最終的視死如歸，都因所唱曲辭中流露的敏
銳與纖細的情懷，增添了個人的因素，提供了個人的特色。換言之，對主
角竇娥來說，這輩子太苦了，只得寄希望通過自己的孝順和貞節，為來生
修德修福。曲辭中抒發的內心情懷，為竇娥蒙冤之後，所以會視死如歸，
以身殉節，暗示出比較合乎人情的理由，同時亦不至於令竇娥的形象成為
純粹道德的化身。這樣的曲辭，必能喚起觀眾或讀者的同情與了解，進而
達到戲劇效果。

　　再如馬致遠《漢宮秋》第四折最後，漢元帝獲悉昭君已投江而死，深

陷於無盡的孤寂與相思中，偏偏這時又在後臺發出「雁叫科」環境背景下的唱辭：

> [堯民歌]呀呀的飛過蓼花汀，孤雁兒不離了鳳凰城。畫簷間鐵馬響丁丁，寶殿中御榻冷清清。寒也波更，蕭蕭落葉聲，燭暗長門靜。
>
> [隨煞]一聲兒繞漢宮，一聲兒寄渭城。暗添人白髮成衰病，直恁的吾家可也勸不省。

孤雁呀呀悲鳴，一聲聲繞著漢宮，寄情渭城，彷彿是昭君出塞之前對漢王朝的依戀，對漢元帝的不捨，又彷彿是昭君投江之後，對其漢主永遠的懷思，對自己悲苦命運的怨嘆之音。短短兩首曲辭中，不但描述了秋寒季節，落葉蕭蕭，孤雁悲鳴，御榻冷清的淒涼之景，為劇情營造出引發悲哀傷感的氣氛，還揭露漢元帝內心深處的孤寂情懷，以及對昭君無限的懷思，同時亦流露漢元帝雖身為人君，實際上不過是一個「深情公子」的人格情性。

(二)賓白的文學功能

所謂「賓白」，即劇中人物登場時所說的臺詞，包括對話(賓)和獨白(白)，乃是舞臺戲劇表演藝術不可或缺的元素，也是備受文學史家重視的一環。按，元雜劇中的賓白與曲辭，大多交互使用，甚至重複表情達意。劇中人物的賓白，有時重複曲辭中表達的意思，有時則增補曲辭之不足。另外，在賓白中，韻文和散文的交互出現，亦是一特色。例如每折開始時，第一個出場的人物，或比較重要的人物第一次出場，首先會獨自吟誦幾句韻文開端，或介紹自己的人格特質，或描述劇中所處的環境背景，繼而以散文體的獨白，向觀眾宣告自己姓名、籍貫、身世遭遇和處境。然後等第二個人物上場，再開始二人之間的「賓」，亦即對話。就如上引《竇娥冤》第一折中，淨末扮演的賽盧醫首先上場，隨即吟詩一首，再向觀眾自道姓氏身分，以及所處狀況。等蔡婆婆上場自述身世之後，來到賽盧醫家門口，二人才展開對話。

元雜劇中的對話(賓)，乃是元代日常生活用語的寶藏，亦是中國古典

文學作品中，最通俗自然，最生動活潑的語言，可謂是最寫實的日常生活用語。從上引《竇娥冤》第一折中，賽盧醫與蔡婆婆之間的對話，以及張驢兒父子和蔡婆婆三人的對話，均足以證明。

另外，元雜劇中人物吟誦的韻文，多屬獨白(白)。獨白中，除了自述身世遭遇或內心所思所想的散文外，還包括人物角色吟誦的詩詞、成語、順口溜，或對偶句。當然，在戲劇人物賓白中口吐韻文，無疑會減低元雜劇搬演的真實感。因為一般人在日常生活中所說的話，通常不會是韻文。尤其是社會底層的市井小人物，更不可能開口即吟詩誦詞。可是，不容忽視的是，元雜劇作家的主要創作目的，並非寫實，亦非模仿現實生活，而是通過文學的藝術加工，來表達某種情思意念，以達到戲劇的效果。因此，劇作家可以把並不屬於日常生活用語的韻文，放在劇中人物的口中，以便營造氣氛，醞釀情緒，並引導觀眾，隨著劇作家的想像，對劇中的人物和情節，予以適當的反映。

三、強調典型的人物形象

元雜劇中的人物，往往並非具有個別形象特色的人物，通常多屬於某種「典型」的人物。首先，由於傳統中國劇作家，創作的主要目的是表達感情和意念，不是要寫實，亦無意於模仿現實生活，因此，也就不會去嘗試創造高度個性化的人物，僅滿足於勾勒出某種典型的人物形象即可。其次，又由於元雜劇中人物角色的分工，亦即分為末、旦、淨、丑等類型的傳統，劇中人物自然主要強調其類型屬性的共同特徵，而非其獨特的人格特質。因此，大凡正末、正旦扮演的人物，通常是忠孝節義，賢良剛正，知書達禮，溫柔敦厚者，而淨丑角色扮演的人物，則往往是奸險狡獪或滑稽突梯者。這樣就難免造成劇中人物的典型化或類型化，乃至比較欠缺現實人生中個別人物複雜多面性格的特色，亦不重視個別人物內心的矛盾衝突。

當然，不容忽略的是，中國戲曲中的人物，主要是劇作家用來表現人生中某些普遍的經驗感受，或某些道德品質或人性素質的媒介。換言之，

元雜劇中的人物，通常是某種人生經驗或某種人格品質的化身，乃至其展現的，往往是概念性的人物，而非個人獨特的肖像。不過，由於元雜劇的主角一概是曲辭的主唱者，有機會通過曲辭的委婉示意，揭露其內心深處的某些複雜的情緒和幽微的感受，因此，展示在觀眾或讀者面前的，即使是某種典型人物，也可以是具有真實感與可信度的典型人物。

比方說關漢卿《竇娥冤》中的竇娥，就全劇觀之，顯然是一個典型的既貞潔又孝順的模範女子，一心一意孝順婆婆，忠於死去的丈夫。在劇情的發展中，無論經歷怎樣的殘酷考驗，甚至面臨死亡，亦絕不妥協，毫不動搖，儼然是道德的化身。此外，在劇情中，從頭到尾，竇娥的內心沒有矛盾衝突，也沒有掙扎遲疑，她的人格特質始終是一致的孝順貞節，似乎沒有發展，也沒有變化。可是，通過作者為竇娥安排的，一系列曲辭的唱出，則委婉的揭露她內心深處，因獨守空閨的無限幽怨，因含冤代罪的無盡怨恨，以及生不猶死，不妨為來生修德的悲愴。這些都是我們一般普通人，在相類似的境況之下，可能產生的情懷意緒，乃至很容易引起觀眾或讀者大眾的同情與了解。因此，竇娥雖然是一個堪稱模範的典型人物，不過，通過其抒情意味濃厚的唱辭，竇娥也是一個十分動人的，具有某種人格特質的典型人物。

四、悲喜相雜的生命情調

中國戲曲作家在創作態度上，與西方劇作家最大的不同，就是不會從人生的「悲劇」或「喜劇」的概念來創作，不會以絕對的悲或喜，來濃縮整體的人生。中國戲曲作家實際上和通俗白話小說的作者一樣，往往將人生中的快樂與悲哀，嚴肅與輕鬆，崇高與庸俗，肅穆與熱鬧，概括的混合起來，乃至在作品中構成悲喜相雜，苦樂交錯的生命情調。當然，這並不表示中國文學中沒有令人「悲」的戲。其實展現個人生命中經歷的「苦楚」與「冤曲」，則始終是構成中國「悲」劇的主要成分，不過卻有相當的節制，沒有一悲到底的作品。即使《竇娥冤》與《趙氏孤兒》，均屬元雜劇中有名的「悲」劇，都是以「悲」為劇情的基調。但是，綜觀《竇娥

冤》與《趙氏孤兒》，幾乎每一折戲中，或多或少都會夾雜著一些悲喜哀
樂等不同色調的情感，遂促使原本對立的悲喜情感，可以互相調劑，彼此
中和。例如，竇娥面對多災多難命運的無限悲傷哀愁中，賽盧醫、張驢
兒、楚州太守桃杌，幾個淨角丑角出場時，不時插科打諢，展現一些令人
發笑的言行[1]，乃至沖淡了劇情故事中悲哀的濃度，遂令觀眾或讀者的情
緒，經過「喜」劇元素的調劑，而不至於壓抑得透不過氣來。

　　元雜劇中對悲哀情感的節制，同時也表現在劇情故事的因果報應，或
「大團圓」的結局安排上，這自然與中國戲曲原本兼具娛樂和教育的社會
功能，不無關係。按，中國戲曲和中國白話小說一樣，是以消閒娛樂為目
的，是市井中瓦舍勾欄消費文化的一部分，屬於城市鄉鎮居民休閒娛樂的
商業消費品，因此必須有賴觀眾的喜好與捧場，方得生存。

　　由於戲曲在瓦舍勾欄的演出，首先是為觀眾提供通俗娛樂，其次則是
通俗教育。所謂通俗教育，當然包括社會上普遍期望的善有善報，惡有惡
報的因果報應觀念。因此，圓滿的結局和社會正義的伸張，是戲曲表演不
可或缺的成分。再加上，現存元雜劇劇本，多屬承應宮廷的戲曲演出，換
言之，為官方饗宴或節慶的場合搬演，倘若劇中人物有太過悲慘的結局，
並不恰當，亦不會受歡迎。因此，雜劇劇情必然有所節制。這也造成元雜
劇中普遍的悲喜交雜的生命情調。

　　綜觀現存元雜劇的劇情，「大團圓」的結局幾乎已經公式化。尤其是
愛情劇，男女主角無論經歷多少磨難與滄桑，最後的結局，大多是金榜題
名，洞房花燭，男女團圓，皆大歡喜的「俗套」。就如馬致遠的《青衫
淚》，前半部分描寫歌妓流落他鄉，儒生淪落天涯，十分淒哀動人，而結
尾時，則主角白居易官復原職，且與裴興奴「奉旨」團圓。全劇的情調乃
是悲喜相雜，哀樂交輝的。另外如王實甫的《西廂記》，將元稹《鶯鶯
傳》中張生始亂終棄鶯鶯的憾恨結局，改成大團圓，遂令男女主角離情相

1　有關元雜劇中「插科打諢」的深入探討，詳見郭偉廷，《元雜劇的插科打諢藝
　　術》（北京：中國社會科學出版社，2002）。

思的哀怨，獲得消解，觀眾與讀者的情緒，得以從同情共感悲哀中轉爲喜悅。即使是主題比較嚴肅的「悲」劇，亦通常在大悲之後，往往會出現一些小喜，足以撫慰觀眾因同情而受傷的心靈，同時宣示社會正義伸張的力量。例如，不幸的竇娥，冤屈死後，其鬼魂得以平反申冤；又如家破人亡的趙氏孤兒，在滿朝忠義之士爲了救趙，慷慨赴義，壯烈犧牲之後，得以大報仇，奸佞終於受懲治。這些都是作者用令人感到安慰的結局，來伸張社會正義，同時沖淡了因爲死亡或災難造成的過度悲哀。

元雜劇中這種悲喜相雜的生命情調，一直是中國戲曲的常調，以後的明清傳奇，亦如是。其實，戲曲中反映的悲喜相雜的生命情調，無疑才是真正的人生。

五、抒情寫意的創作意圖

中國戲曲在很大程度上，是劇作家抒情寫意之作。換言之，不像西方戲劇那樣，刻意講求人物的寫實或生活的模仿。中國劇作家重視的是，某種思想意念的表達，感情的抒發，主要是通過虛擬的人物和情況，來呈現人生中某些共同的經驗感受。這是中國戲曲爲何始終坦白承認，其表演的，不是人物肖像的忠實刻畫，也不是現實生活的真實模仿，不過只是一場「弄」出來的「戲」而已。

因此，值得注意的是，元雜劇中人物的道白和唱辭，不一定表現劇中人物真實的對話和思想，往往是劇作家用來表達某種情意或概念的媒介。換言之，這些道白或唱辭，大多數情況下是屬於作者本人的，不屬於戲中人物的。就看元雜劇中人物首次出場時，都會先向觀眾吟誦一首「入場詩」，其中或點出其身分職業，或影射人格情性、人生態度。然後再詳細作一番自我介紹，交代姓名、籍貫、履歷、懷抱、作爲。這些由演員自報身世之辭，其實都屬於作者向觀眾交代的開場白，由此可以讓觀眾知道，這是一個爲非作歹的傢伙，或是一個忠正善良之士。

就如前引《竇娥冤》第一折，賽盧醫首次出場時，吟詩云：「行醫有斟酌，下藥依本草。死的醫不活，活的醫死了。」這當然不是賽盧醫的自

我調侃，或自我作賤，而是作者對賽盧醫這類人物的諷刺。繼而賽盧醫開始自我介紹：「自家姓盧，人道我一手好醫，都叫賽盧醫，在這山陰縣南門開著生藥局。……」此後，賽盧醫因無錢償還蔡婆婆的銀子，打算在途中勒殺蔡婆婆，自言自語：「來到此處，東也無人，西也無人，這裡不下手，等什麼？我隨身帶的有繩子。……」

再如《漢宮秋》第一折，毛延壽出場時，先口吟一首宛如順口溜的上場詩，把自己臭罵一頓：「為人鷂心鷹爪，做事欺大壓小。全憑諂佞姦貪，一生受用不了。」繼而詳細自我介紹：「某非別人，毛延壽的便是。見(現)在漢朝駕下，為中大夫之職。因我百般巧詐，一味諂腴，哄的皇帝老頭兒十分歡喜。言聽計從，朝裡朝外，哪一個不敬我，哪一個不怕我。……」按，首先，人物在現實生活中開口說話，不會是韻文；其次，與人第一次見面，自我介紹時，不會把自己的歷史一一說出；再者，更不會把內心深處最隱密的陰謀，都大聲嚷嚷出來。

元雜劇中人物的唱辭、吟誦的韻文，還有自我介紹的獨白，無疑會減低戲曲故事的真實感。不過，由於元雜劇作家的主要創作目的，不是人物寫實，也不是模仿現實生活，而是通過抒情寫意的藝術加工，喚起觀眾或讀者的想像，傳達某種情意概念，引起共鳴。

六、相因相襲的故事題材

綜觀現存元雜劇，不但音樂取自現成的曲調，其故事題材也大都取自現成的資料，其中包括歷史記載，傳聞故事，或前人寫的文學作品。無論是神仙道化的度脫劇，才子佳人的愛情劇，平反冤獄的公案劇，行俠仗義的綠林劇，幾乎都有所本，都不是原創。的確，元雜劇作者的創作，或因襲早已流傳的故事，或改編前人的作品，絕少有特別憑空創作者。就如馬致遠、李時中、花李郎、紅字李二諸人合寫的《黃粱夢》，即本於唐代沈既濟的傳奇小說《枕中記》。鄭光祖的《倩女離魂》，取材自唐代陳玄祐的傳奇小說《離魂記》。王實甫的《西廂記》，則是從元稹《鶯鶯傳》以及董解元《西廂記諸宮調》演變而來。白樸的《梧桐雨》，顯然根據白居

易《長恨歌》與陳鴻《長恨歌傳》,以及一些有關唐明皇與楊貴妃的傳聞筆記而寫成。康進之的《李逵負荊》,則源自民間早已流傳的有關梁山好漢的通俗故事。紀君祥的《趙氏孤兒》,則取材自歷史資料如《史記・趙世家》等。馬致遠《漢宮秋》中王昭君和番的遭遇,在《漢書・匈奴傳》以及魏晉筆記小說中,早已有記載。而關漢卿《竇娥冤》中竇娥的遭遇,顯然有《搜神記》中〈東海孝婦〉的影子。像元雜劇這樣在故事題材上因襲或改編前人作品的傳統,一直成為中國戲曲的通例,以後的明清傳奇,甚至當今搬演的京劇或其他地方戲,包括流行於福建與臺灣地區的歌仔戲,亦莫不如此。

不容忽略的是,元雜劇的表演藝術或文學意味的基礎特徵,並不在於劇情故事的創新與否,而是藉大凡觀眾或讀者所熟習的故事,通過各種人物角色的唱辭與賓白,抒發作者的思想感情,流露作者在人生中體會的各種情味意境。換言之,元雜劇作家極力表現的,並非寫實的現實人生,而是如何通過優美的曲辭,動人的音律,活潑的賓白,來表現不同色調的感情,不同境界的人生。因此,即使故事的題材相因相襲,元雜劇作家在文字語言的創新中,感情層面和情味意境的探索裡,以及基本人性的體會與了解上,不但為中國戲曲,甚至為中國文學,開拓了一個嶄新的領域。以後的明清傳奇,雖然在體制上有所變新,不過在表現的文學特色方面,仍然是元雜劇的後續,仍然是中國戲曲傳統的遵循者,故而以下諸章逐從元雜劇之後續角度,論述明清傳奇之茁長演變。

第七章
明清傳奇的茁長演變

第一節　緒說

一、雜劇的邊緣化

　　雜劇在元末北曲衰落，南曲流行之後，實際上並未銷聲匿跡。一直到明清時代，仍然有人創作並繼續搬演「雜劇」。諸如現存明人楊訥(活躍於永樂年間[1403-1424])《西遊記》、賈仲鳴(1243?-1422?)《菩薩蠻》、朱權(1378-1448)《卓文君私奔相如》、朱有燉(1379-1439)《關雲長義勇辭金》、康海(弘治十五年[1502]狀元)《中山狼》、徐渭(1521-1593)《四聲猿》等，均是有名的例子[1]。甚至清代劇作家在創作傳奇劇之餘，偶然亦繼續撰寫雜劇，諸如吳偉業(1609-1671)《臨春閣》、尤侗(1618-1704)《清平調》、嵇永仁(1627-1676)《罵閻羅》等。不過，明清雜劇的體制與元雜劇已有所不同。按，元雜劇用北曲，不用南曲；一般是一本四套曲，且由主角一人主唱。但有些明初雜劇作家因受南戲的影響，開始有所變革。例如賈仲明的《呂洞賓桃柳升仙夢》，全劇正末和正旦同唱，而且正末唱北曲，正旦唱南曲，遂構成南北合套的體制。此外，朱有燉的雜劇則開啓了合唱、對唱、輪唱，以及旦唱南曲、末唱北曲的新唱法，並且多已打破一本四折的限制。爰及明朝中葉，雜劇一本四折的傳統體制已無力約束作者，乃至折數可以多至十折以上，也可少到只有一折者。例如徐

1　有關元代以後諸如明代雜劇的論述，詳見曾永義，《明雜劇概論》(台北：學海出版社，1979)。

渭的《四聲猿》四劇，其中《狂鼓史漁陽三弄》僅有一折，《玉禪師翠鄉一夢》與《雌木蘭替父從軍》均有二折，《女狀元辭鳳得鳳》則有五折。

值得注意的是，自明朝中葉以後，在南戲基礎上興起的傳奇劇，就在雜劇失去其主導地位，且逐漸「邊緣化」的情況下，開始取代雜劇的地位，成為劇壇的主流。傳奇劇的出現與發展演變，不但為中國戲曲開創了另一新局面，並且成為遍布大江南北的主要戲曲樣式。

二、「傳奇」之定名

按，「傳奇」的名稱，在中國文學史上，使用頗為寬鬆，往往因時代的不同，以及論者觀點的不確定，乃至所指涉的文學類型亦各有異。猶如前面章節論及文言小說所述，「傳奇」最初乃是因唐人裴鉶的小說集《傳奇》而得名，以後論者遂開始指唐代的文言小說為「傳奇」。不過，即使在宋元二代，尚有用「傳奇」來指稱戲曲者。如南宋吳自牧《夢粱錄》卷二十「妓樂」條，即以流行的「諸宮調」為「傳奇」：

> 說唱諸宮調，昔汴京有孔三傳編成傳奇靈怪，入曲說唱。

元人則有以雜劇為「傳奇」者，如鍾嗣成《錄鬼簿》所著錄者大多為元代雜劇作家，惟簿中則稱其所著為「傳奇」：

> 前輩已死名公才人，有所編傳奇行於世者。

繼而元末楊維楨的〈宮詞〉詩，亦以「傳奇」稱呼當時搬演的雜劇：

> 屍諫靈公演傳奇，一朝傳到九重知。奉宜齋於中書省，諸路都教
> 唱此詞。

上引諸說，均是將戲曲稱作「傳奇」的例子，或許大致點出，劇中所敷演的故事劇情頗為奇特，具有傳其奇的價值。爰及明代，「傳奇」一度曾經成為南戲的專稱。直到清乾隆年間，方開始把戲曲分為「雜劇」與「傳奇」兩類：大凡以北曲為主調，折數分段落這一度流行元代的戲曲稱為雜劇，另外明清時期不限折數的長篇戲曲，且各角色皆可唱辭者，則名之為傳奇。由此「傳奇」才算定名。不過，為了與唐人所寫文言傳奇小說有所區別，當今學界，通常以「明清傳奇」概稱之，表示專指在宋元南戲

基礎上發展起來，並流行於明清時期的長篇戲曲。

第二節　明清傳奇的雛形

一、由南戲到傳奇

　　南戲是宋元明初之際流行於浙東沿海地區的一種戲曲形式。南戲與雜劇之間，實際上並無先後繼承的關係，而是幾乎同時各自在南方和北方文化土壤孕育下分別形成。由於南戲起初主要流行於浙江溫州(舊名永嘉)一帶，故而又有「溫州雜劇」、「永嘉雜劇」之稱。南戲使用的主要是南方的語言腔調和音樂曲子，加上民間歌舞技藝所組成的表演藝術。基於地域文化的影響，遂與產生於北方並流行於北方的雜劇，在風格特色上有明顯的不同。後人為了有別於北雜劇，故簡稱之為「南戲」，並稱其作品為「戲文」。

　　早期的南戲不過是流行於東南沿海地區的民間村坊小戲，形式上比較粗糙，不如北雜劇的嚴謹，語言上亦多俚俗，乃至有相當長的時間，鮮少受到一般文人士子的重視，劇本當然亦多亡佚。不過，這些南戲卻以其在劇本創作與搬演方式不斷嘗試改良的優勢，成為以後明清傳奇的前身。自元末到明初，隨著社會文化生活中心的南移，北雜劇日益衰落，南戲則迅速滋長，加上南戲作者每每吸收北雜劇的長處，增強南戲本身的表現能力，豐富其演出的內容，乃至體制逐漸完備，遂從原先的「粗糙俚俗」向「成熟精美」發展，成為雅俗共賞的戲曲形式。進而一些有才華的文人，開始為南戲撰寫劇本，遂產生了文學史上一些名篇。諸如《荊釵記》、《白兔記》、《拜月亭記》、《殺狗記》、《琵琶記》等，即是界於南戲與傳奇之間的作品，顯示南戲正向傳奇轉型的過渡現象。這或許是，何以當今文學史中，有的名這些作品為「傳奇」，有的則稱之為「南戲」。本書此處姑且視為明清傳奇的「雛形」。

二、元末四大南戲

由於南戲的演出主要在江南地區民間流行，劇作家又多屬社會地位低下的民間藝人或書會才人，亦即欠缺功名的無名氏，乃至完整保留下來的作品甚少。目前所知最早著錄南戲劇目者，當屬明代永樂年間編成的類書《永樂大典》，而最早對南戲作品表示觀點見解之著，則是明人徐渭(1521-1593)的《南詞敘錄》。經過當今戲曲學界的研究成果，已知宋元南戲的劇目共有兩百多種，可惜其劇本保存下來的，不到十分之一。此外，在現存南戲劇目中，可以確定爲宋人作品者，大概只有六種，其中完整劇本僅存者，即是南宋時期溫州某書會才人之作《張協狀元》，這是現存最早的南戲劇本。不過，值得注意的是，就《張協狀元》劇情本身，以及其他現存南戲劇目所示，可知南戲作品大多以男女愛情婚姻和家庭生活爲題材內容的重點，而且往往以男主角爲負心漢，必須經過一番折騰或教訓之後，男女雙方才終於團圓，遂形成劇中人物與觀眾讀者皆大歡喜爲結局。現存元末「四大南戲」，或亦稱明初「四大傳奇」：《荊釵記》、《白兔記》、《拜月亭記》、《殺狗記》，即是由南戲到傳奇轉型期的代表作品。以下試各覽其大概：

(一)《荊釵記》概覽

有關《荊釵記》的作者，說法不一。或稱「溫泉子編集，夢仙子校正」，或題爲「柯丹丘」作，今人遂多取後說。雖然王國維《曲錄》嘗考訂「柯丹丘」可能即是明太祖第十七子朱權，惟當今學界一般尚存疑。就《荊釵記》劇本故事情節視之，主要是寫宋代書生王十朋事。劇情大要是：王十朋家世清貧，以荊釵爲聘，娶貧女錢玉蓮爲妻。半年後，入京應試，得中狀元，任爲饒州僉判。可是命運作弄人，不斷有惡人來作弄，包括當朝高官對王十朋的逼迫，以及地方豪富惡霸對錢玉蓮的欺壓，因此王十朋與錢玉蓮必須經歷幾番戲劇性的折騰，以及一系列的考驗，方能證明，這對夫妻，的確可以「貧相守，富相連，心不變」，堅守荊釵之聘，最後終於獲得團圓的結局。其實，王十朋(1112-1171)乃是歷史上的眞實

人物，字龜齡，號梅溪，溫州樂清縣人，官至太子詹事，龍圖閣學士，惟南宋初年中狀元時，已四十七歲。《荊釵記》顯然並非根據史實，而是根據民間傳說或虛構的故事。就作者「虛構」劇情的設計，已經足以證明，南戲的文學虛構性。即使其故事來源有所根據，不過，就作者處理戲曲人物角色和故事發展的角度，已屬「文學創作」。

值得注意的是，在《荊釵記》之前，大凡有關愛情婚姻的戲曲，同時強調男女雙方均始終堅貞不渝，信守前諾者，實並不多見。當然，《荊釵記》劇情中強調的，畢竟主要還是夫妻之間「情義」的承諾，而非男女之間「情愛」的發揮，乃至並未脫離中國戲曲傳統中「寓教於樂」的基本特色，亦未超越中國文學對儒家倫理道德的依附。此外，全劇共有四十八齣，遠超過北雜劇的四折加一楔子的結構，其中演員角色亦多樣，共用生、末、淨、外、丑、旦、小外、老旦、貼等九類角色，加上其中宮調用曲的擴大，遂展現南戲在故事情節表現方面，比雜劇更爲曲折，人物角色更多樣化，唱辭方面可以隨聲情而有所創新的現象，爲以後明清傳奇的發展演變播下孕育滋長的種子。

(二)《白兔記》概覽

《白兔記》作者不可考。惟根據徐渭《南詞敘錄》的著錄，題爲〈劉知遠白兔記〉，列入「宋元舊編」。全劇共三十一齣，共用生、小生、丑、外、老旦、淨、旦、末、小旦等九類角色，所用宮調亦有九種之多，可見其聲情的多樣。就劇情而言，主要是寫劉知遠未發跡之前，和原爲富家出身的民女李三娘之間的悲歡離合故事。其實，劇中故事來歷頗早，宋元話本《五代史評話》中《漢史評話》，以及金代《劉知遠諸宮調》與元雜劇中劉唐卿《李三娘麻地捧印》，已有此劇之情節大要，可說是一個久已流傳民間的故事傳說。值得注意的是，劉知遠乃是五代時期後漢的開國君主，可是《白兔記》劇情並未取自正史，而是以民間流傳故事爲題材，並且站在世俗民間的觀點立場，處理劇中人物事件的發生。就如劇情中的劉知遠，在邠州與岳繡英結婚十六年後，直到劉承祐因出獵與自己生母巧遇，才將李三娘接到邠州同享榮華。乃至劇中最突出且最動人的角色，不

是未來後漢的開國君主劉知遠，而是受盡委屈與折磨、卻始終不向命運低頭的苦命女子李三娘。換言之，劇作家真正推崇關懷的主角，是一個不望夫榮妻貴，只盼「諧老百年，和你廝守相連」，忍辱負重且堅貞不屈的民間女子。劇中流露出作者對傳統模範女性的期望，以及對一個弱女子在世俗人間，為人處世德行修養的推崇。作品中對傳統中國女性溫柔敦厚品德的「歌頌」，不容置疑，不過，必須由一個身為社會階層居弱勢的女子，方能展現在人際關係中道德品行的崇高，正巧可以反映，作者在認知方面的無奈與時代觀念的局限。1967年在上海嘉定縣宣姓墓中，發現的成化本〈新編劉知遠還鄉白兔記〉，是為現存的最早刊本，惟全劇不分「齣」，曲辭樸素，文人潤色痕跡較少，可能屬早期南戲搬演的腳本。

(三)《拜月亭記》概覽

《拜月亭記》又名《幽閨記》，相傳為元人施惠所著。按，施惠字君美，杭州人，大約於1354年左右在世，以坐賈為業。全劇四十齣，共用九類角色，十種宮調。故事情節大體是根據關漢卿的《閨怨佳人拜月亭》雜劇而發揮，甚至辭曲上也偶有共通之處。劇情乃是以蒙古侵金之際，金國丞相陀滿海牙因主戰而遭到滅門之禍為背景。陀滿海牙之子陀滿興福，於逃亡中與書生蔣世隆結為異姓兄弟，時兵部尚書王鎮之女王瑞蘭，剛好與母親在逃難中失散，並巧遇蔣世隆，遂在患難中且兩情相悅之下「結為夫妻」。也就是在這曾經風雨同舟，患難與共的關係中，王瑞蘭誓死相託。之後王瑞蘭又巧遇其父並攜歸，從此與蔣斷絕音訊。偏偏碰巧王母之前在兵亂中曾收一義女，名瑞蓮，竟然是陀滿興福之妹！瑞蓮與瑞蘭相見後，彼此以姊妹情相投合。某夜，王瑞蘭在花園拜月禱告，訴說自己對蔣世隆千思萬縷的無盡相思，瑞蓮竊聽後，盤問之下，方知瑞蘭所思者乃是自己的親兄！總之，劇中男女主角經過多番折騰，最後的結局是，朝廷開科，蔣世隆和陀滿興福二人，分別考取文武狀元，王鎮則奉旨為二女招婿，終於夫妻、兄妹大團圓。這樣的故事劇情，對富有同情心的觀眾與讀者，當然亦皆大歡喜。儘管歷來各家對《拜月亭》的評價不一，或譽之為南戲之最，或鄙其辭語之俗。不過，根據張敬師清徽女士於〈明清傳奇發展的特

質〉一文中的觀察：「本劇度曲不以駢儷為工，樸真麗古，動合本色，科白狀市井之辭，妙能各如其分，這是它的長處，還有用兩三人合唱，打破南戲向來每人各唱一隻的舊習(琵琶亦有兩人合唱處)，可說是戲曲史上一大改進。」

儘管《拜月亭記》在題材內涵上，與《白兔記》類似，均著重男女愛情關係中的「忠貞不渝」，不過，二劇在劇情中強調的，甚至歌頌的，主要還是身居弱勢的女性之「忠貞不渝」。這是否蘊含著作者對於女性，無論富家民女或官宦之女，均須恪守「從一而終」道德傳統的要求，甚至劇情中是否已流露「性別意識」的萌芽，則尚待作進一步的考察。

(四)《殺狗記》概覽

據徐渭《南詞敘錄》，《殺狗記》歸於宋元舊編。就其劇情，顯然是根據蕭德祥的元雜劇《楊氏女殺狗勸夫》改編而成，具有濃厚的民間世俗色彩。全劇三十六齣，共用八個角色，八個宮調。主要寫東京富家子弟孫華，如何結交兩個市井無賴柳龍卿與胡子傳，虐待其弟孫榮，並將其驅逐出門，孫華之妻楊月真屢勸不聽，於是買來一條狗，殺死後穿上人衣，置於門口，冒充人屍。經過一番折騰與公案的判決，死狗真相大白，孫華醒悟，遂接孫榮回家，兄弟終於重歸於好。全劇不但慨嘆兄弟手足之情的淪失，更重要的是，推崇女主角楊月貞之「賢」。不過，值得注意的是，楊月貞之「賢」，並非儒家傳統概念中女性須遵守的「三從四德」或「忠貞不渝」，而是以女主角在困境中展現的「聰慧精明」為筆墨重點。尤其是，面對愚昧刻薄的丈夫，楊月貞無法採用「動之以情，曉之以理」的說教方式，只得用心策畫一個唯有市井中人方想得出的「殺狗移屍」手法，遂令其夫孫華與兩個無賴，俯首認罪。儘管劇中多次出現「妻賢夫禍少」、「事兄如事父」之類的宣言，作者對市井人物中女子之「賢」的稱頌，以及對一般男子在「利欲」薰心之下的愚蠢，展現相當程度的認識與頗為寬厚的諒解。《殺狗記》最令人矚目的，乃是其中曲辭賓白的俚俗本色，後雖經文人如馮夢龍等的潤色訂定，仍然保留濃厚的民間色彩。一般傳統戲曲評家，大多輕視此劇，或認為辭句俚俗，不堪入目，或以辭調不

明，不成規範。甚至現代曲學大家吳梅瞿庵先生於其《顧曲塵談》，亦謂此劇：「乃鄙陋庸劣，直無一語足取。」其實，《殺狗記》所演乃是反映市井社會的人物故事，其狀摹聲口的曲辭與賓白，自然無須文雅典儷，而且其佳處，正在白不在曲，在俚俗不在典雅，至於辭曲的格律，則在自由而不在嚴謹。何況這畢竟是一部流傳民間的舞臺劇，並非爲宮廷搬演或爲士林所寫的案頭文學。

以上四部元末南戲的代表作，前三劇《荊釵記》、《白兔記》、《拜月亭記》，其中女主角或屬富家女或屬官宦人家之女，故事情節皆有關亂世男女或夫妻離合的愛情婚姻家庭劇，對於曾親身經歷元末明初時代變遷的觀眾或讀者而言，既可引發對「上層社會」人物身世遭遇的同情共感，亦足以爲「下層社會」觀眾提供道德教訓，而且不失消閒娛樂。惟其中的《殺狗記》，雖與夫妻家庭生活相關，卻因女主角乃市井中人物，劇情涉及的市井生活與公案判斷，乃至可謂屬於現存元末一般南戲的「異類」。或許可以視爲南戲眞正維持其「民間通俗本色」的標誌。不過，這些南戲劇本在故事情節的處理上，有一項不容忽略的共同特點：既展現作者對傳統倫理道德的俯首，又隱約流露彷彿意欲突破倫理道德，超越傳統束縛的意識。著名的《琵琶記》，正可作爲傳統戲曲作家在這方面表現的例證。

三、高明《琵琶記》——傳奇之祖

現存元末四大南戲，雖屬經過明人改定的本子，惟主要流傳於民間，原作者亦多出身民間，故而無論故事劇情的處理或曲辭賓白的表現，往往以通俗本色見長。可是，爰及《琵琶記》，其作者高明(1305?-1370?)，乃是具有才華且經歷仕宦的知名文人，創作之際，難免展現出一定程度的文人氣。《琵琶記》本身的「文人化」，在中國戲曲史上即具有劃時代的意義，不但是南戲發展的一個轉折點，而且對此後明清文人創作的傳奇戲曲之影響，亦既深且遠，故後人嘗稱《琵琶記》爲「傳奇之祖」。

高明字則誠，又字晦叔，自號菜根道人，又號柔克。浙江瑞安(原屬溫州)人。出身書香門庭，頗懷經世濟時的抱負，至正五年(1345)登進士

第。惟在宦海浮沉中，因看不慣政壇的黑暗，遂於至正二十一年(1361)左右，辭官歸隱。晚年或以詩文會友，並以詞曲自娛，且專心寫作《琵琶記》。

　　《琵琶記》主要是寫書生蔡伯喈與趙五娘夫妻之間的離合悲歡。其故事取材，乃是根據早在南宋時期已流傳溫州一帶的〈趙貞女蔡二郎〉南戲戲文而改編。不過，南戲溫州劇中的男主角蔡伯喈，原本是一個「棄親背婦」、不孝無義的負心漢，中舉之後，滯留於京，貪戀富貴，丟下爹娘凍餓而死，甚至不認糟糠妻，居然以馬將趙五娘踹死，最後蔡伯喈當然遭到報應，被暴雷轟斃。不過，高明的《琵琶記》顯然有為蔡伯喈傳說故事「翻案」或「平反」之意，遂大事改變了劇情。在其精心布局構畫之下，將蔡伯喈改換為一個令人稱羨的「全忠全孝」模範人物，並在劇情發展上，以「大團圓」的方式作結。根據《琵琶記》劇情故事大要：蔡伯喈婚後，安於清貧，力行孝道，不出去應考，可是逼於父命，才離家赴京應試，留下新婚妻子趙五娘在家侍奉雙親。孰知蔡伯喈一舉及第，且高中狀元，宰相牛僧孺(晚唐牛李黨爭之牛派首領)遂招為女婿。蔡伯喈原想辭婚，但牛僧孺不許；也曾想辭官回家，以擺脫這椿婚事，朝廷又不准……。總之，蔡伯喈的「棄親背婦」，另娶宰相牛僧孺之女，享受榮華富貴，乃至滯京不歸，一切都並非出於本意，一切都是在逼不得已，百般無奈情況下發生的。惟劇情分兩頭交代：自蔡伯喈離家後，家鄉發生嚴重災荒，儘管趙五娘一家偶爾獲得鄰居張太公(即鼓勵蔡伯喈進京趕考的張廣才)的周濟，可是災荒嚴重，五娘自己只得典衣吃糠，竭盡全力侍養公婆。不幸的是，公婆仍然在飢餓中相繼去世。五娘遂賣髮買棺，於埋葬公婆後，孤獨一身懷抱琵琶，沿途賣唱行乞，上京尋夫。幾經周折，總算與夫婿相遇。還好蔡伯喈不忘舊情，又在賢慧的二妻牛氏的諒解與幫助下，不但與前妻五娘相認，且棄官退職，回鄉守孝三年，彌補其當初背親的過失。劇情最後終於獲得一個令觀眾與讀者均稱羨的美滿結局：「一夫二婦，旌表門閭。」

　　按劇情故事的發展，高明《琵琶記》提倡「忠孝節義」的創作意圖，

昭然若揭。就從《琵琶記》劇本「題目」所云：「極富極貴牛丞相，施仁施義張廣才，有貞有烈趙貞女，全忠全孝蔡伯喈。」以及全劇下場詩：「自居墓室已三年，今日丹書下九天，要識名高並爵貴，須知子孝與妻賢。」亦清楚顯示，全劇宣揚傳統忠孝節義觀念的宗旨。然而，不容忽略的是，作者的創作意圖，與作品本身的表現，有時卻並不一定能夠完全契合無間。作者內心深處「真正」的觀點或理念感受，往往會不經意地從作品中流露出來。仔細撫讀《琵琶記》的故事情節，其中蘊含的，對於命運弄人的屈服，對於一個毫無自主權的書生，在「三逼」(父逼、皇帝逼、丞相逼)之下的俯首，以及一個弱質女子，在傳統倫理道德諸如「忠孝節義」的大帽子覆蓋之下，個人(包括甘願居下位以二妻面世的賢慧牛氏)如何無法掌握自己的命運，只能身不由己地扮演傳統賦予的社會角色，不能踰越分寸的無奈與委屈……。作者的同情與憐憫不時洩漏出來。這應該是《琵琶記》在中國戲曲文學史上，令人矚目的一環。

此外，作者亦盡量讓人物角色在逆境中吐露其內心深處的真切感受。試看《琵琶記》第二十一齣，亦即備受古今論者稱道的「糟糠自厭」一齣中，趙五娘以賢媳身分矢言「再苦也不冷落公婆」後的唱辭：

> [山坡羊]亂荒荒不豐稔的年歲，遠迢迢不回來的夫婿，急煎煎不耐煩的二親，軟怯怯不濟事的孤身己。苦！衣盡典，寸絲不掛體。幾番拼死了奴身己，爭奈沒主公婆，教誰看取。(合)思之，虛飄飄命怎期？難捱，實丕丕災共危。

> [前腔]滴溜溜難窮盡的珠淚，亂紛紛難寬解的愁緒，骨崖崖難扶持的病體，戰兢兢難捱過的時和歲。這糠，我待不吃，你啊，教奴怎生吃？思量起來，不如奴先死，圖得不知他親死時。(合前)思之，虛飄飄命怎期？難捱，實丕丕災共危。

兩段唱辭，通過明白如話的語言，把一個以侍奉公婆為職責的單純婦女，對於夫婿久滯不歸，任由自己面對饑荒生活，且必須為公婆而自我犧牲的無奈與委屈，表露出來，遂減輕了趙五娘身為孝順媳婦的「平扁印象」。當然，不容忽視的是，作者還進一步讓趙五娘吐露其內心深處，對

於夫婿滯留京城，可能正在享受榮華富貴，卻令身爲糟糠妻備受磨難的疑慮與埋怨情懷。再看趙五娘吃糠之際，表演嘔吐狀之後的兩首唱辭：

　　[孝順歌]嘔得我肝腸痛，珠淚垂，喉嚨尚兀自牢嘎住。糠那！，遭礱被舂杵，篩你簸颺你，吃盡控持。好似奴家身狼狽，千辛萬苦皆經歷。苦人吃著苦味，兩苦相逢，可知道欲吞不去。（外、淨上，探覷介）（旦唱）

　　[前腔]糠和米本是相倚依，被簸颺作兩處飛。一賤與一貴，好似奴家與夫婿，終無見期。丈夫，你便是米啊，米在他方沒尋處。奴家恰便是糠啊，怎的把糠來救得人饑餒？好似兒夫出去，怎的教奴供膳得公婆甘旨？

　　上舉兩曲唱辭，表面上吐露的是，趙五娘面對饑荒歲月處境之艱困，並展現其爲了孝順公婆只得自己吃糠的苦心，足以引發觀眾和讀者的敬佩與同情。但若仔細體味，其辭中卻也隱約流露，五娘內心深處，縈繞不去的，對自己在家吃苦，夫君久滯不歸，可能在京城過好日子的「疑慮」與「埋怨」。這樣蘊含深厚的唱辭，乍看或許會減低趙五娘身爲「模範婦女」的光輝，卻令趙五娘的人格形象更具眞實感，同時流露作者對於人生境遇「不公平」的不滿與無奈，對於人性的多面有充分的認識與了解。儘管古今不少論者，多針對高明《琵琶記》宣揚忠孝的創作意圖，或劇情的主題思想，發揮不同見解，或表示對高明臣服於道德傳統的不滿，或則對《琵琶記》的劇情與人物性格顯得矛盾不統一的缺點，提出批評；可是，不容忽略的是，作者在此劇故事情節的安排中，尤其是趙五娘人物性格的塑造裡，雖單純卻亦不乏複雜的優異表現。

　　另外亦須特別點出的是，首先，《琵琶記》在文辭方面已展露「文人化」的痕跡。就文辭而言，《琵琶記》顯然比其他南戲作品更爲成熟，既有接近口語之處，亦不乏清麗精緻之辭，而且往往切合人物的身分教養和戲劇情況。無論唱辭或賓白，均展現作者的一番錘鍊功夫。徐渭於《南詞敘錄》即嘗云：「用清麗之辭，一洗作者之陋。於是村坊小伎，進與古法部相參，卓乎不可及已。」點出《琵琶記》在文辭方面的成就，改善了南

戲往往「語多鄙下」的缺點，同時亦開啓了「琢句修辭之端」，成爲南戲
終於發展演變爲文人傳奇的開端。其次，作者在劇情結構方面的匠心經
營，與一般起承轉合的單線結構，已有所不同。按，《琵琶記》的劇情故
事實際上分爲兩條主要線索交錯發展，亦即「話分兩頭說」，乃至形成相
互對比的戲劇結構。一條以蔡伯喈爲線索，另一條則以趙五娘爲線索，形
成苦樂相間、貧富對比的情節結構。一方蔡伯喈在京城中了狀元，杏園春
宴，何等喜氣洋洋，另一方趙五娘則在鄉居空閨中，臨妝感嘆，獨自低聲
啜泣；一方蔡伯喈與牛小姐洞房花燭夜，一方趙五娘在饑荒中爲賑糧被劫
要跳井；一方在中秋佳節飲酒賞月，一方在麻裙包土⋯⋯。這樣雙線交錯
的情節結構安排，無疑增強了戲劇的張力，同時亦加深了打動人心的戲劇
效果。再次，全劇用了二百三十支曲牌，在曲調風格上，保持了南戲的韻
味；在聲腔的組合上，則有獨唱、分唱、輪唱、合唱與後臺幫腔等變化，
遂令《琵琶記》成爲各路聲腔傳唱不衰的劇目。

　　《琵琶記》爲南戲發展演變至傳奇劇的過程中，承先啓後之功，實不
容忽略。明人王世貞(1526-1590)《曲藻》對《琵琶記》嘗讚云：「所以
冠絕諸劇者，不唯其琢句之工，使事之美而已。其體貼人情，委曲必盡；
描寫物態，彷彿如生；問答之際，了不見扭造，所以佳耳。」

第八章
明傳奇的興隆與發展

　　根據今人傅惜華《明代傳奇全目》的統計，即可見明傳奇之興隆狀況。姓名可考的傳奇作家作品，計有六百十八種，無名氏傳奇作品，則計有三百三十二種，總共九百五十種，其他失傳的劇目，還不知道有多少。按，明代傳奇劇的發展過程，由初起到興隆，大概可分為三個階段：一、明初自朱元璋開國(1368)至成化時期(1465-1487)，大約一百年間，傳奇劇仍然處於由元末的南戲向傳奇發展演變的過渡階段；二、爰及明代中葉，亦即弘治(1488-1505)至嘉靖(1522-1566)前後，傳奇劇的創作，已經由民間擴展至士林文壇，在文人紛紛參與傳奇創作的情況下，而臻至成熟。三、繼而從萬曆年間(1573-1620)至天啓、崇禎時期(1628-1644)，則迅速進入繁榮興隆的階段，為清代傳奇劇的全盛，鋪上先路。

　　明傳奇劇的興隆，自有其促成的環境背景。首先，由於城市生活的繁富多樣，經濟條件的優裕，以及休閒娛樂文化的蓬勃，消費能力的增強。當然，這些原是自宋元以來，持續不斷演進的社會經濟現象，惟爰及明代，已成為中國歷史上社會經濟生活發展的一個高峰，為兼具娛樂與消費性質的通俗技藝如戲曲表演，提供有利的環境條件。其次，更重要的則是，明傳奇劇之所以能在文學史上占有一席不容忽視的地位，顯然有賴其劇本作者群體的擴大，亦即由市井社會的民間伶工藝人，向士林階層的文人士子延伸轉移。文人作家的參與戲曲創作，不但擴展了傳奇劇的觀眾與讀者範圍，並且在劇本的體制、內涵、文辭諸方面，有所「改進」，乃至增添了傳奇劇的「文學性」，提高了傳奇劇的「文學地位」。傳奇劇遂從一般民間劇壇的表演藝術，成為引起文壇注意，具有文學意味的「文學作

品」。

第一節　由民間到文壇──明初

一、文人參與創作

　　元末南戲的作者，原先大多屬於民間劇壇的伶工藝人，惟爰及明初，文人染指參與創作者逐漸增多。當然，此時期劇作家的主體，仍然以民間伶工藝人爲主，因此劇本大多佚失，流傳下來的少數作品亦多屬無名氏之作。題材內容則多取自流行民間的傳說故事，或改編自早先的宋元戲曲，乃至「通俗」的色彩比較顯著。諸如《破窯記》，寫呂蒙正和劉小姐的愛情故事，《草廬記》寫三國故事，《精忠記》寫岳飛故事，《同窗記》寫梁祝故事，《織錦記》則寫董永與七仙女的故事……。這些無名氏的作品，無論其宣揚的是愛情的堅貞、友情的永固、臣子的忠誠，或奇遇的巧合，基本上均充分展現帶有通俗趣味的價值觀，卻又同時與傳統社會對個人爲人處世的道德要求相符合，這方面其實與屬於社會菁英階層的文人士子，對自我或他人的期許或要求，不謀而合。因此，明代文人士子開始參與創作之後，對傳奇這一文類的初期「貢獻」，並不單單在於故事內容或主題方面的創新，而是爲傳奇這種戲曲的體制定型，以及在故事劇情發展或人物形象塑造方面，更加有意以倫理教化爲宗旨的示範作用。

二、體制逐漸定型

　　明初約一百年間的傳奇劇，最明顯的「改進」，就是在劇本的體制方面，從元末南戲發展到明初傳奇，逐漸定型的功勞。由於明代前期的傳奇作家，多從其他戲曲作品，諸如宋元雜劇或南戲戲文的整理、改編入手，一方面吸取雜劇或南戲體制的某些優點，另方面則逐漸建立起自己的體制。有趣的是，文學史上大凡一種文類體制的建立，往往表示有某些新的規範或約束必須遵守，可是與體制頗爲固定的元雜劇相比，傳奇劇於其體制逐漸定型的過程中，由於對南戲藝術形式的繼承，乃至「鬆綁」卻是其

特色。

　　首先，放鬆了劇本篇幅的長短。按，傳奇劇與南戲相若，不受北雜劇四折加楔子的篇幅局限，可以自由延伸，乃至動輒四、五十齣的傳奇劇幾乎成爲尋常通例，爲故事劇情的曲折，人物性格的塑造，提供較大的發揮空間。正由於傳奇劇多長篇巨制，其劇本長，劇情亦趨向複雜，自然需要較多的人物角色來搬演，於是，連帶發生的就是角色增加，且分工愈細。由南戲的七色，增爲十色：包括正生、貼生(或小生)、正旦、貼旦、老旦、外末、淨、副淨、丑(即小淨)，而且各有專攻。

　　其次，或許是受宋元以來，民間說話人在瓦舍勾欄向民眾說故事的影響，乃至傳奇劇本，並不像雜劇那樣，直到劇末方出現「題目」以總括劇情大概，而是在篇首開場之際，即先由劇中一角色，通常是由副末登場，向觀眾或讀者宣布全劇故事劇情大概的「家門大意」；並且又在全劇的結束，由劇中最後出場的角色，吟誦一首「下場詩」(或稱「落場詩」)，一則宣告本戲的結束，二則作爲全劇劇情的總結。這不但提醒觀眾，劇情要旨何在，亦有助於一般觀眾對劇情的了解，當然也令讀者容易掌握全劇要旨。

　　再者，傳奇劇本以「齣」分場，且每齣均提供齣目。蓋北雜劇劇本乃是以「折」分場，表示一個宮調的曲子告一段落，可是傳奇劇則以「齣」分段落，表示劇情故事的發展過程告一段落。不過，宋元南戲戲文在劇情告一段落處，尚未標「齣」，爰及明初傳奇，或許是經過編輯者的用心，不但開始標示各「齣」的數目單位，且標明每齣之「齣目」，如上引高明《琵琶記》，即以「糟糠自厭」標出第二十一齣之劇目，點出該「齣」的主題大綱，宛如一篇文章中的分節小標題，引導讀者的注意。這正是傳奇劇更重視劇情發展的標誌。

　　此外，音樂曲調方面，亦有所演變。傳奇劇雖然主要以南曲各種聲腔格律爲基礎，劇中所用的曲牌聯套，並不像雜劇那樣每折局限於同一宮調，可以隨劇情或角色的需要而穿插北曲，因此南北合套現象頗爲普遍，而且合套形式也多樣化。乃至傳奇劇在人物角色唱辭的聲情表現方面，遠

比北雜劇顯得靈活自由。更重要的是,南戲全劇唱曲者並不局限於一個主角,不但生、旦、淨、末,丑等均可獨唱,而且還可與劇中其他角色對唱、合唱。如此對傳奇作者或劇中人物角色而言,均提供更大的訴說情懷意念的發揮空間。

傳奇劇的體制在明初逐漸成形,顯然是在文人士子相繼參與創作之後,又在作者有意識的繼承與改進過程中形成。另外還值得注意的是,正由於明初文人士子的參與創作,遂造成傳奇在劇情主題內涵方面,倫理教化的宗旨更為顯著。

三、教化宗旨顯著

一般文學史論及明初傳奇均注意到,出自文人作品中流露的濃厚的「封建教誨」色彩。例如李修生、趙義山主編《中國文學史‧戲曲卷》中即明確指出:「由於明初統治者提倡理學,大力宣傳義夫節婦、孝子賢孫,加之思想控制十分嚴酷,所以明代初期一些傳奇作品多有宣傳封建禮教的色彩。」

惟不容忽略的是,猶如本書總緒章中指出,自先秦以來,儒家宣揚的政教倫理對中國古典文學的影響,從來未嘗消歇,始終在中國文學作品中占有一席不易動搖的地位。明初傳奇劇多宣揚封建禮教,或道德教化,展示的不過是中國古典文學的普遍傳統,無論其劇本出自民間無名氏伶工藝人之手,或出自知名文人士子之筆,均難以完全擺脫政教倫理,道德教化的訴求。何況面對一般觀眾搬演戲曲,與宋元說話人面對聽眾講述故事相若,往往兼具娛樂和教化的雙重任務。當然,在明初傳奇劇中道德教化表現得特別顯著,令人矚目而已。

就現存資料看,最有名的例子,或許即是文淵閣大學士丘濬(1418?-1495?)的《伍倫全備記》。全劇主要是寫伍子胥的後人伍倫全、伍倫備兄弟二人一家如何表現忠孝節義之事,顯然是有意宣揚君臣、父子、夫婦、兄弟、朋友「五倫」關係的說教之作。其實,就在明代已經有戲曲論者對此劇濃厚的說教色彩表示不滿,如王世貞(1526-1590)《曲藻》即嘗云:

「《伍倫全備》是文莊元老大儒之作，不免腐爛。」其實，丘濬《伍倫全備記》以文載道的創作宗旨，並非孤立現象，而且影響深遠。另外如邵璨（活躍於1475年前後）的《香囊記》，主要是敷演宋人張九成與新婚妻子邵貞娘的離合悲歡故事，表面上原屬男女愛情婚姻之劇，卻是繼承丘濬《伍倫全備》的說教宗旨。猶如《香囊記》劇末收場詩所云：「忠臣孝子重綱常，慈母貞妻德允臧；兄弟愛慕朋友義，天書旌異有輝光。」表示全劇重在宣揚倫常聖道，作者通過作品的說教意圖，昭然若揭。

惟不容忽略的是，也就是在這些刻意宣揚倫常聖道的文人創作劇本中，明顯浮現出明初傳奇劇日益趨向「文人化」的痕跡，且標誌南戲這種原屬民間的表演藝術，從市井社會向士林階層推移的現象。亦即由通俗趣味進而展現文人氣、典雅化的演變。就看邵璨的《香囊記》，在遵循傳統倫理教化方面，雖與民間作家作品對傳統道德的屈服不相上下，但是在曲辭方面，甚至人物的賓白，則已明顯展現「文人化」的痕跡：包括講究文辭的雕琢對偶，而且用典頻繁，甚至大講經義。根據明人徐復祚（1560-1630）《曲論》的觀察：「《香囊》以詩語作曲，處處如煙花風柳。如『花邊柳邊』、『黃昏古驛』、『殘星破瞑』、『紅入仙桃』等大套，麗語藻句，刺眼奪魄，然愈藻麗愈遠本色。」徐氏所言，雖含「不滿」《香囊記》遠離戲曲通俗「本色」之意，即已清楚點出，明代傳奇劇發展演變過程中，遠離戲曲表演藝術，轉而向「麗藻」一派發展。此後的明代傳奇作品，在「麗語藻句」方面，幾乎無不繼其後續。

第二節　由成熟到繁盛——中葉以後

傳奇劇經過明初約一百年的發展演變，於弘治（1488-1505）至嘉靖（1522-1566）前後，遂由成熟進入繁盛階段。當然，所謂「成熟」，主要展現在文人士子筆下，劇本體制方面趨於定型，文辭方面則顯露文雅。其中包括，劇本長短自行決定，情節結構較為完整，音樂規範相對自由，以及曲辭甚至賓白的文雅化，遂將傳奇劇從市井轉移至士林，乃至令傳奇劇

本的功能,產生根本的變化:亦即從以觀眾為主要訴求對象的舞臺表演藝
術,朝向以讀者閱讀為訴求之案頭文學轉化的痕跡。以下且試從傳奇劇在
主題內涵擴大、崑山聲腔奠定、作者筆沾詼諧風趣、劇本文辭典雅綺麗諸
方面,來觀察其由成熟到繁盛之演變概況。

一、主題內涵擴大

由於文人士子紛紛參與傳奇劇的創作,遂出現一些文學史上公認的名
著,例如號稱「明中期三大傳奇劇」:包括李開先(1502-1568)《寶劍
記》、梁辰魚(1519-1591)《浣紗記》、王世貞(1526-1590)或其門人所著
《鳴鳳記》,學界一般視為傳奇劇臻至成熟,進入繁盛期的標誌。雖然這
些傳奇劇本延續明初作家宣揚道德倫理教化的意圖並未消歇,故事取材則
已不局限於民間傳說的男女愛情婚姻,開始朝多方面發展,乃至較受一般
文人士子偏愛的主題內涵,包括與政治局勢或社會狀況相關的綠林劇、歷
史劇、政治劇等,紛紛登場,而且往往流露出一般文士階層對政治事件或
人生際遇的觀點與立場。

李開先《寶劍記》屬有關梁山好漢的「綠林劇」。全劇共五十二齣,
取材自《水滸傳》中林沖受陷害,乃至攜帶寶劍誤入白虎堂,終於被逼上
梁山的故事。但《寶劍記》的劇情故事內容與主角的人格形象,與《水滸
傳》所述林沖的性格與遭遇,已頗為不同。最明顯的改變在於,《寶劍
記》中的林沖,並非一個被動的忍辱負屈人物,而是由於不滿朝政腐敗,
主動向朝廷彈劾童貫,參奏高俅等貪官汙吏的罪行,才得罪當權者。換言
之,《寶劍記》劇情強調的是,林沖之所以上梁山,並非單純因為外在因
素而「被逼」,乃是源於個人的正義感,主動且自覺的選擇。此外,《水
滸傳》中林沖之妻張氏,原是一個毫無自衛意識的弱女子,在高衙內的逼
迫下,只得遵循傳統社會對女性「不事二夫」的要求,殉節而死。可是在
李開先筆下,張氏則是一個敢於反抗,且生命力堅強的女性,在衙內的欺
侮逼迫之下抵死不從,繼而又在王媽媽幫助下逃出汴京,並投入白雲庵為
尼;爰及林沖報仇後,終於在梁山夫妻團圓。也就是在劇情內容與人物性

格的改變中，《寶劍記》作者把林沖與高俅的衝突，寫成朝廷官員中
「忠」與「奸」的衝突，並且強調梁山義軍的極終目的，並非造反奪權，
而是「清君側」、「誅讒佞，表忠良」。全劇一方面流露作者對其所處現
實政治環境惡劣的不滿，對朝廷充斥貪官汙吏以及社會道德淪喪的批評，
同時亦展現，傳奇作家和雜劇作者一樣，在故事情節的安排上，比通俗小
說家更偏愛或更重視撫慰人心的圓滿結局。

　　梁辰魚《浣紗記》原名《吳越春秋》，共四十五齣，寫春秋末年越王
句踐敗於吳國之後，君臣如何忍辱負重，重圖大業，終於戰勝吳國的故
事。劇中情節主要取材於有關吳越興亡的歷史記載，故而一般將其歸類於
「歷史劇」。全劇通過越國之所以興、吳國之所以亡的歷史教訓，或許藉
以對明朝當時的政治腐敗與國勢危殆，傳達「以古鑑今」的諷諭，同時表
現作者對時局的憂心與感慨，充分展現文人士大夫對政治時局的關懷。惟
其劇中的情節構思與筆墨重點，乃是以范蠡與西施二人之間的愛情關係為
主線，進而展現吳越爭霸與國家興亡的一段歷史。劇情中對於「美人計」
主角西施，如何「哄誘吳王，恣意淫樂」，遂導致夫差以聲色「誤國」所
記取的道德教訓，以及對朋友之情與君臣之義的道德推崇，均相當明顯。
劇中幾個主要人物形象的性格亦頗鮮明。諸如范蠡的機警智慧，伍子胥的
忠勇倔強，夫差的志大才疏……，均予人與印象深刻。當然，在此劇眾多
人物角色中，塑造得最成功的，還是美女西施。

　　試看《浣紗記》第三十齣〈採蓮〉一場戲中，西施伴隨吳王泛舟採
蓮，為取悅吳王夫差，云：「妾家越溪有採蓮二曲，試為大王歌之」：

　　（旦歌）：〔古歌一〕秋江岸邊蓮子多，採蓮女兒棹船歌。花房蓮實
　　齊戢戢，爭前競折歌綠波。恨逢長莖不得藕，斷處絲多刺傷手。
　　何時尋伴歸去來，永遠山長莫回首。（淨）：絕妙！拿酒來，我飲
　　一大觥。（旦）：〔古歌二〕採蓮採蓮芙蓉衣，秋風起浪鳧雁飛。桂
　　棹蘭橈下級浦，羅裙玉腕輕搖櫓。葉嶼花潭一望平，吳歌越吹相
　　思苦。相思苦，不可攀，江南採蓮今已暮，海上征夫猶未還。
　　（淨）更妙更妙，我再飲一大觥。……（旦）：〔前腔〕堪傷，斜日銜

山，寒鴉歸渡，淹留猶滯水雲鄉。風露冷，風露冷，怎耐摧頹蓮房。淒涼，共簌心多，分開絲掛，浣紗伴在何方。

值得注意的是，西施爲吳王夫差所唱[古歌]二曲，竟然是其故鄉的「越溪採蓮曲」，這已經暗示其內心深處一份揮之不去的思鄉情懷。更重要的則是，在[前腔]一曲中所訴「……淒涼，共簌心多，分開絲掛，浣紗伴在何方」。通過唱辭中對「浣紗伴」的「絲掛」(思掛)，流露西施雖身居富貴中，卻對於當初在越溪採蓮往昔歲月的無限懷思。按，西施目前身爲吳王身邊的寵姬，又身負「哄誘吳王，恣意淫樂」的政治重任，卻在伴隨吳王泛舟之際，忍不住心思故里，情懷越溪，更何況那也正是當初與范蠡邂逅定情之處！《浣紗記》中的西施，顯然並不是一個全心全意且一無反顧爲國爲民犧牲的單純平扁「模範女性」，而是一個在公務之外亦難免爲一己私情所苦的女子，惟在命運的安排下，無可奈何的情境中，只得姑且認眞扮演其命定的，何況還是自己同意選擇的角色而已。《浣紗記》中的西施，其動人處，正在於此。

另外，相傳爲王世貞或其門人所作的《鳴鳳記》，全劇共四十一齣，乃是一部以當代政治現實以及朝廷官員之間的鬥爭爲筆墨重點之作，就其主題內涵視之，可稱爲「政治劇」或「時事劇」。主要以「除奸反正扶明主」爲主題，寫明嘉靖年間奸相嚴嵩及其子嚴世藩，如何結黨營私，專權霸道，欺君誤國，殘害忠良，幸虧經夏言、曾銑、楊繼盛、吳時中、張鶴樓、董傳策、鄒應龍、孫丕揚、林潤等一系列忠臣義士的勇敢抗爭，而且前赴後繼，甚至不惜犧牲個人生命，最後終於令君王醒悟，朝廷警惕，決定整頓朝官，奸臣嚴嵩父子及其黨羽，遂相繼失勢並獲罪受誅，於是「四海賀昇平」。《鳴鳳記》開篇第一齣《開門大意》，即點出全劇的主題：

[西江月](末上)秋月春花易老，賞心樂事難憑，蠅頭蝸角總非眞，惟有綱常一定。四友三仁作古，雙忠八義齊名。龍飛嘉靖聖明君，忠義賢良可慶。且問後房子弟，今日搬演誰家故事？(內應)是一本同聲鳴鳳記。(末)原來是這本傳奇。聽道始終，便見大義。

[滿庭芳]元宰夏言，督臣曾銑，遭讒竟至典刑。嚴嵩專政，誤國更欺君。父子盜權濟惡，招朋黨濁亂朝廷。楊繼盛剖心諫淨，夫婦喪幽冥。忠良多貶斥，其間節義，並著芳名；鄒應龍抗疏感悟君心，林潤復巡江右，同戮力激濁揚清。誅元惡芟夷黨羽，四海賀昇平。

　　　　　前後同心八諫臣，朝陽丹鳳一齊鳴。

　　　　　除奸反正扶明主，留得功勳耀古今。

　　上引首齣點題的「開門大意」，不但指明全劇「除奸反正扶明主，留得功勳耀古今」的宗旨，亦流露作者的政治道德態度。顯示無論民間或士林的傳統信仰中，奸臣當誅殺，忠臣當表揚的普世價值。惟值得注意的是，《鳴鳳記》以現實政治為題材，當朝權奸與忠臣的鬥爭為情節主線，又將真人真事入戲，可謂是以「時事」入戲，這在中國戲曲史上乃是頗為大膽的首創。同時亦以其劇情故事內容，流露一般文人士子對於朝政，始終難以擺脫的關懷。惟全劇故事情節的頭緒繁富，主角並非一生一旦，而是「一批」忠義之士，何況時間跨度亦大，乃至劇情安排上難免會有前後雷同甚至重複之處。加上作者的愛憎分明，立場堅定，始終站在忠臣良相一邊，大聲斥責奸臣權貴，難免會影響到劇中人物形象的塑造。綜觀劇中人物，雖然其中兵部員外郎楊繼盛，不顧個人生死的英雄形象，光彩照人，足以令人心儀敬佩，惟從人物形象塑造角度視之，劇中人物無論忠奸，均顯得頗為單純平扁，亦即好人極好，壞人極壞。當然，對傳統的觀眾或讀者而言，惡人惡報的結局，畢竟是大快人心的。

二、崑山聲腔奠定

　　明中葉以後，江南地方戲曲表演蓬勃，通常各以其地區的方音腔調傳唱，自然形成帶有各種不同地方腔調的聲腔，例如弋陽腔、海鹽腔、餘姚腔、崑山腔等。不過，嘉靖年間(1522-1566)有一位江蘇崑山人魏良輔，兼擅南北曲藝，在原崑山腔的基礎上，吸取其他地方唱腔如海鹽腔、弋陽腔的優點，並融入北曲的音樂，改良了原來崑腔的唱法，創造出流麗婉轉

的「水磨調」崑山腔。經魏良輔改良後的崑山腔，最初也只用於清唱，而
首先將崑山腔運用於傳奇劇的聲腔者，乃是崑山人梁辰魚的〈浣紗記〉，
在曲律聲腔方面採用經魏良輔改良後的崑山「水磨調」歌唱，這是傳奇劇
在聲腔方面正式以崑腔傳唱的里程碑，從此奠定了「崑腔」的主流地位，
此後之文人紛紛起而效之，爭相撰寫崑山腔傳奇。根據清初錢謙益(1582-
1664)〈今樂考證〉的觀察：「崑有魏良輔者，造曲律。世所謂『崑腔』
者，自良輔始。而梁伯龍獨得其傳，著〈浣紗〉傳奇，梨園子弟喜歌之。
梁亦崑山人……。」按，崑山腔聲調圓潤婉轉，字音清晰，興起之後，當
時文人士子均視之為「雅音」，有別於其他一般地方戲曲的「俗唱」。其
實，所謂「崑山腔」所唱者，包括「崑曲」或「崑劇」（以崑曲演唱的傳
奇劇），其後雖然在清中葉時期，因其他地方戲的盛行，尤其是京劇的崛
起，曾一度出現衰落現象，惟崑山腔始終受到文人士大夫的青睞，乃至傳
唱至今。

　　萬曆年間(1573-1620)至明末(1644)，進入明朝後期，出現了大批傳
奇作家作品，乃至傳奇劇的創作，臻至空前的繁榮階段。其中有的作者仍
然繼續沿襲前人風格傳統，不過，已有作者則嘗試開闢新領域，展現新境
界。最引人矚目者，即是創作宗旨態度的改變，不再只顧意圖教化社會人
心，而是意圖娛樂人情。這就導致故事劇情中詼諧趣味的滲入。

三、筆沾詼諧風趣

　　詼諧風趣，源自個人對現實社會或世俗人生站在比較高處的觀點或超
然的態度，是一種具有「智慧」的表露，也是中國戲曲搬演之際足以娛樂
觀眾不可或缺的調味品。前面論及元雜劇的先聲與發展諸章節中，已經點
出，先秦時期俳優調笑以娛耳目，是中國戲曲源起的重要成分，繼而唐代
參軍戲的滑稽對話以為調笑，爰及元雜劇中淨丑角色的插科打諢，刻意製
造滑稽效果，逗引觀眾歡笑，遂導致即使是悲哀的劇情故事中，亦往往流
蕩著悲喜相雜之生命情調。但是，發展至明代中葉以後的傳奇劇，除了繼
續穿插淨丑諸角色的插科打諢，令觀眾開心之外，作者開始以詼諧風趣的

筆調，對現實社會生活中某些人物與事件的荒謬狀況，或有意調侃，或旨在嘲諷，因此出現一些劇本，在整個劇情故事中筆沾詼諧風趣，足以令領會其中含意的讀者或觀眾會心一笑，乃至為傳統中國戲曲擴大了審美趣味，增添了嶄新境界。或可以沈璟(1553-1610)《博笑記》、高濂(萬曆十一年前後仍在世)《玉簪記》、吳炳(1595-1648)《綠牡丹》為代表。

沈璟字伯英，號寧庵，亦號詞隱生，江蘇吳江人。浮沉官場十幾年，心灰意冷，於萬曆十七年(1589)決定辭官歸里。沈璟不但是傳奇的創作者，亦是著名的曲論家(有關其曲論主張詳後)。曾作傳奇劇十七種，不過現存僅七種，且均以推崇傳統倫理道德，以勸善懲惡，諷刺世情為宗旨。這一點與明初以來其他文人作家作品並無不同。但是，沈璟的傳奇劇，其特色並不在於其中道德教化的意圖，而在於其筆沾詼諧風趣的趣味。《博笑記》即是代表作。

按，《博笑記》共二十八齣，整體篇幅比一般動輒四五十齣的明傳奇為短。全劇結構亦不同於其他總敘一個主要故事的傳奇，實際上是包括十個不同劇情故事的「集錦」。每個劇情故事均可獨立自成單元，其中題材雖主要取自一些現存的小說、雜記等，但卻以揭露現實社會不同階層各類人物的愚蠢可笑為筆墨重點。包括新科進士、起復官吏，以及僧道商販，甚至市井流氓和一般家庭婦女，均可成為其調侃嘲諷的對象。較之其他以歷史人物或才子佳人為主角的文人傳奇作品，當然更具現實性、時代感。例如：其中《巫舉人癡心得妾》中，對揚州舉人巫嗣眞的諷刺；《邪心婦開門遇虎》中，對發誓守貞操寡婦失節的調侃；以及《諸蕩子計賺金錢》中，對無賴漢寄身社會矇騙為生的嘲笑……。在在均充分展現作者對社會人生百態的透視，對人性愚蠢脆弱面的了解，但卻並非惡意相向，而是筆沾詼諧風趣，調侃挖苦或諷刺世態人生而已。這種以現實社會人物事件為調侃或諷刺對象的戲曲作品，不僅是沈璟個人的創作特色，也表現於同時代其他傳奇作品中。高濂《玉簪記》、吳炳《綠牡丹》亦是著名的例子。

高濂字深甫，號瑞南道人，亦號湖上桃花漁，錢塘人，活躍於嘉靖、隆慶、萬曆年間。其現存傳奇劇雖僅有《玉簪記》和《節孝記》兩種，不

過《玉簪記》在戲曲發展史上，頗值得注意。

就《玉簪記》劇情故事觀察，一般均視爲是一部男女主角經過一番折騰，最後終於大團圓的「愛情喜劇」。全劇共三十三齣，主要是以道姑陳妙常的「思凡」歷程爲主線。不過，劇情中特別交代，宦門之女陳嬌蓮，所以遁入空門，成爲道姑(法名妙常)，並非出於個人的宗教信仰，而是因爲金兵南犯，在兵荒馬亂中與親人失散之後不得已的選擇。換言之，一個弱女子，在亂世中，孤身隻影，爲求生存，不得已只好投奔金陵女貞觀而成爲道姑。女主角身分轉換之無奈，是劇情發展的重要背景。這時偏偏兩度在長安落第的青年書生潘必正，由於「羞愧滿面，難以回家」，故而前往金陵女貞觀投靠姑母，亦即女貞觀的觀主。這就爲男女主角的邂逅，以及女主角陳妙常的「尼姑思凡」，設計出環境背景。儘管陳妙常已身爲道姑，卻塵心未滅，難免「思凡」，乃至成爲作者調侃的對象，卻又在同情與諒解中，展示陳妙常思凡的「正當性」。作者的創作宗旨，或許是表達對道姑陳妙常思凡的調侃，但是，其筆墨畢竟是溫柔敦厚的，有意無意中，對「道姑」這種處於社會生活邊緣，且斷絕人性的「行業」，流露其既同情其命運不幸，亦調侃其思凡苦惱的意趣。或許由於作者身處晚明李贄等文人士子呼籲「個性解放」的時代，乃至對陳妙常這類人物的苦悶，充滿同情，對道姑思凡的各種情境，則筆沾詼諧風趣。

吳炳的《綠牡丹》，則顯然是一部針對明代科場時弊的諷刺劇。按，吳炳字石渠，號粲花主人，江蘇宜興人。萬曆十七年(1619)進士，雖先後曾於崇禎及南明朝任職，惟最後爲清兵所俘，絕食而死。所撰傳奇劇五種，其中以《綠牡丹》最具代表性。全劇共三十齣，劇情故事大概情節是：翰林學士沈重爲其女兒婉娥擇婿，於是以「綠牡丹」爲題，考柳希潛、車本高、顧粲諸生的才學。不過，柳、車二人乃屬不學無術之輩，自知難以過關，因此求請人代作考題，以圖矇騙過關。柳希潛請家中私塾老師謝英捉刀，車本高則令其妹車靜芳代筆，只有顧粲並未作弊，以眞才學識應試，不料卻名列榜尾。此外，柳、車二人爲爭取自己當上沈重的女婿，竟然互相攻扯後腿。最後當然是在柳、車二人笑料百出，醜態畢露，

自討沒趣情況下，有實才者顧粲方獲得報賞，婉娥遂與顧粲成親。至於那位代兄作詩的才女車靜芳，以及代徒捉刀的老師謝英，竟然並未受到懲罰，反而因二人的文才，獲得嘉許，相配成對。全劇即是在郎才女貌皆大歡喜的結局中閉幕。

今天的觀眾或讀者，或許會覺得《綠牡丹》劇情的發展荒謬可笑，角色的形象頗嫌平扁。可是，就全劇整體旨趣視之，通過劇中人物柳希潛、車本高二人類似白丁，卻在沈重宣布「不得夾帶傳遞」考試中，竟然出示種種作假作弊的醜態，作者藉此針貶科場之弊的意圖，已十分明顯。但值得注意的是，作者筆墨間對劇中故事與人物流露的詼諧風趣態度。其實，〈綠牡丹〉劇情故事的發展以及人物性格展示的「喜劇」意味，並不局限於劇中淨丑角色的「插科打諢」，亦非在於最後婉娥與顧粲終於成親皆大歡喜的收場，而是瀰漫於全劇對招親事件與牽涉其中人物的調侃與諷刺：包括對男女主角的行為舉止，以及對人性中醜陋成分的展示，可謂亦莊亦諧。更重要的是，劇中的諷刺，是不含惡意的。按，柳、車二人的言行舉止，令人一眼看穿，作者對二人力爭上游「不得已」的欺詐行為，僅是不具殺傷的調侃與譴責而已。此外，至於最後對謝英與車靜芳兩個「正面人物」，給於最終的祝福，顯然是基於照顧到觀眾或讀者在劇情最後應當出現圓滿結局的期盼。這正是中國傳統通俗文學作品，無論小說或戲曲，即使作者對其所述事件或人物經歷，表達了某種程度的激憤或憂傷，卻仍然維持其溫柔敦厚的傳統態度。

此外，明傳奇經過文人參與創作的發展演變過程中，劇本文辭逐漸趨向典雅綺麗的現象，亦不容忽視。

四、文辭趨向典麗

戲曲原是流行於市井勾欄的表演藝術，取悅一般市民觀眾的通俗趣味，應當是作者創作之際的首要考慮。但是，自文人士子參與創作，劇中文辭，包括角色的唱曲與賓白，亦逐漸趨向文人化，變得典雅綺麗起來。這正好指出傳奇劇終將朝「案頭文學化」發展的趨向。

　　試以李開先《寶劍記》中〈夜奔〉(第三十七齣)中，林沖幾首唱辭與
獨白爲例：

　　　(生上，唱)[點絳唇]：數盡更籌，聽殘銀漏。逃秦寇，好教我有
　　國難投，那搭兒相求救？(白)：欲送登高千里目，愁雲低鎖衡陽
　　路。魚書不至雁無憑，幾番欲作悲秋賦。回首西山日又斜，天涯
　　孤客眞難度。丈夫有淚不輕彈，只因未到傷心處。……[雙調‧
　　新水令]：按龍泉血淚灑征袍，恨天涯一身流落。專心投水滸，
　　回首望天朝。急走忙逃，顧不得忠和孝。……
　　　[收江南]：呀！又只見烏鴉陣陣起松梢，數聲殘角斷漁樵。忙投
　　村店伴寂寥。想親悼夢杳，空隨風雨度良宵！
　　　故國徒勞夢，思歸未得歸。此身無所託，空有淚沾衣。(下)

　　林沖的唱辭與獨白，一方面揭露林沖其人既忠且孝的人格特質，同時
亦流露其實際上「不得已」才投奔梁山的無奈。但是，劇中林沖的唱辭與
其獨白之清麗典雅，顯然不像出於一個以武術見稱之「禁軍教頭」的口
氣，而是作者，以其自身的經驗感受與文學素養之用語，付諸於劇中角色
口中。

　　明代傳奇的語言，就是在作者以其自身熟習或標榜的語言藝術，將原
來屬於舞臺表演藝術的通俗趣味，逐漸轉化爲案頭文學的典雅，雖令文人
讀者欣賞，卻會造成人物角色和人格情性，與其語言往往並不完全契合的
現象。另外，如前面所引梁辰魚《浣紗記》中，西施的唱辭，何等典雅，
顯然亦並不屬於一個出身民間「浣紗女」的語言，而是作者「付於」西施
的語言。這就涉及前面章節論及元雜劇文學特色之際點出的，傳統中國戲
曲作家，並無意於「寫實」，亦無意於「現實生活的模擬」，不過是爲作
者自己藉此「抒情寫意」而已。同樣的，明代傳奇作家，也難免會在辭
曲，甚至賓白中，顯示其文學造詣。

第三節　明傳奇的高峰──晚明

隆慶(1567-1572)與萬曆(1573-1620)以後至明亡，屬晚明時期。因文人士子紛紛參與傳奇創作，乃至助長了傳奇劇的繁盛臻至高峰，亦加速了戲曲的文人化。當然，其繁盛的高峰狀況，仍有待大家名著的出現，風格流派的形成，以及作者與讀者對戲曲這一文類，有意識的論點與批評。以下試以大家名著出現、風格流派形成、曲論著作豐碩等方面，分別論述。

一、大家名著出現──湯顯祖《牡丹亭》

所謂「大家名著」，當然並無絕對的標準。就如前節所舉明中葉「三大傳奇」，以及沈璟《博笑記》、高濂《玉簪記》、吳炳《綠牡丹》等，在某些曲論者心目中，亦可視爲大家名著。不過，在漫長的戲曲發展史上，古今論者對明傳奇劇最堪稱爲「大家名著」而無異議者，當首推湯顯祖的《牡丹亭》，並以《牡丹亭》的問世，爲中國傳奇劇發展至高峰的鮮明標誌。

湯顯祖(1550-1616)字義仍，號若士、若海、海若士，別署清遠道人，晚年自號蠒翁，江西臨川人。雖出身官宦家庭，且頗具文名，惟屢試屢敗，至三十五歲方進士及第，遂開始其十幾年顛簸的仕宦生涯。萬曆二十六年(1598)決定辭官歸隱，從此專心致力於文學創作。其現存詩二千多首，辭賦與文章約六百篇，在明代文人作品的質和量上，均屬上乘。不過，卻以其傳奇劇的創作，在文學史上立不朽的聲名。湯顯祖所作傳奇主要以「臨川四夢」著稱：包括《紫釵記》、《牡丹亭》、《南柯記》、《邯鄲記》。就四夢的劇情故事而言，實際上皆有所本。其中三夢顯然取材自唐人的傳奇故事：包括涉及文人仕宦題材的《南柯記》與《邯鄲記》，分別取材自唐傳奇小說李公佐的《南柯太守傳》與沈既濟的《枕中記》；涉及男女愛情題材的《紫釵記》，則明顯取材於蔣防的《霍小玉傳》。惟令湯顯祖在中國戲曲史上立於不朽地位的則是《牡丹亭》，其故

事大要雖然源自宋代話本故事《杜麗娘慕色還魂記》，不過無論劇情本身的經營安排、主題情境的昭示發揮、曲辭文句的優美自然，均遠超越其取材的話本故事，乃至吸引歷代觀眾及讀者熱烈的推崇讚賞。試從以下數方面來觀察。

(一)劇情離奇

湯顯祖《牡丹亭》又名《還魂記》或《牡丹亭還魂記》，全劇五十五齣。劇情故事主要取材自話本故事《杜麗娘慕色還魂記》，不過只是繼承其中杜麗娘慕色而亡，繼而又死而復生的軀殼，在主題意蘊上已作了很大的加工潤色。《牡丹亭》主要寫官宦小姐杜麗娘與書生柳夢梅之間頗為離奇的生死離合愛情故事。整個劇情的發展，交織在夢幻、幽冥，以及現實人間這三重交錯的時空背景中。在男女無法自由交往的傳統社會環境下，作者遂將杜柳二人的邂逅，安排在杜麗娘的「夢」中，繼而重逢於幽冥之境，最後又回歸再聚於現實人間。於是將夢幻、幽冥與現實三境混淆起來，導致整個劇情縈繞迴盪在如夢似幻猶真的情境裡。

就其劇情故事本身，實可以「離奇」二字概之。按，女主角杜麗娘，出身官宦家庭，原是一個受父母珍愛，細心教養的少女，正值青春年華十六，對於異性已經開始萌生憧憬，惟不甘心受禮教的束縛，嚮往追求個人情性的自由。就在一個春暖花開時節，在丫鬟春香伴隨下遊園賞景，敏感的麗娘，眼看姹紫嫣紅開遍，一片春景盎然，卻與園中斷井頹垣相映並存，一時觸景生情，黯然神傷，回房後即昏沉入睡。夢中且與一素昧生平、手持柳枝的風流俊俏書生在園中相遇，並在兩情相悅之下，委身與他，惟春夢短暫無常，隨即為母親所驚醒。夢醒後，回到現實人生的麗娘，發現與「夢中人」春宵一度的纏綿繾綣不再，感傷不已，竟然就此臥床不起，遂於中秋之日香消玉殞。臨死前，畫下自己美麗的容顏，並遺言將其埋葬在後花園梅花觀的梅樹畔。三年後，書生柳夢梅赴京應試途中，貧病交加跌倒在風雪裡，偏偏被麗娘的家塾老師陳最良救起，好心帶至梅花觀調養。一日，就在太湖石下，柳夢梅拾得麗娘的畫像，被其美色吸引，愛慕不已，頻頻呼喚。不料已死的麗娘，為柳夢梅的真情所感動，竟

然還魂出現，並與柳夢梅就在園中人鬼幽媾交歡。也就是在愛情的滋潤下，麗娘竟然能由死而回生，再世為人，回到現實人間，面對現實生活，於是隨同夢梅一起赴京都杭州參加科舉考試。試後夢梅受麗娘囑託，前往淮揚探訪麗娘父親杜寶，企望二人已是人世夫妻的關係得到認可。這時杜寶因曾經平撫李全之亂而有功，已升任丞相，心想愛女早已逝世，遂將前來拜見的柳夢梅，當作盜墓騙子綑綁起來，偏偏正要拷打之際，卻傳來柳夢梅已高中狀元的消息。於是，柳夢梅、杜麗娘、杜寶三人，到皇帝面前去爭辯是非曲直。最後，終於證實，麗娘的確已經由死回生還魂，繼而得到皇帝「敕賜團圓」，柳杜二人的人世姻緣終於獲得祝福，全劇圓滿收場。

(二)接受廣泛

《牡丹亭》問世之後，其轟動劇壇文壇，備受歡迎的程度，前所未有。根據明人沈德符(1578-1642)《顧曲雜言》所記：「《牡丹亭夢》一出，家傳戶誦，幾令《西廂》減價。」的確，明清兩代數百年間，《牡丹亭》不僅盛演不衰，刊刻不絕，評論文字也層出不窮，這在文學史上的確是少有的現象。甚至當今，無論海峽兩岸學界或劇界，對《牡丹亭》的評論，仍然是明清戲曲研究的熱門。當然，另外還值得一提的則是，《牡丹亭》一劇對明清時代女性讀者、觀眾，以及演員的「衝擊」。

根據湯顯祖的友人張大復(1554-1630)《梅花草堂集》筆記中所記，《牡丹亭》問世後，曾有婁江(今屬江蘇太倉)女子俞二娘，因體弱多病，年十七而夭折，惟於病中其父嘗憐而授《還魂記》，俞二娘讀後，「凝睇良久，情色黯然，曰：『書以達意，古來作者多不盡意而止，如「生不可死，死不可生，皆非情之至」，斯真達意之作矣！』……」俞二娘並於《感夢》一齣劇本上自注云：「吾每喜睡，睡必有夢，夢則耳目未經涉者皆能及之。杜女固先我著鞭耶。如斯俊語，絡繹連篇。」之後湯顯祖聞知此事，感動良久，遂撰〈哭婁江女子〉詩二首：「何自為情死，悲傷必有神。一時文字業，天下有心人。」(其二)其他有關明清時期閨閣女子如何

受《牡丹亭》感動，或自憐自傷，或留下評語的記載，亦不乏文獻可徵者[1]。此外，根據鄒弢《三借廬筆談》所記，時有揚州女子金鳳鈿，讀了《牡丹亭》，衷心仰慕作者湯顯祖之才，遂寫信表示「願爲才子婦」，可惜因書信周折，並未獲得回音，乃至相思而亡。又據焦循(1763-1820)《劇說》，有杭州女藝人商小玲，因不能與意中人結合而鬱鬱得病，每演《牡丹亭》中〈尋夢〉齣，都「淚痕盈目」，一次竟然哀痛至極，撲倒舞臺，氣絕而殞。在中國戲曲史上，像《牡丹亭》如此打動人心，尤其受女性讀者的鍾愛現象，前所未有。這或許與劇情故事中，以女主角杜麗娘爲追求愛情展示的「情之至也」主題有關。

(三)情之至也

　　《牡丹亭》的劇情內涵，不但遠超越原話本故事《杜麗娘慕色還魂記》的格局，同時也脫離一般明人傳奇往往強調倫理教化的框架。作者意欲宣揚的，不是對傳統道德教化的屈服，而是揭開禮教面紗之下人性的真實，展示的是，人性之所至的男女之「情」，故事情節也隨「情」而發展演變。惟不容忽略的是，整個劇情敷演的，主要還是女主角杜麗娘之情，這或許是最能吸引女性觀眾或讀者心儀並認同的主要緣由。杜麗娘因情而死，又爲情由死而復生，顯然是作者筆墨的重點。根據湯顯祖爲其《牡丹亭》劇本之「題詞」所云：

> 天下女子有情，寧有如杜麗娘者乎？夢其人即病，病即彌連，至手畫形容，傳於世而後死。死三年矣，復能溟莫中求得其所夢者而生。如麗娘者，乃可謂之有情人耳。情不知所起，一往而深。生者可以死，死可以生。生而不可與死，死而不可復生者，皆非情之至也。夢中之情，何必非真。天下豈少夢中之人邪？必因薦枕而成親，待掛冠而爲密者，皆形骸之論也。……嗟夫！人世之事，非人事所可盡。自非通人，恆以理相格耳！第云理之所必

1　見譚帆，〈論《牡丹亭》的女性批評〉，收入張宏生編，《明清文學與性別研究》(南京：江蘇古籍出版社，2002)，頁295-309。

　　　母，安知情之所必有邪！

萬曆戊戌(1598)秋

清遠道人題

　　湯顯祖在《牡丹亭》中所推崇的「情」到底為何物？實頗值得玩味。首先，在其經營安排之下，劇中杜麗娘對柳夢梅之「情」，主要乃是萌生於人性中先天具有的，對異性之愛的自然需求，故而無須經過雙方感情的交流、培養和耕耘，可說正是「不知所起」。其次，劇中麗娘對夢梅之情，竟然可令「生者可以死，死可以生」，的確是「一往而深」。換言之，湯顯祖意欲傳達的「情」，是人性之情，可以超越理性，甚至超越生死者，故稱「情之至也」！

　　惟就《牡丹亭》劇情之發展視之，麗娘之「情」，乃是萌生於正當青春年齡的女子，對異性之需求。正如麗娘於《遊園》齣中的內心自白：

> 天啊！春色惱人，信有之乎？常觀詩詞樂府，古之女子，因春感情，遇秋成恨，誠不謬矣。吾今年已二八，未逢折桂之夫；忽慕春情，怎得蟾宮之客？昔日韓夫人得遇於郎，張生偶逢崔氏，曾有〈題紅記〉、〈崔徽傳〉二書。此佳人才子，前以密約偷期，後以得成秦晉。(長嘆介)吾生於宦族，長在名門，年已及笄，不得早成佳配，誠為虛度青春。光陰如過隙耳。(淚介)可惜妾身顏色如花，豈料命如一葉乎！

　　懷春的麗娘，心中所擔憂者，是「虛度青春」，嚮往者，則是佳人才子「得成秦晉」之好。此後麗娘在夢中與死後，先後和柳夢梅在花園之交歡與幽媾，乃是人性中飲食男女自然需求的流露，應該可以不受禮教的束縛，無須道德的指摘，甚至值得呵護與歌頌。作者對男女之「情」，如此前衛的觀點與立場，在戲曲史上是劃時代的，卻也正好反映，明代一些前衛之士意圖擺脫禮教束縛，推崇個性解放的呼籲。

　　可是，不容忽略的是，在作者湯顯祖的筆下，麗娘與夢梅最後「有情人終成眷屬」的圓滿結局，仍須由皇帝「敕賜團圓」，畢竟未能完全脫離遵循傳統禮教宣揚的「父母之命」與「媒妁之言」。此外，麗娘對夢梅

「一往而深」的「情之至也」，實際上乃是針對男女天生的人性中，對「性」的覺醒與需要，並未涉及男女雙方在心靈上對彼此之間相知相惜的「感情」需求。

　　就看著名的〈遊園〉齣中，麗娘入夢後，於遊園賞景沉醉之際，但見一俊俏書生「持柳枝上」，向麗娘說了些輕浮話，諸如「小姐，咱愛殺你哩」之類，接著又唱了一曲極盡挑逗的「山桃紅」，曲中竟然要求「和你把領扣鬆，衣帶寬……」。就在二人唱作之間，麗娘或「驚喜」、「含笑」，或「作羞」、「推介」，卻還是讓「生強抱旦下」。繼而於〈驚夢〉齣中，春夢無常，麗娘即將夢醒，書生必須告辭了：「姐姐，俺去了……。」麗娘當然不捨，驚醒之際，直呼：「秀才！秀才！你去了也！」連對方的姓名都還不知呢！全劇就在作者安排(祝福？)下，容許麗娘可以無視其身分教養，擺脫禮教枷鎖，但憑個人情欲之自然需求，分別在夢幻中，幽冥界，最後又在人世間，享受男女的交歡情愛。這樣的劇情，的確是劃時代的創作，明顯展示作者意欲突破傳統禮教，主張個性解放的創作意圖。《牡丹亭》所以獲得古今不少讀者的鼓掌喝采，尤其贏得深受傳統禮教多所壓抑的女性讀者之欣賞，是容易理解的。然而，倘若從男女愛情層面仔細觀察，《牡丹亭》劇中所推崇的，不受禮教束縛的「情之至也」，實際上並無男女雙方在心靈感情上相知相惜的渴求與交流，亦非彼此因相知而相愛之情。

　　現今讀者對所謂「愛情」的普遍經驗與認知，通常男女之間「情」的萌生，可以既簡單亦複雜。或彼此均有意，卻阻撓重重，又或一方有意，另一方卻無情，乃至引出一番轉折故事來。惟無論何者，多少總會經過男女雙方一番互動的醞釀與漸進發展的過程。但是，《牡丹亭》敷演並抒發的，卻並非如此。全劇展示的，主要出自女主角杜麗娘單方面「情」之萌生，而其「情」乃是由「性」的覺醒而引起，乃至麗娘與男主角柳夢梅之間，只有相見相悅，卻並無繼而相戀相知的過程。劇中的柳夢梅，不過是一個「反映」杜麗娘情竇初開、情欲初醒的配合角色而已。如此看來，女性對情欲的自然需求，其實與男性並無差異，同樣出於身為人的自然本

性，這或許是作者意圖強調的吧。就看在明代劇場上幾乎不敵《牡丹亭》的《西廂記》，乃是由「張生偶逢崔氏」而展開。其中女主角崔鶯鶯，同樣是官宦小姐，同樣也情竇初開，卻難免受到傳統禮教的拘束，雖然經歷男主角張生主動的種種挑逗與引誘，劇情中的鶯鶯，仍然表現出一番言行的矜持，幾度內心的掙扎過程，方薦枕與張生，而且此後還不時流露其「自薦之羞」。可是在《牡丹亭》劇情故事中，這些過程皆「免了」。懷春的杜麗娘，急欲覓得佳配的杜麗娘，是追求「得成秦晉」之好的主動者，即使作者將其少女懷春之情最初置於花園內、夢幻中，卻安排她與一陌生男子初次相遇，隨即委身，實在太出乎意料，太令人拍案叫絕了。

　　不過，從另一角度觀察，儘管《牡丹亭》劇情故事，乃是朝麗娘對夢梅之情「不知所起，一往而深」方向而發展，強調死生與共之情，且明顯流露，作者反對違背人性自然，意欲突破傳統禮教束縛，鼓吹並維護尊重人性自由的立場態度。可是，從劇情整體視之，麗娘為已經委身的夢梅，既還魂又復生，表現其死生不渝，非夢梅不嫁的堅持，再加上劇情最後的安排，亦即由皇帝出面「敕賜團圓」的結局，巧妙的代替了「父母之命，媒妁之言」，同時又與社會傳統往往要求女子「貞堅不渝」，必須「從一而終」的道德意識掛了勾。湯顯祖畢竟還是難免在形式上向社會傳統的道德要求妥協。

　　其實，中國文學史中，以「男女之情」為主題的作品，俯拾皆是，自《詩經》以來，從未消歇。無論詩詞、小說、戲曲，從來不缺少「男女之情」的吟詠或描述。不過，詩詞中抒發的，通常是男女離情中的相思之苦，或被遺棄、遭遺忘者的悲哀愁怨，筆墨重點主要圍繞在當事人孤單寂寞中情懷意緒的抒發。小說戲曲中展現的，則大多從俗世人間現實生活的角度切入，以男女雙方能夠「共衾枕，作夫妻」，作為故事或劇情中人物的最終理想。惟值得注意的是，無論這些故事劇情如何曲折動人，往往欠缺男女之間在心靈上「知己之情」的探索與體味。或許因為，在傳統觀念中，「知己之情」通常僅出現在君臣或友朋之間，一直要到曹雪芹的《紅樓夢》，賈寶玉和林黛玉兩人之間彼此的相知相惜，才終於展現並強調男

女之間的「知己之情」。

(四)曲辭優美

湯顯祖在戲曲創作上，一向主張文辭之動人遠勝於遵循曲調聲韻的拘束。因此往往將筆墨重點置於曲辭的經營上。《牡丹亭》劇中曲辭之優美動人，是歷代讀者的共識，亦是令湯顯祖在戲曲史上博得才子大家之名的重要因素。試摘錄第十齣中《遊園》，杜麗娘在丫鬟春香伴隨之下，麗娘的唱辭為例：

> [繞地遊]夢回鶯轉，亂煞年光遍，人立小園深院。炷盡沉煙，拋殘繡線，恁今春關情似去年。……
>
> [步步嬌]裊晴絲吹來閒庭院，搖漾春如線。停半晌整花鈿，沒揣菱花，偷人半面，迤逗的彩雲偏。步香閨怎便把全身現？……
>
> [醉扶歸]你道翠生生出落的裙衫兒茜，艷晶晶花簪八寶填，可知我常一生而愛好是天然，恰三春好處無人見。不提防沉魚落雁鳥驚喧，則怕的羞花閉月花愁顫。……
>
> [皂羅袍]原來奼紫嫣紅開遍，似這般都付與斷井頹垣。良辰美景奈何天，賞心樂事誰家院。朝飛暮捲，雲霞翠軒；麗絲風片，煙波畫船。錦屏人忒看的這韶光賤。……

如此情景交融的曲辭，寫景如畫，且撩人情絲，簡直是詩人之筆，充分展示作者湯顯祖的才情，尤其是「原來奼紫嫣紅開遍，似這般都付與斷井頹垣。良辰美景奈何天，賞心樂事誰家院……」諸句，一直為歷代論曲者稱頌不絕。惟值得注意的是，上引優美曲辭中，不但將麗娘的懷春之情，詩化了，美化了，且文人化了，同時亦點出麗娘意欲趁此青春年華覓得如意郎君的鬱悶與焦慮心情。麗娘所唱這幾首曲辭，甚至為以後曹雪芹在《紅樓夢》第二十三回中，為刻畫林黛玉往往悲己傷情的人格情性，提供令讀者情靈搖蕩的環境背景。就是在大觀園內聽聞這段曲辭，撩起了黛玉的懷春之情，並且觸動縈繞於其內心深處，始終難以克服，難以擺脫的，因自傷身世且無法把握與賈寶玉情緣的憂慮與感傷。

當然，《牡丹亭》在文學史中的地位，並不僅僅在於「情之至也」的

主題，或其曲辭本身之優美動人令人稱頌，亦在於劇作家將劇中人物所唱的曲辭，緊密配合劇情故事的發展，同時醞釀相關的環境氣氛，傳達人物內心深處的情懷意念，乃至獲得歷代觀眾與讀者的賞愛。

此外亦值得注意的是，由於明代後期傳奇劇的興隆，主要由於文人參與創作者眾多，而文人的才情或偏好各有所長，且各有主張，乃至出現不同風格流派的形成，甚至爭執與對立。

二、風格流派形成

文學作品風格流派的形成，首先需要大略同時代作家撰寫同類作品的豐盛流行，並相互影響，再加上後生晚輩的沿襲模仿，方能流行成「派」。例如前面章節所述唐代詩壇，以盛唐王維、孟浩然等起始，至中唐韋應物、柳宗元諸人繼其緒，乃至形成了以「王孟韋柳」為主導的「山水田園詩派」，即是一例。可是，宋元時期的小說或戲曲，因主要出身於市井瓦舍的技藝，往往多屬民間藝人或流落民間無名氏文人作家之耕耘，即使有「書會」可依附，個別作家之間在文壇上彼此呼應，或相互標榜「成派」的機會不大。不過，晚明傳奇劇則因大批文人士子的參與創作，作品昌盛流行於文壇，加上作者或因興趣相投而相識，或原本即屬交往過從之友朋同僚，於是在戲曲創作風格上，或相互影響，或彼此砥礪，遂展現出不同的「風格流派」來。當然，文學創作風格流派之形成，不一定出於作者「有意」成「派」，通常是經過有心讀者的觀察與評論，辨識出其風格派別之特徵，察覺其風格相同或相異，流派之別遂產生。不過，由於明傳奇劇的作者，往往亦是有心閱讀劇本的讀者，因而對傳奇不同風格流派之識別，主要是由明代劇作家本身在創作之餘，又在理論方面提出各自的見解與論辯，甚至形成旗鼓相當風格流派聲勢的對立。

明傳奇劇不同風格流派的對立，出現在萬曆至明末年間，亦即文人的傳奇創作臻至空前繁榮之際。主要是以劇作家沈璟(1553-1610)為代表的「吳江派」，還有以湯顯祖(1550-1616)為代表的「臨川派」，在戲曲創作理論方面的爭論而凸顯出來。當然，就創作成就視之，沈璟去湯顯祖甚

遠，可是論提倡之功，論在傳奇劇壇的影響，則沈璟並不在湯顯祖之下。二人同是明代後期劇壇的領袖人物，分別以不同的創作風格，不同的戲曲主張，各領風騷，可謂雙峰並峙，且各有附和追隨者。王驥德(?-1632)《曲律・雜論》就曾點出，兩派爭論的中心，主要圍繞在戲曲創作究竟應該「重文辭」或「重聲律」的主張上：

> 臨川之於吳江，故自冰炭。吳江守法，斤斤三尺，不欲令一字乖
> 律，而毫鋒殊拙；臨川尚趣，直是橫行，組織之工，幾與天孫爭
> 巧，而屈曲聲牙，多令歌者饒舌。

其實沈璟乃是從樂曲唱腔的角度，要求文辭創作必須合律依腔，主張遵循嚴格的聲律規範，認為傳奇「名為樂府，須教合律依腔，寧使時人不鑑賞，無使人撓喉捩嗓……縱使辭出繡腸，歌稱繞梁，倘不諧律呂，也難褒獎」（〈太霞新秀序〉）。不過，向來不喜受聲律約束的湯顯祖，則從重文辭主抒情寫景的立場，認為宮調聲律的選用，當依隨文辭的意趣神色為主：「凡文以意、趣、神、色為主，四者到時，或有麗辭俊音可用，爾時能一一顧九宮四聲否？如必按字摸聲，即有窒滯迸拽之苦，恐不能成句矣。」（〈答呂姜山〉）雙方一時各執己見，且各有其追隨擁護者，乃至形成晚明傳奇劇壇與文壇上一股討論戲曲何去何從的熱潮。不但顯示出明傳奇劇已經出現不同的風格流派，進而亦促進中國戲曲觀念理論的成熟發展，並且提高了戲曲的文學地位，推動了傳奇劇創作的繁榮。尤其不容忽略的是，明末風格流派之爭對創作與理論方面的後緒影響：不但影響傳奇作家創作之際，開始試圖兼備文辭與聲律的自我要求；更重要的則是，促成戲曲理論研究的風氣，導致曲論著作的豐碩。

三、曲論著作豐碩

有關戲曲理論的研究風氣，從嘉靖年間，即開始流行於文士階層，爰及萬曆以後，其風更盛。在這期間，曲論的著作豐碩，主要包括：徐渭《南詞敘錄》、王世貞《曲藻》、沈璟《南九宮十三調曲譜》、呂天成《曲品》、王驥德《曲律》以及江寵綏《度曲須知》等。

　　這些曲論著作之出現，當然基於文人士子的慧眼，對於原本出身市井中瓦舍勾欄的戲曲表演藝術之重視，乃至紛紛執筆對戲曲的源流、風格、作法、表演、聲律等，提出相關的論點，表達個人的體察與見解，充分展現明代文人士子對通俗文學的開放接受態度。其中尤其以關於傳奇劇唱辭聲律腔調方面的研究，成就最爲顯著，不但展示明傳奇劇在音樂唱腔方面的格律化與規範化，甚至爲現今的戲曲表演與戲曲研究，提供不容忽視的重要參考資訊。

　　傳奇劇自從由元末明初的南戲發展演變以來，先風行於市井瓦舍，繼而又擴展流行於士林文壇，其興隆可謂已經跨越社會階層的鴻溝。此外，傳奇劇的持續風行，似乎與政權的盛衰並無必要關聯，甚至亦無視於朝代的興亡輪替。傳奇劇不但未因明朝的衰敗滅亡而消歇，而且還繼續其在明代的隆盛，成爲清代前期戲曲的搬演與創作的主流，終於臻至傳奇劇的全盛。

第九章
清傳奇的全盛與漸衰

　　傳奇劇的全盛，主要出現於清代前期。按，清代乃是中國歷史上專制帝王制度最後一代的王朝，其政權從順治元年至宣統三年(1644-1911)，總共維持了兩百六十多年，其間國勢經歷了由極盛到極衰的過程。不過，自明代延續而來的傳奇劇，無論劇場搬演或案頭創作，均於有清一代臻至全盛，不但未因明朝的滅亡而消歇，亦未隨滿清王朝國勢的盛衰而起落。儘管明清二代分別屬於經由漢滿不同民族主導統治全中國的王朝，但是，或許由於滿族人入主中原之前，本身漢化已深，加上立國之後，朝廷重視漢文化，且又為有利於統治，刻意施行一些籠絡漢族士人的政策，遂導致滿漢族群之間的分裂意識微薄，文化趨向融合，乃至出身南戲的傳奇劇風行朝野，並未受到朝代的輪替，或不同民族統治者政權的轉移之影響。這或許正好說明，文學創作的興衰，與朝代的輪替以及政權的轉移，不一定相關，而是自有其本身的風行條件與發展途徑。

第一節　傳奇全盛的標誌

　　傳奇劇雖然興隆於明代，成為明代戲曲的主流，不過卻是在清代方進一步臻至其全盛時期。本節所謂傳奇劇「全盛」的標誌，主要是針對傳奇劇之作者、作品、讀者三方面的互動效果來觀察，包括專業文人作家之崛起，作品內容題材之多樣，以及讀者在理論方面研究之蓬勃與新穎。

一、專業作家崛起

　　此處所稱「專業作家」，乃是指那些或失意於仕途，或無意於仕宦，姑且以撰寫戲曲腳本爲專業，並以此謀生的作者。自宋元以來，傳統戲曲的搬演與創作，實際上乃屬流行於市井瓦舍，爲一般城市居民或普羅大眾提供消閒娛樂的「商業行爲」，至於文人士子的參與創作，多屬偶然，並非常態。即使明代後期，文人染指傳奇創作者日眾，這些作者，基本上還是學而優則仕者，有的不過出自業餘的愛好，偶一爲之，有的則是爲充裕生活的一時之需，姑且暫時染翰。可是，爰及明末清初，則開始出現一批文人，單純爲傳奇的搬演而創作，並以此爲「謀生」的專業。其中可以李玉(1600?-1670?)爲代表的「蘇州劇派」——蘇州作家群最爲著稱。

　　所謂「蘇州劇派」，可謂是中國戲曲史上陣容最浩大、且影響深遠的戲曲流派。按，蘇州原即是崑曲的發源地，明末清初年間，蘇州戲班之多與搬演之盛，是其他地區望塵莫及者。其劇作家均身處明清朝代更替之際，社會大動亂的時期，又活動於商業經濟發達，市民娛樂生活蓬勃的蘇州一帶。主要人物包括李玉、朱素臣、葉時章、畢魏、張大復等二十多人，活躍劇壇時間長達四五十年，而且多屬或失意於仕途，或無意於仕宦的布衣平民，惟以替劇班撰寫劇本爲謀生之專業。值得注意的是，這些劇作家原本多屬同鄉故交舊識，又因同業關係，志趣相投，而形成的群體意識，以及彼此切磋合作的精神，甚至出現一些集體創作編撰的劇本。例如李玉的《清忠譜》，實際上並非其獨創，而是包括朱素臣、魏畢、葉時章等人之參與相助，故而此劇的順治刻本，即署名爲：「蘇門嘯侶李玉玄玉甫著，同里畢魏萬後、葉時章稚斐、朱素臣同編。」表明乃是經由數位作者相助的集體成果。其他由二人以上合作撰寫的傳奇劇，亦不在少數。蘇州劇壇這種同業的群體意識和團隊精神，是形成風格相近的「蘇州劇派」的要素，亦是清代傳奇劇的創作趨向專業化的標誌。

　　另外值得一提的是，蘇州劇派中其他作者作品流傳至今者，如朱素臣《漁家樂》，寫東漢末年漁家女鄔飛霞搭救清河王劉蒜，刺死奸相梁冀的

故事，其中《賣書》、《納姻》、《藏舟》、《相梁》、《刺梁》等齣，一直是崑曲劇目傳唱不衰的劇目。還有邱園《虎囊彈》劇中現存《山亭》（即《醉打山門》）一齣，亦是至今仍爲崑曲和京劇的常演劇目。

二、內涵旨趣多端

由於專業作家的崛起，入清之後創作的傳奇劇本，或爲滿足市場需求，或爲藉此抒發己懷，已經不再局限於明末一般「傳奇十部九相思」的格局，乃至劇情故事開始朝政治現實或社會人生多方面的旨趣擴散。以下試從三方面來觀察，或許亦可探視有清一代傳奇劇在主題內涵方面的發展演變概況：

首先，最顯著的現象就是，有關政治時事之劇增多。尤其是清初傳奇作家往往會將政治局勢或歷史上的重大政治或社會事件，作爲劇情故事的主要題材或場域背景。充分展現清代初期劇作家批評政治，關懷時事的心情態度，進而也促成劇本中善惡對立的劇情張力，忠奸分明的人物形象。例如李玉等所著的《清忠譜》，寫明朝天啓六年(1626)魏忠賢如何迫害魏大中、周順昌等東林黨人，乃至引發一場蘇州地區民眾起而反權貴奸臣的鬧市暴動，可謂是繼《鳴鳳記》之後著名的時事劇。又如李玉所寫另一傳奇劇《千忠祿》（即《千忠會》，又名《千忠戮》），主要是反映明初「靖難之役」的歷史劇，其中著力描寫燕王朱棣的殘暴屠殺，建文帝朱允炆的流離慘痛，並塑造出一些盡節的忠臣形象，以及一些轉眼忘恩的奸佞人物。此外還有李玉較早期的作品《一捧雪》，則是以發生於明嘉靖年間（1522-1566），一宗錢塘人莫懷古遭受奸權嚴嵩之子嚴世蕃政治迫害事件爲題材，並以嚴世蕃爲謀奪莫懷古家傳玉環「一捧雪」爲線索，展示一場政壇忠奸之爭的傳奇故事。

其次，在嚴肅的政治時事劇之外，則是提供消閒娛樂爲宗旨的玩笑喜劇之風行。通常以人生遭遇中的誤會、巧合、錯認、弄巧成拙、弄假成眞等，作爲劇情發展演變的推動力。這類劇作，大多以文人學士的風流韻事，或才子佳人在愛情婚姻中遭遇的波折起伏爲筆墨重點，而且都以大團

圓爲結局，顯示其「討喜」的世俗性質，可令觀眾滿意而歸。不過，作者的創作宗旨，顯然並非單純爲「媚俗」而敷演男女之間的愛情婚姻關係，往往含蘊著藉此對人性的弱點或社會的風氣，予以輕鬆的調侃或溫和的諷刺。或可以李漁的《風箏誤》爲代表。按，《風箏誤》主要是寫風流才子韓奇仲與紈袴子弟戚友先二人，因放風箏而誤入情場，乃至引發一連串差一點亂點鴛鴦的笑料情節，其中才子與佳人，拙人與醜女相互錯位，卻又終於各得其配而歡喜收場。全劇由迭出的陰錯陽差的情節構成，劇情輕鬆逗趣，筆觸風趣詼諧，頗具娛樂效果，亦不乏通過人物角色的言行，對人性以及社會風氣的調侃與批評。應當是既討好一般觀眾亦取悅文人士子的作品。

再者，則是將歷來流傳民間的傳說故事，包括前人撰寫的小說，進一步的發揮、改編。或以突破傳統觀點的束縛爲筆墨重點，或轉而向社會階級族群不容跨越的觀念臣服。例如，李玉的《占花魁》，顯然脫胎於馮夢龍《醒世恆言》中《賣油郎獨占花魁》的擬話本故事。不過，擬話本所寫乃是一個在市井中討取生活的賣油郎，與名滿京城的妓女辛瑤琴成婚的離奇姻緣。可是《占花魁》劇本卻將男女主角的社會階層背景，改爲均出身名門卻不幸流落市井的公子與小姐，經過幾番考驗之後，因彼此對愛情的堅貞，終於雙雙「榮蔭」。人物角色出身的改變，不但失去了原著的離奇浪漫色彩，而且失去了原作者嘗試跨越社會階級鴻溝的意圖。此外，乾隆年間(1736-1795)蕉窗居士黃圖珌所寫有關人蛇相戀繼而又背叛的《雷峰塔傳奇》，轉述民間傳說白蛇娘娘與許宣(傳奇劇則改稱許仙)之間的愛情悲歡。當然，《雷峰塔傳奇》劇本仍然保持民間傳說故事中，凡人與蛇精之間的愛情，並且通過許仙的言行舉止，點出人性的軟弱卑劣，反襯白娘子如何不受世俗人間的理法束縛，對愛情的執著追求。所舉兩部傳奇故事劇情的題材雖各有所本，結局亦有悲喜之別，惟其旨趣，同樣流露作者對於突破社會禁忌或顚覆傳統觀念的不同態度，卻也正巧反映，清代傳奇劇作者取材撰寫之際，對前代作品，既有繼承亦有發揚的創作態度。

清代傳奇劇所以令文學史家矚目，不單單是在劇情故事方面題材內容

的多樣化，更重要的是，傳奇劇的全盛所引發的戲曲研究風氣之蓬勃與理論之新穎。明顯展示，中國傳統戲曲的發展爰及有清一代，無論搬演或創作，已臻至觀眾或讀者在反思與回顧中，開始作總結的階段。

三、理論蓬勃新穎

　　清人有關戲曲理論之研究，當然主要還是在明人曲論基礎上的延續與發展。不過，其間研究著作之豐碩，見解之充裕，均遠超越前朝，且展現傳奇劇研究之蓬勃，理論之新穎。其中包括：音律的研究，如毛先舒《詞學名解》、《韻學通指》；曲譜的研究，如沈自晉《南詞新譜》、李玉《北詞廣正譜》等；還有曲學理論的研究，如李漁《閒情偶寄》、金聖嘆《第六才子書》等。其中當以李漁的成就最令人矚目。

　　李漁(1611-1676)字笠鴻，後字笠翁，一字謫凡，又別署笠道人、隨庵主人、新亭樵客、湖上笠翁，浙江蘭溪人等。其一生詩文詞曲著述宏富，亦是清代戲曲界的全才。其實李漁不但從事傳奇劇的創作與理論研究，甚至還經常帶著蓄養的戲班家姬到各地搬演自己撰寫的戲曲腳本。其《閒情偶寄》一書中〈詞曲部〉與〈演習部〉，在中國戲曲理論史上，堪稱里程碑之著，後人甚至將兩部獨立刊行，名爲《李笠翁曲話》，成爲戲曲研究者的必讀資料。

　　過去有關戲曲的理論，主要多針對聲律或文辭方面發揮意見，或以何者更爲重要分別表達立場。惟李漁於《閒情偶寄·詞曲部》，則是首度從劇情故事的整體構思方面，提出「結構第一」的新穎觀點：「塡詞首重韻律，而予獨先結構。」並且針對劇情故事結構的經營安排，相繼提出所謂「立主腦」、「減頭緒」、「密針線」、「戒荒唐」等的理論。一方面對時下流行的傳奇劇在情節方面組織鬆散，頭緒繁多，焦點模糊諸缺憾提出批評，同時將戲曲理論觀點推展至嶄新的領域。除此之外，李漁還重視戲曲語言風格的表現。首先強調曲辭須「脫窠臼」：「吾謂塡詞之難，莫難於洗滌窠臼；而塡詞之陋，亦莫陋於盜襲窠臼。吾觀近日之新劇，非新劇也，皆老僧碎補之衲衣，醫士合成之湯藥。取眾劇之所有，彼割一段，此

割一段，合而成之。……但有耳所未聞之姓名，從無目不經見之事實。」
按，過去的曲論，往往圍繞在戲曲語言的「文采」或「本色」之間徘徊論
述，李漁則站在戲曲乃屬通俗表演藝術的角度，提出「貴淺顯」、「忌填
塞」的主張，認爲「曲文之詞采，與詩文之詞采非但不同，且要判然相
反。」由於詩與文主要是寫來給讀書人看的，傳奇劇則不比詩文，是「作
與讀書人與不讀書人同看，又與不讀書之婦人小兒同看，故貴淺不貴
深」。因此認爲，劇作家在文辭上「於淺處見才，方是文章高手」。另外
不容忽略的則是，李漁甚至對戲曲的搬演亦提出新穎的見解。於其《閒情
偶寄·演習部》，有關演員素質與訓練，即提出當著重「授曲」與「教
白」，要求演員「解明曲意」、「唱時以精神貫串其中」，切忌「口唱而
心不唱，口中有曲而面上身上無曲」。同時又還涉及演出的組織者，亦即
戲曲的導演，對劇本的選擇。認爲應當根據能否令觀眾娛樂耳目，能否引
觀眾哭、笑、怒、驚，來選擇劇本。此外，甚至又還根據劇臺演出的經
驗，對劇情背景鑼鼓敲打輕重的音響效果，亦提出意見，認爲「戲場鑼
鼓，筋節所關。當敲不敲，不當敲而敲，與宜重而輕，宜輕而重，均足令
戲文減價。……」李漁的戲曲理論，是劇本創作與搬演實踐的經驗之論，
也是自戲曲萌生與發展演變以來，對中國傳統戲曲最新穎、最全面的理
論。

有清一代是傳奇劇的全盛時期，不但於戲曲理論方面展現其研究之蓬
勃與理論之新穎，而且產生了文學史上譽滿劇壇與文壇，至今仍然受學界
稱頌不絕的「南洪北孔」兩大名著，亦即洪昇的《長生殿》與孔尚任的
《桃花扇》。洪昇是浙江錢塘人，孔尚任是山東曲阜人，二人先後以《長
生殿》與《桃花扇》二劇的問世，名滿劇壇文壇，可謂是清代傳奇劇發展
臻至高峰的標誌。

第二節　洪昇《長生殿》

洪昇(1645-1704)字昉思，號稗畦，浙江錢塘(今杭州)人。少時即以

能文著稱，乃屬詩文詞曲兼擅者。惟其仕途並不順遂，甚至一度須靠賣文度日，乃至「移家失策寓長安」（〈贈徐靈照〉），不得已遠赴京城謀求生計，總算任職國子監。康熙二十七年(1688)，經過十多年的構思撰寫，並三易其稿的《長生殿》終於問世，立即造成轟動。根據其友人徐靈昭〈長生殿序〉的描述：「一時朱門綺席，酒社歌樓，非此曲不奏，纏頭為之增價。」又據吳舒鳧〈長生殿序〉所云：「愛文者喜其辭，知音者賞其律，以是傳聞益遠。蓄家樂者攢筆競寫，轉相教習，優伶能是，升價什佰。」不過，就在次年，孝懿皇后佟氏病逝不久，按禮仍屬國喪期，洪昇卻於其寓所中搬演《長生殿》，乃至獲罪，遭受彈劾，並繫入刑部獄，隨後被「逐歸」，且革除其國子監生之職。這次凡是曾前往洪昇寓所觀賞《長生殿》演出的翰苑名流，受處罰者近五十人，此即戲曲史上有名的「演出《長生殿》之禍」。洪昇經此打擊後，落拓失意，羈旅飄泊，最後竟然於舟行吳興潯溪之際，因酒醉而墜水溺死。惟其《長生殿》一劇，受觀眾之歡迎與讀者之欣賞，始終未減。試從以下兩方面，概覽《長生殿》在戲曲史上的特色與地位。

一、愛情與時局合流

洪昇《長生殿》全劇共五十齣，分上下兩卷，前二十五齣，敷演唐明皇李隆基與貴妃楊玉環之間愛情的萌生與纏綿，以及政壇的敗壞、安史之亂的發生，與馬嵬之變的情節；二十六齣以後，則主要表現馬嵬之變後社會的亂離，以及雖然仙凡兩隔，明皇對貴妃的綿綿相思，貴妃死後對明皇的無限癡情，終於感動天地，二人遂在仙界得以團圓。劇中涉及的各類人物與事件眾多，而且天上、人間、鬼神、人仙俱全。在劇情結構上，李楊之情與安史之亂，雙線並行，且又彼此摻合貫通，眾多人物事件相互聯繫，場面冷熱相濟，對比鋪墊，乃至構成一個愛情與時局合流的整體，充分展示作者駕馭全劇，指揮若定的才華。

當然，明皇與貴妃的愛情故事，自中唐以來，即在民間與士林普遍流傳，並且不斷成為文人染翰創作、吟嘆歌詠的對象，相繼出現於詩歌、小

說、戲曲等不同的文類中。諸如唐代白居易的〈長恨歌〉與陳鴻的〈長恨歌傳〉，以及宋人樂史的筆記小說《楊太眞外傳》，還有元代王伯成殘缺的《天寶遺事》諸宮調、白樸的《梧桐雨》雜劇、明代吳世美的《驚鴻記》傳奇等，均是有名的例子。但是，洪昇的《長生殿》之所以特別令戲曲史家矚目，則主要還是由於作者筆墨重點，不單單是圍繞在明皇與貴妃二人的情緣上。按，《長生殿》雖以明皇與貴妃之間的愛情作爲劇情主要框架，卻同時又還不惜篇幅，穿插展示唐代開元天寶年間的宮廷政治與時局變遷，如何在玄宗沉溺於愛情享樂中，疏於朝政，終於招致安史之亂，造成國破家亡、人民流離失所的發生與後果。

其實洪昇於〈長生殿自序〉，即嘗淸楚說明其劇情故事取材與創作意圖，乃是：「借天寶遺事，綴成此劇。凡史家穢語，概削不輸，非曰匿瑕，亦要諸詩人忠厚之旨云爾。然而樂極哀來，垂戒來世，意即寓焉。且古今來逞侈心而窮人欲，禍敗隨之，未有不悔者也。……嘉其敗而能悔，殆若是歟。」又於第一齣《傳概》中表明：「今古情場，問誰個眞心到底？但果有精誠不散，終成連理。……借太眞外傳譜新辭，情而已。」繼而又於第三十八齣《彈詞》中，借小生李謨之口：「休只埋怨貴妃娘娘，當日只爲誤認邊將，委政權奸，以致廟謨顛倒，四海動盪……。」表達其寬容的立場。可知作者意欲展示的，乃是愛情與時局的交錯複雜關係，筆墨間對明皇與貴妃之間的愛情，予以珍重與祝福，而且並無責怪貴妃之意，即使對明皇晚年因迷戀貴妃而疏於朝政，導致朝廷腐敗，安史亂起，四海動盪，亦心存「詩人忠厚之旨」，因此於惋惜、譴責中揉雜著同情與憐憫。

綜觀《長生殿》劇情故事的發展演變，雖然表現明皇與貴妃「精誠不散，終成連理」的圓滿結局，卻不同以往諸其他有關李楊愛情故事作品的格局。因爲《長生殿》並非一部單純寫男女愛情之作，而是將愛情與時局緊密交織融會於相關人物事件的錯綜關係裡，乃至於劇情的發展過程中，不但增添了明皇與貴妃愛情故事的深度，而且擴大了劇情的時代感與歷史感。可以令觀眾與讀者，一方面爲明皇貴妃「釵盒前盟」且死生不渝之情

而動容，另一方面亦爲大唐帝國竟然由盛轉衰而喟嘆。就劇情的整體結構與排場視之，〈長生殿〉已遠超越前人所寫有關明皇貴妃的愛情故事，而是一部愛情與時局合流之巨著。

二、文辭清麗兼通俗

此處所謂「文辭」，包括劇中人物角色的唱辭與賓白。《長生殿》的文辭，乃是以清麗優美同時亦兼通俗自然見稱。其清麗優美，源自作者的詩筆文才，其通俗自然，則出於對日常生活語言的生動模擬。試節錄第二十四齣《驚變》中的文辭爲例：

> (丑扮高力士上)詩云：「玉樓天畔起笙歌，風送宮嬪笑語賀。月殿影開聞夜漏，水晶簾捲近秋河。」咱家高力士，奉萬歲爺之命，著咱在御花園中，安排小宴，要與貴妃娘娘同來遊賞，咱只得在此伺候。
> (生、旦乘輦，老旦、貼隨後，二內侍引待上)(唱)[北中呂·粉蝶兒]天淡雲閒。列長空數行新雁。御園中秋色爛斑。柳添黃，蘋減綠，紅蓮脫瓣。一抹雕欄。噴清香桂花出綻。(到介)(丑)請萬歲爺、娘娘下輦。(生) 妃子，朕和你散步一回者。(旦)陛下請。(生、旦攜手科)(生、旦唱)[南泣顏回]攜手向花間。暫把幽懷同散。涼生亭下，風荷映水翩翻。(旦唱)愛桐陰靜悄，碧沉沉。(生、旦同唱)並遶迴廊看。戀香巢秋燕依人。(旦唱)睡銀塘鴛鴦蘸眼。……
> (生)妃子，朕和你清幽小飲，那些梨園舊曲，都不耐煩聽他。記得那年，在沉香亭賞牡丹，召翰林李白，草〈清平調〉三章，命李龜年度成新譜，其詞甚雅，不知妃子可還記得否？(旦)妾還記得。(生)如此，爲朕歌之。(旦)領旨。(生)待朕按板。(旦唱)[南泣顏回]花繁濃豔想容顏。雲想衣裳光燦。新妝誰似，可憐飛燕嬌懶。名花國色，笑微微，常得君王看。向春風解釋春愁，沉香亭同倚欄杆。(生)嚇，哈哈哈，妙哉！李白錦心，妃子

繡口，眞乃雙絕也，宮娥們！(老旦、貼)有！(生)取巨觴來！朕
與娘娘對飲。……

上舉引文中高力士、明皇、貴妃之間的賓白，流暢自然，不但符合各自的
尊卑身分地位，同時也展露三人關係的親疏。當然，丑角高力士登場所吟
之詩，乃是晚唐詩人顧況的〈宮詞〉；貴妃所唱[南泣顏回]一曲，則是隱
括李白〈清平調〉三首之內涵情韻；而大夥同臺合唱的[粉蝶兒]一曲，實
際上是把《梧桐雨》中第二折的曲辭稍作修改潤色而成。但是，經作者巧
妙的安排，靈活的運用，將舊辭新詠恰如其當地置入劇中人物口中，遂營
造出「驚變」前夕，明皇與貴妃在宮中絲毫不知變亂將至，繼續沉湎於歡
樂的場景氣氛。並且展現兼具寫景抒情功能之曲辭，清麗有味，人物角色
之言談，亦生動傳神。

再看，楊貴妃縊死馬嵬坡之後，唐明皇繼續奔蜀，悲泣盈懷。第二十
九齣《聞鈴》中，明皇登劍閣避雨，聽雨聲和著簷前鈴鐸搖響，倍感傷
痛。試看此齣中唐明皇一首訴說情懷的唱曲：

[前腔]淅淅零零，一片淒然心暗涼。遙聽隔山隔樹，戰合風雨，
高響低鳴。一點一滴又一聲，一點一滴又一聲，和愁人血淚交
迸。對這傷情處，轉自憶荒塋。白楊蕭瑟雨縱橫，此際孤魂淒
冷。鬼火光寒，草間濕亂螢。只悔倉皇負了卿，負了卿！我獨在
人間，委實的不願生。語娉婷，相將早晚伴幽冥。一慟空山寂，
鈴聲相應，閣道崚嶒，似我回腸恨怎平！

當初海誓山盟的貴妃已逝，目前是「一片淒然心暗涼」，明皇在悔恨與無
奈中，偏偏又是風雨交加，傷痛之際，甚至引發「我獨在人間，委實的不
願生」的念頭！

這是愛情的極致，也是作者為明皇塑造的深情形象。

再看備受歷代讀者稱頌的第三十八齣《彈詞》：

(末白頭，舊衣帽，抱琵琶上)詩云：「一從鼙鼓起漁陽，宮禁俄
看蔓草荒。留得白頭遺老在，譜將殘恨說興亡。」老漢李龜年，
昔為內苑伶工，供奉梨園，蒙萬歲爺十分恩寵。自從朝元閣教演

〈霓裳〉，曲成奏上，龍顏大悅，與貴妃娘娘各賜纏頭，不下數萬。誰想祿山造反，破了長安，聖駕西巡，萬民逃竄。俺每梨園部中，也都七零八落，各自奔逃。老漢來到江南地方，盤纏都使盡了，只得抱著這面琵琶，唱個曲兒餬口。今日乃青溪鷲峰寺大會，遊人甚多，不免到彼賣唱。(嘆科)哎，想起當日天上清歌，今日沿門鼓板，好不頹氣人也。(行科)

[南呂‧一枝花]不提防餘年值亂離，逼拶得岐路遭窮敗。受奔波風塵顏面黑。嘆凋殘，霜雪鬢鬚白。今日個，流落天涯；只留得，琵琶在。揣羞臉，上長街又過短街。哪裡是，高漸離擊筑悲歌；嚇哈哈倒！伍子胥吹簫也那乞丐。……

(末彈琵琶唱科)[轉調貨郎兒]唱不盡興亡夢幻。彈不盡悲傷感嘆。抵多少淒涼滿眼。對江山。俺只待撥繁絃。傳幽怨。翻別調，寫愁煩。慢慢的把天寶當年遺事彈。……

由末角扮演的白頭李龜年，原是唐明皇梨園弟子中著名的音樂家，由其自道其身世遭遇的變換：從「內苑伶工，供奉梨園，蒙萬歲爺十分恩寵」，到如今「只得抱著這面琵琶，唱個曲兒餬口」，以此顯示，突如其來的安史之亂對李唐王朝以及個人生活的巨大衝擊。上引李龜年的獨白與唱辭，除了自道身世之外，同時還回顧了當初安祿山造反，攻破長安的動亂情景，如何促使玄宗倉皇奔蜀，梨園弟子「七零八落，各自奔逃」，四處流散的悲慘命運。其中李龜年個人則輾轉流落江南，彈琵琶賣唱餬口謀生。李龜年的「唱不盡興亡夢幻，彈不盡悲傷感嘆」，彷彿觸動了身處明末清初大動亂之際的作者之深切感慨，於是，藉《長生殿》「傳幽怨，翻別調，寫愁煩。慢慢的把天寶當年遺事彈」……。

撫讀《長生殿》的文辭，或清麗優雅，展現作者的文才詩情；或自然通俗，同時照顧到戲曲的表演藝術功能。洪昇《長生殿》傳奇劇之所以在文學史界視爲是中國戲曲發展史的最高峰，不僅在於作者將流行民間與文壇的明皇與貴妃之愛情故事，擴大至安史之亂前後宮廷政治與社會局面的喟嘆，亦在於對劇中人物曲辭賓白的精心處理。

第三節　孔尚任《桃花扇》

孔尚任(1648-1718)字聘之、季重，號東塘、岸堂，又自稱雲亭山人，山東曲阜人，乃是孔子第六十四代孫，有詩文集傳世，亦是著名的戲曲作家，與洪昇並稱「南洪北孔」。孔尚任嘗因康熙皇帝至曲阜祭孔，被推薦在御前講經，並陪同參觀孔廟、孔林，遂得到康熙褒獎，並指定吏部破格任用，授以國子監博士，進而步入仕途。不過，卻並不得意於官場，甚至於康熙三十九年(1700)出任戶部廣東清吏司員外郎不及一月，即被罷官，原因並不清楚。惟由孔尚任於〈放歌贈劉雨峰〉詩所云「命薄忽遭文字憎，誡口金人受誹謗」視之，似乎曾因「文字」而遭受誹謗，至於是否與《桃花扇》有關，尚難以判定。孔尚任罷官歸鄉後，生活清苦，窮愁潦倒，最後卒於曲阜故居。令孔尚任不朽的代表作《桃花扇》傳奇，於罷官前一年，即康熙三十八年(1699)問世，亦是一部經十餘年的構思撰寫，且三易其稿的巨著。當今學界一般視其為中國戲曲史上成就最高的歷史劇。其劇情故事主要是藉明末復社文人侯方域與秦淮名妓李香君之間的愛情為線索，反映南明弘光小王朝的興亡始末；侯李二人的離合經歷，聯繫著南明的政局，南明的政局也決定了二人的命運。初讀乍看之下，與洪昇的《長生殿》頗有相若之處，同樣是男女愛情與政治時局的結合。但是，《長生殿》追述的時局，與作者的生存年代相去甚遠，可是《桃花扇》展現的時局，尚有前朝舊臣遺老的記憶為證。因此，《桃花扇》劇情中流露的，似乎更在於對一段記憶猶新的興亡歷史之追憶與悲悼。

一、離合與興亡同悲

《桃花扇》傳奇共四十齣，全劇的劇情故事主要是，「借離合之情，寫興亡之感」（〈桃花扇·試一齣「先聲」〉）。「離合之情」與「興亡之感」應當均屬作者的筆墨重點。不過，孔尚任於〈桃花扇小引〉中則特別指出：

〈桃花扇〉一劇，皆南朝新事，父老猶有存者。場上歌舞，局外
指點，知三百年之基業，隳於何人，敗於何事，消於何年，歇於
何地，不獨令觀者感慨涕零，亦可懲創人心，爲末世之一救矣。

從《桃花扇》劇情故事本身看，其中涉及者，似乎多屬眞人實事。諸
如福王朱由崧，將領史可法，權臣魏忠賢、楊文驄，以及復社文人侯方
域、阮大鋮、馬士英等，事跡均可見諸史籍；即使歌妓李香君、琴師蘇昆
生、說書人柳敬亭，亦史有其人。劇情中展示的，明末政壇的敗壞與醜
惡，以及人心的腐朽與社會的動盪，亦頗能反映當時的歷史狀況。加上作
者又特別於其劇本附上〈考據〉一篇，列舉劇中主要事件與人物所依據的
文獻資料。乃至引導歷來論者，不乏以《桃花扇》「寫史」之如何眞實作
爲評述稱頌的重點。然而，不容忽略的是，《桃花扇》畢竟是由「文人創
作」的劇本，並非史家撰寫的歷史，其劇情故事，即使有可考核的歷史人
物事件爲依據，乃是經過作者的構思想像與潤色加工而成，故而劇情中有
些事件發生的時間，甚至主要人物的結局，與史實並不完全相符合。猶如
劇中說書人柳敬亭所云：「這些含冤的孝子忠臣，少不得還他個揚眉吐
氣，那些得意的奸雄邪黨，免不了加他些人禍天誅。」這正可說明，《桃
花扇》傳奇劇，是經過作者構思想像並重新安排經營的文學作品，並非歷
史實況的記述[1]。其實，就全劇觀之，宛如一部藉男女離合之情的淒美，
緬懷並哀悼一段特定時期歷史興亡的悲歌，流露的是，作者對男女離合與
國家興亡同悲的深切慨嘆，雖非歷史的再現，卻是文學的眞實。故而以下
僅試從文學成就的角度，探討《桃花扇》的結構與主題之關係，以及人物
形象塑造方面的突破。

二、結構與主題環扣

一把桃花扇，實際上即是形成《桃花扇》劇情之結構與主題緊密環扣

1　有關《桃花扇》劇情與人物並非純屬史實的論證，見張燕瑾，〈歷史的沉思——
　　《桃花扇》解讀〉，收入張氏《中國戲曲史論集》（北京：燕山出版社，1995），
　　頁226-242。

的關鍵意象。綜觀《桃花扇》劇情，從第一齣《聽稗》中，通過侯方域聽柳敬亭說書，點出「王氣金陵漸凋傷，鼙鼓旌旗何處忙」的現況，並預示「無數樓臺無數草，清談霸業兩茫茫」，遂拉開時代感傷的序幕。就其主題內涵，男女離合與朝代興亡同悲，顯然均屬作者的筆墨重點。劇中復社文人侯方域和青樓女子李香君之間的愛情，原本屬於才子佳人的風流韻事；然而，在作者的經營安排下，卻與權奸魏忠賢閹黨與復社文人之間的政治鬥爭，軍鎮將領或地方派系因私怨而引起的彼此衝突，以及福王朱由崧的昏庸荒唐，緊密環扣一氣，乃至擴大了才子佳人劇情的內涵範圍，增添了故事發展的政治色彩，強化了詠嘆歷史的文學意味。惟不容忽略的是，就劇情的整體結構視之，作者賦予一把「桃花扇」作爲貫穿全劇的引線，遂令結構與主題緊密環扣起來。

當然，明代李玉的《一捧雪》，也曾以「一捧雪」一指玉環，爲全劇發展的主線，惟其劇情乃是單純以莫懷古遭受奸人迫害爲焦點，玉環「一捧雪」不過是追求眞相、雪洗冤情的證物而已，可謂劇情單純而集中。但是，孔尚任《桃花扇》筆下的「桃花扇」，在愛情離合與歷史興亡的交錯複雜關係中，則擔負著更深的象徵意義與文學功能。

按，劇中的「桃花扇」，原先不過是侯方域贈送給李香君的定情信物，然而，一旦因香君的血濺，再經楊文驄依扇上所染血跡而巧妙勾勒出的一幅折枝桃花圖，遂令「桃花扇」不同凡響起來。此血染的「桃花扇」，於是成爲侯、李二人愛情永固的象徵；也是李香君志守空樓，以死明志，昭示其節操的見證；同時還是馬士英、阮大鋮、田仰之流，追求聲色，迫害忠良的證物。劇情最後，歷盡滄桑的侯方域和李香君，在棲霞山白雲庵不期而遇，重會「桃花扇」，驚喜中互訴相思，共敘舊情。孰知道士張薇竟奪下桃花扇，當面撕碎擲地，猛然喝斷兩個「癡蟲」：「當此地覆天翻，還戀情根欲種，豈不可笑！……兩個癡蟲，你看國在哪裡？家在哪裡？君在哪裡？父在哪裡？……」二人如夢乍醒，頓時大悟，於是決定割斷這「花月情根」，各自隨師父入道爲弟子。經道士撕裂的「桃花扇」，又成爲侯李二人終於看破世情，從此遠離人間俗世的苦難與政壇紛

爭之象徵。一把桃花扇，在劇情故事的發展過程中，從贈扇、濺扇、畫扇、寄扇，到會扇、裂扇，不但是貫穿全劇主題結構的總線索，與侯方域和李香君的愛情生命歷程相連，而且還與南明小王朝的興建與敗亡歷史相始終，並反映明末政壇官場的腐朽黑暗，權貴奸佞的囂張醜惡，同時還流蕩著作者，對明代三百年基業從此衰敗消歇的無限唏噓。就是在作者精心策畫之下，一把桃花扇，構成全劇情節結構與主題環環相扣的緊密關係。長達四十齣的劇本，能有如此緊密的結構組織，實非易事，足以證明作者編寫劇本之際，指揮若定的大將風度。

三、人物形象的突破

《桃花扇》傳奇涉及的人物，舉凡有名有姓者，就有三十來個。這樣眾多的人物角色，遂在劇情故事中形成一個龐大複雜的人際體系，展現作者駕馭故事發展與人物形象塑造的功力。當然，《桃花扇》於人物形象塑造方面，仍然不離元雜劇以來的戲曲傳統，主要還是以忠奸善惡的二分法，來刻畫正反角色的既定性格形象。不過，《桃花扇》在戲曲人物的塑造上，所以獲得稱頌讚美，並不在於劇中眾多人物間關係的複雜，而在於幾個主要人物形象塑造的成功。諸如：秉性忠厚，不失書生本色，且滿腹才學，卻毫無扶危救溺本領的侯方域；身不由己，懦弱無能，但知享樂的福王朱由崧；赤膽忠心報效朝廷，以死殉國的老將史可法；雖忠於崇禎皇帝，但為人驕矜跋扈的左良玉；依附閹黨，得勢後橫行霸道，雖經綸滿腹，卻謹慎有餘，謀略不足的馬士英；還有周旋於東林與閹黨之間，八面玲瓏的楊文驄……。惟劇中最令人矚目，且具有突破性的人物角色，當屬既忠於私己愛情，亦滿懷政治意識的李香君，以及始終在複雜多變的政治環境中打滾，為求生存圖發達，不惜踐踏別人，殘害無辜的阮大鋮。

試先看旦角李香君。作者孔尚任筆下的李香君，顯然受侯方域〈李姬傳〉中敘述的李香君「俠而慧」、「風調皎爽而不群」人格情性的影響。《桃花扇》中的李香君是一個不幸淪落歡場的煙花女子，聰明美麗，溫柔多情，卻也是一個自視甚高，不惜與惡劣環境對抗，性情剛烈的女子。當

然，傳統中國文學作品中，並不缺少溫柔多情且性情剛烈的女性人物。例如《孔雀東南飛》中，受姑婆逼迫與夫君離異，卻為忠於夫君而投江自盡的蘭芝；又如《竇娥冤》中，立誓為早逝的夫君守節，並專心侍奉婆婆，無懼奸人迫害，不惜以死明志的竇娥。均是有名的例子。可是，無論樂府詩中的蘭芝，或元雜劇中的竇娥，她們表現的溫柔之情與剛烈之性，始終局限於傳統社會為女性安排且鎖定的角色裡：珍視的是，在家庭生活或夫妻男女關係中的私己情懷，始終表現對傳統倫理教育的俯首，亦即以男性主導的社會道德觀念要求下，女性對家庭或夫君的附庸或臣屬意識。可是，《桃花扇》作者筆下的女主角李香君，言行視野均寬廣許多。不但忠於個人與侯方域之間的私己之情，卻更進一步展現其關心天下國家，透視官場黑暗，深明是非大義的「政治意識與態度」。在劇情中，李香君因痛恨權奸誤國，鄙視魏忠賢、馬士英、阮大鋮、田仰之流的政壇敗類，乃至可以將個人的生存利益置身度外，甚至不惜以血濺桃花扇，表明其既有情於侯方域，亦對明末王朝懷有一份忠烈之情。像李香君這樣既溫柔多情，且政治意識如此高張的女性，在中國文學作品中，無論詩歌、小說、戲曲，均屬罕見。

　　例如《卻奩》齣中，侯方域為娶香君為妻，惜因手頭拮据，於是接受曾經依附權奸魏忠賢的阮大鋮的資助，才得以為香君辦嫁妝。孰知香君獲悉之後，不僅不領情，還立即毅然拔簪解衣退回妝奩，並且嚴厲指責侯方域，接受阮大鋮「助俺妝奩」，即是「徇私廢公」，譴責其對人物正邪是非不分的判斷力：

> （白）官人是何說話？阮大鋮趨附權奸，廉恥喪盡，婦人女子，無不唾罵。他人攻之，官人救之，官人自處於何等也？……官人之意，不過因他助俺妝奩，便要徇私廢公，那知道這幾件釵釧衣裙，原放不到我香君眼裡！（拔簪脫衣介）

　　李香君雖屬一介淪落風塵的女子，惟在其溫柔多情的性格之外，表現的眼光識見和聰明智慧，對是非善惡的判斷力，還有堅守原則的為人處事態度，均遠勝於她深愛的、並且飽讀詩書的東林才子侯方域。其間未嘗不

含有作者藉此對明末復社文人雖高唱清流，畢竟軟弱無用的譏諷。惟值得重視的是，香君對政局以及人物判斷的識見，也令侯方域對其愛戀中增添了敬重，二人遂不但是情侶，亦是政壇上同心的夥伴。這是漢元帝與昭君之情，或唐玄宗與貴妃之情，無法比擬的。

又如《罵筵》齣中，李香君與侯方域因戰亂而不幸離散，且雙方久已失去聯絡，香君就在阮大鋮因懷恨其「卻奩」而設計下，被采選為「宮人」，以備為王公權貴享受歌舞娛樂之用。此時，香君正與其他清客妓女一同押解送往宮廷途中，就在淨角馬士英、副淨阮大鋮、末角楊文驄等，於秦淮河畔賞心亭前賞雪，並藉此驗看入選宮人是否合意之際，香君眼見這些權貴官員均在場，遂「私語介」：「難得他們湊來一處，正好吐俺胸中之氣。」繼而通過一系列穿插於在場諸角色賓白科介之間的唱辭，展現了一個類似「擊鼓罵曹」的「女禰衡」，如何不畏權奸壓迫，剛烈不屈的人格情性：

> [前腔]趙文華陪著嚴嵩，抹粉臉席前奉承；丑腔惡態，演出真〈鳴鳳〉。俺作個女禰衡，撾漁陽，聲聲罵，看他懂不懂。……[江兒水]妾的心中事，亂似蓬，幾番要向君王控。拆散夫妻驚魂迸，割開母子鮮血湧，比那流賊還猛。作啞裝聾，罵著不知惶恐。……[五供養]堂堂列公，半邊南朝，望你崢嶸。出身貴寵，創業選聲容，〈後庭花〉又添幾種。把俺胡撮弄，對寒風雪海冰山，苦陪觴詠。……[玉交枝]東林仲伯，俺青樓皆知敬重。乾兒義子從新用，絕不了魏家種。冰肌雪腸原自同，鐵心石腹何愁凍。吐不盡鵑血滿胸，吐不盡鵑血滿胸。……

通過這些唱辭，予觀眾和讀者的一般印象是，李香君不僅是一個溫柔美麗多情的女子，更是一個繫心時局，觀察透徹，且深明大義的「知識分子」。像這樣的女性知識分子，不但突破傳統中國文學中，一般女性多局限於男女情緣或家庭生活空間的狹窄形象，甚至已預先顯露出，20世紀以來一些宣揚民族主義或愛國情操的現代小說或戲劇，其中的女角，在完成自我人格生命歷程中，也能將胸襟視野遠投，表現出與男性一樣可以「胸

懷天下國家」的氣度。當然，不容忽略的是，在《桃花扇》劇情裡，香君的言行舉止和思想理念，投射的畢竟主要還是劇作家孔尚任個人情懷意念的寄託而已。

再看副淨阮大鋮。《桃花扇》中的阮大鋮，雖頗具文才，基本上是一個自私自利的傢伙。其人格特質是，奸詐機靈，能伸能屈，對上諂媚逢迎，對下則不惜欺壓迫害。但是在作者沾有嘲諷和挖苦的筆觸下，並沒有將阮大鋮塑造成一個十惡不赦，形象單調平扁的壞蛋，而是展現一個為保護自己生存利益的投機分子，在不受道德觀念束縛之下，又在充滿凶險動亂的政治社會與複雜多變的人際關係中，如何力圖生存，追求發達。就看阮大鋮得勢之前，因投靠魏忠賢，是「人人唾罵，處處擊攻」的對象，於眼見明末政權衰敗，社會動亂之際，為保全自身安危，遂千方百計設法討好復社文人，即使遭受辱罵痛打，也只得忍氣吞聲；又於得知侯方域正為李香君的梳櫳發愁，立即慷慨出資相助。當然，其後由於香君的「卻奩」，令其助奩失敗，討好復社成空。惟耳目機警，嗅覺靈敏的阮大鋮，立即轉換方向，開始巴結時任鳳陽總督且前途看好的馬士英，二人為個人的政治利益，狼狽為奸，如魚得水。就在清兵南下的緊要關頭，馬士英擔心地問：「倘若北軍渡河，叫誰迎敵？」早已看清局勢演變方向的阮大鋮，答曰：「北兵一到，還要迎敵麼！」馬士英又問：「不迎敵，更有何法？」這時阮大鋮的建議是「只有兩法」：「跑」和「降」！其人格情性中的「務實自保意識」，宛然可見。爰及聽聞崇禎皇帝已吊死煤山，其他大臣將領仍然意圖誓守半壁江山，阮大鋮又率先潛往江浦尋找福王，以延續明朝香火；繼而與馬士英等熱心聯絡四鎮武臣作後盾，爭取迎立之功……。值得注意的是，就在作者對阮大鋮言行舉止的諷刺挖苦中，隱隱流露作者對於人生在世的觀察與慨嘆：人生在世，面對現實困境難以避免的妥協，以及必須向環境與命運低頭的無奈。當然，阮大鋮在《桃花扇》劇情中，的確是造成侯、李愛情遭受挫折，東林復社人士遭遇迫害的「反面人物」，但是，他在亂世中求生存、政壇上圖發展的努力與無奈，不斷浮現於劇情故事的發展演變裡，以及人物唱辭賓白的語言中。遂令阮大鋮

的人物形象變得豐滿複雜起來。因為，在阮大鋮的人物形象中，正好反映著，歷來無數在政壇上打滾，以求生存圖發展的文士官員影子。阮大鋮可謂是孔尚任《桃花扇》傳奇主要人物形象塑造中，最接近真實且頗具說服力的成功例子。

第四節　傳奇的尾聲——中國戲曲發展的夕陽

清中葉以後，戲曲的創作與搬演仍然方興未艾，包括文人撰寫傳奇與雜劇，經刊刻而流傳下來的劇本，均超越以前。不過，畢竟顯示出戲曲的發展，已逐漸步入「夕陽無限好，只是近黃昏」的最後階段。就中國傳統戲曲整體發展的總趨勢觀察，在乾隆時期(1736-1795)中國戲曲在本質上已經開始產生了一些顯著的變化，其間最引人矚目的現象即是：崑曲的衰落與其他地方戲的崛起，加上劇本的案頭化與搬演的折子化。這些現象，並無先後的繼承關係，而是同時並存且交互激盪影響的綜合現象。

一、崑曲的衰落與地方戲崛起

此處所謂「崑曲」，既指唱腔，亦指用崑腔演唱的傳奇劇。崑曲傳奇劇主要屬文人的創作，因此崑曲的衰落，亦即意味著文人傳奇劇的衰落。崑曲自明中葉至清初，曾以其唱腔之清雅優美，劇目之豐富多樣，不但風行於劇壇，且亦見重於文壇，主要當然還是因為受到文人士大夫階層的喜愛與推崇。但是，就在明代晚期，崑曲風行的同時，其他地方聲腔之通俗戲的演出，如雨後春筍，且從農村鄉鎮走向城市都會，甚至還蒸蒸日上，形成諸腔競唱的局面。於是出現了「花」、「雅」兩類劇班，分別在劇壇爭勝的現象。明清以來的戲曲論者，為了將崑腔演唱之戲與其他地方聲腔演唱之戲有所區別，逐將演唱崑曲傳奇為主的戲班，歸類於「雅部」，另外又以不登大雅之堂的「亂彈」諸腔，亦即以演唱民間各地方戲的戲班，稱為「花部」。

根據乾隆六十年(1795)所刻李斗《揚州畫舫錄》的記載，兩淮地方的

鹽務官商，曾經爲迎接乾隆皇帝的南巡，在揚州地區召集了分屬「花」、「雅」兩部的戲班，共襄盛舉，爲供奉皇帝而演出大戲。李斗並指稱：「『雅部』即崑山腔；『花部』爲京腔、秦腔、陽腔、梆子腔、羅羅腔、二簧調，統謂之『亂彈』。」按，前面章節論及的《牡丹亭》、《長生殿》、《桃花扇》諸傳奇，均屬深受文人士大夫稱頌不絕的崑曲名劇，自然屬於「雅部」戲班慣常搬演者。但是，也正因爲崑曲特有的柔媚婉曲的唱腔，雖自明中葉已開始興隆，畢竟由於其腔調之傾向柔婉文雅，再加上傳奇劇情故事本身亦往往不夠通俗，乃至欠缺討好一般普羅大眾的魅力，遂成爲只有上層社會少數人士欣賞的陽春白雪。即使文人士子中，亦出現品味的改變，開始欣賞「花部」搬演的戲曲。就如焦循(1763-1820)《花部農譚》一書序言：「梨園共尚吳音(指崑山腔)。花部者，其曲文俚質，共稱爲亂彈者也。乃余獨好之。蓋吳音繁縟，其曲雖極諧於律，而聽者使未睹本文，無不茫然不知所謂。……花部原本於元劇，其事多忠孝節義，是以動人；其辭質直，雖婦孺亦能解；其音慷慨，血氣爲之動盪。郭外各村，二八月間，遞相演唱，農叟漁父聚以歡笑，由來已久矣。」

　　儘管崑曲傳奇自清初以來，繼續在宮廷中或高官士紳的府第演出，可是爰及乾隆初年，劇壇情況產生了明顯的變化。原先主要爲適合不同地區民間審美趣味而演出的各地方戲曲，開始蓬勃興盛，並且紛紛進軍北京，展現其意欲開拓觀眾範圍的企圖心，果然吸引許多朝廷官員以及一般文人士子的矚目。由於各種地方戲爲擴大演出地盤，爭取更多的觀眾，於是相互競爭，彼此吸取經驗，且不斷改良，乃至演出的機會日增，傳播日廣，不但是升斗小民的娛樂，甚至也是朝野士人的喜好，終於成爲清中葉以後劇壇的新寵。那些過於典麗文雅的崑曲傳奇，走向衰落的命運，遂難以避免。

　　其實，早在乾隆十六年(1751)，爲祝賀皇太后六十大壽，就有來自大江南北各處的地方戲班，匯集於京，普天同慶。根據趙翼(1727-1814)《簷曝雜記》的記載，其時「自西華門至西直門外高梁橋，每數十步間一戲臺，……南腔北調，備四方之樂。」可見當時各種南腔北調的地方戲，

在京城演出之盛況，以及受朝野歡迎的程度。原先深受文人士大夫欣賞偏愛的崑曲傳奇，在劇壇的衰落狀況，或可引徐孝常〈夢中緣傳奇序〉所述，覽其大概：「長安(指北京)之梨園……所好惟秦聲、羅、弋，厭聽吳騷。歌聞崑曲，輒哄然散去！」

當然，崑曲傳奇劇的衰落，以及屬於花部的地方戲之所以能在劇壇取代崑曲傳奇劇的地位，成為清中葉以後劇壇的主流，其促成的原因，除了唱腔過於柔婉文雅之外，還可從崑曲傳奇劇本的案頭化，以及其搬演的折子化來觀察。

二、劇本案頭化與搬演折子化

就現存資料的記載，清代地方戲曲的劇目，不但數量可觀，題材亦相當豐富。或繼承傳奇、雜劇之劇目，或從民間傳說故事以及講唱文學中取材，或改編自通俗白話小說。不過，由於地方戲主要是為取悅一般觀眾而演出，其劇本又多數均出自淪落市井的無名氏文人或討生活於瓦舍勾欄的民間藝人之手，難免有粗俗鄙陋之處，因此頗難獲得書商的青睞，予以刊印的機會甚少。蓋民間地方戲主要是靠師徒藝人相口授，或同行相傳抄，在戲班內部流傳而已，即使其演出深受一般觀眾喜愛，惟劇本大多散佚不存。故而此處姑且從傳奇劇本自身的案頭化，以及其搬演的折子化論之。

(一)劇本案頭化

所謂「劇本案頭化」，實際上就是「劇本文人化」，乃是指戲曲劇本流露的文學意味濃厚，宛如一般「案頭文學」，其創作主要是提供知書識文讀者的閱讀，尤其是文人士大夫之閱讀欣賞為宗旨，乃至欠缺或忽略戲曲本身的表演藝術與舞臺效果。這顯然與明代以來文人士子紛紛參與傳奇劇本的創作有關。

按，戲曲原屬搬演於市井瓦舍，為普羅大眾提供消閒娛樂的商業活動，重視的是，如何以演員的表演技藝與舞臺效果，吸引觀眾喜愛，提高票房生意。戲曲「劇本案頭化」，則表示作者重視的並非舞臺搬演效果，而是自現才情，或自抒懷抱，乃至戲曲作品本身的風格趨向典雅優美，無

論劇情內容或文辭表現，均與一般市井大眾所熟習的日常生活形態或通俗淺白語言產生疏離。傳奇劇本的案頭化現象，主要展現於：劇情故事的題材內容，往往以文人士大夫關心的題旨爲依歸；劇中人物角色口吐的語言，包括唱辭與賓白，則趨向典雅優美。

傳奇劇自其在元末南戲的初起，至明中葉以來傳奇的興隆，始終與文人士大夫的參與創作密切相關。在劇情故事的旨趣方面，難免與作者本身的文人士大夫情懷相連。文人士大夫所關懷者，大致包括：對朝廷安危、政治局勢、政壇鬥爭、社會不平現象的慨嘆，以及身爲一個「學而優則仕」的知識分子，在仕途生涯或人生旅途上的經驗與感受。即使其劇情故事乃屬一般民眾偏好的男女愛情與婚姻關係，亦往往流露一個文人士大夫作者的倫理道德觀點。

當然，戲曲劇本的文辭趨向典雅優美，乃是自元末南戲轉化至明清傳奇以來，在文人士子作家尙辭好藻的筆墨下形成的普遍現象。諸如前面章節所論高明《琵琶記》、梁辰魚《浣紗記》、李開先《寶劍記》、湯顯祖《牡丹亭》、洪昇《長生殿》、孔尙任《桃花扇》等，均不同程度地流露作者在戲曲語言方面有意逞其文章才華的痕跡，乃至典雅優美之文辭，絡繹間起，遂令同樣是文人士子的讀者欣賞稱頌不絕。至於一般民間地方戲的文辭，表現得如何「粗陋鄙俗」，因欠缺劇本資料，故而無法確知。但是，在以上這些「名家」筆下的傳奇劇，至少並未完全忽略，劇中不同社會階層的人物，於不同場合，應該有其各自的語言特色，因此，尙能做到典雅優美與通俗淺白的兼顧。不過，爰及清中葉以後，在各種地方戲曲的競爭與挑戰之下，仍然有傳奇作者，忽略戲曲舞臺演出的通俗本質，似乎只是藉戲曲創作，抒發個人的情懷意念，展現其辭章之才或詩人之筆。

最顯著的例子，即是蔣士銓(1725-1785)的《臨川夢》傳奇。按，蔣士銓現存劇作有《紅雪樓九種曲》(又名《藏園九種曲》)。其「九種曲」中，則以《桂林霜》、《多青樹》、《臨川夢》三劇，頗受士人稱道。其中又以《臨川夢》最引論者矚目。其實，蔣士銓此劇，乃是採取明代劇作家湯顯祖的生平事跡爲劇情的主要題材，或可歸類爲「人物傳記劇」。劇

情中且以湯顯祖之人品才華和失志不遇爲主調，又以湯著「四夢」劇中的主要人物，諸如杜寶、霍小玉、盧生、淳于棼，加上《牡丹亭》的讀者，亦即因閱讀《牡丹亭》乃至感傷而死的婁江女子俞二娘，分別穿插於劇情中。整體情節之構思，的確展示作者創新的意圖，惟依全劇劇情之內涵旨趣觀察，不過是藉劇中主角湯顯祖的懷才不遇，以澆作者蔣士銓自身在科場與官場均失意的胸中塊壘而已。對一般的觀眾，當然不具吸引力。尤其是就其劇本的文辭表現視之，作者顯然乃是以其詩才寫曲辭，這卻是一般「案頭文學」足以吸引文人士大夫讀者的欣賞而已，並不符合戲曲的舞臺表演藝術，亦非爲取悅一般觀眾的需求。

全劇之語言清麗婉轉，嫻雅蘊藉，其典雅優美，甚至不失湯顯祖遺風。但是，蔣士銓的《臨川夢》，畢竟產生在不同於當初湯顯祖撰寫戲曲的時空環境，何況又正是處於民間地方戲爭奇鬥豔之時，《臨川夢》雖以其典雅優美的文辭，在當時文人圈中評價甚高，卻與舞臺演出脫節，未能符合一般戲曲觀眾的口味，難以與廣受歡迎的通俗地方戲爭勝，故而演出不多，只能作爲提供閱讀欣賞的「案頭文學」而已。

(二)搬演折子化

崑曲搬演的「折子化」，或亦可視爲傳奇劇演出的「元雜劇化」，因爲元雜劇一般只有四折或外加楔子，劇情長短適中，頗符合舞臺的搬演時段。由於傳奇劇多爲長篇巨制，少則二三十齣，多則四五十齣，甚至六十齣不等。冗長的劇情故事，倘若全劇演出，往往需數天之久。這對一般偶爾乘空去尋求消閒娛樂的升斗小民而言，自然欠缺吸引力，對公務纏身的文士官員，倘若全程觀賞亦屬難事。因此，冗長的傳奇劇越來越失去其在劇壇搬演的優勢，而傳奇劇的「折子化」，正是爲適應舞臺表演的有限時空之下的必然結果。這或許可以從明清時期坊間刊行的戲曲集本得以證實。

其實明萬曆以後的書商，爲了迎合戲曲演出的盛況，曾經大量刻印通行於劇壇的戲曲選集，惟其中多爲單齣戲，不僅有崑曲傳奇，還包括一些民間流行的地方戲。例如萬曆元年(1573)刊行的戲曲集《玉谷調簧》，收

錄的腳本，主要是「折子戲」，可見戲曲搬演的「折子化」，在明代後期已經開始通行於劇壇。又如乾隆年間由李宸等編纂並經刊刻的《綴白裘》戲曲集，收錄當時流行劇壇經常演出的崑曲傳奇劇本八十多部作品中，包括四百齣「折子戲」，以及五十多齣花部戲，更充分說明，每本動輒幾十齣的傳奇劇，已不能適應舞臺的表演藝術，與一般觀眾看戲消閒的趣味亦有距離。據今人嚴長珂〈珍貴的戲曲史料〉一文(《戲曲研究》第九期，1983)，引無名氏《觀劇日記》記述其於嘉慶二年(1797)正月至三年六月期間，在北京看戲的劇目，將近一百三十場之多。但是，除了《雙金牌》三十六齣為全劇演出，其餘均是散齣的折子戲，包括著名的《牡丹亭》演八齣，《荊釵記》演七齣……。折子戲的演出，在清中葉以後，已經成為戲曲搬演的主要形式。

由於「折子戲」是從整本戲中選摘出來單獨演出的折子，其情節自然是不完整的片段，觀眾欣賞的重點，顯然不在於情節故事的完整發展，而在於演員在舞臺上如何「唱念做打」多樣技藝方面的表演，可以提供令耳目愉悅的效果。戲曲搬演的「折子化」，正可謂是戲曲終於回歸到舞臺藝術與專業演出的必然結果。可是，令人嘆惜的是，即使崑曲傳奇劇的「折子化」，亦不敵各類新興地方戲在舞臺表演藝術方面的競爭。根據錢泳(1759-1844)於《履園叢話》的記載：「近時(嘉慶年間)視《荊釵》、《琵琶》為老戲，以亂彈、灘王(簧)、小調為新腔，多搭小旦，雜以插科，多置行頭，再添面具，方稱新奇，觀者益多。老戲如一上場，人人星散。」

崑曲傳奇劇的折子化，是為適應舞臺搬演而形成，展示中國傳統戲曲正朝著新的戲曲審美藝術方向發展。但是竟然還是無力挽回一般觀眾的捧場，何況各類地方戲，在舞臺表演藝術方面各顯神通，吸引觀眾喜好「新奇」的心理，終於導致崑曲傳奇的衰落，地方戲之興盛蓬勃。其中尤其值得重視的是京劇的興起，取代了崑曲的地位，成為朝野上下普遍受歡迎的戲曲劇種，甚至今天，在華人聚居之處，無論國內國外，仍然保留其在劇壇搬演的優勢。

三、京劇的興起

　　清中葉以後，盛極一時的崑曲傳奇雖然衰落了，甚至專門演出崑曲傳奇的「雅部」戲班也紛紛解散了，但是許多技藝深厚的崑曲演員，為了生存，不得不變換門庭，改唱新興的地方劇曲，乃至崑曲豐富的唱腔藝術，遂逐漸滲透到各類地方戲曲的傳唱中，多少「改進」了地方戲曲的濃重鄉土味，對地方戲的推廣，觀眾群的擴大，頗有貢獻。就如流行地方的湘劇、贛劇、川劇、徽劇、上黨梆子，以及京劇，或多或少都融會一些崑曲唱腔的元素。因此，崑曲至今仍然可以擁有「百戲之祖」的稱號。惟值得注意的是，正當各處地方戲在劇壇紛紛崛起之際，京劇的異軍突起，並逐漸推廣其演出，乃至乾隆後期，大約19世紀中葉，終於取代了崑曲在劇壇的主流地位。

　　所謂「京劇」，其實並非起源於北京，只不過因為流傳至北京，又受到朝野人士的喜愛，乃至贏得京城劇壇搬演的優勢而得名。其實，京劇主要還是柔和兩種地方唱腔，即「西皮」和「二黃」(或作「二簧」)而成，最初大概起源於陝西、湖北一帶，由於兩種唱腔很早就同臺演唱，合為一個整體，故並稱「皮黃」，於清中葉期間，即已流傳大江南北，繼而由聲勢浩大的安徽戲班(徽班)帶入北京。道光(1821-1850)、咸豐(1851-1861)年間，經過徽班一些優秀藝人的共同努力，在西皮二黃的唱腔藝術方面逐步改進，同時在舞臺語音中逐漸融入北京語音，加上演出作品也不斷擴充。大約於同治(1862-1874)、光緒(1875-1908)年間，皮黃戲在北京盛極一時，而且名角輩出。就是在譚鑫培(1847-1917)、汪桂芬、孫菊仙諸名角藝人不斷改革和創新的努力下，皮黃戲在唱腔、說白、表演等藝術方面，均展現新的面貌，京劇至此正式形成。

　　綜觀京劇的曲調，不過二十多種，外加一些變種，倘若與那些用崑曲演唱的明清傳奇劇中龐大繁富的曲調相比，顯然「簡單」得多。曲調趨向簡單，亦是容易吸引各類觀眾觀賞的有利條件。此外，京劇劇本與動輒二三十或四五十齣的傳奇相比，亦以簡短見稱，這也是有利於舞臺演出的條

件。加上其劇情題材之大眾化，多爲民間普遍孰知的傳說故事或講唱文學
的片段，較易於引起一般觀眾的共鳴與回響。據今人曾伯融《京劇劇目辭
典》，所收京劇劇目達五千三百多個，無論改編自前人作品或另編新劇，
其題材領域之廣泛，已遠超過明清傳奇。再者，又由於京劇劇本作者，已
經認定觀眾對劇情故事人物與事件的熟習，乃至其筆墨重點可以集中在如
何搬演好這些故事片段的精華，並無意於經營策畫整個故事情節的發展演
變。因此，刊行的京劇劇本，通常不視爲具有文學價值，或引人閱讀的
「文學作品」，不過是提供一般戲迷的參考而已。

　　崑曲傳奇劇的衰落，京劇的興起，以及各地方戲在劇壇的搬演不輟，
正意味著，中國傳統戲曲的舞臺表演藝術生命力之源遠流長，生生不息，
同時亦宣布，中國傳統戲曲作爲讀者閱讀欣賞的「案頭文學」之結束。

第十一編
白話短篇小説之發展與後繼

第一章
緒　說

一、「文言」與「白話」

　　中國古代小說，因敘述語言的不同，故有「文言小說」與「白話小說」之別。按，所謂「文言」，乃屬一般書面用語，主要是官署公文或文人士大夫之間書面溝通的媒介；「白話」則屬一般口述用語，乃是日常生活中，無論朝廷官員、文人士子，或市井小民，彼此口頭溝通的語言。文言小說與白話小說，雖各屬不同的「文類」，兩者之間卻互有交流，亦彼此影響，甚至會出現摻合現象。但是在展現的風格特色上，卻分別屬於雅、俗兩大不同的文學傳統。白話小說雖然起步較晚，惟其歷史發展與文言小說並不銜接。換言之，白話小說並非由文言小說發展演變而成，兩類小說之間並無繼承關係。白話小說的興起，乃是另起爐灶，另外開了一個頭。

　　猶如前面相關章節所述，文言小說從魏晉六朝文人筆記所述的志怪與志人故事，發展到唐代傳奇，已臻至成熟，而且達到一個高峰。可是白話小說，卻要等到宋元時期，才算是初步「成形」，以後又逐漸發展演變，方日趨成熟，而於明清時代達到了鼎盛，終於取代文言小說的主導地位，在文學史上，成為中國古代小說的「主流」。以下試從作者態度、讀者對象、作品內涵風格三方面，觀察二類小說的文學傳統與文類特色。

二、作者、讀者、作品

　　白話小說與文言小說的區別，其實不僅在於書寫使用的語文，有文言

與白話之別；更重要的是，在作者態度、讀者對象、作品內涵風格諸方面，二者均各自顯示分別屬於不同的「文類」，各有其文學傳統與特色。

(一)作者態度

文言小說與白話小說的作者，在敘事立場與態度上，有很大的差異。文言小說，因深受史傳文學或文人筆記的影響，作者通常是以，爲個別人物立傳，爲某項事件的筆錄者自居，而筆錄人物事跡與事件原委，又往往含有爲歷史存證之意。白話小說，則因深受民間說唱伎藝的影響，作者主要是以瓦舍勾欄的說話人自居，假設是在爲當前的聽眾提供消閒娛樂，而口述人物故事經過。作者立場態度不同，敘事風格各異，自然會造成兩類小說敘述模式的迥異。這與作者心目中特定的讀者對象不同，亦相關聯。

(二)讀者對象

文言小說，乃是以散體古文撰寫，無論魏晉六朝的志怪、志人故事，或唐人傳奇，乃至宋元筆記小說，主要還是文人寫給文人看的作品。換言之，文言小說乃是以具有高度文化修養的文人士大夫爲讀者對象。可是，白話小說的讀者，所涵蓋的社會階級層面，則廣泛得多。除了有興趣閱讀的文人士大夫之外，還包括一般知書識字的城市居民，諸如商賈醫卜、夥計工匠，以及家庭主婦、閨中女子等。讀者對象涵蓋層面的廣闊，加上作者立場與敘事態度的差異，自然會影響作品本身的內涵風格。

(三)作品內涵風格

文言小說涉及的內涵故事，主要還是一般文人士大夫有興趣且熟習的人物事件，或是與他們自己仕宦生涯相關的經驗感受，乃至筆墨間特別講求的，是文辭語意的流麗優美，情境趣味的溫潤典雅。白話小說涉及的內涵，雖也不乏文人士大夫關懷的事項，但通常著墨更多的則是，一般普羅大眾所熟習的，世俗社會的日常人生百態，因此，表現的往往是，文辭的淺近，情境趣味的通俗。其實，所謂作品內涵風格的「典雅」或「通俗」，乃是相對而言，並非絕對的標準，何況在小說發展的過程中，經常會出現彼此影響，甚至交互摻合的現象。

當然，白話小說在風格體制上，還有短篇小說與長篇章回小說之別。

兩者雖然同樣源自民間說話傳統，卻分別屬於不同的「文類」，各有其自身的發展演變軌跡與類型特徵。此處茲先針對白話短篇小說之發展而論。

第二章
白話短篇小説的前驅──敦煌變文與話本

清光緒二十六年(1900)，在敦煌莫高窟的藏經洞，發現了一批湮沒近千年的文獻，包括李唐至五代時期各種手寫本和木刻書籍，頓時轟動中外學術界。其中有相當數量乃是曾經流傳民間的通俗文學作品，引起文學史研究者特別重視者，包括：(一)民間曲子詞，爲宋詞的茁長發展，彌補了源流研究的空隙。(二)詩歌選集與殘卷，爲古典詩歌之研究，增補了曾經佚失的作品資料。(三)題爲「變文」與「話本」的作品，保存了流傳民間說唱文學的初期風貌，爲宋元戲曲，尤其是白話小説的形成，提供了溯源的途徑。此處著重論述的，自然是其中保存的敦煌變文與話本故事。

第一節　變文的興起

所謂「變文」，乃是唐代說唱文學的通稱，主要源自一種稱爲「轉變」的通俗說唱表演技藝，可說是一種新興的通俗文學。由於說唱表演之際，說唱者一邊向聽眾展示相關圖畫，一邊說唱故事原委，所展示的圖畫，一般稱爲「變相」，所說唱的故事，經文字記錄下來的寫本，則稱爲「變文」。

變文的興起，實與佛教的輸入與傳播密切相關。遠在魏晉時代，佛教開始流行中土之際，僧徒爲弘揚佛教，除了翻譯佛經、修建寺廟之外，還特別重視傳播佛教經義的講經活動，意圖利用音樂、繪畫、雕塑、文學諸般媒介，廣泛布道化俗。不過，佛家講經，會因爲聽眾素質與程度的參差不同，乃至有「僧講」與「俗講」之別。所謂「僧講」，主要是面對僧眾

諸出家人講經,而「俗講」,則是面對一般世俗民眾講經。引起文學史家注意的,自然是「俗講」,尤其是講經時所採取的,有說有唱的形式。

一、「俗講」與「講經文」

所謂「俗講」,乃是由佛家講經衍生而出。主講者盡為僧徒,即所稱「俗講僧」,惟俗講的對象,則是一般俗眾,亦即普通的善男信女。俗講主要是依據經文為一般俗眾講解佛家教義的一種說唱活動。其實是自魏晉以來,佛教流行之際,佛家宣揚佛法的手段,其中就包括「轉讀」與「唱導」等形式。

按「轉讀」,或稱「詠經」、「唱經」,乃是指講經時抑揚其聲,詠唱經文。亦即隨佛經傳入中土,改梵音為漢音,為適應漢語聲韻特點而產生的一種頌經方式。在齊梁時期,佛經的轉讀,曾經促成沈約等文士對漢語四聲的發現,為唐詩的格律規範打下基礎。爰及唐代,「轉讀」遂向大眾娛樂的方向發展,同時與宣唱法理,開導眾心的「唱導」,共同組成講經活動。

轉讀與唱導,包括偈頌歌贊的梵唄,融合講說與詠唱為一體,有說有唱,遂形成唐代的「俗講」形式。俗講的底本,就是「講經文」,其內容多取材自佛經教義,不外無常無我、生死輪迴、因果報應等佛家教訓。現存敦煌遺書中尚保存有十來種,如〈長興四年中興殿應聖節講經文〉、〈金剛般若波羅蜜講經文〉、〈妙法蓮華經講經文〉、〈維摩詰講經文〉等即是。值得注意的是,在行文上,這些講經文,多屬散韻結合,說唱兼行。其中「說」為淺近文言或日常口語,「唱」則主要為七言,間雜用三三句式的六言或五言的韻文。

儘管「俗講」原先主要是由俗講僧向一般俗眾講述佛經,目的是宗教教義的宣傳,不過,為了吸引一般聽眾的興趣,講者遂逐漸增添一些非宗教性的故事內容,甚至與佛界全然無關的世俗情事,方能擴大宗教的宣傳,受到更多普羅大眾的歡迎。關於俗講的實際情況已不得而知,不過,其在唐代受歡迎的程度,則可以從姚合(775-855?)〈聽僧雲端講經〉一詩

中所云而覽其大概：「遠近持齋來諦聽，酒坊於市盡無人。」蓋聽眾的歡迎，不但有賴講者的說唱技術，其內容還須通俗化，甚至市井化。根據唐人趙璘《因話錄》卷四角部的記載，唐代俗講僧中，甚至出現風靡一時，宛如教坊名嘴的「和尚教坊」：

> 有文淑(淑)僧者，公爲聚眾談說，假托經論，所言無非淫穢鄙褻
> 之事。不逞之徒，轉相鼓扇扶樹，愚夫冶婦，樂聞其說。聽者塡
> 咽寺舍，瞻禮崇奉，呼爲「和尚教坊」。

就連敬宗皇帝也在寶曆二年(826)曾經「幸興福寺，觀沙門文淑僧俗講」(《資治通鑑》卷二四三)。由此可見俗講在唐代風行朝野的程度。可惜有關唐代俗講的情況，在宋代以後即無文獻記載。不過，宋代民間「說話」伎藝中，尚有「說經」一家，目的是演說佛書，或許即是唐代俗講佛經故事的後裔。惟值得注意的是，唐代俗講中散韻兼備的體式，亦即一段以散文敘述，一段以韻文歌詠，正是民間說唱伎藝的標誌。

二、「轉變」與「變文」

「轉變」乃是一種與「俗講」同時流行於唐代社會的說唱伎藝。至於唐代民間的「轉變」與佛寺的「俗講」之間，到底是否有必然的繼承關係，因資料欠缺，已無法確定。惟兩者的說唱均以一般民眾爲對象，其在唐代社會之相互影響，甚至彼此競爭，則可以想見。當今可以確定的則是，唐代的說唱者，並不限於俗講僧，說唱地點也不拘於佛教寺院，乃至說唱內容也不限於佛經故事。就現存資料視之，顯然除了佛寺的俗講僧之外，坊間還出現了非宗教性的民間藝人，向聽眾說唱一些有關民間傳說、歷史掌故，甚至社會傳聞爲題材的故事。這些說唱的底本，少數亦留存於當今的敦煌「變文」中。從故事內涵視之，這些變文顯然並非宗教教義的宣傳品，而是一種通俗的民間文藝，雖然其說教意味仍相當濃厚。

故而當今學界一般認爲，敦煌「變文」，或許即是唐代佛寺講經與民間說唱文學相混合的產物，是在演繹佛理經義的宗教文學說教意圖的影響之下，逐漸發展起來的一種新興的通俗文體。其體制特點是：有說有唱，

韻白結合，語言通俗，意旨淺顯；題材內容則或源自自佛經神變故事，或取材於歷史掌故和民間傳說，或直接敘述當代社會中的人物事跡。大都具有濃厚的世俗情味，因而成為大眾喜聞樂見的通俗文學樣式，並且在某種程度上，指出宋元以後通俗文學的發展趨勢。

不過，唐代變文曾經長期失傳，直到20世紀初，敦煌石窟文獻的發現，唐代變文的「面目」，方重見天日，並且立即引起中外學界的興趣和重視，紛紛開始整理和研究的工作，從而興起了所謂的「敦煌學」熱潮。當然，這些敦煌變文主要還是流傳於敦煌地區的作品，在中原地區情形如何，則只能從一些零星記載來推測。如孟棨(810?-886?)筆記《本事詩‧嘲戲》節中，記述中唐詩人張祜與白居易初次相遇時，嘗針對白居易〈長恨歌〉中的詩句而戲云：「『上窮碧落下黃泉，兩處茫茫皆不見』，非〈目連變〉何邪？」或許可以說明，變文的傳播，並不局限於敦煌地區，中原一帶也曾經出現講述變文之事。這些變文的說唱，實為唐代通俗文學開闢一個新領域，亦為宋元白話小說的成熟，找到了發展的前驅。

第二節　變文的文學特徵

根據今人向達、王重民所編輯的《敦煌變文集》(北京：人民文學出版社，1957)，共輯集敦煌所出的說唱材料一百八十七件、七十八種(題)，為唐代變文的研究提供了方便。不過，書中收集的變文，含義相當寬廣，包括經文、變文、詞文、詩話、話本、俗賦等各種不同文類。此處重視的，自然乃是與白話小說相關的唐代變文與話本故事。試先從題材內涵、體制形式與敘事藝術三方面，介紹唐代變文的文學特徵。

一、變文的類型

現存敦煌變文中，與小說發展相關的資料，倘若以題材內涵分類，大體可以分為兩大類型，亦即：敷演宗教教義的故事者，統稱為「宗教變文」；敷演歷史掌故或民間傳說與現實社會故事者，則統稱為「世俗變

文」。

(一)宗教變文——宣揚佛教教義

　　宗教變文，其內涵的宗教色彩自然較濃，主要是通過佛經故事的說唱，宣揚佛家的基本教義，倘若其間流露著任何文學趣味，則主要是變文中出現的那些依附於佛法無邊的奇景幻境。諸如〈破魔變〉、〈降魔變文〉、〈目連冥間救母變文〉等即是。但是這些變文，與俗講僧所說的「講經文」已然有所不同。因為其作者並不直接援引經文，也不再單純演繹佛經義理，通常只是引述佛經故事中，選取比較有趣味的部分，加以鋪陳敷演，甚至還會穿插一些富有世俗人情的故事情節。著名者例如〈目連冥間救母變文〉，敘述業已修行得道的目連，如何於天上遇父，方得知生母因造罪而墮入地獄，於是遍歷地獄尋母，終於在阿鼻地獄見到正遭受酷刑的母親。儘管目連懇求獄主，釋放母親，自願代母受苦，可是，地獄不容替代，於是，目連就騰空前往世尊處求助，終於在世尊的法力下，其母遂得還以人身。如此強調儒家孝道的變文故事，在一定程度上，已經突破了佛教教義，其作者或講述者，顯然並不受佛教教義的局限或束縛。

(二)世俗變文——脫離佛教教義

　　世俗變文關懷的，主要是世俗人間的人物事件，其故事的敘述，自然以世俗趣味為重點，已明顯展示其脫離宣揚佛教教義為宗旨的痕跡。其中令人矚目的，且最具小說意味者，有以下三類。

1. 歷史故事變文

　　有關歷史故事的變文，基本上已擺脫宗教的束縛，流露出濃厚的世俗人間情味。諸如〈伍子胥變文〉、〈李陵變文〉、〈王昭君變文〉、〈漢將王陵變〉等。大多以一個真實的歷史人物為主角，從史書或文人筆記中擷取相關軼聞趣事，並大量吸收民間傳說，進而加以鋪敘渲染。惟值得注意的是，現存這類歷史故事變文，其中的主角，幾乎都是為某種外在情勢所迫，萬不得已而去國離鄉，乃至作品中往往流露，對故國的無限懷思，對鄉土的殷殷眷戀。按，在晚唐五代內憂外患的時代，生活在河西地區、敦煌一帶，淪為異族統治之下，當眾說唱這類作品，或許寄寓著作者或說

唱者對時代人生的感慨吧。

2. 民間傳說變文

民間傳說變文，在內涵題旨上同樣也已脫離佛教教義的宣傳。諸如〈舜子至孝變文〉、〈劉家太子變〉、〈孟姜女變文〉等。儘管其中主角人物，或許也取材自歷史上存在的人物，可是所說故事的內容細節，卻多屬民間傳說，很少史實的根據。著名者，例如〈孟姜女變文〉，其中包括孟姜女的遊魂陳訴，哭倒長城，指血驗骨，眾魂相託諸情節，顯然是說唱者，依據民間的傳說故事，再訴諸想像，繼而「虛構」而成的故事創作。

3. 當代人物事跡變文

這類變文，主要取材於當時當地人物事件的聽聞。最有名的即是〈張議潮變文〉及〈張淮深變文〉，均可謂是直接敘述以當代時事為題材的代表作。目前所見二篇，雖已殘缺不全，仍然可以看出當時的民間藝人，如何通過變文的說唱伎藝，謳歌當代的民族英雄，亦即敦煌王張議潮與張淮深叔侄，以及在他們率領之下的歸義軍民，如何英勇奮戰，抵禦外族，以保境安民的英雄事跡。其間流露的，或許是說唱者心繫大唐的愛國情操。

就現存敦煌變文的故事類型來觀察，從宣揚佛教教義的神魔故事，擴展至世俗的人間生活，從歷史人物的傳說，轉向當前的金戈鐵馬事跡，反映的正是，變文說唱者與聽眾雙方，對文學審美趣味的演變與拓展，這將會直接影響到宋元期間話本故事的創作。

二、變文的體制

現存演說故事的敦煌變文，主要是用接近口語白話的通俗語言寫成。體制上一般是採用散韻相間，有說有唱的形式，不過偶爾也有少數純用散文，甚至純用韻文者。例如〈舜子至孝變文〉，基本為六言韻語，體近駢文；〈劉家太子變〉，則全為散文敘述。顯示敦煌變文在體制上並未嚴格統一。惟絕大多數作品已經展現某些共同特點：亦即說唱相間，散韻組合以演述故事。蓋「說」，為表白宣講，多用通俗語或淺近駢體；「唱」，則為行腔詠歌，多用押偶句韻的吟唱。這種體制，與俗講的講經文有若干

相似，實際上已為宋元以後「說話」伎藝指出發展方向。

惟值得注意的是，變文作為「轉變」的寫本，原本不是為讀者閱讀的案頭讀物，而是提供藝人說唱的底本。主要乃是根據說唱表演的需要，故而說表與唱誦結合，敘事與代言並用，乃至熔文學、音樂、表演於一爐。其間以聲傳情，以情帶聲，在聲情並茂之下，演述故事，可謂是散韻結合的說唱體最突出的特點，直接影響到宋元白話小說的體制形式。

三、變文的敘事

儘管現存與小說發展有關的變文，作品數量有限，藝術表現手法上仍然顯得粗糙，但是在中國敘事文學的藝術發展上，已經具有一定的成就地位。其中最令人矚目的是：

(一)誇張變形，想像神奇的描述

誇張變形，想像神奇，乃是敦煌現存宗教性變文的普遍特色，可促使枯燥乏味的宗教宣傳，變得生動活潑起來。例如〈降魔變文〉，描述佛門弟子舍利弗與外道六師爭勝鬥法時，其中六師「突然化出毒龍，口吐煙雲，昏天翳日，揚眉眴目，震地雷鳴。閃電乍暗乍明，祥雲或舒或捲」。而舍利弗則變出金翅鳥王「奇毛異骨，鼓騰雙翼，掩蔽日月之明；不距纖長，不異豐城之劍。從空直下，若天上之流星，遙見毒龍，數回搏接。……」結果是毒龍大敗，連骨頭也沒剩下一根。作者利用鳥、龍相剋的傳說，通過想像，誇張變形，展現出光怪陸離的神魔鬥法場景。這種充滿神通變化，展現十八般變幻的誇張藝術，開創了後代神魔小說諸如《西遊記》與《封神演義》中，神魔妖怪上天下地鬥法描寫的先例。

其實，即使有關世俗人間的變文故事，也會出現誇張變形，充滿想像神奇的描述。就如〈孟姜女變文〉，描寫孟姜女哭倒長城，眾魂相託之際：「姜女自撲哭皇天，只恨賢夫亡太早。婦人激烈感山河，大哭即得長城倒。」以及「鬼魂答應杞梁妻，我等并是名家子……春冬鎮臥黃沙里，為報閨中哀怨人。」這樣的描述，遂構成人間故事與鬼神感應的綜合。

(二)故事人物，注意性格的塑造

開始注意人物性格的塑造，乃是世俗變文的普遍特點。所述故事中人物，因身分地位處境之不同，會展現出不同的性格特徵。著名者，例如與佛教教義並無關係的〈伍子胥變文〉，對其中主角伍子胥的性格塑造，就顯然並非粗線條的大筆勾勒，而是通過人物的行為舉止，以及與其他人物之間的互動，在情節的發展過程中，細膩的展現伍子胥複雜性格的不同側面。譬如伍子胥除了忠貞剛直、不屈不撓的性格之外，還有為了因應其困難處境而特別謹慎小心，乃至往往流露狐疑多慮的一面。最具代表性的，就是伍子胥於逃亡過程中，飢餓難捱之際，在潁水邊巧遇打紗女西施的情節：按，伍子胥先是躲在樹林間偷眼觀察，是否真的別無他人在場，及至「唯見輕盈打紗女」時，方才打算進前乞食；可是，忽而又「心意懷疑生猶豫」，不免低頭欲去……。通過這些細緻的描寫，伍子胥逃亡時期複雜矛盾不安的內心，以及其謹慎多慮的性格，生動的展現出來。

第三節　唐代說話與敦煌話本

文學史論及「說話」與「話本」，通常是討論宋元小說發展的一環。其實早在唐代，已經出現有關「說話」的零星記載。唐代的「話本」，主要還是散見於敦煌寫本，惟資料有限，有的甚至殘損嚴重，難以卒讀。此處所以會在變文之外，另稱「話本」，且另闢專節討論，主要乃是由於這些敦煌寫本的故事，即使可歸類於廣義的變文範圍，惟其標目中，並不稱「變」或「變文」，而云「話」或「話本」。諸如〈廬山遠公話〉、〈韓擒虎話本〉即是。如此標目，似乎表示，在當時人的心目中，「話本」與「變文」，已經有所區別，並非屬於完全等同的文類。至於這些唐代話本故事，與唐代變文故事之間，是否互有直接的承傳關係，實未敢判斷。目前可以確定的則是，唐代話本與當時的民間「說話」，顯然有密切關係。

一、唐代說話

所謂「說話」，乃指當眾，亦即面對聽眾口述故事而言。儘管說話乃

是宋元話本的主要依據，目前最早有關說話的確實資料，則可追溯到隋唐時代。

　　據《太平廣記》卷二四八引隋代侯白的笑話集《啓顏錄》云：

　　　　侯白在散官，隸屬楊素。(楊素)愛其能劇談，每上番日，即令談戲弄，或從旦至晚始歸。才出省門，即逢素子玄感，乃云：「侯秀才可與玄感說一好話。」白被留連不獲已，乃云：「有一大蟲欲向野中覓肉。……」

　　此處「說一個好話」，當指講一個好故事。足見至少在隋代已經出現以「說話」爲講說故事的形式。爰及唐代，據唐人郭湜〈高力士外傳〉：

　　　　太上皇移仗西內安置。……每日上皇與高公親看掃除庭院，芟薙草木，或講經、論議、轉變、說話，雖不近文律，終冀悅聖情。

　　引文乃敘述玄宗晚年在宮中，曾經以聽高力士「講經、論議」，以及「轉變、說話」爲其宮廷日常生活中的消遣，顯然「說話」已由民間進入宮廷。此外，文人士大夫相聚會，也會以聽「說話」爲娛樂。中唐詩人元稹〈酬翰林白學士代書一百韻〉中，就有「翰墨題名盡，光陰聽話移」句，且自注云：

　　　　樂天每與予遊，從無不書名屋壁。又嘗於新昌宅說〈一枝花〉話。自寅至巳，猶未畢詞也。

　　按，「一枝花」原是長安名妓李亞仙的別號，元稹諸人在白居易的新昌宅所，聽人說〈一枝花〉話取樂，應當即是白行簡撰寫〈李娃傳〉故事的主要來源。

　　可惜有關唐代「說話」的文獻記載，相當有限。上引資料，只能證明「說話」在唐代已是一種休閒生活的「娛樂」，卻無法證明，「說話」在唐代是否已是一種「專業」，一種受過專業訓練，以此謀生的「伎藝」。不過，從敦煌遺書中一些清楚題爲「話」的寫本視之，或許可以說明，唐代已經出現「俗講僧」之外的「說話人」，已經產生有別於「變文」的「話本」故事，或許至少這些「話本」的抄寫者，認爲話本與變文並不完全等同。

二、敦煌話本

　　敦煌遺書中的話本故事，就其殘存內容看，已經開始從不同角度反映世俗社會生活的諸般面貌。當然，其受民間佛道宗教信仰的影響，還是相當顯著。展現的往往是，宗教與民俗彼此滲透，交互摻合的面貌。例如：

　　《唐太宗入冥記》：儘管原卷殘損，脫漏甚多，單從殘存的片段來看，其內容主要是敘述唐太宗魂遊地府，遭判官勘問，終因判官崔子玉徇私枉法，擅添祿命，方得生還的故事。其間反映的似乎是，市井小民對唐太宗的憐惜，以及唐代朝廷官場通常會營私舞弊的諷刺。

　　《廬山遠公話》：描述雁門和尚慧遠的故事。寫其如何遠行至廬山，修道念佛，感動山神造寺，並於潭龍聽經，遠契佛心，終於成為高僧。其間還有大段文字敘述因緣宿債，演繹佛經教義。是一篇以佛徒言行為中心的話本故事，露骨的宣揚佛教教義，類似講經文，同時又混合著世俗民間的傳說。

　　《韓擒虎話本》：敘述隋代武將韓擒虎，如何輔佐楊堅滅陳，並降伏大夏單于的歷史故事。值得注意的是，在正式敘述韓擒虎故事之前，卷首卻先說一段八大龍王如何賜龍膏，醫治楊堅的腦疼病，以及宮闈之變後，楊堅稱帝的小故事，作為開場。這已經具有類似宋元白話小說的「入話」作用。

　　這些敦煌話本故事，雖然多所殘缺，就其內涵與體制視之，其實與其他敦煌變文雖然標目有「變文」與「話本」之別，卻顯現出唐代說唱文學的一些共同特色，並且展示出，小說史上所謂「話本」的初期風貌。

第三章
白話短篇小説的形成——宋元話本

　　所謂「宋元話本」，乃是指流傳於宋元時期的白話小説，且與宋代民間説話伎藝的成熟與興盛，密切相關。從一些零星記載，可知「説話」在唐代，已經是一種相當受歡迎的表演藝術；又從現存敦煌文獻資料中，或可觀察唐代白話小説，逐步由講唱佛經故事擴展到世俗故事的演變痕跡。但是，真正將説話伎藝推向專業化，還是在市井的瓦舍勾欄中，以娛樂大眾為業的宋代説話人；而明確展示白話小説的正式形成，則是記錄説話人所説故事的宋元話本。

第一節　宋代民間説話伎藝

　　宋朝雖然以理學發達見稱，卻也是通俗文學興起的時代。根據現存宋人筆記，其中一些有關宋代民間説話伎藝的記載，為文學史提供了研究白話小説興起背景的珍貴文獻。宋代民間説話伎藝之興盛，可由以下兩方面來觀察。

一、説話成專業

　　宋代「説話」的盛行，一方面是繼承唐代俗講與説話的傳統，另一方面則是宋代城市經濟繁榮、消閒娛樂生活商業化的結果。按「説話」在宋代，已是一種受過專門訓練的職業，是城市生活中多樣娛樂表演伎藝之一；聽説話表演，則是一般市民大眾尋求消閒娛樂的一種途徑。自北宋以來，都會城市中即出現提供一般民眾尋求娛樂的綜合遊藝場所，俗稱「瓦

舍」，又叫「瓦肆」或「瓦子」，其中的「勾欄」，即專供各式各樣民間伎藝的演出；除了雜劇、傀儡戲、諸宮調等之外，還有受過專業訓練的說話人，向聽眾「說話」的演出。這些說話人的專業化程度，從其說話已儼然分爲不同家數「門類」或可證明。

二、說話分門類

宋代的說話伎藝，不但專業化，甚至亦專家化了，還細分爲不同風格的家數門類。根據南宋灌園耐得翁《都城紀勝‧瓦舍眾技》（書成於南宋端平二年[1235]）條的記載：

> 說話有四家。一者小說，謂之銀字兒。如胭粉、靈怪、傳奇。說公案，皆是搏刀桿棒，及發跡變泰之事。說鐵騎兒，謂士馬金鼓之事。說經，謂演說佛書。說參請，謂賓主參禪悟道等事。講史書，講說前代書史文傳興廢爭戰之事。

由於標點不同，對這段文字的讀法有異，乃至王國維、胡適、魯迅等，對於其中到底有哪四家，說法不一。此後經過學界的一番研究與討論，目前一般小說研究者，對宋代說話，已大致同意分爲四類，包括：小說、說鐵騎兒、說經、講史。其中「說經」與「講史」，不難就其門類名稱，判別所說的相關內容。惟「小說」一門，並非根據內容，而是就其篇幅短長，指其形式短篇的故事而言。四大家中，實以「小說」類之內涵範圍最爲廣泛，諸如：愛情婚姻、神仙鬼怪、公案罪行，甚至發跡變泰等，均包括在內。此外，「說鐵騎兒」類，則主要是指講述取材於宋代英雄人物的傳說和戰爭故事。

說話四家中最引人矚目的則是，「小說」與「講史」兩家，亦因最受聽眾的歡迎，影響也最大。當時所謂「小說」，不過是其中一家，且和「講史」對立，各有門庭，有嚴格的分別。兩家所說的題材不同，說的派頭也不一樣。

按，「小說」之得名，主要還是因爲所說故事均屬於短篇，而且比起長篇的「講史」一家，說些有關朝代盛衰，歷史興亡的大題目，小說家所

說，不過是一些兒女私情、神仙靈怪、傳奇公案等社會瑣聞，寄寓一些治身理家的「小道」而已。但是，「小說」卻是最受一般聽眾偏愛者。根據上引耐得翁《都城紀勝‧瓦舍眾技》條，提及「講史書」後即云：

　　最畏小說人。蓋小說者能以一朝一代故事，頃刻間提破。

　　表示講史書者，最擔心的，就是和說小說的競爭生意。因爲說小說者，只須把故事集中在「一朝一代」，乃至可以「頃刻間提破」，亦即當場把故事情節說完，點出結局。換言之，一場小說的「說話」，就可講完整個故事的首尾，不必等待明天請早，所以才會稱爲「小」說，也就是相當於今天所稱的「短篇小說」。惟「講史」，則因主要乃是講述有關朝代盛衰興亡之事，內容比較複雜，人物也眾多，自然需時較長，不可能「頃刻間提破」，往往必須數日，甚至數月，方能講完。對聽眾而言，當然會造成一些不方便。講史一家所說最有名，且最受歡迎的，就是「說三分」和「說五代史」，也就是以後「長篇章回小說」的前身。

　　其實，說話人所說的故事，無論短篇或長篇，一旦用文字記錄下來，就是「話本」。因此，「話本」就含有小說書或故事書之意。當然，有的文學史，通常指「話本」乃是爲說話人所專用的「底本」，並非公開流行者。不過，現今保留下來的宋元話本，顯然已非說話人所用底本的原來面貌，應該是經過長時期的流傳，許多人的集體加工潤色，才寫定刊行者。

第二節　話本的編寫與刊行

　　話本的編寫與刊行，當然與說話伎藝深受聽眾歡迎與讀者喜愛，密切相關。聽眾的歡迎，令說話人生意興隆，讀者的喜愛，則令刊行者達到宣揚傳播，以及販賣銷售的商業效果。兩者實際上反映的是，宋元時期城市經濟繁榮，商業發達，大眾消閒娛樂需求的提升，以及通俗文學的興盛。

一、話本的編寫

　　說話人所說的「話本」，最初應該僅只是一種私下用的備忘錄之類的

故事大綱，或是作爲傳授徒弟的教本。這種話本，原是說話人所專用的「底本」，屬於專業祕密，按理不應該公開流傳。不過，既然「說話」本身乃是一種公開表演的伎藝，而且生意興隆，競爭激烈，說唱藝人，爲保衛同行的職業利益，便有了屬於職業性的行會組織。如杭州小說家團體，就稱爲「雄辯社」，同時還出現了專門編寫故事話本或戲曲腳本的文人組織「書會」，宛如今天「作家協會」之類的組織。惟書會成員，即所謂「書會才人」，大多屬於一些具有文學素養的失意文人，或因仕進不得意，爲了謀生，改行成爲「書會才人」。經過這些書會才人的編寫潤色，才使得一般說話人的「話本」，能從原來簡略粗梗的說話底本，逐漸發展爲可供閱讀的書面文學作品。

惟不容忽略的是，目前所見這些由文字記錄下來的「話本」故事，乃是經過長時期的輾轉傳抄流通，並且經過許多人的加工潤色而成，因此，不是一人一時之作，也不知作者姓名，或許可說是民間藝人與好事文人的集體創作吧。

二、話本的刊行

民間說話人所說的話本故事，最初應當只是以手抄本的形式流傳，以後逐漸經人收羅輯集，繼而由具有慧眼的書商，刊印成冊。就目前所知，流傳下來的宋元話本資料，主要可分爲兩類：

(一)講史話本——平話

宋代說話已成專業，且各有家數，各分門類，惟經文字記錄下來的故事，則可統稱爲「話本」，其中講史一家的話本，通常名之爲「平話」。就如現存最早的講史話本，相傳爲宋刊本的《五代史平話》(殘本)，以及元代至正年間(1341-1368)新安虞氏刊本《全相平話五種》，其中包括〈武王伐紂平話〉、〈七國春秋平話〉、〈秦併六國平話〉、〈前漢書平話〉、〈三國志平話〉，均明確標目爲「平話」。

所謂「平話」，最初應該是針對話本中的「詩話」、「詞話」等作品之稱謂，意欲有所分別而言。蓋因講史家述說歷代興亡故事之際，通常只

說不唱，即使中間偶爾夾雜少數詩句、韻語，也只是朗誦。這與「小說家」之說唱兼施，風格並不相同，故而稱講史話本爲「平話」，表示所說故事，乃純用平常口語白話，不加歌唱之意。其他有說有唱的話本，則有偶爾稱爲「詩話」者，例如可歸類於「說經話本」的《大唐三藏取經詩話》；亦有名爲「詞話」者，如《金瓶梅詞話》則是。不過，自明代以後，或以爲講史話本中往往含有「評論古今」之意，乃至「平話」的「平」，方轉爲「評」。惟不容忽略的是，以宋元時代的話本考之，「平話」還是只限於講史家的話本，亦即以只說不唱爲其家數的傳統[1]。

(二)小說話本——小說／短書

宋元時代所謂「小說」，主要乃是指「短書」，亦即短篇故事書，或短篇小說而言。宋元小說話本，最初主要只是以單篇手抄寫本的形式流傳，大約在宋末元初之際，才有若干單篇小說的結集刊行。不過，就目前所知宋元小說，無論是否原爲宋元時期的作品，均屬元明時期結集刊行而成。例如：

1.《京本通俗小說》（八篇）

近代藏書家及校勘家繆荃孫(1844-1919)，曾於光緒年間(1875-1908)，在上海友人家中發現一本舊抄本殘卷，遂於1915年將其刊行問世，即所稱《京本通俗小說》，其中存有短篇小說八篇。據繆荃孫於序言中宣稱，此乃是「影元人寫本」。不過，當今學界中不乏對此書之眞僞產生懷疑者，或認爲可能乃屬繆荃孫憑自己的判斷，自行從明人馮夢龍《三言》中，抽出其視爲當屬南宋或元初作品而輯集刊行。儘管學界對《京本通俗小說》一書來源之眞僞存疑，尚無定論，惟對其中八篇小說當屬「早期」作品，亦即宋元時期之作，似乎並無異議。

2.《清平山堂話本》（二十九篇）

《清平山堂話本》乃是明代錢塘人洪楩，於嘉靖二十至三十年間

1　有關「平話」與「評話」的含意，學界說法不一，此處則取吳小如〈釋「平話」〉一文的觀點，收入吳氏《古典小說漫稿》(上海：上海古籍出版社，1982)，頁18-21。

(1541-1551)所刊刻的短篇小說集,亦即原先所稱《六十家小說》的殘篇。這是馬廉於1931及1934年先後在日本內閣文庫與寧波天一閣范氏藏書中所發現的殘本。茲因兩種殘本之板心均刊有洪楩的書齋「清平山堂」字樣,故合而刊行,名爲《清平山堂話本》,現存二十九篇,實際上匯集了宋元明三代的短篇小說作品。惟值得注意的是,當初洪楩的編輯與刊行,顯然沒有任意修改潤色,乃至所收作品,體例並不統一,風格品質也多樣,其中誤字、脫字、文字欠通之處不少。基本上還保留了早期話本的面貌,這對中國小說史研究者而言,實在是非常幸運的。不像以後馮夢龍的《三言》,雖然也收錄了一些宋元時期的話本故事,卻多所改動,加工潤色,品質上雖然「提高」了,變得通順易讀,卻失去了早期小說話本的原味。

以上提及的這兩部話本小說集,所收錄的白話短篇小說,學界一般即稱爲「宋元話本」,而將講史的話本稱爲「平話」,所以「話本」實有廣狹二義。不過當今文學史,習慣上則取「話本」的狹義,代表宋元時期的白話短篇小說。這些宋元「小說話本」的浮現,實在是中國小說史上一件大事,正好填補上,唐代變文和明清時代白話短篇小說之間的空白,可以觀察到白話短篇小說的演變痕跡。

第三節　宋元小說話本的文學特色

現存宋元小說話本,雖屢經後人修改,加工潤色,並且刊行問世以供人「閱讀」,惟大體上仍保留原來的「說話」藝術傳統,與純粹的「案頭文學」如文言小說,並不相同。以下試就其敘述語氣、體制形式、題材內涵、情節結構、人物塑造諸方面,觀察現存宋元小說話本乃屬於一種「文類」的共同特徵。

一、敘述語氣

現存宋元小說話本,都是以第三人稱全知角度敘述故事。最令人矚目

的，則是其敘述語氣，不僅表現與民間「說話」的血緣關係，而且始終沒
有跳出「說話」的表達方式。作者均以「說話人」自居，把讀者當聽眾，
自稱「說話的」，稱讀者為「看官」，並且可以隨時中斷故事的敘述，聊
一些與情節無關的閒話，或因剛才說過的故事情節過分離奇，假想有的聽
眾會狐疑不解，於是會代替聽眾提出問題，進而再向聽眾詳細解釋原委。
此外，小說話本的作者，又往往還以世俗社會的說教者自居，喜歡藉說故
事向聽眾或讀者傳播一些通俗的道德教訓。這裡可看出宋元話本作者與敦
煌變文的俗講僧之間的血緣關係。總之，宋元話本作品，隨時讓讀者感覺
到一個說話人的存在，讀者和故事之間，總是橫亙著一個大聲講說故事的
人。試以〈錯斬崔寧〉（《京本通俗小說》）為例。

　　按〈錯斬崔寧〉乃是敘述一個小商人崔寧，如何被誣告「奸騙人妻，
謀財害命，依律處斬」，而女主角陳三姐則以「通同奸夫殺死親夫，大逆
不道，凌遲示眾」。接著：

　　　　（府尹）當下讀了招狀，大牢內取出二人來，當廳判一個「斬」
　　　　字，一個「剮」字，押赴市曹行刑示眾。兩人渾身是口，也難分
　　　　說。正是：

　　　　啞子謾嘗黃蘗味，難將苦口對人言。

　　說到此處，說話人或許擔心案情太過離奇，一般聽眾可能沒有聽清
楚，不知道這乃是一個冤案，於是將故事打住，隨即以說話人之身呼籲
「看官聽說」，要求在場聽眾仔細聽他解釋說明，何以這是一個「冤
案」，並且順勢發表議論，提出從這個故事中，可以引發的道德教訓：

　　　　看官聽說：這段公事，果然是小娘子與那崔寧謀財害命的時節，
　　　　他兩個須連夜逃走他方，怎的又去鄰舍人家借宿一宵，明早又走
　　　　到爹娘家去，卻被人捉住了？這段冤枉，仔細可以推詳出來。誰
　　　　想問官糊塗，只圖了事，不想捶楚之下，何求不得？冥冥之中，
　　　　積了陰騭，遠在兒孫近在身，他兩個冤魂也須放你不過。道不得
　　　　個死者不可復生，斷者不可復續。可勝嘆哉！

　　崔寧的故事，經過說話人這一番打岔之後，隨即又以「閒話休提」一

句引領，表示將「閒話」歸於「正傳」，繼續說故事。說話人的語氣，才轉回到故事本身的敘述：「卻說那劉大娘子到家中，設個靈位守孝過日。……」按，就看上引這段游離於故事情節之外的插話，明顯令讀者感覺到「說話人」的存在，彷彿是在提醒讀者，此乃是一場在瓦舍勾欄的「說話」表演藝術。

這種以說話人自居的敘述語氣，一直在話本故事中保留下來，甚至到晚明文人寫的「擬話本」，作者仍然因襲這種面對聽眾「說話」的藝術傳統，乃至成為中國白話小說共同的敘述語氣。不容忽略的是，以說話人自居的敘述語氣，展現的是一種敘事的態度，自然會影響其所說故事的體制形式。

二、體制形式

敦煌文獻中的唐代變文與話本，體制多樣，尚未統一。爰及宋元話本，經過文人的編撰，整理加工，則大致已展現一些共同的體制特色。按，一篇小說話本故事，在體制上，反映的顯然是民間「說話」伎藝的表演程式，通常是由三個部分組成：亦即「入話」、「正話」以及「篇尾」。

(一)入話

宋元小說話本中的「入話」，就是在進入故事正文之前，以一段開場白引入話題。多半是引用一首或數首與主題有關的詩或詞，以暗示主題，並概括大意，或以此製造某種氣氛，逗引聽眾的情緒。有時則利用一段能與正文內容產生相比較或相對照的小故事，作為引子，亦即先說一段小故事的「入話」（又稱「德(得)勝頭迴」或「笑耍頭迴」），以引入正話。按，「頭迴」應該是宋代伎藝人的術語，或許因為通常在正話的前頭，故稱「頭迴」，有引子之意。「得勝」，則可能是指開場之際用鼓樂「得勝令」來聚集聽眾，向聽眾討吉利，並表示祝頌討好之意。

就現存資料，「入話」的長短與格式不拘。根據當今小說研究者的推測，小說話本「入話」的來由，如同戲曲表演的開臺鑼鼓，與戲文本身並

沒有必要的關係。說話人當眾說話表演，為應付現場混亂嘈雜的狀況氣氛，或許藉彈唱詩詞以肅靜場面，吸引聽眾，又或許為等待姍姍遲來聽眾的入座，於是說唱一段湊趣的東西，拖延正話開講的時間，免得遲來的聽眾，從中途聽起，摸不著頭腦。就如敦煌變文裡的「押座文」，就是在俗講開講之前，說一些與主題有關的道德教訓，用來「懾伏大眾」，引入話題。試以〈碾玉觀音〉（《京本通俗小說》）為例。

按，作者於開端，即一口氣吟唱十一首詠春的詩詞，包括無名氏作品，以及蘇東坡、秦少游、邵堯夫、朱希真等名家之作，拖延了好一陣子，才進入正題。當然，就〈碾玉觀音〉的整體內涵而言，說話人吟唱詠春詩詞的立意，或許是通過春天景色的描寫，從而為正文的開頭，亦即咸安郡王攜眷「遊春」情節，醞釀一種春臨大地的氣氛，因此，可謂是環境氣氛的醞釀，並不算是離題。但是，一口氣吟唱十一首詩詞，難免令人引發似乎是有意拖延的聯想。或許最初是就座的聽眾實在太少，說話人只好一首接一首吟唱描述春天景色的詩詞，一方面令當前的聽眾不覺無聊，同時還可以等待遲來的聽眾入座。

再如〈錯斬崔寧〉，則是先引一首詩，再說一個小故事，作為「入話」，進而才引出「正話」。值得注意的是，其所說「入話」，同樣也是因為一句戲言，惹出人命的故事。試看〈錯斬崔寧〉的「入話」，一開始即先吟詩一首：

> 聰明伶俐自天生，懵懂癡呆未必真。嫉妒每因眉睫淺，戈矛時起笑談深。九曲黃河心較險，十重鐵假面堪憎。時因酒色亡家國，幾見詩書誤好人。

說話人隨即向聽眾解釋這首詩的含意：

> 這首詩單表為人難處。只因世路窄狹，人心叵測。大道既遠，人情萬端。熙熙攘攘，都為利來。蚩蚩蠢蠢，皆納禍去。持身保家，萬千反覆。所以古人云：「顰有為顰，笑有為笑，顰笑之間，最宜謹慎。」

繼而點出〈錯斬崔寧〉故事大要，但卻又並不正式開始說有關崔寧的

故事，卻先引出另外一個小故事作爲「入話」，亦即所稱「德勝頭迴」：

> 這回書單說一個官人，只因酒後一時戲笑之言，遂至殺身破家，
> 陷了幾條性命。且先引下一個故事來，權作個「德勝頭迴」：
> 我朝元豐年間，有一個少年舉子，姓魏名鵬舉，字沖宵，年方二
> 十八歲，娶得一個如花似玉的渾家。未及一月，只因春榜動，選
> 場開，魏生別了妻子，收拾行囊，上京應取。……

值得注意的是，宋元小說話本經過長期的發展，入話與正話內容的關聯已漸趨密切，爰及明代的擬話本，入話的作用，已從原來說話演出的現場需要，演變爲話本小說文體的有機組成部分，乃至正式成爲白話短篇小說的體制傳統。

(二)正話

所謂「正話」，即指小說故事的正文、正題，是作品所要講述的故事正傳，亦即一篇話本故事的主體。其最具特色之處，即是在語文上的散韻兼用，亦即敘事散文中往往穿插著一些可以吟唱的韻文。

敘事散文用的通常是日常生活用語，故而顯得活潑生動，淺白易曉，屬於說話人當眾說話的語氣。其中說話人的口頭禪俯拾皆是，諸如「話說」、「且說」、「有分教」、「話休絮繁」、「言歸正傳」等，彷彿隨時提醒讀者，這是一場說話表演藝術。其間的韻文，則包括詩詞名句、駢文偶句、諺語格言、順口溜等，既可以念誦，亦可以吟唱。這些韻文，在故事正話中，顯然還擔負一定的功能。通常用來寫景狀物，勾勒人物服飾容貌，品評人物行動，或總結一個情節段落，甚至暗示後來的情節發展，以及調整敘述的節奏。「正話」中這種散韻兼備的行文，有明顯的民間說唱伎藝的痕跡，也和敦煌變文中，散韻兼備的形式相若。

小說話本中的韻文，可取自前代名家的現成詩詞句，也可來自民間的諺語格言。惟值得注意的是，這些韻文有時會在不同作品中重複使用，乃至成爲屢見不鮮的「套語」。作者宛如說話人一樣，隨時借用前人現成詩詞韻文，亦毫不掩飾遲疑，即使不提原作者姓名，亦毫無「愧色」，顯然聽眾或讀者，也毫無責怪其爲「抄襲」前人之意，只要符合上下文情節的

需要，套用他人現成句，乃爲想當然耳。如晚唐詩人杜牧(803-852)〈赤壁〉中的名句：

　　折戟沉沙鐵未消，自將磨洗認前朝。

　　在《清平山堂話本》中，〈戒指兒記〉作者引用，卻並未宣稱作者姓名。此外，不同作品中，隨作者依情況套用前人句之例，亦不勝枚舉。試看：

　　分開八片頂陽谷，傾下半桶冰雪水。

　　這樣的諺語偶句，在《清平山堂話本》中，如〈洛陽三怪記〉、〈五戒禪師私紅蓮記〉、〈錯認屍〉三篇故事裡，即屢次出現；甚至以後還陸續出現在明人的擬話本《三言‧警世通言》的〈金明池吳清逢愛愛〉，以及《二刻拍案驚奇》的〈庵內看惡鬼善神，井中談前因後果〉故事中。這種隨意可套用前人現成句的現象，顯然是口述文學的一大特點，始終保留在話本小說中。

(三)篇尾

　　宋元小說話本一般都有一個「篇尾」，往往用四句或八句詩，爲全篇故事情節作結，有時也先用一段說白，再加上詩詞或韻語作結。不過，值得注意的是，一般小說話本的「篇尾」，往往並非故事本身的結局，而通常是游離於故事情節結局之外者。大多是在情節結局之後，由作者以說話人的身分，親自出場，總結全篇大旨，並作出評定，勸戒聽眾。這一點和唐傳奇作者依史傳的傳統，在故事結束之後來一段類似「論贊」之言，頗爲相似，同樣是作者對前面所述故事表示看法，發表議論，而且通常含有記取教訓的說教意味。可以看出，在話本小說身上，仍然存留著受史傳文學、宗教文學雙重影響的痕跡。以下試以〈志誠張主管〉(《京本通俗小說》)的篇尾爲例。

　　按，〈志誠張主管〉主要是敘述一個老商人張員外，年過半百之後所娶的小夫人(原爲官府人家的婢妾)，如何傾心於商店裡的年輕店員張勝，偏偏張勝「心堅似鐵，只以主母相待，並不及亂」。之後卻因小夫人被懷疑曾涉及其前任夫家中一件竊案，遂害得張員外家破人亡，小夫人於是含

恨上吊而死。孰知小夫人死後卻陰魂不散，對其生前愛戀張勝之情始終如一，於是時常來找張勝，意圖博得張勝的愛心。儘管張勝還是不為所動，畢竟還是為小夫人的冤魂平了反。故事最後，老張員外也終於洗清罪名，並請了「慶觀道士做醮，追薦小夫人」。小夫人的鬼魂遂得以安息。故事到此，正式結束。但是作者意猶未盡，繼續說下去：

> 只因小夫人生前甚有張勝的心，死後猶然相從。虧殺張勝立心至誠，到底不曾有染，所以不受其禍，超然無累。如今財色迷人者紛紛皆是，如張勝者，萬中無一。有詩贊云：
> 誰不貪財不愛淫？始終難染正人心。
> 少年得似張主管，鬼禍人非兩不侵。

這段評論，顯然已經游離於故事本身之外了。其說教意味，今天看來，未免陳腔濫調，不過和所述故事中男主角張主管的人物形象，則頗為一致。

值得注意的是，在宋元小說話本中，有時或許因為聽眾的素質成分頗為複雜，加上說話人自己立場的搖擺，乃至故事篇尾的結束語，會出現跟正文主題相互矛盾的觀點或立場。就如〈宋四公大鬧禁魂張〉，雖然收錄在明代的《三言‧喻世明言》中，學界一般認為乃屬宋元小說話本。所寫的乃是北宋年間一夥盜賊趙正等，在東京汴梁作案，如何偷竊富豪權貴人家財寶，又如何作弄前來追捕他們的官兵。整篇故事，主要是從市井小民的角度，對這些盜賊所作所為，對他們的機智聰明，對富豪權貴的作弄欺侮，充滿欣賞、佩服、羨慕的語氣敘述。可是在故事結束之後，說話人卻在篇尾，把面孔一板，發出這樣充滿道德教訓的評論：

> 這一般賊盜，公然在東京做歹事，飲美酒，宿名娼，沒人奈何得他。那時節東京擾亂，家家戶戶不得太平。直待包龍圖相公，做了府尹，這一班賊盜方才懼怕，各散去訖，地方始得寧靜。有詩為證，詩云：
> 只因貪吝惹非殃，引到東京盜賊狂。
> 虧殺龍圖包大尹，始知官好民自安。

值得注意的是，唐傳奇小說最後的評論，多出自作者個人的見解立場，因此其評論觀點，與之前敘述的故事往往是一致的。可是宋元話本小說在篇尾提出的道德教訓，卻通常來自社會大眾的期許或規範。即使作者不一定完全同意，但至少必須口頭附和一番，也就是英語所謂的 "lip service"。

宋元小說話本這種「入話、正話、篇尾」三部曲的體制形式，乃是民間「說話」藝術經過長期發展的結果。不但標誌著白話短篇小說的正式成形，並且為後世文人創作的白話短篇小說提供了依循的樣本。

三、題材內涵

宋元小說話本最初是以單篇手抄本的形式流傳，惟因無人編輯整理，大部分作品已散佚。目前保存下來的大約只有四十餘種，主要散見於明代刊行的《六十家小說》（即《清平山堂話本》），以及馮夢龍編寫的《三言》等書中。單從現存的作品看，可謂題材廣泛，內容豐富多樣。

有的取材自唐傳奇故事，有的則從宋人筆記小說如洪邁(1123-1202)《夷堅志》等中選取題材，更多的則是，取材於當代現實生活，甚至涉及名人的社會傳聞，或小道消息。其中包括男女愛情、公案事件(唐傳奇中所無)、歷史故事、英雄發跡、神仙鬼怪、盜賊豪俠等，已經大致概括了以後明代白話短篇小說的題材範圍。與前代小說如唐傳奇相較，最大的不同，不單單在於使用語言有文言與白話之別，更重要的是，題材內涵情境的世俗化。按，宋元話本小說反映的，主要是市井文化和通俗趣味，流露的乃是一般小市民的視野和心聲。因此，商人、店員、小販、和尚、民女、婢妾，甚至盜賊、小偷，大凡小市民日常生活中所熟習的、接觸過的，都可以成為小說中的主要人物。即使故事中涉及歷史上的帝王將相，或英雄豪傑，也是透過小市民的眼光意識，站在民間世俗的角度去觀察了解，並描述這些「大」人物的生活眾象。所以，即使其故事題材是因襲的，在內涵情境上卻展現了嶄新的精神面貌。

四、情節結構

宋元白話短篇小說，作爲一種特殊的小說「文類」，在情節結構上，亦流露史傳文學和說話伎藝的雙重影響，展現出以下的類型特點：

(一)縱向單線結構

白話短篇小說的結構組織，其實和唐傳奇頗類似，一般屬於縱向的單線結構。通常從故事開端的總介紹，情節即順時序逐步展開，經過故事的高潮，最後交代相關人物事件的結局。都是有頭有尾，講求故事的完整性。不會像西方短篇小說那樣，可以橫切而入主角人物的某一生活片段，甚至只描寫一個瞬間的心理活動。此外，宋元白話小說故事的開端，也往往繼承唐傳奇中常見的「某年間，某地，某人」的程式。宛如史傳的傳統，總是先介紹主要人物的姓氏、名號、籍貫、身分、生活年代，再交代故事的發生或人物狀況。這樣的撰寫，可以增強所述故事的眞實感、可信度。繼而在小說故事的結尾，如前所述，往往用一首收場詩，或一段結束語，來歸納主題，發表議論，勸戒聽眾。不過，和唐傳奇不同的則是，在有頭有尾的完整情節結構中，作者往往以說話人之身，權威性的隨時中斷情節，自由進出故事之中，爲假設在場聽眾的疑慮，提出問題，進而解釋疑難，或指出故事中的道德教訓，以警告世人。

倘若從今天一般學者對小說藝術的標準及要求來看，宋元說話人在故事中的隨意打岔，甚至囉嗦不停，自然會造成一篇小說情節結構組織的鬆散。

(二)情節曲折取勝

基於「說話」乃是娛樂大眾的表演藝術，不但是一種專業，也是一種商業行爲，所說的故事必須引人入勝，方能保證聽眾的捧場，生意的興隆。因此，故事性強，且以情節曲折取勝，乃是宋元小說話本的共同特色。作者往往會刻意製造懸念，或安排巧合，加強故事情節的曲折離奇，以取得引人入勝的效果。這自然與吸引聽眾捧場的說話伎藝有關。當然，有時過分講求「巧合」，甚至千篇一律，難免會沖淡情節的曲折性。對經

常閱讀小說的讀者而言，可能反而不易討好。

五、人物塑造

宋元小說話本中的人物，雖然也不乏屬於上層社會者，但其主要人物則大多數還是生活於市井中的「小人物」。就女主角視之，如〈碾玉觀音〉中的璩秀秀，〈志誠張主管〉中的小夫人，〈錯斬崔寧〉中的陳二姐，〈菩薩蠻〉中的新荷，〈西山一窟鬼〉中的錦兒等，她們都是身居社會地位低下的婢妾。就男主角視之，〈碾玉觀音〉中的崔寧是工匠，〈錯斬崔寧〉中的崔寧是小買賣人，〈志誠張主管〉中的張勝則是店員，〈西山一窟鬼〉中的吳洪，以及〈菩薩蠻〉中的陳可常，均是窮酸的讀書人，而〈宋四公大鬧禁魂張〉中的宋四公等，則均屬擾亂社會治安的盜賊。這些小人物，無論賢愚，均是生活在市井社會中謀求生存者，同時也是說話人或小說話本作者日常生活中熟習的所見所聞者，講述他們的故事，自然可以得心應手。值得注意的是，在中國小說發展史上，主要人物角色的大換班，可說是從唐代傳奇到宋元話本的一大突進。至於白話短篇小說中，對這些各色人物面貌性格的塑造，則試從以下兩方面來觀察：

(一)肖像描寫

宋元話本小說中主要人物初次出場時，通常都有一段肖像描寫。可是，跟西方小說或現代小說相比照，宋元話本小說中人物肖像的描寫，頗為簡略。作者主要是採用輪廓畫的素描，或臉譜式的勾勒，強調的往往是人物的典型特徵，重視的是人物的類型印象，並不講求人物個別獨特肖像的展示。

試看〈碾玉觀音〉女主角璩秀秀初次出場時，作者的描述：

> 只見車橋下一個人家，門前出著一個招牌，寫著「璩家裝裱古今書畫」。鋪裡一個老兒，引著一個女兒，生得如何？
>
> 雲鬢輕籠蟬翼，蛾眉淡拂春山。朱唇一顆櫻桃，皓齒排兩行碎玉。蓮步半折小弓弓，鶯囀一聲嬌滴滴。

璩秀秀的肖像描寫可謂相當細膩了。從雲鬢、蛾眉、朱唇、皓齒，到

蓮步之態，鶯囀之聲，都概括了，乃至璩秀秀予人的印象，的確是一個美麗嬌媚的女子。問題是，話本小說中舉凡年輕漂亮女子，無論身分地位，似乎都長得差不多，用來形容美貌的比喻也相彷彿。

再看〈西湖三塔記〉作者筆下，白娘娘的肖像描寫：

> 婆婆引著奚宣贊到裡面，只見裡面一個著白的婦人，出來迎著宣贊。宣贊著眼看那婦人，真個生得：
>
> 綠雲堆髮，白雪凝膚。眼橫秋水之波，眉插春山之黛。桃萼淡粧紅臉，櫻珠輕點絳唇。步鞋襯小小金蓮，玉指露纖纖春笋。

按，璩秀秀乃是開裱褙鋪小商人的女兒，白娘娘則是一個已修鍊成精的白蛇精，二人的容貌卻何等相似，同樣美麗嬌媚。二人在不同故事中展現的，主要只是美貌女子的典型特徵，而非個別人物肖像的特寫。話本小說作者，對故事中女性貌美的人物肖像，有時乾脆用一些諸如「閉月羞花之貌，沉魚落雁之態」套語陳腔，交代了事。

話本小說中這樣簡略而且彼此因襲的肖像描寫，與其源自「說話」傳統有相當密切的關係。因為作者以說話人自居，面對聽眾口說故事，聽眾的興趣主要在於故事本身的發展，對於人物肖像細節特徵，並無興趣，乃至說多了，也記不住，只需用一些大家熟習的套語，勾畫出一個人物的大概輪廓，交代相貌美醜的總印象，就夠了。

(二)性格刻畫

在話本小說的藝術傳統中，表現人物的性格特徵時，從來不會像西方小說或現代小說那樣，對人物複雜的心理狀況或靈魂深處，作靜態的分析與解剖，而是透過人物的行動和對話，來顯示人物的性格特徵。即使人物的心理變化或神采風度，也都是具體表現在行動和對話裡。讀者也就透過人物戲劇性的行動細節，以及生動活潑的對話，來把握人物的性格。

試以〈碾玉觀音〉中男女主角人物的性格刻畫為例。按，女主角璩秀秀，因繡得一手好針線，遂能進入咸安郡王府中去作針繡婢女。男主角崔寧，也因自身的手藝，受雇於王府為碾玉工匠。故事開頭，郡王爺攜眷春遊之際，眼看崔寧和秀秀很登對，一時興起，於是在眾人面前玩笑間，就

說要把秀秀許配給崔寧。一日，王府中突然失火，混亂中，秀秀匆忙用帕子將府中一些金珠富貴值錢物，包了一個包，跑了出來。正好撞見崔寧，叫他快點跟她一起走。從下面一段情節，通過秀秀與崔寧的行動與對話，清楚刻畫出二人的性格特徵：

> 當下崔寧和秀秀出府門，沿著河走到石灰橋。秀秀道：「崔大夫！我腳疼了，走不得。」崔寧指著前面道：「更行幾步，那裡便是崔寧住處。小娘子到家中歇腳，卻也不妨。」到得家中坐定，秀秀道：「我肚裡飢，崔大夫與我買些點心來吃。我受了些驚，得杯酒吃更好。」當時崔寧買將酒來，三杯兩盞，正是：
> 三杯竹葉穿心過，兩朵桃花上臉來。
> 道不得個「春爲花博士，酒是色媒人」。秀秀道：「你還記得當時在月臺上賞月，把我許你，你兀自拜謝。你記得也不記得？」崔寧叉著手，只應得喏。秀秀道：「當日眾人都替你喝采：『好夫妻！』你怎地倒忘了？」崔寧又則應得喏。秀秀道：「比似只管等待，何不今夜我和你先做夫妻？不知你意下何如？」崔寧道：「豈敢！」秀秀道：「你如道不敢，我叫將起來，教壞了你，你卻如何將我到家中？我明日府裡去說。」崔寧道：「告小娘子：要和崔寧做夫妻不妨；只一件，這裡住不得了。要好趁這個遺漏，人亂時，今夜就走開去，方纔使得。」秀秀道：「我既和你做夫妻，憑你行。」當夜做了夫妻。

通過上述二人的行動和對話，無須另外側面形容，就已經把秀秀膽大心細，會主動採取行動，爭取個人幸福，以及崔寧隨和懦弱，卻又謹慎小心的性格，展現出來。尤其令人印象深刻的是，在秀秀美麗嬌媚的容貌背後，卻是一個有主見，有膽識，敢說敢做的果斷女子。

宋元小說話本作者，就是通過人物生動活潑的對話和舉止動作，可以彌補肖像描寫的簡略。雖然並不容易令讀者確切的觸摸到人物的個別五官形象，卻可令人感受到富有生命的性格特徵。這是唐人傳奇小說較難以做到的，因爲唐傳奇是用文言寫的，人物對話也是文言，和一般現實生活中

所用生動的口語白話畢竟有些距離。

小結：

　　宋元小說話本，雖處於白話短篇小說興起的初期，但無論在題材內涵方面，或藝術風貌方面，已經標誌著中國白話短篇小說的正式形成。從文學史的角度視之，宋元小說話本，不僅給中國文學的整體發展注入了新血液、新生命，同時還提供了新的審美趣味。宋代以前的文學，主要乃是以傳統的「雅」文學，亦即詩歌與文章爲主流，以作者的抒情述懷爲宗旨，側重文人士子的自我表現，表現作者個人的情懷抱負和思緒觀點。可是宋元小說話本，乃是以日常社會世俗生活的「再現」爲主要創作目的，流露的通常是世俗人情，展示的是社會人生百態，強調的則是通俗趣味。這些要素，均會成爲以後明清白話短篇小說所追隨模仿。當然，這也是何以小說在正統文人心目中，乃屬於「俗」文學的範疇，地位始終不高，其作者也以無名氏爲多，往往用筆名，不願或不方便以眞實姓名面對讀者。惟值得慶幸的是，這只是一般現象，偶爾還是出現幾位有眼光、有膽識，不受傳統保守觀念束縛的作家，經過他們的努力，白話短篇小說的創作、編輯和刊行，方臻至空前的繁榮階段。

第四章

白話短篇小說的繁榮——
晚明「擬話本」湧現

　　宋元時期的小說話本，最初主要是以單篇手抄本的形式流傳，爰及明代中葉以後，因商業的發達，印刷業的進步，再加上一些以改良社會風氣，提倡人性良知為己任的文人士大夫，不斷宣揚儒家倫理的通俗化，遂促成流傳民間的通俗文學，逐漸受到有識之士的重視。於是，一些眼光敏銳的文士及書商，開始將流傳於民間的宋元小說話本，收集整理，並潤色加工出版，以饗讀者。現存宋元小說話本的主要集子，如《清平山堂話本》（即嘉靖年間洪楩刊行的《六十家小說》）、《熊龍峰刊小說四種》等，其實都是在這段時期方刊行問世。此外，不容忽略的，還有一些才情與學識兼佳的文人，或基於個人的興趣，或出於藉通俗文學可廓清世風的使命感，開始修改潤色舊話本，甚至模擬舊話本的體制，自行創作，這就出現了魯迅所稱的「擬話本」。

　　「擬話本」在晚明的湧現，標誌著古典白話短篇小說的繁榮，也形成中國古典白話短篇小說的黃金時期。令人矚目的有以下三點：

一、專業文人作家的出現

　　其實，在宋元時期，一般話本小說的創作者，基本上均屬無名之士，包括民間說話藝人和書會才人，其小說話本的撰寫，主要還是為了因應在瓦舍勾欄場所娛樂大眾的「說話」伎藝之演出。可是，爰及明中葉以後，則出現了專業的，而且知名的文人作家，也開始模擬流行坊間話本故事，

從事白話短篇小說的創作，甚至輯錄、編選付印。其中成就最高，而且影響最大者，自然是馮夢龍(1574-1646)和凌濛初(1580-1644)。按，馮、凌二氏均擁有很高的文學素養與文化特質，由這樣的文人參與創作、編撰，遂令白話短篇小說，發生根本的變化。亦即由取悅「聽眾」的視聽，轉而爲吸引「讀者」的閱讀喜好而萌生。

二、以讀者爲對象的創作

晚明時期創作並刊行的白話短篇小說，主要目的乃是供人閱讀，是以「讀者」爲消費對象。換言之，不是爲說話人的講唱，才撰寫的底本，不是爲投合一般聽眾的口味，而是爲訴諸讀者感受的「案頭文學」。就中國古典白話小說的創作而言，這顯然是一大突破。儘管作品中仍然保留不少「說話」的痕跡，不過作者可以在模仿說話人的語氣之外，進一步發揮書面語言的表達功能，增添所述故事的可讀性，並照顧到其文學性。就小說本身的接受層面而言，其由「聽」轉而爲「讀」，實可謂是白話短篇小說發展史上一個新的里程碑。

三、品質提升與數量激增

由於文人的參與模擬創作，或加工潤色，改寫前代之作，促使這時的白話短篇小說，脫離了民間創作的粗糙階段，在品質方面大大提升，閱讀性與文學性增強了，再也不會被人誤認爲是民間說話人的「底本」。同時畢竟由於付印的關係，在現存數量上也有激增的趨勢。就看馮夢龍的《三言》，包括《喻世明言》(原名《古今小說》，1624年刊行)、《警世通言》(1624年刊行)、《醒世恆言》(1627年刊行)。每集收錄四十篇小說，總共一百二十篇。其中大凡宋元明三代，四百多年間創作和流傳的作品，幾乎已經「搜括殆盡」。故而馮氏的《三言》，可說是中國文學史上第一部規模宏大的白話短篇小說總集。除此之外，還有與馮夢龍大約同時代的凌濛初的《二拍》，其中《初刻拍案驚奇》(或稱《拍案驚奇》，1628年完稿)以及《二刻拍案驚奇》(1632年完稿)，共收有白話短篇小說七十八

篇。按，從《喻世明言》的刊行問世，到《二刻拍案驚奇》完稿，前後總共不過八年期間，就出現了五部近兩百篇的白話短篇小説，而且有專門的輯集本，這是前所未有的，也是白話短篇小説繁榮的標誌。

第五章

白話短篇小說的成熟──
《三言》與《二拍》

　　馮夢龍的《三言》和凌濛初的《二拍》，在小說發展史上，不僅顯示白話短篇小說之繁榮，同時也代表中國古典白話短篇小說的最高成就。按，《三言》一百二十篇作品，其中包括：(一)經加工潤飾，或修改的宋元舊話本，(二)根據當時民間說話資料或文人傳奇提供的故事而改寫者，(三)根據唐宋傳奇及筆記小說改編者。整體視之，可以發現白話短篇小說由口述文學，走向書面(案頭)文學的發展趨勢，以及由集體創作到個人創作的轉變。另外，《二拍》顯然是仿效《三言》之作。惟值得注意的是，《二拍》七十八篇小說中，雖大多數都有其本事來源，基本上還是凌濛初個人的創作，這在文學史上，標誌著個人創作白話短篇小說的開端。此後，明末「抱甕老人」又從《三言》、《二拍》中，選輯出四十篇確定爲明代作品者，結集出版，題名《今古奇觀》，遂成爲以後清代三百多年，最通行的「擬話本」精選集。

　　白話短篇小說在知名文人參與模擬創作與潤飾改寫之下，已儼然形成一種具有共同風貌的「文類」，其類型特色，或可分別從以下四個小節而加以論述。

第一節　整齊美觀的篇目

　　其實小說之篇目，主要目的是向讀者點出本篇所述內容的主題大綱。

不過，現存宋元舊話本的篇目，仍然風格各異，並不統一。猶如前面章節所舉，有的以人爲題，如〈簡貼和尙〉，有的以物爲題，如〈戒指兒記〉，有的則以故事內涵爲題，如〈錯認屍〉、〈李元吳江救朱蛇〉等。此外，篇目的字數也頗爲隨意，長短不拘，從三言到九言都有。但是，馮夢龍的《三言》，則均以故事的主題大綱爲題，而且非常重視篇目的整齊美觀，各篇均以七言或八言的詩句式標目，即使原來的宋元舊話本小說，一旦經編者加工潤色收入《三言》後，其原來的篇目標題，經過刻意修改，也變得整齊美觀起來。例如：

〈錯斬崔寧〉→〈十五貫戲言成巧禍〉

〈西湖三塔記〉→〈白娘子永鎮雷峰塔〉

〈柳耆卿詩酒玩江樓記〉→〈眾名姬春風弔柳七〉

馮夢龍不但精心修改宋元舊話本小說的篇目標題，甚至在編輯成書的過程中，還會刻意將書中前後兩篇作品的篇目組成對偶句子。如〈簡貼和尙〉在《喻世明言》卷三十五，改題爲〈簡貼僧巧騙皇甫妻〉，遂與卷三十六〈宋四公大鬧禁魂張〉對偶；又如〈戒指兒記〉在《喻世明言》卷四，改題爲〈閒雲庵阮三償冤債〉，以與卷三〈新橋市韓五賣春情〉對偶；〈李元吳江救朱蛇〉在《喻世明言》卷三十四，改題爲〈李公子救蛇獲稱心〉，以與卷三十三〈張古老種瓜娶文女〉對偶；〈錯認屍〉在《警世通言》卷三十三，則改題爲〈喬彥傑一妾破家〉，以與卷三十四〈王嬌鸞百年長恨〉對偶。

按，《三言》各篇目整齊美觀的標目方式，或許是受到元雜劇的題目正名所啓示，以及章回小說回目講求勻稱的影響。總之，此例一開，後繼的白話短篇小說集，悉相模仿。就如凌濛初的《二拍》，不但仿效《三言》以詩句標目，甚至更進一步，每一篇小說的篇目本身就是對偶句。如《初刻拍案驚奇》中的〈酒下酒趙尼媼迷花，機中機賈秀才報怨〉，以及《二刻拍案驚奇》中的〈程朝俸單遇無頭婦，王通判雙雪不明冤〉即是。

白話短篇小說的篇目變得整齊美觀，是文人參與創作和編輯刊行問世的必然結果，同時也顯示，白話短篇小說從取悅聽眾到取悅讀者的發展演

變趨勢。

第二節　題材內容的因革

　　白話短篇小說集《三言》與《二拍》，在題材內容上，其實和宋元小說話本相若，往往因襲前人故事，多取材於現成的筆記雜錄、文言小說、野史傳聞，再加工潤色放大發揮而成。不過，即使是因襲前人作品，也注入了新的元素，展現出新的風貌，反映的則主要是晚明社會的城市生活，明代文人的審美趣味與道德觀念，流露出一種意圖擺脫舊傳統、追求新價值的傾向。

　　茲就晚明白話短篇小說題材內容的重點觀察，大略可分為：愛情婚姻、公案罪行、盜賊俠義、歷史傳說、神仙鬼怪等五大類型。當然，這些類型有時是交互重疊，彼此摻合的。不過為了討論的方便，姑且分類論析如下。

一、愛情婚姻

　　唐人傳奇中敘述的愛情故事，通常是文人作者熟習的，或親身經驗的才子佳人或書生與妓女之間傳奇式的愛情。不過，爰及白話短篇小說，男女主角的社會身分範圍擴大了，有明顯「市井化」的痕跡。不但是書生、妓女，就連商人、工匠、奴僕、婢妾、閨中少婦，甚至和尚、尼姑，都可以談戀愛。此外還值得注意的則是，所謂的男女「愛情」，在白話短篇小說中，除了世俗情味加重之外，許多作品都明顯沾染了不少色欲的成分。儘管情與愛的成分顯得薄弱，卻表現了人性的真實面。只有極少數的愛情故事，仍然企圖表現突破貧富的鴻溝，推崇超越社會階級的局限，帶有理想色彩及浪漫氣息的愛情；但是，故事處理的方式，仍是世俗的，現實的。

　　例如《醒世恆言》中的〈賣油郎獨佔花魁〉，即是一例。寫的是一個挑著擔子沿街叫賣的油郎秦重，如何無以自拔的愛戀上臨安名妓辛瑤琴。

秦重花費了辛苦將近三年賣油的全部積蓄，就只爲了能到妓院與她共度一宿，「摟抱了睡一夜，死也甘心！」沒想當晚辛瑤琴剛好應酬歸來，且已酩酊大醉，秦重整夜就謹愼小心並體貼入微的照料醉後的辛瑤琴，甚至還讓她嘔吐在自己的新衣服上。次日，秦重則毫無怨言的離去。這種表現愛情的方式，和文言小說中男女主角花園相會，繼而互傳詩信以訴相思，大相逕庭。當然，秦重對於以色貌取悅人的妓女之尊重與眞誠，終於打動了辛瑤琴的芳心，於是寧願自己花錢贖身，選擇賣油郎作爲其終生伴侶。或許作者自己也認爲，安排一個在市井中謀生存的賣油郎，娶得當今名妓爲妻，畢竟是非分之想，所以在故事情節進行中，反覆強調，賣油郎如何「積善修德」，才會落得「人財兩得」的美好下場。

另外還有一些白話短篇小說，乃是敘述夫妻之間曲折的愛情婚姻故事。往往是一對年輕夫妻，受命運的擺布，嘗盡離合悲歡的經歷。《古今小說》中的〈蔣興哥重會珍珠衫〉，就是一篇恩愛夫妻離散而最後團圓的例子。寫的是年輕商人蔣興哥，妻子三巧兒，以及另外一個年輕商人陳大郎之間的三角愛情關係。筆墨重點主要是以善良的三巧兒因丈夫遠行經商，耐不住寂寞，禁不住另一面貌酷似其夫君的年輕商人陳大郎的引誘，而紅杏出牆，乃至引出一連串曲折離奇的故事情節。值得注意的是，在作者筆下敘述的，女主角三巧兒，並非受儒家傳統道德支配的貞女烈婦，亦非妖豔淫蕩的風塵女子，而只是一個普通平凡的年輕家庭主婦，在現實生活中偶爾行爲失誤的經過。作者對三巧兒的不貞，顯然並無意從傳統道德立場，予以死來贖罪的嚴厲懲罰，只是十分溫和的，讓她經歷幾年的流離滄桑，最後還是寬厚的原諒了三巧兒，安排她和丈夫蔣興哥破鏡重圓。作者甚至對於介入他人婚姻的第三者，亦即無以自拔的迷戀上有夫之婦的陳大郎，也筆含同情與諒解。當然，整篇故事仍然套在「因果報應」觀念的模子裡，但是，在愛情與道德發生衝突之時，作者卻以寬厚的胸懷，將這份衝突化解了。乃至使得這篇故事比貞女烈婦的事跡更令人感動。因爲其表現的，不是高遠理想的德行，而是我們熟習的、眞實的人性。

另外又如《初刻拍案驚奇》中〈酒下酒趙尼媼迷花，機中機賈秀才報

怨〉，寫賈秀才的妻子巫娘子，如何遭到流氓奸騙之後，痛不欲生，而身為丈夫的賈秀才，不但沒有責備巫娘子的「失身」，反而體貼的安慰妻子說：「不要尋短見，此非娘子自肯失身，這是所遭不幸。」然後夫妻二人遂合作設計，終於殺了仇人。值得注意的是，妻子不幸失身一事，不但沒有造成夫妻間的猜疑或隔閡，反而促成「那巫娘子見賈秀才於事決斷，賈秀才見巫娘子立志堅貞，越發敬重」。兩人因相互敬重，彼此體諒，遂得以白頭偕老。

　　像上述故事中對女性貞操和夫妻情愛的如此寬容與開明態度，不僅在宋元舊話本中找不到，在明代以前的文學作品中，也是相當罕見的。這或許正是明代後期一些知識菁英講求思想解放，批判禮教權威，尊重個人，了解人性真實的反映。

二、公案罪行

　　其實公案故事原是民間說話人的首創，往往以情節曲折離奇取勝。除了源自宋元舊話本的少數作品如〈十五貫戲言成巧禍〉、〈簡貼僧巧騙皇甫妻〉之外，大多是以一個「清官」的判案為中心。《三言》中諸如〈三現身包龍圖斷獄〉、〈陳御史巧勘金釵鈿〉、〈沈小官一鳥害七命〉；《二拍》中如〈惡船家計賺假屍銀，狠僕人誤投真命狀〉、〈程朝俸單遇無頭婦，王通判雙雪不明冤〉等，均屬此類。在這些有關公案罪行的故事裡，鬧上公堂的事件真是五花八門。或是婚姻糾紛，或是花和尚調戲良家婦女的案件，還有尼姑偷情事件……；其中有謀財害命的官司，也有冤獄翻案的故事，還有種種欺詐、拐騙的不法行為。這些故事，雖可視為是反映明代社會市井生活樣樣觀的寫照，卻也和今天的都會地區各媒體所揭露的社會新聞差不多，可說是城市生活陰暗面的集中報導，一方面展現媒體報導的社會責任，同時亦頗能滿足讀者或聽眾偷窺或嗜血的心理。

　　如果從作者對公案故事情節發展的處理方式視之，這些或許可以稱為是中國最早的「偵探小說」，但是基本上卻又並不同於西方或現代的偵探小說。因為明代這些公案罪行小說，從來不會對讀者隱瞞「誰是凶手」，

或誰是罪犯者。其筆墨重點一般是放在罪犯的動機和行爲，以及其後的偵查過程與懲罰結果。一般導致故事中人物犯罪行爲的動機，往往是人性中難以控制的情欲和貪婪，有時則純粹出於個人的無知和愚蠢。不過，故事最後的眞相大白，則大都出於偶然，或出於審案官的智慧，終於看破奸情，或靠冤魂顯靈託夢，冤案遂得以平反。在這些公案罪行故事中，不論眞相是怎樣被識破，社會正義最終一定得以伸張，罪犯一定會受到懲罰。值得注意的是，在罪惡與懲罰的描述中，作者對於極爲殘酷與卑鄙的細節，諸如殺人、分屍、虐待、通姦、淫蕩等行爲，往往津津樂道。有些顯然是爲迎合讀者大眾對血腥暴力或色情的趣味，但是大多數還是表現作者對社會普世道德規範的尊重，以及對人性弱點的了解。當然，有時也免不了帶上一些嘲諷，嘲諷人的貪婪和愚蠢。整體視之，作者對這些故事中犯罪者的態度，則既有憐憫，亦有鄙視。

三、盜賊俠義

盜賊通常是危害社會治安，官方極力要追捕的人物，但是在一般小市民的心目中，卻可能成爲羨慕的對象，甚至視爲膽敢對抗官府的英雄。就如源自早期宋元小說話本的〈宋四公大鬧禁魂張〉，敘述的主要是幾個盜賊對官府及富豪，如何從容不迫的戲弄，故事充滿娛樂性。但宋四公和他幾個竊賊徒弟的行爲，不過是一種粗淺的勇氣炫耀而已，雖令市井小民稱羨、喝采，畢竟缺少眞正俠義的素質，因此只是盜賊而已，還不配稱爲「俠」。

至於那些可以稱爲俠義故事的白話短篇小說，主要還是繼承唐人傳奇小說而來。故事中的俠義人物，不管是否具有武功，大多數都會以法術來擊敗敵手。不過，在這些小說中，「俠」的概念仍然有些含糊不清，與司馬遷《史記·遊俠列傳》中的遊俠形跡，尚有一段距離。因爲故事中有的稱爲「俠」者，不過是模稜兩可的人物，除了會要一些法術之外，似乎並沒有什麼令人尊敬讚揚之處，甚至其行爲動機都值得懷疑。就如《古今小說》中的〈楊謙之客舫遇俠僧〉，儘管標題中稱楊謙之在客舫所遇者爲

「俠僧」，故事本身也有好幾處明白指出，那僧人是個特別優異的俠義人物，稱他爲「俠僧」、「豪僧」、「高僧」。可是這個「俠僧」，卻把自己的侄媳婦送給楊謙之做臨時夫人，幫助楊謙之在縣官任內囤積錢財，最後縣官任期滿了之後，大家一起分財！這樣的行爲，是眞正俠義之士所不齒的。另外，《初刻拍案驚奇》中的〈神偷寄興一枝梅，俠竊慣行三昧戲〉，則是關於一個竊賊的故事，作者津津樂道一個名喚「懶龍」的竊賊，如何以智取勝官吏，並打劫富豪。這樣的人物，和史書中所述俠客的行徑，亦並不相符合；不過，作者安排其劫富濟貧的情節，則與俠客的行徑有相似之處。

　　當然，《三言》中還是有一些武功不凡，且具有路見不平即拔刀相助的俠情故事，多半取自歷史人物的英雄事跡。例如《警世通言》的〈趙太祖千里送京娘〉，敘寫尚未發跡之前的宋太祖趙匡胤，如何憑其一身俠骨，伴送一個受難女子京娘安然返家。在作者筆下，趙匡胤是一個具有開國君王氣魄的俠士，也是一個爲建立個人聲名而奮鬥的俠士。趙匡胤所代表的俠士，不怕艱難，不畏強暴，不貪女色，雖然其體能與打鬥本領，偶爾不免有過分誇張之處，但他並非超人，也無法術，其整體形象頗接近現實。

　　另外值得一提的是，唐傳奇中有不少女俠故事，但白話短篇小說中卻只有《初刻拍案驚奇》的〈程元玉店肆代償錢，十一娘雲崗縱譚俠〉一篇，敘述有關女俠韋十一娘的故事。

　　大體而言，白話短篇小說中的俠義人物，大都頗能伸張正義，解救貧弱。他們對社會的規範，並不一定遵守，都是高度個人英雄主義者；重視的是，自己在江湖中的聲譽，以及同行對自己人格的看法。白話短篇小說中，俠義人物這種對個人聲名榮譽的特別珍惜，遂令趙匡胤，辜負了京娘的一片柔情，成爲一個不解風情的漢子；韋十一娘，則成爲一個清心寡欲的女尼。有趣的是，俠義故事中這種抗拒異性，談色變色的傳統，一直延續到長篇章回小說《水滸傳》，其中的英雄好漢，大多怕女人，甚至恨女人，尤其是漂亮的女人。因爲女人的誘惑，會沖毀他們任俠的名譽，沖淡

他們的英雄豪情。不過,這些極力避開女人誘惑的水滸英雄,卻轉而大塊吃肉、大碗喝酒的口腹之欲的生活。有關水滸英雄故事與英雄形象,當然是後話。

四、歷史人物

這類小說主要是以虛構的情節,講述歷史人物事跡或相關的傳聞故事。其中人物包括皇帝、名臣、將軍、哲人、詩人、詞客。其實歷史人物事跡與傳聞,也是宋元說話人所津津樂道。不過,在現存的宋元舊話本中,有關歷史人物的故事,往往會出現人物性格模糊不清,或資料引用錯誤,甚至主題不夠集中的現象。這些或許因民間說話人學識不足而造成的「缺憾」,惟在明代文人所寫的白話短篇小說中,則消失了。

例如宋元舊話本中〈柳耆卿詩酒玩江樓記〉(《清平山堂話本》),花了不少篇幅,稱讚北宋詞人柳永,如何「風姿灑落,人才出眾」,繼而卻又說他任餘杭縣官時,在酒筵上因看上名妓周月仙,遂「春心蕩漾,以言挑之。月仙再三拒而弗從而去」。柳永於是老羞成怒,意圖報復。經打聽得原來周月仙「自有個黃員外,情密甚好。……每夜用船來往」。於是設計要船夫「夜間船內強姦月仙」,事後並以此要脅月仙與他相好,月仙只得屈從。這樣卑鄙可惡的行為,顯然並不符合柳永的歷史形象,也破壞了故事前後的協調性。馮夢龍在《古今小說》的〈眾名姬春風弔柳七〉中,就根據其他筆記雜說,加以改寫,才「恢復」了柳永的名譽,且令其在小說中的性格形象較為完整統一。此外,舊話本中亦出現一些詩詞張冠李戴者,馮夢龍亦加以考訂,恢復其本來面目。

有關歷史人物的小說中,還有一種特出的類型,主要是敘述主人公如何從沒沒無聞,終於取得功名顯貴。基本上或許是模擬宋元說話中「發跡變泰」故事,但是比舊話本故事更接近歷史的實情。《古今小說》中〈窮馬周遭際賣鎚媼〉便是一例。寫「自幼精通書史」,才智過人的窮書生馬周,任博州助教,屢因酒醉而遭刺史責罵,遂拂衣而去,乃遊於京師。這時一個三十餘歲「豐豔勝人」的寡婦王媼,正巧經營一家賣蒸餅的店,卻

慧眼識英雄，十分欣賞馬周。並以其社交能力，介紹馬周到常何將軍幕下任幕僚；馬周因表現傑出，進而又由常何將軍引薦給唐太宗，拜爲監察御史。馬周因「感王媼殷勤」，娶她爲妻，不到三年，直做到吏部尚書，王媼亦封爲夫人。這樣一篇有關歷史人物的故事，除了寡婦王媼，是由小說家虛構出來的人物，其餘人物和情節，大致與歷史記載相近。（食追）

五、神仙鬼怪

神仙鬼怪故事，大多以人物的離奇遭遇爲骨幹，而奇遇的對象，則有仙女、妖怪、鬼魂。仙女之遇，往往是孝心或其他德行感動天地之後，而得來的「好報」。至於故事中的妖怪，多半是蛇、貓、狐狸等動物，修鍊成精之後變成的美女。或刻意引誘青年男子上鉤，吃他、害他；或因偶然的機會，這青年男子救了妖怪一命，或曾助妖怪一臂，於是妖怪知恩圖報，變成美女，不但以身相許，還爲他生兒育女，甚至助他升官發財。當然，有妖怪，則必有收妖的道士，最後通常是道士以法力符咒，把妖怪擊敗或消除，遂令這個被妖怪迷惑而身染妖氣的男子，恢復理性，做一個平凡人、正常人。除了妖怪之外，還有關於鬼魂顯靈的故事，有時是人鬼相鬥，有時則是人鬼相友、相愛。

當然，所有的神仙鬼怪故事，都以情節離奇，引人入勝爲筆墨重點。惟情節的安排，則往往帶有濃厚的因果報應色彩。

值得注意的是，從這些神仙鬼怪故事，可以看出明代白話短篇小說從宋元小說話本「改進」的情形。例如有關白蛇修鍊成精的傳說故事，源自《清平山堂話本》的〈西湖三塔記〉。但是〈西湖三塔記〉中的蛇精白娘子，乃是一個無情無義的妖怪。每捉得青年男子，即先留住「做夫妻」，等另外捉得新人到，就將舊人的心肝取出下酒。如此循環往復，不知害了多少青年的性命。吃人害人的白娘子，最後被奚眞人捉來封入鐵罐，安在西湖中心，人人稱慶。可是，在《警世通言》的〈白娘子永鎭雷峰塔〉中，白娘子雖然也是蛇精，卻非常善良，只不過是「一時冒犯天條，卻不曾殺生害命」。白娘子唯一的「過錯」，就是眞誠的、深情的追求人間世

界的情愛。在白話短篇小說作者筆下,白娘子一反過去的殘忍凶惡,成為一個充滿人性,令人同情,引人憐愛的深情女子。至於那個挑撥許仙與白娘子感情的法海和尚,卻令讀者厭惡,覺得他多管閒事,破壞一段好姻緣。

第三節　說話傳統的沿襲

晚明的白話短篇小說如《三言》和《二拍》,即使其編寫創作乃至刊行的目的是供人閱讀,已屬於案頭文學,仍然和宋元小說話本一樣,保留了一些「說話」的藝術傳統,彷彿不如此,則不能算是小說。

一、敘述語氣

與宋元舊話本一樣,故事的敘述者乃是以說話人自居,把讀者當聽眾,因此說話人的口頭禪,俯拾皆是,甚至還會公然和讀者或假想的聽眾直接交談,隨時對故事中人物或情節,加以評論,表達意見,或說明情況,預測未來。對現代讀者而言,可能會覺得這個敘述者簡直跟想像中的說話人一樣喋喋不休,盡說些不相干的事來打岔。例如《古今小說》中的〈蔣興哥重會珍珠衫〉,一般皆認為出自馮夢龍手筆,不過故事並非源自宋元小說話本,而是根據另外一位明代作家宋楙澄(幼清,1569-1620?)寫的一篇文言小說〈珍珠衫〉改寫而成。兩篇故事的基本架構相同,但是以文言寫的〈珍珠衫〉,其作者和唐傳奇作者一樣,是以客觀的立場和態度,記述一件事情的始末,並不會半途插身於故事中去,也不會任意中斷情節的發展來表示意見。可是,經馮夢龍改寫成白話小說之後,情況卻大不相同。

試看蔣興哥外出經商,歷久不歸,任年輕美貌的妻子三巧兒獨守空閨,這時一個鄰近賣簪花首飾的薛婆,受了陳大郎的賄賂,想盡辦法來接近三巧兒,以便撮合陳大郎與三巧兒二人的露水姻緣:

這婆子俐齒伶牙,能言快語,又半癡不顛的慣與丫鬟們打諢,所

以上下都歡喜他。三巧兒一日不見他來，便覺寂寞，叫老人家認
了薛婆家裡，早晚常去請他，所以一發來得勤了。

作者敘述至此，卻忽然中斷故事的發展，說出一番道理來：

世間有四種人惹他不得，引起了頭，再不好絕他。是那四種？
遊方僧道、乞丐、閒漢、牙婆。
上三種人猶可，只有牙婆是穿房入戶的，女眷們怕冷靜時，十個
九個到要扳他來往。今日薛婆本是個不善之人，一般甜言軟語，
三巧兒遂與他成了至交，時刻少他不得。正是：
畫虎畫皮難畫骨，知人知面不知心。

這樣彷彿臨時起意的「插播」，顯然是沿襲宋元小說話本的傳統，敘
述者以說話人自居，不但語氣態度都模仿說話人，也擁有隨時向聽眾或讀
者灌輸某些常識理念的權威。或許這是出於作者對「傳統」的尊重，卻也
從此為中國古典小說的敘述模式立下傳統。

二、體制形式

白話短篇小說在體制形式方面，亦沿襲宋元舊話本。整篇故事主要是
由「入話」、「正話」、「篇尾」三部分組成。姑且仍以〈蔣興哥重會珍
珠衫〉為例。

(一)入話

故事開端，先說一段「入話」：

仕至千鐘非貴，年過七十常稀。浮名身後有誰知？萬事空花遊
戲。
休逞少年狂蕩，莫貪花酒便宜。脫離煩惱是和非，隨分安閒得
意。這首詞，名為〈西江月〉，是勸人安分守己，隨緣作樂，莫
為酒、色、財、氣四字，損卻精神，虧了行止。求快活時非快
活，得便宜處失便宜。說起那四字，總到不得那「色」字利害。
眼是情媒，心為欲種。起手時，牽腸掛肚；過後去，喪魄銷魂。
假如牆花路柳，偶然適性，無損於事；若是生心設計，敗俗傷

風，只圖自己一時歡樂，卻不顧他人的百年恩義，假如你有嬌妻
愛妾，別人調戲上了，你心下如何？古人有四句道得好：人心或
可昧，天道不差移。我不淫人婦，人不淫我妻。看官！則今日聽
我說〈珍珠衫〉這套詞話，可見果報不爽，好教少年子弟做個榜
樣。……

此段「入話」，不過是說一些因果報應的膚淺道理。當然，特別是針
對勾引三巧兒的陳大郎這類人物的行徑，指出爲「色」所迷的可怕，暗示
以下所述故事中道德教訓所在，然後再引入正話。按，「入話」原先只是
民間說話人爲引起聽眾注意的一段開場白，有時甚至和所說故事並無關
聯。不過在書面小說中，則已經有其一定的功能：就是暗示或襯托正話的
主題，以引起讀者的好奇心。

(二)正話

「正話」即是小說故事的主體。儘管明代白話短篇小說，已是案頭文
學，主要是寫來供人閱讀的，不過在正話的敘述過程中，作者則始終站在
故事情節與讀者之間，繼續扮演著說話人向聽眾述說故事的角色。敘述的
風格方式上，仍然因襲「說給人聽」的法則，可以隨時中斷故事情節的發
展，向假想的聽眾，表達意見，批評人物，解釋情況。

(三)篇尾

正話結束之後，作者往往在「篇尾」又刻意現身，有時引詩爲證，對
整篇小說的故事情節作出評定，順便勸戒讀者一番，宛如宋元舊話本一
樣，保留說話人的「說教」任務。就看〈蔣興哥重會珍珠衫〉，在蔣興哥
娶了陳大郎之妻平氏，且原諒了他始終深愛的三巧兒之後的結局：

再說那蔣興哥，帶著三巧兒回到家中與平氏見面。若按初次結婚
的先後而言，王三巧兒爲先，只是因爲中間休了一段時間，使得
這平氏倒成了明媒正娶的了，而且平氏又比三巧兒大一歲，這樣
就讓平氏做了蔣興哥的正房，王三巧兒反而做了偏房。她們二人
互相又以姊妹相稱，從此他們一夫二婦一起生活，團圓到老。有
詩爲證：

　　恩愛夫妻雖到頭，妻還作妾亦堪羞。

　　殃祥果報無虛謬，咫尺青天莫遠求。

　　儘管作者在故事中，對於三巧兒不惜對陳大郎產生戀情，已經盡力包容她、寬恕她了，畢竟還是不能讓這一對觸犯了社會道德規範的男女，順利的遠走高飛，共度餘生。必須借因果報應關係，給三巧兒一些懲罰，讓她經歷一些羞辱和滄桑，最後雖然與蔣興哥團圓了，其社會地位畢竟降了一級，由妻變成了妾。既然作者扮演的是在大庭廣眾之下講說故事的人，就不能公然站在只顧追求個人幸福者的一邊，即使作者對三巧兒的行徑，充滿同情、憐憫、諒解，也不能鼓勵個人行為違反了社會的傳統道德規範。乃至這最後的結局，以及「有詩為證」的訓辭，顯得有些勉強，彷彿只是口頭敷衍而已。

三、夾雜韻文

　　晚明白話短篇小說，雖然已經是為饗讀者的閱讀興趣而創作，卻仍然保留民間說唱文學的痕跡。最明顯的就是在通俗的白話散文敘述故事情節之間，往往夾雜著詩詞、駢文、偶句、諺語。當然，在作者的經營策畫之下，已各有其不容忽略文學功能：或用來描寫人物相貌、環境景象，或藉此劃分故事情節段落，預示未來發展，或解釋情節，引出教訓。雖有其一定的功能，但不可否認的，夾雜韻文，必然會經常中斷故事敘述的流暢文氣。

第四節　情節結構與人物形象

一、情節結構之經營

　　與宋元舊話本小說相比照，晚明文人所寫的白話短篇小說，篇幅增長了，故事的情節明顯有更加曲折的傾向，而且也表現出較為重視故事結構組織的完整。晚明作者更為注意細節的描寫，在世態人情方面的著墨，也遠比宋元話本豐富許多。此外，主題也比較集中，人物事件前後的矛盾鬆

散也減少了。從馮夢龍〈眾名姬春風弔柳七〉的改變，就是最好的例子。當然，大多數的白話短篇小說，還是延續縱向的單線結構，由順時間的次序逐步發展，但是已經出現像《古今小說》中〈沈小官一鳥害七命〉那樣，同時有幾條情節錯綜交織在一起，且線索清晰完整的結構。總之，晚明白話短篇小說，予人的總體印象是，情節結構已趨向複雜多面。這自然是民間說話人的口述文學，比較難以做到的。

二、人物形象之塑造

晚明白話短篇小說中人物肖像的描寫，仍然著重典型的概括，尚缺少個別人物獨特的像貌特徵。例如〈蔣興哥重會珍珠衫〉的男主角蔣興哥，初次出場時，作者先介紹其姓名、字號、籍貫、家世，繼而描繪其像貌：

> 話中單表一人，姓蔣名德，小字興哥，乃湖廣襄陽府棗陽縣人氏。父親叫做蔣世澤，從小走熟廣東做客買賣。因爲喪了妻房羅氏，止遺下這興哥，年方九歲，別無男女，這蔣世澤割捨不下，又絕不得廣東的一十道路，千思百計，無可奈何，只得帶那九歲的孩子同行作伴，就教他學些乖巧。這孩子雖則年小，生得：眉清目秀，齒白唇紅。行步端莊，言辭敏捷。聰明賽過讀書家，伶俐不輸長大漢。人人喚做粉孩兒，個個羨他無價寶。

引文中對蔣興哥的肖像描寫，只是用一些「眉清目秀，齒白唇紅，行步端莊，言辭敏捷」之類空泛的讚語，顯然沒有獨特的個人肖像。

至於小說中人物的性格特徵，則主要還是靠人物外在的言語和行動來表現。不過，和宋元舊話本相比，明代白話短篇小說則更進一步，開始著重刻畫人物的內心世界。當然，此處所謂「內心世界」，並非指現代小說強調的個人靈魂深處的矛盾衝突，只不過是人物內心的想法意念而已。作者通常是把人物的內心活動與生活細節的描寫，結合起來，或與人物外在的表情、對話和行動，結合起來，乃至塑造成有血有肉，可親可感的人物形象。即使是典型人物，也是具有性格特徵的典型。

例如〈賣油郎獨佔花魁〉中，描寫男主角賣油郎秦重，初見女主角辛

瑤琴之際的情景。按，辛瑤琴這時正由一個中年婦人和幾個丫頭簇擁著進入一座豪華大宅的大門，站立在一旁的秦重，目睹辛瑤琴的美色，頓時間，整個人都癡呆了。於是昏昏然走到附近一家酒店去，儘管秦重是從來不喝酒的，卻猛灌了幾杯，且向店小二打聽，住在那大宅中的是何許人物？店小二告訴他，此乃當今臨安的名妓，交遊來往的，盡是一些王孫公子或達官要人，人稱「花魁娘子」，是汴京人，北宋亡了，方流落在此。試看作者描寫秦重此時內心思慮的翻騰起伏：

> 秦重聽得說是汴京人，觸了個鄉里之念，心中更有一倍光景。吃了數杯，還了酒錢，挑了擔子，一路走，一路的肚中打稿道：「世間有這樣美貌的女子，落於娼家，豈不可惜！」又自家暗笑道：「若不落於娼家，我賣油的怎生得見！」又想一回，越發癡起來了，道：「人生一世，草生一秋。若得這等美人摟抱了睡一夜，死也甘心！」又想一回道：「呸！我終日挑這油擔子，不過日進分文，怎麼想這等非分之事？正是癩蛤蟆在陰溝裡想著天鵝肉吃，如何到口！」又想一回道：「她相交的都是公子王孫，我賣油的縱有了銀子，料她也不肯接我。」又想一回道：「我聞得做老鴇的專要錢鈔，就是個乞兒，有了銀子，她也就肯接了。何況我做生意的，清清白白之人？若有了銀子，怕她不接！——只是哪裡來這幾兩銀子？」一路上胡思亂想，自言自語。

敘述至此，作者隨即扮演說話人的敘述者，又打岔了，面對聽眾而言：

> 你道天地間有這等癡人！一個做小經紀的，本錢只有三兩，卻要把十兩銀子去嫖那名妓，可不是個春夢？自古道：「有志者，事竟成。」被他千思萬想，想出一個計策來。

接著故事又繼續說下去：

> 他道：「從明日為始，逐日將本錢扣出，餘下的積攢上去。一日積得一分，一年也有三兩六錢之數。只消三年，這事便成了。若一日積得二分，只消得半年。若再多得些，一年也差不多了。」

　　想來想去，不覺走到家裡，開鎖進門。只因一路上想著許多閒
　　事，回來看了自家的睡鋪，慘然無歡，連夜飯也不要吃，便上了
　　床。這一夜翻來覆去，牽掛著美人，哪裡睡得著：只因月貌花
　　容，引起心猿意馬。

　　挨到天明，爬起來，就裝了油擔，煮早飯吃了，鎖了門，挑著擔
　　子，一徑走到王媽媽家去。進了門，卻不敢直入。……

　　作者運用秦重內心的獨白，如何盤算，加上一些具體的細節，把一個
樸實的小買賣人的性格，刻畫得十分逼真。首先，秦重原是個買賣人，做
買賣的應該會打算盤，其心中盤算的主要是，一天能存多少錢，一年又能
存多少錢……。其次，秦重又是一個陷入情網的年輕人，而且已經到了癡
迷的地步，乃至「回來看了自家床鋪，慘然無歡，連夜飯也不要吃，便上
了床。這一夜翻來覆去……」。可是，作者不曾忽略，秦重也是一個十分
細心謹慎的人，寫他「走到家裡，開鎖進門」，第二天出門時，還不忘
「鎖了門」。爰及秦重終於到了花魁娘子的住所，「進了門，卻不敢直
入。……」經過這些細膩的描寫，秦重這個人物，在讀者心目中，有了他
獨特的個性。

　　這種通過內心的獨白，配合生活細節，再加上對話和行動，來塑造人
物，在晚明白話短篇小說中，已經頗為普遍。按，宋元小說話本，主要還
是靠對話和行動，也就是聽得見、看得到的來寫人物性格。晚明的「擬話
本」畢竟已是案頭文學，是寫來供人閱讀的，因此可以憑小說人物的「心
中想道」，來塑造更具個人性情的人物形象。

第六章
白話短篇小説的後繼

在馮夢龍《三言》、凌濛初《二拍》之影響下，再加上書商的極力推動和勸請，明末至清代康熙(1662-1722)、雍正(1723-1735)年間，白話短篇小說的創作與刊行，蔚然成風，一時作者紛起，專集、選集頻出。根據孫楷第《中國通俗小說書目》所著錄，現今保存的明末清初白話短篇小說集，就有四十多種。這樣「繁榮」的局面，一直持續到清中葉之後才漸趨平靜。當然，數量的豐富，並不一定代表品質的優越。儘管這期間的白話短篇小說，已經不再受過去民間說話技藝的束縛，但是作品中往往還是流露濃厚的說教意味，以及過分強調因果報應的情節安排，已預示出白話短篇小說逐漸走向衰微的趨勢。或可列舉明末、清初一些代表作，以觀其大概。

一、明末代表作

(一)周清原《西湖二集》

蓋周清原《西湖二集》當為《西湖一集》之續書，惟其《一集》已佚。現存《二集》乃明末崇禎年間(1628-1644)刊本，共三十四卷，每卷寫一則故事，由於每篇主人公的遭遇活動，均與杭州西湖有關，故而以此名書。行文主要還是白話，不過作者文筆優雅流暢，作品的故事素材則大多取自前人或當代的野史筆記或文言小說，諸如明人田汝成《西湖遊覽志》、《西湖遊覽志餘》，以及沈國元《皇明從信錄》、馮夢龍《情史類略》、瞿佑《剪燈新話》、陶宗儀《輟耕錄》等。故事內容涉及層面頗廣，除了生動描述當時杭州的風俗習慣之外，還記述一些著名文人的軼

事,或藉南宋史實,洪武盛世,對明末政治社會的種種黑暗現象,嬉笑怒罵,流露作者對明末時局內憂外患,貪汙橫行的憤恨和譏諷。其中最值得注意的是,筆墨中對明末官場及科場的黑暗,儒林文士的腐朽,諷刺尤其深刻,或許可視爲《儒林外史》的前驅。不過《儒林外史》對腐朽儒士的諷刺,主要是挖苦與嘲諷,《西湖二集》的筆墨卻沾上更多的憎惡與鄙視。

(二)席浪仙《石點頭》

書名《石點頭》蓋取自高僧道生(?-434)在虎丘講說《涅盤經》,終令頑石點頭的典故。作者席浪仙,號天然癡叟,全書十四卷,每卷一篇,共十四篇,故事素材同樣亦多取自前人野史筆記,有的出於馮夢龍的《情史》,書前還有馮夢龍的〈敘〉,崇禎年間刊行。所敘故事,其中包括貪官的汙毒肆虐,諸如變亂章法,陰謀不軌,誣良爲盜,逼良爲娼;以及社會黑道惡勢力,如何殺人劫財,賄賂官府,騙取人妻的種種罪惡行徑;還有保甲制度的種種弊病,科場舞弊的腐敗現象等。儘管作者意在勸善懲惡,作品中說教氣味濃厚,不時引述佛經典故,以因果報應,勸人爲善,來安排情節。展現的主要是,明末政治社會的黑暗恐怖,流露的是,對人性已經不存希望的沮喪。

二、清初代表作

(一)李漁《無聲戲》、《連城璧》、《十二樓》

清初的白話短篇小說,實際上是明末短篇小說的餘緒。李漁(1611-1676)不但是清代著名的戲曲理論家、劇作家、出版家,又是馮夢龍、凌濛初之後,最重要的小說創作者。其短篇小說集《無聲戲》、《連城璧》與《十二樓》,可說是繼《三言》、《二拍》之後,質量較佳,影響較大的白話短篇小說集。

《無聲戲》分一集、二集刊行。現存四種本子:(一)一集十二回本,每回演一故事,卷首有「偽齋主人」序,清初刊本,現藏日本尊經閣。(二)然後刻印了《無聲戲合集》,順治(1644-1661)刊本。原有一集和二

集，惟二集不存，《合集》亦僅殘存二篇，現藏北京大學圖書館。（三）《無聲集合選》，原目十二回，今殘存九回，屬開封孔憲易私藏。（四）別本《連城璧全集》，日本抄本，為大連圖書館收藏，有十二回，加上《連城璧外編》殘存四卷，共計十六篇，是現知《無聲戲》諸版本中保存李漁小說最多的一種。另外還有《十二樓》，又名《覺世名言第一種》，於順治十五年（1658）問世。因書中十二個故事中都有一座樓，後出的刊本書名均改為《覺世名言十二樓》，簡稱《十二樓》。兩部書共收李漁白話短篇小說三十篇（惟現存二十八篇），從不同角度反映當時的社會眾生相。

　　李漁的短篇小說，與其他明末清初的作品類似，重視「勸善懲惡」的作用，說教意味頗濃。惟在白話短篇小說發展史上，令人矚目的有：（一）通過青年男女在愛情上的離合悲歡，傳達作者肯定人欲，反對道學，以及對追求個性解放者的同情。或可視為清初才子佳人章回小說風行的註腳。（二）表達一個文人士大夫對官場的黑暗、吏治的腐敗和社會風氣的惡濁之不滿與批評。（三）注重故事的新鮮奇特，力求情節的曲折多變，偶爾難免會有過於巧合與牽強之弊病。（四）小說的敘述語言時常具有喜劇性的特色，甚至往往出現插科打諢，戲謔調侃的意味。當然，偶爾有時也會難免失之油滑輕佻。

（二）《鴛鴦針》、《醉醒石》

　　《鴛鴦針》，題「華陽散人編輯」。根據當今學者的考證與推測，華陽散人可能即是清初的吳拱辰，明崇禎九年（1636）舉人，入清後不仕，後隱居茅山。因為茅山有華陽洞，故自號華陽散人。《鴛鴦針》四卷十六回，每卷一篇，共四篇小說。其中三篇均以文士儒生的生涯為筆墨重點，分別指摘貪官和蠹官的當權，造成科舉制度失去選拔人才的功能，導致滿腹文章者落選，而儒林敗類，文不能成篇者，卻因買通考官，或偷換頂替，反而中舉。其間顯然寄寓著作者對官場文化與科舉制度忿忿不平之感。作者文筆流暢，人物刻畫生動傳神，作品的體制與李漁的《十二樓》等則頗相似。

　　另外還有《醉醒石》，署名「東魯古狂士編」，作者真實身分已不可

考。乃屬清初問世之作。全書十五卷，每卷一篇，共十五篇作品，大多反映明末的社會病態，或許寄望藉此可以驚醒世人。其中令人矚目的，還是對當世「讀書人」的鄙夷與不滿。在作者筆下，似乎文士儒生皆令人生厭：或妄自尊大，猖狂放肆；甚至還會凌轢同儕，暴虐士庶。就連那些教書先生，也行徑醜惡；包括打牌燒煙，帶徒打壓，覬覦美色等。筆墨重點顯然是，對儒林敗類的撻伐。與《儒林外史》對文士儒生言行的諷刺態度相比，《醉醒石》流露的似乎是，作者對自己所屬的知識階層之徹底絕望與無限鄙視。這或許代表成長於明末，苟全於清初的文人士子，對社會人生的悲觀看法。整體視之，作者文筆簡練精粹，惟偶爾語氣稍嫌過分逼人，而且喜訓誡，好評論的痕跡相當顯著。

這些明末清初的白話短篇小說，均屬文人創作的案頭文學，與宋元小說話本的距離已相距遙遠。在風格上，雖然失去了宋元小說話本的天真與樸素，卻更具文人氣質。值得注意的是，其作品的主要關懷已趨於「狹窄」，大多是針對文人士大夫階層所熟習的官場或考場的經驗與感受，基本上源自作者本人的見聞與觀感。因此，文士儒生的生涯，科舉的制度，官場的惡習，往往成為作品關懷的重點，卻也正巧為文學史上第一部針對文士儒生行徑的長篇章回小說《儒林外史》，鋪上先路。

第十二編

明清長篇章回小說發展歷程

第一章
緒　說

　　所謂「章回小說」，即分章分回的長篇小說，這是中國古典長篇小說的主要形式。從《三國演義》、《水滸傳》、《西遊記》，到《金瓶梅》、《儒林外史》、《紅樓夢》，甚至一直到五四時代，長篇小說始終承襲章回的形式。倘若就作品語體而言，章回小說實際上有白話章回小說與文言章回小說之分。惟白話章回小說乃是文壇主流，於明清時期最為盛行；文言章回小說則是在白話章回小說盛行之後，雖經一些文人好奇，偶一仿作，卻始終未成氣候。此處所論，即為明清時期盛行的白話章回小說。這種小說的章回形式，顯然乃是由宋元民間說話藝術的基礎上發展演變而成。

　　按，宋元民間說話藝術對長篇章回小說的影響，不僅在體制形式方面，更重要的則是在內容和藝術方面的表現。由於「說話」是面對聽眾講給人聽的，兼具商業利益與娛樂性質，故而所說的內容，必須注重故事性，也就是要首尾完整，頭緒清楚，尤其須情節曲折，引人入勝，方能吸引一般聽眾的捧場。至於對故事中人物的外貌形象、心理活動，以及生活環境背景的描寫，則不可能充分的展開。而且，無論講述歷史人物故事，或是說一些社會上的傳聞，諸如煙粉、靈怪、傳奇、公案等，往往都要達到曲折離奇的效果。因此，即使是有關真實歷史人物的故事，通常也會不同程度的帶著一些誇張或神奇的色彩。所述人物，不外帶有傳奇性的君臣將相、英雄豪傑，或是現實世界不曾有的神魔鬼怪，以及淨化的、誇飾的，甚至幻想的人物。一直到由個人經營的《金瓶梅》之問世，才突破了話本小說的格局，開拓了長篇章回小說的新路子。儘管如此，章回小說的

體制,在明清作者的筆下,仍然保留其一貫的傳統。

第一節　章回小說的體制特徵

　　現存的明清長篇章回小說,即使題材內容風格迥然不同,在體制上顯然均繼承宋元說話的傳統,又經過數代文人作家的相繼模仿,以及不斷修改加工潤飾,乃至形成一些共同具有的類型風貌特徵。

一、楔子開端

　　長篇章回小說的篇首,往往有一節「楔子」作爲開端,以總述小說故事的來源,或交代故事的背景緣起,或暗示書中主題。例如《水滸傳》第一回〈張天師祈禳瘟疫,洪太尉誤走妖魔〉,即托以洪太尉不小心放走封閉甕中的妖魔,導致一百零八條好漢流入人間世界,於是惹出一番驚天動地的故事來。又如《紅樓夢》第一回〈甄氏隱夢幻識通靈,賈雨村風塵懷閨秀〉,則把全書托之於空空道人與大荒山無稽崖青埂峰一塊石頭的淵源,提示書中男主角賈寶玉不凡的來歷與其生命的憾恨。此外,《儒林外史》首回的回目乾脆就是〈說楔子敷陳大義,借名流隱括全文〉,其中借元代隱士畫家王冕這個理想人物的故事,作爲全書其他腐朽文士儒生的對照。這樣的開端,在全書主題內涵上顯然爲讀者提供了引人深思的意境,不過,就其章法,仍然與明代白話短篇小說往往用詩詞或相關掌故作爲「入話」,以引入正話的功能相同,實際上均源自民間說話藝術的傳統。

二、分章標回

　　長篇小說的分章標回,其實亦源自宋元民間的說話傳統。按,「說話」原是在瓦舍勾欄爲娛樂大眾的表演節目,自然有時間的限制。倘若說話人所說的故事,在一「回」說話的時間內說不完,則不得不將故事的發展暫時中斷下來,等下一「回」再繼續。又由於說話畢竟是一種商業行爲,爲了吸引聽眾的興趣,保證下「回」還會再來,說話人往往在最精采

引人之處暫時收場，或故意製造懸念，以免聽眾半途離去，或希望聽眾下「回」再來聽解，因而把故事分成若干「回」。就如說話門類中的「講史」，說的乃是朝代興亡盛衰的故事，不可能一兩回就講完，必須連續講相當長一段時間。乃至每講一回故事，由於時間有限，必須暫時告一段落。而且每回開講之前，往往還要用一個題目標題（當時稱「招子」、「招牌」或「紙榜」），宛如當今歌星演唱或名人演講之前要先出海報，宣示此回的內容大綱，以吸引聽眾繼續捧場。這就成為章回小說每章必標「回目」的來源。

現今所見章回小說，每一章回，都有類似詩的句式為回目，多數是七言或八言的對偶句，以總括此一章回的內容大綱。如《三國演義》第一回：

晏桃園豪傑三結義，斬黃巾英雄首立功。

這樣的回目，與民間說話人先以標題宣示內容相若，與元代雜劇的「題目正名」傳統亦相似。說話人敘說長篇故事，必須分多回講述，為了使聽眾便於記住，加深印象，或吸引更多的聽眾，每講一個中心內容，宣布一個醒目的標題，這樣就逐漸形成分章節、立回目的格局。

當然，早期的回目，通常還比較簡單粗率。如元末明初羅貫中的《三國志通俗演義》，分二十四卷二百四十則（節），每則均以回目概括本則的內容大綱，不過，只有單句回目，而且長短不一，例如：

第一回〈祭天地桃園三結義〉

第二回〈劉玄德斬寇立功〉

以後經人加工潤色，回目才由單句逐漸發展為偶句。而且由字數不一的句子，發展成字數劃一，對仗工整，甚至平仄諧韻，富有感染力的對偶句。及至清初毛宗崗的《三國志演義》版本，已將全書所有回目改成對仗工整的對偶句。

此外，每一回通常以「話說」或「且說」開頭，結尾則多半在一個情節的高潮處突然打住，以「欲知後事如何，且聽下回分解」之類的套語暫時作結，寄望令讀者欲罷不能，有興趣繼續看下去。即使後期的章回小

說，並非從說話人的故事改編，而是純粹由個別文人獨自撰寫的案頭文學，諸如《金瓶梅》、《儒林外史》、《紅樓夢》，亦繼承同樣的傳統。所以長篇章回小說雖然分若干章回，但每一章回其實並不代表一個真正完整的情節。換言之，章回小說的故事情節，通常並不能以章回來刻板劃分段落。

三、敘事結構

　　長篇章回小說最初是由民間說話人口述的故事串聯起來而形成的。自然不容易有統一的布局和緊密的結構。不過，即使由作家個人撰寫成的長篇，從今天的標準看，在結構上仍然顯得鬆散。作者顯然並不重視小說全面的統一連貫性，而通常以大小情節片段之間的聯繫為主。早期的章回小說，大多採用單線組合，單線縱貫的結構形式，由一個接一個的故事連綴而成，宛如「串珠」式的結構。及至由個別文人單獨創作的《金瓶梅》，才開始出現較為複雜的網狀結構新形式，並為《紅樓夢》多線交叉，網狀交織的敘事結構所繼承和發展。其實長篇章回小說的作者，並不企圖以小說的整體結構來創造「統一連貫性」，而往往以「反覆循環」的模式，來表現人間世的新陳代謝及各種複雜細微關係。

　　值得注意的是，中國長篇章回小說主要情節的結局，也就是全書主要人物故事的結束，通常遠在小說的終結之前即發生。就如《金瓶梅》共一百回，而其主角西門慶在七十八回就死了。《水滸傳》一百回，梁山諸好漢的聚義忠義堂，則發生在七十一回。《儒林外史》五十五回，而眾儒士群聚泰伯祠的大祭禮，出現在三十七回。換言之，章回小說一般在前半截，亦即在主要情節結束那段，就已經說完主要人物的聚散離合故事，因此，後半截所敘的「後事」，就往往予人以一種無端延續，甚至拖延的印象。當然，或許可以從另一個角度觀察，則章回小說後半截出現的晚輩或次要人物故事，所代表的，有如長江後浪推前浪一樣，象徵傳統中國人的宇宙觀，亦即在時光永恆的流逝中，歷史不斷的演進裡，人物一直在不停的循環更替，永遠的新陳代謝下去。

第二節　章回小說發展總趨向

　　明清長篇章回小說，基本上是沿襲宋元民間說話不同家數的路線發展，惟在發展過程中，逐漸形成各自獨特的系統，甚至由於彼此滲透，相互影響、融合，產生新類型的小說。不過，宏觀而言，或許可從以下幾方面，來概覽章回小說作為一種「文類」的發展演變總趨向。

一、整體風格──逐漸擺脫話本格局，增強文學性，完成文學化

　　中國古代長篇章回小說的發展，就此一文類的整體風格視之，乃是經過一個逐漸擺脫話本格局，增強文學性的漫長過程。譬如《三國演義》、《水滸傳》、《西遊記》等，就是分別源於宋元講史話本、小說話本或說經話本，最後的編撰者或作者，不僅沿襲說話人的故事題材，而且繼承說話藝術的敘事方式和技巧。不過由晚明文人個人獨自創作的《金瓶梅》，則是一個轉折點，爰及清代的《儒林外史》、《紅樓夢》，才真正擺脫了話本的格局，由個別作家獨自完成長篇章回小說的「文學化」，才是純粹的、創作的「小說」。

二、題材內容──歷史、神話走向現實社會人生與家庭日常生活

　　短篇白話小說的題材內容，在宋元小說話本中，其涵蓋已經相當廣泛，大凡說話的「小說」家數，如胭粉、靈怪、傳奇、說公案、說鐵騎兒等，皆包括在內。可是長篇章回小說的題材內容，雖然其間也會出現採用「小說」各家數題材的情形，卻有其明顯的發展演變方向：主要是先由歷史、神話傳說，繼而才逐步走向現實社會人生以及家庭的日常生活。從《三國演義》到《紅樓夢》的相繼問世，即可證明。

三、人物形象──由強調人物之間的群體意識走向標榜個體意識

　　長篇章回小說中人物形象的塑造，在發展過程中，主要是先由強調人

物之間的群體意識，再走向標榜個體意識。如《三國演義》、《水滸傳》、《西遊記》等，強調的是書中主要人物之間的，諸如兄弟之情、君臣之義、江湖義氣，或師徒之情，而且這些小說中人物的生命歷程與人格情性，均與相互之間群體意識的維繫或遵循與否密切相關。爰及《金瓶梅》、《儒林外史》、《紅樓夢》，則開始有明顯的變化。作品標榜的，則是書中主要人物身上流露的個體意識，強調的往往是個人對一己生命或生活方式的選擇，其追求的，無論是個人的財富、情欲、功名、權勢，或一己身心的自由與幸福理想，均展現作品中人物形象的塑造，已由重視群體意識，到宣揚個體意識的演變。

四、價值取向——對傳統倫理道德由推崇走向批評，甚至意圖顛覆

從《三國演義》到《紅樓夢》，無論故事情節的安排，或人物形象的塑造，均明顯展示出章回小說在價值取向方面的演變痕跡。換言之，由推崇傳統倫理道德，而走向批評，或嘗試擺脫，甚至意圖顛覆傳統倫理道德的枷鎖。就如《三國演義》，乃是強調劉、關、張之間的兄弟之情，以及諸葛亮對劉備的君臣之義；《水滸傳》，則歌頌梁山好漢共同遵循的江湖義氣；繼而《西遊記》，則一再表現，唐僧與孫悟空、豬八戒、沙和尚之間的師徒之情的維繫，方能修成正果。在作者筆下，推崇的均屬傳統儒家強調的倫理道德。可是，從《金瓶梅》開始，書中主要角色如西門慶、潘金蓮諸人，往往為一己之私，或貪財謀權，或縱情於色欲；繼而《儒林外史》書中一方面細筆寫文士儒生對個人名利的追求，另一方面則特別凸顯王冕個人的淡泊名利，杜少卿人格言行的不同流俗；到《紅樓夢》的賈寶玉，雖生活於世代官宦富貴的大家庭中，卻幾番表示對功名利祿的鄙視，以及其與表妹林黛玉，如何對彼此知己之情的珍惜與眷戀。均明顯流露，作者藉書中人物角色在故事情節發展過程中的種種言行，由推崇傳統倫理道德，走向表現個別人物如何嘗試擺脫，甚至意圖顛覆傳統倫理道德的心理。這些均充分顯示，明清長篇章回小說，在價值取向方面的發展趨向。

第二章
章回小說的前驅——宋元話本

前面章節討論白話短篇小說時，已經提及宋元民間說話的專業，大致分為：小說、說鐵騎兒、說經、講史等主要家數門類。這些民間說話藝術，對長篇章回小說都有一定程度的影響。其中又以「講史」和「小說」兩家的影響最為深遠。按，講史，訴諸文字之後，成為講史話本，可視為章回小說的前驅，而小說，則因題材內容的繁富廣泛，其中某些小說話本的題材，亦往往會成為章回小說中故事情節的組成部分。以下試依這些宋元話本產生之先後，概述其發展大略。

第一節　講史話本——平話

章回小說其實是從宋元講史話本的基礎上發展起來的。按，講史話本，一般又稱「平話」，表示其乃屬並不夾雜吟唱的講述故事。就現存一些早期的講史話本資料，主要包括：

一、《新編五代史平話》（殘本）

宋元之間刊行，未署作者姓名。當屬宋人編寫，後經元人增益者。主要是敘述梁、唐、晉、漢、周等五代之興替始末。各分上下二卷，惟梁史與漢史，均缺下卷，其他亦各有缺頁。整部「平話」，大抵根據史實，再另外增添一些傳說枝葉而成。所使用的語言，則是半白半文，且夾雜駢文、詩歌、諢辭。原本是通俗歷史讀物，文學性不強，缺乏生動曲折的情節，也鮮少人物性格的刻畫。是元末明初長篇歷史演義小說《殘唐五代史

演義傳》的前身。

二、《全相平話五種》（日本內閣文庫藏）

元代至治年間（1321-1323）由新安虞氏刊印，惟均未署作者姓名。包括：

（一）《武王伐紂平話》，別題《呂望興周》

（二）《七國春秋平話》（後集），又名《樂毅圖齊》

（三）《秦併六國平話》，別題《秦始皇傳》

（四）《前漢書平話續集》，別題《呂后斬韓信》

（五）《三國志平話》

以上五種平話，每部均各分上中下三卷，且各書的版式一致，皆是上圖下文，顯然已經是供人欣賞閱讀的本子。其中《武王伐紂平話》，成為以後《封神演義》的藍本。當然，最值得注意的則是《三國志平話》，共約八萬字，其中故事情節吸收了不少野史雜傳及民間傳說，乃至與三國的歷史事實，拉開了距離，且已粗具羅貫中《三國志通俗演義》的輪廓。

整體視之，這些講史平話的主要內涵，大約有四分之三篇幅，乃是直接依據史書的記載，再加工加料而成。至於體制、語言，以及故事細節與人物描寫，則顯然受民間講史傳統影響頗深。書中表現的，諸如歷史觀點、故事情節、人物行徑，雖偶爾亦出現荒誕不經之處，大體與史書所載相去不遠。五種平話當屬通俗歷史讀物，還不能算是合格的文學作品，仍然處於由歷史著述，向文學作品發展的過渡狀態。惟爰及明末刊行的《殘唐五代史演義傳》，題署「貫中羅本編輯」者，因書中情節表現較為曲折，人物性格亦較為豐滿，才能視為「文學作品」。

三、《大宋宣和遺事》（南宋人編寫，元人增益）

作者無名，全書乃是由南宋人編寫，後經元人增益而成。主要是記述北宋徽宗、欽宗二帝北狩二百七十餘事。不過現存的版本，則已為明刊本，共分上下兩卷（另一版本分元、亨、利、貞四集），其中講史話本〈梁

山泊聚義本末〉，已將宋江等三十六人的事跡與梁山泊聯繫起來。故事起始於楊志押運花石綱，終結於梁山好漢征方臘。實際上乃是把有關梁山好漢各自獨立的單篇故事，吸收講史的格局，串聯而成。其資料來源，主要還是抄錄舊籍，包括野史、筆記，再略為加工，並插入詩詞韻語，且把某些較艱深的文言句子通俗化。整體視之，語言仍是文白夾雜，故事則稍嫌簡陋，不過，已經粗具《水滸傳》故事的基本輪廓。

值得注意的是，以上這些講史話本，並不分章回，而是分卷數，惟每卷中又有若干細目。倘若從文學的角度來評價，還是比較簡陋，甚至粗劣之作。但是，其中所述故事情節，往往虛實相雜，已經顯示由歷史走向文學的架式。

第二節　說經話本

一、《大唐三藏取經詩話》（日本高山寺藏）

《大唐三藏取經詩話》原刊印於南宋，不過卻曾經長期失傳，直至1916年，羅振玉以日本高山寺藏本影印，方得流傳國內。其故事源自唐、五代時期佛寺俗講的「說經話本」，主要是講述唐代高僧玄奘赴印度求法取經之事，不過已是完全虛構的文學故事。按，《大唐三藏取經詩話》分上中下三卷，共十七節，且每一節均有一個標目，點出內容大綱。諸如〈行程遇猴行者第二〉、〈過獅子林及樹人國第五〉等，已經具有章回小說之雛形。此外，每節都有故事中人物角色所口誦的韻文，類似佛經中的「偈贊」，顯示由佛寺中俗講到小說之間的過渡形式。值得注意的是，所述故事中已經出現的「猴行者」，幻化為白衣秀士，自稱是「花果山紫雲洞八萬四千銅頭鐵額獼猴王」，並且成為取經團隊的主角，而歷史上真正的取經主角唐僧，則退居為次要角色。整個取經途中種種的磨難，也多虧猴行者的神通法力，才得安全度過。令人矚目的是，其中歷史人物已經讓位給虛構人物，這正是作品文學化的重要條件。

二、元末《西遊記平話》(片段)

雖然《西遊記平話》乃屬刊行於元末的作品,可惜久經失傳,故而其原貌已不得而知。如今只能從一些零碎資料,甚至包括散見於國外的資料,偶爾收錄書中某些簡略情節片段,窺見些許痕跡。

(一)「夢斬涇河龍」

明朝永樂年間(1403-1424)編輯的大型叢書《永樂大典》第一三一三九卷,其中「送」韻「夢」字條下,錄有一段「夢斬涇河龍」的故事,約一千二百字,注稱乃出自《西遊記平話》。所記故事與現今所見《西遊記》第九回前半部分,亦即魏徵斬龍的情節,基本相同。

(二)「車遲國鬥勝」

韓國古代的漢語教科書《朴通事諺語解》,其中保存一段「車遲國鬥勝」的故事,約一千字左右,亦注稱出自《西遊記平話》。故事所記和現今所見《西遊記》第四十六回所述情節相近似。惟不容忽略的是,除此之外,《朴通事諺語解》中還有幾條與取經故事相關的「注」中,亦略述《西遊記平話》的一些故事情節。諸如:南海觀音奉如來佛法旨,到東土去尋找取經之人;「齊天大聖」大鬧天宮;孫悟空輔助唐僧前往西天,一路上如何鬥妖除怪。湊合這些故事片段,已經展現《西遊記》書中的主要人物為一師三徒:亦即唐僧、孫悟空、沙和尚、黑豬精豬八戒。換言之,取經的團隊,業已形成。

第三節　小説話本

其實宋元小說話本,目前並無留存者。惟根據南宋元初人羅燁的筆記《醉翁談錄・小說開闢》,所列小說家所說的小說題目,其中涉及後世長篇章回小說者,就有「青面獸」、「花和尚」、「武行者」等故事。可惜均未有文字流傳下來。不過,依其故事標目,或許由此可證,《水滸傳》乃是由「民間說話」講史類和小說類融合的產物。另外,當今所見《水滸

傳》中保留下來的說話人口氣，以及每每向聽眾點醒題旨，以及所說情節故事段落的標題，諸如「這個喚做〈智取生辰綱〉」、「這個喚做〈白龍廟小聚會〉」等，亦可證明，長篇章回小說《水滸傳》中，已編入了流行民間的小說話本。

第四節　雜劇劇本

　　根據《錄鬼簿》、《太和正音譜》等著的記載，元雜劇中搬演有關三國故事的劇目，就有四十多種。流傳至今的還有十多種，其中關漢卿的〈單刀會〉，以及無名氏的〈連環記〉、〈博望燒屯〉、〈隔江鬥智〉等，均為《三國演義》提供了精采的故事情節。另外，以梁山英雄好漢為題材的雜劇亦不少。今人傅惜華《元代雜劇全目》，即收有「水滸戲」劇目三十餘種，現今保存完整的尚有：〈黑旋風雙建功〉、〈李逵負荊〉、〈燕青博魚〉、〈還牢末〉、〈爭報恩〉等。值得注意的是，就在這些元代雜劇劇本中，投奔梁山的水滸英雄，已從宋史所稱三十六人，發展到一百零八人，已經為《水滸傳》一書奠定了基本的架構。再者，還有關於唐僧取經的〈西遊記〉雜劇，包括〈唐三藏西天取經〉、〈二郎神鎖齊天大聖〉等，亦融入現存《西遊記》的故事情節中。

　　這些雜劇劇本，或許上接宋元說話傳統，卻分別為以後的《三國演義》、《水滸傳》、《西遊記》等長篇章回小說，不但提供了人物事件的素材，並且影響到作品的敘述風格，以及作者撰述之際的立場態度。

第三章

章回小說的問世與定型——
元末明初至明中葉

雖然宋代說話專業中的「說三分」，已經成爲流行民間的說話傳統，不過，將民間說話轉錄爲文字記載，進而編寫刊印成書，以饗讀者，則尚須時日。在文學史上，第一批章回小說刊印成書的正式問世，大約發生在元末明初之際。其中自然以《三國演義》及《水滸傳》兩部巨著，最引人矚目。兩部小說不但開啓了後來歷史演義和英雄傳奇的相繼寫作與刊行，同時也奠定了長篇章回小說的體制形式，在中國小說發展史上，實具有劃時代的意義。

第一節　歷史演義《三國演義》——第一部章回小說

歷史演義小說，乃是直接從宋元講史話本的基礎上發展而來，或敘述一個朝代的興衰，或敘述幾個王朝的更迭，是長篇章回小說中最早出現的一類。內容上，往往以特定歷史時期所發生的重大政治或軍事事件，爲主要線索，又以在這些歷史事件中扮演過重要角色的眞實歷史人物之身世遭遇，爲筆墨重點，進而加工潤色，甚至虛構想像，編寫成書。在眾多的歷史演義小說中，以《三國演義》成書最早，成就也最高。

一、成書經過：《三國志通俗演義》到《三國演義》

按，此處所謂「成書經過」，乃是針對小說內容以及其版本方面的發

展演變而言。雖然《三國演義》是文學史上公認的第一部歷史演義，也是第一部成熟的長篇章回小說，惟不容忽略的則是，早在兩晉以來的文人筆記中，已經有不少關於三國歷史人物事跡與傳說故事的記載，爲《三國演義》的成書，提供了素材。爰及宋代，民間說話的家數中，已有專門「說三分」的科目和藝人。另外，金院本、元雜劇諸戲曲，亦有不少有關「三國」人物故事的劇本。而目前所知的講史話本中，則有元代至治年間(1321-1323)刊行的《全相三國志平話》。不過，現存最早，而且是完整的刊本，則已是明嘉靖元年(1522)刊刻的《三國志通俗演義》，題爲「晉平陽侯陳壽史傳，後學羅本貫中(1330?-1400?)編次」。全書分二十四卷，共有二百四十則，而且每則均提供一個標目，標目還是單句的，如第一則即標目爲〈祭天地桃園三結義〉。此外，敘述的語言，顯然還受到史傳或文人筆記的影響，採用淺近文言，並夾雜有詩詞韻文，以及章表書札等可信的歷史資料。其實《三國志通俗演義》，乃是在《全相三國志平話》的基礎上，繼而加工潤色改編而成者。

倘若將《三國志通俗演義》與之前元代刊行的《全相三國志平話》相比照，則可觀察到以下的一些演變痕跡：

首先，篇幅增長了，又經過文字的加工潤色，情節描寫更爲細緻，人物形象更爲鮮明。就如著名的有關劉備「三顧茅廬」情節，在《全相三國志平話》中，還只是一小段，而且文字粗劣，敘述平淡；及至《三國志通俗演義》，則予以鋪敘，不但篇幅加長了好幾倍，而且成爲一篇結構奇巧，敘述精采，意趣盎然，引人入勝的故事。又如「青梅煮酒論英雄」，在《平話》本中亦只有以下數句：「無數日，曹相請玄德筵會，名曰『論英會』。唬得皇叔墜其筋(當是箸)骨(當是承上文誤加)，會散。」其中並無情節的描寫，亦無人物形象的刻畫。不過爰及《三國志通俗演義》，則將其故事擴大爲整整一回，其中不惜筆墨刻畫曹操與劉備二人的內心活動，彼此言談之間的緊張鬥角，均十分精采。也就是通過《通俗演義》本所敘述的故事情節中，各主要人物的形象，都變得生動鮮明起來。

其次，則是在內容方面的去瑕疵，糾謬誤。其中包括改正人名地名或

史實的謬誤。尤其值得注意的是，刪除《平話》本中一些與史實相距太遠的無稽之談、荒誕之說。如《平話》一開端，敘說東漢光武時，司馬仲相如何斷陰獄的種種因果報應，則被刪除，改為直接以漢末十常侍弄權，黃巾作亂的史實開端。又如《平話》中還載有曹操曾公然勸漢獻帝讓位於其子曹丕；劉備曾經在太行山落草當強盜；張飛則殺人不眨眼，不但曾殺定州太守元嶠，又殺了朝廷派來查詢的督郵；諸葛亮竟然是莊稼漢出生⋯⋯等等。這些不符史實的無稽之談，在《通俗演義》中，均遭刪除。

　　再者，作者根據陳壽(233-297)《三國志》以及裴松之(360-439)的「注」，收入了更多的可信史料。其實大凡可以運用的正史資料，或相關傳聞記載，羅貫中都酌量增入。其中包括三國時人的一些詩賦書表等作品文件，也寫進書中，遂增添了三國故事的「可信度」，遂令《三國志通俗演義》既是小說，又不完全脫離歷史，具備了歷史演義小說，所謂「七分史實，三分虛構」的特點。

　　自嘉靖本《三國志通俗演義》問世後，因頗受讀者青睞，於是其他新刊本相繼湧現，至明末時期，已不下二十種版本。惟大多數仍以嘉靖本為底本，另外再作一些音釋、註解、插圖、考證、評點工作，或文字增刪，卷數與回目的整理等。直到清代康熙年間(1662-1722)，由毛宗崗與其父毛綸二人，又進一步對《三國志通俗演義》作了較大的改動，其中包括：(一)辨正史事，改正內容；(二)整理回目，改為對偶；(三)增刪詩文，更換論贊；(四)潤色文字，修飾辭藻；(五)書名定為《三國志演義》，一般或簡稱《三國演義》。

　　從此毛宗崗本《三國志演義》，遂成為流傳最廣的版本。不過，毛宗崗本一出，羅貫中的原本，幾乎湮沒已鮮為人知。從三國故事本身的演變看，《全相三國志平話》，主要在民間講史的傳統上奠定了基礎；羅貫中的《三國志通俗演義》，進一步樹立了歷史演義的規模；而毛宗崗本《三國演義》，則又作了些修訂加工潤色，增強了文學趣味，令其更為完善。

二、《三國演義》概覽

從《三國演義》之成書經過來看，雖然迄今通行的乃是毛宗崗定本，但學界還是普遍認為，原作者仍然應該歸羅貫中。按《三國演義》主要是記述從東漢末年黃巾之亂(184)到孫吳滅亡，西晉統一(280)，亦即約一百年間，魏、蜀、吳三國如何形成鼎立紛爭的局面，以及在這動亂時代中，種種風雲人物的興起與敗亡。全書六十卷共一百二十回，是中國文學史上第一部分章分回的長篇小說。當然，就如前節所述，遠在其書成之前，書中主要的人物故事，早已流傳於民間，作者羅貫中大體還是在講史話本《全相三國志平話》基礎上，再根據陳壽《三國志》與裴松之〈注〉中的資料，加以刪改補充，綜合熔裁而成。

首先，就《三國演義》採用的敘述語言視之，並非純粹的「白話小說」。全書乃是以淺近的文言混合通俗口語白話寫出，並且還多量採用相關的詩賦書表等可信資料，以協助人物形象的刻畫與故事情節的發展。其次，書中人物都是真實的歷史人物，所敘述的一些重要的政治或軍事的事件，也接近史實。但作者在編寫撰述過程中，卻以其高度的文學想像，與驚人的組織能力，大大增添了故事情節的浪漫色彩。遂令《三國演義》雖有史實為依據，卻並非一般的歷史讀物，而是一部引人閱讀興趣的歷史演義小說。

此外，作者處理三國人物與事件的立場態度，顯然並不同於陳壽撰寫的正史《三國志》，而是繼承民間講史話本《全相三國志平話》的「擁劉抗曹」傾向，故而以蜀漢為「正統」，乃至對曹操多加誣衊，並且貶低了東吳孫權的才能。這種對史實「歪曲」與「虛構」的態度，或許正是《三國演義》作者是在創作小說，而非敘述歷史的重要標誌。作者在故事情節發展過程中，又特別標榜劉備、關羽、張飛三個異姓結拜兄弟之間，如何同危難、共生死的義氣，以及劉備與諸葛亮君臣之間，知遇恩報之情。因此，予人的整體印象是，全書強調的，主要乃是兄弟友朋君臣之間的「群體意識」，作者推崇的是，儒家傳統的社會倫理道德。至於人物形象塑造

方面，主要也是以傳統倫理道德的是非善惡觀念為標準，遂導致書中人物形象無論多生動討喜，也難免會出現類型化、典型化的傾向。換言之，書中主要人物的性格特徵，往往屬於某一種品質的典型。例如，理想仁君劉備的仁厚與愛才，猛將關羽的忠義與自負，以及張飛的勇敢與鹵莽，還有賢臣諸葛亮的忠誠與智慧等。當然，其主要人物中，仍然有性格比較複雜的人物，如曹操的雄才大略與機警奸詐，周瑜的風流才華與狹窄氣量，也有極為生動細膩的描述，充分展示作者對人性複雜一面的體認。

再者，《三國演義》作者，不僅塑造了一群不朽的人物形象，還展示出不少充滿誇張趣味與浪漫氣息的故事情節，為讀者提供了文學趣味。就如：劉、關、張的「桃園結義」，劉備的「三顧茅廬」；精采絕倫的「赤壁之戰」，其中包括東吳大將周瑜忍痛「打黃蓋」，龐統的「連環計」，諸葛亮的「草船借箭」，以及「三氣周瑜」；繼而還有阻嚇司馬懿大軍壓境的「空城計」；關公氣概萬千的「單刀赴會」，之前於華容道的「義釋曹操」；張飛在長板坡的喝退百萬雄兵；趙雲於亂軍中的「單騎救主」……等，都在讀者心目中留下深刻印象，不但是後繼小說家追隨模仿的典範，也成為戲曲中深受歡迎的劇目。

惟值得注意的是，儘管作者的立場態度是「擁劉抗曹」，把劉備塑造成一個弘毅寬厚、仁民愛物的明主賢君，曹操則是一個殘忍多疑、跋扈專權、野心勃勃的奸雄，但是，為遵循歷史的真實，在小說結局的安排上，深得民心的劉備，雖有關羽、張飛、趙雲諸英雄之捨命相助，又有天下第一英才諸葛亮的輔佐，卻始終未能恢復漢室的基業，蜀漢在三國中最早敗亡。而奸詐狡猾的曹操，卻能雄霸天下，為其子曹丕奠定了魏國的江山基業。又由於作者筆下始終流露對蜀漢一方的深厚同情與偏愛，遂使得蜀漢的敗亡，以及大凡為劉備鞠躬盡瘁、死而後已的賢臣猛將，生命歷程中都塗上了濃厚的、令人惋嘆唏噓的悲劇色調。尤其是光照全書的諸葛亮，原本隱居南陽，是一個與世無爭、安享平靜生活的「隱士」，只不過為報答劉備「三顧茅廬」的知遇之恩，而獻其身於亂世，又試圖以其個人的智慧與努力，來扭轉蜀漢微弱的局勢，來抗拒難以阻擋的命運洪流。也就是這

種「知命」卻又不認命的奮鬥精神，遂令諸葛亮成爲傳統儒家強調「知其不可爲而爲」的最崇高、同時也是最悲壯的忠臣賢相英雄典範。

《三國演義》作者，於敘述三國時期近百年的歷史進程中，總共涉及四百多個大小人物，塑造了一批令人難忘的人物形象，開創了一種新型的小說體式，以及一門具有不同於其他別種小說類型的敘述模式。自明嘉靖以後，各種歷史演義小說大量興起，幾乎每個朝代都有一部歷史演義敘述其盛衰興亡，但是，無論在內容表現，情節安排，敘述技巧，或人物塑造上，與《三國演義》相比，不過是繼其後續的模仿品而已。

第二節　英雄傳奇《水滸傳》

一、英雄傳奇與歷史演義

其實「英雄傳奇」與「歷史演義」兩類小說，均有歷史人物事件爲源頭，廣義而言，可謂同屬歷史小說的範圍，但是，兩者之間仍然有很大的區別：

(一)歷史演義是以描述歷史事件的演變，記述朝代的盛衰興亡爲主體，而英雄傳奇則以塑造傳奇式的個別英雄人物爲筆墨重點。前者近似「編年體」，後者則宛如「紀傳體」。

(二)歷史演義多從歷史中擷取素材，其中出現的主要人物與事件，基本上依據史實，最多也只是「七實三虛」。就如《三國演義》中的主要人物和事件，都是史書上有記載的，不管作者對蜀漢有多偏愛，甚至把諸葛亮刻畫成一位具有各種神機妙算本事的高人，最後還是不能挽救蜀漢敗亡的歷史事實。英雄傳奇則多吸收流行市井民間的傳說故事，不爲史實所囿，歷史性薄弱，虛多實少，絕大部分的人物事件多屬虛構。就看歷史上關於宋江等人的記載，均頗零星簡略，如《宋史‧徽宗本紀》，僅有以下數語：「宣和三年(1121)二月，淮南盜宋江等，犯淮陽軍，遣將討捕；又犯京東、江北，入楚海州界，命知州張叔夜招降之。」可是到了《水滸傳》小說中，則擴大成一百零八條英雄好漢，如何一個接一個奔上梁山聚義，揮

著「替天行道」的旗幟，追求自由快活的傳奇故事。

(三)歷史演義主要是從民間說話門類中的「講史」話本發展而成，其述說的人物事件眾多，又爲了符合歷史盛衰興亡的進展，基本上已經是長篇的記載。可是英雄傳奇的主要源頭，則是民間說話中的「小說」話本，乃是由一個一個短篇故事串聯起來而成，換言之，有如一篇一篇的個別英雄人物的「傳記」，然後再套上講史的長篇架構。

(四)歷史演義在內容上，以敘述政治事件或軍事鬥爭的大局面爲多，反映一般平民百姓日常生活瑣屑細節者頗少；人物方面，有關帝王將相的身世遭遇者爲多，有關市井小民的日常經歷者則很少；敘述語言行文方面，則書面用語較多，尋常生活用語較少。英雄傳奇則剛好相反。

　　總之，英雄傳奇小說，因不受史實的拘束，作者有更多發揮的空間，乃至比歷史演義富有更多的想像與虛構，且更接近一般現實社會生活。就小說文類而言，英雄傳奇則更具有文學意味，更像小說。

二、版本演變

　　關於《水滸傳》的作者，雖然歷來說法搖擺不一，惟大抵不出羅貫中與施耐庵(1296-1370)二人。目前學界的一般共識是：或許先由施耐庵集撰，之後又經羅貫中纂修而成。由於《水滸傳》故事的來源主要是民間各種傳聞故事，其版本演變亦相當繁雜，就其已經成書的狀況，大略可分爲繁本與簡本兩個系統。不過，所謂「繁」與「簡」，並不在情節、人物的多寡，而是指其敘述、描寫的繁簡而言。其中較爲重要的，包括：

(一)繁本

　　當今所知最早的繁本，是嘉靖年間(1522-1566)刊行的《忠義水滸傳》。原書應有一百回，可惜目前只存八回的殘本。好在萬曆年間(1573-1620)重新刻印的百回本，有「天都外臣序」，基本上應該保存了嘉靖本的原貌。其中還包含梁山好漢受朝廷招安之後，征遼、征方臘的內容。

(二)簡本

　　現存最早的簡本，則是萬曆年間(1573-1620)刊行的《忠義水滸志傳

評林》，全書共二十五卷。雖文簡卻事繁，如梁山英雄征遼後，又還有征田虎、王慶之事。可惜亦殘缺不全。

(三)楊定見本

萬曆末年楊定見擷取簡本中所載征田虎、王慶事，加以潤飾，與一百回的繁本合成一百二十回本，即所稱《新刊李氏藏本忠義水滸傳》，一般或簡稱「楊定見本」，乃是當今所見《水滸傳》最「完整」的版本。

(四)金聖嘆本

清初才子金聖嘆(1610?-1661)則別出心裁，取繁本的前七十一回，加工潤色，又把第一回稱作「楔子」，第二回則作為第一回，以此類推。結尾又另外增添「梁山泊英雄驚惡夢」一段文字，成為七十回本，其中梁山一百零八個英雄好漢，被朝廷一網打盡。這就是金聖嘆「腰斬」的《水滸傳》本。惟書題「東都施耐安撰」，偽托為元代古本。不過，由於前七十回的內容，的確是《水滸傳》精華所在，乃至有清三百年間，金聖嘆本成了流行最廣的通行本。

上舉幾種版本中，百回本應該是最接近施耐安與羅貫中原著的本子，不過，其回目已經後人加工潤色，成為精緻的對偶句。

三、《水滸傳》概覽

《水滸傳》一書，乃是敘述北宋末期一百零八條綠林好漢，各自如何先後與官府衝突，乃至犯案遭追捕，不得已而紛紛奔上梁山泊落草的傳奇故事。其中故事情節雖主要出於虛構，不過梁山泊的首領宋江，則是真實的歷史人物。如前面所引述，《宋史》上就有關於宋江等三十六盜賊搶掠作亂的簡略記載。但是，經過民間街談巷語的傳說，以及說話藝人的渲染編造，再加上文人筆記的傳述，爰及宋末元初無名氏的《大宋宣和遺事》，其中已經包括劫取生辰綱、楊志賣刀、宋江私放晁蓋、劉唐下書、宋江殺閻婆惜、玄女廟得天書等情節。水滸故事的輪廓，業已基本形成，而且正史所稱宋江等三十六名「盜賊」人物，已經搖身一變，成了膽敢抗拒官府欺壓，受人稱羨歌頌的英雄好漢。繼而，又在元代雜劇的編演中，

不少梁山人物還成了令人讚嘆欽佩的義士。總之，經過長期的流傳演變，以及無數民間藝人與文人士子的加工潤色，最後則由一兩位作家，把有關梁山好漢長短不一的短篇故事情節，修飾整理，編撰串聯起來，乃成爲今天所見的長篇章回小說《水滸傳》。

綜觀《水滸傳》書中所述一百零八條好漢，可謂來自不同的社會角落，這些人物出生的社會階層背景，涵蓋面之廣泛，是古典小說中絕無僅有的。其中包括：世襲貴族、將門後裔、在職官吏和低層軍人，還有富商巨賈、地主惡霸、落魄文人、黑店老闆、地痞流氓，加上和尙、道士、漁夫、小販、裁縫，甚至小偷。簡直就是一個多元社會的各色人物集錦。不過，作者刻意點出的則是，這些人物大多數最初都還算是安分守己的普通良民，過著與常人無異的各自謀求生活的尋常日子，可是卻先後被奸人或情勢所「逼」，乃至憤而殺人犯案，成爲官府捉拿的對象，才不得不奔上梁山，落草爲寇。因此，「逼上梁山」，可說是作者爲水滸英雄好漢安排的共同命運，亦是《水滸傳》故事情節的「主線」。但是，不容忽略的是，倘若細讀全書，其中眞正被官府逼上梁山的好漢，似乎只是極少數，如林沖即是一顯著例子。其他英雄好漢，有的乃是或因不滿現實，或因仰慕宋江之名，而自願落草，有的卻是爲其他梁山好漢的招募所逼，令其無法繼續在社會上作良民，無路可走之下，只得入夥梁山。

值得注意的是，水滸故事的說話人或作者，似乎是爲了討好聽眾或讀者的「嗜血」口味，乃至往往津津樂道這些梁山英雄好漢一些野蠻甚至殘忍的行爲舉止，彷彿只有如此才算英雄好漢。不過，儘管眾英雄好漢表現出種種反社會或反文明的行徑，卻又並非倡導革命的造反者。他們舉著「替天行道」的旗號而反抗的，並不是朝廷本身，而是那些矇騙朝廷，危害社會，欺壓百姓的奸臣惡吏。又由於梁山好漢多屬萬不得已才入夥梁山，因此，在作者筆下，通過宋江的意識，時時刻刻又希望朝廷來招安，以便能夠重回社會，可以在有生之年，建功立業，甚至圖個封妻蔭子，或許還可以青史留名。由此可見，梁山好漢雖淪爲盜賊，成爲官府捉拿的對象，其實他們的生命歷程和人生理想，與《三國演義》中的英雄人物頗爲

相若,始終未曾擺脫中國傳統文人士大夫的兩大包袱:亦即建功立業與留名青史。這或許多少反映出《水滸傳》一書之編撰者內心深處的潛在意識吧!

《水滸傳》故事,一再強調梁山英雄好漢的「忠義」精神,可謂是作者於全書中刻意點出的主題意識。首先,其宣揚之忠義,主要乃是指眾英雄好漢之間兄弟友朋如何講義氣的團隊精神,表現的是濃厚的江湖義氣的「群體意識」。換言之,有福同享,有難同當,是梁山英雄的共同口號,大秤分魚肉,小秤分珠寶,則是他們不分彼此的共同生活理想。「忠義」的概念,不但支配梁山英雄好漢的思想,而且領導他們的言行舉止。但是,不容忽略的是,「忠義」在梁山好漢心目中,不但是大夥兄弟彼此之間的行規,更包含對其首領大哥宋江類似「君臣」關係的忠貞義氣。這些梁山英雄,可謂是為忠義而生,為忠義而殺人反叛,最後也為忠義而隨著首領宋江接受了朝廷的招安,並且誤以為通過招安,表示對朝廷的忠義,則可以達到建功立業、留名青史的夢想。當然,作者在宣揚忠義之際,畢竟留下一些令讀者深思惋嘆之處,例如,將魯智深與武松的結局,作為少數的例外。透過他們最後離開梁山團隊的選擇,作者清醒地表示,只有遠離奸官汙吏充斥的朝廷,才能保留個人的獨立人格。因為,對奸官控制的朝廷,表示忠義,必然不會有好結果,只會為梁山的英雄好漢帶來災難。

當然,以男性角色為中心的《水滸傳》故事,其實還有另一暗藏的,且不容忽略的「副題」,頗值得重視,亦即「女色」的可怕與可惡。儘管梁山好漢縱欲於大塊喫肉,大碗喝酒,對女色則往往擺出清教徒的嘴臉,不但抗拒,還表示嫌惡。在眾多梁山好漢中,除了被其他英雄經常嘲笑的王矮虎王英之外,均明顯表示不好女色,甚至畏懼或憎恨女色。女性角色在《水滸傳》中地位之低下,在中國小說史中,可謂絕無僅有。除非像孫二娘或顧大嫂那樣,跟眾好漢一般慓悍殘酷,殺人不眨眼,本身已經是合格的英雄,其他大凡具有姿色,可令男人動心的平凡女性,在說話人口中或作者筆下,均屬淫婦蕩女,一再受到英雄好漢的懷疑、憎恨與敵視,而且結果均不得好下場。就如宋江的姘頭閻婆惜、楊雄的妻子潘巧雲,均以

「淫蕩」之罪，分別慘死在宋江與楊雄刀下，即是顯著的例子。當然，眾好漢中在言行上表現得最「憎恨」女色者，莫如深受一般讀者偏愛的武松、魯智深、李逵。按，武松乃是怒殺其嫂，亦即與西門慶通姦的潘金蓮者。魯智深則每逢碰到有和尚道士居然與年輕女人在一起，就會怒火萬丈，殺機頓起。李逵則一看到美貌姑娘，就不勝厭煩嫌惡。如《水滸傳》第三十八回中，敘述李逵與宋江正在酒樓開懷豪飲之際，偏偏來了一名歌女，爲了取悅酒客而過分殷勤，打岔之間，竟然惹惱了李逵，一怒之下就把這可憐的歌女粗暴地推得跌倒地上，昏了過去。女性角色在《水滸傳》中，所以全無受尊敬的地位，不單單由於她們的美色會令這些好漢產生防衛性的畏懼，更因爲她們的柔情，或甜言蜜語，也可能破壞英雄好漢勇猛的人格豪氣。這顯然與當今流行文壇的，刀光劍影與柔情密意融爲一體的武俠小說，有很大的差異。

此外，《水滸傳》最令歷來論者稱讚的藝術成就，主要還是表現在敘述語言的生動活潑，以及人物形象的塑造上。雖然《水滸傳》與《三國演義》同樣緣起於歷史人物事跡，但是《三國演義》的語言顯然深受文人撰寫的史傳影響，故而主要還是以淺近的文言敘述，偶爾夾雜白話口語；可是《水滸傳》的敘述語言，則已經是民間說話人口述的純粹白話，其間甚至不避俚俗，這在章回小說史上乃是一大躍進。惟在人物形象塑造方面，則和《三國演義》類似，突出的主要還是人物性格的某種典型特徵。當然，書中一百零八條英雄好漢，並非每個人物都寫得精采，由於涉及的人物實在太多，偶爾也會有形象類似，甚至重疊的現象。不過，其中至少有十幾個主要人物，其形象塑造之生動傳神，在歷代讀者心目中留下深刻的印象。按，水滸故事作者，主要乃是依據個別人物不同的身分、經歷和遭遇，通過其言語對話與行爲舉止，來表現不同人物的性格特徵。最令歷代讀者欣賞者，諸如：林沖的堅忍，魯智深的俠義，李逵的鹵莽，武松的嫉惡如仇，吳用的機智巧謀，宋江的仁厚與矛盾，都是通過生動活潑的對話，以及戲劇性的行動中傳達出來。就看其中幾個人物初見聞名邂逅的宋江之際的說話，即十分精采，例如：貴族出身的柴進，殷勤禮貌的稱：

「大慰平生之願，多幸！多幸！」魯智深則豪爽乾脆地說：「多聞阿哥大名！」李逵則興奮地嚷道：「我那爺！你何不早說些個，也教鐵牛歡喜歡喜！」像這樣生動傳神的語言，是人物形象塑造成功的標誌。惟有趣的是，《水滸傳》中一些主要人物的形象，在某些言行舉止上，會令讀者產生似曾相識的感覺。例如：宋江與劉備，吳用與諸葛亮，李逵與張飛，朱仝與關羽，在人物性格特徵上，彷彿有依循模仿的痕跡。

就全書組織結構的安排觀察，《水滸傳》編撰者顯然是有意圍繞著「逼上梁山」這條總線索，來展開故事情節。書中人物與情節的敘述，不是多場景、多方面同時推進，主要還是改人換將的單線發展。例如：由高俅發跡，導致王進出走，繼而引出史進，再出現魯智深、林沖、楊志、武松……等。換言之，乃是隨著個別人物的出場與行動，出現一組一組的情節故事。每組情節故事宛如一篇個別英雄人物的傳記，而且有相當的獨立性，但又憑「逼上梁山」這條總線，將每組的故事情節彼此串聯起來。不過，除了宋江、李逵等少數例外，大部分有關眾英雄好漢最令人難忘的經歷，均發生在上梁山之前。一旦奔上了梁山，遂成為區別不大的帶兵頭領，其個人的輪廓形象與性格特色就此消失在團隊中了。作者隨即轉頭敘述另一好漢如何奔上梁山的故事。

整體視之，《水滸傳》全書故事情節的高潮是在第七十一回。亦即眾英雄好漢大夥一起聚集在梁山的「忠義堂」，論功行賞，分別排座次，決定領軍的名分高低。此時的梁山泊，已然由原先一個簡陋的綠林團隊，演變成一個有組織、有紀律，而且獨立自主的「政治軍事集團」。在這之前，各英雄好漢體行的，主要還是一種單純的，以追求個人生存命運的自主為目的，包括逃離朝廷貪官汙吏的壓迫，掙脫文明社會禮制的束縛，轉而尋求大塊喫肉、大碗喝酒、無拘無束的快活過日子。不過，當各英雄好漢先後分別都上了梁山，達到特定的共同目標之後，梁山泊整體勢力的擴張，則已到了極致。無可避免的，必須面對全體人馬的生存問題。首先，開始與其他類似的團體組織相衝突，包括兩個主要不過是地方鄉民為自衛而團結形成的莊園，亦即祝家莊與曾頭市，均先後在梁山好漢殘酷的殺戮

之下徹底毀滅。其次，必須開始走向與朝廷妥協，甚至投降的途徑。最後，隨著朝廷招安的成功，宋江把梁山弟兄重新帶回到現實的文明社會，成爲受朝廷利用來征討其他反叛勢力的武器，遂使得當初締造梁山泊的理想，成了幻影，而梁山好漢以往爲爭取個人自由快活而奮鬥廝殺的血淚和吶喊，也成了一場荒謬無稽的噩夢。

　　《水滸傳》刊行問世之後，在文壇引起很大的回響。從明末到清初，出現了一系列的「續書」與「仿作」，紛紛交代梁山英雄好漢受招安之後的各種結局發展。首先如《水滸後傳》四十回，作者陳忱(1613-?)，乃是緊接百回本《水滸傳》而寫。其次是《後水滸傳》四十五回，署名「青蓮室主人輯」，大概寫於清順治或康熙初年間，乃是接續一百二十回《水滸傳》而寫。再者，另外還有《蕩寇志》七十回，作者俞萬春(1794-1849)，書名雖異，主要內容上則是接金聖嘆七十回本而寫。這些續書，或許可以滿足許多讀者，對《水滸傳》故事情節「欲知後事爲何」的期待，畢竟已是強弩之末，始終未能成爲小說史上的主流。

　　《水滸傳》和《三國演義》這兩部比較早期形成的長篇章回小說，雖然分別屬於英雄傳奇與歷史演義兩種不同的小說類型，不過兩部作品，同樣強調兄弟友朋或君臣上下的群體意識，重視儒家推崇的傳統倫理道德，而且均以其中主要角色努力奮鬥一生，卻無法臻至個別人生理想的憾恨，作爲最後的結局。像這樣在人間世界「悲觀」的生命體味，將會繼續流蕩在以後的章回小說故事情節中。當然，其間才子佳人小說的作者，則會在悲觀的生命體味中，幻想出美滿的人生理想，以慰心懷。

第四章
章回小說的繁榮——嘉靖、萬曆年間

第一節　通俗小說地位的提升

　　模仿民間說話人口吻敘述人物故事，且用白話撰寫的小說，主要屬於一般通俗讀物，在那些以正統文士自居者的心目中，始終還是不入流之作。不過，明中葉以後，經過一些前衛文人士子的推崇，加上商業利益的鼓勵，出版業的發達，則產生了顯著的變化，從而提升了通俗小說的地位。以下試從兩方面來觀察。

一、前衛文人士子推崇通俗小說

　　明中葉以後，尤其是嘉靖(1522-1566)萬曆(1573-1620)年間，長篇章回小說進入空前繁榮的階段。值得注意的是，就是在這期間的文人士大夫階層當中，有少數前衛之士開始站出來，不惜餘力為通俗小說爭取認可的地位。其中著名者，例如：提倡童心、真心的李贄(1527-1602)，言論間首先主張要掃除文體有尊卑之別的傳統偏見，於其《忠義水滸傳·序》文中，即援引太史公說，直指《水滸傳》乃為作者「發憤之所作」，並將《水滸傳》和《史記》、《杜子美集》、《蘇子瞻集》、《李夢陽集》合稱為「宇宙內」的「五大部文章」，甚至還親筆評點《水滸傳》、《三國志通俗演義》。爰及明末清初的金聖嘆(1610?-1661)，更進一步試圖提高通俗小說的地位，並於其《第五才子書施耐庵水滸傳·序三》中，把〈離騷〉、《莊子》、《史記》、《杜詩》、《水滸傳》、《西廂記》，合稱

為「六部才子書」，且特別指出「天下文章，無有出《水滸》右者；天下之格物君子，無有出施耐庵先生右者」。儘管李贄與金聖嘆等前衛人士，在推崇通俗小說之際，仍然必須借助傳統認可的雅文學，諸如〈離騷〉、《史記》、《杜詩》等為後盾或作陪襯，其卓識對白話長篇章回小說在文壇地位的提升，實貢獻匪淺。

二、小說的撰寫與刊行臻至高峰

雖然一般保守人士對通俗小說仍然難免抱持輕視的態度，小說的地位，也不過在少數前衛文人士大夫圈內受到重視，但是，在社會經濟發展的過程中，小說的讀者層面則擴大了，喜歡以閱讀小說作為日常消閒娛樂者，畢竟越來越多，於是就在商業利益與小說傳播的雙重需求之下，小說的撰寫與刊行，達到空前繁榮的地步。除了著名的《三言》、《二拍》等短篇白話小說的撰寫與刊行之外，各種歷史演義，如《東周列國志》、《隋唐兩朝志傳》，以及英雄傳奇，如《水滸傳》的各種續書，還有民間流傳的有關南宋楊家將系統的《楊家府演義》等長篇章回小說，紛紛湧現。尤其值得注意的是，在這期間，除了一般歷史演義和英雄傳奇之外，還有新類型小說的產生，無論在質或量上，更進一步增強了章回小說的陣容。如《平妖傳》、《西遊記》、《封神演義》之類的神魔小說，還有以社會人生、日常家庭生活為背景的世情小說《金瓶梅》。其中最受文學史家矚目的，當然是《西遊記》與《金瓶梅》。

第二節　神魔小說《西遊記》——第一部具詼諧趣味之作

「神魔小說」這個稱號的使用，乃始自魯迅《中國小說史略》。有關《西遊記》的作者，過去雖頗有異說，不過經胡適的考證，學界如今已接受其認定為吳承恩(1510?-1582?)。按，《西遊記》全書共一百回，主要是敘述唐僧玄奘為超渡冤魂，在徒弟孫悟空、豬八戒、沙和尚等的護送之下，前往天竺(印度)去取佛經的故事。按，歷史上的唐代高僧玄奘(602-

664)，俗名陳禕，洛州人，十三歲即出家，法名唐三藏。大約於貞觀元年(627)離開長安，前往天竺，長途跋涉，歷盡艱辛萬苦，經十九年後，終於取得佛經六百五十七卷。玄奘返回長安之後，終其生均致力於佛經的翻譯工作，並創立了中國佛教的唯識宗。唐僧玄奘西行取經的壯舉，從此在民間廣為流傳，並衍生出許多有趣的傳聞故事，乃至有關其西行的史實逐漸減弱，又經過民間藝人的誇張虛構，以及文人作家的渲染潤色，終於形成一部充滿神奇幻想與幽默詼諧趣味的長篇章回小說。惟值得注意的是，在《西遊記》中，「猴行者」孫悟空，則成了取經故事中的主要角色，而歷史上真正的取經英雄唐僧，不但退居於次要的地位，甚且還往往成為作者不時調侃揶揄的對象。《西遊記》雖然取材於唐代高僧玄奘西行取經之史事，顯然並非一部歷史小說，亦非以弘揚佛法為旨歸的宗教小說，而是一部揉雜著神話、寓言、喜劇、諷刺意味之作。

其實遠在《西遊記》一書寫定之前，如前面章節中所述，已經有宋元間的說經話本《大唐三藏取經詩話》，繼而有元末明初的《西遊記平話》(殘)，以及一些有關唐僧「西遊」故事的諸雜劇劇本。作者吳承恩主要還是在現有資料的故事基礎上，加工潤色，採用章回小說的形式，以豐富的想像力，創造出一個充滿神魔妖怪且趣味橫生的世界。

一、與詩話本、平話本比照

現存最早且完整的《西遊記》刊本，分二十卷，共一百回，乃是明萬曆二十年(1592)金陵唐氏世德堂刻印的版本。倘若與較早時期出現的「詩話本」、「平話本」以及有關西遊故事的雜劇劇本等相比照，則可明顯看出以下的改變：

首先，在敘述的文字語言方面，《大唐三藏取經詩話》及《西遊記平話》均顯得文筆粗率，敘事簡略。《西遊記》的文筆，則生動活潑，流利自然，而且故事情節的敘述，有更多的細節描寫。

其次，在人物形象塑造方面，主要角色如唐僧、悟空、八戒、沙僧等，爰及《西遊記》中，性格才更為清晰，形象業已定型。就看《大唐三

藏取經詩話》本中的「猴行者」，乃是以一個「白衣秀士」的形象出現，
八百歲時，曾在西王母池偷過仙桃，可是在護送唐僧取經途中，遇到妖
魔，竟然還會感到害怕。至於那些有關「西遊」故事的雜劇中，孫悟空本
身還帶有妖性，甚至還想吃唐僧肉，而且還嗜好女色！這些當然都有損
「齊天大聖」孫悟空的英雄形象，在吳承恩的《西遊記》版本中，均予以
刪改。

再者，舊有的詩話、平話西遊故事，尚有比較單純且更為濃厚的宗教
或神怪色彩，吳承恩卻在《西遊記》西行求取佛經的神奇外殼內，注入了
時代生活的內涵，展現出顯著的明代社會生活的時代意味。細讀全書，作
者筆下調侃諷刺的，不單單是玉皇大帝統轄天庭的專制愚昧無情，還有人
間世界朝廷帝王和官員的昏庸愚蠢，以及明代社會的世態人情。《西遊
記》雖然屬於充滿奇幻意味的神魔小說，且無論其描繪敘述的是天上人間
或地府龍宮，卻反映了現實的社會人情百態，以及普遍的人性，這是以往
有關「西遊」故事所不曾出現的。

吳承恩的《西遊記》寫定並刊行之後，從此西遊故事即以此為定本。

二、《西遊記》概覽

《西遊記》最初雖然是由歷史上的高僧玄奘取經的真實事跡演化而
成，不過在演化過程中，增添了民間的傳說與想像，大大改變了歷史的真
實性，遂成為一部具有神奇色彩與虛構性質的小說。在中國古典小說中，
《西遊記》是一部非常特出的作品，全書雖然充滿神奇怪異的幻想，卻不
失濃厚的人間趣味，筆墨間又不時流蕩著作者俯看俗世人間之際，油然而
生的詼諧與風趣，在文學史上，可說是第一部通篇均流蕩著詼諧趣味的作
品。

《西遊記》的敘述語言，可謂流暢、明快、生動，乃是口語式的白話
與朗誦式的詩詞韻文之綜合體。故事敘述與人物對話，均採用口語白話，
故而顯得明快流暢，不過，夾雜其間的詩詞韻文分量極重，幾乎每回都
有，全書多達一千多首。作者顯然有意保留了民間說唱文學散韻兼備的特色。

　　全書在故事情節結構的安排上，或可概略分爲三個部分：(一)前七回主要寫孫悟空的誕生，尤其以其「大鬧天宮」爲筆墨重點，敘述孫悟空如何挑戰天宮玉帝及諸神的權威，及至終於被如來佛降伏的經歷。可謂是孫悟空的個人英雄傳奇，也是全書的序幕。(二)第八至十二回則介紹唐僧玄奘，主要寫其「取經緣起」，並交代玄奘的出身背景，及其如何應唐太宗之詔，而動身西行。(三)第十三至一百回，則寫「西天取經」的種種經過，亦是《西遊記》整個故事情節的主體。敘述唐僧、孫悟空、豬八戒、沙和尚師徒四人，於西行取經十四年中[1]，沿途如何面臨各種離奇神異的遭遇，總共經歷了大小八十一難，其間多虧三個徒弟的法力與合作，一次一次征服群妖怪魔，總算到達了天竺，取得佛經而返。最後唐僧與孫悟空成了佛，豬八戒與沙和尚則成了羅漢。就小說情節結構視之，取經途中每一個冒險故事，長則三四回，短則一二回，或涉及人間國度，或有關黑山白水，或云國有妖孽，或稱山有惡魔，敘述均有起有訖，自成格局。其實，綜觀全書，這三大部分本身，均由若干小故事組成，其中每個小故事也都有相對的獨立性。這種串珠式的結構，與《水滸傳》頗相若，顯然是受民間說話藝術的影響。

　　就小說中的主要「人物」觀察，單就其西行取經師徒四人各具特色的形象面貌，就是一個頗爲奇妙有趣的組合。按，孫悟空顯然是取經的最主要角色，唐僧則是取經團隊的精神領袖，豬八戒、沙和尚，以及其他種種妖魔鬼怪，似乎都是爲襯托孫悟空的英雄行爲與唐僧的取經決心而設置的。嚴格說來，取經師徒四人中，眞正有堅毅求經朝聖之心者，只是唐僧一人而已。孫悟空，如果沒有受騙，戴上緊箍，經唐僧一念咒語即疼痛難挨，可能早已重歸水簾洞去享受逍遙自在的快活日子。豬八戒從頭到尾都表現得十分明顯，是一個心不甘、情不願的求經朝聖者，動不動就嚷著要分家散夥，要回高老莊去看老婆。沙和尚呢，完全是爲了將功折罪，重返

1　按，《西遊記》書中，唐僧赴天竺取經，離開長安是「貞觀一十三年九月望前三日」，回來時則「已貞觀二十七年矣」，凡十四年。實與歷史上唐僧取經時間首尾十九年有出入。

天庭之一念，只得挑著大夥的行李西行。可是，唐僧除了有一顆堅決朝聖
取經之心，實在是一個不怎麼討喜的人物。生就的肉眼凡胎，不識妖魔鬼
怪，而且動不動就生氣，缺少風趣感，是非不分，又愛聽信讒言，且懦弱
無能，膽小怕死，一遇妖魔來犯便嚇得渾身發軟，「徒弟救我！」幾乎成
為唐僧的口頭禪。其實唐僧最嚴重的毛病還是，過分執著於「取經」的念
頭。孫悟空與唐僧對比之下，各方面都居於超然的地位。孫悟空樂觀、開
朗、風趣、詼諧，除了「好名爭勝」的缺點之外，幾乎沒有任何現實世界
的牽掛和欲念。因此，能以超然的態度，冷靜的頭腦，觀察四周環境，運
用智謀神通，憑藉無畏的精神，昂揚的鬥志，甚至帶有「猴性」的頑皮手
法，一次次克服師徒團隊所處的災難困境。作者創造的豬八戒形象，在各
方面都是孫悟空的絕妙對比。豬八戒肥胖獃蠢，自私自利，又忌賢妒才，
沒人把他當取經的英雄。但是，豬八戒滑稽的相貌，詼諧的談吐，逗人發
笑的憨直甚至愚蠢的舉動，則獲得一般讀者大眾的喜愛。又因為在豬八戒
身上反映的，正是我們凡夫俗子的普遍人性，比方說，貪小便宜，怕麻
煩，會偷懶，一遇危險或挫折，就想打退堂鼓。此外，再加上貪吃、貪
睡、愛財、好色等等。在取經途中，孫悟空與豬八戒經常會發生衝突，可
是，每遇妖魔鬼怪的災劫，孫悟空在別無選擇之下，不得不靠豬八戒為助
手。因為他力氣大，高興起來，也肯手揮一柄九齒釘鈀，猛鬥一場，何況
豬八戒的武功本事遠比沙和尚為高。至於沙和尚，則缺少主見，顯得呆板
老實順從，與其他兩個師兄比起來，似乎只是一個沒有什麼性格，沒有什
麼趣味的陪襯角色。

　　隨著一路西行，相處年月的增加，師徒四人之間的情誼，相互之間的
了解，也逐漸加深了。全書的主旨似乎是，就取經團隊，師徒之間的關係
而言，只有在患難與共，相互扶持的群體意識之下，才能達到取經的目
的。

　　《西遊記》故事雖然取材於五花八門的神魔世界，其旨趣卻落實於人
間，可謂是一部藉寫神魔以展現人間百態之作。作者筆墨下的諷刺揶揄，
乃針對當時的世態人情。猶如吳承恩於其〈禹鼎志序〉中指稱：「不專紀

鬼，明紀人間變異，亦微有戒鑑寓焉。」惟值得注意的是，《西遊記》中已經不時流露出的，重視個體意識的痕跡。當然，就其全書故事情節的發展，作者強調的仍然是，師徒四人必須同心協力方能取得真經，修成正果；但是，參與西行取經團隊的成員，卻各有其一己之私的動機。儘管取經團隊中每個成員都必須克服個人人格中某些缺陷，才能消除魔障，完成取經大業，然而作者著墨最多的，則還是展現在孫悟空身上，高度的個體人格。孫悟空討厭束縛，追求個人自由，任性自在，又最受不得他人的氣，有強烈的自尊心，這些在作者筆下，都是孫悟空個體意識伸張的表現。孫悟空之所以願意護送玄奘西行取經，乃是出於無奈，因為他本事再好，也無法跳脫如來佛的掌心。哄套他帶在頭上的緊箍，原是觀世音用來幫助唐僧約束孫悟空野性之物，同時也成為壓抑個體意識伸張的象徵。

　　《西遊記》全書展示的，乃是神怪傳說與人間喜劇連理生長、互相輝映，而且作者對書中各類大小角色的諷刺與調侃，一概平等對待。除了取經師徒本身，以及沿途想吃唐僧肉以求長生不死的妖魔鬼怪之外，對一些人間俗世的和尚與道士，也會開開玩笑。甚至在小說最後，對佛祖的侍從，在天竺交給唐僧真經時，竟然還會索取賄賂，亦不放過。惟不容忽略的是，即使作者對其書中人物事件語含諷刺或調侃，顯然均不帶惡意，亦不懷憤恨，甚至面帶微笑。《西遊記》可謂是一部具有智慧，且充滿詼諧趣味，令讀者開懷的作品。繼其風行之後而問世的神魔小說，諸如《封神演義》、《西遊補》等，顯然都是模仿之作，雖承其餘緒，並也各有所發揮，不過在文學史上的地位，均無法超越《西遊記》。

第三節　世情小說《金瓶梅》——第一部個人獨自經營之作

　　在《金瓶梅》問世之前的長篇章回小說，基本上均屬於繼承民間說書體的小說，主要還是由其作者，整理改編經過數代累積的前人之作，再加工修補潤色而成。嚴格說來，還屬於眾多作者「集體」創作的成果。不過，爰及《金瓶梅》，則發生了巨大的轉折，開始由個人獨自經營創作。

按，《金瓶梅》的作者真實姓名不可考，僅知署名「蘭陵笑笑生」，大約於明朝萬曆中期前後寫成。蘭陵是山東嶧縣的古稱，書中經常出現山東方言，所寫事件也以山東地區為主要場域背景，作者當屬山東人。《金瓶梅》一書乃是藉《水滸傳》中武松怒殺西門慶和潘金蓮的情節，作為引子，繼而發展成為一百回的長篇巨著。《金瓶梅》可說是第一部由個人積章經營，獨自創作的章回小說，也是第一部針對現實社會與家庭生活興衰的長篇小說，這在中國小說發展史上，乃是劃時代的大事。

一、流傳與刊行

《金瓶梅》最初乃是以手抄本流傳於少數文人士子之間，大約是萬曆二十年(1592)前後，是手抄本流傳的最早紀錄，其成書當在這之前。當然，手抄本已經亡佚，目前所見的均屬刊行本，主要有：

(一)萬曆本《新刻金瓶梅詞話》一百回

是現存最早的版本，卷首有「東吳弄珠客」於萬曆四十五年(1617)序。

乃是從「景陽岡武松打虎」寫起，內文存有許多詩詞曲韻文，文字比較粗疏，且回目字數參差，對仗尚不工整。

(二)崇禎本《新刻繡像原本金瓶梅》一百回

仍然有「東吳弄珠客」序，但卻不稱「詞話」，亦不用「且聽下回分解」的陳套，文辭也有所修飾，且刪去不少詩詞，惟回目對仗工整。內容與萬曆本則稍有所不同，乃是由「西門慶熱結十兄弟」開頭。

(三)《張竹坡批評金瓶梅》一百回

當屬崇禎本的系統。清康熙三十四年(1695)刊行，乃是通行最廣的版本。按，張竹坡的評論，尤其是「讀法」一百零八條，視為是研究《金瓶梅》的重要材料。

二、《金瓶梅》概覽

《金瓶梅》主要是透過亦商亦官的市井人物西門慶之發跡：如何由破

落戶發達為鄉紳，進而官吏，以及他的妻妾、奴婢、親戚、朋友之間的種種日常瑣屑活動，生動的描繪出一幅醜惡社會圖卷。在反映現實社會百態與家庭生活細節的逼真描寫，情節的細膩安排上，《金瓶梅》是中國章回小說的一種首創性的嘗試。

全書使用活潑流利的白話敘述，又多量吸收北方方言(山東)、行話、諺語、俏皮話，並穿插當時流行市井間的詞曲小調，遂增強了小說的通俗性。

作者雖然借用《水滸傳》中潘金蓮故事為開端，可是一旦潘金蓮故事接近尾聲，立刻從暴露醜態的鬧劇中走出來，拋開《水滸傳》中帶有憨態的稚拙風格，將筆端沾上辛辣，冷然的作諷刺文章。表面上看，《水滸傳》中的潘金蓮故事和《金瓶梅》同樣展示出世情的卑瑣妄蠢，可是，前者畢竟不過是帶有喜劇性的嘲弄，後者則是悲劇性的冷諷。

整體視之，《金瓶梅》似乎在描述潘金蓮、李瓶兒、龐春梅這些婦女的故事，但卻以西門慶一生的發跡和敗亡，作為全書的骨幹，並且毫無顧忌的暴露當時社會的種種病態，揭示「世紀末」的荒唐和墮落，也盡情諷刺了人的劣根性。

在《金瓶梅》的世界裡，生活在冷酷現實的大氣壓之下，所謂道德意識或良知自省，似乎已不存在了，就連憤怒怨懟，也下沉為陰謀鬼祟。書中人物的調笑，並不能使讀者也笑，往往這些人物笑得越熱鬧的時候，也就是令讀者最感覺齒寒心冷之時。《金瓶梅》顯然是財富的腐化生活之寫照，書中人物以財富追逐肉欲和權力。結果一方面是縱欲之後的無聊，一方面則是沉溺於權力欲中的喪失自我。於是，就這樣日以繼夜過著一種表面繁富熱鬧而內心卻空虛貧乏的生活。在這種生活之下，人的良知本能喪失了，甚至陷入一種半意識狀況中，西門慶機械性的放縱於色欲，妻妾們無聊的大吃小宴，勉強行樂度日，處處表現人類自趨滅亡的可怕傾向。傳統推崇的公平正義，儒家強調的倫理道德，在《金瓶梅》的世界裡，已經完全失去了束縛人性、匡正人心的力量，或許只有生命最後的毀滅和死亡，才能終止人欲的橫流，才能喚起人們的醒悟。

三、小說史上的意義

《金瓶梅》的故事,是從《水滸傳》中「武松殺嫂」一段情節演化而成。表面上是敘述宋代的事情,實際上乃是「借宋喻明」,是一部針對當下生活現實,反映晚明官商社會現況的作品。主角雖然是西門慶,不過書名卻隱含潘金蓮(妻)、李瓶兒(妾)、韓春梅(婢),亦即圍繞在西門慶身邊三個女性的名字。明顯表示這三個女子在全書中占有重要的地位,同時亦反映長篇章回小說在內涵情境與人物角色方面的一大轉移:亦即從單純以男性活動爲中心,開始朝向以女性人物爲中心的轉移,雖然這些女性人物乃是以卑微可憎可憐的面目出現。

全書主要是通過西門慶的日常腐朽生活,妻妾的爭風吃醋,惡棍的吃喝嫖賭,官吏的貪婪欺詐,描繪出一卷市井社會敗壞的風俗畫,同時展現出晚明社會的官僚制度、訟獄制度、商業活動、文化娛樂、風俗習慣。當然,《金瓶梅》在小說寫作藝術上並非完美無缺,但在章回小說發展史上,則是一座里程碑,已經顯示開始嘗試擺脫民間小說話本故事影響的痕跡。或許可分別從以下諸點,論其於小說史之意義。

(一)題材內容

《金瓶梅》是中國長篇章回小說中,細筆敘述世態人情與日常生活的開山之作,標誌著章回小說在題材內容方面的重大變化。

首先,由之前的章回小說通常取材自歷史故事或神話傳奇,轉而爲取材自當代現實社會普通男女的世俗生活,遂爲章回小說的題材,開闢了新的領域。其次,題材變化也帶來主題內容方面的巨大變化。在《金瓶梅》之前,章回小說諸如《三國演義》、《水滸傳》、《西遊記》等,著重敘述朝代興亡、英雄成敗、神魔變幻,其作品視野通常投向高遠之處;可是《金瓶梅》卻面向眼前的世俗社會,現實人生,敘述在官商勾結,權錢交易中,一個普通家庭的興衰,記述凡夫俗子的日常生活,包括飲食、言談、笑鬧、戲謔、怨罵、鬥爭,甚至性愛,以反映當時的種種世態人情,乃至煥發出濃厚的世俗生活氣息。再者,過去的章回小說,主要是以男性

人物的世界，以及男性角色的抱負野心，爲關注焦點，女性人物可說毫無地位可言。或者只是男人政治鬥爭中利用的工具，如《三國演義》中的貂嬋；或視女性爲銷磨英雄氣概的害人精，必須剷除，如《水滸傳》中的閻婆惜與潘巧雲。但是，《金瓶梅》卻將女性人物，無論其是非善惡，則已經「抬高」至書中主要角色的地位，並且嘗試從這些女性人物的立場角度，刻畫她們的性格形象，描述她們的生活態度與心情欲望。這是章回小說在題材內容方面的一大突破。

（二）作品立意

由題材內容的改變，可以看出作品立意也產生很大的變化。首先，一般歷史演義或英雄傳奇，關注的主要是「大場面」或「大主題」，包括朝代的盛衰興亡或英雄的成敗得失，往往流露作者在政治和道德方面懷抱的高遠「理想」，因此，其筆墨重點通常投射在那些掌握平民百姓生活與命運的帝王將相，或英雄豪傑的升沉榮辱。可是，《金瓶梅》關注的，則是一般凡夫俗子的日常生活與命運，諸如個人的欲望，人生的悲歡，世態的炎涼，人心的險詐，社會的黑暗，包括金錢的萬惡與官場的腐敗。其次，以前的章回小說，雖然也不乏針對社會黑暗或官場腐敗層面的諷刺或批判，不過其作品立意，作者的眼光，主要還是投向美好的人生理想與願景，故而會推崇傳統的倫理道德，歌頌明君賢相，讚美忠臣義士，稱羨英雄豪傑。惟《金瓶梅》則以西門慶這個亦商亦官的市儈暴發戶爲中心人物，通過他的日常活動，寫出官場社會的黑暗，市井社會的糜爛，世道人心的墮落，展現的，卻是「世情之惡」，一個背棄倫理道德，人欲橫流的世界。儘管小說最後結局以因果報應作爲全書的「教訓」，惟作品的立意，主要乃是「暴露」一個看不到一點光明和希望的社會惡相，以及生活在這樣社會中人物的種種無可救藥的愚蠢與醜惡。

（三）人物塑造

首先，由於小說題材內容的變化，《金瓶梅》已經不再用驚心動魄的故事，或傳奇性的情節，來塑造人物形象，而是十分耐心地，通過日常生活場景中各種瑣屑細節的「細膩」描寫，來刻畫人物的性格特徵。其中包

括用白描手法寫出人物神態，或通過旁人的議論，介紹人物的特性，或透過室內陳設，或衣著穿戴，來襯托人物性格，甚至用讖語來隱括人物行徑，暗示人物的結局。當然，尤其不容忽略的是，作者經常運用個性化的語言，放在小說人物口中，表現不同的人物性格或心理狀況。這些都豐富了中國古典小說塑造人物形象的藝術手段，爲以後的《儒林外史》、《紅樓夢》等巨著，開闢先路。

其次，《金瓶梅》之前的章回小說，所寫主要人物，實際上大多是經過作者的視鏡放大者。通常表現傑出的政壇人物或英雄豪傑，其形象性格無論善惡美醜，往往屬於某種類型化的典型。可是《金瓶梅》所寫，則主要是市井社會的凡夫俗子，除了西門慶和其妻妾，還包括潑皮無賴、幫閒狗腿、娼妓優伶、家奴婢僕，以及僧道尼姑之類。大凡這些人物，都有七情六欲，是活生生的「人」。尤其在幾個主要人物的性格塑造上，《金瓶梅》可謂改變了以往章回小說人物性格的單色調，而呈現出了「雜色」，明顯表現人物由類型化典型，朝向性格化典型的轉變痕跡。就如像西門慶那樣，身兼惡霸、富商、官僚三重身分，爲了在社會階梯上向上爬升，精於計算，且粗鄙不堪，厚顏無恥，卻又彷彿總是欠缺安全感的人物典型，在《金瓶梅》之前，尚未出現過。又如與西門慶通姦而謀殺親夫的潘金蓮，就其案情，雖是罪不可赦，但是在作者寬恕的筆墨下，潘金蓮原來是被情況所逼，無法自主，方嫁給相貌與事業均無可取的武大郎，才會導致其對婚姻生活的種種不滿。繼而在嫁給西門慶爲妾之後，偏偏又身處西門慶眾多妻妾的明爭暗鬥中，其個人的妒恨酸楚，內心的寂寞空虛，情欲的難以滿足，在當今爲女性呼籲身心自主權者的觀察下，顯然是一個十分令人同情，值得翻案的角色。

(四)結構組織

《金瓶梅》以前的章回小說，如《三國演義》、《水滸傳》、《西遊記》等，主要是從「說話」藝術演變而來，故而不但須注重故事性，而且在整體結構組織上，彷彿是由一個接一個的短篇故事連綴而成。每個故事大多是依循時間的順序，縱向直線推進，可說是短篇加短篇串聯起來的

「線型結構」。爰及《金瓶梅》，雖然以今天的標準，其每每敘說日常生活瑣屑細節的方式，遂令其結構似乎顯得鬆散，不過，全書故事情節已經不再是以單線發展，而是從日常生活的複雜瑣屑面出發。換言之，每一段情節在直線推進之際，又將時間順序打破，作橫向穿插以拓展空間，如此時空縱橫交錯，遂形成一種類似所謂的「網狀結構」。倘若就整體結構組織視之，《金瓶梅》全書主要是寫西門慶一家的興衰，其中以主角西門慶的活動為中心，形成一條主線，而與此同時並行的，則有潘金蓮、李瓶兒、龐春梅等人物故事，雖然都可以單獨連成一線，卻又在一個家庭內糾葛交織成一體。此外，這個家庭，又還與外面的市井、商場、官府等橫向相連，於是形成各色人物與故事情節相互交叉，共同組成一個複雜多面的生活網。

　　正由於《金瓶梅》書中充滿貪婪色情、謀財害命的描述，因此歷來被許多道學之士視為敗壞人心的「淫書」，或足以令青年學子沉淪的「壞書」；但是在文學史上，卻有其不容忽略的地位。《金瓶梅》不但是第一部由個人獨自經營創作的章回小說，實際上也是一部對人性看透，不再懷有希望，對生命已喪失熱誠的小說。即使小說最後交代的因果報應結局，也只不過是在讀者面前，口頭上不得不提出的軟弱無力的道德教訓而已。不過，其故事情節與人物言行的表現，則明顯展示，中國古代傳統小說已經由重視群體意識，轉而強調個體意識的變化痕跡，儘管書中人物個體意識的伸張，是自私自利的，陰謀邪惡的，是踩在他人身上而暫時獲得的滿足。總之，在長篇章回小說發展史上，無論題材內容、作品立意、人物塑造、結構組織，《金瓶梅》均無愧是一座耀眼的里程碑。

第五章
章回小說的鼎盛——明末清初至晚清

　　自世情小說《金瓶梅》的問世，中國小說史發生了巨大的變化，從此開啓了文人作家獨自經營創作章回小說的新時代。遂令明末至有清一代，成爲章回小說的鼎盛時期。此時期由文人獨自創作章回小說的風氣已經形成，內容題材也更爲廣泛，諸如演義小說、神魔小說、人情小說、諷刺小說、狹邪小說、俠義小說、公案小說、譴責小說等，應有盡有。不僅數量激增，而且風格新穎多樣。其中最值得注意的現象，就是才子佳人小說的湧現，以及諷刺小說《儒林外史》和人情小說《紅樓夢》兩部巨著的產生。

第一節　才子佳人小說的湧現

一、緒說

　　所謂「才子佳人小說」，即是指敘述才貌雙全的青年男女之間，曲折跌宕的愛情與婚姻爲主題的作品，或亦可歸類於描述人情世態(世情)的小說[1]。魯迅於《中國小說史略》則稱之爲「言情小說」。

　　才子佳人小說的湧現，主要發生在明末清初時期。當然，早在唐人傳奇中，就已出現一些敘述才子佳人悲歡離合的言情故事，諸如〈鶯鶯傳〉、〈李娃傳〉、〈霍小玉傳〉等名篇即是，其中主人公皆因郎才女貌而彼此相慕相愛，遂引出一番波折迭起的故事情節來。繼而晚明的擬話本如《三言》、《二拍》中，亦有不少關於才子佳人的婚戀故事，情節甚至

1　將明清才子佳人小說作爲一種特殊文類的通盤研究，詳見周建渝，《才子佳人小說研究》(台北：文史哲出版社，1998)。

更爲豐富曲折。惟爰及明末清初，章回形式的才子佳人小說之創作與刊行，開始風行一時，甚至綿延至晚清，歷久不衰。根據孫楷第《通俗小說書目》的「才子佳人」類，共收有書目七十五種，其中能夠確定成書於明末清初(順治、康熙)年間者，就有二十七種。在文學史上，才子佳人小說之所以能成爲一種具有自身特殊性質的小說類型，自然有其不容忽略的類型特點。

(一)內涵旨趣

由於才子佳人小說主要是敘述在傳統社會中，才子與佳人之間的愛情婚姻故事，乃至往往會引起當今一些讀者，認爲作品主旨是「反對封建婚姻，爭取戀愛自由」的聯想。但不容忽略的是，這類小說更重要的旨趣則是，傳達了作者心中盼望的，甚至夢想的，「功名與佳人兼得」之理想化的人生。當然，作品內容大多類似，都是有關才子與佳人自己求偶擇婚的故事。譬如，一對郎才女貌的青年，因彼此心儀，又由於雙方皆具文才，故以詩詞爲媒介，互通款曲，表達兩人的思慕愛戀之意；或因偶然相遇，彼此吸引，而一見鍾情，進而遂私訂終身。不過，無論才子佳人如何相互愛慕，彼此心許，其後通常或遭奸惡小人破壞，或受時局動亂牽連，乃至必須歷盡不少磨難，經過幾番波折，證明二人的愛情已通過考驗，方能有情人終成眷屬。故事最後安排的圓滿結局，顯然未能「免俗」：往往因才子一舉登科，又遇賢明天子賜婚，遂替代了父母之命與媒妁之言，終於結爲美滿姻緣。值得注意的是，這類小說，無論是佳人配才子，或二美侍一夫，大都寫到「金榜題名時，洞房花燭夜」，功名與佳人兼得，就此打住。至於才子佳人婚後必須面對的日常現實生活，或未來的下場，作者就沒興趣多所著墨了。不過，爲了凸顯才子佳人的才學膽識，推崇他們對愛情的執著追求，堅貞不渝，小說中亦往往反映社會的人情冷暖，世態炎涼，以及權勢或奸詐之人的殘忍破壞，遂使得故事內涵情節波瀾起伏，增添了閱讀的趣味。此外，又或許爲傳達作者對官場的疏離感，或對仕途險惡多棘的體認，小說的結局，有時會爲才子在功名與佳人兼得之後，開闢另外一條辭官還鄉，或歸隱林泉之路。

(二)人物形象

才子佳人小說中的男女主角，從作者爲人物設計的形象觀察，當然一方必是才子，另一方則必是佳人，乃至難免在不同小說中男女主角的形象經常會出現類似之處。因此，男女主角人物形象的「類型化」，幾乎是才子佳人小說的通例。惟值得注意的是，在作者筆下，男女主角的人物形象中「色、才、情」三合一的人格理想。首先，「色」即美貌，屬佳人與才子雙方先天具有者，也是令雙方互相吸引的先決條件。其次，小說中一再標榜的才子之「才」，並非傳統儒家推崇的聖賢之才，亦非在政治上能輔佐朝廷的宰相之才，而是詩人之才，詞人之才；換言之，非關世俗社會公認的政教倫理的實用之才，而是集辭采與靈性於一身的文人之才。再者，故事中強調的「情」，主要是出自男女雙方個人眞情的愛悅喜好；換言之，此情沒有現實條件要求，不受世俗觀念干擾，不屈服於傳統道德禮俗的規範，而且是此生不渝的。

不過，倘若自男女主角的社會階層或出身地位的角度觀察，則頗有值得玩味之處。首先，小說中的女主角，幾乎都是出身於官宦世家的女兒，或名門望族的大家閨秀，不但年輕貌美，性情聰慧，而且皆知書能文，才學兼具，有的甚至還膽識過人，勇於在困境中爭取自擇佳偶的機緣。更重要的是，能令佳人欣賞愛慕者，不是靠男方的社會地位權勢，而是其「文才」。能獲得如此佳人的芳心，對於期望或夢想求得佳偶的男主角來說，眞是太理想了。其次，至於男主角的才子形象，則似乎隱約浮現著小說作者意念中其本人的影子。按，故事中的男主角，即使原來或許也出身官宦或書香世家，卻往往因家道衰落，或父母早亡，遂成爲流落無依、窮愁潦倒的一介書生，或是一個不幸科舉落敗，無顏回家，幾乎無路可走的窮秀才，幸虧巧遇慧眼識才的佳人，命運遂從此得以改觀。其實，愛情婚姻故事中男女主角雙方社會地位的懸殊，在唐人傳奇作者筆下，除了少數例外，往往會成爲美滿姻緣的絆腳石，乃至造成勞燕分飛的悲劇收場；可是在才子佳人小說中，由於出身「高貴」的美貌女主角，偏偏既「愛才」又「重情」，全然不在意雙方社會地位的懸殊。具有這樣的慧眼與勇氣，遂

令女主角成爲才子佳人故事中，爲追尋個人幸福，不惜掙脫社會傳統觀念枷鎖的眞正「英雄」，顯然也是失意於功名仕途的作者，心目中的理想對象與人生，亦是導致小說中男女主角之間的愛情婚姻故事，更爲「圓滿」、更具「佳話」的吸引力。當然，更爲一般讀者帶來欣慰與悅喜。

(三)格式體制

明末清初湧現的才子佳人小說，雖沿襲傳統，以章回的格式敘述故事，惟其篇幅則較之前的章回小說爲短，大多在十幾至二十幾回之間，實際上屬於今天所謂的「中篇小說」。不過，乾隆以後繼續出現的才子佳人小說，由於作品在內容上逐漸擴充，故事情節亦更趨複雜，遂加長了敘事的長度，甚至出現如晚清的《玉燕姻緣傳》，已是長達七十七回的長篇。

(四)作者身分

關於才子佳人小說的作者，由於作品多署以筆名或假名，確實身分大多不詳。雖然經過不少學者的努力考證或推測，也僅得出極少數作者的身分姓名；並且發現，其作者多屬科舉或仕途的失意者。倘若綜觀才子佳人的作者群，彷彿是刻意隱名埋姓，不願露面於世，亦無意於通過自己的小說創作「留名青史」，只不過藉此抒發一些個人在失意潦倒生活中，所見所思所想而已。即使才子佳人小說多以美滿的姻緣爲結局，其故事中隱約流露的，往往是作者對個人理想人生的嚮往，以及對所處現實社會生活的質疑與不滿。

二、代表作概覽

在明末清初出現的才子佳人小說中，有三部是當今學界公認的代表作。從作品故事內涵與人物形象方面，已經可以看出其作者意圖求新求變的痕跡。

(一)《平山冷燕》

這是第一部刊行於清初，問世較早的才子佳人小說。全書共二十回，題「荻岸散人編次」，篇首有「天花藏主人」寫的〈四才子書序〉，當今學界一般認爲，荻岸散人與天花藏主人兩者，可能乃屬同一人，亦即刻意

隱名的作者。按，書名《平山冷燕》，就是把四個男女主人公的姓氏連綴
而成，顯然與《金瓶梅》取主要人物名字爲書名相彷彿。惟由於小說主角
共有男女才子四人，所以又稱《四才子書》。

全書主要是敘述平如衡與冷絳雪，以及燕白頷與山黛，這兩對才子佳
人的戀愛故事。平如衡「自幼父母雙亡」，燕白頷雖出身世家，惟其父亦
早已去世。兩個窮書生，卻能分別獲得兩個出身官宦世家，且年輕貌美的
佳人青睞，的確令人稱羨。不過，其間卻因山黛、冷絳雪二女的才貌過
人，遂屢次遭受奸險小人的忌恨與破壞，於是引出幾番情節的波折起伏。
及至燕白頷與平如衡二才子，分別以狀元、探花及第，方經皇帝作媒，奉
旨成婚，於是燕白頷娶山黛，平如衡娶冷絳雪，以兩對有情人終成眷屬的
大團圓爲美滿結局。其實，綜觀全書，作者的筆墨重點似乎旨在推崇冷絳
雪與山黛二位佳人的才華，這或許與明清時期出現不少才女詩人輯集刊行
詩集，令文人士大夫欣賞稱許不已有關。作者對佳人才華的極力推崇，亦
突破傳統的男尊女卑，以及「女子無才便是德」的故舊觀念；進而亦對那
些自己平庸無才，卻又忌賢的官吏，予以譴責。此外，故事最後由皇帝賜
婚，乃至大團圓的歡喜結局方式，正巧妙的替代了父母之命與媒妁之言，
成爲後出的同類小說追隨模仿的模式。

總之，《平山冷燕》爲才子佳人小說奠定了題材、體例、人物，以及
觀點立場與表現手法的基礎。

(二)《玉嬌梨》

全書四卷共二十回，題「荑秋散人編次」，一般認爲其作者就是「天
花藏主人」。當然，「天花藏主人」的眞實身分姓名亦不可考。

《玉嬌梨》主要是敘述蘇友白與兩位佳人的愛情故事。其書名則取自
女主人公白紅玉(後改名吳嬌)、盧夢梨的名字。由於小說中涉及男女才子
三個人，故亦稱《三才子書》，又因蘇友白最終是和白紅玉、盧夢梨兩個
才女成婚，有些版本就改題爲《雙美奇緣》。小說的時代背景，設立在明
朝正統十四年至景泰二年(1449-1451)之間，故事中所涉及的一些政治事
件顯然均史有其事，不過，其故事情節主幹，亦即三個男女主角的愛情婚

姻糾葛，則是虛構的。作者筆墨重點在於政治陷害以及陰謀詐騙，對美好姻緣的阻撓與破壞。在婚姻問題上，則強調才貌和感情的契合，遂將權勢財富排除在選擇配偶的條件之外。值得注意的是，故事中乃是男主角蘇友白，為追求自主婚姻，不惜違抗上司撫臺楊延昭的逼婚，而掛官求去；女主角盧夢梨，則因心慕才子風流，竟然女扮男裝，托妹自嫁。在在皆顯示與傳統父母之命與媒妁之言的婚姻觀念迥然不同。

不過，作者津津樂道最後白紅玉、盧夢梨二女侍一夫乃是「風流之福」，顯然出自作者自己的人生理想，同時也展現其尚未能超越「一夫多妻」時代觀念的局限。惟值得注意的是，其故事情節間所述「考詩擇婿」的方式，充滿戲劇趣味，至於定情後的種種離散與磨難，最終又得以團圓的情節，尤其是借助人物之間的誤會而造成故事曲折的表現手法，均為不少後起的才子佳人小說所仿效。

(三)《好逑傳》

全書四卷十八回，又名《俠義風月傳》、《第三才子書》，也是才子佳人小說的典範之作。作者身分不詳，惟題「名教中人編次」、「遊方外客批評」。主要敘述大名府才子鐵中玉，風姿俊秀，文武雙全，好俠尚義，不畏強權，遊學山東時，與山東歷城兵部侍郎水居一之女，美貌如花且才智膽識過人的水冰心的戀愛故事。書名取自《詩經·周南·關雎》「窈窕淑女，君子好逑」之意。不過，作者旨在宣揚名教，於序中即宣稱：「寧失閨閣之佳偶，不敢作名教之罪人。」惟故事情節構思巧妙，將鐵中玉和水冰心之間的愛情婚姻，與朝政的風雲，大臣的鬥爭，結合在一起，遂令故事內容更為豐厚，人物形象亦予人以新鮮感。

男主角鐵中玉，不同於一般文弱的書生才子，他「既美且才，美而又俠」，且「有幾分臂力」、「人若緩急求他，……慨然賙濟」。女主角水冰心也有異於那些只會賦詩寫文的佳人，而是一個既聰明機智，有膽有識，不畏強權，又才智兼美的女性。當然鐵中玉和水冰心二人的愛情，必須經過一番考驗：一名顯宦子弟過其祖，看中了水冰心的美貌，乘冰心的父親充軍在外，買通其叔父水運，並勾結趨炎附勢的官府，幾次三番來逼

婚，均被水冰心機智的一一挫敗了。書中寫水冰心曾將鐵中玉接到自己家中養病，兩人雖彼此心儀，卻僅隔簾對飲，「無一字及於私情」；不過水冰心的名譽卻因救助鐵中玉而受奸人造謠中傷。始終不肯放過冰心的過其祖，即妄奏二人有奸情，有傷名教！幸虧經皇后驗得冰心還是「處女」，於是清名恢復，最後終於能和鐵中玉奉天子之旨「結花燭，以為名教之寵榮」。作者的「處女情結」，當然並非其個人獨有，而是傳統社會對女性貞操的一致要求。

　　明末清初的才子佳人小說，是在長篇章回小說脫離了「歷史」、「傳奇」與「志怪」等的傳統，逐漸走向社會人生的寫實風氣之後而產生。小說雖多有仿照《金瓶梅》的命名法，通常取書中主要人物姓名中的一個字，湊成書名，而且同樣重視女性的生活經驗與感受。但是，才子佳人小說基本上卻雅而不俗，男女主角追求的往往是，超乎一般世俗生活中個人情欲的理想，重視的是男女彼此的「才」和「情」。書中的「才子」，自然大多是文學才士，而「佳人」，則不僅貌美，還很有才華，除了作詩的文才，還具有智慧，乃至處事應變，顯得靈敏機智。更重要的是，她們對於愛情的態度，都是一往情深，至死不渝。這些才子佳人小說，儘管在情節發展上，有明顯的程式化傾向，但大多筆墨清新，文字雅麗，且在描寫世態人情，刻畫人物性格方面，提供了新的藝術經驗，新的審美趣味。尤其值得注意的是，才子佳人小說中，男女主角重才重情，彼此心慕的婚戀關係，為以後《紅樓夢》中賈寶玉和林黛玉之間的「知己之情」的珍惜，鋪上先路。

　　中國長篇章回小說，從《金瓶梅》開始，走向文人獨立經營創作，開始著重生活寫實的傾向，在《金瓶梅》與《紅樓夢》之間，才子佳人小說顯然扮演了承先啟後的角色。

第二節　諷刺小説《儒林外史》──第一部針對文士儒生行徑之作

《儒林外史》是中國小説史上第一部，以文士儒生的行徑作爲敍述重點的小説，也是一部筆墨沾滿辛辣的諷刺與風趣的挖苦之作。作者是吳敬梓(1701-1754)，全書共五十五回。最初僅以手抄本流傳於文人士大夫之間，現存最早的刊行本，乃是嘉慶八年(1803)的「臥閒草堂本」，共有五十六回。不過由於末回與全書的主題及寫作風格並不相合，學界一般認爲可能是後人所加，並非出自原書作者吳敬梓之手。

一、《儒林外史》概覽

《儒林外史》乃是一部由一位作者獨自匠心經營的諷刺小説，其中表現的，不再是說話人、聽眾、文人的集體意識，而是出於身爲一介文士的作者，基於個人的人生觀察，與一己的生活經驗。書中情節故事發生的年代，雖然假托在明朝，實際上反映的，乃是作者吳敬梓所身處的清代康熙、乾隆時期，文士儒生階層表現的種種行徑狀況。書中敍述的人物事件，主要取材自作者熟習的一般文士儒生的思想觀念和生活百態，加上一些相關傳聞和野史筆記，並以這些文士儒生對功名富貴的生命態度，爲諷刺調侃的筆墨重點。

全書在情節的結構組織方面，主要乃是以走馬換將的方式，來處理故事情節的轉換，以及新舊人物的逐次出場，實與《水滸傳》輯集個別英雄好漢經歷的串聯式結構相類似。不過，《儒林外史》中沒有貫串全書的主要人物，也沒有作爲全書骨幹的主要情節，而是分別由一個或幾個人物爲中心，加上其他一些配角人物作陪襯，組成一個一個相對獨立的故事。每個故事隨著主要人物的出現而展開，又隨著此人物的隱去而結束。乃至形式上雖然是長篇章回小説，實際上則近乎許多短篇小説的集錦。從今天的標準看，在結構組織上顯得鬆散凌亂，但在創作宗旨上，卻是統一集中

的：亦即藉諸文士儒生對功名富貴的汲汲追求，表達對束縛人性的傳統禮教之不滿，以及對於朝廷以八股取士的科舉制度之抨擊。其中第三十六回「泰伯祠名賢主祭」，或許可視爲是全書宗旨的高潮，寫一群文士儒生在泰伯祠舉行對傳統文化的敬禮，表示對傳統文化形式上的膜拜與珍惜。不過，整個祭祀過程，顯然只是形式的追溯和模擬，已經缺少生命的熱誠，宛如一次告別的儀式。於是，泰伯祠很快就頹壞了，僅僅數頁之後，當初祭祀大典的莊嚴與熱鬧，只剩下布滿灰塵的儀注單和執事單而已。全書收尾的時候，最後呈現的泰伯祠，已經是一片廢墟的荒涼。惟值得注意的是，第一章「楔子」中出現的隱士畫家王冕，以及最後一章中出現的，四位分別精於琴棋書畫的藝術家，均屬無意於世俗功名富貴的「奇人」，均擁有獨立自主的人格，可以隨性選擇自己的生活方式與人生途徑。在作者筆下，顯然是其心目中的理想人物，也是具有審美生命情調者的化身。在全書情節旨趣的安排上，作者顯然是以這幾位理想人物的人品行徑作爲準則，以此比照衡量那些只知盲目服膺傳統禮教、唯舉業爲務的可憐復可笑的文士儒生。

　　書中出現的人物眾多，單就出現的姓名而言，大約有兩百七十多人。惟主要的人物類型大概包括：迷戀功名富貴的文士儒生，倚仗功名地位的作惡官僚，自鳴清高而淺薄無聊的名士，其中當然還有一些值得敬重的「眞儒」賢士。由於作者自身即屬於文士儒生階層，其筆下諸多文士儒生的人物形象，難免會以其認識的或聽聞的當代人物爲「模特兒」，有的甚至被學者考證出來，應當是吳敬梓的朋友誰誰誰。不過，眾多人物中，最值得注意的則是杜少卿，當今學界幾乎都一致同意，杜少卿的原形，就是作者自己，而杜少卿的故事，就是作者的自敘。按，杜少卿出身名門望族，傲視一般官吏，只顧「逍遙自在，做些自己的事」，即是杜少卿的生活理想，他的言行舉止，也處處展現獨立自主的人格。在作者筆下，杜少卿具有《儒林外史》中其他文士儒生所欠缺的一種品質，亦即一種率眞與浪漫的情感品質。杜少卿對大凡有求於己者的慷慨，對先祖的追念，對妻子的情愛，對忠僕故舊的關懷，都令人可敬可親可感。不過，杜少卿這種

人物，卻生不逢時，僅僅成為受人利用，甚至被欺騙蒙蔽的對象。在家產揮盡之後，只得過著越來越艱難的賣文生活，最後竟然追隨著別人漂流寄生去了。跟小說中其他文士儒生一樣，在時光推移中，命運安排下，為現實社會的洪流所吞沒。

杜少卿的故事，可謂是對傳統禮教，僵化制度叛逆的人生，同時卻又因為背離了傳統，而無所依歸，徬徨苦悶中，乃至找不到合理出路的悲劇人生。《儒林外史》或許可說是作者對他自己所屬的文士儒生階層行徑的譴責與諷刺，以及其內心深處所感的愧疚，也是對一般文士儒生階層最關懷的功名富貴之質疑和否定。通過杜少卿的故事，流露出一個知識分子對生命意義的反思，對理想人生的探索，雖然在反思與探索過程中，充滿了傷痛。

二、小說史上的意義

就內涵宗旨與體制格式而言，《儒林外史》是小說史上第一部針對文士儒生知識階層行徑的小說，也是第一部正式擺脫話本傳統體制的影響，消除說唱痕跡，純粹為饗讀者閱讀而撰寫的案頭文學，換言之，屬於真正的文人獨立經營創作的作品。

按，前述《金瓶梅》，雖然已堪稱是第一部由文人獨自創作之章回小說，但其故事的開頭，仍取材自《水滸傳》中的武松殺嫂情節作為引子，故事中也有幾處，顯然乃是借用以前的「小說」話本故事情節，而且書中不時出現大量的詩詞小曲諸韻文，模仿說唱文學的痕跡，依然相當明顯。可是《儒林外史》，除了每回仍以「話說」一詞開端，結尾皆用四句韻文，伴隨「欲知後事如何，且聽下回分解」的套語，全書實際上並無借用話本故事或前人筆記為材料，而是根據作者本人的實際生活經歷與觀察，為創作源泉。

就敘述語言視之，《儒林外史》才是小說史上第一部純粹以白話散文撰寫成書的作品。以前的章回小說，雖然主要也是以白話散文敘述，卻往往散韻夾雜，且多引用前人詩詞韻文來描寫人物形貌，或展示場景狀況，

不過在《儒林外史》中，夾雜韻文的形式，亦即講唱文學的痕跡，已經完全消失。換言之，在《儒林外史》中，描寫語態和敘述語態已融成一片。

　　此外，從《儒林外史》的敘述過程中，其間展現的人物形象與故事發展，幾乎已經完全脫離流行民間的宗教信仰。作者顯然不再制約於因果報應的說教需要，來作為人物故事的最終結局，而是憑藉其個人對人生社會的經驗認知，敘述對當世一般文士儒生階層行徑的寫實之作。《儒林外史》顯然是一部文人寫給文人看的章回小說，屬於為知識階層提供閱讀興趣的案頭讀物。

第三節　人情小說《紅樓夢》——第一部含有濃厚自傳意味之作

　　《紅樓夢》又名《石頭記》，全書一百二十回。當今學界的共識是：前八十回，當屬曹雪芹(1715?-1763?)所寫，後四十回，根據學者的考證和推測，則可能是高鶚根據曹雪芹留下的手稿資料所續。

一、版本與流傳

　　《紅樓夢》前八十回最初乃是以手抄本的形式流傳。這些手抄本錄有脂硯齋等人的評語，書名則題為《脂硯齋重評石頭記》。由於曹雪芹的稿本經過脂硯齋等人數次的「評閱」，之後又輾轉傳抄，所以流傳下來的各種抄本相當複雜，在正文和評語方面並不完全一致。就現存資料所知：主要有：「甲戌本」(1754)，殘存十六回；「己卯本」(1759)，殘存四十一回又兩個半回；「庚辰本」(1760)，殘存七十八回；甲辰本(1784)，存八十回，書名首度改為《紅樓夢》。最早的刊本則是「程本」，乾隆五十六年(1791)由程偉元、高鶚以活字排印一百二十回的《紅樓夢》，稱「程甲本」；不過，第二年，程、高二氏對「程甲本」又加以修訂後再排印，遂稱「程乙本」。程刻本不僅增補了後四十回，對前八十回也作了修改。此後出版的大量木刻本、石印本、鉛印本，大都是以程本為母本派生出來的。

　　整體視之，《紅樓夢》的版本大致可分爲兩個系統。一是八十回的脂硯齋等評語抄本系統，另一則是一百二十回的程本系統。脂評系統的版本，源出曹雪芹的手稿，雖然經過輾轉傳抄，難免出現一些差錯，但應該與曹雪芹原著比較接近。同時又因其中保留了大量脂硯齋、畸笏叟等人的評語，也爲研究作者的家世生平提供珍貴的資料。不過，程本系統的版本，遂令《紅樓夢》成爲一部首尾完整的巨著。

　　《紅樓夢》自問世以來，就引起讀者很大的回響，對其評析、考證不絕如縷，包括對作者曹雪芹的生平，書中人物的影射，至今不衰。乃至有所謂「紅迷」、「曹迷」，以及「紅學」、「曹學」的產生。繼而其後續之作亦綿延不絕，如《續紅樓夢》、《後紅樓夢》等亦多達三十餘種。在中國文學史上，一部書，又是一部作者未完成的書，引起如此深遠的回響，是空前的，可能也是絕後的。

二、《紅樓夢》概覽

　　《紅樓夢》和《金瓶梅》一樣，主要敘述一個家庭由盛到衰的滄桑，但是《紅樓夢》一書卻充滿了柔情和悲憫。這或許是曹雪芹暮年窮途潦倒時，對自己少年生活的回憶，雖然是辛酸的，卻也摻合了不少甜蜜。

　　《紅樓夢》乃是第一部帶有濃厚自傳意味的小說，是唯一的以青少年的成長過程爲故事中心的小說，同時也是僅有的一部，對男女愛情心理作深入分析與探測的作品。雖然書中不乏飲食男女的描寫，眞正強調的，歌頌並且珍惜的，卻是男女之間，尤其是賈寶玉和林黛玉之間一分「知己之情」。因此，《紅樓夢》也可說是第一部把男女愛情提升到雙方心靈層面的小說。

　　作者在語言表現上，也是卓越的。敘述部分不僅通俗流暢，而且又不失典雅。爲書中人物在不同情境場合所作的詩詞，不但流露該人物的人格特質與心情意念，同時顯示作者不凡的才情。此外人物對話生動自然，並且幾乎每句對白都建立在發言人的心理基礎上，一開口就表露說話者的身分和個性。

書中人物性格形象的塑造，也極為成功。整體視之，《紅樓夢》可說是一個寫生的「人像畫廊」，展示出一張張栩栩如生的人物畫像，且每個人物形象，不再是類型化的平扁典型，而是複雜的、多層面的，各有其特殊的個性。每個人物的刻畫，又跟故事情節的發展息息相關。尤其值得注意的是，在作者筆下，書中的女子遠在男人之上，無論才貌、見解、能力、性情，都勝過男人。這與《三國演義》視女人為政治鬥爭的工具，《水滸傳》視女人為禍水，《金瓶梅》視女人為貪淫無知的可憐蟲相比，真有天壤之別。《紅樓夢》中的女子，非但詩寫得比男人好，連辦事能力也可以比男人強。至於性情、體貼、操守更不在話下。另一方面，《紅樓夢》中的男人，大多只知吃喝嫖賭，娶小老婆，玩騙女性，甚至斂財貪汙和欺壓良善，令人覺得是一批言語無味、面目可憎的混蛋或蠢才。

當然，全書的故事情節相當複雜，何況人物繁多，但卻清楚地以賈寶玉、林黛玉、薛寶釵之間的三角愛情關係，以及賈府由盛轉衰的局面，為兩條相互交錯的主線。正當寶玉、黛玉、寶釵表兄妹三人，在為他們之間的親情和愛情備嘗甜酸苦辣之時，賈府其他人物，則在憑權勢和金錢，竭力追求物欲，以致走向毀滅。

《紅樓夢》整體表現的彷彿是一種「出世」的人生觀。在內容方面，歸納其主題，可說是透過：(一)賈府人物的盛衰；(二)大觀園中青春與美的理想生活之破滅；(三)寶玉對情愛，對人生的看破；來表現人生如夢、世事無常的永恆道理。在布局方面，作者將《紅樓夢》故事背景安置在一個以佛、道思想為註解的神話框架中：寶玉原是一塊修鍊成果的頑石，下凡人間，經歷一遭欲海情天的衝擊；黛玉原是一株曾受頑石照顧過的絳珠草，為報答灌溉之情，遂下凡人間，以其一生的眼淚相還。此外，寶玉夢中所見「金陵十二釵」手冊，說明大觀園中諸女子的來歷和去向，都一再表現出一種因果輪迴的觀念。

作者藉寶玉乃頑石下凡的特殊來歷，可以塑造他在思想觀念上如何不同於一般凡夫俗子，甚至意圖顛覆傳統謹守的一些價值。寶玉鄙視功名利祿，厭惡禮教虛偽，而且不受經世致用之學。唯一繫住他的則是，對情愛

的癡迷，以及對人間的悲憫，而情愛與悲憫之情，在人生各種牽掛和痛苦中，是最難看破的。整本《紅樓夢》，也就是通過寶玉的一生，而著重於寫「情」、敘「情」，到破「情」的過程，來表現個人在情愛與悲憫中的迷惑、痛苦，以至覺悟。

《紅樓夢》是一部嚴肅的，帶悲劇性的作品。從故事情節發展過程中，表現了一種趨向敗亡毀滅命運的無可抵禦的力量，同時，在命運的席捲之下，顯示個人的微弱掙扎，個人意志的徒勞與無奈。書中主要人物，彷彿都在一種定命的意識中，不由自主地，選擇了個人特殊的苦難。黛玉的絕粒殉情，寶玉的破情出家，寶釵的接受空虛無實的婚姻……。《紅樓夢》敘述的，不只是賈府的滄桑，也不只是幾個男女主角的滄桑，而是在整個現實人生中，普遍的滄桑感。

三、小說史上的意義

《紅樓夢》是學界公認的，中國文學史上最「偉大」的小說，代表中國古典小說發展的巔峰。對過去的傳統，有所繼承，同時也有更多突破性的表現。或許可從以下四個方面來觀察其於小說史的意義。

(一)題材內容

過去的長篇章回小說，大多並非以作者個人親身經歷過的人生為筆墨重點，其作者主要是站在旁觀立場角度，敘述一些富有歷史根據或傳奇色彩的人物故事。就如《三國演義》，主要是記述歷史上朝代與政權的興衰，帝王將相的霸業和豐功偉績；《水滸傳》寫的是傳說中綠林英雄好漢與官府的衝突與梁山的聚義，以及他們的豪言壯舉；《西遊記》用神奇幻化的故事形式，來表現取經人物的智慧和愚蠢；《金瓶梅》則以暴露市井社會及官商階層的醜惡為宗旨；《儒林外史》雖然在杜少卿的生涯中，浮現作者的身影，惟其旨趣，主要還是諷刺一般文士儒生知識階層在行徑與思想方面之愚蠢與荒誕。可是《紅樓夢》卻不一樣了，非但沒有借助歷史人物或民間傳聞，而且作者毫不諱言，乃是直接取材於作者個人的親身經歷，以及親見親聞。

　　按，《紅樓夢》雖然不是以「第一人稱」自述，卻帶有濃厚的「自傳」色彩。男主角賈寶玉的故事，與作者曹雪芹年輕時代的生活經歷，頗有雷同之處。當然，《儒林外史》中的杜少卿，雖多少也有作者吳敬梓的影子，惟在全書中，只不過是眾多文士儒生故事中的一小部分而已。此外，《紅樓夢》中沒有叱咤風雲的英雄，沒有大忠大賢的臣子，甚至也無朝代紀年可考，所寫完全是日常生活，敘「家務事」，談「兒女情」，均來自作者親身經歷的日常生活瑣事，包括吃穿住行、酒宴行令、作詩猜謎等，種種應酬行樂。當然，《金瓶梅》已經開始以日常家庭生活瑣事，為小說中描述的主要場景，但是《金瓶梅》強調的是，生活的無聊與人性的醜惡；而《紅樓夢》卻是通過日常家庭生活場景，寫個人在命運中的甜美與痛苦，也寫個人對理想的追求與幻滅。

　　全書內容龐雜，情節頭緒交錯，試將其重點大概，整理如下：

(一)敘述一個貴族官宦家庭，如何在腐敗中走向破落，傳達繁華成空，世事無常，人生如夢的主題。

(二)回顧如夢人生時，唯一值得懷念的是一群「閨閣女子」，因此，最令人悲悼的，也就是她們走向悲劇的命運。

(三)賈寶玉、林黛玉、薛寶釵三人的愛情婚姻關係中，寶玉、黛玉追求、珍惜的，乃是一分「知己之愛」。

(四)通過寶玉天賦的秉性和獨特的品味，不時強調其癡狂、呆傻、瘋癲，以推崇其與眾不同的特立獨行作風，強調個人獨特人格的尊嚴。

(五)從寶玉鄙視功名利祿，厭惡虛偽禮節，珍視己身情懷，以凸顯個人與家庭及社會傳統要求之相背離，乃至人生失落，無所依歸。

(二)作品立意

　　作者於《紅樓夢》開卷第一回，即明確交代此書之立意本旨：

　　作者自云：「因曾歷過一番夢幻之後，故將真事隱去，而借『通靈』之說，撰此《石頭記》一書也。故曰『甄士隱』云云。」

　　但書中所記何事何人？自又云：「今風塵碌碌，一事無成，忽念及當日所有之女子，一一細考較去，覺其行止見識，皆出我之

上。何我堂堂鬚眉，誠不若彼裙釵哉？實愧則有餘，悔又無益之
大無可如何之日也！當此，則自欲將已往所賴天恩祖德，錦衣紈
袴之時，飫甘饜肥之日，背父兄教育之恩，負師友規談之德，以
至今日一技無成，半生潦倒之罪，編述一集，以告天下人：我之
罪固不可免，然閨閣中本自歷歷有人，萬不可因我之不肖，自護
己短，一併使其泯滅也。……雖我未學，下筆無文，又何妨用假
語村言，敷演出一段故事來，亦可使閨閣昭傳，復可悅世之目，
破人愁悶，一亦宜乎？」故曰：「賈雨村」云云。

此回中凡用「夢」用「幻」等字，是提醒閱者眼目，亦是此書立
意本旨。

由作者所言「此書立意本旨」，以及書中人物故事情節的發展，《紅
樓夢》可謂是一部作者對過往一生的「懺悔錄」。慚愧自己一事無成，半
生潦倒，堂堂鬚眉，行止見識卻不若平生所遇的一些閨閣女子，因此將其
一生如夢似幻的經歷，記述下來，目的是，抒情言志，以解心中鬱結，或
可得知音於讀者。

(三)人物塑造

過去長篇章回小說中的人物形象，如前面章節所述，即使是成功的藝
術典型，也往往比較單一平扁，多數人物通常未能充分個性化，而帶有類
型化的特點。在《金瓶梅》之前，人物性格大多通過政治、軍事等大事
件、大場面中的行動與對話來表現，很少通過日常生活瑣屑細節來描述人
物。而《紅樓夢》中有四百多個人物，其中許多人物形象，無論主角、配
角、老人、小孩，都是充分個性化的，就像現實生活中的人物那樣複雜、
矛盾，均具有個人性格的獨特性。作者刻畫人物的性格，不是從概念、類
型出發，不會簡單的把人物二分為「好人」、「壞人」，而是如實描寫，
並無諱飾，乃至就在一個人物身上，可以展現好壞兼具的人格特質，可謂
還給人物以生活的本來複雜面目。因此，《紅樓夢》的人物塑造，已經不
單單靠人物表面的行動和對話。其中與過去的章回小說相比，最引人矚目
的是：

首先，將環境描寫與情節發展交融在人物性格的刻畫中。如寫賈府的種種排場，通常與寫王熙鳳的才幹與逞強好顯的性格相連；寫瀟湘館的竹林秋色、清幽雅致，往往和林黛玉的悲劇性格及孤高心情合而為一。其次，過去的章回小說，很少有單獨的環境描寫和心理描寫，《紅樓夢》中則出現了類似現代小說那樣，單獨成段的環境描寫和心理刻畫，遂令人物性格表現的更為深刻、細膩。

（四）結構組織

《紅樓夢》的整體結構組織，雖同樣有類似「楔子」的章節開頭，卻有異於《水滸傳》的「串聯式」，或《西遊記》的「念珠式」，也不同於《儒林外史》的「集錦式」。而與《金瓶梅》的「網狀式」相彷彿，但卻更為複雜緊湊。可謂是一個具有完整、有機、宏偉、嚴密、多層次、多線索組成的錯綜複雜的「網狀結構」。其中幾條線索交錯重疊進行，猶如前面論全書內涵重點已點出，包括(一)賈府逐漸由盛轉衰的演變史；(二)寶玉、黛玉、寶釵三人的愛情和婚姻之糾葛；(三)理想生活樂園「大觀園」的締造與幻滅，包括青春、童真，一切美好事物的消失，以及一群閨閣女子的悲劇命運；(四)大觀園外，以賈家為主，薛家為輔，連帶史家、王家，四大既富且貴家族的破落。

這幾條線索，均非獨立存在，而是相互糾結，彼此交錯，其間還有無數大小場景，點面結合，環環相牽。如此宏偉複雜，卻又條理可循的結構，在中國小說史上，是空前的。其展示的是，作者駕馭故事情節的大將風度。難怪《紅樓夢》成為當今學界公認的，是中國古典小說中最「偉大」的作品。以後則須在晚清風行的譴責小說中，觀察章回小說最後的夕陽餘暉。

第六章
章回小説的夕陽──晚清譴責小説的風行

第一節　譴責小説風行的背景

　　歷史上所稱的「晚清」，大抵以1840年中英鴉片戰爭為開端，到1911年辛亥革命導致大清王朝的滅亡。這段時期，是中國社會面臨驚天動地的大變動時期，也是新舊思想觀念彼此撞擊，交互摻合的時代。在西方勢力對中國的衝擊日甚的情況下，傳統的社會秩序與政治體制勢必難以抵制，長久積壓的各種社會問題紛紛湧現。就在此時期間，中國古典文學之發展演變逐漸進入尾聲，中國古典小說則於此期間煥發出最後的夕陽餘暉。尤其自光緒「庚子事變」(1900)至辛亥革命前夕這十年間，小說作品迅速增加，平均每年達百種左右；從事小說創作和出版，成了一種新興行業，以致形成了中國小說史上第一支專業的小說作家隊伍。譴責小說之大放異彩，正是這時期特定的歷史與文化背景的產物。

一、西方政經文化的衝擊

　　鴉片戰爭的失敗，清政府飽受內憂外患，連年開戰，屢次挫敗。於是在外國強權的壓迫下，只得開阜通商，割地賠款，喪權辱國。加上咸豐以後捐納制度積弊深重，吏治腐敗，賄賂公行，乃至官場仕途更為浮濫冗雜。伴隨著列強勢力的入侵，西學來勢的凶猛，西方政經文化的衝擊，結束了中國孤立於世界潮流之外獨自發展的道路，也衝破了古老的中國在政治、經濟、文化上，孤芳自賞的美夢。擁有數千年政經文化傳統的中國，

突然發現，自己不但於科技上居於劣勢，甚至在文化上，也居然會不占優勢。這一歷史變局，對中國社會固有的傳統文化觀念之衝擊，是前所未有的，對那些以天下為己任的知識階層之震撼，更是空前的。於是，除了從政治制度上感覺不足，發動「變法維新」運動，還進一步從文化根本上要求全民人格的覺醒。其中最令文學史家注意的，就是有心人士在小說對政治制度的革新，以及對社會人心匡正的實用功能之呼籲與倡導。

二、小說政教功能的倡導

一般傳統文人士大夫心目中，小說涉及的不過是一些「小道」，屬於消閒娛樂的讀物，與經、史的崇高地位相去甚遠。當然，明中葉以後，少數前衛的知識人士，如李贄、金聖嘆等，已經公開推崇《三國志演義》、《水滸傳》等通俗小說，不過，他們真正欣賞的，還是這些作品的文學性，以及作者的文章才華。爰及晚清，主張維新的知識分子，因目睹中國在列強侵辱之下，國勢日弱，於是重新反省傳統文化的利弊，在幡然思變的心理推動下，深信擁有普遍讀者的小說，以其通俗性質，應該可以負起改革政治社會與教化民風的實用功能。小說的「地位」，就在這些維新派文學巨子的大聲疾呼中，臻至前所未有的「高峰」。

最早公開將小說與政治及民風的變革相提並論者，首先是嚴復(1853-1921)與夏曾佑(1865-1924)，二人在〈1897年11月18日《國聞報》附說部緣起〉一文中提出：

> 夫說部之興，其入人之深，行世之遠，幾幾出於經史之上，而天下之人心風俗，遂不免為說部之所持。……且聞歐美、東瀛，其開化之時，往往得小說之助。

所言主要是呼籲重視小說可以教育人心、改變風俗的功能。因為歐美、日本就是得助於小說的傳播，而「使民開化」。

其次是梁啓超(1873-1929)，在戊戌變法前，也提出小說與政治的密切關係。曾於1897年所寫〈蒙學報演義報合序〉一文中，即云：「西國教科之書最盛，而出以遊戲者尤夥。故日本之變法，賴俚歌與小說之力。」

及至戊戌變法失敗後，進而意識到小說的政治宣傳功能，於是又發表〈譯印政治小說序〉（《清議報》1898年11月11日），闡述小說與政治社會變革的關係，認為「在昔歐洲各國變革之始，其魁儒碩學、仁人志士，往往以其身之經歷，及胸中所懷政治之議論，一寄之於小說……。每一書出，而全國之議論為之一變。彼美、英、德、法、奧、意、日本各國政界之日進，則政治小說為功最高焉。……」因此呼籲外國小說的翻譯，「采外國名儒所撰述而有關切於今日中國時局者，次第譯之」。當然，此文發表後，在小說創作上其實並未引起多大的回響。真正影響深遠者，還是梁啟超於1902年創辦《新小說》雜誌，於創刊號上發表其著名的〈論小說與群治之關係〉一文，將小說的政治教化功能，誇大到前所未有的程度：

> 欲新一國之民，不可不先新一國之小說。故欲新道德必新小說，
> 欲新宗教必新小說，欲新政治必新小說，欲新風俗必新小說，欲
> 新學藝必新小說，乃至欲新人心，欲新人格，必新小說。何以
> 故？小說有不可思議之力支配人道故。

所言一方面闡明小說的重要價值與地位，也表明《新小說》創辦的宗旨。蓋原本出身於為一般市民大眾提供消閒娛樂的小說，負起了改革政治制度、匡正社會人心的重大使命。除此之外，創辦小說刊物蔚然成風，亦促成譴責小說之興盛。

三、小說刊物的風起雲湧

宋代民間「說話」屬於娛樂大眾的專業，同時也是一種商業行為。宋元話本之流傳，明清小說之盛行，則有賴印刷術的蓬勃，以及讀者層面的擴大與書商的敦促。爰及晚清，借助於傳播媒體的發達，專載小說的刊物，如雨後春筍不斷湧現，各種報刊亦闢有小說專欄，為小說創作者提供了耕耘的園地。自《新小說》於1902年創刊後，其他如《繡像小說》、《浙江潮》、《江蘇》、《新新小說》、《醒獅》、《民報》、《月月小說》、《小說月報》等刊物，繼相發行。這些刊物的創刊宗旨與編輯方針，顯然多受梁啟超〈小說與與群治之關係〉一文的影響。猶如李伯元於

其〈編印《繡像小說》緣起〉一文中所云編輯之宗旨:「察天下之大勢,
洞人類之頤理……抒一己之見,著而爲書,以醒齊民之耳目。或對人群之
積弊而下砭,或爲國家之危險而立鑑……無一非裨國利民。」(1903年5月
《繡像小說》第一期)這不僅是創辦小說刊物的宗旨,也是編輯者對小說
家所提出的創作要求。「譴責小說」之應運而生,乃是時代的產品。

第二節　四大譴責小說概覽

晚清「譴責小說」之名稱,始於魯迅《中國小說史略》。爲有別於諷
刺小說如《儒林外史》,魯迅爲譴責小說所下的類型定義是:

> 雖命意在於匡世,似與諷刺小說同倫,而辭氣浮露,筆無藏鋒,
> 甚且過於其辭,以合時人嗜好,則其度量技術之相去亦遠矣,故
> 別謂之「譴責小說」。

這樣的觀點,已大致爲學界所普遍接受。

按晚清譴責小說最具代表性的作品,當屬《官場現形記》、《二十年
目睹之怪現象》、《老殘遊記》、《孽海花》,共同號稱晚清「四大譴責
小說」,且均由報刊雜誌連載出生。

一、《官場現形記》

作者李伯元(1867-1906),名寶嘉,雖出身官宦家庭,因逢世亂,卻
厭棄仕途,光緒二十二年(1896)爲生計所迫,移居上海,遂開始此後十年
的報業生涯。先創辦《指南報》、《遊戲報》,後又創辦《世界繁華
報》,並連載其《庚子國變彈詞》及《官場現形記》。光緒二十九年
(1903),應商務印書館之聘,主編《繡像小說》半月刊,其《文明小史》
即連載於此。按,令其在晚清小說史上著名的《官場現形記》,是李伯元
的代表作。此書一問世,在文壇引起很大的回響,模仿之作接踵而至,各
種各樣的「現形記」充斥書市。

《官場現形記》全書六十回,共寫了三十幾個官場故事。著力暴露晚

清官場的醜惡與黑暗，官僚的貪婪與腐敗。加上清廷捐官制度的弊病，不但令官府可以賣官發財，甚至文理不通、舉止失措的市井紈袴人物，也可以買官而搖身一變成為朝廷或地方官員。在作者筆下，上自軍機大臣、總督、巡撫，下至縣吏僚佐，幾乎無人不貪汙行賄，鑽營矇混，或明碼賣缺，或橫斷冤獄，有時甚至到了喪心病狂的地步。例如：何藩臺與其胞弟三荷包，連襯標價買府縣官缺，毫不避「臣門如市」之嫌，兄弟倆竟然又還因分贓不勻，而在家中大打出手。又如試用知州王柏誠為了留任，多撈一季錢糧漕米外快，而匿瞞父喪，且向手下師爺下跪，企求幫忙隱瞞。還有炮船管帶冒得官，為了保住職位，假裝尋死，脅迫親生女兒作為賄賂物，送給頂頭上司羊統領去糟蹋，而且還要感恩戴德。此外還有道臺、統領借「剿匪」為名，「洗滅村莊，姦淫婦女」，事後則「奏凱班師」，「破格保奏」，個個升官……。更糟的是，這些大小官僚，平日或許作威作福，可是一見洋人，就嚇得渾身發抖。如文制臺先聽說有客來訪，雷霆火炮的打罵巡捕，之後一聽說來的是「洋人」，「不知為何，頓時氣焰矮了大半截，怔在那裡半天」……。

李伯元的《官場現形記》，主要以漫畫的筆法，來勾勒官僚群的各種可惡可笑的人物形象，又借誇張的語調，來凸顯官場人物事件之荒唐。作者對晚清官場予以無情的譴責之後，似乎意猶未盡，恨猶未洩，於是又借作品中人物的夢，將晚清官場比喻為「畜生的世界」。《官場現形記》是一部對官僚體制深痛惡絕，對現實社會不懷希望的小說。

二、《二十年目睹之怪現象》

作者吳趼人(1866-1910)，名沃堯，先後主編過《消閒報》、《采風報》、《漢口日報》、《月月小說》等刊物，同時從事長篇、短篇小說的創作。《二十年目睹之怪現象》則是其代表作，自1903年在《新小說》上連載，以後陸續撰寫並刊行單行本，至1910年，全書出齊，共一百零八回，敘述的時代背景是1884年至1903年前後二十年間作者「目睹」的晚清社會「怪現象」。書中以自號「九死一生」者為中心線索，從其奔父喪開

始,至幫助棄官從商的朋友吳繼之經商,而最終以商業失敗告終,將其在各地所見所聞貫穿成書,描繪成一幅行將崩潰的大清帝國的社會圖卷。作者開宗明義就藉「九死一生」之口宣稱:「我出來應世的二十年中,回頭想來,所遇見的只有三種東西:第一種是蛇蟲鼠蟻;第二種是豺狼虎豹;第三種是魑魅魍魎。」這與李伯元在《官場現形記》中描述的那個「畜生的世界」,可謂不謀而合。不過,李伯元主要是指責晚清的官場,吳趼人譴責的則是整個晚清的社會。

全書反映的領域,遠比《官場現形記》更為廣闊,除了暴露官場的黑暗為主軸之外,還涉及洋場、商場,乃至奸商巨賈、洋行買辦、地痞流氓、醫卜星相、和尚道士等三教九流的生活面相,均難逃作者的撻伐。讀者從中的確可以「目睹」晚清社會的諸般「怪現象」。作者借書中卜士仁(「不是人」的諧音)告誡其侄孫卜通(「不通」的諧音)所說:「至於官,是拿錢捐來的,錢多官就大點,錢少官就小點。……至於說是做官的規矩,那不過是叩頭、請安、站班。……第一個祕訣是要巴結……。你千萬記著『不怕難為情』五個字的祕訣,做官是一定得法的。」繼而又借九死一生之口說道:「這個官竟不是人做的。頭一件要先學會了卑汙苟賤,才可以求得差使。又要把良心擱過一邊,放出那條殺人不見血的手段,才弄得著錢。」例如江蘇制臺大人將全省縣名,開成手折,注明錢數,到處兜攬,公開賣官。閩浙制軍送給太監九萬兩銀子,換來兩廣總督。另外,苟觀察苟才(「狗才」的諧音),捐官出身,無學無才,為了達到鑽營的目的,脅迫守寡不久的媳婦給好色的制臺為妾。還有一個候補道,為謀差事,竟然送自己的妻子為制臺「按摩」。

官僚體系的腐敗,必然導致軍事上的無能,以及外交上的喪權辱國。陸軍營盤裡「差不多只有六成勇額」,大小將領長期吃空額,還時時想「藉個題目招募新勇,從中沾些光」。水軍也是黑幕重重,不堪一擊。中法戰爭時,馭遠號軍艦的管帶,「遙見海平線上一縷濃煙,疑為法軍艦」,竟下令開放水門,將艦沉沒,坐舢舨逃命。事後又謊報:「倉促遇敵,致被擊沉。」馬江一戰,有個欽差坐鎮督戰,「只聽見一聲炮響」,

便嚇得光著一隻腳狼狽逃竄……。在作者筆下，大清官僚與外國人辦交涉，總是「見了外國人，比老子還怕些」。另外，至於那些洋行買辦之流，在他們眼裡，「外國人好，甚至於外國人放個屁，也是香的。說起中國來，是沒有一樣好的……」。

作者對這些「怪現象」筆沾辛辣，譴責諷刺，毫不留情。不過，《官場現形記》中並無一個「好人」，而《二十年目睹之怪現象》畢竟還出現了一些正派人物。例如亦官亦商的吳繼之；潔身自好、見義勇為的「九死一生」；落魄時一芥不取，為官後愛民如子的蔡侶笙；輕財重義、古樸忠厚的鄉下人惲阿來父子等。可是，這些正直、善良的人物，身處社會道德大崩潰的時代，最後的結局卻都沒有好下場。吳繼之經商破產；「九死一生」身為吳繼之的助手，自然也走投無路；蔡侶笙以落魄開始，以丟官告終。小說中大凡正派人物的不幸下場，似乎說明身處這個時代，好人並無立錐之地。猶如作者所浩嘆的：「不知此茫茫大地，何處方可以容身！」

其實，《二十年目睹之怪現象》最大的特點就是採用第一人稱角度敘事。「九死一生」既是全書的敘述者，其經歷又是全書的主幹。在這之前，只有文言小說中偶爾出現，如唐傳奇小說《遊仙窟》即是以第一人稱角度敘述，惟在白話章回小說中，則是首創。由於小說中有一個貫串全書的「我」，使得分散的人物故事可以連綴成一個屬於個人經驗與觀感的整體，在結構上顯得比《官場現形記》較為緊湊。

此外值得一提的是，在晚清小說家中，吳趼人還是一位喜歡不斷嘗試創新的作者，除了《二十年目睹之怪現象》之外，另外還撰有《九命奇冤》，開創了全書倒敘法的先例，《恨海》則是近代言情小說的濫觴。

三、《老殘遊記》

作者劉鶚(1857-1909)，筆名「洪都百鍊生」，全書二十回，之後又寫了二集九回，外編殘稿約一回。於1903年8月開始連載於《繡像小說》，1907年在上海刊印單行本。二十回中，有十五回後面都有作者自己以第三者口吻寫的「原評」，作為所述故事進一步的補充說明。全書主要

乃是記述主人公江湖醫生鐵英號老殘者，遊歷山東途中所見所聞，以及所思所感。按，劉鶚乃因眼見清末朝廷的積弱，政治的腐敗，社會的混亂，於是在沉痛的心情下撰寫《老殘遊記》，正如其於〈自敘〉中所云：「吾人生今之時，有身世之感情，有家國之感情，有社會之感情，有種教之感情。其感情愈深者，其哭泣愈痛；此洪都百鍊生所以有《老殘遊記》之作也。棋局已殘，吾人將老，欲不哭泣也得乎？」

小說第一回是全書的楔子，主要寫老殘的夢境，概述老殘對當時政局的觀點和立場。夢中把中國比做一條渾身傷痕，破舊不堪的大船，負擔沉重，在風浪中顛簸，隨時可能翻覆沉沒。可是船上的水手(喻各級官吏)，卻趁著危亂，搜括乘客的錢財衣物。乘客中還有一些「高談闊論的演說者」(喻革命黨人)，正在那裡煽動和斂財。雖然掌舵管帆者(喻當政者)，「認真在那裡照管」，可惜風浪實在太大，何況裝備又差，「心裡不是不想往好處去做，只是不知東南西北，所以越走越遠」。當老殘等人送上外國羅盤(喻治國之方)時，舵工原是很想用的，卻被下等水手視為賣船的漢奸，而趕下船來。

其實《老殘遊記》最引人矚目的，就是塑造了兩個名為「清官」實為「酷吏」的人物，他們在政壇上都擁有清官能吏的美譽，但是在一般百姓眼裡，卻是殘酷恐怖的化身。按，玉賢(暗指毓賢)是山東曹州府的知府，行事作風「賽過活閻王」，老百姓「碰著了就是死」。上任「未到一年，站籠站死兩千多人」。其中「大約十分中九分是良民」。例如于朝棟一家三口，因強盜栽贓而被玉賢下令站籠而死，于學禮妻子在將死去的丈夫面前自殺，有人前來為于學禮求情，玉賢則宣稱：「這人無論冤枉不冤枉，若放下他，一定不能甘心，將來連我前程都保不住。俗語說得好：斬草除根，就是這個道理。……你傳話出去，誰再來替于家求情，就是得賄賂的憑據，不用上來回，就把這求情的人也用站籠站起來就完了。」在如此殘酷官員的恐怖統治下，百姓只有忍氣吞聲，甚至還得含著眼淚稱他為「清官」。另一個酷吏剛弼，一向以「清廉」自命，行事武斷，剛愎自用。到齊河縣會審一件毒死十三口人的命案，既不仔細研究案情，也不深入查

訪，單憑自己的主觀臆測，認定魏謙父女是毒死人的凶手，而且一意孤
行，不與齊河縣知縣會商，就給父女二人帶上手銬腳鐐，並濫用重刑，企
圖屈打成招。同時還擺出一副「清官」面目，把魏家僕人託人向他說情行
賄的銀票，當作魏氏父女殺人的證據，再一次嚴刑拷問，逼取口供。

　　至於百姓是否冤枉，對這些名為「清官」實為「酷吏」者而言，均無
所謂，重要的是，必須不顧是非黑白，以保住「清譽」，且保住官位。正
如老殘在第六回中針對這些酷吏人格行徑的分析：「只為過於要做官，且
急於做大官，所以傷天害理的做到這樣。……贓官可恨，人人知之；清官
尤可恨，人多不知。蓋贓官自知有病，不敢公然為非；清官則自以為我不
要錢，何所不可，剛愎自用，小則殺人，大則誤國。吾人親目所睹，不知
凡幾矣。……歷來小說皆揭贓官之惡，有揭清官之惡者，自《老殘遊記》
始。」

　　此外，作者也塑造了兩個給百姓帶來無窮災難的「庸吏」，莊宮保與
史鈞甫。按，莊宮保是山東巡撫，史鈞甫則是其幕僚、候補道臺。二人治
理黃河水患不得法，乃至「三年兩頭的倒口子」。光緒己丑年（1889）那次
「治」水，輕率做出廢棄土壩，退守大堤的決定，以致黃河決口，洪水吞
噬了十幾個縣，造成幾十萬百姓家破人亡。即使偶有僥倖未死者，也是流
離失所，活著的婦人甚至還被迫淪落為妓女，進入「一天沒有客，就要拿
火筷子烙人」的火坑裡。小說即通過被迫淪落為妓女的翠環與翠花，描述
了這次大半因官府人為的無知，而造成百姓生命財產的巨大災難，同時傳
達了作者對莊巡撫和那些「總辦、候補道、王八蛋大人們」的「庸吏」，
無比忿恨與嚴厲的譴責。

　　《老殘遊記》不同於其他譴責小說之處，還是在其「寫景狀物」方面
描寫藝術的成就。就如寫大明湖上千佛山的倒影，桃花山的月夜，黃河冰
岸上的雪景，還有在明湖居聽白妞說書等幾個片段，歷來膾炙人口。儘管
這些寫景片段，不一定和全書的主旨都有密切關係，卻在充滿譴責諷刺氣
氛的敘事中，點綴一些個人抒情散文的意味，流露一些對自然美景和休閒
生活的審美情趣。

四、《孽海花》

　　全書共三十五回，作者曾樸(1871-1935)。其實《孽海花》原先計畫寫六十回，後二十五回僅只有回目尚存。就是這三十五回之成書，也是兩易作者，三易書稿，跨越清朝和民國兩個時代，歷時長達二十七年(1903-1930)，才告完成。作者原署名「愛自由者發起，東亞病夫編述」。按，「愛自由者」實即金天翮(字松岑，1874-1947)，最初是應《江蘇》雜誌之約而寫，卻只寫了開頭六回，標「政治小說」。茲因小說非其「所喜」，故而於1904年，將《孽海花》前六回交給曾樸續寫，二人並共同商定了六十回的回目。不過，由於曾樸對此書的構思與金天翮不盡相同，於是將前六回大刀闊斧的修改之後，再續寫下去。其後又再次修改過，因此現今所見《孽海花》，可說是曾樸一人的作品。《孽海花》於1905年由小說林社出版，標「歷史小說」。1907年《小說林》雜誌創刊後，曾樸又續寫了五回。1927年曾樸創辦《眞善美》雜誌，陸續在雜誌上發表《孽海花》原有內容的修改與續寫的回目，稍後即印成三十回本出版，惟在雜誌上發表的第三十一至三十五回並未收入。1959年，中華書局上海編輯所印行的《孽海花》增訂本，共三十五回，是爲足本。

　　《孽海花》從表面上看，類似才子佳人小說，因其主要以狀元金雯青與名妓傅彩雲的姻緣爲敘事線索，不過全書展現的故事情節，則攬括從同治初年到甲午戰敗(1862-1894)這三十年間的重要歷史事件。按，自1904年曾樸開始接手續寫並修改《孽海花》，也正是日俄戰爭在中國國土上打得激烈的時候，於是以奴東島沉入「孽海」爲全書之象徵意義。曾樸撰寫此書，目的是「想借用主人公做全書線索，盡量容納近三十年來的歷史，專把些有趣的瑣聞軼事，來烘托出大事的背景」。就如第一回楔子中，作者開宗明義，對強權的侵略，朝廷的無能，即表示極大的憤慨，其回末詩即云：「三十年舊事，寫來都是血痕。四百兆同胞，願爾早登覺岸。」

　　《孽海花》猶如魯迅《中國小說史略》所稱，是晚清四大譴責小說之一。惟與另外三部譴責小說相比照，雖然同樣都是針對晚清政府，「揭發

伏藏，顯其弊惡，而於時政，嚴加糾彈」之作。但是，《孽海花》卻自有其個別突出的特點。

首先，其他譴責小說之取材，雖有一定程度的事實根據，惟「臆測頗多，難云實錄」，甚至「亦販舊作，以為新聞」。《孽海花》則不同，「書中人物，幾無不有所影射」。乃至引起對學界對《孽海花》書中人物事件的相繼考證推測，至今未止。其實，書中共寫了近三百個人物，上自太后、皇帝，中經官員、小吏，下至婢僕、妓女，可謂三教九流，應有盡有。相形之下，乃至其他譴責小說，只能算是一般性的，針對某個社會階層人物或事跡的小說，而《孽海花》，卻是嚴格意義上為當代歷史為證的「歷史小說」。

其次，雖然四部譴責小說，同樣都針砭時弊，暴露晚清王朝的腐朽沒落，但是《孽海花》的筆墨重點，則主要集中在於描述上層社會中一些高級知識分子與達官要人的生活面貌。作者譴責諷刺的對象，除了皇族之外，還包括權勢足以主導朝政、坐擁高位而不務正業的達官名流；以及那些終日沉迷金石古玩、詞章考據，或忙於飲酒狎妓，過著醉生夢死的學士儒者；還有一些的確傾心洋務，處理外交事物的官員，天真的認為，只需購買船炮、勤練新軍，即可以救中國於存亡之秋，最後卻落得不但自己身敗名裂，而且國家割地賠款而告終。《孽海花》作者集中筆墨對晚清政壇知識階層的譴責與諷刺，或許可視為《儒林外史》的續篇。

再者，前三部著名的譴責小說之作者，其視野主要集中於清政府的腐敗、社會的黑暗，以及人物言行的醜惡與可恨，讀之令人心灰氣短。惟《孽海花》寫作時間稍晚，其作者的視野胸襟，則較為寬廣，遂能在大清王朝的腐朽沒落過程中，觀察到一些「可喜」的現象。就作者立場態度視之，《孽海花》其實是第一部以同情的角度描述主張改革與革命運動的作品，包括維新運動與民主革命運動，乃至令讀者在黑幕重重中，彷彿窺見一絲曙光。例如：在作者筆下，唐猶輝（影射康有為）、戴勝佛（影射譚嗣同）、孫汶（影射孫文）、陸浩多（影射陸浩東）等，均是熱心為國為民，言行光明磊落的人物。而且從曾樸和金松岑於1904年擬定的第三十六回至六

十回的回目看，作者原來計畫是寫到「專制國終攪專制禍，自由神還放自由花」為止。顯示早在辛亥革命數年之前，作者已經預料到滿清政府最終的敗亡以及民主革命的成功。這應該是可以令主張國民革命者欣悅的。

最後，晚清譴責小說作者，為了集中筆墨譴責時弊，往往把許多不相關的醜惡現象匯集於一書，因此普遍採用《儒林外史》式的結構，亦即魯迅《中國小說史略》所謂：「全書無主幹，僅驅使各種人物，行列而來，事與其來俱起，亦與其去俱訖，雖云長篇，頗同短制。」誠如魯迅的觀察，《孽海花》亦有「張大其詞，如凡譴責小說通病」，惟在情節結構的安排上，實可謂「結構工巧」。當然，《孽海花》全書的結構組織，仍然是依循傳統章回小說連綴多數短篇成為長篇的格式，而且予人以頭緒既繁，腳色復夥，若斷若續的印象；但是曾樸卻刻意以影射當時名妓賽金花的傅彩雲之生涯為全書主線，把所要寫的各種零星傳聞掌故，集中拉扯在女主人公生涯的一條線上，有意識的嘗試，將全書形成一個有機整體。曾樸對其在《孽海花》結構上的改變，頗為得意，曾在其〈孽海花代序〉中特意說明《孽海花》的結構處理，如何不同於其他傳統作品：

> 譬如穿珠，《儒林外史》等是直穿的，拿著一根線，穿一顆算一顆，一直穿到底，是一根珠鏈。我是蟠曲迴旋著穿的，時收時放，東西交錯，不離中心，是一朵珠花。譬如植物學裡說的花序，《儒林外史》等是上升花序或下降花序，從頭開去，謝了一朵，再開一朵，開到末一朵為止。……我是傘形花序，從中心幹部一層一層的推展出各種形象來，互相連結，開成一朵球一般的大花。

的確，《孽海花》中敘述的眾多故事，主要乃是圍繞著金雯青與傅彩雲二人的生涯為圓心，繼而將其他相關故事情節分別交錯連綴起來，比起前面介紹的另外三部譴責小說，《孽海花》已經比較接近現代長篇小說的複雜章法了。

小結：

　　晚清這四大譴責小說，其作者均在全書的卷首撰寫一篇楔子，作為開場白，從中透露整部小說的主題大綱，並且明確宣布其創作的宗旨動機。例如：李伯元寫《官場現形記》，主要就是為了揭發官場的「隱微」；吳趼人寫《二十年目睹之怪現象》，則意欲藉此喚起國人，恢復固有道德以濟世拯民；劉鶚寫《老殘遊記》，乃是為痛憾清廷的「棋局已殘」，故而藉小說抒發其「身世之感情」、「家國之感情」、「社會之感情」而「哭泣」者；繼而曾樸寫《孽海花》，旨在喚醒「四百兆同胞，願爾早登覺岸」。值得注意的是，這些主要生活於晚清末年的小說作者，都寄存了希望，可以藉其筆墨來反映當前面對的政治社會現實，為歷史留下見證，並且把小說作品視為可以移風易俗，改革政治社會的媒介。這樣的創作態度與立場，宛如當初瓦舍勾欄的說話人，每每在其故事中向聽眾宣傳一些道德教訓，其實並未脫離唐宋時代講經與說話的傳統，甚至與漢儒說詩，強調「經夫婦，成孝敬，厚人倫，美教化，移風俗」（〈詩大序〉）的觀點，仍然遙相承傳。同時也證明，本書於總緒中嘗提及的，政教倫理色彩濃厚乃是中國文學的一大傳統特質。換言之，中國文學經過數千年的發展演變，即使在西方文化的衝擊中，卻始終保持與政治教化、倫理道德維繫著相當密切的關係。

後記

　　獨自完成一部中國文學史，雖然稍嫌寂寞，總算了卻多年的宿願。忍不住想要交代一些淵源背景，以及比較個人的經驗感受。

　　猶如在總緒章中已經提及，本書實源自曾經先後在新加坡大學及臺灣大學分別為中文系與外文系同學講述中國文學史之際，邊講邊寫而發端。不過，在新加坡大學任教十七年中，前十年卻始終主要只能用英語講授「中國文學概論」之類的通論課程，雖然學生的求知欲強，頗認真用功，反映亦佳，惟對於向來喜歡「發揮」的我而言，總覺得意猶未盡。尤其是詩歌，通過英文翻譯版本來講述，音韻與文字的美，都消失了，即使後來又另外開設我衷心喜愛的「陶淵明詩選讀」，也還是覺得好像在隔靴搔癢。直到1992至1994學年度，一些大陸留學英美的學生，學成後紛紛前來新大任教，我終於能夠在系中開設完全用中文(華語)講述的高級課程，其中包括「韻文選讀」與「中國文學史」。兩門課均分別與兩位客座教授合開，前者與葉嘉瑩師合開，上學期我講唐詩，下學期嘉瑩師講清詞；後者乃是與北大袁行霈教授以及其他同仁合開，我負責漢魏六朝，袁教授則負責唐宋以後部分。這就是我涉獵中國文學史的淵源。1994年秋天，茲因念及家父年邁體衰，乏人照顧，遂辭去新加坡大學教職返回母校臺大任教，於是在中文系與老同學齊益壽教授合開文學史課程，益壽兄負責先秦漢魏六朝，我則負責隋唐以後。也就是在這為時兩年期間，始將自己的文學史知識逐步拓展到古文、詞曲、戲曲、小說的領域。此後兩年，又在中文系課程委員會的要求之下，轉而為外文系同學講授中國文學史，而且是一人從頭到尾獨講。這才是真正觸發我不妨獨自撰寫一部文學史的原動力。

其實，本書所以能撰寫成書，也受益於臺大教學之餘先後兩次的休假研究，方能在總共約一年半的期間內，享有無須備課授課之「暇」，可以專心致力著述。回顧撰寫期間的歲月，真是欣慨交心。所欣者，乃每當自認為有新見解、新觀點，或許可以補前人論述之不足；所慨者，自己的專業有限，專業之外的部分，必須重新讀書：從參考他人的研究著作開始，經過細讀、思考、融會、消化之後，才敢動筆。

動筆寫一部完整的文學史，不但需要個人的傻勁，更需要親人的體諒。所幸家父王叔岷與外子蕭啟慶，均屬學術界中人，眼看我輕忽日常家務，只顧坐在電腦面前或沉思默想或按鍵敲打，從來未曾責怪。啟慶甚至還經常玩笑的點出：我們兩人，自從身為研究生趕寫報告的時代，生活品質就始終沒有怎麼改善。的確，這是選擇學術研究為生涯志業的必然結果，也是我欣然接受的人生途徑。本書《中國文學史新講》的撰寫，就是在溫馨體諒的環境氛圍中完成。

王 國 瓔 謹記

2006年4月15日

時寓居台北

參考書目

（僅舉主要參考書目，單篇論文從略。）

中國文學通史(以作者姓氏筆畫爲序)

王文生等主編，《中國文學史》(北京：高等教育出版社，1989)二冊。

王忠林、左松超等合撰，《增訂中國文學史初稿》(台北：福記文化，1983)二冊。

中國社科院文學研究所編，《中國文學史》(北京：人民文學出版社，1962)三冊。

冷成金，《中國文學的歷史與審美》(北京：中國人民大學出版社，2003)。

周揚、錢仲聯、王瑤、周振甫等，《中國文學史通覽》(上海：東方出版中心，1996)。

林傳甲，《中國文學史》(台北：學海出版社，1986)。

前野直彬等撰，《中國文學史》(駱玉明等譯，上海：上海古籍出版社，1995)。

袁行霈等主編，《中國文學史》(北京：高等教育出版社，2002年重印)四卷。

陳玉剛，《中國文學通史簡編》(北京：大眾文藝出版社，1992)二冊。

陳伯海，《中國文學史之宏觀》(北京：中國社會科學出版社，1995)。

章培恒、駱玉明，《中國文學史》(上海：復旦大學出版社，1996)三冊。

游國恩、王起，《中國文學史》(北京：人民文學出版社，1964)四冊。

葉慶炳，《中國文學史》(台北：台灣學生書局，1987)二冊。

劉大杰，《中國文學發展史》(上海：上海古籍出版社，1982)三冊。

鄭振鐸，《插圖本中國文學史》(台北：莊嚴出版社，1911)。

裴斐，《中國古代文學史》(北京：中央民族大學出版社，1996)二冊。

臺靜農，《中國文學史》(台北：臺灣大學出版中心，2004)二冊。

錢基博，《中國文學史》(北京：中華書局，1993)三冊。

羅宗強、陳洪主編，《中國古代文學發展史》(天津：南開大學出版社，2003)共三冊：上冊(張峰屹、趙季撰)；中冊(張毅撰)；下冊(寧稼雨、李瑞山撰)。

斷代文學史

王士菁，《唐代文學史略》(長沙：湖南師範大學出版社，1992)。

王瑤，《中古文學史論集》(上海：上海古籍出版社，1982)。

李從軍，《唐代文學演變史》(北京：人民文學出版社，1993)。

吳舜庚、董乃斌主編，《唐代文學史》(北京：人民文學出版社，1998)二冊。

胡國瑞，《魏晉南北朝文學史》(上海：上海文藝出版社，1980)。

郭預衡主編，《中國古代文學史長編》(北京：首都師範大學出版社，1992-200)。共五卷：《先秦卷》(熊憲光執筆)；《秦漢魏晉南北朝卷》(萬光治執筆)；《隋唐五代卷》(林邦鈞執筆)；《兩宋遼金卷》(趙仁珪執筆)；《元明清卷》(段啓明執筆)。

徐北文，《先秦文學史》(濟南：齊魯書社，1981)。

曹道衡、沈玉成，《南北朝文學史》(北京：人民文學出版社，1991)。

程千帆、吳新雷，《兩宋文學史》(上海：上海古籍出版社，1991)。

喬象鍾、陳鐵民，《唐代文學史》(北京：人民文學出版社，1995)二冊。

鄧紹基主編，《元代文學史》(北京：人民文學出版社，1991)。

詹杭倫，《金代文學史》（台北：貴雅文化，1993）。

趙明主編，《先秦大文學史》（長春：吉林大學出版社，1993）。

褚斌杰、譚家健，《先秦文學史》（北京：人民文學出版社，1998）。

劉明今，《遼金元文學史案》（上海：上海古籍出版社，2004）。

劉持生，《先秦文學史稿》（西安：西北大學出版社，1991）。

劉師培，《中國中古文學史》（北京：人民文學出版社，1962）。

聶石樵，《先秦兩漢文學史稿》（北京：首都師範大學出版社，1994）二
　　　冊。

分體文學史

詩、賦史

丁成泉，《中國山水詩史》（武昌：華中師範大學出版社，1990）。

王國瓔，《中國山水詩研究》（台北：聯經出版公司，1986）。

朱則杰，《清詩史》（南京：江蘇古籍出版社，1992）。

李文初，《中國山水詩史》（廣州：廣東高等教育出版社，1991）。

孟二冬，《中唐詩歌之開拓與新變》（北京：北京大學出版社，1998）。

周偉民，《明清詩歌史論》（張松如主編「中國詩歌史論叢書」，長春：
　　　吉林教育出版社，1995）。

周嘯天，《唐絕句史》（重慶：重慶出版社，1987）。

洪順隆，《由隱逸到宮體》（台北：文史哲出版社，1984）。

郭杰、李炳海、張慶利，《先秦詩歌史論》（張松如主編，長春：吉林教
　　　育出版社，1995）。

郭結、郭維森，《中國辭賦發展史》（南京：江蘇教育出版社，1996）。

馬海英，《陳代詩歌研究》（上海：學林出版社，2004）。

馬積高，《賦史》（上海：上海古籍出版社，1987）。

陶秋英，《漢賦之史的研究》（台北：新文豐出版社，1980）。

張晶，《遼金元詩歌史論》（長春：吉林教育出版社，1995）。

程章燦，《魏晉南北朝賦史》(南京：江蘇古籍出版社，1992)。

傅剛，《魏晉南北朝詩歌史論》(張松如主編，長春：吉林教育出版社，1995)。

葛曉音，《八代詩史》(西安：陝西人民出版社，1989)。

簡宗梧，《漢賦史論》(台北：東大圖書公司，1993)。

趙敏俐，《漢代詩歌史論》(張松如主編，長春：吉林教育出版社，1995)。

趙義山、李修生，《中國分體文學史——詩歌卷》(含詞曲)(上海：上海古籍出版社，2001)。

盧清青，《齊梁詩探微》(台北：文史哲出版社，1984)。

霍然，《隋唐五代詩歌史論》(張松如主編，長春：吉林教育出版社，1995)。

鍾優民，《中國詩歌史——魏晉南北朝》(長春：吉林大學出版社，1989)。

蕭滌非，《漢魏六朝樂府文學史》(北京：人民文學出版社，1984)。

聶永華，《初唐宮廷詩風流變考論》(北京：中國社會科學出版社，2002)。

羅根澤，《樂府文學史》(北京：東方出版社，1996)。

詞、曲史

木齋(筆名)、王洪，《唐宋詞流變》(北京：京華出版社，1997)。

王星琦，《元明散曲史論》(南京：南京師範大學出版社，1999)。

李昌集，《中國散曲史》(上海：華東師範大學出版社，1991)。

金啓華，《中國詞史論綱》(南京：南京出版社，1992)。

孫康宜，《晚唐迄北宋詞體演進與詞人風格》(台北：聯經出版公司，1994)。

許宗元，《中國詞史》(合肥：黃山出版社，1990)。

陶爾夫，《南宋詞史》(黑龍江：教育出版社，1992)。

楊海明，《唐宋詞史》（南京：江蘇古籍出版社，1987）。

劉揚忠，《唐宋詞流變史》（福州：福建人民出版社，1999）。

謝桃坊，《中國詞學史》（成都：巴蜀書社，1993）。

嚴迪昌，《清詞史》（南京：江蘇古籍出版社，1990）。

戲曲史

王國維，《宋元戲曲史》（上海：上海古籍出版社，1998）。

李修生、趙義山，《中國分體文學史——戲曲卷》（上海：上海古籍出版社，2001）。

李修生，《元雜劇史》（南京：江蘇古籍出版社，1996）。

青木正兒，《中國近世戲曲史》（王吉廬譯，台北：臺灣商務印書館，1965）二冊。

周貽白，《中國戲曲發展史綱要》（上海：上海古籍出版社，1979）。

張庚、郭漢城，《中國戲曲通史》（北京：中國戲劇出版社，1980）二冊。

張敬師，《明清傳奇導論》（台北：華正書局，1986）。

張燕瑾，《中國戲曲史》（台北：文津出版社，1993）。

黃卉，《元代戲曲史稿》（天津：天津古籍出版社，1995）。

曾永義，《參軍戲與元雜劇》（台北：聯經出版公司，1992）。

小說、文章(散文、駢文)史

石昌渝，《中國小說源流論》（北京：三聯書店，1994）。

吳小林，《唐宋八大家》（合肥：黃山書社，1984）。

阿英，《晚清小說史》（香港：香港中華書局，1973）。

李修生、趙義山，《中國分體文學史——小說卷》（上海：上海古籍出版社，2001）。

李修生、趙義山，《中國分體文學史——散文卷》（含辭賦）（上海：上海古籍出版社，2001）。

李祥年，《漢魏六朝傳記文學史稿》（上海：復旦大學出版社，1995）。

吳興人，《中國雜文史》（上海：上海人民出版社，2002）。

苗壯，《筆記小說史》（杭州：浙江古籍出版社，1998）。

侯忠義，《漢魏六朝小說史》（瀋陽：春風文藝出版社，1989）。

姜書閣，《駢文史論》（北京：人民文學出版社，1986）。

陳平原，《中國小說敘事模式的轉變》（上海：上海人民出版社，1986）。

陳汝衡，《宋代說書史》（上海：上海文藝出版社，1979）。

陳書良、鄭憲春，《中國小品文史》（長沙：湖南出版社，1991）。

陳蘭村，《中國傳記文學發展史》（北京：語文出版社，1999）。

徐君慧，《中國小說史》（桂林：廣西教育出版社，1991）。

程毅中，《唐代小說史話》（北京：文化藝術出版社，1990）。

張夢新，《中國散文發展史》（杭州：杭州大學出版社，1996）。

董乃斌，《中國古典小說的文體獨立》（北京：中國社會科學出版社，1994）。

齊裕焜，《中國古代小說演變史》（蘭州：敦煌文藝出版社，1990）。

魯迅，《中國小說史略》（香港：三聯書店，1958）。

劉一沾、石旭紅，《中國散文史》（台北：文津出版社，1995）。

寧宗一，《中國小說學通論》（合肥：安徽教育出版社，1995）。

鍾濤，《六朝駢文形式及其文化意蘊》（北京：東方出版社，1997）。

相關英文參考資料(包括專書與單篇論文)

Allen, Joseph R. *In the Voices of Others: Chinese Music Bureau Poetry* （Ann Arbor: University of Michigan Press, 1992）.

Birch, Cyril （ed.） *Studies in Chinese Literary Genres* （Berkeley, Los Angeles & London: University of California Press, 1974）.

Birrell, Anne. "The Dusty Mirror: Courtly Portraits of Women in Southern Dynasties Love Poetry," in Robert E. Hegel and Richard C. Hessney, (ed.) *Expressions of Self in Chinese Literature* (New York: Columbia University Press, 1985), pp. 33-69.

Chang, Kang-I Sun. *The Evolution of Chinese Tz'u Poetry, From Late Tang to Northern Sung* (Princeton: Princeton University Press, 1980).

——. *Six Dynasties Poetry: From T'ao Ch'ien to Yu Hsin* (Princeton: Princeton University Press, 1986).

Chaves, Jonathan. *Mei Yao-ch'en and the Development of Early Sung Poetry* (New York and London: Columbia University Press, 1976).

Ch'en, Li-li. "Some Background Information on the Development of the Chu-kung-tiao," *Harvard Journal of Asiatic Studies*, 33: 224-237 (1973).

Ch'en, Shih-hsiang. "The Genesis of Poetic Time: The Greatness of Ch'u Yuan, Studied With a New Critical Approach," *Tsing-hua Journal of Chinese Studies*, n.s.10, no.1 (1973), pp. 1-45.

——. "The Shih Ching: Its Generic Significance in Chinese Literary History and Poetics," in Cyril Birch (ed.) *Studies in Chinese Literary Genres* (Berkeley: University of California Press, 1974), pp. 8-41.

Dolby, William. *A History of Chinese Drama* (London: Paul Elek, 1976).

Dudbridge, Glen. *The Hsi-yu chi: A Study of Antecedents to the 16th Century Novel* (Cambridge: Cambridge University Press, 1970).

Fong, Grace S. *Wu Wenying and the Art of Southern Song Ci Poetry* (Princeton: Princeton University Press, 1987).

Frankel, Hans H. "The Legacy of the Han, Wei, and Six Dynasties Yueh-fu Tradition and Its Further Development in T'ang Poetry," in Lin Shuen-fu and Stephen Owen (ed.) *The Vitality of the Lyric Voice: Shih Poetry from the Late Han to T'ang* (Princeton: Princeton University Press, 1986).

Frodsham, J.D. "The Origins of Chinese Nature Poetry," *Asia Major* (N.S)8.1(1962), pp. 68-104.

Hanan, Patrick. *The Chinese Short Story: Studies in Dating, Authorship, and Composition* (Cambridge: Harvard University Press, 1973).

————. *The Chinese Vernacular Story* (Cambridge: Harvard University Press, 1981).

————. "The Development of Chinese Fiction and Drama," in Raymond Dawson (ed.) The Legacy of China (Oxford: Oxford University Press, 1964), pp. 115-143.

Hawkes, David. *Classical, Modern and Humane: Essays in Chinese Literature* (ed. by J. Minford & S.K. Wong, Hong Kong: the Chinese University Press, 1989).

Hightower, James Robert. "The Wen-hsuan and Genre Theory," in *Studies in Chinese Literature*. (ed. by John L. Bishop, Cambridge: Harvard University Press, 1966).

Holzman, Donald. *Landscape Appreciation in Ancient and Early Medieval China: The Birth of Chinese Landscape Poetry* (Hsin-chu: Tsing-Hua University Press, 1996).

Hsia, C.T. *The Chinese Classic Novel: A Critical Introduction* (London and New York: Columbia University Press, 1968).

Idema, W.L. "Storytelling and Short Story in China," in W.L. Idema. *Chinese Vernacular Fiction: The Formative Period* (Leiden: E.J. Brill, 1974), pp.1-67.

Knechtges, David. *The Han Rhapsody: A Study of the Fu of Yang Hsiung (53BC-AD18)* (London & Cambridge: Cambridge University Press, 1976).

Levy, Dore J. *Chinese Narrative Poetry: the Late Han through Tang Dynasties* (Durham and London: Duke University Press, 1988).

Lin, Shuen-fu. *The Transformation of the Chinese Lyrical Tradition: Chiang K'uei and the Southern Sung Tz'u Poetry* (Princeton: Princeton

University Press, 1978).

Liu, James J.Y. *The Chinese Knight-errant* (Chicago: University of Chicago Press, 1967).

—————. *Major Lyricists of the Northern Sung* (*AD 960-1126*) (Princeton: Princeton University Press, 1978).

Liu, Wu-chi. *An Introduction to Chinese Literature* (Bloomington and London: Indiana University Press, 1966).

Mair, Victor H. (ed.) *The Columbia History of Chinese Literature* (New York: Columbia University Press, 2002).

Mather, Richard B. The Poet Shen Yueh(441-513): *The Reticent Marquis* (Princeton: Princeton University Press, 1988).

Owen, Stephen. *The Poetry of Early Tang* (New Haven: Yale University Press, 1977).

—————. *The Great Age of Chinese Poetry: The High Tang* (New Haven: Yale University Press, 1981).

—————. *Traditional Chinese Poetry and Poetics: Omen of the World* (Madison: University of Wisconsin Press, 1985).

—————. *Remembrances: The Experience of the Past in Classical Chinese Literature* (Cambridge: Harvard University Press, 1986).

—————. *The End of the Chinese Middle Ages* (Stanford: Stanford University Press, 1996).

Shih, Chung-wen. *The Golden Age of Chinese Drama: Yuan Tsa-chu* (Princeton: Princeton University Press, 1975).

Wagner, Marsha L. *The Lotus Boat: The Origins of Chinese Tz'u Poetry in T'ang Popular Culture* (New York: Columbia University Press, 1984).

Wang, Kuo-ying. "Poetry of Palace Plaint of the Tang: Its Potential and Limitations," in David Knechtges & Eugene Vance (ed.) *Rhetoric &*

the Discourses of Power in Court Culture: China, Europe, & Japan (Seattle and London: University of Washington Press, 2005), pp. 260-284.

Watson, Burton. *Early Chinese Literature* (New York: Columbia University Press, 1962).

──────. *Chinese Lyricism: Shih Poetry from the 2nd to the 12th Century* (New York: Columbia University Press, 1971).

──────. *Rhyme-Prose: Poems in the Fu Form from the Han and the Six Dynasties Periods* (New York: Columbia University Press, 1971).

Wu, Fusheng. *The Poetics of Decadence—Chinese Poetry of the Southern Dynasties and Late Tang Periods* (Albany: State University of New York Press, 1998).

Yu, Pauline. *The Reading of Imagery in the Chinese Poetic Tradition* (Princeton: Princeton University Press, 1987).

──────, (ed.) *Voices of the Song Lyric in China* (Berkeley: University of California Press, 1994).

中國文學史新講（上、下）修訂版

2014年6月二版　　　　　　　　　　　　　　定價：新臺幣1350元
2023年10月二版五刷
有著作權・翻印必究
Printed in Taiwan.

著　　者	王	國	瓔
叢書主編	沙	淑	芬
校　　對	吳	淑	芳
封面設計	翁	國	鈞

出　版　者　聯經出版事業股份有限公司
地　　　址　新北市汐止區大同路一段369號1樓
叢書主編電話　（02）86925588轉5310
台北聯經書房　台北市新生南路三段94號
電　　　話　（02）23620308
郵 政 劃 撥 帳 戶 第 0 1 0 0 5 5 9 - 3 號
郵 撥 電 話 （02）23620308
印　刷　者　世和印製企業有限公司
總　經　銷　聯合發行股份有限公司
發　行　所　新北市新店區寶橋路235巷6弄6號2F
電　　　話　（02）29178022

副總編輯　陳　逸　華
總編輯　涂　豐　恩
總經理　陳　芝　宇
社　長　羅　國　俊
發行人　林　載　爵

行政院新聞局出版事業登記證局版臺業字第0130號

本書如有缺頁，破損，倒裝請寄回台北聯經書房更換。　ISBN　978-957-08-4413-9 (精裝)
聯經網址 http://www.linkingbooks.com.tw
電子信箱 e-mail:linking@udngroup.com

國家圖書館出版品預行編目資料

中國文學史新講(上、下)修訂版 / 王國瓔著 .
二版 . 新北市：聯經，2014 年 6 月 .
1300 面；17×23 公分 . (聯經文庫)
ISBN　978-957-08-4413-9（一套：精裝）
[2023年10月二版五刷]

1.中國文學史

820.9　　　　　　　　　　　　　　　103010528